KB078952

블러디 레이디

최이설 장편소설

동아

블러디 레이디 · I

초판 1쇄 인쇄일 | 2020년 11월 10일
초판 1쇄 발행일 | 2020년 11월 16일

지은이 | 최이설
펴낸이 | 박성면
펴낸곳 | (주)동아

출판등록 | 제406-3960100251002007000071호
주소 | 경기도 파주시 문발로 115, 세종대학교출판부 206호
전화 | (031)8071-5201
팩스 | (031)8071-5204
E-mail | bear6370@hanmail.net

정가 | 13,800원

ISBN 979-11-6302-416-3 (04810)
     979-11-6302-415-6 (set)

I

블러디 레이디

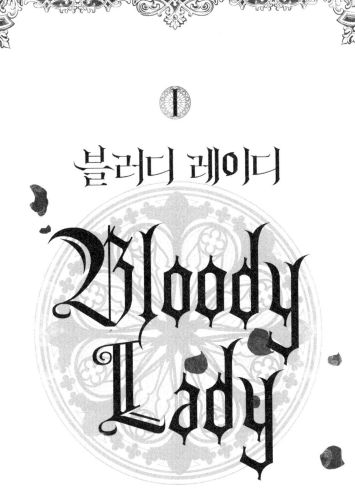

Bloody Lady

최이설 장편소설

동아

목 차

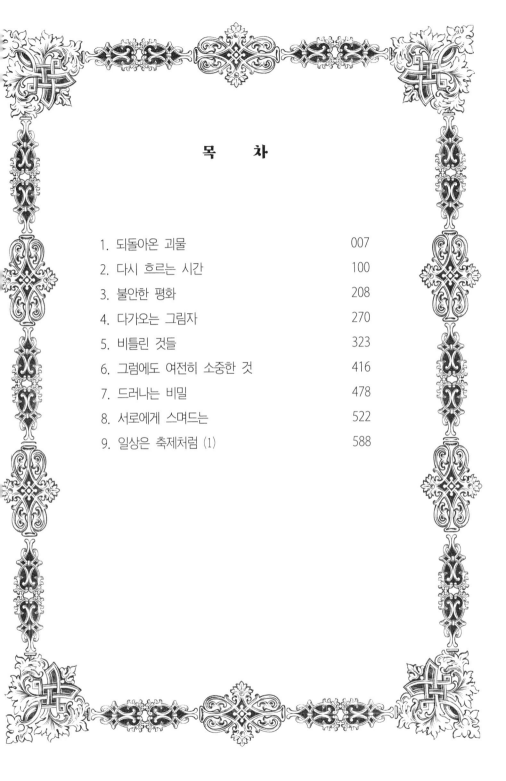

1. 되돌아온 괴물

엘시아는 인간을 먹고 사는 괴물과 인간 사이에서 태어났다.

엘시아를 낳은 식인 괴물의 이름은 스위티아로, 그녀는 길을 잃고 괴물의 마을로 온 인간을 유혹해 아이를 낳았다. 하지만 그렇게 낳은 아이는 대개 한 해를 넘기지 못하고 죽었다. 스위티아가 낳은 수많은 아이 중 오직 엘시아만이 운 좋게 살아남았고, 스위티아는 살아남은 엘시아에게 인간으로서 살 것을 강요했다.

"자, 냄새를 맡아 보렴. 아주 고약한 냄새가 나지?"

스위티아는 엘시아에게 종종 그녀가 사냥해 온 인간의 냄새를 맡아 보라 권유하고는 했다. 그러면서 늘 똑같은 것을 물었다. 고약한 냄새가 나지 않느냐고.

엘시아는 스위티아가 어째서 자신에게 그러한 것을 묻는지 알고 있었다. 스위티아는 엘시아가 인간의 피 냄새를 맡고도 식인 본능을 억누를 수 있는지를 시험하는 것이다.

'……달콤한 냄새가 나는데.'

스위티아의 말과 다르게, 죽은 인간의 몸에서는 달콤한 냄새가 났다. 엘시아의 식욕을 돋우는 매혹적인 향이었다. 그러나 엘시아는 느끼는 바를 사실대로 말할 수 없었다. 그건 스위티아가 엘시아에게 바라는 대답이 아니었으므로.

"네, 정말로 고약한 냄새가 나요."

엘시아는 언제나 스위티아가 원하는 대답을 입 밖으로 내어놓았고, 그러자 당연하게도 스위티아는 무척 기뻐했다.

* * *

그날은 언제나 그랬듯이, 어린 엘시아를 집에 홀로 남겨 두고 오래도록 집을 비웠던 스위티아가 돌아온 날이었다.

"엘시아, 네 동생이란다."

오랜만에 귀가한 스위티아는 혼자가 아니었다. 스위티아는 웬 어린애를 데리고 집으로 돌아왔다. 엘시아는 스위티아의 손을 잡고 서 있는 어린애를 가만가만 내려다보았다.

스위티아는 아이를 엘시아의 동생이라고 말했지만, 엘시아는 본능적으로 이 아이가 인간의 아이라는 것을 눈치챘다. 스위티아는 물론이고, 엘시아가 타고난 괴물의 피와는 전혀 관련이 없는 무고한 어린아이. 그러나 엘시아는 아무것도 모르는 척 미소 지었다.

"앞으로 네가 잘 돌봐 줘야 한다. 네 하나뿐인 동생이니까. 알겠니?"

"네, 어머니."

엘시아는 그녀가 어떤 행동을 하면 스위티아가 기뻐하는지를 잘 알고 있었다. 그래서 엘시아는 스위티아가 납치해 온 것이 분명한 인간의 아이를 제 동생으로 받아들였다.

이 조그만 어린애가 괴물 마을의 몰락을 가져올 줄은 꿈에도 모르고.

"언니."

"응, 리리엔."

어린애가 주는 애정이, 그 누구도 준 적 없는 그 따뜻한 감정에 엘시아는 저도 모르는 사이 조금씩 마음을 열게 되었다. 당연한 일이었다. 스위티아는 자주 집을 비웠고, 리리엔을 돌보는 건 자연스럽게 엘시아의 몫이 되었다.

그 덕분에 리리엔과 함께하는 시간이 늘어나면 늘어날수록 엘시아와 리리엔 사이에는 깊은 유대감이 형성되었다. 그 누구도 의식하지 못한 사이에, 두 사람은 서로를 의지하며 살아가게 되었다.

그래서는 안 됐는데.

엘시아는 뼈아프게 후회했다.

"너는, 괴물이 아니었던 건가?"

괴물의 피는 푸른색이다. 그러나 지금 엘시아는 명백히 붉은 피를 흘리고 있었다. 엘시아가 반나마 인간으로 태어났기 때문이었다.

그러나 그 사실을 알 리 없는 남자는, 지금껏 그가 토벌해 온 괴물들과 달리 엘시아의 피가 푸른색이 아닌 붉은색이라는 사실이 무척이나 의아한 모양이었다.

"아직 살아 있는 것을 보면 분명 인간은 아닌데."

남자는 무심한 어조로 중얼거렸고, 엘시아는 고요히 가라앉은 맑은 눈으로 남자를 물끄러미 올려다보았다. 줄곧 엘시아를 향해 있는 남자의 시선은 서릿발처럼 차가웠다.

이 남자는 엘시아가 태어나 자란 마을의 괴물을 모조리 죽여 버린 괴물 토벌대를 이끌고 왔다. 그리고 그 남자의 품에 안겨 잠들어 있는 건, 스위티아가 인간의 손에 죽은 뒤 엘시아가 홀로 키워 왔던 리리엔이었다.

10년, 그 긴 세월 동안 엘시아는 리리엔을 지켜 왔다. 마을 가득한 괴물로부터, 스위티아로부터, 그리고 엘시아 자신으로부터. 그동안 엘시아는 꽤 잘해 냈다. 그녀가 타고난 괴물의 본능을 억누르며 리리엔을 무사히 지켰다. 엘시아는 자신이 앞으로도 리리엔과 함께 그럭저럭 잘 살아갈 수 있을 것이라 믿었다.

그러니까, 괴물 토벌대가 마을로 쳐들어오기 전까지는.

엘시아는 지금 자신이 죽어 가고 있다는 사실을 알았다. 그리고 이것이 리리엔을 볼 수 있는 마지막 순간이라는 것 또한.

지금껏 기른 정 때문일까. 엘시아는 자신이 마침내 죽음을 맞이하게 되리라는 사실보다, 이제 더는 리리엔을 품에 안을 수 없을 것이라는 사실이 더욱 괴로웠다.

자신을 유독 잘 따랐던 리리엔. 자신을 정말 친언니라 여기고, 이 세상 그 누구보다도 자신을 사랑해 주었던 리리엔. 스위티아에게서는 결코 받을 수 없었던 사랑을 준 리리엔.

"진실로 끔찍한 모습이군."

남자가 자신을 보고 뭐라 지껄이던 엘시아는 개의치 않았다. 잘려 나간 팔, 다리, 꿰뚫린 가슴께에서 흘러나오는 피 또한 개의치 않았다. 엘시아는 다만 리리엔의 잠든 얼굴을 뇌리에 새기기라도 할 것처럼 집요하게 주시했다. 지금 엘시아에게 중요한 건 조금이라도 더 오래 리리엔의 모습을 눈에 담는 일이었다.

그러나 시간이 흐를수록 눈꺼풀이 점점 무거워졌다. 엘시아는 더 이상 버티고 있기가 힘들었다.

"……다, 다행……."

미처 끝맺지 못한 엘시아의 말에 남자의 낯이 굳어졌으나, 끝내 눈을 감아 버린 엘시아는 그 모습을 목격하지 못하였다.

이제라도 리리엔이 가족의 품으로 돌아갈 수 있어 다행이다. 멍하니 생각하며 엘시아는 먹먹하게 멀어지는 의식에 몸을 내맡겼다.

그러나 다시 눈을 떴을 때.

"엘시아, 네 동생이란다."

엘시아는 무슨 이유에선지 과거로 돌아와 있었다.

"앞으로 네가 잘 돌봐 줘야 한다. 네 하나뿐인 동생이니까. 알겠니?"

엘시아를 비롯한 괴물들이 몰살당하고 마을이 죄 불타 버리게 된 이유. 제국의 살육귀, 레오디안 로켄페데스 대공의 유일한 혈육, 리리엔 로켄페데스가 괴물의 마을로 납치당해 왔던 때로.

* * *

엘시아가 시간을 거슬러 과거로 돌아왔다고 해서 크게 달라진 것은 없었다. 스위티아는 과거에 그랬던 것처럼, 인간과 하룻밤을 보낸 뒤 그 인간을 잡아먹는 일련의 행위를 반복했다.

그리하여 과거에 그랬던 것처럼 엘시아와 리리엔 두 사람은 방치되었다. 그리고 스위티아가 부재한 초라한 집에서 어린 리리엔을 돌보는 건 이번에도 당연하게 엘시아의 일이 되었다.

과거로 돌아온 엘시아는 스위티아가 누군가에게 살해당하리라는 미래를 알고 있으면서도, 마을 밖으로 나가 인간 사냥을 하는 스위티아를 만류하지 않았다. 아니, 엘시아는 인간에게 비정상적으로 집착하는 스위티아를 말릴 수 없었다.

엘시아가 그 사실을 깨달은 것은 아주 어릴 적의 일이었다.

'감히 나를 가르치려고 들어? 이 배은망덕한 것. 너에게 인간의 피를 물려준 게 누군데!'

언젠가 엘시아는 인간을 사냥하러 나가는 스위티아를 막아선 적이 있었다. 그러나 스위티아를 걱정하는 엘시아에게 돌아온 건, 스위티아의 날카로운 손톱이었다. 스위티아는 엘시아가 주제를 넘었다며, 크게 분노하며 엘시아의 여린 살갗을 마구 찢어 놓았다.

그리고 피를 흘리며 괴로워하는 엘시아를 뒤로하고 떠났던 스위티아는 한참이 지나서야 돌아와, 엘시아의 귓가에 다정한 목소리로 이렇게 속삭였다.

'엘시아, 이건 다 내가 너를 너무 사랑해서 그런 거야. 네가 착한 인간으로 자라나기를 바라니까…… 이 어미의 마음은 잘 알고 있지?'

사랑해서 그랬다고. 그렇게 말하는 스위티아에게서는 미처 지워지지 않은, 낯선 인간의 피 냄새가 났다.

그리고 그와 같은 일에 엘시아는 무척 익숙해졌다. 그날 이후 엘시아가 스위티아의 심기를 조금이라도 거스를 때면, 엘시아의 살갗은 스위티아에게 죄무참하게 헤쳐지고는 했다.

스위티아에게 있어서 엘시아가 어린애라는 사실은 크게 중요하지 않았다. 스위티아는 분이 풀릴 때까지 엘시아에게 폭력을 휘두르다가, 화가 가라앉으면 엘시아에게 사랑한다고 속삭였다.

수없이 반복되는 스위티아의 폭력에, 엘시아는 스스로 상처받지 않기 위해 감정을 죽여야 했다. 세상 물정 모르는 어린애. 더군다나 인간이 아닌 엘시아가 스위티아를 떠나 홀로 살아갈 수 있을 리 없었다.

스위티아와 함께 살아가기 위해서 엘시아는 순종적인 딸이어야 했다. 때문에 엘시아는 아주 어릴 때 현실과 타협하는 법을 배워야만 했다. 어린 엘시아는 그렇게 살아남는 방법을 터득했다.

엘시아가 살고 있는 조그만 세계에서 스위티아의 말은 유일한 법이었고, 스위티아의 행위에 의문을 표하는 것은 엘시아에게 허락되지 않았다. 그것을 엘시아는 어릴 적부터 몸소 경험해 깨달았다. 엘시아는 스위티아에게 버림받지 않기 위해서 스위티아가 정한 법에 순종해야 했다.

하지만 리리엔은 달랐다. 리리엔은 괴물이 아닌 인간이었고, 리리엔에게는 돌아갈 곳이 있었다. 과거에는 몰랐으나, 이제 엘시아는 리리엔의 가족을 알고 있었다. 괴물들 사이에서 살육귀라 불리는 제국의 대공, 레오디안 로켄페데스. 리리엔은 그 남자의 하나뿐인 동생이었다.

* * *

엘시아는 인간의 피를 반쯤 타고난 덕분인지 괴물의 외양적 특징을 지니고 태어나지 못했다. 식인 괴물은 필요에 따라 이빨과 손톱을 날카롭게 만들 수 있었는데, 엘시아는 달랐다.

엘시아는 대부분의 괴물이 지닌 비정상적으로 센 힘과 치유 능력을 타고났을 뿐, 겉모습만큼은 인간 같았다. 스위티아는 인간 같은 엘시아의 외모를 부적 만족스러워했다. 스위티아는 자신이 드디어 인간을 낳았다 생각했고, 엘시아가 인간처럼 살기를 바랐다.

당연하게도 스위티아는 엘시아에게 식인을 금지했다. 또한 엘시아가 짐승조차 해치지 못하도록 했다. 그러나 스위티아의 바람과 달리, 엘시아는 리리엔과 함께 살게 된 이후 동족을 죽여야만 했다. 리리엔을 지키기 위해서였다.

스위티아는 리리엔을 납치해 왔을 뿐 리리엔의 안전에는 관심이 없었다. 스위티아는 가끔 집으로 돌아와 두 사람이 잘 있는지만 확인한 뒤, 또 어디론가 사라져 버리고는 했다. 때문에 리리엔의 냄새를 좇아온 괴물을 처치하는 건 자연스레 엘시아의 일이 되었다.

엘시아는 스위티아가 대체 무슨 이유로 리리엔을 데려온 것인지 궁금했다. 리리엔을 데려와 놓고도 리리엔에게 전혀 신경을 쓰지 않는 스위티아를 이해할 수 없었다. 그러나 엘시아는 그 의문을 결코 입 밖에 내지 않았다.

스위티아는 리리엔을 엘시아의 동생이라 소개했다. 그러니 엘시아는 그저 그렇게 알고 받아들여야만 했다. 스위티아에게 의문을 표하는 것은 엘시아에게는 허락되지 않은 일이었으므로.

"언니, 엄마는 언제 와?"

오늘도 그런 날 중의 하나였다.

엘시아는 어젯밤 집 근처를 기웃거리며 리리엔을 향해 침을 흘리던 괴물 하나를 죽였고, 그 괴물을 산에 묻고 돌아오는 길에 풀 따위를 캐 왔다. 그리고 그것으로 태연하게 리리엔이 먹을 샐러드를 만들었다. 함께 조촐한 식사를 마친 뒤, 엘시아는 리리엔에게 책을 읽어 주고 함께 잠자리에 들었다.

"……엄마는 이제 집에 오지 않을 거야."

엘시아는 오늘 아침 일찍 일어나, 리리엔과 함께 호숫가로 가서 깨끗하게 씻었다. 늘 똑같던 일상이 달라진 건 그때부터였다. 엘시아는 스위티아 몰래 마당에 묻어 놓았던 옷과 목걸이를 잘 챙기고, 리리엔이 먹을 샐러드를 준비했다.

"이제 엄마가 안 와? 정말로?"

리리엔이 환하게 웃으며 물었고, 엘시아는 애써 입매를 끌어 올려 리리엔을 향해 마주 웃어 보였다.

"응, 정말로."

"신난다."

거친 풀을 입에 넣고 씹으며, 리리엔이 웅얼거리듯 말했다. 엘시아는 어쩌면 마지막일지 모를 리리엔의 모습을 하염없이 바라보았다. 오물오물 움직이는 입술과 통통한 뺨, 내리뜬 눈꺼풀 따위를 계속해서 주시했다.

"네가 밥을 다 먹고 나면, 진짜 집으로 갈 거야."

스위티아는 오래 집을 비우고는 했지만, 대개 보름 안에는 돌아왔다. 이토록 오랜 시간 돌아오지 않는 것은 드디어, 스위티아가 누군가에게 살해당했기 때문일 터였다.

세 달. 이는 엘시아가 혹시 몰라 스위티아를 기다린 시간이었다. 그러나 엘시아가 걱정한 것이 무색하게도 스위티아는 돌아오지 않았다. 그리하여 오늘, 엘시아는 리리엔과 함께 이 마을을 떠나고자 마음먹었다.

"엄마랑 같이?"

"엄마는 안 온다고 했잖아. 우리 둘이서만 갈 거야."

엘시아의 말을 듣자 리리엔은 이곳을 떠나 진짜 집으로 갈 생각에 마음이 급해진 것 같았다. 리리엔은 열심히 손을 움직여 샐러드를 입 안 가득 넣고 씹기 시작했다. 그 모습을 응시하며 엘시아는 쓰게 웃었다.

엘시아는 늘 리리엔에게 돌아갈 집에 관한 이야기를 했다. 이곳은 악마의 집이고, 너는 악마에게 붙잡혀 있는 것이라고. 언젠가 때가 되면 네 진짜 가족이 살고 있는 집으로 돌아가자고. 그리고 그런 엘시아의 말을 리리엔은 언제나 의심 없이 믿었다.

"천천히 먹어."

"다 먹었어!"

리리엔이 자리에서 벌떡 일어났다. 그 모습을 보고 엘시아는 리리엔이 얼마나 이곳을 떠나고 싶어 했는지를 여실히 느낄 수 있었다. 이곳을 얼마나 끔찍하게 여겼으면 저럴까. 엘시아는 표정을 일그러뜨리지 않기 위해 입술을 아주 힘껏 깨물어야 했다.

리리엔은 엘시아를 학대하는 스위티아를 두려워했다. 리리엔은 엘시아의 살갗 위, 무자비하게 헤쳐졌다가 간신히 아문 상처들은 모두 스위티아가 만들었다는 사실을 알고 있었다.

엘시아는 자신이 맞는 모습을 리리엔에게 감추려고 무던히도 노력했지만, 불행하게도 어린아이는 어른들이 생각하는 것보다 눈치가 빨랐다. 어린 엘시아가 그랬듯, 리리엔 또한 이곳에서 살아남기 위해 보고도 못 본 척, 듣고도 못 들은 척하는 법을 홀로 터득했다.

"언니, 얼른 가자. 엄마가 오면 어떡해."

리리엔은 이제 문 앞에 서서 엘시아를 바라보고 있었다. 엘시아는 아까 챙겨 놓은 가방을 어깨에 메고 일어났다. 그리고 리리엔이 서 있는 곳으로 다가가자, 리리엔은 한껏 기대에 부푼 얼굴로 엘시아를 올려다보았다.

엘시아는 리리엔의 조그만 손을 조심스러운 손길로 움켜잡은 뒤, 망설임 없이 문을 열었다.

* * *

괴물들의 눈에 띄지 않기 위해 기척을 죽인 채 조심스러운 걸음으로 산을 넘고 나니, 그 이후부터는 무척 순조로웠다.

산 너머에는 엘시아가 평생을 살아온 괴물의 마을만큼이나 황량한 마을이 있었다. 그러나 그 마을은 괴물이 아닌 인간들이 모여 사는 마을이었다. 그 마을에서 엘시아는 빵 한 덩이를 사서 리리엔과 함께 간단히 끼니를 해결하고, 영업 마차를 잡아탔다. 엘시아에게는 스위티아가 인간 남자를 사냥해 올 때마다 그 주머니를 털어 모은 금화가 있었다.

시간을 거슬러 돌아온 이후, 엘시아는 로켄페데스 대공이 토벌대를 이끌고 마을로 쳐들어오기 전에 리리엔을 돌려보내자고 결심했다. 그러기 위해서는 제도까지 가기 위한 돈이 필요했다. 그래서 과거와 달리, 엘시아는 스위티아 몰래 돈을 모았다.

하지만 평생을 갇혀 살아온 엘시아가 제대로 된 화폐 개념을 가지고 있을 리 없었다. 엘시아는 금화 하나가 얼마의 가치를 지니는지 몰랐고, 엘시아는 가진 금화의 반을 마부에게 주었다. 금화 주머니가 몰라보게 홀쭉해졌지만 아쉬운 마음은 들지 않았다.

애초에 리리엔을 위해서 한 푼 두 푼 모은 돈이었다. 리리엔을 무사히 제도로 돌려보낼 수 있을 만큼의 금화면 됐다. 리리엔이 가족의 품으로 돌아간 뒤, 엘시아가 혼자 괴물의 마을로 돌아갈 때는 마차를 탈 필요도, 무언가를 사 먹을 필요도 없었으니까.

"리리엔, 졸려?"

"으응."

"그러면 편하게 누워서 자."

리리엔이 순순히 엘시아의 다리를 베고 누웠다. 리리엔이 눈을 감자, 엘시아는 리리엔의 머리칼을 가만가만 어루만졌다. 리리엔의 얼굴을 뚫어지게 바라보면서.

곧 제도에 도착하면 리리엔은, 자신이 원래 있어야 했던 자리로 돌아갈 것이다. 그리고 마땅히 누려야 했던 것들을 누리며 살게 되겠지. 그래. 리리엔은 이제 구질구질한 집에서 언제 죽을지 모른다는 두려움에 떨며 사는 게 아니라, 자신과 같은 인간의 사랑을 받으며 행복하게 살게 될 터였다.

'리리엔을 제도로 데려다주고 나면……. 그리고 나면 나는 무엇을 해야 할까…….'

엘시아는 계속해서 리리엔을 내려다보며 멍하니 생각했다.

시간을 거슬러 올라와 죽지 않고 살게 되었으나, 엘시아는 딱히 살고 싶은 생각이 없었다. 그래서 엘시아는 로켄페데스 대공이 과거에 그랬던 것처럼 괴물을 죄 죽여 버리든, 그렇지 않든 전혀 상관하지 않았다.

엘시아는 대공을 이해했다. 대공은 제 혈육을 납치해 위협한 괴물을 죽이기 위해서 마을에 토벌대를 이끌고 왔을 뿐이다. 그 사실을 잘 알고 있기 때문에 엘시아는 자신을 죽인 대공에게 악감정 또한 품고 있지 않았다. 오히려 엘시아는 당시에 대공에게 아무런 반항도 하지 않았을 뿐만 아니라 기꺼이 죽음을 받아들였다.

그러나 무슨 조화인지 엘시아는 죽지 않고 과거로 돌아왔다. 어떻게 이런 일이 가능했던 건지는 몰라도, 엘시아는 자신에게 기회가 주어졌다는 사실만은 알 수 있었다.

과거의 과오를 바로잡을 기회.

리리엔에게 다시 가족을 되찾아 주는 것. 그것이 과거, 스위티아의 모든 잘못을 알면서도 방관했던 엘시아가 리리엔에게 해야만 하는 속죄였다. 그 속죄를 끝내고 나면, 삶의 유일한 목적을 이루고 나면, 리리엔과 헤어지고 나면…….

그 이후에는 대체 무엇을 해야 할지, 어떻게 살아가야 할지 알 수가 없었다. 엘시아는 스스로의 삶에 아무런 미련이 없었거니와, 리리엔이 없는 삶은 단 한 번도 생각해 본 적 없었기 때문이었다.

그러나 한 가지는 분명했다. 리리엔의 행복한 미래를 위해서는 자신 같은 괴물은 리리엔의 인생에서 흔적 없이 사라져 주어야 한다는 것이었다.

* * *

엘시아는 중간에 한 번 마차를 갈아타야 했다. 마부가 더 이상은 못 가겠다며 내리라고 종용했기 때문이었다. 엘시아는 순순히 리리엔을 데리고 내린 다음 다른 마차로 갈아탔다.

그러느라 모아 놓았던 금화를 전부 써 버리게 되었지만, 금화가 아깝다는 생각은 조금도 들지 않았다. 리리엔을 데리고 무사히 제도에 있는 대공저로 갈 수만 있다면 금화 따위야 아무래도 상관없었다.

"도착했소. 여기가 로켄페데스 대공저요."

마부는 방금 리리엔을 업고 마차에서 내린 엘시아의 행색을 새삼스럽게 훑어보았다. 마부의 눈에 비친 엘시아는 잔뜩 해진 옷을 입은 초라한 모습이었다. 아무리 보아도 대공저와 인연이 있을 법해 보이지 않았다. 그러나 그건 그가 신경 쓸 바 아니었다. 그는 곧 어깨를 으쓱이고는 몸을 돌렸다.

마부가 마차를 끌고 사라지자, 엘시아는 리리엔을 고쳐 업고는 굳게 닫힌 저택 정문을 향해 걸음을 옮겼다. 마부가 부디 잘 찾아온 것이기를 바라며, 엘시아는 종을 쳤다. 그러자 머지않아 저택 안쪽에서 웬 남자 하나가 모습을 드러냈다. 엘시아는 그가 가까이 다가올 때까지 잠자코 기다리다가, 마침내 그가 지척에서 멈춰 섰을 때에야 비로소 입을 열었다.

"로켄페데스 대공님을 찾아왔어요."

엘시아의 말에 잠시 망설이던 남자가 이내 문을 열고 밖으로 나왔다. 그제야 엘시아는 대공저를 제대로 찾아온 것 같다는 확신이 들어 크게 안심했다.

"각하와 약속이 되어 있으십니까?"

"그건 아니지만……."

그토록 단단히 각오하고 왔는데, 입이 잘 떨어지지 않는 건 왜일까. 엘시아는 마른 입술을 축이고 가까스로 말을 이었다.

"저는 대공님의 동생을 데리고 왔어요."

남자는 마부가 그랬던 것처럼 가늘게 뜬 눈으로 엘시아의 행색을 훑었다. 마지막으로 엘시아의 등에 업혀 잠들어 있는 리리엔까지 훑어본 그가 단호하게 고개를 가로저었다.

"당신이 만나고 싶다고 해서 쉽게 만날 수 있는 분이 아닙니다."

남자의 굳은 표정만큼이나 딱딱한 목소리였다.

"약속이 되어 있지 않으시다니, 당신을 저택 안으로 모실 수는 없겠습니다. 돌아가 주십시오."

순간 멈칫했던 엘시아는 이윽고 가까스로 입을 열었다.

"……오래전 대공저에서 사라졌던 리리엔 로켄페데스를 데리고 왔어요. 그러니 부디 안으로 들어갈 수 있게 해 주세요."

"제 말을 전혀 이해하지 못하셨나 보군요. 당신을 저택 안으로 들이는 건 곤란합니다."

한껏 날이 서 있는 목소리에 엘시아의 어깨가 절로 움츠러들었다.

"제가 대공님과 약속을 하지 않고 찾아왔기 때문에…… 그래서 저택 안으로 들어갈 수 없다는 얘긴가요?"

엘시아가 조심스럽게 묻자, 남자는 그의 말을 전혀 이해하지 못하고 있는 엘시아가 한심하다는 듯 혀를 찼다. 그러고는 말했다.

"당신과 같은 거짓말을 했던 이가 어디 한둘인 줄 아십니까? 각하의 심사를 어지럽힐 생각 말고, 돌아가십시오."

엘시아는 멍하니 입술을 벌렸다. 대공을 만날 기회조차 없으리라고는 예상치 못했기에, 눈앞이 깜깜해졌다. 대공을 만나지 못하면 모든 일이 물거품이 되어 버린다.

거기까지 생각이 미치자, 엘시아는 너무나도 다급해졌다. 그러나 어떤 말로 남자를 설득해야 할지 알 수 없었다. 엘시아는 그저 간절한 시선으로 눈앞의 남자를 쳐다볼 뿐이었다.

"자, 이거면 하룻밤 머물 곳은 물론, 적당히 끼니도 해결할 수 있을 겁니다. 돌아가세요."

남자는 엘시아와 같은 이를 대하는 게 퍽 익숙한 듯했다. 변함없이 단호한 어투로 말을 마친 그가 엘시아 쪽으로 손을 내밀었다. 그가 펼쳐 보인 손바닥 위에는 금화 몇 개가 올라가 있었다.

엘시아는 허탈한 심정으로 남자의 손을 한참 말없이 내려다보고만 있었다. 그런 엘시아의 모습을 어떻게 받아들인 건지, 남자는 망설임 없이 손을 거두어갔다.

"받지 않으실 생각이라면 저도 더 이상 권하지 않겠습니다."

"……잠시만요!"

한 걸음 뒤로 물러난 남자가 그대로 문을 닫으려고 했다. 그에 엘시아가 목소리를 높여 그를 불렀다. 이 커다란 문이 닫히고 나면, 문이 다시 열리는 일은 영영 없을 것만 같았다.

엘시아는 한 손으로 문을 움켜쥐었다. 그런 엘시아를 개의치 않고 그대로 문을 닫으려던 남자는 곧 놀라 눈을 크게 떴다. 제법 힘을 주어 문을 당겼는데, 문이 꿈쩍도 하지 않았던 것이다. 남자가 저도 모르게 혼잣말을 중얼거렸다.

"아니, 무슨 힘이 이렇게……."

"대공님께 전해야 할 물건이 있어요!"

엘시아가 다급하게 소리치자, 여태 엘시아에게 업힌 채 곤히 잠들어 있던 리리엔이 잠에서 깼다.

"언니, 왜 그래……?"

"아, 리리엔. 일어났어? 미안한데 잠깐만 내려와 볼래?"

"응."

리리엔이 땅을 딛고 서기 무섭게 엘시아는 어깨에 꼭 메고 있던 가방에서 호박 목걸이를 꺼냈다. 그리고 그것을 곧장 남자에게 내밀어 보였다.

"대공님께 전해 주세요."

그러나 남자는 곤란하다는 듯 엘시아의 시선을 피하며 묵직한 한숨을 내쉴 뿐이었다.

"제발…… 부탁이에요. 더 이상 안으로 들어가게 해 달라는 말은 안 할게요. 이것만 대공님께 전해 주세요."

엘시아는 그렇게 말하며 목걸이 하나를 내밀었다. 리리엔이 스위타아의 손을 잡고 괴물의 마을로 왔을 때 목에 걸고 있었던 목걸이였다. 엘시아는 이 호박 목걸이가 대공이 가진 것과 한 쌍을 이룬다는 걸 알고 있었다. 과거 엘시아는 괴물 토벌대를 이끌고 온 대공이 이 목걸이로 리리엔이 그의 혈육임을 확신하던 모습을 두 눈으로 똑똑히 목격했다. 그랬기에 알 수 있었다.

"대공님이 보면 아실 거예요. 이 아이가 정말로 대공님의 동생이라는 걸……. 분명 알아보실 거예요."

실로 간절한 목소리였다. 대공저 집사, 로이셀은 제 눈앞의 가녀린 여자를 새삼스럽게 바라보았다. 그러면서, 이 조라한 행색을 한 여자는 진실로 운이 좋다고, 로이셀은 생각했다. 그도 그럴 게, 만약 다른 사용인 같았더라면 여자가 건넨 물건을 곧장 내버리고는 그냥 무시해 버렸을 테니까.

대공이 어릴 적 잃어버린 혈육을 찾아 헤맨다는 건 제도에서 유명한 이야기였고, 돈을 노리고 대공저를 찾아오는 사기꾼은 셀 수 없을 정도로 많았다.

최근에야 조금 시들해지기는 했다지만, 대공저 사용인들은 대공의 동생을 찾았다며 하루가 멀다 하고 저택을 방문하는 이들에게 시달리고는 했다.

사용인들도 과거 몇 년은, 대공의 동생을 데려왔다 주장하는 사람들을 전부 일일이 대공 앞에 데려갔다. 그러나 10년이 지난 지금, 사용인들은 사기꾼에게 하도 시달린 탓에 대공저를 찾아오는 사람들을 그냥 무시했다. 오직 로이셀만이 여전히, 그나마 적당히 상대해 주고 있었다.

그러니까 이 여자는 정말 운이 좋았다. 여자는 대공이 저택에서 머물고 있는 날, 다른 사용인이 아닌 로이셀을 만났다. 이것이 얼마나 운이 좋은 일인지, 여자는 감히 상상조차 못 할 것이라고 그는 생각했다.

"제발……."

불현듯 들려온 애처로운 목소리에 로이셀은 상념에서 벗어났다.

"……잠시 여기서 기다리십시오."

그 말을 끝으로, 로이셀은 엘시아가 건넨 목걸이를 받아 들고 저택 안으로 들어갔다.

한껏 긴장하고 있던 엘시아는 로이셀이 저택 안으로 들어가는 것을 확인한 후에야 잔뜩 경직되어 있던 몸에 힘을 풀 수 있었다. 리리엔 또한 심각한 분위기에 내내 아무런 말없이 얌전히 서 있다가, 엘시아와 단둘이 남게 되자 그제야 비로소 제 머릿속의 의문을 입 밖에 냈다.

"언니, 여기가 진짜 집이야?"

엘시아는 자신을 물끄러미 올려다보고 있는 리리엔과 시선을 맞추고는 대답했다.

"응. 되게 넓고 좋지."

"그런데 왜 우리를 못 들어가게 해?"

예상하지 못했던 리리엔의 질문에 엘시아는 말문이 막혔다. 리리엔은 자신과 남자가 한참 설전을 벌이던 모습을 옆에서 다 지켜보았다. 말을 잘못 꾸몄다가는 리리엔이 의심스럽게 생각할 터였다. 그런 생각이 들어 말을 고르느라, 엘시아는 잠시 침묵한 끝에 입을 열었다.

"우리는 오랫동안 다른 곳에서 살다가 왔잖아. 그래서 확인을 해야 한대. 네가 정말 리리엔이라는 걸 확인해야 안으로 들어갈 수 있대."

"으응, 그렇구나."

고개를 끄덕이며 중얼거린 리리엔이 불현듯, 엘시아의 손을 잡아 왔다. 엘시아는 자연스럽게 자신의 손을 쥔 리리엔의 손을 마주 잡았다. 그러면서 입을 열었다.

"리리엔, 너한테 진짜 가족이 있다고 얘기했지?"

"응."

"조금 있으면 만날 거야. 예의 바르게 인사 잘 해야 해. 알겠지?"

"응, 알겠어."

엘시아가 당부할 때마다 리리엔은 순순히 고개를 끄덕이며 대답했다. 그런 리리엔이 기특해, 엘시아는 희미하게나마 미소 지었다. 그러자 리리엔이 잡고 있던 엘시아의 손을 가볍게 흔들었다.

"언니."

"응?"

"저 빨간 꽃 보여?"

"어디?"

리리엔이 손가락으로 어딘가를 가리켰고, 그를 따라 엘시아의 시선이 그곳으로 천천히 옮겨 갔다.

"저기 있는 빨간 꽃. 저 꽃은 이름이 뭘까?"

"……그러게, 뭘까."

리리엔이 가리킨 곳에 피어 있는 꽃은 엘시아가 생전 처음 보는 꽃이었다. 엘시아가 대답을 해 줄 수 없다는 것을 알아차린 리리엔이 금세 말을 돌렸지만, 애석하게도 리리엔의 목소리는 엘시아에게 온전히 닿지 않았다.

엘시아는 힘없이 시선을 내려뜨렸다. 리리엔은 어느 순간부터 엘시아가 모르는 것을 물어보기 시작했다. 엘시아는 그럴 때마다 어찌해야 할지 알 수 없었고, 그저 심란할 뿐이었다.

지금까지 어둡고 좁은 집에서 갇혀 살아온 엘시아는 애초에 알고 있는 것이 그다지 많지 않았다. 엘시아로서도 리리엔이 궁금해하는 걸 전부 알려주고 싶지만 한계가 있었다.

'이제 리리엔은 제대로 된 교육을 받을 수 있겠지.'

조잘거리는 리리엔의 목소리를 뒤로한 채, 엘시아가 가라앉은 시선으로 저택 안쪽에 피어 있는 꽃을 하염없이 바라보고 있을 때였다. 어느덧 다시금 모습을 드러낸 로이셀이 엘시아와 리리엔이 서 있는 곳으로 다가왔다.

"안으로 모시겠습니다."

문을 활짝 열어젖힌 로이셀이 이전과는 전혀 다른 정중한 태도로 엘시아를 향해 고개를 숙였다.

* * *

찬란한 은발, 시리도록 푸른 눈동자. 조각 같은 콧날과 단단히 맞물려 있는 입술, 강인한 턱선과 그 아래로 곧게 뻗어 있는 목, 널찍한 어깨. 엘시아는 과거 딱 한 번 보았던 남자의 모습을 또렷하게 기억하고 있었다. 그래서인지 눈앞의 남자가 마냥 낯설게 느껴지지는 않았다.

리리엔의 혈육, 레오디안 로켄페데스. 지금 그는 엘시아가 로이셀에게 건네주었던 호박 목걸이를 물끄러미 내려다보고 있었다.

"……언니, 나 무서워."

리리엔이 엘시아에게만 들릴 정도의 목소리로 웅얼거리듯 말했다. 이 커다란 저택이 영 낯설었던 건지 리리엔은 한껏 몸을 움츠린 채로 곳곳을 힐끔거렸다.

"괜찮아, 리리엔."

엘시아가 나직이 속삭였다. 그러자 리리엔이 입술을 퉁명스럽게 쭉 내밀었다. 아까부터 엘시아는 리리엔이 이곳을 불편하다고 여기고 있다는 것을 짐작하고 있었지만 모르는 척했다. 이제 리리엔이 집이라 부를 곳은 이곳이 될 테니까. 반드시 그렇게 되어야만 하니까.

"네 이름을 기억하고 있나?"

한참을 말없이 목걸이를 주시하고 있던 레오디안이 마침내 고개를 들어 올렸다. 그의 시선은 곧장 리리엔에게로 향했고, 리리엔은 갑작스러운 그의 물음에 흠칫 어깨를 굳혔다. 리리엔은 마치 어떻게 해야 하냐고 묻는 것처럼 동그래진 눈으로 슬쩍 엘시아를 올려다보았다. 그런 리리엔을 향해, 엘시아는 말없이 고개를 끄덕여 보였다. 이윽고 리리엔이 천천히 입을 열었다.

"……네. 리리엔이요."

리리엔이 영 내키지 않는다는 듯 중얼거렸다. 엘시아는 리리엔을 칭찬하듯 어깨를 도닥였다. 리리엔이 기다렸다는 듯 엘시아의 품을 파고들었다. 엘시아와 리리엔을 가만 바라보고 있던 레오디안이 무심한 시선을 돌렸다. 그리고 내내 그의 뒤에 서서 묵묵히 자리를 지키고 있던 로이셀을 향해 말했다.

"로이셀, 앞으로 리리엔이 머무를 침실을 준비해라."

짧게 명한 뒤, 레오디안은 다시금 리리엔에게 눈길을 주었다. 그렇게 리리엔을 관찰하듯 한참을 응시하던 레오디안이 문득 엘시아에게 목걸이를 건넸다. 그러느라 순간 가까워진 거리를 인지한 엘시아는 저도 모르게 한 걸음 뒤로 물러섰다.

대놓고 그를 피하는 듯한 엘시아의 모습에 레오디안이 미간을 좁혔다. 과거 엘시아가 보았던 서릿발처럼 싸늘한 시선은 아니었다. 그저 조금의 혼란을 담은 무감각한 시선으로, 그렇게 레오디안은 엘시아를 바라보았다.

그리고 그런 레오디안을 향해 엘시아는 어색하게 웃어 보였다. 엘시아도 레오디안을 피하고 싶어서 피한 게 아니었다. 다른 인간도 아니고, 앞으로 리리엔의 보호자가 될 인간이었다. 그런 인간을 병균 취급이라도 하듯 피하고 싶지 않았다. 하지만…….

'달콤한 냄새가 나.'

레오디안에게서는 여전히 달콤한 냄새가 났다.

엘시아가 단 한 번, 그것도 무척 짧은 시간 동안 마주했던 레오디안의 얼굴을 또렷하게 기억하고 있는 건, 어쩌면 그의 체취에 저도 모르는 사이

매료되어 버렸기 때문인지도 몰랐다.

그를 처음 만났을 때도 생각한 것이지만, 살아생전 이렇게 맛있을 것 같은 냄새를 풍기는 인간을 만난 건 처음이었다. 자칫 방심했다가는 그에게 달려들어 탐스러운 목덜미를 깨물어 버릴 것 같았다. 그런 회생 못 할 짓을 저지를 바에는 차라리 좀 수상해 보이는 편이 나았다. 거기까지 생각이 미치자, 엘시아는 한 걸음 더 물러섰다.

"……."

"……."

어색한 정적이 흘렀다. 그 정적이 깨진 건, 엘시아를 가늠하듯 바라보고 있던 레오디안이 돌연 몸을 돌려 응접실을 떠났을 때였다. 레오디안이 떠나자 긴장이 풀린 건지 리리엔은 평소처럼 천진한 얼굴로 엘시아를 올려다보았다. 굳게 닫힌 문을 하염없이 바라보고 있는 엘시아가 이상하다는 듯, 리리엔이 곧 고개를 기울이며 물었다.

"언니, 왜 그래?"

"응? 아…… 아니, 아무것도 아니야."

스스로 듣기에도 영 신뢰가 가지 않는 목소리였다. 그러나 다행스럽게도 리리엔은 엘시아에게 더 이상 캐묻지 않았다. 엘시아는 남몰래 아랫입술을 깨물었다.

레오디안은 떠났으나, 그가 남기고 간 잔향은 여전히 엘시아를 곤혹스럽게 만들고 있었기 때문이었다.

* * *

지금까지 엘시아와 리리엔이 함께 살았던 집과는 감히 비교할 수 없을 정도로 화려한 침실이었다. 엘시아는 리리엔의 젖은 머리를 수건으로 훔쳐내며 침실 곳곳을 신중하게 관찰했다. 침실은 갑작스럽게 준비한 것이라곤 믿을 수 없을 만큼 깨끗하게 정돈되어 있었다.

이 침실을 비롯하여, 이 안락한 저택에 존재하는 모든 것들은 애초에 리리엔이 누려야 했을 것들이었다. 조금이라도 더 빨리 리리엔을 제도로 데리고 왔더라면 좋았을 걸. 엘시아는 속으로 쓰게 웃었다.

"리리엔, 오늘부터 혼자서 자야 해."

"……왜?"

거울 속 리리엔의 푸른 눈동자는 의아함을 감추지 않고 오롯이 드러내고 있었다. 거울에 비친 리리엔의 앳된 얼굴을 바라보고 있자니, 엘시아는 어쩐지 참담한 심정이 되었다.

이 사랑스러운 아이를 두고 떠나야 한다니. 엘시아는 남몰래 한숨을 내쉬었다.

"곧 아카데미에 갈 거잖아. 그러니까 이제부터는 혼자 자는 연습을 해야지."

"아, 맞다. 그랬지……."

"이제 침대에 눕자."

엘시아의 말에 리리엔이 순순히 일어나 침대로 향했다. 엘시아는 침대에 똑바로 누워서, 자신을 멀뚱멀뚱 올려다보는 리리엔에게 이불을 덮어 주었다. 엘시아가 하는 양을 가만 지켜보던 리리엔이 문득 말했다.

"언니, 침대가 되게 푹신해."

"그래? 그러면 잠도 잘 오겠네."

"……근데 너무 넓어서 귀신 나올 것 같아."

리리엔이 침실 안을 휘 둘러보면서 말했다. 그에 리리엔을 따라 방 안을 살펴보던 엘시아가 다시금 리리엔에게 시선을 두었다. 리리엔이 겁을 내는 건 이상한 일이 아니었다. 리리엔은 늘 비좁은 집에서 엘시아와 함께 잠을 잤다. 이렇듯 넓은 곳에서 혼자 자 본 적이 없었다. 하물며 이곳은 무척 낯선 곳이기까지 했다. 리리엔이 쉽게 잠을 청할 수 있을 리 없었다.

"오늘만 언니하고 같이 자면 안 돼? 내일부터는 진짜 혼자 잘게."

"그래."

리리엔이 조심스럽게 묻자, 엘시아는 흔쾌히 고개를 끄덕였다. 첫날부터 리리엔을 너무 몰아붙였던 것 같다는 생각에서였다. 엘시아는 방을 밝히고 있던 초를 불어 껐다. 그리고 늘 그랬던 것처럼 리리엔의 옆에 누웠다. 침대는 엘시아와 리리엔이 함께 눕고도 남을 정도로 넓었다.

"리리엔, 집이 되게 넓지."

"응."

리리엔의 짤막한 대답을 끝으로, 침실에는 적막이 흘렀다. 엘시아는 가까이서 들려오는 리리엔의 규칙적인 숨소리에 귀를 기울였다. 그러면서 한참을 망설인 끝에, 흘러가는 투로 가볍게 물었다.

"대공님은 어땠어?"

그러자 눈을 꼭 감고 있던 리리엔이 번쩍 눈을 떴다. 어둠 속에서도 말간 눈동자는 선명하게 보였다.

"으응……. 조금 무서웠어."

오래도록 찾아왔던 동생을 만난 사람의 반응이라기엔 너무도 건조한 반응이었다. 그를 느낀 건 비단 엘시아뿐만이 아니었나 보다. 엘시아는 레오디안이 무섭다는 리리엔에게 무슨 말을 해 주어야 할지 알 수 없었다. 엘시아가 레오디안에 대해 아는 것이라고는 그가 리리엔의 가족이라는 사실뿐이었고, 그런 엘시아가 리리엔에게 그에 관한 이야기를 해 줄 수 있을 리 없었다.

짧은 침묵 끝, 엘시아가 조심스럽게 리리엔의 머리칼을 귀 뒤로 넘겨 주며 말했다.

"앞으로 대공님 말씀 잘 들어야 해. 알았지?"

"응."

"이제 정말 자자."

리리엔이 다시 눈을 감는 것을 확인한 뒤, 엘시아는 눈을 감았다. 리리엔의 말대로 침대가 푹신해 잠이 쏟아졌다. 그러나 엘시아는 리리엔의 숨소리가 일정해졌을 때, 이쯤이면 리리엔이 잠들었겠다는 확신이 생겼을 때, 그때 천천히 눈꺼풀을 들어 올렸다.

그렇게 한참 리리엔을 응시하던 엘시아는 손을 들어 리리엔의 뺨을 조심스럽게 쓸어 보았다. 보드라웠다. 그리고…… 따뜻했다.

엘시아는 언제나 리리엔을 다시 가족에게 돌려보내겠단 각오를 하고 있었다. 리리엔이 가족의 품으로 돌아가는 건 전부 예정되어 있던 일이었다. 그렇게 생각하면서도 엘시아는 어쩐지 씁쓸한 심정을 미처 다잡을 수 없었다.

* * *

엘시아는 리리엔의 부모가 유명을 달리했을 줄은 상상조차 하지 못했다. 리리엔에게 남은 혈육이 오직 레오디안뿐이라는 사실은 더더욱 예상하지 못했다. 그러나 엘시아와 달리 리리엔은 부모가 이미 죽었다는 이야기에도 그다지 놀라지 않았고, 비보를 꽤나 덤덤히 받아들였다.

리리엔의 유일한 가족이자, 이 저택의 주인인 레오디안은 갑작스럽게 찾아온 리리엔의 존재를 받아들이려고 노력하는 듯했다. 적어도 엘시아가 생각하기에는 그랬다.

리리엔에게는 화려한 침실이 주어졌을 뿐만 아니라 유모와 가정 교사까지 붙었다. 자연스럽게 리리엔은 전과 다른 바쁜 생활을 하게 되었다. 리리엔은 열심히 공부를 해서 아카데미에 가겠다는 기대에 한껏 부풀어 있었기 때문에, 어린아이가 감당하기에는 꽤나 벅찬 일과에도 불평 한마디 하지 않았다.

반면 엘시아에게는 이 저택에서 해야 할 일도, 할 수 있는 일도 없었다. 바쁜 일과를 소화하는 리리엔과 달리, 엘시아의 일과는 리리엔이 떠난 침실을 지키는 일이 유일했다. 엘시아는 구태여 누군가의 눈에 띄고 싶지 않기에 침실밖으로 좀처럼 나가지 않았다. 때문에 엘시아가 레오디안과 마주칠 일은 없었다.

며칠간 엘시아는 로이셀을 통해 레오디안의 말을 전해 들었다. 리리엔 또한 레오디안이 아닌 로이셀과 더 많은 시간을 보내는 듯했다. 레오디안은 바쁜 사람이었다. 그 사실은 엘시아에게 있어서는 퍽 다행스러운 것이었다.

레오디안의 체취는 엘시아가 억누르고 살아온 본능을 너무도 쉽게 자극했다. 그래서 엘시아는 이곳을 떠나기 전까지 되도록이면 레오디안과 마주치지 않는 것이 좋겠다고 생각했다. 그리고 엘시아는 그것이 충분히 가능한 일이라고 생각했다. 레오디안은 바빴고, 자신은 좀처럼 침실 밖으로 나가지 않았으니까.

"잠시 이야기를 나눴으면 합니다."

그러나 레오디안이 엘시아의 침실을 찾아온 지금, 엘시아가 그를 피할 수 있는 방법는 없었다. 레오디안이 풍기는 매혹적인 체취를 잊은 채로 지냈던 엘시아는 새삼 그에게서 나는 달콤한 향기를 인지하게 되었다. 그리고 그의 향은 엘시아를 당황하게 만들었다.

비단 그 이유가 아니더라도 레오디안의 갑작스러운 방문의 영문을 알 수 없기에, 엘시아에게는 눈앞의 레오디안의 존재가 그저 당황스럽기만 했다. 그도 그럴 게, 엘시아는 레오디안이 이렇듯 자신을 찾아올 줄은 조금도 예상치 못했다.

엘시아는 말없이 레오디안을 물끄러미 바라보다가 시선을 내렸다. 리리엔과 함께 이 저택을 찾아왔던 날, 그날로부터 며칠이 지나서야 마주하게 된 레오디안은 무슨 생각을 하는지 알 수 없는 무표정한 얼굴이었다.

"경황이 없어 생각을 정리할 시간이 필요했습니다."

일순 멈칫했던 엘시아가 가만가만 고개를 끄덕였다.

마치 리리엔이 돌아올 것을 기다리고 있었다는 듯, 이 저택에서 리리엔의 자리는 순조롭게 만들어졌다. 그래서 엘시아는 레오디안이 당황하고 있으리라고는 전혀 짐작하지 못했다. 그러나 레오디안 또한 이 상황이 갑작스럽기는 했나 보다. 오랜 시간 찾아 헤맸던 동생이 갑자기 저택을 찾아왔으니 경황이 없을 만도 했다.

"리리엔이 어렴풋하게나마 부모님에 관한 기억을 가지고 있더군요."

뭐라고 대답을 해야 할지 알 수 없었다. 그래서 엘시아는 말없이 김이 모락모락 나는 찻잔을 하릴없이 매만졌다. 그 흉터로 가득한 엘시아의 손을 레오디안이 유심히 바라보고 있었으나, 고개를 숙이고 있던 엘시아는 그 시선을 눈치채지 못했다.

"리리엔이 말하길, 그동안 악마에게 감금되어 있었다고……."

나직한 목소리에 엘시아가 시선을 들어 올렸다. 그러자 수려한 레오디안의 얼굴이 엘시아의 눈에 들어왔다. 기껏 용기를 내 레오디안과 시선을 마주한 것이 무색하게도, 엘시아는 이번에도 역시 무슨 말을 해야 할지 알 수가 없었다.

엘시아는 리리엔이 어느 정도 기억을 가지고 있다는 점을 이용해 거짓말을 했다. 진실과 거짓을 교묘하게 섞어 낸 거짓말을 리리엔은 의심 없이 믿었다.

이를테면 스위티아는 인간이 아닌 악마이고, 우리는 악마에게 납치를 당했던 것이라는 거짓말. 악마가 원하는 건 가족이라고, 그래서 우리를 납치해 온 거라고. 그러니 우리는 악마를 엄마라고 불러야 한다고, 악마에게 죽지 않기 위해 가족 놀이를 해야만 한다고. 그러나 우리는 언젠가 진짜 가족에게 돌아갈 수 있을 것이라는 그런 거짓말들.

스위티아가 인간을 죽이고 그 인간을 먹는 모습을 보았던 리리엔은 스위티아가 악마라는 엘시아의 말을 곧이곧대로 믿었다. 리리엔이 스위티아가 식인 괴물이라는 사실을 알아차릴 수 있을 리 없었으니까.

"네, 사실이에요. 리리엔이 말한 대로예요."

한참 만에 엘시아가 레오디안의 물음에 대한 답을 내어 놓자, 레오디안이 묵묵히 고개를 끄덕였다. 엘시아의 말을 마지막으로 두 사람 사이에는 어떤 대화도 오가지 않았고, 침실에는 자연히 정적이 흘렀다. 그 어색한 침묵 속, 레오디안의 요요한 푸른 눈동자는 엘시아의 드러난 살갗 위로 가득한 흉터를 담았다. 언뜻 보기에도 꽤나 오래된 듯 보이는 흉터였다.

유모의 말에 따르면 리리엔의 몸에는 그 어떤 상처나 흉터도 없다고 했다. 제대로 먹지 못한 건지 마르긴 했지만 건강에는 아무런 이상이 없다고도 했다.

하지만 엘시아는 아니었다. 엘시아의 손이며 팔뚝은 죄 흉터투성이였다. 드러나 있는 팔 위로 눈에 띄는 커다란 흉터만 해도 여러 개였다. 그에 레오디안은 엘시아의 온몸이 저렇듯 흉터로 가득하리라는 것을 굳이 보지 않아도 짐작할 수 있었다.

전장을 누비는 기사도 저렇듯 많은 흉터를 안고 살아가지 않는다. 기사는 부상을 입으면 즉시 신관에게 치료를 받았기 때문에, 깊은 흉터가 생길 일이 없었다. 레오디안 또한 마찬가지였다. 그런데 신전 기사단 단장인 그의 몸에 자리한 전투의 흔적보다 훨씬 많은 흉터를, 다름 아닌 엘시아가 가지고 있었다.

두 사람은 같은 공간에서 같은 시간을 견뎌 낸 끝에 악마의 집에서 탈출했으나, 리리엔과 달리 여자는 큰 흉터를 지니고 있었다. 이것이 무슨 의미인지는 바보가 아닌 이상 모를 수가 없었다.

리리엔이 상처 하나 없이 말끔한 몸인 건, 바로 엘시아 덕분이다. 지금까지 엘시아가 그 악마라는 존재로부터 리리엔을 보호해 왔기에 가능한 일인 것이다. 그에 생각이 미치자 속이 얹힌 듯 답답해졌다. 레오디안은 지그시 눈을 감았다.

오늘 레오디안이 엘시아를 찾아온 건, 엘시아가 원하는 바를 물어보기 위해서였다. 그리하여 엘시아에게 그동안 리리엔을 돌봐준 대가를 마땅히 치르기 위해.

그러나 레오디안은 지금, 사례를 하겠다는 말을 입 밖에 낼 수가 없었다. 엘시아의 손이며 팔에 자리해 있는 또렷한 흉터들을 보고 나니 차마 그럴 수가 없었다. 그래서 그는 다른 것을 물었다.

"……당신은, 당신의 가족에 대한 것을 기억하고 있습니까?"

갑작스러운 레오디안의 물음이 정적을 갈랐고, 엘시아는 고개를 저었다.

"기억을 못 하니 가족을 찾아갈 수도 없겠군요."

"……."

사실 엘시아는 모든 것을 기억하고 있었다. 그러나 엘시아의 기억은 그 누구와도 공유할 수 없는 것이었다. 리리엔을 납치했던 스위티아가 자신의 어머니라는 사실은 결코 누구에게도 고백할 수 없는 끔찍한 사실이었다. 엘시아는 그 사실을 레오디안에게 이야기할 생각이 전혀 없었다.

"이곳을 떠나면 당장 지낼 곳은 있습니까?"

엘시아는 레오디안이 어째서 자신에게 이러한 것을 묻는지 그 이유를 짐작할 수 없었다. 자신이 가족을 찾아갈 수 없는 게, 지낼 곳이 없다는 게 무슨 문제가 된다고.

"……그게 왜 궁금하신가요?"

엘시아의 무미건조한 목소리에 레오디안이 미간을 좁혔다. 말문이 막힌 것은 물론이었다. 덕분에 침실 안에는 다시금 정적이 흘렀다. 엘시아는 어느 순간부터 테이블 위를 툭, 툭, 두드리고 있는 레오디안의 손가락을 물끄러미 내려다보았다. 그러면서 입술을 깨물었다.

엘시아는 레오디안이 자신에 관한 것을 묻는 이 상황이 그저 불편했다. 무엇보다도 그가 조금이라도 움직일라치면 기다렸다는 듯 코를 찔러 오는 달콤한 향기가 곤혹스러웠다. 조용히 아랫입술을 괴롭히던 엘시아가 레오디안이 이만 돌아가 주었으면 좋겠다고 생각을 할 때쯤, 레오디안이 비로소 침묵을 깼다.

"잘 알고 계시다시피 리리엔은 당신과 함께 지내기를 원하고 있습니다."

레오디안의 말대로 그는 엘시아도 알고 있는 사실이었다. 리리엔은 자신이 이곳을 떠나는 걸 원치 않았다. 실제로 어젯밤, 리리엔은 엘시아에게 앞으로 이 저택에서 함께 행복하게 살자고 말했다.

"가족을 기억하지 못한다 하셨는데, 이곳을 떠나면 머물 곳은 있습니까?"

"……."

"이곳에서 계속 머무르는 건 어떻습니까. 이 저택은 당신이 지내기에도 불편하지 않을 겁니다."

머지않아 이곳을 떠날 생각을 하고 있었기에 레오디안의 제안이 갑작스럽고 또 놀라웠으나, 엘시아는 아무런 내색도 하지 않았다.

"저 같은 사람이 리리엔의 곁에 머무는 건, 말도 안 되는 일이에요."

엘시아가 단호한 얼굴로 말하자, 테이블 위를 두드리고 있던 레오디안의 기다란 손가락이 뚝 움직임을 멈추었다.

"왜 그렇게 생각합니까."

"보시다시피……."

엘시아는 제 모습을 말없이 가만 내려다보다가, 이내 시선을 들어 올려 다시금 레오디안을 바라보았다. 엘시아는 이 저택에 오고 나서 자신이 인간보다는 짐승에 가까운 생활을 해 왔다는 사실을 실감했다. 하루가 다르게 변하는 리리엔의 모습 또한 엘시아가 그 사실을 뼈저리게 실감토록 했다.

엘시아가 잘라 주어 엉망이던 리리엔의 머리카락은 깔끔하게 다듬어졌고, 무언가를 발라 관리를 한 머리카락은 전과 다르게 훨씬 보드라워졌다. 리리엔의 차림새 역시 이제는 누가 보더라도 귀한 가문의 아이라는 걸 짐작할 수 있을 정도로 화려해졌다.

"저 같은 초라한 사람이 이곳에 어울리기나 한가요."

건조한 엘시아의 목소리는 레오디안의 말문을 막기에 충분했다. 레오디안의 미간 사이 주름이 깊어졌다. 엘시아는 정말 그렇게 여기고 있는 듯했다. 자신은 너무나도 초라한 사람이라, 이 대공저에 어울리는 사람이 아니라고.

"나는 은혜를 모르는 짐승이 아닙니다."

레오디안은 눈앞의 표정 없는 새하얀 얼굴을 직시하며 말을 이었다.

"그리고 리리엔 또한 은혜를 모르는 아이가 아니리라 믿습니다."

레오디안은 그 말을 끝으로 자리에서 일어났다. 지금은 무슨 말을 한다 하여도 엘시아를 설득할 수 없으리란 것을 직감했기 때문이다. 엘시아는 마치 인형 같았다. 어떤 것에도 미련이 없어 보였다. 그런 엘시아가 레오디안이 납득할 만한 보상을 받아들일 리 없었다. 레오디안은 빠르게 판단을 내렸다.

"저택에 신관을 부르겠습니다. 내일부터 신관에게 치료를 받으십시오."

갑작스러운 레오디안의 말에 고개를 기울였던 엘시아는 곧 그가 무슨 말을 하는 건지 알아차렸다. 레오디안의 시선이 엘시아의 손등을 향해 있었기 때문이다.

"저는……."

엘시아는 고개를 흔들었다.

"저는 그리고 싶지 않아요."

그저 오래된 흉터일 뿐이었다. 이제 와서 흉터를 치료를 해야 할 이유도 필요도 느끼지 못했다. 게다가 신관이 뭔지는 모르겠지만, 오래전부터 살갗에 자리해 있던 흉터를 지울 수 있을 것 같지 않았다.

동족에 비할 수는 없지만, 엘시아는 치유 능력을 타고났다. 스위티아가 남긴 깊은 상처에도 엘시아가 지금까지 죽지 않고 살 수 있었던 이유였다.

타고난 힘 덕분에 상처는 빠르게 아물었지만, 흉터는 남았다. 엘시아의 힘으로도 흉터는 지울 수 없었다.

"그러니까 괜히 신관을 부르실 필요는 없어요."

엘시아가 다시금 거절의 의사를 내비쳤다. 그런 엘시아를 가만히 바라보고 있던 레오디안이 손을 들어 머리칼을 쓸어 넘겼다. 퍽 성마른 손길로.

"리리엔이, 마음 아파하더군요."

"……"

"리리엔을 위해서라도 치료를 받으세요."

엘시아가 더는 거절할 수 없으리란 걸 알아차리기라도 했는지, 레오디안은 엘시아가 미처 무슨 대답을 하기도 전에 침실을 떠났다. 문이 닫히자 침실에는 적막이 흘렀다.

레오디안이 떠난 침실, 홀로 남은 엘시아는 새삼스럽게 자신의 팔을 내려다보았다. 엘시아는 제 몸 가득한 흉터를 크게 신경 쓰지 않았다. 아니, 신경 쓸 필요가 없다는 편이 맞았다.

엘시아는 리리엔과 단둘이 살아왔고, 두 사람은 엘시아의 몸의 흉터를 화두로 삼은 적이 없었다. 마치 서로 약속이라도 한 것처럼. 두 사람 모두 엘시아의 몸을 뒤덮듯이 자리한 흉터가 어디에서 기인한 건지를 잘 알고 있었기 때문이었다.

리리엔은 가끔 흉터를 가만 바라보고는 했으나, 엘시아 앞에서는 애써 보지 못한 척했다. 새로 생겨난 상처나 간신히 아문 상처를 비롯한 흉터에 관해 결코 묻지 않았다. 그게 엘시아의 상처를 헤집는 행위라는 걸 본능적으로 알아차린 탓이다.

때문에 엘시아는 흉터를 치료받으라는 레오디안의 말이 당황스러웠다. 그 누구도 엘시아에게 그런 것을 이야기해 준 적이 없었다. 애초에 엘시아 본인부터 흉터에 그다지 마음을 쓰지 않고 있었다.

그래서 엘시아는 레오디안이 전한, 리리엔이 제 몸의 흉터에 마음 아파한다는 이야기가 그저 당혹스러웠다. 마치 누군가 머리를 세게 치고 간 것 같은 기분이었다. 몸에 남은 흉터에 크게 의미를 두고 살지 않았기 때문에, 엘시아는 리리엔이 자신의 상처를 신경 쓰고 있으리라고는 생각지도 못 하고 있었다.

왜 진작 그런 생각을 못해 봤을까.

엘시아가 단 한 번도 고려하지 못했던 것을 레오디안은 너무도 쉽게 짚어 냈다. 그리고 그만큼 쉽게 엘시아의 마음속에 파문이 일게끔 만들었다.

"언니!"

리리엔이 품에 책 따위를 가득 안고 침실에 들어왔을 때까지, 엘시아는 자신의 팔을 묵묵히 내려다보고 있었다. 엘시아는 리리엔이 가까이 다가와 앉았을 때야 팔에서 시선을 떼어냈다.

"이것 봐. 엄청 많지. 에밀리아가 선물로 줬어."

에밀리아 테르만 백작 부인은 현재 리리엔을 가르치고 있는 가정 교사였다.

"그래?"

"응. 내가 아직 글을 잘 모르니까 쉬운 책을 많이 읽어야 한대."

엘시아는 리리엔이 늘어놓은 책을 차례로 훑어보았다. 엘시아가 산 너머 인간 마을에서 간신히 구해 온 책 몇 권과 비교하기조차 민망하게 느껴질 정도로, 아기자기한 동화책들은 하나같이 질이 좋아 보였다.

"언니랑 같이 읽고 싶어서 가져왔어."

"그랬구나."

엘시아는 곁에 앉아 책을 뒤적이는 리리엔을 가만 바라보다가, 조심스럽게 화제를 돌렸다.

"리리엔, 혹시 그동안 내 몸에 남아 있는 흉터가 신경 쓰였어?"

갑작스러운 엘시아의 물음에 리리엔이 움직임을 멈추었다. 그리고 천천히 시선을 들어 올려 엘시아를 바라보았다.

"응. 신경 쓰였어."

"……징그러워서?"

리리엔이 마구 고개를 저었다.

"그런 게 아니고, 그냥……."

리리엔이 침대 시트를 꽉 움켜쥐는 것이 엘시아의 눈에 들어왔다. 엘시아는 제가 괜한 말을 꺼내 리리엔을 곤란하게 만든 것 같아 얼른 말을 돌렸다.

"책 읽을까?"

그러자 리리엔이 꼭 깨물고 있던 입술을 열었다.

"그냥 언니 몸에 흉터가 없었으면 좋겠어."

처음 듣는 이야기였다. 애초에 물어본 적이 없었기에, 리리엔이 흉터에 관해 어떻게 생각하는지를 엘시아가 알 수 있었을 리 없었다.

"흉터를 볼 때마다……. 그 집이 생각날 테니까."

엘시아는 떨리고 있는 리리엔의 손을 잡아 주는 대신, 등 뒤로 제 팔을 숨겼다. 리리엔이 어떤 심정으로 흉터를 보고 있었던 건지 알게 된 이상, 엘시아는 리리엔에게 흉터를 내보이고 싶지 않았다.

"그래서 다 없어져 버렸으면 좋겠어."

자신이 별생각 없다고 해서 리리엔도 그러리란 법은 없는 건데. 엘시아는 무신경했던 스스로를 책망했다.

"그런데 갑자기 왜 물어본 거야?"

"……치료를 받아 볼까 해서."

엘시아의 말을 예상치 못했던 건지 리리엔의 눈이 휘둥그레졌다.

"정말? 치료 받으면 흉터 다 없어져?"

"아마도 그렇지 않을까?"

오랜 시간 몸에 자리하고 있던 흉터를 치료할 수 있을지 회의적이었지만 엘시아는 그냥 그렇게 말했다. 그러자 리리엔이 엘시아의 품을 파고들었다.

"다 없어지면 좋겠다."

그 웅얼거리는 듯한 작은 목소리를 들으며 엘시아는 말없이 리리엔을 끌어안았다.

* * *

"로아나라고 불러 주세요."

"아, 저는…… 엘시아예요. 편하게 부르세요."

레오디안이 예고했던 대로, 아침이 밝자마자 신관이 침실을 찾아왔다. 리리엔은 유모 헤르테인과 일찍이 침실을 나선 뒤였다.

"그럼 엘시아 님, 상처를 간단히 살펴보겠습니다."

엘시아가 가만 고개를 끄덕이자 로아나가 엘시아의 손등을 비롯해 팔, 다리에 자리한 흉터를 차례로 살폈다. 엘시아는 무표정한 얼굴로 로아나가 하는 양을 방관하듯 가만 바라볼 뿐이었다.

엘시아의 몸은 커다란 흉터와 자잘한 흉터로 가득했다. 커다란 흉터는 대부분이 툭 불거져 있을 뿐만 아니라 조금씩 변색이 되어 있었다. 커다란 흉터 대부분은 자상으로 인한 것 같아 보였다. 대체 무슨 이유로 이렇듯 큰 자상을 입었던 건지 의아했으나, 로아나는 의문을 머릿속에서 지워 냈다. 레오디안에게 미리 언질을 받았기 때문이었다.

레오디안은 엘시아에게 아무것도 묻지 말고 그저 치유만 하라고 단단히 주의를 주었다. 로아나는 레오디안의 명을 어기면서까지 제 의문을 해소하고 싶은 생각이 없었다.

"생각보다 흉이 깊어 한동안은 계속 치료를 받으셔야 할 것 같아요."

한참 만에 로아나가 말했다. 엘시아는 마치 자신과 상관없는 생판 남의 이야기를 들은 사람처럼, 무심한 얼굴로 고개를 끄덕였다. 그러자 그 모습을 로아나가 유심히 관찰하듯 보았다.

"편하게 누워 보시겠어요?"

한참 엘시아를 관찰한 끝에, 로아나가 조심스럽게 권했다. 엘시아는 선선히 침대 위로 올라가, 몸을 바로 해 누웠다. 머지않아 로아나가 엘시아를 향해 손을 뻗었다.

"신성력을 사용할 거예요. 별다른 느낌은 없을 테니 두려워하지 않으셔도 돼요."

"네."

엘시아의 몸 위로 조심스럽게 올려놓은 로아나의 손에서 빛이 뿜어져 나왔다. 엘시아는 그 생경한 광경을 멍하니 바라보았다.

그렇게 한참이었다. 내내 쏟아지듯 흘러나오던 빛이 서서히 자취를 감추었다.

"내일도 오늘과 같은 시간에 찾아와도 괜찮으신가요?"

"네. 괜찮아요."

천천히 몸을 일으켜 앉은 엘시아가 떠날 채비를 하는 로아나를 묵묵히 바라보고 있을 때였다. 누군가 문을 두드렸다.

"그럼 내일 뵙겠습니다."

로아나가 문을 열자, 문 너머로 낯익은 여인의 모습이 드러났다. 가볍게 고개를 숙여 보이는 로아나를 향해 마주 인사를 한 엘시아는 침대에서 내려와, 방 한편 놓인 의자에 앉았다.

"엘시아 님. 잠깐 시간 괜찮으신가요?"

"네, 들어오세요."

자리에 못 박힌 듯 서 있던 에밀리아는 엘시아의 대답을 들은 후에야 안으로 들어왔다.

에밀리아의 등 뒤로 문이 닫혔다. 엘시아는 의아한 낯으로 에밀리아를 바라보았다. 지금 이 시간이면 리리엔이 에밀리아와 공부를 할 시간이었다. 그런데 에밀리아는 리리엔이 아닌 엘시아의 침실에 발걸음을 했다. 엘시아는 구태여 의아한 마음을 감추지 않은 채 물었다.

"무슨 일로 저를 찾아오셨나요?"

맞은편에 자리한 에밀리아를 향해 엘시아가 물었다.

"다름이 아니라, 리리엔 아가씨에 관해 몇 가지 여쭐 것이 있어서요."

엘시아는 어색하게나마 미소를 띤 채 고개를 끄덕였다. 그러자 곧 에밀리아가 용건을 말했다.

"아가씨가 좀처럼 고기를 먹지 않으려고 하셔요. 안 그래도 영양 상태가 걱정인데, 자꾸 샐러드 같은 음식에만 관심을 두셔서 무척 곤란해요. 혹시 이유를 알고 계신가요?"

어느 정도 예상하고 있던 일이었다. 그래서 엘시아는 에밀리아의 말에 크게 놀라지 않았다.

"상황이 여의치 않아서 리리엔에게 고기를 먹일 수 없었어요. 아마도 고기를 먹는 게 익숙하지 않아서 그런 것 같아요."

엘시아는 언제나 리리엔에게 채소나 과일 따위를 주었다. 그게 리리엔의 성장에 안 좋다는 걸 알면서도 엘시아는 리리엔에게 고기를 요리해 줄 수 없었다.

엘시아는 어렸을 때부터 스위티아의 강압적인 명령에 따르며 살아왔다. 스위티아는 인간은 물론이고 그 어떤 짐승도 잡아먹지 못하게 했다. 세뇌에 가까운 교육이었다. 엘시아는 스위티아가 사냥해 온 인간에게서 달콤한 냄새가 나도, 고약한 냄새가 난다 말해야 했다.

오래도록 이어진 행위에, 엘시아는 이제 죽은 동물을 보면 역겹다는 생각부터 하게 됐다. 식인 본능을 억누르고 살기 위해 스스로 그렇게 믿고 있는 건지도 몰랐다. 그러나 엘시아는 피가 흐르는 짐승을 보면 명백한 거부감을 느꼈다. 때문에 엘시아는 리리엔을 해치려는 괴물을 처리하는 것 외에 그 어떤 짐승도 해치지 않았다.

'하지만 그에게서는 달콤한 냄새가 났어.'

엘시아는 새삼스럽게 생각했다.

엘시아에게 인간을 비롯한 짐승 냄새는 역겹기만 한 것이었다. 심지어 늘 함께 지낸 리리엔에게서도 그런 냄새가 나서 엘시아는 괴로워하곤 했다. 그런데 레오디안만은 달랐다. 정말 이상한 일이었다. 어째서 그에게서는 그토록 달콤한 냄새가 나는 건지. 엘시아는 아직 그 이유를 찾아내지 못했다.

"……역시 그런 이유에서 그러셨던 거군요."

에밀리아의 나직한 목소리가 엘시아를 상념에서 벗어나게 만들었다. 에밀리아는 엘시아의 대답을 예상했다는 듯 고개를 주억거리고 있었다.

"그럼 아가씨는 주로 채소를 드셨던 건가요?"

"네."

엘시아는 선선히 답했다. 리리엔만 두고 멀리 나갈 수 없었던 엘시아가 리리엔에게 줄 수 있었던 건 근처 산에서 캐 온 풀 따위가 전부였다.

"다른 이유가 있는 게 아니라니 다행이군요."

에밀리아는 리리엔이 육류를 꺼리는 것이 다른 이유에서가 아니라, 그저 낯선 음식을 꺼리는 것이라는 사실에 안도했다. 그렇게 잠시 침묵을 지키던 에밀리아는 이내 다른 물음을 입 밖에 냈다.

"아가씨께 종종 책을 읽어 주셨다 들었어요. 그동안 어떤 책을 읽어 주셨는지 알려 주실 수 있나요?"

"대륙에 전해지는 전설 같은 이야기가 적힌 책이었어요."

그나마도 엘시아가 글을 제대로 몰라 읽어 줄 수 있는 내용이 한정되어 있었다. 엘시아는 리리엔에게 거의 같은 이야기를 반복해서 읽어 주었다. 때문에 리리엔은 대화를 나누는 데는 전혀 지장이 없었지만, 글을 읽고 쓰는 데는 미숙했다.

"아가씨가 또래와 비교해서 너무 뒤처져 있으셔요. 그래서 일단 글을 떼실 수 있도록 도와드리려고 해요."

엘시아와 리리엔이 함께 지낸 것은 못해도 오 년은 되었다. 그 시간 동안 리리엔은 제대로 교육을 받지 못했다. 리리엔은 오직 살아남기 위해서 눈치만 보고 살았다. 그러니 에밀리아가 저렇게 말하는 건 이상한 일이 아니었다. 엘시아는 가까스로 입매를 끌어 올려 웃었다. 그것 외에 어떤 반응을 보여야 할지 알 수 없었다.

"엘시아 님도 아가씨가 하루 빨리 글을 뗄 수 있도록 도와주셔야 해요. 아가씨가 복습을 하게끔 도와주시고, 그리고 잠들기 전 꼭 책을 읽어 주세요."

"네, 그렇게 할게요."

에밀리아는 엘시아가 영 미심쩍다는 기색을 감추지 않았다. 당연한 일이었다. 애초에 엘시아가 리리엔을 잘 돌봤다면 리리엔은 진작 글을 뗐을 테니까. 엘시아는 갈 곳 없는 시선을 힘없이 내려뜨렸다.

"저는 이만 일어나 보겠습니다."

잠시간의 침묵을 깨고 에밀리아가 자리에서 일어났다. 그제야 엘시아는 시선을 들어 올려 에밀리아를 바라보았다.

"앞으로도 종종 아가씨의 일을 상의하러 찾아오게 될 것 같아요. 부디 잘 부탁드려요."

"저도 잘 부탁드릴게요."

에밀리아는 지체할 것 없다는 듯 망설임 없이 빠른 걸음으로 침실을 떠났다.

적막에 휩싸인 침실에서 엘시아는 어쩐지 참담한 심정으로 닫힌 문을 하염없이 바라보았다.

* * *

"언니, 내가 뭘 가져왔게."

장난스러운 낯을 한 리리엔은 등 뒤로 무언가를 감추고 있었다. 엘시아는 심각하게 고민하는 척 미간을 좁혔다.

"음…… 과자?"

"틀렸어!"

"그러면, 책?"

"그것도 틀렸어."

리리엔이 개구지게 웃었다. 엘시아는 일부러 울상을 했다.

"뭔지 알려 주면 안 돼? 아무리 생각해봐도 모르겠어."

리리엔의 미소가 짙어졌다. 리리엔은 곧 등 뒤로 감추고 있던 손을 엘시아를 향해 내보였다. 리리엔은 조그만 병을 들고 있었다.

"머리카락에 바르는 거야. 이거 바르면 머리카락에서 엄청 좋은 냄새가 나."

리리엔이 병의 뚜껑을 열자, 곧 꽃향기가 물씬 풍겨 왔다. 최근 리리엔에 게서 나고는 했던 향과 똑같은 향이었다.

"언니 주려고 가져왔어. 허락 맡고 가져온 거야."

리리엔이 엘시아에게 병을 가까이 가져다 댔다. 좋은 냄새 나지, 하면서.

엘시아는 고개를 끄덕였다.

"응, 진짜 좋은 냄새가 난다."

"저기 앉아 봐. 내가 발라 줄게."

엘시아는 순순히 리리엔이 시키는 대로 소파에 앉았다. 이내 리리엔이 엘시아의 머리를 뒤로 넘겨 손으로 빗었다. 엘시아는 리리엔에게 머리카락을 내맡긴 채 가만히 눈을 감았다.

"이걸 바르니까 머리카락이 부드러워졌어. 언니 머리카락도 부드러워질 거야."

리리엔이 엘시아의 새까만 머리카락에 향유를 발랐다. 엘시아의 밤처럼 까만 머리카락은 리리엔이 가장 좋아하는 것이었다. 끝이 거칠어 서로 엉켜 있어도 리리엔은 제 은빛 머리카락보다 엘시아의 머리카락이 더 좋았다.

"나는 유모가 이렇게 머리카락을 만져 줄 때마다 기분이 좋았는데, 언니는 어때?"

"나도 그래. 기분 좋아."

"냄새도 좋지?"

"응."

다시금 확인을 하듯 묻는 리리엔에게 엘시아는 선선히 대답했다. 사실 엘시아에게는 그다지 감흥을 주지 않는 향이었지만, 엘시아는 리리엔에게 사실대로 말할 생각이 없었다.

리리엔은 엘시아를 자신과 같은 인간이라 생각하고 있었다. 엘시아는 굳이 리리엔의 생각을 바로잡아 주고 싶지 않았다. 애초에 그럴 생각이 없었다. 그럴 생각이 있었다면 엘시아는 진작 리리엔에게 사실을 말했을 것이다. 거짓말로 리리엔을 속이는 것이 아니라.

엘시아와 리리엔은 곧 헤어질 터였다. 엘시아는 그저 리리엔의 기억 속에 그저 좋은 사람으로 남고 싶었다. 엘시아가 리리엔을 속여 온 데에 죄책감을 느끼면서도 끝내 사실을 고백하지 않는 건, 그런 이유에서였다.

"됐다! 한번 만져 봐."

리리엔의 들뜬 목소리를 들으며 엘시아는 내내 감고 있던 눈을 떴다. 그리고 제 머리칼을 가만 쓸어보았다.

"부드럽지?"

"응, 부드럽다. 고마워, 리리엔."

리리엔이 활짝 웃으며 엘시아의 품에 안겼다.

"내가 매일매일 발라 줄게."

"응."

그저 그런 향이었지만, 리리엔에게서 나는 향이 자신에게서도 난다고 생각하니 꽤 마음에 들었다. 그런 생각을 하며 엘시아는 리리엔의 등을 가만가만 쓸어내렸다. 누군가 문을 두드린 건 그때였다.

"들어오세요."

엘시아가 나직이 말하자 곧 문이 열렸다. 침실 안으로 들어온 건 다름 아닌 로이셀이었다.

"리리엔, 벌써 밥 먹을 시간이 됐나 봐."

이 시간쯤 되면 로이셀이 리리엔의 식사를 챙기기 위해 침실을 찾아온다. 그제야 리리엔이 고개를 들어 올려 로이셀을 바라보았다.

"⋯⋯배부른데."

실제로 리리엔은 허기를 느낄 새도 없이 계속해서 무언가를 먹어야만 했다. 저택 사용인들은 비적 마른 리리엔에게 쉴 틈 없이 먹을 것을 가져다주었다. 낯선 음식이지만 맛있었기에 리리엔도 얼마간은 시종이 가져오는 족족 거부하지 않고 먹었다. 그러나 이제는 맛있을 것 같아 보이는 새로운 음식을 봐도 별다른 감흥을 느끼지 못했다.

"먹기 싫어."

리리엔이 다시 엘시아의 품에 얼굴을 묻었다. 난감해진 엘시아는 희미하게 웃으며 로이셀을 응시했다. 리리엔과 엘시아를 말없이 바라보고 있던 로이셀 또한 난감하다는 듯한 얼굴로 미소 지었다.

"⋯⋯그, 저기. 오늘 각하께서 일찍 돌아오셨습니다."

로이셀의 말은 퍽 뜬금없었다. 엘시아는 로이셀이 왜 그걸 자신에게 말하는지 영문을 알 수 없어 조금쯤 고개를 모로 기울였다.

"저녁을 함께하자고 하셨습니다."

"아, 리리엔하고요?"

엘시아가 되묻자, 리리엔이 흠칫 몸을 굳혔다. 엘시아는 그런 리리엔의 등을 다정히 쓸어내렸다. 그에 잠시 말없이 두 사람을 주시하고 있던 로이셀이 천천히 입을 열었다.

"엘시아님도 함께하셨으면 한다고……."

곤란한 얼굴로 로이셀이 말끝을 흐렸다. 그러자 리리엔이 번쩍 고개를 들더니 엘시아의 손을 잡고 재촉했다.

"언니, 내려가자."

그런 리리엔에게 대답하는 대신, 엘시아는 얼떨떨한 얼굴로 로이셀에게 물었다.

"저도 같이요?"

"예, 아래 식사가 준비되어 있습니다."

레오디안과 식사라니. 그와 함께 식사를 하는 건 저택에서 지내게 된 이래로 단 한 번도 없었던 일이라 당황스러웠다. 그건 로이셀 역시 마찬가지인 듯했다. 그러나 리리엔만은 한껏 들뜬 얼굴로 엘시아를 채근했다.

"얼른 가 보자, 언니. 응?"

엘시아는 어째서 이렇듯 갑자기 레오디안이 함께 식사를 하자고 하는 건지 이유를 알 수 없어 영 곤혹스러웠다.

'대체 무슨 생각인 걸까.'

엘시아는 이 저택을 떠나기 전까지, 저택에 있는 듯 없는 듯 지내려고 했다. 그런데 레오디안은 그런 엘시아에게 신관을 붙이고, 이렇듯 엘시아가 침실 밖으로 나가게끔 했다.

엘시아는 레오디안을 이해할 수 없었다.

엘시아는 자신이 사용인들 눈에 띄어서 좋을 게 없다고 생각했다. 애초에 엘시아는 자신이 이 저택에서 지내는 것부터가 그다지 좋은 일이 아니라고 여기고 있었다. 자칫 이상한 소문이 날지도 모르니까.

"리리엔, 나는 그냥 방에 있을 테니까 너 혼자 다녀와."

고민 끝에 엘시아가 말했다. 그러자 곧바로 리리엔이 와락 얼굴을 찌푸렸다.

"싫어. 같이 가. 언니랑 같이 밥 먹고 싶단 말이야."

"나중에. 나중에 같이 먹자. 응?"

엘시아가 고개를 저었으며 말하자, 리리엔이 우는 소리를 했다.

"언니, 제발. 부탁이야. 같이 먹으면 안 돼?"

"……리리엔."

"그럼 나도 안 가. 무섭단 말이야."

엘시아가 멈칫하자, 리리엔은 엘시아에게 레오디안이 얼마나 무서운지를 이야기하기 시작했다. 그에게 아침에 인사를 했더니 그냥 고개를 끄덕이고 사라졌다는 얘기부터 시작해, 가끔 마주치면 무서운 눈으로 자신을 쳐다보고 그냥 가 버린다는 이야기로 말을 맺었다.

그런 뒤 리리엔은 고집스럽게 입술을 꾹 다물었다. 엘시아가 함께 가지 않으면, 결코 식당으로 가지 않겠다는 듯. 리리엔은 고집스러운 얼굴을 하고선 말없이 엘시아를 올려다보았다.

당황한 엘시아는 로이셀에게 힐끔 눈길을 주었다. 로이셀은 엘시아의 시선은 전혀 눈치채지 못했다는 양, 애먼 곳을 주시하고 있었다.

로이셀은 이 곤란한 상황에서 엘시아를 벗어나게 해 줄 생각이 전혀 없는 것 같았다. 엘시아는 결국 더 이상 참지 못하고 깊은 한숨을 내쉬었다.

* * *

엘시아는 끝내 리리엔의 손에 이끌려 식당으로 내려오게 되었다. 그리하여 지금 엘시아는 화려한 식당, 온갖 낯선 음식들이 가득한 테이블 한편을 가만 내려다보고 있었다.

시선을 둘 곳이 없었다. 아까부터 뺨에 달라붙어 있는 시선이 누구의 것인지를 잘 알고 있었기에, 엘시아는 차마 고개를 들 수가 없었다. 엘시아는 레오디안이 집요하게 시선을 보내는 이유를 몰랐다.

처음에는 혹시 자신이 괴물의 피를 타고났다는 사실을 레오디안이 눈치챘나 싶었지만, 그건 아닌 듯했다. 엘시아는 만약 레오디안이 그 사실을 알아차렸다면 이렇듯 뚫어지게 자신을 바라보는 게 아니라, 당장 자신을 끌어냈을 것이라 생각했다. 그러나 확신은 없었다. 엘시아는 그저 숨을 죽인 채 자리를 지켰다.

"리리엔."

오가는 시종들 틈, 마냥 고요하기만 했던 식당에 레오디안의 목소리가 울렸다. 그 목소리에 스튜를 떠먹고 있던 리리엔이 고개를 들어 올렸다.

"좋아하는 음식이 있나?"

별 특별할 것 없는 질문을 참 어렵게 했다. 레오디안과 리리엔이 서로 떨어져 있던 시간이 그렇게 만든 것이리라. 엘시아는 새삼 갈증이 일어, 앞에 놓여 있던 물컵을 손에 들었다.

"……모르겠어."

다 맛있는데. 리리엔이 조그만 목소리로 덧붙였다.

리리엔의 말을 끝으로 테이블 위에는 다시금 어색한 정적이 내려앉았다. 엘시아는 조용히 컵을 내려놓았다. 그때 시종이 보란 듯이 길짐승의 털을 벗겨 통째로 구운 것을 들고 다가왔다. 무심코 시선을 돌렸던 엘시아의 표정이 단번에 굳어졌다.

테이블 위 올라가 있는 꿩고기를 비롯한 온갖 짐승으로 만든 요리를 애써 쳐다보지 않으려고 했던 엘시아였다. 하물며 지금 시종이 가지고 들어온 고기는 온전히 형체를 보전하고 있었다.

엘시아가 순간 치미는 역겨움을 애써 내리누르는데, 시종이 테이블 한가운데 비어 있던 접시에 짐승 고기를 올려놓았다.

"특별히 준비한 것이니 부디 입에 맞았으면 좋겠군."

레오디안이 리리엔을 향해 말했다. 그러나 그의 시선은 여전히 엘시아에게 고정되어 있었다.

그러는 동안에도 시종은 제 맡은 바 소임을 다하고 있었다. 시종은 커다란 포크 두 개를 고기 덩어리에 꽂아 넣었다. 그것을 시작으로 시종은 본격적으로 고기를 해체하기 시작했다. 시종의 손길을 따라 고기에서 육즙이 흘러나왔다.

엘시아는 질끈 눈을 감았다. 그러나 이미 엘시아의 머릿속에는 시종이 고기를 저미는 모습과 스위티아가 인간을 낱낱이 토막 내는 장면이 겹쳐지고 있었다.

토기가 치밀었다. 엘시아는 가까스로 눈을 떠, 간신히 물컵을 쥐었다. 그리고 퍽 다급하게 물을 마셨다. 하지만 이미 머릿속에 떠오른 역겨운 장면을 떨쳐 낼 수 없었다. 엘시아는 가빠진 숨을 고르려 애썼다.

분명 이상하게 생각할 것이다. 괴물이란 사실을 들킬 것이다. 그런 생각에 엘시아는 눈앞이 새하얗게 질리는 것 같았다.

"요리장이 고안해 낸 소스를 입힌 멧돼지 고기입니다."

그러나 시종이 먹기 좋게 썰어 낸 고기를 담은 접시를 엘시아 앞에 조심스럽게 놓았을 때, 엘시아는 더는 참지 못하고 자리를 박차고 일어났다.

"……우읍."

엘시아는 입을 틀어막은 채로 뛰쳐나갔다. 레오디안이 자신을 의심할지 모른다 생각하며 참으려 했으나 엘시아는 더 이상 자리를 버티고 앉아 있을 수 없었다.

엘시아는 발길이 닿는 대로 뛰었다. 스쳐 지나가는 시종마다 의아한 눈으로 자신을 바라본다는 걸 알면서도 엘시아는 멈추지 않았다.

엘시아의 다급한 걸음이 멈춘 건 홀 한편 식자재를 보관하는 방, 그 굳게 닫힌 문 앞에서였다. 엘시아는 허리를 굽힌 채 되는 대로 벽을 짚었다. 차마 힘을 조절할 여력이 없었던 엘시아의 손 아래 벽이 부서져 가루처럼 부스스 떨어져 내렸다.

엘시아의 머릿속에는 아까부터 핏빛 선연한 장면이 계속해서 맴돌고 있었다.

이를테면 인간을 갈가리 찢어발기는 스위티아의 모습, 괴물을 토막 내 죽여 산에 묻는 스스로의 모습이었다.

'고약한 냄새가 나지?'

'인간을 먹어서는 안 돼.'

'인간에게서는 역겨운 냄새가 난단다.'

'짐승을 죽이면 넌 진짜 괴물이 되는 거야.'

'엘시아, 괴물이 되고 싶니?'

엘시아는 의미 없는 헛구역질을 했다. 그러는 동안에도 엘시아의 머릿속에는 잔혹한 장면들이 끊임없이 이어졌다. 그리고 끝내 토벌대가 도륙 낸 동족의 시체를 보고 두려움이 아닌 기묘한 흥분감을 느꼈던 자신의 모습을 떠올렸을 때, 엘시아는 그런 스스로가 혐오스러워 미칠 것만 같았다.

"괜찮습니까?"

불현듯 달콤한 냄새가 났다. 그와 동시에 들려온 낮은 목소리에 엘시아는 황급히 고개를 들어 올렸다. 그러기가 무섭게 엘시아는 곧장 자신을 바라보고 있던 푸른 눈동자를 맞닥뜨렸다.

저도 모르게 뒷걸음질 치며, 엘시아는 숨을 들이켰다. 그러다 엘시아는 문득 자신이 여태 손을 짚고 있던 벽이 부서져 움푹 파여 있다는 사실을 알아차렸다. 엘시아는 레오디안이 자신의 뒤를 쫓아왔다는 사실보다, 움푹 팬 벽에 더 놀라 눈을 크게 떴다.

만약 레오디안이 부서진 벽을 발견한다면, 자신이 인간이 아니라는 사실을 금세 알아차릴지도 몰랐다. 그런 생각에 늘어뜨리고 있던 엘시아의 손이 속절없이 떨렸다.

"혹시 음식에 무슨 문제라도 있었습니까?"

"아니, 아무것도 아니에요."

간신히 정신을 차리려 노력하며 엘시아는 벽을 등지고 섰다. 부서진 벽을 레오디안이 봐서는 안 된다는 생각에 엘시아는 가까스로 이성을 되찾을 수 있었다.

"아무것도 아닌 게 아닌 듯한데."

레오디안이 혼잣말처럼 중얼거렸다.

엘시아는 하얗게 질린 얼굴로 레오디안을 올려다보고 있었다. 엘시아의 머리카락이 땀에 젖어 얼굴에 가닥가닥 붙어 있었고, 가냘픈 어깨는 무슨 이유에선지 조금쯤 떨리고 있었다. 꼭 누군가 뒤를 쫓아오기라도 하는 양 겁에 질린 모습이었다.

레오디안은 순간 말문이 막혀 선뜻 아무런 말도 꺼내지 못하고 침묵했다. 마치 인형처럼 감정이라곤 한 터럭 내보이지 않던 사람이 이토록 제 감정을 미처 감추지 못하고 날것 그대로의 모습을 죄 드러내고 있는 이유가 무엇인지 레오디안은 쉽게 짐작할 수 없었다.

"음식에는 아무런 문제도 없었어요. 다만 제가……."

지금 엘시아가 두려움에 떨고 있다는 건, 고작 몇 번을 스치듯 마주했던 레오디안이 눈치챌 수 있을 정도였다. 그런데도 엘시아는 애써 태연한 척을 하고 있었다. 그게 레오디안의 눈에는 훤히 보였다. 그러나 엘시아는 레오디안이 미처 모를 것이라고 생각하고 있는지, 희게 질린 얼굴로 두서없이 말을 이었다.

"제가 고기를 전혀 먹지 못해서…… 고기를 먹으면 몸에 두드러기가 나서요. 그래서……."

아무렇지 않은 척하고 싶다면 최소한 떨지라도 말든가.

이래서야 모르는 척 속아 넘어가 주고 싶어도 속아 줄 수가 없지 않나. 생각하며 레오디안이 나직이 한숨을 내쉬었다.

"아니, 보는 것만으로도 속이 울렁거려서……."

"그랬군요. 당신이 고기를 먹지 못한다는 사실은 미처 몰랐습니다."

가만두면 정말 이대로 쓰러질 것 같아서, 레오디안은 엘시아의 말허리를 잘라 냈다. 한껏 질려 있던 엘시아가 눈에 띄게 안심한 낯을 했다.

"앞으로 이런 일 없도록 요리장에게 분명히 일러두겠습니다."

긴장이 풀린 탓인지, 순간 다리에 힘이 풀려 휘청거린 엘시아가 황급히 벽을 짚었다. 다행스럽게도 벽은 멀쩡했다. 그러나 자신을 바라보고 있던 레오디안의 낯이 딱딱하게 굳어져, 엘시아는 다시 긴장해야 했다.

잘 가리고 있다고 생각했는데, 설마 아까 자신이 부순 벽을 발견한 건가 싶었다. 순식간에 불안해진 엘시아가 물끄러미 레오디안을 올려다보는데, 레오디안이 문득 한숨과 함께 입을 열었다.

"혹시 괜찮다면 침실까지……."

"엘시아!"

레오디안의 말허리를 잘라 낸 건 다름 아닌 리리엔이었다.

꽤나 다급한 리리엔의 목소리에, 서로를 주시하고 있던 엘시아와 레오디안의 시선이 한곳을 향했다. 두 사람이 서 있는 곳을 향해 뛰어오고 있는 리리엔에게로.

우습게도 레오디안은, 리리엔이 엘시아를 부르는 소리를 들은 지금에서야 자신이 엘시아의 이름조차 물어본 적이 없다는 사실을 깨달았다.

"나 밥 다 먹었어."

기껏 달려와 한다는 말이 그랬다. 영문 모를 리리엔의 말에 레오디안은 물론 엘시아도 조금쯤 어리둥절해져서 리리엔을 내려다보았다.

"에밀리아가 매일 밤 책을 읽으라고 했어. 그러니까 이제 침실로 가서 책을 읽어야 해."

리리엔은 거친 숨을 몰아쉬며 엘시아의 손을 잡았다. 레오디안을 올려다보는 리리엔의 시선이 제법 매서웠다. 리리엔은 그대로 엘시아의 손을 잡아끌었다.

"엘시아가 책을 읽어주기로 했어. 그럼 잘 자, 레오디안."

쏘아붙이듯 말을 맺고 몸을 돌리는 리리엔의 모습을 가만 지켜보고 있던 레오디안이 문득 허탈하다는 듯 입술 사이로 숨을 내뱉었다.

리리엔은 엘시아가 미처 무슨 반응을 할 새도 없이 엘시아를 이끌고 걸음을 옮겼다. 사실 어린애의 악력이야 엘시아가 충분히 뿌리치고도 남았지만, 엘시아는 순순히 리리엔이 이끄는 대로 걸었다. 레오디안이 쫓아온다 생각하는지 리리엔의 걸음이 마냥 다급했기 때문이었다.

그렇게 층계를 올라, 침실에 도착한 후에야 리리엔은 걸음을 멈추었다.

침실 문을 꽉 닫은 뒤에, 리리엔은 가쁜 숨을 골랐다. 엘시아는 리리엔의 거친 숨소리가 잦아들 때까지 잠자코 기다렸다.

"리리엔."

엘시아가 입을 뗀 것은 리리엔이 털썩 침대에 주저앉았을 때였다. 아마 다리에 힘이 풀려 버린 모양이었다. 침대 위에서 리리엔은 바들바들 떨고 있었다. 엘시아는 그런 리리엔에게 다가가 그 작은 몸을 조심스럽게 끌어안았다.

"······괜찮아?"

리리엔이 무슨 오해를 한 건지는 모르겠으나, 엘시아는 지금 리리엔이 두려움에 떨고 있다는 건 확실하게 알았다.

리리엔은 스위티아가 괴물의 모습으로 변해 엘시아의 살갗을 갈가리 찢어 내던 모습을 몇 번 본 적 있었다. 엘시아는 리리엔이 그런 모습을 볼 수 없게끔 노력했지만, 상황은 엘시아가 바라는 대로만 흘러가지 않았다.

심지어 스위티아는 종종 리리엔에게까지 손을 대려고 했다. 그러나 그것만큼은 엘시아가 필사적으로 막았기에, 불상사는 일어나지 않았다. 하지만 리리엔은 언제든 엘시아처럼 될 수 있다는 공포에 사로잡힌 채 살아야만 했다. 아주 어렸을 때부터.

"······빨리 어른이 되고 싶어."

만약 엘시아가 리리엔에게 온 신경을 기울이고 있지 않았더라면 미처 듣지 못했을지 모를 아주 조그만 목소리로, 리리엔이 중얼거렸다.

"제멋대로 굴어도 된다고 했어. 내가 무슨 짓을 해도 아무도 뭐라 못한다고 했다고."

아까 리리엔이 레오디안 앞을 가로막고 섰던 것은, 레오디안으로부터 자신을 지키기 위해서였음을. 엘시아는 그 사실을 어렴풋이 깨달았다. 리리엔은 분명 아주 큰 용기를 내야만 했을 것이다.

"다들 나한테 친절하게 대해 줘서, 그래서 이제는 다 괜찮을 줄 알았는데······."

엘시아는 그저 리리엔의 등을 도닥일 뿐, 아무런 말도 하지 않았다. 무슨 말을 해야 할지 알 수 없었다.

엘시아는 그저 역겨운 기억에서 벗어나고자 식당을 도망치듯 빠져나온 것이었고, 레오디안은 다만 엘시아를 걱정해 뒤따라 나온 것일 테다. 레오디안은 엘시아가 괴물이라는 사실을 눈치채지 못했다.

아직까지는.

"다 괜찮아, 리리엔."

엘시아의 말에 리리엔이 고개를 들어 올렸다. 엘시아는 레오디안의 것과 같은 푸른 눈동자를 바라보며 다정히 눈을 휘어 웃어 보였다. 그러나 굳은 리리엔의 낯은 좀처럼 풀어질 기미가 보이지 않았다.

"레오디안이 아무한테도 보여 주지 말라고 했는데……."

엘시아가 리리엔을 어떻게 달래야 할지 고민하고 있을 때였다. 불현듯 리리엔이 손을 뻗었다. 리리엔이 내보인 손바닥에 곧 불그스름한 연기 같은 것이 피어올랐다.

리리엔의 힘을 바로 앞에서 목격한 엘시아는 멍하니 입을 벌렸다.

괴물을 죽일 수 있는 힘. 그 힘을 리리엔이 지니고 있을 줄은 꿈에도 몰랐다. 당연한 일이었다. 리리엔은 엘시아 앞에서 한 번도 능력을 보인 적 없었다.

"언니, 신기하지? 이걸로 나를 해치려는 사람을 공격할 수도 있고, 내 몸을 지킬 수도 있대. 지금은 아니지만…… 열심히 수련하면 그렇게 된대."

"대체, 언제부터……."

"레오디안이 알려 줬어. 가문의 피를 이은 사람은 전부 이런 걸 만들 수 있다고. 어떻게 만드는지도 레오디안이 가르쳐 준 거야."

리리엔의 말에 엘시아는 그제야 저도 모르게 딱딱하게 굳히고 있던 어깨에 힘을 풀었다. 리리엔은 엘시아에게 비밀을 만들 인간이 아니었다.

이 저택에 온 이후 레오디안이 리리엔에게 능력을 사용하는 법을 알려 준 거였다. 그래서 리리엔이 능력을 사용할 수 있게 된 거다. 리리엔이 자신에게 지금까지 능력을 숨기고 있었을 리 없다. 그래, 그랬을 리가 없다. 엘시아는 그렇게 스스로를 세뇌하듯 계속해서 뇌까렸다.

"에밀리아한테도 비밀이야. 이 힘을 가지고 있는 걸 누구한테도 들키면 안 된대."

"응, 비밀 지킬게."

리리엔의 손 위로 피어난 붉은 연기는 곧 이리저리 움직이기 시작했다. 아마 리리엔이 그렇게 조종하고 있는 것 같았다.

"이게 푸른색으로 변하면 아무도 나를 못 막을 거래."

"……그래?"

"응, 매일매일 수련 열심히 해서 얼른 파랗게 만들 거야. 그래서 우리 괴롭히는 사람 있으면 내가 다 복수해 줄 거야."

다짐하듯 말한 리리엔은 이내 피워 냈던 연기를 거두어들였다.

"레오디안도 마찬가지야. 언니 괴롭히면 용서 안 해."

엘시아는 레오디안이 토벌대를 이끌고 괴물의 마을로 왔을 때, 그가 들고 있던 검에 푸른 기운이 감돌고 있었던 것을 직접 목격했었다. 그러나 엘시아는 그 사실을 굳이 입 밖에 내지 않았다.

'괜히 말을 꺼내서 리리엔의 기를 죽일 필요는 없지.'

엘시아는 아주 단단히 결심한 듯 단호한 얼굴로 자신을 바라보고 있는 리리엔을 향해 그저 말없이 웃어 보였다.

* * *

처음에는 꽃이었다.

엘시아로서는 이름을 알 수 없는 형형색색의 꽃 한 아름. 뜬금없이 침실을 가득 채우다시피 한 꽃의 출처를 묻는 엘시아에게 시종은 대공 각하께서 보내신 것이라 답했다. 그리고 시종은 태연히 꽃을 정리해 꽃병에 꽂더니, 꽃병들을 침실 곳곳에 놓아두고 나갔다. 엘시아는 멍하니 시종이 하는 양을 바라보았을 뿐이었다.

시종이 나간 후에야 엘시아는 황망한 정신을 다잡고, 대체 이게 무슨 일인지를 고민하기 시작했다. 넓은 침실 안을 가득 메운 꽃향기에 아찔함을 느낀 것은 그다음의 일이었다.

그러나 엘시아가 홀로 고민한다 하여도 레오디안이 꽃을 보낸 이유는 쉽사리 짐작할 수 없었던지라, 엘시아는 이내 고개를 저으며 생각을 털어 냈다. 게다가 지금은 비록 엘시아가 이 침실을 사용하고 있다지만, 이 저택은 레오디안의 것이었다.

저택을 어떻게 꾸미든, 침실을 어떻게 장식하든 그건 레오디안의 마음이다. 엘시아는 그렇게 가볍게 생각하며 머릿속에서 고민을 지워 냈다. 그러나 엘시아를 당혹스럽게 만드는 레오디안의 기행은 그것으로 끝이 아니었다. 그다음은 보석이었다.

엘시아가 침실 곳곳에 놓인 꽃의 존재를 신경 쓰지 않기 위해 애써 꽃병에는 시선을 두지 않으려 노력했던 다음 날. 로이셀은 화려한 상자를 가지고 엘시아를 찾아왔다.

상자 안에는 엘시아의 눈에도 무척이나 값비싸 보이는 보석들이 가득 담겨 있었다. 엘시아는 보석을 덥석 받았다가 혹시라도 무슨 탈이 날지 모른다는 생각에 불안했지만, 그렇다고 해서 레오디안이 보낸 걸 차마 거절할 수도 없었다. 만약 거절했다가 레오디안이 자신을 찾아오기라도 할까 봐.

레오디안을 마주할 바에야, 차라리 상자를 받아 두는 편이 나았다. 그래서 엘시아는 로이셀에게 상자를 받아 침대 밑에 밀어두고 기억에서 지워 버렸다.

다음은 옷이었다. 로이셀이 옷 한 무더기를 가지고 엘시아의 침실을 찾아왔다. 이 또한 레오디안이 보낸 것이라는 이야기와 함께.

언뜻 보기에도 질이 좋아 보이는 옷들은 하나같이 소매가 길었다. 치맛자락이 길게 늘어져 있는 것은 물론이었다. 흉터를 가리기 용이해 보였다. 그래서 엘시아는 일전에 시종이 침실에 준비해 두었던 옷들보다, 로이셀이 가져온 옷들이 더 마음에 들었다.

하지만 이 역시 무척이나 갑작스럽다는 사실에는 변함이 없었다. 엘시아는 레오디안이 무슨 이유로 자신에게 계속해서 무언가를 보내오는 건지 그 이유를 알 수 없어 당황스럽고, 또 그만큼 혼란스러웠다.

그리고 그날 밤, 레오디안이 엘시아를 찾아왔다.

엘시아가 식당에서 뛰쳐나갔던 날로부터 정확히 사흘이 지났을 때였다. 엘시아가 어떻게 정확한 날짜를 기억하고 있느냐 하면, 레오디안이 그날 이후 하루가 멀다 하고 뭘 자꾸 보내왔기 때문이었다.

"이 늦은 시간에 무슨 일로……."

예상치 못했던 레오디안의 방문에 엘시아는 당황을 감출 수 없었다.

엘시아가 기껏 먼저 말을 꺼낸 것이 무색하게도 레오디안은 그저 엘시아를 가만히 내려다보고 있을 뿐, 아무런 말도 하지 않았다. 언제나와 같은 집요한 시선이었다. 그 시선을 더는 마주 바라보지 못하고 엘시아는 슬쩍 눈을 피했다.

그럼에도 여전히 자신을 뚫어져라 주시하는 레오디안이 불편한 한편, 그에게서 나는 냄새는 여전히 마냥 달콤하기만 했다. 엘시아는 입술을 지그시 깨물었다. 그렇게 얼마쯤 지났을까.

"……이것도 아닌가."

고요한 복도에 불현듯 레오디안의 낮은 목소리가 울려 퍼졌다. 의미를 알 수 없는 레오디안의 말에 엘시아는 무심코 시선을 들어 다시금 그를 눈에 담았다. 그러나 엘시아가 볼 수 있었던 것은 그의 미려한 낯이 아닌, 멀어지는 그의 뒷모습이었다.

엘시아는 레오디안의 그림자조차 사라져 보이지 않게 될 때까지, 멍하니 복도를 지키고 서 있었다.

레오디안은 늦은 밤 갑자기 찾아와 도무지 뜻을 알 수 없는 소리를 하고 사라져 버렸다. 지금 이게 대체 무슨 일인지 영문을 알 수 없었다. 그렇게 어스름한 복도를 가만히 주시하고 있던 엘시아는 새삼, 희미하게 남은 레오디안 특유의 달콤한 냄새를 인지하곤 미간을 찌푸렸다.

레오디안이 남기고 간 그의 체향은 엘시아에게 방금 있었던 일이 꿈이나

환상이 아닌, 실제 일어난 일이라는 사실을 상기시키고 있었다.

엘시아는 비단 방금 일뿐만 아니라, 최근 레오디안이 행한 모든 일을 이해할 수 없었다. 무슨 생각으로 자꾸 자신에게 무언가를 보내오는 건지, 자신에게 대체 무엇을 바라는 건지. 뭐 하나 제대로 알 수 있는 게 없었다.

엘시아는 한숨을 내쉬며 침실 안으로 들어왔다. 그러자 방 안 가득하던 꽃향기가 기다렸다는 듯, 민감한 엘시아의 후각을 자극했다. 그에 엘시아의 미간 사이 주름이 더욱 깊어졌다.

'……그냥 가져다 버릴 수도 없고.'

시종이 꽃병에 꽂아 놓은 꽃들은 전부 처음 엘시아가 봤던 그 모습 그대로였다. 엘시아는 이 꽃들이 시들지 않으리란 걸 어렴풋이 짐작하고 있었다. 꽃에서 익숙한 기운이 느껴졌기 때문이다.

과거 엘시아가 단 한 번 느껴 본 적 있던, 레오디안이 사용했던 기이한 힘.

그건 엘시아와 같은 괴물을 죽일 수 있는 힘이었고, 때문에 레오디안의 힘은 엘시아의 뇌리에 강하게 남아 있었다. 그래서 엘시아는 꽃에서 뿜어져 나오고 있는 레오디안의 기운을 또렷이 느낄 수 있었다.

'이제 리리엔도 그 힘을 쓸 수 있게 되는 거겠지.'

리리엔이 레오디안과 같은 강한 힘을 가지게 된 건, 분명 리리엔에게는 좋은 일이었다. 리리엔이 정말 레오디안처럼 힘을 자유자재로 사용할 수 있게 된다면, 리리엔은 이곳에서 자신의 자리를 굳건히 할 수 있을 테니까.

하지만 리리엔이 능숙하게 힘을 사용하게 된다면, 엘시아는 더는 예전처럼 리리엔을 편히 대할 수 없게 될 것이다. 엘시아는 자신이 괴물이라는 사실을 숨기고 싶었다. 적어도 리리엔에게는.

엘시아는 진실로, 자신이 스위티아와 같은 끔찍한 족속이라는 사실을 리리엔이 영영 몰랐으면 바랐다. 하지만 리리엔이 힘을 능숙하게 다루게 되어 자신이 괴물이라는 사실을 알아차리게 된다면…….

만약 그렇게 된다면. 그렇게 가정해 보는 것만으로도 엘시아의 머릿속이 새하얗게 탈색되었다.

리리엔을 떠나야 하는 날이 생각보다 더 빨리 도래할지도 모르겠다.

문득 그런 예감이 들었다. 엘시아가 리리엔에게 가족을 찾아 주겠다고 결심한 때부터 이미 예견되어 있던 헤어짐이었다. 그런데 깊은 곳에서 자꾸만 울컥 터져 나오려 하는 미련이 엘시아를 괴롭혔다.

조금만, 조금만 더 곁에 있어도 되지 않을까. 아직 레오디안은 눈치채지 못했으니까, 아주 잠시만 더 리리엔의 곁에 머물러도 되지 않을까.

그러나 엘시아는 자신이 바라는 대로는 되지 않는다는 사실을 너무도 잘 알고 있었다. 자신은 결코 원하는 걸 가질 수 없으리란 사실 또한 알았다.

이 세상은 인간들의 것이고, 엘시아는 그 어디에도 속하지 못하는 하잘것없는 존재였다. 이 세상은 엘시아의 편이 아니었다. 만약 세상이 엘시아의 편이었다면, 애초에 엘시아는 괴물로 태어나지 않았을 것이다.

세상 모든 존재가 엘시아의 반대편에 서 있었기 때문에, 엘시아는 아주 어렸을 때부터 무언가를 포기하는 일에 익숙해져야 했다. 그리고 이번에도 엘시아는 이 세상에서 유일하게 소중한 존재를 마음속에서 지워야만 했다. 리리엔을 떠나보낼 준비를 해야 했다.

'그러니까 부질없는 미련은 갖지 말자.'

그렇게 몇 번이고 되뇌며 애써 마음을 비워 내는 동안에도 꽃향기는 여전해서, 엘시아는 차라리 눈을 감아 버렸다.

* * *

엘시아는 자신이 인간을 경계하고 있다는 내색을 하지 않으려 노력했다.

익숙하지 않은 일이라 생각처럼 쉽지만은 않았다. 최근 계속해서 자신을 찾아오는 신관 로아나 앞에서도 마찬가지였다. 로아나를 마주하고 있을 때면 엘시아는 한껏 긴장으로 몸을 굳힌 채로 눈치를 보았다.

"흉터가 많이 옅어진 것 같아요."

로아나의 말대로 흉터는 차츰 옅어지고 있었다. 이렇듯 계속 로아나를 만나 치료를 받으면, 흉터가 완전히 사라지진 않더라도 예전처럼 눈에 확 띄지는 않을 것 같았다.

"……매번 감사해요."

"별 말씀을요."

이제는 로아나에게 치료를 받는 것이 어느 정도 익숙해졌다. 엘시아가 침대에서 몸을 일으켰다. 평소대로라면 이대로 작별 인사를 한다. 그런데 로아나가 뜬금없이 웬 종이 뭉치를 내밀었다.

"아리테스 가문의 고해성사 기록이에요."

아리테스 남작가는 몇 년 전 가문의 일원 모두가 불현듯 사라진 가문이었다. 그러나 신전은 아리테스 가문의 고해성사 기록을 전부 보관하고 있었다. 로아나가 그 기록을 신전에서 빼돌려 와서 엘시아에게 건넨 것은 레오디안의 명 때문이었다.

"그런데 이걸 왜 저한테 주세요?"

그러나 그것을 알 리 없는 엘시아는 영문을 모르겠다는 얼굴로 로아나를 바라보았다. 로아나는 어디서부터 설명을 해야 할지 잠시 말을 고른 끝에, 천천히 입을 열었다.

"엘시아 님은 고해성사를 하지 않으셨지만 제가 기록을 좀 손봐 두었어요. 이 년간 꾸준히 고해성사를 오셨다고 일지를 적어 놓았으니, 누구도 크게 의심하지 않을 거예요."

엘시아는 로아나에게서 건네받은 기록지를 얼떨떨한 시선으로 내려다보았다.

"아직 건강증은 발급이 되지 않아서, 며칠 뒤에나 가지고 올 수 있을 것 같아요."

로아나는 엘시아에게 조곤조곤 설명해 주었다. 그러나 엘시아는 로아나의 말을 전혀 이해할 수 없었다.

"무슨 말씀을 하시는 건지 모르겠어요."

엘시아의 말에 로아나가 멈칫했다. 이 제국에서 살아온 사람이 설마 신분에 관해 모르고 있는 건 아니겠지, 생각했지만 혹시나 하는 마음에 로아나는 차근차근 설명하고자 입을 열었다.

"고해성사 기록과 건강증은 제국에서 신분을 증명하는 서류로 쓰여요. 귀족이라면 보통 가문의 문양으로 신분을 증명하지만, 엘시아 님 같은 경우에는 서류가 필요하니 전부 준비했습니다."

마치 다른 세계에 와 있는 듯한 기분이었다. 분명 로아나는 친절하게 설명을 해 주고 있는데, 좀처럼 이해가 안 됐다. 자신에게 왜 이러한 서류가 필요하단 말인가. 엘시아는 미간을 좁혔다. 그런 엘시아를 바라보는 로아나의 눈동자가 흔들렸다.

"신분이 필요하신 게 아니었나요?"

"……제가요?"

로아나는 저도 모르게 숨을 들이켰다. 어쩐지 대화가 겉돌고 있는 것 같았는데 그 이유를 이제야 알겠다. 로아나는 꽤 한참 망설이다, 조심스럽게 말을 꺼냈다.

"혹시…… 대공 각하께 아무런 이야기도 듣지 못하신 건가요?"

엘시아가 멍하니 입술을 벌렸다. 그에 로아나는 굳이 듣지 않아도 충분히 엘시아의 대답을 짐작할 수 있었다.

* * *

언제나와 같은 밤.

엘시아는 리리엔에게 동화책을 읽어 준 후, 리리엔이 깊이 잠이 들자 조심스럽게 리리엔의 침실을 빠져나왔다.

저택에서 살고 있는 인간과 불필요하게 마주치지 않기 위해, 엘시아는 침실 밖에 나서는 일을 삼갔다. 그러나 엘시아는 지금 층계를 내려가고 있었다. 이 저택에서 가장 마주치고 싶지 않은 남자를 만나러 가기 위해서.

엘시아는 레오디안이 무슨 이유로 자꾸 자신에게 무언가를 보내오는 건지 몰랐으나, 신경 쓰지 않으려 애썼다. 어차피 레오디안도 큰 의미를 두고 그러는 게 아니리라 여겼기 때문이었다. 하지만 엘시아는 더 이상 레오디안의 기행을 그저 방관하고만 있을 수가 없었다.

레오디안이 대체 무슨 생각으로 자신에게 신분을 사서 건넨 건지 모르겠으나, 필요 없었다. 엘시아는 하늘에 맹세하건대 결코 바란 적 없었다. 인간들이 누리는 것들을 누리고 싶다, 감히 바란 적 없었다.

신분. 인간만이 가질 수 있는 신분. 그걸 손에 쥐었을 때, 너무도 쉽게 손에 쥐었을 때, 엘시아는 전혀 기쁘지 않았다.

오히려 화가 났다.

오래전 포기했던 것에 희망을 갖게 만드는 레오디안이 미웠다. 그를 향한 분노에 피가 뜨겁게 들끓는 것 같았다.

엘시아는 그래서 레오디안을 기다렸다. 레오디안은 여전히 바쁜 나날을 보냈고, 그를 만나는 건 아주 늦은 밤이 되었을 때야 가능한 일이었다. 레오디안을 기다리고 있는 엘시아의 손에는 오늘 낮, 로아나로부터 받은 고해성사 기록지가 쥐어져 있었다.

늦은 밤, 홀에 가만 멈춰 서 있는 엘시아를 의아한 듯 보면서도 사용인들은 딱히 엘시아에게 말을 걸거나 하지 않았다. 오히려 못 본 척 조용히 엘시아를 스쳐 지나갔다. 별다른 일이 없으면 엘시아가 먼저 말을 걸기 전에는 결코 그녀에게 다가가지 말라는 레오디안의 명이 있었기 때문이었다. 엘시아로서는 알 수 없는 일이었으나, 저택에서 지내는 동안 되도록 인간을 마주치지 않으려 하고 있던 엘시아에게는 퍽 다행스러운 일이었다.

그렇게 한참. 드문드문 느껴지던 인기척이 전부 사라졌을 무렵이었다. 영영 열리지 않을 것 같던 문이 열렸다. 문을 열고 모습을 드러낸 사내는 엘시아를 발견하고는 일순 의아한 듯 한쪽 눈썹을 치켜 올렸으나, 곧 아무렇지 않다는 듯 태연히 걸음을 옮겼다.

그리하여 레오디안이 가까이 다가왔을 때. 엘시아는 곧장 용건을 꺼냈다.

"저, 이거 필요 없어요."

레오디안은 천천히 시선을 내렸다. 엘시아가 내내 손에 쥐고 있던 것에 눈길을 주었다. 그리고 그로부터 꽤 한참 뒤, 레오디안의 푸른 눈동자는 다시 엘시아를 담았다.

엘시아는 레오디안의 수려한 낯 곳곳 묻어 있는 피로를 읽었다. 하지만 물러설 생각은 없었다. 엘시아는 오늘을 마지막으로, 레오디안의 기행을 멈추리라 결심했으므로.

"제게 무언가 바라시는 게 있어서 이러시는 거면, 차라리 그냥…… 말씀해 주세요."

"바라는 거 없습니다."

"그럼 왜 그러세요? 왜 자꾸……."

도대체 왜 자꾸 자신에게 이상한 걸 보내는 거냐는 말은 차마 할 수 없었다. 엘시아는 입술을 깨물었다. 그러자 엘시아를 담고 있던 레오디안의 요요한 푸른 눈동자가 눈꺼풀 사이로 조금쯤 모습을 감추었다.

"오히려 제가 묻고 싶습니다."

그렇게 가늘어진 눈으로 엘시아를 내려다보고 있던 레오디안이 문득 엘시아에게 가까이 다가섰다.

"바라는 게 뭡니까."

아무리 생각해도 모르겠습니다. 그렇게 덧붙이는 목소리가 유독 낮게 가라앉아 있었다. 그 묵직한 울림을 가진 목소리만큼이나 가라앉은 시선이었다. 레오디안은 거리낄 것 없다는 듯 엘시아를 직시했다. 엘시아의 말문을 막기 충분할 정도로 집요한 시선이었다.

엘시아는 레오디안의 올곧은 시선은 물론, 그가 나직이 발음한 말 또한 당황스러웠다. 미처 어떤 대답도 하지 못하고 그저 물끄러미 레오디안을 응시했다.

레오디안의 눈꺼풀은 천천히 그 푸른 눈동자를 가렸다가, 딱 그만큼 느릿하게 들렸다. 잠시나마 감춰졌던 한 쌍의 눈동자가 사라졌다 나타난다. 엘시아는 지금 레오디안이 얼마나 피곤해하고 있는지를 여실히 느낄 수 있었다.

그래서였을까. 고작 한 마디 입 밖에 내는 게 어려웠다.

"대공."

엘시아가 망설임 끝에 입을 열었으나, 레오디안이 엘시아의 말을 가로막았다.

"레오디안이라 부르십시오."

그러자 일순 멈칫했던 엘시아가 잠시 말을 고른 끝에 조심스럽게 물었다.

"……제가 뭘 바라는지를 어째서 궁금해하세요?"

레오디안이 조금쯤 고개를 기울였다. 그에 따라 찬란한 은발이 피로 어린 레오디안의 얼굴 위로 스륵 흘러내렸다. 그 광경을 가만 보고 있자니, 마치 이곳만 시간이 멈추어 있는 것 같은 이상한 기분이 들었다.

그렇게 말없이 레오디안을 응시하던 엘시아의 귓가에 불현듯 이럴 줄 알았지, 중얼거리는 소리가 들렸다.

"말 안 해 줄 줄 알았습니다."

레오디안이 덧붙였다. 고요한 시선을 피해 눈을 내리깐 채 엘시아는 말없이 그저 내내 손에 들고 있던 기록지를 다시금 그를 향해 내밀었다.

"적당한 때가 되면 더 높은 작위를 사 드리겠습니다."

그러나 레오디안은 기록지를 받아 드는 대신, 그런 말을 했다. 엘시아는 피로해 보이는 레오디안의 기색에 잠시나마 주춤했던 분노가 속에서 또다시 치밀어 오르는 걸 느꼈다.

엘시아는 레오디안이 계속해서 무언가를 보내온 건, 레오디안이 자신을 자극하기 위해서라 짐작했다. 그게 아니면 다른 이유를 알 수가 없었다.

레오디안은 아직 자신이 괴물이라는 사실을 눈치채지 못하였으니, 레오디안이 자신의 열등감을 알고 신분을 사서 주진 않았을 것이다. 머리로는 그렇게 생각하는데도 엘시아는 북받치는 감정을 억누를 수 없었다. 엘시아는 자꾸만, 레오디안이 일부러 이러는 것인지 모른다는 생각을 하게 됐다.

엘시아가 그토록 바라던, 인간이 되는 일.

진짜 인간처럼 사는 일.

아주 오래전 불가능하다고 생각하며 애써 포기했는데, 레오디안은 엘시아에게 인간들의 신분을 구해 주었다.

엘시아는 바란 적 없는 일이었다. 그런데도 레오디안이 로아나를 통해 자신의 신분을 만들어 주었다는 이야기를 들었을 때, 엘시아의 깊은 곳에서는 희망이 피어올랐다.

'우습게도.'

그래, 정말이지 우습게도 레오디안은 너무도 쉽게 엘시아가 희망을 품게 하였다. 엘시아는 그런 레오디안이 원망스러웠다. 레오디안은 어째서 바란 적 없는 일을 해서, 자신으로 하여금 불가능한 일이 어쩌면 가능할지 모른다는 희망을 품게 하나.

엘시아는 입술을 짓씹듯 깨물었다. 그러면서 저도 모르게 손에 힘을 준 탓에, 손에 들고 있던 기록지가 구겨졌으나 엘시아도 레오디안도 그것에는 전혀 신경을 쓰지 않았다.

"필요 없다고 했잖아요."

"왜 필요가 없습니까."

적막한 홀 한가운데 서서 대화를 나누는 건 다른 이의 시선을 끌기에 충분하다는 걸 알면서도, 두 사람은 신경 쓰지 않았다. 미처 신경을 쓰지 못했다는 편이 맞았다. 두 사람은 서로에게 온 신경을 집중한 탓에 주변을 염두에 둘 여력이 없었다.

"제도에서 지내려면 신분이 필요합니다."

레오디안이 말을 맺자 일순 두 사람 사이에 정적이 내려앉았다.

서로 묵묵히 시선을 교환하길 한참. 레오디안이 문득 무언가를 깨달았다는 듯 나직이 탄식했다.

"제도를 떠날 생각인 거군."

그래, 그랬지. 이곳에는 어울리지 않는 사람이라 했었지.

레오디안이 혼잣말처럼 중얼거렸고, 엘시아는 그의 말을 부정하지 않았다. 실제로 엘시아는 리리엔이 아카데미에 가면, 이곳을 떠나 두 번 다시 리리엔을 찾아오지 않을 생각이었다. 그러나 지금 자신이 무슨 생각을 하고 있는지 레오디안에게 말해야 할 필요는 없었다. 엘시아는 레오디안의 시선을 피해 눈길을 돌렸다.

"당신과 리리엔이 저택에서 지내게 된 이후, 제가 굉장히 미숙한 사람이라는 걸 새삼 깨달았습니다."

고집스럽게 침묵을 지키던 엘시아는 갑작스러운 화제 전환에 미간을 좁혔다. 그러면서 시선을 들어 올렸다. 레오디안은 여전히 피로한 낯을 하고 있었다.

"그래서 당신이 무엇을 원하는지 모르겠습니다. 물어도 말을 안 해 주시니 또한 알 길이 없고. 해서 난 지금처럼 계속 당신에게 매일 선물을 보낼 생각입니다."

그러나 곧 이어진 레오디안의 말이 엘시아의 의문을 풀어 주었다. 뿐만 아니라 엘시아가 경악으로 눈을 휘둥그레 뜨게끔 만들었다.

"선물이 마음에 안 들면 안 든다고 하면 됩니다. 시종을 시켜 내버려도 됩니다. 그렇게 하나씩 추려 내다 보면 기호를 알 수 있게 될 테니."

엘시아는 고개를 저으며, 조금쯤 다급하게 말했다.

"저택에서 지내게 해 주시는 것만으로 충분해요. 제가 원하는 건, 여기서 리리엔과 함께 지내는 거. 정말 그거 하나예요. 다른 건 필요 없어요."

엘시아는 지금 자신이 원하는 걸 말하지 않으면 레오디안이 정말 지금까지 그랬던 것처럼 계속 무언갈 보내오리란 사실을 알아차렸다.

"아니, 충분하지 않습니다."

하지만 레오디안은 엘시아의 말의 진위를 모조리 파악하고 있다는 양, 단호히 고개를 저었다.

"그리고 거짓말하지 마십시오. 당신이 이곳을 떠날 날만을 기다리고 있다는 건 진작 눈치채고 있었습니다."

엘시아는 결국 떨리는 목소리로 다시금 묻고 말았다.

"……대체 왜 이러세요?"

"……."

"제가 필요 없다고 하잖아요."

레오디안은 한 치의 동요 없이 엘시아를 내려다보고 있었다. 꿰뚫어 보는 듯한 시선이었다. 그 날카로운 시선에 엘시아는 입술을 꾹 맞물었다.

레오디안의 말대로 인간의 나라에서 살기 위해서는 제대로 된 신분이 필요했다. 엘시아는 레오디안에게 가족을 기억하지 못한다 하였고, 그로 말미암아 레오디안은 엘시아가 신분이랄 걸 가지고 있지 않다는 사실을 짐작할 수 있었을 것이다.

"도대체 왜 자꾸……."

엘시아는 말끝을 흐렸다. 자신이 계속 거절한다면, 레오디안이 이상하게 여길지도 모른다는 생각이 들었기 때문이었다.

다른 건 몰라도 이 제국에서 살아가기 위해서 신분은 꼭 필요했다. 그걸 필요 없다 한다면, 레오디안은 자신이 어째서 신분을 필요 없다 하는 건지 그 이유를 궁금해할 것이다. 엘시아는 레오디안이 자신에게 의문을 가지는 걸 원치 않았다. 그 어떤 종류의 관심도 달갑지 않았다.

"어째서냐 물었습니까."

"……."

어째서인지는 당연하지 않습니까. 레오디안이 건조한 목소리로 말을 이었다.

"당신이 먼저 무언갈 요구할 일은 없을 테고, 내가 이렇게라도 안 하면 당신은 아무것도 받으려 하지 않을 것 아닙니까."

"……."

"그래서입니다. 내가 당신이 원하지도 않는 걸 자꾸 보내는 건."

엘시아는 레오디안과 대화를 나누기 위해 이곳에서 그를 기다린 것을 후회했다.

레오디안에게 받은 화려한 상자를 침대 밑에 밀어 넣어 둔 것처럼, 이 기록지도 어디 깊숙이 넣어 두고 잊어버릴걸. 그랬더라면, 지금까지 그랬듯 숨죽여 지내면서 레오디안을 피했더라면. 그랬더라면 레오디안이 알아서 그만뒀을지도 모르는데.

"선물이 마음에 안 들면 꼭 버려 주십시오."

그 말을 끝으로 레오디안은 몸을 돌렸다. 그리고 서두를 것 없다는 듯 천천히 걸음을 옮겼다. 그런데도 엘시아는 레오디안을 돌려세우지 못했다.

그저 자신의 안일함을 탓하며, 엘시아는 손을 꽉 움켜쥘 뿐이었다. 손에 쥐고 있던 종이가 형편없이 구겨졌다.

* * *

"어! 이거 내가 제일 좋아하는 건데."

리리엔이 혼잣말처럼 중얼거리며, 고급스러운 케이스 안 가득 들어 있는 소담한 초콜릿 쿠키를 뒤적거렸다.

레오디안이 경고했던 대로, 시종은 오늘 아침 엘시아의 침실에 각종 디저트가 담긴 케이스를 가지고 왔다. 엘시아에게는 그저 처치 곤란한 것들이나, 리리엔에게는 아니었다. 리리엔은 케이스를 일일이 열어보며 즐거워하고 있었다. 엘시아는 남몰래 한숨을 내쉬었다.

"이걸 뭐라고 부르더라……."

엘시아의 심란한 심사를 알 길 없는 리리엔은 태평하게 케이스를 뒤적이며 여유를 부리고 있었다. 내내 리리엔을 가만 지켜보고 있던 엘시아는 리리엔이 만지작거리고 있던 케이스를 덮으며 물었다.

"안 내려가 봐도 되는 거야?"

"응. 로이셀이 오늘은 레오디안이 바빠서 저택에 들르지 못한다고 했어. 그래서 지금은 내려가지 않아도 돼."

생각지도 못한 데서 레오디안의 이름을 듣게 되자, 순간 엘시아는 머릿속이 멍해지는 걸 느꼈다. 엘시아는 뒤늦게 리리엔을 향해 물었다.

"……이 시간에는 에밀리아하고 공부하는 거 아니었어?"

"아니야. 이 시간엔 레오디안한테 마나 다루는 방법 배워."

엘시아는 아침 일찍 저택을 나서는 레오디안이 중간에 저택으로 돌아와 리리엔에게 힘을 다루는 법을 가르쳐 주고 있었다는 사실을 전혀 모르고 있었다. 새로이 알게 된 사실에 엘시아는 새삼 놀랐다. 레오디안이 리리엔을 많이 신경 써 주고 있었구나. 불현듯 그런 생각이 들었다.

"그랬구나."

"응. 그러니까 오늘은 언니랑 놀아도 돼."

엘시아는 저도 모르게 어젯밤, 유독 피곤해 보였던 레오디안의 얼굴을 문득 떠올렸다. 엘시아는 레오디안이 저택을 나가 종일 무슨 일을 하는지 몰랐다. 한 번도 궁금해 한 적 없으나, 지금 엘시아의 머릿속에는 레오디안이 대체 무슨 일을 하기에 그토록 피곤해했던 걸까 하는 의문이 새삼스럽게 떠올랐다.

"아, 언니! 내가 마나를 얼만큼 잘 다루게 됐는지 보여 줄게."

리리엔이 벌떡 자리에서 일어났다. 엉겁결에 리리엔을 따라 일어난 엘시아는 이내 고개를 저었다.

"아니야, 리리엔. 매일 공부하느라 피곤하잖아. 오늘은 쉬어."

엘시아는 리리엔과 레오디안이 가진 힘이 그 사용자의 몸에 어떤 식으로, 또 얼마만큼 무리를 주는지 전혀 몰랐다.

그러나 모르긴 몰라도, 그렇듯 커다란 힘이니 쓰는 만큼 분명 인간의 몸에 좋지 않은 영향을 주리라고 어렴풋이 짐작할 수 있었다. 실제로 리리엔은 매일 저녁, 엘시아가 책을 다 읽기도 전에 수마에 못 이겨 곯아떨어지고는 했다.

그뿐만 아니라 엘시아는 리리엔이 자신 앞에서 자꾸 힘을 사용하려고 하는 것이 굉장히 곤란했다.

아무렇지 않다고 생각했는데, 일전에 리리엔이 처음으로 힘을 발휘하는 모습을 보여 주었을 때 엘시아는 깨달았다. 로켄페데스 가문의 힘은 자신과 상극이었다. 그것을 엘시아는 본능적으로 알았다. 리리엔이 엘시아를 공격하지 않더라도, 리리엔의 힘 자체가 엘시아에게는 충분히 위협적이었다.

"보여 줄래. 언니한테 보여 주고 싶어."

엘시아의 만류에도 리리엔은 손바닥을 곧게 펴, 붉은 연기를 만들어 냈다.

"이제 커다랗게 만들 수 있어."

붉은 연기는 전과 달리, 꽤나 순조로이 커다랗게 몸집을 불려 나갔다. 그것을 목격한 엘시아의 몸이 저도 모르게 굳어졌다. 그도 그럴 것이 리리엔이 피워 낸 붉은 연기는 과거 레오디안이 사용한 푸른 연기와 유사한 형태를 이루고 있었다. 토벌대가 어떻게 괴물을 죽였는지 전부 기억하는 엘시아에게 있어서, 레오디안의 것과 비슷해 보이는 리리엔의 힘은 그저 두려울 뿐이었다.

엘시아는 리리엔이 이토록 빠른 시일 안에 힘을 키울 수 있을 줄은 짐작조차 못 했다. 리리엔이 피워 낸 붉은 연기를 바라보며 엘시아는 가까스로 말했다.

"……그동안 열심히 배웠나 봐."

엘시아의 말을 곧이곧대로 들은 건지, 리리엔은 뿌듯하다는 듯 환하게 미소 지었다. 엘시아는 입술을 힘주어 깨물었다. 그러다가 더는 참지 못하고 입을 열었다.

"그런데 리리엔……. 이제 그만하면 안 될까?"

그러나 리리엔은 엘시아의 말을 듣지 못한 사람처럼 굴었다.

줄곧 엘시아를 잘 따랐던 리리엔이 이렇듯 고집을 피우는 건 좀처럼 없던 일이었다. 그런데 리리엔은 엘시아의 말에도 제 힘을 거둬들이기는커녕, 도리어 더욱더 힘을 발휘하고 있었다.

"리리엔, 그만하라니까. 이 정도면 충분히……."

그때였다. 누군가 문을 두드렸다.

엘시아는 말을 끝맺지 못했고, 리리엔은 자신의 힘을 거두어들였다. 연기가 사라지자 엘시아는 짐짓 굳히고 있던 몸에 힘을 풀고, 천천히 열리고 있는 문을 향해 시선을 돌렸다.

때 아닌 방문자는 로아나였다.

로아나는 계면쩍은 듯 웃으며 침실 안으로 들어왔다. 엘시아는 예상치 못한 로아나의 방문에 놀랐지만, 동시에 안심했다. 로아나가 침실을 찾아온 덕분에 리리엔이 제 힘을 거두었으니까.

"어…… 오늘은 안 오시는 줄 알았어요."

오늘 아침, 아무리 기다려도 로아나가 오지 않아서 의아해하고 있을 무렵 로이셀이 엘시아의 침실을 찾아와 오늘 로아나가 저택에 방문하지 않을 것이리라는 이야기를 전했다. 그런데 로이셀의 말과 다르게, 로아나는 오늘도 엘시아를 찾아왔다.

"저도 못 올 줄 알았는데, 잠깐 시간이 났어요. 다행스럽게도 말이에요."

그렇게 말하며 로아나는 엘시아의 곁에 서 있던 리리엔을 힐끗 보았다. 그것을 알아차린 엘시아가 리리엔에게 잠시만 나가 있어 달라고 나지막이 말했다. 그러자 리리엔의 눈매가 짐짓 가늘어졌다.

"옆에서 보고 있으면 안 돼? 조용히 있을게. 치료하는 거 보고 싶어."

갑작스러운 리리엔의 말에 곤혹스러워진 엘시아가 쉽게 대답을 하지 못하고 있는데, 로아나가 그런 엘시아를 대신해 답했다.

"아, 저는 괜찮아요. 그러셔도 돼요."

로아나의 허락이 떨어지자 리리엔은 활짝 웃으며 침실 한편 소파에 앉았다.

"많이 바쁘시면 굳이 시간을 내서 오지 않으셔도 되는데……."

"한번 맡은 일은 끝까지 책임지고 싶어서요."

로아나가 침대 밑 놓인 의자에 앉았고, 엘시아는 늘 그랬던 것처럼 침대에 몸을 바로 하여 누웠다.

"다만 오늘 이후로 당분간은 찾아뵙지 못할 것 같아요. 갑자기 신전에 일이 좀 생겨서요."

로아나는 대수롭지 않다는 듯 말했지만, 그 말이 못내 엘시아의 마음에 걸렸다. 엘시아는 잠시간 망설인 끝에 입을 열었다.

"……혹시 무슨 일이 생긴 건지 알 수 있을까요?"

"자세히 말씀드릴 수는 없지만, 신성지의 신관 대부분이 동원될 정도로 큰 일이 생겼어요."

그래서 어젯밤 레오디안이 그토록 피로한 기색을 감추지 못했던 걸까.

엘시아는 피곤한 사람을 붙잡고 불편한 대화를 청했던 것을 후회했다. 그도 그럴 게, 어젯밤 레오디안과 대화를 나누느라 흘려보낸 시간은 엘시아에게도 이롭지 못했다.

엘시아는 길다면 길었던 대화 끝, 그 어떤 소득도 얻지 못했다. 오히려 레오디안이 적어도 한동안은 기행을 멈추지 않으리란 사실만 확인했을 뿐이다.

"가까운 시일 내 치료에 전념할 수 있도록 신전 일은 최대한 빨리 마무리할게요."

"저는 괜찮으니 무리하지 않으셔도 돼요."

로아나는 대답하지 않았다. 그저 가볍게 웃으며 신성력을 발휘했다. 엘시아와 로아나의 대화에 가만 귀를 기울이고 있던 리리엔이 눈을 가늘게 떴다. 그리고 로아나가 엘시아의 몸에 조심스럽게 손을 가져다 대는 모습을 뚫어져라 주시했다.

"부작용은 없어요?"

리리엔이 문득 물었다. 엘시아와 로아나의 시선이 리리엔에게로 향했다. 리리엔은 드물게 심각한 낯을 하고 있었다.

"신성한 힘은 모든 이의 신체에 이로울 뿐, 부작용은 없습니다."

리리엔을 안심시키기라도 하듯, 로아나는 부드러운 어조로 말했다. 그러나 리리엔의 얼굴은 여전히 굳은 채였다.

"아무렇지도 않아, 리리엔."

아무런 느낌도 없다고, 엘시아가 덧붙였다. 로아나가 손을 대고 있는 곳에 시선을 고정하고 있던 리리엔이 시선을 들어 올려 엘시아와 눈을 마주쳤다.

"정말로 괜찮아?"

"응. 걱정하지 마. 벌써 몇 번이나 치료를 받았는데 몸에 아무런 이상 없었어."

리리엔이 다시 눈을 내리깔았다. 굳은 시선의 종착지는 드러나 있는 엘시아의 팔, 그 위 자리한 흉터였다. 엘시아는 리리엔의 눈길을 따라 시선을 내렸다. 환한 빛이 흉터를 감싸듯 팔 위에 내려앉아 있었다.

전보다는 흐릿해졌다지만, 깊은 흉터는 여전히 엘시아의 살갗 위 오롯하게 남아 있었다. 죽 그어져 있는 또렷한 흉터를 바라보는 리리엔의 시선이 날카로웠다.

* * *

레오디안은 어젯밤, 저택으로 돌아오지 않았다.

그 사실을 엘시아가 알 수 있었던 건, 레오디안이 이상한 것들을 보내기 시작한 이래로 엘시아가 레오디안이 돌아오는 것을 확인한 후에야 잠을 청했기 때문이었다. 누가 시키지도 않았는데, 엘시아는 매일 밤 레오디안이 탄 마차가 저택 앞에 멈춰 서는 것을 확인했다.

레오디안과 불편한 대화를 나눴던 다음 날 레오디안은 돌아오지 않았고, 그것은 불편했던 대화만큼이나 엘시아의 마음을 불편하게 했다.

레오디안은 저택에서 보내는 시간보다 밖에서 보내는 시간이 더 많았으므로 레오디안이 저택에 없다고 해서 딱히 달라지는 일은 없었다.

리리엔이 에밀리아와 공부를 끝낼 때까지 엘시아는 홀로 침실에서 시간을 보냈고, 때마다 로이셀이 준비해 준 샐러드를 먹었다. 일과를 마친 리리엔이 엘시아의 침실 문을 두드리면, 엘시아는 리리엔의 침실로 가 함께 책을 읽었고, 리리엔이 잠들면 다시 자신의 침실로 돌아왔다.

레오디안 없이도 여전한 하루를 보낸 엘시아는 지금, 어제 그랬듯이 조용히 창밖을 내려다보고 있었다.

밤이 깊고도 한참이 지났으나 로켄페데스 가문의 문양이 그려진 검은 마차의 모습은 찾아볼 수 없었다. 아무래도 레오디안은 오늘도 돌아오지 않을 것 같았다. 오지 않을 마차를 기다리며 계속 창가를 서성이는 건 의미 없는 일이었다. 그렇게 생각하면서도 엘시아는 좀처럼 창가에서 멀어지지 못했다.

어제 엘시아는 밤하늘 끝에 희끄무레한 빛이 스밀 때가 되어서야 침대에 누웠다. 그리고 어젯밤과 마찬가지로, 지금 하늘에도 어제와 같은 빛이 서서히 물들어 가고 있었다. 엘시아는 이제는 정말 자야 한다는 생각에 몸을 돌렸다.

그렇게 엘시아가 창을 등지고 섰을 때였다. 마치 기다렸다는 듯, 섬뜩한 것이 엘시아를 덮쳤다. 음습하고도 눅진한, 그런 기이한 느낌. 엘시아에게는 퍽 익숙한 느낌이었다.

엘시아는 황급히 창밖을 내려다보았다. 시야에 걸리는 것은 없었다. 창 아래로는 막 움튼 초목이 가득한 정원이 펼쳐져 있을 뿐이었다.

그러나 엘시아는 그곳에서 눈을 떼지 못했다. 한껏 날 벼린 시선으로 정원 곳곳을 살폈다. 그럴 수밖에 없었다. 이곳에선 절대 느껴져서는 안 되는 것이 느껴졌기 때문에.

그것은 다름 아닌, 동족의 기척이었다.

깊은 밤, 날카로운 시선으로 고요한 정원을 샅샅이 살피는 엘시아의 손에 힘이 들어갔다. 엘시아의 악력을 버티지 못하고 창틀이 우그러졌으나, 그것에 미처 신경 쓸 겨를이 없었다. 엘시아는 또다시 풍겨오는 동족의 기척에 온 신경을 기울였다.

그렇게 한참. 계속해서 느껴지는 동족의 기운에 엘시아는 자신이 착각한 것이 아님을 확신할 수 있었다.

모두가 잠든 저택, 혹시 몰라 잠시 귀를 기울인 채 숨죽이고 있던 엘시아는 이내 창틀을 짚고는 그대로 창밖으로 뛰어내렸다. 땅 위로 가볍게 착지한 엘시아는 혹시 아직 잠들지 않은 누군가가 자신을 발견하기라도 할까 커다란 나무 뒤로 재빨리 몸을 숨겼다.

그간 엘시아는 인간과 함께 지내는 동안 긴장을 늦추지 않으려 하였으나, 평온한 날들은 눈치채지 못한 사이 엘시아의 경계심을 어느 정도 와해시켜 놓았다. 한껏 긴장한 채 신경을 바짝 곤두세우고 있으려니 저절로 알게 되었다. 자신이 조금쯤 경계를 풀고 있었다는 사실을.

저택은 여전히 고요했다. 엘시아는 잠시 숨죽인 채 주변을 살피다, 곧장 담을 넘었다. 높다란 담이었지만 엘시아는 가볍게 담을 넘어 어둑한 거리를 가로질렀다.

인간을 피해 마을을 이뤄 사는 괴물도 있지만, 여전히 인간들 틈에 숨어서 사는 괴물도 있었다. 괴물이 인간처럼 생겼기에 가능한 일이었다. 괴물이 제 이빨과 손톱을 드러내지만 않으면 외모로는 쉽게 구별할 수 없었다. 그렇기에 괴물이 인간을 먹지만 않으면 정체를 들킬 일도 없었다.

하지만 엘시아는 신전 기사단의 집결지가 있는 이 제도에까지 괴물이 있을 줄은 전혀 예상치 못했다.

이곳에는 괴물을 잡기 위해 집 마당 곳곳에 설치해 놓았던 덫도, 괴물을 죽일 때 썼던 칼도 없었다. 그러나 엘시아는 저택을 나와, 동족이 느껴지는 곳을 향해 거침없이 걸었다.

'스위티아가 아직 죽지 않고 살아 있는 거면……'

완전한 괴물이 아닌 엘시아는 동족의 기척을 느낄 뿐, 그들을 구별할 수는 없었다. 그래서 엘시아는 자신이 느낀 괴물의 존재가 스위티아인지도 모른다는 생각을 했다. 과거와 달리 스위티아가 죽지 않았을지 모른다고, 리리엔을 쫓아 제도까지 쫓아왔을 수도 있다고.

그래서 엘시아는 괴물을 찾기 위해 뒤도 돌아보지 않고 저택을 빠져나왔다. 가까이에서 느껴지는 동족의 기운이 스위티아의 것인지를 확인하기 위해서. 그리고.

'레오디안이 괴물하고 마주쳐서는 안 돼.'

신전 기사단이 괴물을 발견하기 전에, 괴물을 죽여 버리기 위해서.

아직 신전은 괴물의 존재를 몰랐다. 제국의 인간들이 괴물을 토벌하겠다 선포하는 건, 지금으로부터 적어도 일 년은 지난 뒤의 일이었다.

어느 날 한적한 영지로 여행을 떠났던 귀족이 실종될 테고, 그 사건을 조사하던 치안대가 괴물의 습격을 받게 된다. 그때 가까스로 탈출한 치안대 사내에 의해 괴물의 존재는 대륙 전체에 알려지게 되고, 그리하여 제국에 괴물 토벌대가 결성된다. 엘시아가 아는 한은 그랬다. 괴물의 존재는 그때가 되어서야 널리 알려진다.

레오디안이 사람들 앞에 자신의 힘을 드러내고, 토벌대 지휘를 맡아 대륙 곳곳에 퍼져 있는 괴물을 몰살하기 시작하는 것도 그즈음의 일이다. 괴물들은 그 누구보다도 레오디안을 두려워했고, 토벌대의 눈에 띄지 않기 위해 더 깊숙이 숨었다.

그러나 괴물들은 식인을 멈추지 않았다. 다만 식인을 위해 무리를 이루고 살던 마을을 벗어나 다른 마을의 인간을 잡아 오는 것이 아닌, 자신들의 마을로 인간을 끌어들이는 방법을 택했을 뿐이다.

엘시아가 도망쳐 온 마을의 괴물들도 멀리 떨어진 곳에 사는 인간을 잡아오고는 했으나, 토벌대가 결성된 이후로 마을의 괴물들은 제 발로 마을을 찾은 인간을 죽여 서로 나눠 먹었다.

엘시아가 살았던 괴물의 마을은 그 자체가 커다란 덫이었다. 인간을 잡기 위한 덫.

그 덫을 짜 놓고 무리를 지휘했던 건 스위티아를 비롯한 몇 괴물들이었다. 오랜 시간 존재하며 많은 인간을 잡아먹은 괴물.

오래 산 괴물은 기력이 쇠하기는커녕 오히려 젊은 괴물보다 강한 힘을 가지고 있었다. 지금 엘시아가 찾아낸 괴물 역시 마찬가지였다. 분명 엘시아와 비교도 안 될 정도로 강한 힘을 가지고 있을 터였다. 그래서 엘시아는 멀찌감치 보이는 괴물이 눈치채기 전에 그 목을 비틀 계획을 몇 번이고 머릿속으로 되풀이해 생각해야 했다.

'무기가 있으면 좀 더 쉽게 죽일 수 있을 텐데.'

엘시아가 느낀 동족의 기척은 다행스럽게도 스위티아의 것이 아니었다. 그러나 스위티아만큼 오래 살았을 것이 분명한, 강한 괴물이었다.

물씬 풍기는 음습한 기운에 엘시아는 마른침을 삼켰다. 자신이 저 괴물을 죽일 수 있을지 의문이었다. 무기 없이 괴물을 상대하는 건 처음이었다.

하지만 이 제도에 사는 인간들, 그리고 신전과 레오디안이 괴물의 존재를 알아차리는 것을 최대한 나중으로 미루기 위해. 리리엔과 함께 지내는 날을 단 하루라도 늘리기 위해 엘시아는 저 괴물을 반드시 죽여야 했다.

엘시아는 골목 어귀를 서성이고 있던 괴물을 향해 달려들었다.

뒤늦게 엘시아의 기척을 느낀 남자가 홱 고개를 돌렸다. 엘시아는 남자의 허리에 다리를 둘러 매달린 채 한 팔로 남자의 목을 단단히 옥죄었다.

"커헉……."

목 졸린 소리를 내며, 고통으로 와락 얼굴을 찌푸린 남자가 엘시아의 팔을 틀어쥐었다. 뼈가 부러지는 듯한 고통이 밀려들었으나, 엘시아는 남자를 옭아매고 있는 팔에 힘을 풀기는커녕 오히려 힘을 주었다.

남자의 날카로운 손톱이 엘시아의 팔, 여린 살갗을 헤치고 깊숙이 파고들었다. 엘시아는 망설임 없이 남자의 목을 힘껏 비틀었다.

"크아악……!"

엘시아가 남자의 아래턱을 우악스레 쥐고 그대로 머리를 뽑아 버리자, 단말마의 비명과 함께 남자의 머리가 바닥에 나뒹굴었다. 남자의 몸에서 왈칵 뿜어져 나온 푸른 피가 엘시아를 덮쳤다.

남자의 피를 뒤집어 쓴 엘시아는 남자의 몸을 내내 옥죄고 있던 다리에 힘을 풀고는 이내 바닥을 딛고 섰다. 심장이 달음박질 치듯 쿵쾅거리는 소리가 마치 귓가에 울리고 있는 듯했다.

엘시아는 비틀거리면서도 쓰러지지 않는 남자의 몸을 밀어 넘어뜨린 뒤, 그 위에 올라타 남자의 팔이며 다리를 힘주어 뜯어냈다. 그러는 동안에도 남자의 몸은 경련하듯 마구 버둥거렸고, 그 광경을 남자의 분리된 머리, 그러나 여전히 꿈뻑이고 있는 붉은 눈이 바라보고 있었다.

그 붉은 눈동자는 최후의 순간까지 엘시아의 모습을 담았다. 죽어 가는 괴물에게서 흘러나오는 푸른 피에 욱욱대며, 어느 순간부터 눈물 흘리고 있는 엘시아의 모습을.

* * *

제도의 밤은 낭만적이었다. 큰길을 따라 흐르는 운하가 제도의 밤을 더욱 운치 있게 만들고 있었다.

그 낭만이나 운치를 즐길 생각은 전혀 없지만, 길가에 커다란 강 같은 운하가 있다는 건 엘시아에게도 꽤나 다행스러운 일이었다. 멀리 갈 필요 없이 괴물의 시체를 처리할 수 있으니까.

엘시아는 분리한 괴물의 신체를 묵직한 돌과 함께 운하에 흘려보냈고, 제 온몸을 뒤덮듯이 한 푸른 피를 씻어 냈다. 그 모든 처리를 끝내고 난 뒤에도 여전히 사위가 어두웠고, 아침은 오지 않았다.

억겁과 같은 오랜 시간이 흐른 것처럼 느꼈으나, 사실 엘시아가 저택을 나온 때로부터 시간은 그다지 많이 흘러 있지 않았다. 몸을 씻어 낸 엘시아는 젖은 몸을 한 채, 운하를 가로지르는 다리 밑에 멍하니 앉아서 흘러가는 물줄기를 바라보았다.

저택에서 사는 사람들이 하루를 시작하기 전에 저택으로 돌아가야 한다고 생각하면서도, 엘시아는 자리를 떠나지 않았다. 엘시아는 지독한 자기혐오에 빠져 하릴없이 시간을 흘려보냈다. 그러는 동안 엘시아의 젖은 머리카락에서 뚝, 뚝, 방울져 흘러내린 물이 바닥에 흔적을 남겼다.

한참 동안 흐르는 운하를 묵묵히 바라보고 있던 엘시아가 몸을 일으킨 건, 다리 위로 지나가는 마차 소리를 들었을 때였다. 그 소리에 엘시아는 뒤늦게 정신을 차렸다.

희끄무레한 빛이 겨우 밝히고 있던 밤하늘에는 천천히 해가 떠오르기 시작했고, 엘시아는 빨리 돌아가지 않으면 제 추악한 행위를 누군가에게 들키고 말 것이라는 생각에 불안해졌다.

엘시아는 괴물의 기척을 따라 걸어왔던 길을 그대로 되짚어 걸었다. 걷는다기보다는 뛰는 것에 가까웠지만, 엘시아는 숨 한 번 헐떡이지 않았다.

이곳은 엘시아가 살던 마을과 달랐다. 이른 아침에 가까운 새벽임에도 거리에는 지나가는 사람들이 있었다. 그들은 저마다, 젖은 몸을 이끌고 황급히 뛰어가는 엘시아를 힐끔대거나 혀를 차거나 했다.

아마 미친 여자라 생각한 것 같았다. 엘시아와 가까워지자 화들짝 놀라 뒷걸음질 치기까지 하는 사람도 있었다.

그 적지 않은 시선에 엘시아는 수치심을 느끼곤 입술을 깨물었고, 길을 되짚는 엘시아의 걸음은 점차 속도를 더했다. 그랬기에 엘시아는 저택을 뛰쳐나왔을 때보다 더 빨리 저택에 도착할 수 있었다.

커다란 저택만큼이나 커다랗고 높다란 담 앞에서 멈춰 선 엘시아는 크게 숨을 내쉬었다.

저택은 여전히 고요했다. 엘시아는 저택 앞에 아무도 없다는 것을 몇 번이고 확인한 후에야 담을 넘었다. 한쪽 팔에 힘이 들어가지 않는 탓에 저택을 나설 때처럼 쉽게 담을 넘지 못했다. 가까스로 담을 넘어, 땅에 발을 딛는 순간 엘시아는 조금 휘청거리고 말았다. 금세 중심을 잡고 선 덕분에 넘어지지는 않았다.

엘시아는 후원을 빠르게 눈으로 살핀 후에 왼팔을 내려다보았다. 아무래도 정말 뼈가 부러진 것 같았다. 당분간 로아나가 저택을 찾아오지 않는다는 게 무척 다행스러웠다.

하지만 다친 팔을 하고 벽을 타고 올라갈 수 있을지 의문이었다. 하루면 회복되겠지만, 당장 벽을 타는 건 무리였다. 그렇다고 문을 통해 저택 안으로 들어갈 수도 없는 노릇이었다. 저택에 기거하는 사용인 전부가 아직 일어나지 않았으리라는 법이 없었다. 누군가를 마주칠 수 있는 여지가 있었다. 단 한 명이라 할지라도 지금은 결코 마주치고 싶지 않았다.

엘시아는 곤혹스러운 낯으로 입 안 여린 살을 깨물었다.

'그래도 한번 시도해 볼까.'

엘시아는 부러진 팔을 반대편 손으로 감싸듯 쥔 채로, 조금쯤 높은 곳에 위치한 제 침실 창문을 올려다보았다. 불현듯 어깨 위로 미온한 온기가 내려앉은 것은 그때였다.

갑작스럽게 다가온 온기에 엘시아는 흠칫 어깨를 떨었다. 이제는 꽤 익숙해진 향이 무척 가까이에서부터 풍겨오고 있음을 알아차린 것은 그다음의 일이었다.

자리에 못 박힌 듯 굳어 서 있던 엘시아는 가까스로 시선을 돌려, 자신의 어깨 위에 덮인 겉옷을 바라보았다.

조금 두께가 있는 커다란 겉옷이 몸 위에 덮일 때까지 엘시아는 자신을 향해 다가선 이의 인기척을 전혀 느끼지 못했다. 이상한 일었다. 이런 적은 단 한 번도 없었는데. 하물며 그에게선 늘 자신의 본능을 자극하는 냄새까지 났다. 그런데 어째서…….

홀로 고민한다고 해서 알 수 있는 건 아니었다. 그런데도 엘시아는 계속해서 꼬리를 물고 이어지는 의미 없는 의문을 더듬고 또 더듬었다. 그렇게 잠시, 이어지는 의문을 곱씹으며 말없이 고개를 숙이고 있던 엘시아는 저도 모르게 마른침을 삼켰다.

어떻게 해야 할지 알 수가 없었고, 그저 암담했다.

그래서 엘시아는 차마 자리를 떠나지도, 그렇다고 고개를 돌리지도 못한 채로 그저 서 있었다. 아니, 애초에 고개를 돌릴 필요 없었다. 돌연 나타나 가까이 다가온 사람이 누구인지는 굳이 두 눈으로 확인하지 않아도 알 수 있었으므로.

그렇게 묘한 긴장이 서린 적막을 얼마나 버티고 있었을까. 엘시아의 귓가에 문득 묵직한 한숨 소리가 들렸다. 그건 숨이라기보다는 나직이 침음하는 듯한 소리에 가까웠다. 그 소리를 들은 엘시아의 몸이 절로 긴장으로 경직되었다. 어깨 위 올라간 레오디안의 겉옷이 납덩이라도 된 것처럼 무겁게 느껴졌다.

"……안으로 들어가죠."

한참 만에 레오디안의 목소리가 고요한 후원에 울려 퍼졌다. 레오디안의 말끝에는 미처 감추지 못한 한숨이 묻어 있었다. 그 목소리를 듣고 나서야 엘시아는 몸을 돌렸다.

레오디안은 혼자가 아니었다. 엘시아는 자신을 향해 있는 두 쌍의 눈동자를 차례로 보았다. 로이셀은 경악이 한껏 서린 얼굴로 엘시아를 바라보고 있었다. 하지만 레오디안은.

'무슨 생각을 하고 있는 건지 모르겠어.'

레오디안은 무감한 얼굴로 엘시아를 내려다볼 뿐이었다. 그래서 좀처럼 생각을 읽을 수가 없었다. 레오디안은 대개 그랬다. 차디찬 가면을 쓰고 사는 사람 같았다.

"맞습니다. 엘시아 님, 일단 안으로 들어가셔서 몸을 녹이시는 게……. 아무리 날씨가 풀렸다고 할지라도 그렇듯 젖은 채로 계속 계신다면 분명 병을 얻으실 겁니다."

로이셀이 뒤늦게 말을 보탰고, 엘시아는 남몰래 한숨을 내쉬었다.

지금 정원에는 엘시아 혼자가 아니었다. 이 저택의 주인인 레오디안, 그리고 로이셀과 함께였다. 이렇듯 두 사람과 함께 정원을 지키고 서 있는 건 다른 사람들의 시선을 끌기 딱 좋았다.

레오디안과 함께 저택 안으로 들어가야 하는 것이 곤혹스럽지만, 그렇다고 계속 이렇게 있을 수는 없는 노릇이었다. 시간이 흐를수록 저택 안을 돌아다니는 사용인이 늘어날 것이다. 문을 통해서 저택으로 들어가려면 차라리 지금 들어가는 편이 나았다.

엘시아는 가까스로 걸음을 뗐다. 말없이 걸음을 옮기는 엘시아의 뒤를 레오디안과 로이셀이 따랐다. 뒤에서 느껴지는 시선이 부담스러웠지만 엘시아는 애써 아무렇지 않은 척 정원을 가로질렀다.

'……바보 같아.'

그러면서 엘시아는 자조했다. 물에 홀딱 젖은 꼴을 하고도 태연한 척하려 안간힘을 쓰고 있는 스스로가 너무나도 초라하게 느껴져서.

"로이셀. 먼저 들어가서 위층 욕실에 초를 켜 두도록."

저택 안으로 들어서자마자 레오디안이 로이셀을 향해 지시하는 목소리가 들렸다. 그리고 로이셀이 떠나기 무섭게 곁으로 다가오는 레오디안의 기척 또한 느껴졌다.

"춥습니까?"

그래서 레오디안의 낮은 음성은 무척 가까이에서 들렸다. 엘시아는 불현듯 걸음을 멈추고, 레오디안을 향해 고개를 돌렸다.

레오디안은 주위의 시선에서 엘시아를 보호하기라도 하듯, 엘시아에게 바짝 다가선 채였다. 묵묵히 대답을 기다리고 있는 레오디안의 가로로 긴 입술은 꾹 맞물려 있었다.

잘 만들어진 인형 같은, 레오디안의 또렷한 이목구비를 순간 스치듯 바라본 엘시아는 이내 시선을 내려뜨리며 입을 열었다.

"……아니요."

"그런데 어째서."

불완전한 문장을 읊조린 레오디안이 짐짓 미간을 좁혔다. 엘시아가 몸을 떨고 있는 게 눈에 들어왔기 때문이었다. 무척 미약한 미동이나 레오디안의 눈에는 확실하게 보였다.

자신이 떨고 있다고 모르는 건가.

지금 엘시아는 마치 그때와 같은 모습이었다. 레오디안과 엘시아, 그리고 리리엔이 처음으로 함께 식사를 한 날. 엘시아는 그날처럼, 마치 눈앞에 가파른 절벽을 마주한 사람처럼, 그렇게 떨고 있었다.

레오디안은 새삼 엘시아를 훑어보았다. 그런 그의 시야에 아래를 향해 축 늘어져 있는 엘시아의 팔이 걸렸다. 엘시아는 늘어뜨리고 있는 팔을 다른 손으로 감싸 쥐고 있었다. 그 모습에 레오디안의 미간 사이 아로새겨졌던 주름이 더욱 깊어졌다.

팔을 다친 건가.

문득 머릿속을 스친 생각에 레오디안이 저도 모르는 새 충동적으로 손을 뻗었을 때였다.

"이거, 돌려드릴게요."

엘시아는 아까 레오디안이 덮어 주었던 겉옷을 벗어 그에게 내밀었다. 다른 한 손은 여전히 힘없이 늘어뜨린 채였다. 그를 확인한 레오디안의 눈매가 가늘어졌다. 그리고 머지않아 레오디안은 곧 엘시아의 팔꿈치 부분이 뼈가 뒤틀려 튀어나온 것처럼, 툭 불거져 있는 것을 알아차렸다.

"……혹시."

레오디안이 엘시아가 건넨 옷을 받아들며 말을 이었다.

"팔을 다치신 겁니까."

"아…….."

예상치 못한 레오디안의 말에 일순 멈칫했던 엘시아는, 뒤늦게나마 아니라고 말하며 고개를 저었다. 그리고 황급히 자리를 떠나고자 입을 열었다.

"저는 이만 올라가 볼게요."

"잠깐."

엘시아가 어디를 다녀온 건지, 대체 왜 저렇듯 물에 흠뻑 젖은 모습을 하고 있는 건지, 팔은 또 어쩌다 다치게 된 건지. 궁금한 것이 한두 가지가 아니었으나 애초에 레오디안은 엘시아에게 묻고 싶은 생각이 없었다.

그간의 경험으로 미루어, 레오디안은 그가 묻는다고 해서 엘시아가 순순히 대답을 해 줄 것이리란 기대는 하지 않고 있었다. 하지만 엘시아가 다친 것이 분명한 상황에서 엘시아를 그냥 올려 보낼 수는 없었다.

"그 상태로 침실로 돌아갈 생각입니까?"

엘시아는 대답하지 못했다. 지금 제 모습이 얼마나 웃긴 꼴일지는 누구보다도 잘 알았다. 엘시아는 다만 수치를 밝히고 있는 빛에서 도망치고 싶었다. 또한 자신을 향해 있는, 그 속을 알 수 없는 레오디안의 시선에서도.

"아무것도 묻지 않겠습니다."

레오디안의 말끝에 짤막한 한숨이 묻어 있었다.

"잠깐만 시간을 내주십시오."

그렇게 말하는 레오디안의 눈동자는 고요히 가라앉아 있었다.

그 푸른 눈동자는 엘시아를 오롯하게 비추었다. 엘시아는 아무런 말도 하지 않았지만, 레오디안은 답을 재촉하지 않았다. 그저 묵묵히 엘시아를 응시했다. 그러다가 레오디안은 곧 천천히 엘시아를 지나쳐, 곧장 위로 이어진 계단으로 향했다.

반면 엘시아는 여전히 그 자리에 미동 없이 선 채였다.

엘시아는 서서히 멀어지고 있는 레오디안의 뒷모습을 물끄러미 바라보고 있었다. 너른 어깨, 곧은 등, 쭉 뻗은 기다란 다리 따위를.

그때 문득 앞서 걸어가던 레오디안이 엘시아를 돌아보았다. 하지만 그뿐이었다. 레오디안은 멍하니 서 있는 엘시아에게 시선을 두었을 뿐, 엘시아에게어서 뒤를 따르라거나 하는 말은 하지 않았다.

그러나 레오디안의 시선은 엘시아에게 충분히 부담스러운 것이어서, 엘시아는 바닥에 딱 붙어 영영 떨어지지 않을 것 같던 발을 뗐다.

* * *

레오디안은 문을 잡고 선 채로 엘시아를 돌아보았다.

레오디안의 눈길이 닿자 순간 멈칫했던 엘시아가 가까이 다가가자, 레오디안이 조금쯤 비켜섰다. 엘시아는 숨을 참은 채로 레오디안을 지나쳐 방 안으로 들어갔다.

레오디안의 방 안으로 들어선 엘시아는 이리저리 시선을 옮기며 방 안을 꽤나 유심히 살폈다. 방 안에는 높다란 책장이 여럿이었고, 책장에는 빽빽하게 책이 꽂혀 있었다. 유일하게 책장으로 가려지지 않은 벽 한쪽에는 커다란 창이 나 있었는데, 그 앞에는 그만큼 커다란 책상이 자리해 있었다.

잠시간 내부를 살펴보던 엘시아의 뒤로 돌연 문이 닫히는 소리가 들렸다. 뒤이어 묵직한 발소리도 났다. 문이 닫히자 방 안을 가득 메울 듯 풍겨오는 레오디안의 체취에 엘시아는 마른침을 삼켰다. 이런 상황에서도 엘시아는 레오디안에게서 나는 냄새가 달콤하다는 생각을 하고 있었다.

"앉으십시오."

방 한가운데 놓인 테이블, 그 한편에 자리한 소파에 앉는 엘시아의 모습을 확인한 레오디안이 입을 열었다.

"리리엔에게 들으셨겠지만."

엘시아에게 자리에 앉을 것을 권한 레오디안은 앉을 생각이 없는 듯했다. 레오디안은 멀거니 서서 엘시아를 바라보고 있었다. 그렇게 잠시. 못 박힌 듯 서 있던 레오디안이 불현듯 엘시아가 어색한 표정을 한 채로 앉아 있던 곳으로 가까이 다가갔다.

"로켄페데스 가문 사람들은 대대로 어떤 힘을 지니고 태어납니다. 우리는 그 힘을 비오렌치아라 부릅니다. 비오렌치아는 크게 공격술인 베네눔과 치유술인 루스, 그리고……."

레오디안은 내내 팔에 걸쳐 들고 있던 겉옷을 엘시아가 앉은 소파 한쪽에다 내려놓았다. 그러면서 마저 말을 이었다.

"시간술인 템푸스로 나뉩니다."

엘시아는 레오디안이 갑자기 무슨 뜬금없는 소리를 하는지 몰라 그저 물끄러미 레오디안을 응시했다. 레오디안은 손 뻗으면 닿을 정도로 가까운 거리에 서서 엘시아를 내려다보고 있었고, 레오디안과 엘시아는 말없이 시선만을 교환했다.

레오디안은 엘시아를 마치 관찰하듯 뚫어지게 보고는 했기 때문에, 엘시아는 레오디안의 시선이 자신에게 닿을 때마다 종종 어디론가 숨고 싶다는 생각을 했다.

아마 저 시선에는 영영 익숙해지지 못할 것 같았다. 그런 확신에 가까운 생각이 들었다.

호기롭게 레오디안의 눈동자를 마주 바라보고 있던 엘시아는 결국 먼저 시선을 돌렸다. 그때 레오디안의 입술이 서서히 벌어졌다.

"저는 그 모든 힘을 다룰 수 있습니다."

"……."

"다친 팔을 보여 주십시오."

엘시아는 그제야 레오디안이 갑자기 자신이 가진 힘에 관하여 설명한 이유를 알아차렸다. 아무것도 묻지 않겠다던 말에 혹해 그를 따라오는 게 아니었는데. 엘시아는 후회했다.

"크게 다치지 않았어요. 그냥 조금……. 조금 삐끗했을 뿐이에요."

"그렇다면 보여 주십시오. 크게 다친 게 아니라면 보여 주지 못할 이유가 없지 않습니까."

아마 부러졌을지 모를 팔은, 인간이 아닌 엘시아에게는 하루 정도면 다 나을 가벼운 부상에 불과했다. 그러나 엘시아는 그 사실을 레오디안에게 곧이곧 대로 말할 수 없었다. 그렇다고 레오디안의 말대로 그에게 팔을 보이고 싶은 생각은 추호도 없었다.

"당신이 이곳에서 지내는 한, 당신의 일신을 안전히 보호하는 것은 내가 마땅히 해야 할 일입니다. 그러니까……."

내내 엘시아의 가까이 서 있던 레오디안이 엘시아의 앞에 한쪽 무릎을 꿇고 앉았다. 그에 순식간에 눈높이가 낮아졌다. 엘시아는 얼떨떨한 얼굴로 레오디안을 내려다보았다. 자신의 앞에 무릎 꿇은 레오디안을 바라보고 있자니, 말로 설명하기 묘한 기분이 들었다.

"부디 치료할 수 있도록 해 주십시오."

말을 맺은 레오디안은 고개를 들어, 묵묵한 시선으로 엘시아를 주시했다. 그런 레오디안의 푸른 눈동자를 바라보며, 엘시아는 그 색과 같은 푸른 연기를 떠올렸다.

괴물을 죽이는 그 푸른 연기가 누군가의 상처를 치료할 수 있으리라고는 상상조차 하지 못했다. 레오디안의 단호한 태도로 보면, 그가 거짓말을 하고 있는 건 아닌 듯했다. 그가 자신에게 거짓을 말할 이유도 없었고.

하지만 레오디안이 그 힘으로 누군가를 치료할 수 있다면, 그건 괴물이 아닌 인간일 것이다. 그 힘이 인간이 아닌 존재에게는 어떻게 작용할지는 모르는 일이었다.

"아뇨, 그러실 필요 없어요."

그래서 엘시아는 고개를 저었다.

"대수롭지 않은 상처예요. 굳이 치료할 필요 없어요. 말씀은 감사하지만 전 정말 괜찮아요."

잠자코 엘시아의 말을 듣고 있던 레오디안의 눈동자에 순간 이채가 서렸다. 그 모습에 엘시아는 자리에서 일어나려다 말고 저도 모르게 멈칫했다.

"대수롭지 않은 상처라."

엘시아의 말을 따라 읊조리는 목소리가 유독 낮고 음산했다. 그 목소리에 방 안 분위기가 순식간에 날카로워진 것 같았다.

'……혹시 화를 내고 있는 건가?'

엘시아는 어째서 레오디안이 이렇듯 갑자기 자신을 향해 날을 세우는 건지 이해할 수 없었다. 이어진 레오디안의 물음 또한 엘시아가 이해할 수 없는 것이었다.

"당신은 내가 싫은 겁니까. 아니면 내가 무서운 겁니까."

그렇게 묻는 레오디안의 얼굴에는 어스름한 그늘이 져 있었다. 레오디안이 창을 등지고 있던 탓이었다. 그러나 엘시아는 지금 레오디안의 얼굴이 어두워 보이는 이유가 비단 그 이유뿐만은 아닐지 모른다는 생각을 했다.

"어느 쪽이든 나와 함께 있는 시간을 피하고자 한다는 건 알겠습니다만, 궁금해서요."

"……."

"팔이 부러진 것이 뻔히 보이는데……. 거짓말까지 해 가며 한사코 사양하는 이유가 대체 뭔지."

오롯이 저를 향한 채로 대답을 기다리고 있는 푸른 눈동자에 엘시아는 말문이 막혔다.

엘시아는 자신이 레오디안을 피해 왔던 것을 그가 눈치채지 못하리라 생각하지는 않았다. 애초에 잘 숨기지를 못했다. 숨기는 방법을 몰랐다. 하지만 레오디안이 이렇듯 직접적으로 물어 오리라는 생각 또한 못했다. 그래서 엘시아는 어떻게 대답을 해야 할지 알 수가 없었고, 그저 당황스러웠다.

제도로 오기 전까지 엘시아는 리리엔과 단둘이 조그만 집에서 갇혀 살다시피 했다. 그래서인지 엘시아는 기본적으로 다른 이를 대하는 데 미숙했고, 다소 어려움을 느꼈다.

하물며 레오디안은 인간이었다. 괴물의 마을에서 괴물과 함께 살아온 엘시아는 이렇게 오랜 시간 인간들과 부대껴 산 적이 없었다. 그런 엘시아가 인간을 어떻게 대해야 하는지를 알고 있을 리 없었다. 그러나 엘시아가 인간을 대하는 게 익숙하지 않다고 해서 레오디안이 느낀 불쾌함을 무시할 수 있는 건 아니었다.

리리엔을 제도로 데려가겠노라 결심한 순간, 엘시아는 짧은 시간이나마 인간 틈에서 그들과 잘 어울려 지낼 요령을 익혔어야 했다. 요령을 익힐 수 없다면 최소한 어울리는 척이라도 해야 했다. 리리엔의 혈육이 레오디안이라는 걸 진작 알고 있었으니 더욱 그랬어야 했다. 적어도 레오디안을 피하는 기색을 그가 쉽게 알아차리게끔 해서는 안 됐다.

"제가 불편하게 해 드렸다면…… 죄송해요."

레오디안은 저도 모르게 한쪽 눈썹을 추켜세웠다. 엘시아가 갑자기 사과를 해 올 줄은 전혀 예상하지 못한 탓이다. 잠시 그렇게 멈칫 굳어 있던 레오디안은 이윽고 입술 사이로 한숨을 내뱉었다.

"나는 지금 당신에게 사과를 받으려는 게 아닙니다. 당신이 사과할 일도 아니고."

레오디안은 내내 엘시아에게 고정하고 있던 시선을 돌렸다. 그러자 이윽고 꽤나 날이 서 있었던 분위기가 누그러졌다.

방 안에 정적이 흐르자, 엘시아는 레오디안의 눈길을 따라 고개를 돌렸다. 레오디안은 벽에 걸려 있는 그림을 바라보고 있었다. 엘시아는 화려한 색채로 그려진 그림을 멍하니 응시했다. 그때 문득 레오디안의 목소리가 들려왔다.

"그저 궁금해서 그럽니다. 대체 왜 그렇게……."

한껏 상처 입은 짐승처럼 구는 건지.

레오디안은 뒷말을 삼켰다. 그런 레오디안의 시선은 여전히 의미 없이 방 안을 배회하고 있었다.

"……피한 건 아니에요. 당신을 싫어하지 않아요. 두렵지도 않고요."

엘시아는 천천히, 그러나 또박또박 말을 이었다. 앞으로는 레오디안 앞에서 그를 꺼리는 듯한 기색을 절대 내보이지 않으리라 다짐하면서. 어차피 리리엔은 곧 아카데미에 갈 것이다. 그때까지만 버티면 된다.

길어야 일 년. 그 정도는 버틸 수 있었다.

"전 그냥, 그동안 갇혀 지냈던 탓에 다른 사람을 어떻게 대해야 하는지를 잘 몰라서……."

말끝을 흐린 엘시아는 여전히 제 앞에 한쪽 무릎을 꿇어앉은 채 자신을 올려다보고 있는 레오디안과 조심스럽게 시선을 맞추었다. 레오디안이 제 말을 믿을지는 알 수 없었으나, 지금 그에게 할 수 있는 변명은 이것뿐이었다.

"죄송해요."

"아니……."

레오디안은 어쩐지 당황한 기색이었다. 무슨 말을 하려는 건지, 입술을 여닫던 레오디안은 이내 그 어떤 말도 꺼내지 않은 채로 입을 닫았다. 잠시 후에야 다시금 벌어진 그의 입술 사이로 새어 나온 것은 말이 아닌, 나직한 한숨이었다.

레오디안이 당황한 것 같다는 건 비단 엘시아의 착각만이 아니었는지, 레오디안의 시선이 이리저리 배회하더니 끝내 엘시아를 비켜난 허공 어딘가에서 멈췄다. 차마 엘시아를 똑바로 마주 바라보지 못하겠다는 듯.

"미안합니다."

한참 만에 레오디안은 말했다.

"……그건, 미처 생각조차 못하고 있었습니다."

엘시아는 대수롭지 않다는 듯 고개를 저었지만, 레오디안은 그 중요한 사실을 간과하고 있던 스스로를 도무지 믿을 수가 없었다. 어떻게 그걸 잊어버리고 있을 수가 있었던 건지.

엘시아의 말을 듣고 나서야 레오디안은 엘시아가 여태 리리엔과 함께 갇혀 지냈었다는, 그가 조금도 고려하지 못하였던 엘시아의 과거를 떠올릴 수 있었다.

그러나 레오디안이 누가 보더라도 명백히 그를 피하던 엘시아의 모습을 완전히 이해한 건 아니었다. 엘시아의 일과를 보고받아 왔던 레오디안은 단언할 수 있었다.

기본적으로 엘시아는 저택의 모든 이들을 불편하게 여겼다. 하지만 그건 엘시아의 말마따나, 사람을 대하는 방법을 몰라 그러는 것이라 이해할 수 있는 정도였다. 그러나 레오디안을 대할 때는 무언가 달랐다.

레오디안은 엘시아를 마주하고 있을 때면 어느 정도의 적의를 느꼈다. 무슨 이유에서인지는 모르겠으나, 그건 분명 적의였다. 레오디안을 오래 마주하고 있기 싫다는 듯한 태도를 고수하는 건 물론이었다.

그래서 레오디안은 엘시아가 그를 싫어하거나, 두려워하고 있는 것이라 짐작하고 있었다. 그런데 그것이 아니었다면…….

레오디안은 그간 엘시아의 모습을 떠올려보았다. 엘시아는 레오디안이 가까이 다가가거나 말을 걸면, 레오디안에게서 한 걸음쯤 물러서서 미간을 찌푸린다거나 코를 찡긋거리거나 했다. 한껏 경계하는 듯한 눈으로 그를 바라보며.

"……혹시 내게 무슨 악취라도 나서 그러는 겁니까?"

꽤나 긴 고민 끝에 레오디안이 물었다. 그러면서 엘시아에게 시선을 돌린 레오디안은, 드물게 휘둥그레진 붉은 눈동자가 놀라움으로 물들어 있음을 알아차렸다.

지금 엘시아의 눈동자는 또렷한 감정을 담고 있었다. 레오디안은 생경한 것을 바라보듯 엘시아를 뚫어지게 주시했다.

언제나 잠잠하고 고요하기만 했던 엘시아의 눈동자가 무언가를 내비치고 있는 것이 신기했다. 비록 금세 사라져 버렸으나, 레오디안은 눈앞의 붉은 눈동자에 스몄던 감정을 똑똑히 목격했다. 그로 인해 레오디안은, 엘시아 또한 제 감정을 드러낼 수 있는 사람이라는 것을 새삼 실감할 수 있었다.

"그건……."

한참 얽혀 있던 시선을 풀어 낸 건 당연하게도 엘시아였다. 마치 제 속을 훤히 들여다본 것만 같은 레오디안의 말에 엘시아는 당황을 감추지 못했다.

엘시아가 레오디안을 피하는 데는 그가 인간이라는 이유도 있었지만, 그가 가진 힘이 두렵다는 이유가 더 컸다. 그는 어쩌면, 누구도 쉽게 알아보지 못할 엘시아의 정체를 알아차릴 수 있을지도 모를 인간이었다.

그리고 무엇보다도, 엘시아의 식욕을 돋우는 체취. 레오디안에게서는 늘 엘시아의 본능을 자극하는 냄새가 났고, 엘시아에게 있어서는 그것이 가장 곤혹스러웠다.

"아니요. 아니에요."

엘시아는 되는 대로 고개를 저었다. 악취라니, 악취가 났더라면 레오디안을 마주하는 일이 이렇게까지 곤란하지는 않았을 것이다.

"그런 게 아니에요. 다만…… 대공님이 가까이 다가오실 때마다 어떻게 해야 할지를 알 수가 없어서……."

어째 계속 변명만 늘어놓게 되는 것 같았다. 사실이 아닌, 교묘하게 꾸며 낸 거짓된 변명.

엘시아는 자꾸만 거짓말을 하게 되는 이 상황이 썩 편치 않았다. 당장이라도 이 자리를 떠나고 싶을 정도였다. 사실이 아닌, 꾸며 낸 말 속에 산다는 건 그다지 유쾌한 일이 아니었다. 그러나 엘시아는 지금 그곳에서 살고 있었다. 자신의 존재조차 거짓말로 숨긴 채로 말이다.

그래서 엘시아는 이 커다란 저택에서 지내는 게 불편했다. 마치 맞지 않은 옷을 억지로 끼워 입고 있는 것처럼.

"아니라니 다행입니다."

이어지는 엘시아의 상념을 끊어 낸 건 레오디안의 나직한 목소리였다.

레오디안은 어느덧 당황을 죄 걷어 낸 모습이었다. 늘 그렇듯 무감한 어조로 말한 레오디안은 문득 엘시아를 향해 손을 뻗었다.

"지금쯤이면 준비가 끝나, 욕실을 사용할 수 있을 겁니다."

엘시아가 놀라기라도 할까 레오디안은 천천히 손을 가져다 댔다. 레오디안이 어느덧 조금쯤 마른 옷, 그 위로 툭 불거져 있는 엘시아의 왼쪽 팔에 손을 올리자 가는 몸이 움찔했다.

"듣자 하니 목욕 시중을 받지 않는다고 하던데."

레오디안의 커다란 손은 엘시아의 마른 팔을 무척이나 쉽게 뒤덮듯 쥐었다. 무표정한 낯과 다른, 꽤나 조심스러운 손속이었다. 그래서였을까. 거부감은 없었다. 다만 차게 식어 있던 몸에 불현듯 다가온 온기가 조금 낯설 뿐이었다.

"……혹시 흉터 때문입니까?"

엘시아는 여전히 자신 앞에 한쪽 무릎을 꿇고 앉아 있는 레오디안을 말없이 내려다보았다.

아무래도 레오디안은 엘시아가 시종의 목욕 시중을 거절해 온 것이 흉터를 의식해서라고 생각하는 듯했다. 엘시아는 고개를 저으며 입을 열었다.

"저는 흉터를 신경 쓰지 않아요."

엘시아에게 있어서 온몸 가득한 흉터는 그간 치열하게 살아온 것을 증명하는 증거일 뿐이었다. 좋아하진 않지만 싫어하지도 않았고, 크게 신경 써 본 적도 없었다. 만약 리리엔이 아니었더라면 흉터를 평생 신경 쓰지 않고 살았을 것이다.

"그저 익숙하지 않아서 그래요. 지금껏 혼자 해 왔으니까요."

"그렇군요."

엘시아를 향해 있던 레오디안의 푸른 눈이 눈꺼풀 사이로 모습을 감추었다. 엘시아는 레오디안을 따라 시선을 내렸다. 그러나 엘시아는 레오디안이 정확히 무엇을 눈에 담고 있는지 확신할 수 없었다.

그녀의 부러진 팔을 보고 있는 건지, 아니면 그녀의 팔 위에 올려놓은 자신의 손을 보고 있는 건지.

"그렇다면 더더욱 치료를 해야 하지 않겠습니까."

엘시아가 미처 레오디안의 시선이 머물러 있는 곳이 어디인지 의미 없는 가늠하기도 전에 레오디안은 다시 시선을 들어 올려 엘시아를 응시했다.

"싫어요."

그 요요한 푸른 눈동자를 향해 엘시아가 말했고, 레오디안의 무감한 표정에는 금이 갔다.

"이상한 데서 고집을 부리는군요."

레오디안은 말과 말 사이에 한숨을 두었다. 좀처럼 좁혀지지 않는 의견 차이에 답답하다는 듯.

"팔이 낫는 데 적어도 몇 달은 걸릴 겁니다. 아니, 이 상태로 뼈가 굳을 수도 있는 일이지요. 팔이 뒤틀린 채로 살고 싶은 건 아닐 텐데요."

"그러면 안 되나요?"

"이해할 수가 없군요. 빠르게 나을 수 있는 길이 있는데 어째서 굳이 먼 길로 돌아가려는 건지."

엘시아는 레오디안의 눈에 연신 그의 도움을 거절하는 자신의 모습이 이상하게 보이리라는 걸 알았다. 하지만 그렇다고 해서, 선뜻 레오디안에게 치료를 받겠노라고 말할 수 없었다.

"······무서워요."

레오디안이 가진 힘이 무서웠으니까.

"당신의 힘이 무서워요."

엘시아는 레오디안이 결코 쉽게 물러나지 않을 것 같아 본심을 실토했고, 엘시아의 솔직한 고백에 레오디안은 조금쯤 놀란 낯을 했다. 어찌 보면 충격을 받은 것도 같아 보이는 얼굴이었다.

엘시아는 레오디안이 자신을 이상하다고 여길지라도, 그리하여 자신에게 어떤 의심을 품게 될지라도, 그 힘을 마주하는 일만큼은 피하고 싶었다.

그 힘이 어떻게 괴물을 죽이고 엘시아를 죽였는지. 비록 그 모든 일은 이제 일어난 적 없는 일이 되어 버렸으나, 엘시아의 머릿속에는 여전히 선명하게 남아 있었으므로.

"그러면."

딱딱하게 굳은 채로 엘시아를 가만 바라보던 레오디안은 그러나, 금세 평정을 찾았다. 이 이상 시간을 끌어 부러진 팔을 계속 방치하는 건 위험할 것 같다는 생각을 했기 때문이었다.

"신관을 부르면, 신관에게는 치료를 받겠습니까."

그리고 그런 레오디안을 향해 엘시아는 고개를 끄덕여 보였다. 지금까지와 다른, 망설임이라고는 찾아볼 수 없는 엘시아의 모습에 레오디안은 미간을 좁혔다. 태연히 고개를 끄덕이는 그 무심한 얼굴을 보고 있자니 기분이 이상해졌던 탓이다.

뭐라고 딱 잘라 정의할 수 없는, 그래서 이상하다고밖에 할 수 없는 그런 기분.

"그럼 신관을 부르겠습니다."

그 정체를 알 수 없는 기분을 뒤로한 채로 레오디안이 말했다. 이번에도 엘시아는 순순히 고개를 끄덕였다.

* * *

레오디안의 방에서 나온 엘시아가 자신의 침실로 돌아왔을 때, 침실에는 훈훈한 기운이 감돌고 있었다. 아무도 없는 방 안을 괜스레 훑어본 엘시아는 이내 욕실로 향했다. 욕조에는 이미 따듯한 물이 가득 차 있었다. 엘시아는 더러워진 옷을 벗고는 천천히 물에 몸을 담갔다.

누군가 자신이 생활하는 공간을 신경 쓰고 관리해 준다는 건 너무도 낯선 일이었다.

비단 그것뿐만이 아니었다. 이곳의 모든 것이 엘시아에게는 낯설었다. 커다란 저택, 화려한 방, 그 안에 자리해 있는 호화로운 가구, 장식품들. 그리고 원하지 않아도 손에 쥐어진 값비싼 것들.

무엇 하나 익숙한 것이 없었고, 언제까지고 익숙해질 일은 없을 것 같았다. 하지만 이곳에서 지내는 한, 익숙하지 않더라도 적응을 해야 했다.

'나를 은인이라고 여기고 있기 때문일까?'

엘시아는 멍하니 생각했다. 사실이야 어찌 되었건, 레오디안에게 있어서 리리엔을 데리고 저택을 찾아온 자신은 그동안 리리엔을 돌봐준 은인으로 보일지도 모르는 일이었다. 그러나 이 역시 혼자만의 추측일 뿐이다.

레오디안이 대체 무슨 생각으로 자꾸 자신에게 무언가를 주려고 하는 건지, 왜 자꾸 필요 이상으로 호의를 보이는 건지 모르겠다. 그러나 그의 호의를 피하려고만 할 수는 없는 노릇이었다. 피하고자 한다 하여 피할 수 있는 것도 아니었고.

그렇게 엘시아가 마냥 이어지는 생각들을 하릴없이 곱씹고 있을 때였다. 누군가 문을 두드리는 소리가 들렸다. 엘시아는 곧장 몸을 일으켰다. 그리고 미리 준비되어 있던 슬립을 입었다.

"아……."

엘시아는 어색하게 서 있던 로이셀과 눈을 마주치고는 멍하니 입을 벌렸다.

리리엔은 레오디안보다 더 오랜 시간을 로이셀과 함께 보냈기에 로이셀과 어느 정도 친밀해진 듯했지만, 엘시아는 아니었다.

엘시아의 침실을 정리하는 시종과 엘시아의 식사를 가져다주는 시종에게 일을 지시하는 건 로이셀이었다. 하지만 엘시아와 직접적으로 마주한다거나 하지는 않았다. 그랬기에 엘시아는 아직 로이셀이 불편했다. 침실을 자주 들락거리는 시종들 역시 불편하기는 마찬가지였지만, 엘시아는 로이셀이 유독 불편했다. 첫 만남이 그다지 유쾌하지 않았던 탓일까.

"신관이 아래층에서 기다리고 있습니다."

"아, 감사해요."

엘시아는 신관이 도착했다는 소식을 전해 준 로이셀에게 어색하게 웃으며 대답했다. 그러나 엘시아가 대답을 했음에도 불구하고 로이셀은 여전히 자리를 지키고 서 있었다. 용건이 더 남아 있다는 듯한 기색이었다. 엘시아는 얼떨떨한 얼굴로 물었다.

"혹시 저한테 무슨 하실 말이라도 있으신가요?"

"……그것이."

엘시아가 먼저 대화의 물꼬를 텄으나, 로이셀은 주저하는 기색을 보였다. 엘시아는 로이셀을 재촉하지 않고, 그가 말을 꺼내기를 가만히 기다렸다. 그러자 잠시 후, 로이셀이 입을 열었다.

"처음 이곳을 찾아오셨을 때, 제가 무례를 범했던 것을 사과드리겠습니다."

"……네?"

"정말 죄송합니다."

예상치도 못했던 로이셀의 말에 엘시아는 당황한 나머지 아무런 대답도 할 수 없었다. 그사이 로이셀이 말을 이었다.

"그날 제가 무례를 저지르고도, 엘시아 님께 용서를 구하지 않았기에……. 엘시아 님께서 제게 편히 무언가 지시를 하시지 못하는 것 같아 내내 마음이 쓰였습니다."

"네? 아뇨, 저는……."

엘시아는 여전히 로이셀에게 어떤 말을 해 주어야 할지 알 수가 없어 입술을 꾹 맞물었다.

엘시아는 그날, 로이셀이 자신의 일을 했다 생각하고 있었다. 로이셀의 말대로라면 지금까지 리리엔을 찾았다며 저택을 찾아온 이들이 많은 듯했고, 그러니 로이셀은 그런 사람들에게 꽤나 지쳐 있었을 터였다. 엘시아를 저택 안으로 들여보내 주지 않으려 했던 건 로이셀로서는 당연한 선택이었다. 엘시아는 진실로 그렇게 생각했다.

무엇보다도, 결과적으로 리리엔은 무사히 레오디안을 만났다. 엘시아는 로이셀이 자신에게 잘못했다고는 전혀 생각지 않았다.

"필요한 것이 있으면, 시키실 것이 있으면 부디 저어하지 마시고 제게 지시해 주셨으면 합니다."

당황한 채로 아무런 말이 없는 엘시아를 어떻게 받아들인 건지, 로이셀은 정중히 고개를 숙이며 말을 이었다.

"아가씨를 찾아주신 엘시아 님께 마음 깊이 감사드립니다."

"아……."

너무도 점잖은 로이셀의 태도에 엘시아는 더욱 할 말이 없어졌다. 엘시아는 곤혹스러움을 감추지 못하고 아랫입술을 짓씹었다. 자신은 누군가에게 감사 인사를 받을 자격이 없었다. 그랬기에 엘시아는 리리엔을 찾아 줘 감사하다는 로이셀의 말에 아무런 대답을 할 수 없었다.

로이셀은 딱히 엘시아의 대답을 바라고 한 말은 아니었던 건지, 대답 없는 엘시아를 잠시 바라보다가 입을 열었다.

"그럼, 저는 이만 내려가 신관을 데려오겠습니다."

그 말을 마지막으로 로이셀은 침실을 나섰다. 로이셀이 자리를 떠난 이후에도 한참 동안, 엘시아는 멍하니 그 자리에 서 있었다.

* * *

레오디안이 저택으로 돌아오지 않은 지도 어느덧 보름이 되었다.

레오디안의 연락을 받고 급하게 저택을 찾아온 로아나가 엘시아의 팔을 치료해 준 이후, 엘시아는 레오디안을 만날 수 없었다.

밤이면 저택 앞에 멈추어 서고는 했던 마차 또한 당연히 볼 수 없었지만, 엘시아는 밤마다 창밖을 내려다보았다. 이것이 얼마나 의미 없는 행동인지 알면서도 엘시아는 이제 습관처럼 굳어진 행위를 멈추지 못했다.

멈춰야 한다고 생각하면서도.

오늘도 한참 창밖을 내다보며 하릴없이 이어지는 생각에 의식을 함께 흘려 보내고 있을 때, 멀리 저택 앞에 검은 마차가 서서히 멈추는 모습이 엘시아의 눈에 들어왔다.

마차가 완전히 멈춘 후, 문이 열리고 모습을 드러낸 어스름한 인영에 엘시아는 저도 모르게 숨을 멈추었다.

그였다. 레오디안 로켄페데스.

레오디안은 서두를 것 없다는 듯 천천히 정원을 가로질러 저택을 향해 걸어오고 있었다. 곧은 자세로 정면을 응시하며.

엘시아는 그런 레오디안에게서 어쩐지 시선을 떼지 못했다. 엘시아가 레오디안이 다가오는 모습을 뚫어지게 주시하고 있는데, 레오디안이 문득 걸음을 멈추어 섰다. 무슨 생각을 하는 건지 꽤 한참을 그렇게 가만 서 있던 레오디안이 돌연 고개를 들어 올렸다.

그렇게 엘시아는 레오디안과 눈을 마주쳤다.

레오디안은 마치 엘시아가 그곳에 있을 줄 예상하고 있던 사람처럼 곧장 엘시아가 서 있는 곳을 찾아내 시선을 고정했다.

그 푸른 눈동자에 단번에 사로잡혔다. 순간 시간이 멈춘 것 같았다. 엘시아가 뒤늦게 창문에 커튼을 친 것은 그런 이유에서였다.

수치심이었다. 누군가에게 은밀한 비밀을 들켜버린 것 같은 기분. 엘시아는 어느 순간부터 심장이 세차게 달음박질치고 있다는 걸 깨달았다. 귓가에 심장 소리가 커다랗게 울리고 있는 것만 같았다.

커튼 끝자락을 손에 꽉 움켜쥔 채로 얼마쯤 서 있었을까. 애써 두근거리는 심장을 진정시키고 있던 엘시아의 귓가에 누군가 문을 두드리는 소리가 들렸다. 엘시아의 귀에는 마치 심장이 박동하는 소리처럼 들렸다. 그래서 엘시아는 방금 들은 것이 환청인지 아니면 정말 실재했던 소리인지를 분간해 낼 수가 없었다.

"늦은 시간에 죄송합니다."

그러나 엘시아의 고민은 길게 이어지지 못했다. 뒤이어 레오디안의 목소리가 들려왔기 때문이었다.

"잠시 시간을 내줄 수 있겠습니까. 아주 잠시면 됩니다."

문 너머에서 들려오는 나직한 목소리에, 엘시아는 방금 들은 소리가 환청이 아니었다는 걸 깨달을 수 있었다. 정말 누군가 문을 두드린 거였고, 그 누군가는 다름 아닌 레오디안이었다.

여러 밤을 지난 밤, 돌아온 레오디안은 곧장 엘시아를 찾아왔다.

왜 거기 서서 저를 바라보고 있었느냐고 물어보러 온 걸까. 그런 생각에 머릿속에 하얗게 탈색되는 것 같았으나, 엘시아는 애써 요동치는 마음을 다잡았다. 그러면서 엘시아는 여태 손에 쥐고 있던 커튼을 놓아두고는 걸음을 옮겼다. 저 너머 레오디안도 바라보고 있을 것이 분명한, 굳게 닫혀 있는 문을 향해서.

그러나 가까스로 걸음을 옮긴 것이 무색하게도 엘시아는 문 앞에서 또다시 멈춰 선 채로 잠시간 망설였다.

'이 문을 열면…….'

문 너머에는 레오디안이 있을 터였다. 레오디안이 깊은 밤 엘시아의 침실을 찾아온 것은 오늘로 두 번째였다.

그때도 엘시아는 닫힌 문 앞에서 한참 망설였다. 그러나 레오디안은 재촉하지 않았다. 늦은 밤 처음 엘시아를 찾아왔을 때처럼, 오늘도 레오디안은 엘시아가 스스로 문을 열기를 잠자코 기다리고 있는 것 같았다.

하아, 입술 사이로 짧게 숨을 내뱉은 엘시아는 이내 문고리에 손을 가져다 댔다. 손바닥에 금속 특유의 서늘함이 싸하게 퍼졌다. 그 아린 듯한 차가운 느낌을 한번 꽉 움켜쥐었던 엘시아는 곧장 문고리를 돌렸다.

문을 열어젖히기 무섭게 미약한 바람과 함께 레오디안의 체취가 방 안으로 흘러 들어왔다.

그래서 엘시아는 숨을 멈추었다. 익숙한데도 익숙하지 않았다. 본성을 충동질하는 레오디안의 체취는 그래서 곤란했다. 기다렸다는 듯 엘시아의 후각을 자극하는 체취는, 눈앞의 그린 듯한 아름다운 남자의 것이었다. 그 남자는 조금쯤 피로한 낯을 한 채로, 엘시아와 시선을 마주하고 있었다.

복도와 침실, 그 사이를 가르고 또한 연결하는 문이 열렸으나 엘시아와 레오디안 중 그 누구도 걸음을 내딛지 않았다. 열린 문 사이로 서로를 바라볼 뿐이었다.

레오디안의 묵묵한 시선을 버티며 엘시아는 여태 잡고 있던 문고리를 마치 구명줄이라도 되는 양 꽉 힘주어 쥐었다.

아까 레오디안과 분명 눈이 마주쳤다.

만약 지금 레오디안이 어째서 저를 쳐다보고 있었느냐 물으면 뭐라고 대답을 해야 할까. 마땅한 변명이 떠오르지 않았다. 엘시아는 초조하게 마른침을 삼켰다.

"어째서 이렇듯 늦도록 깨어 있습니까. 혹시 어디 아픈 곳이라도 있는 겁니까?"

얽힌 시선 속 먼저 말을 건넨 건 레오디안이었다. 그러느라 움직이는 붉은 입술을 멍하니 주시하고 있다가, 엘시아는 뒤늦게 입을 열었다.

"아뇨, 그냥 잠이 안 와서……. 그런데 무슨 일이세요?"

레오디안이 엘시아의 팔을 힐끗 보았다. 그 눈길을 따라 시선을 내리는 엘시아를 향해 레오디안이 말했다.

"이건 툰텔라입니다."

그제야 엘시아는 레오디안이 무언가를 가지고 왔다는 사실을 알아차렸다. 몰랐는데 레오디안의 손에는 조그만 화분이 들려 있었다.

"하루에 두 번 물을 줘야 합니다."

화분 속 꽤 두꺼운 줄기 하나가 위로 쭉 뻗어 있는 게 보였다. 그 초록색 줄기 끝에는 푸른 꽃봉오리가 맺혀 있었다. 그 꽃봉오리를 엘시아는 물끄러미 내려다보았다.

"그럼 꽃이 필 겁니다."

레오디안이 화분을 내밀었다. 그러나 엘시아는 화분을 건네받는 대신, 입을 열었다.

"저한테 주시는 거예요?"

"그렇습니다."

"……왜요?"

일전 레오디안이 침실로 보내왔던 꽃은 여전히 활짝 피어 엘시아의 방 안을 향기로 가득 메우고 있었다. 현재 엘시아의 침실 곳곳 자리해 있는 꽃병에 꽂힌 꽃들과는 다르게 생겼지만, 엘시아에게 있어서는 지금 레오디안이 들고 있는 식물과 침실 가득한 꽃들이 크게 다를 바 없었다.

"그냥, 선물입니다."

엘시아의 물음에 잠시 멈칫했던 레오디안이 꽤나 뒤늦은 대답을 내어놓았다.

"오늘 아침에도 보내셨잖아요."

"그럼 내일 받을 선물을 지금 미리 받는다 생각하십시오."

엘시아의 말에 이번에는 곧장 답했으나, 여전히 화분을 건네받을 생각이 없어 보이는 엘시아를 향해 레오디안이 다시금 말을 덧붙였다.

"받으세요."

"꽃은 저번에 보내 주신 것으로도 충분한데……."

"그것들과 달리 이건 당신이 물을 주지 않으면 말라 죽습니다."

그 말이 더욱 부담을 준다는 건 모르는지. 엘시아는 곤란한 얼굴로 레오디안과 화분을 번갈아 보았다.

"전에도 말씀드렸지만, 마음에 들지 않으면 버리면 됩니다."

망설이는 엘시아의 귓가에 무미건조한 목소리가 들렸다. 엘시아는 그제야 레오디안에게서 화분을 건네받았다. 안 그러면 레오디안이 화분을 버려 버릴 것 같아서였다.

명백히 살아 숨 쉬는 것을 어떻게 버린단 말인가. 엘시아는 저도 모르게 나직이 한숨을 내뱉었다.

어쩐지 레오디안을 거절하는 게 점점 힘들어지고 있었다. 엘시아의 마음이 약해진 건지, 아니면 레오디안이 엘시아를 대하는 방법을 조금씩 알아가고 있는 건지 모를 일이었다.

"하루에 두 번입니다."

멍하니 화분을 내려다보고 있는 엘시아를 향해 레오디안이 당부했다. 그에 엘시아가 고개를 들었다.

"저기, 물은 아무 때나 줘도 되는 거예요?"

"아침과 저녁에 주십시오."

엘시아가 화분을 받자 레오디안은 깔끔하게 물러섰다.

"늦은 밤 찾아와 실례가 많았습니다. 그럼, 주무십시오."

늘 엘시아에게 곤란한 것을 떠안기는 사람이라고는 믿을 수 없을 만큼 정중한 태도였다. 그를 향해 엘시아는 주무세요, 나직이 중얼거렸고, 그는 가볍게 고개를 끄덕이고는 몸을 돌렸다.

그렇게 레오디안은 더 이상 지체하지 않고 자리를 떠났다.

레오디안이 떠난 어스름한 복도를 잠시 응시하던 엘시아는 이내 문을 닫고 침실 안으로 들어섰다. 그런 엘시아의 손에는 레오디안이 남기고 간 조그만 화분이 들려 있었다.

2. 다시 흐르는 시간

오늘 아침 레오디안은 엘시아에게 아무것도 보내지 않았다. 아무래도 어제 말했던 대로, 엘시아가 미리 선물을 받았으니 오늘은 보내지 않을 생각인 것 같았다.

레오디안의 선물, 그러니까 조그만 화분은 지금 창가에 놓여 있었다.

엘시아는 혹시 몰라, 화분이 볕을 잘 받을 수 있게끔 창가에 놓아두었다. 툰텔라는 엘시아의 침실에 놓인 다른 꽃들과 달리 레오디안이 그의 힘을 불어넣어 두지 않은 식물이었다. 그러니 물을 주지 않으면 말라 죽을 것이다.

'물을 얼마나 줘야 하는지 물어봤어야 하는 건데.'

물컵을 손에 든 채로 꽤 한참을 고민하던 엘시아는 흙이 적당히 젖을 정도로만 화분에 물을 주었다. 그리고 엘시아가 컵을 다시 협탁 위에 올려놓았을 때, 누군가 침실 문을 두드렸다.

"네, 들어오세요."

곧 문이 열리고 로아나가 안으로 들어왔다. 엘시아는 로아나와 서로 간단히 인사를 나눈 뒤, 늘 그랬던 것처럼 침대 위로 올라갔다.

엘시아가 부러진 팔을 로아나에게 치료를 받은 날 이후, 로아나는 매일 엘시아를 찾아왔다.

여전히 바쁘신 게 아니냐는 엘시아의 물음에 로아나는 신전에 생긴 일이 아직 해결되지 않아 바쁘다고 대답했으나, 아침이면 저택을 찾아왔다. 레오디 안의 명이라고 했다.

"툰텔라……."

로아나가 준비를 끝마칠 때까지 잠자코 기다리고 있던 엘시아의 귀에 문득 로아나가 중얼거리는 소리가 들렸다.

"네? 뭐라고 하셨어요?"

"……어, 아뇨. 아무것도 아니에요. 그냥 혼잣말이었어요."

엘시아에게 웃어 보이며, 로아나는 의자를 끌어 침대에 바짝 다가와 앉았다. 그리고 천천히 엘시아를 향해 손을 뻗었다.

엘시아는 로아나가 신성력을 사용하는 모습을 숨죽여 지켜보았다. 로아나 는 저 힘으로 엘시아의 팔을 치료했었다. 그리고 언제나처럼 아무것도 묻지 않았다. 갑자기 팔을 다친 이유가 궁금할 법한데도, 로아나는 아무런 말없이 엘시아를 치료해 주었다.

엘시아는 새삼스럽게 로아나를 응시했다. 이렇듯 규칙적으로 누군가를 만 나는 건 엘시아에게는 영 익숙하지 않은 일이었다. 그러나 매일 만나기 때문 에, 엘시아는 로아나의 낯이 전보다 수척해져 있다는 것쯤은 어렵지 않게 알 아차릴 수 있었다.

늦은 밤 찾아왔던 레오디안이 그랬듯, 로아나에게서도 미처 감추지 못한 피로가 느껴졌다.

"저…… 혹시 아침 드셨어요?"

엘시아는 늘 목 끝까지 차올랐으나 결국 입 밖으로 내지는 못했던 말을, 오늘에서야 말했다. 잠시간 뿜어내고 있던 신성력을 조금씩 갈무리하던 로아 나가 놀란 눈을 했다.

"네? 아니요! 못 먹고 왔어요."

순간 목소리를 높였던 로아나가 뒤늦게 소리를 죽였다. 로아나의 목소리가 단번에 상기되었을 정도로 엘시아의 말은 놀라웠다. 로아나는 엘시아가 이런 말을 할 줄은 꿈에도 몰랐다.

"……그럼 저랑 같이 아침 드실래요?"

뒤이어 엘시아가 조심스러운 어조로 읊조린 물음 또한 로아나에게는 무척이나 놀라웠다. 그래서 로아나는 선뜻 대답하지 못하고 그저 눈을 휘둥그레뜬 채로 엘시아를 응시했다.

"혹시 바쁘신 거면……."

그런 로아나의 반응을 어떻게 받아들인 건지, 엘시아가 시선을 내려뜨린 채로 말을 덧붙였다. 그에 로아나가 다급하게 고개를 저었다.

"아뇨, 전혀 안 바빠요."

방금 엘시아의 치료를 끝냈으니 로아나는 당장 신전으로 돌아가야 했다. 그러나 로아나는 혹시라도 엘시아가 마음을 바꿀세라 냉큼 자리를 털고 일어났다.

"제가 먼저 여쭤 봤어야 하는 건데……. 저도 엘시아 님과 함께 아침을 먹고 싶어요. 어디로 가면 되나요? 식당 아래층에 있죠?"

엘시아가 먼저 로아나에게 함께 식사하자고 제안한 순간부터 신전은 뒷전이 되었다. 로아나는 이 믿을 수 없는 기회를 놓치고 싶은 생각이 없었다.

식당으로 내려가리란 로아나의 짐작과 다르게 엘시아는 침실에 놓인 종을 쳐 시종에게 음식을 가져와 달라고 부탁했다. 엘시아는 늘 침실에서 식사를 한다고 했다. 거기까진 어떻게 이해할 수 있었으나.

"……온통 풀밭이네요."

로아나는 테이블 위의 접시를 휘 둘러보았다. 고기 종류가 하나도 없었다. 평민이 즐길 법한 채소 위주의 음식들에 로아나의 미간이 좁혀들었다.

그동안 로아나는 레오디안이 엘시아에게 지대한 관심을 쏟고 있는 것이라 어렴풋이 짐작하고 있었다. 신관 한 명이 귀한 상황에서 로아나로 하여금 엘시아를 돌보도록 지시한 것을 미루어 보면, 모르긴 몰라도 레오디안이 엘시아에게 꽤나 마음을 쓰고 있는 것 같았기 때문이었다.

그러나 지금 로아나는 어쩌면 그녀의 생각과 달리 엘시아가 이 대공저에서 그다지 좋은 대접을 받지 못하고 있는 건지도 모른다는 생각을 하게 되었다.

그도 그럴 게 고기 한 점이 없다니, 푸대접도 이런 푸대접이 없었다.

"늘 이런 음식을 드셨던 건가요?"

"……혹시 음식에 무슨 문제라도 있나요?"

엘시아가 얼떨떨한 얼굴로 물었고, 로아나는 순간 말문이 막혀 멍하니 엘시아를 응시했다. 엘시아는 자신이 좋지 못한 대접을 받고 있다는 사실조차 인식하지 못하고 있는 것 같았다.

"아주 커다란 문제가 있죠. 세상에, 죄다 채소잖아요."

"아…… 채소를 안 좋아하시는구나. 죄송해요, 뭘 좋아하시는지 미리 물어봤어야 했는데……. 지금이라도 다른 음식을 가져오라 할까요?"

"아니, 그러실 필요는 없어요!"

로아나는 엘시아의 말에서 숨겨진 속뜻을 읽어 냈다. 로아나는 엘시아가 원한다면 시종을 시켜 다른 음식을 가져오라 할 수도 있다는 사실을 짐작했다. 그렇다면 엘시아는 어째서 오로지 채소로 요리한 음식만을 시종에게 부탁한 걸까.

잠시 고민한 로아나가 조심스럽게 물었다.

"엘시아 님, 혹시 고기를 안 좋아하시는 건가요?"

"안 좋아한다기보다…… 못 먹어요."

로아나가 찰나 걱정한 바와 다르게, 엘시아는 이곳에서 제대로 된 대접을 받고 있는 것 같았다. 그러면 그렇지. 로아나는 한시름 놓았다. 툰텔라가 놓여 있는 침실을 사용하는 엘시아가 푸대접을 받고 있을 리 없었다.

"뭘 좋아하세요? 지금이라도 사람을 불러서 다른 음식을 내오라고 부탁할게요."

"아뇨, 괜찮아요. 평소에도 신전에서 즐겨 먹던 것들이에요."

테이블 위 놓인 음식을 보고 기함한 건, 이곳에서 엘시아가 제대로 대접을 받지 못하고 있는 게 아닌가 하는 생각에서였다. 그게 아니라는 걸 알게 된 이상, 음식을 앞에 두고 투정할 생각은 전혀 없었다. 로아나는 가볍게 웃어 보인 뒤 포크를 들었다.

"신전 일이 많이 바쁜가 봐요. 피곤해 보이세요."

한참 조용히 식사를 이어 가던 중, 침실에 불현듯 엘시아의 목소리가 울려 퍼졌다. 로아나는 시선을 들어 올려 엘시아의 붉은 눈동자를 마주했다.

엘시아의 창백한 얼굴과 대비되는 붉은색은 어딘지 묘하게 시선을 잡아 끄는 데가 있었다. 붉은 눈동자도 그렇지만, 칠흑같이 검은 머리칼 또한 엘시아의 피부를 더욱 새하얗게 보이게끔 만들었다.

그 하얀 얼굴은 언제나 자못 무심한 표정을 입고 있었으나, 엘시아의 사근사근한 목소리나 한결같이 조심스러운 태도는 늘 로아나의 보호 본능을 자극했다.

엘시아는 어쩐지 다정히 보듬어 주고 싶다는 마음을 들게끔 하는 사람이었다. 왜 이런 생각이 드는지 알 수 없었다. 매사에 미련이 없는 듯한 엘시아의 모습이 처연해 보이는지도 모르겠다.

겨울. 엘시아를 보고 있노라면 그 시린 계절이 떠오른다.

매서운 추위에 몸을 움츠리고 있는 것처럼 잔뜩 경계를 세운 채, 이리저리 시선을 배회시키던 엘시아.

무표정한 낯으로도 완전히 감출 수 없는 것들이 있었다.

엘시아는 사람을 두려워했다. 매일같이 엘시아를 만나 온 로아나는 그것을 어렵지 않게 파악할 수 있었다. 그랬기 때문에 로아나는 엘시아가 먼저 무언가를 제안했다는 사실이 무척 놀라웠다.

"음, 신전이 유달리 바쁘기는 해요. 신관 모두가 쉴 틈 없이 매달리고 있거든요. 저도 마찬가지고요."

현재 신전은 신관 한 명이 아쉬운 상황이었다. 신전 지하에 신관들이 돌아가며 결계를 치고 있었고, 대신관인 로아나의 힘 또한 절실히 필요했다. 상황이 상황인 만큼 레오디안도 로아나에게 당분간은 신전 일에 집중하라고 하였다.

그러나 엘시아가 다쳤던 날을 기점으로 레오디안은, 로아나에게 다시 엘시아를 돌볼 것을 명했다. 그리고 신전은 신전 기사단장이자 제국의 대공인 레오디안에게 반기를 들지 못했다. 다만 로아나에게 레오디안이 맡긴 일을 끝마치면 곧장 신전으로 돌아오라고 신신당부했을 뿐이다.

엘시아의 치료가 끝났으니, 신전으로 돌아가야 했지만 로아나는 지금 엘시아와 식사를 하고 있었다. 신전에서 안다면 기함할 일이었다.

"그런데 매일 이곳을 찾아오셔도 되는 거예요? 피곤하실 텐데, 좀 쉬셔야 하는 게 아닌지······."

"제가 전에 맡은 일은 끝까지 책임지고 싶다고 했잖아요. 엘시아 님을 치료하는 건, 제가 바란 일이기도 해요."

엘시아는 레오디안이 신분까지 사서 주었을 정도로 꽤나 신경을 쓰고 있는 사람이었다. 처음에는 그저 레오디안의 명을 수행했던 것이지만, 지금 로아나는 엘시아에게 큰 호기심을 갖고 있었다.

오래전 대공저에서 홀연히 사라진 로켄페데스가의 아이를 키워 온 사람. 그리고 그 사람은 무슨 이유에선지 온몸 가득 흉터를 지니고 있었다.

그런 사람에게 호기심이 생기지 않으면 그게 더 이상한 일이 아닐까.

"그리고 제가 아니더라도 신전에 기거하고 있는 신관은 많으니까요."

로아나와 비등한 힘을 가진 신관은 손에 꼽을 수 있을 정도로 적었지만, 로아나는 그냥 그렇게 둘러댔다. 엘시아로서는 로아나의 말이 거짓인지 알 길이 없을 테니까.

"그나저나 이곳에서 지내는 게 따분하지는 않으세요?"

로아나가 화제를 돌렸다. 돌연 바뀐 화제는 엘시아에게는 퍽 난감한 것이었다.

"······모르겠어요."

그래서 엘시아는 뒤늦게 대답했다. 찰나 고민한 끝에 내어놓은 대답이었으나, 대답이라고 할 수 없는 말이었다. 그러나 엘시아로서는 진심을 말한 것이었다.

엘시아는 이곳에서 지내는 게 지루한지, 아닌지를 생각해 본 적이 없었다. 애초에 그런 것을 생각할 여유가 없었다. 꽤 많은 인간이 살고 있는 이 저택에서 엘시아는 긴장을 늦출 수가 없었고, 온 신경을 곤두세운 채로 하루를 보내야 했다.

"괜찮으시면 저와 함께 신전 구경하러 가실래요? 신전이 좀 여유로워지면요."

엘시아는 로아나의 시선을 피해 고개를 숙였다.

이곳 저택의 인간과 부딪히며 사는 것만으로도 충분히 버거웠다. 하물며 신비로운 힘을 가진 신관이 모여 있는 신전이라니. 로아나가 자신을 곤란하게 만들려고 이런 제안을 한 것이 아니라는 건 알지만, 로아나의 제안은 엘시아에게 너무도 부담스러웠다.

"엘시아 님이 신관들 눈에 좀 띌 필요도 있고요. 제가 주기적으로 엘시아 님의 고해성사 기록을 하고 있기는 한데, 신전을 완벽히 속이려면 신전에 가끔이라도 오셔야 해요."

로아나의 말은 엘시아로 하여금 그간 잊고 있었던 고해성사 기록지를 상기하게끔 하였다.

아리테스라는 가문의 문양이 찍혀 있던 그 종이 뭉치는 현재 엘시아의 침실, 협탁 서랍 안에 있었다. 엘시아는 기록지를 그곳에 넣어 두고 까맣게 잊고 있었다. 방금 로아나가 말을 꺼내기 전까지는 말이다.

잊어버리고 있던 고해성사 기록지를 새삼스럽게 떠올리게 되자, 레오디안에게 이런 것은 필요 없다며 따졌던 날의 일도 자연스럽게 머릿속에 떠올랐다. 엘시아는 애써 그날의 기억을 머릿속에서 지워 내고는 다시금 로아나를 바라보았다.

"신전에는 로아나 님과 같은 능력을 가진 분들이 많이 계시겠죠?"

"네, 그럼요."

이 제국의 대신관은 단 세 명뿐이었다. 신관 대부분이 신성력을 다룰 수 있으나, 로아나만큼은 아니었다. 그러나 로아나는 구태여 그 사실을 엘시아에게 짚어 주지 않았다.

"부담 가지실 필요 없어요. 신전에 간다고 뭐 특별한 일을 하는 게 아니라, 늘 그렇듯 저와 대화를 나누시면 돼요."

"아……."

엘시아가 어색하게 시선을 내려뜨렸다. 로아나는 엘시아가 계속 망설이고 있음을 진작 파악하고 있었다.

"나중에, 나중에 함께 가요. 신전이 한가해지는 건 한참 뒤의 일일 거예요."

끝내 엘시아는 고개를 끄덕였다. 로아나와 함께 신전으로 갈 생각은 아니었다. 그저 이 불편한 화제를 끝맺기 위함이었다. 다행히 로아나는 더 이상 엘시아를 채근하지 않았다.

"혹시…… 신전에 생긴 일이라는 게 무엇인지 말씀해 주시기는 곤란한가요?"

잠시간의 정적 끝, 엘시아는 내내 망설이고 있던 질문을 입 밖에 냈다. 그간 차마 레오디안에게 물을 수 없었던 것이었다.

엘시아의 질문이 난감했던 건지 로아나는 퍽 곤란한 기색이었다. 엘시아는 잠자코 로아나의 대답을 기다렸다.

엘시아는 최근 레오디안이 피로에 절어 저택으로 돌아오는 것이, 어쩌면 로아나가 수척해진 것과 같은 이유에서이지 않을까 짐작하고 있었다.

신전에 일이 생겨 당분간은 저택을 방문하지 못한다고 말했을 때, 로아나는 신전에 무슨 일이 생긴 건지는 말해 주지 않았다. 그때도 로아나는 그 일이 뭔지 밝히는 건 곤란하다고 했다. 그래서 엘시아는 로아나가 대답해 주기를 바라면서도, 사실은 로아나가 제 질문에 제대로 대답해 주지는 않으리라 생각하고 있었다.

이번에도 곤란하다고 하며, 자신의 질문을 웃어넘기리라 여겼다. 그렇게 짐작하고 있으면서도 로아나에게 굳이 물어본 건, 어쩐지 마음 한편이 찝찝했기 때문이었다.

지금 신전에서 대체 무슨 일이 일어나고 있는 건지, 로아나와 레오디안이 어째서 그렇듯 피곤함을 감추지 못하고 저택으로 오는 건지. 그것이 엘시아는 너무도 신경이 쓰였다.

"……사실 지금 신전 지하에 사악한 것이 있어요."

그러나 천천히 열린 로아나의 입술 사이로 나온 말은 엘시아가 예상했던 것과는 전혀 다른 것이었다.

"신전은 그 사악한 것을 봉인하기 위해서 고군분투하고 있고요."

처음으로 함께한 식사 시간이 만족스러웠던 것일까. 전과 달리 로아나는 엘시아에게 대답해 주었다. 그리고 그 대답은 침실에 흐르고 있던 잔잔한 분위기에 큼직한 파동을 만들어 냈다.

"사악한 것이라면……."

엘시아는 차마 말을 끝맺지 못하고 입술을 맞물었다. 그런 엘시아의 반응을 어떻게 받아들였는지, 로아나는 나긋한 어조로 덧붙였다.

"흉측한 이빨과 날카로운 손톱을 가진, 인간보다는 차라리 짐승의 모습에 더 가까운 사악한 존재예요. 하지만 두려워하지 않으셔도 돼요. 사악한 존재를 신관들이 잘 묶어 두고 있으니."

그러나 그 친절한 목소리는 잔잔했던 분위기는 물론이고, 엘시아를 뒤흔들기에도 충분한 커다란 파동에 불과했다.

엘시아는 로아나가 말하는 사악한 존재가 어쩌면 동족일지 모른다 생각했다. 그런 생각이 들기가 무섭게 엘시아는 머릿속이 새하얗게 변하는 듯한 아연한 느낌에 눈을 질끈 감았다. 홀로 남은 침실에서 엘시아는 머릿속으로 몇 가지 불안한 가정을 곱씹었다.

피곤한 낮으로 저택으로 돌아오곤 하였던 레오디안. 그마저도 돌아오지 않는 날들이 많았다. 그동안 레오디안이 그토록 피곤해하였던 건, 어쩌면 신전 지하에 가둬 놓았다는 존재 때문인지 몰랐다.

신전 지하에 있는 사악한 것.

엘시아는 그것이 자신과 같은 존재가 아닐까 하는 생각을 하고 있었다. 레오디안이 괴물과 접촉한 이상, 그가 자신이 인간이 아니라는 사실을 알아차리는 것은 이제 시간문제이리라는 생각 또한.

그렇게 이어지는 생각은 엘시아를 불안하게 만들기에 충분했다. 엘시아는 생각했던 것보다 더욱 빨리 도래한 사건에 어찌해야 할지를 알 수 없어 그저 입술을 짓씹었다.

신전 지하에 있다는 사악한 것이 자신과 같은 괴물인지는 확신할 수 없었다. 괴물이 아닌 다른 존재일 수도 있다.

그렇게 생각하며 애써 불안을 잠재우려 해 봐도 엘시아는 계속해서 꼬리를 물고 이어지는 불온한 생각을 쉽사리 멈출 수가 없었다.

만약 정말로 레오디안이 괴물을 맞닥뜨렸다면 어떡하지.

그런 생각에 머릿속이 하얗게 질렸다. 주체할 수 없이 떨리는 손을 마주 꼭 잡아 봐도, 이미 마음 깊은 곳에서부터 피어난 불안은 쉽게 삼킬 수 없었다.

아마도 엘시아는 신전 지하에 있는 것을 직접 두 눈으로 확인하기 전까지는, 이미 발화되고 만 불안의 불씨를 결코 꺼트리지 못할 것이다. 때문에 엘시아는 전혀 방문할 생각이 없던 곳을 방문하고자 마음먹었다.

'저, 로아나 님. 저 신전에 가 보고 싶어요.'

엘시아가 갑자기 신전에 가겠다고 하자 로아나는 조금쯤 놀란 눈치였다. 하지만 이내 로아나는 레오디안에게 알리겠다고 답했다.

'리리엔 아가씨께서도 신전에 한 번 들르시기로 했거든요. 때를 맞춰서 함께 가면 어떨까요?'

'좋아요.'

엘시아의 대답을 끝으로 대화는 일단락되었고, 엘시아는 머지않아 리리엔과 함께 신전으로 가게 되었다.

엘시아는 신전에 간다고 해서 자신이 신전 지하에 있는 존재를 볼 수 있으리라고는 생각하지 않았다. 모르긴 몰라도, 신전 인간들이 자신이 지하로 향하는 것을 허락하지 않으리라고는 어렵지 않게 짐작할 수 있었다. 하지만 엘시아는 어떻게 해서든 그곳으로 갈 생각이었다.

그곳에 있는 게 정말 자신과 같은 괴물이라면, 그래서 레오디안이 괴물을 이미 만났다면…….

그럼에도 아직 레오디안이 자신의 정체를 알아차리지 못했다면, 엘시아에게는 기회가 있었다. 레오디안이 괴물이 어떤 존재인지 파악하기 전에 그 괴물을 죽여 버리면 되는 것이다. 그러면 조금이나마 시간을 벌 수 있다.

그래, 그러면 된다. 레오디안이 괴물의 존재에 익숙해지기 전에, 그 전에 괴물을 죽여 레오디안이 더 이상 괴물을 만날 수 없도록 만들면 된다.

그럴 수만 있다면 엘시아는 자신과 같은 존재를 몇 번이고 기꺼이 죽일 수 있었다. 레오디안이 괴물에게 익숙해져, 괴물의 피를 이은 자들을 감지할 수 있게 되는 미래는 될 수 있는 한 미루고 또 미루고 싶었으니까.

레오디안이 괴물을 느낄 수 있게 된다면, 엘시아는 더는 리리엔과 함께 있을 수 없었다. 엘시아는 자신이 스위티아와 같은 괴물이라는 사실을 리리엔이 영원히 모르기를 바랐다.

리리엔이 모든 사실을 알게 되는 것. 그것은 엘시아에게는 죽기보다 더 끔찍한 일이었다.

"언니."

문이 닫히는 소리와 함께 조심스러운 리리엔의 목소리가 들렸다. 예고 없이 방 안으로 들어온 리리엔의 목소리에 흠칫 어깨를 굳혔던 엘시아는 곧 고개를 돌렸다.

하늘하늘한 옷을 입고, 결 좋은 머리카락을 늘어뜨리고 있는 리리엔의 모습이 엘시아의 눈에 들어왔다. 리리엔은 조그마했던 목소리만큼이나 조용한 걸음으로 엘시아에게 다가오고 있었다.

"왜 울고 있어?"

엘시아는 얼떨떨한 얼굴로 손을 들어, 뺨을 적시고 있는 물줄기를 닦아 냈다. 저도 모르는 사이 눈물을 흘리고 있었다. 그걸 이제야 알아차렸다. 엘시아는 미온한 온기를 품은 채로 젖어 있는 자신의 뺨이 당황스러웠다.

"누가 언니를 괴롭혔어?"

"……괴롭히다니, 그런 거 아니야."

"아니긴."

리리엔이 손을 뻗었다. 그 조그만 손은 엘시아 대신 그녀의 뺨을 타고 흐른 눈물을 훔쳐 냈다.

"숨기지 말고 말해 줘. 대체 누가 언니를 힘들게 만드는 건지."

인간 아이는 하루가 다르게 자라났다. 성인의 그것과 비교해도 손색이 없을 정도로 단단한 얼굴로 리리엔은, 맑은 눈동자로 엘시아를 직시하고 있었다.

그 눈동자를 가만 바라보며 엘시아는 리리엔을 처음 만났던 때를 떠올렸다. 스위티아의 손을 잡고 있던 작은 어린애. 그 어린애는 벌써 누군가의 마음을 헤아릴 정도로 자랐다.

그에 엘시아는 지나간 세월을 새삼스럽게 실감했다. 리리엔은 흐르는 시간 속에서 자라나고 있었다.

진작 멈추어 버렸는지 모를 엘시아의 시간과 다르게, 계속해서.

"아무도 힘들게 안 해. 그냥, 내가 너무 서툰 사람이라서…… 계속 잘못된 선택만 하는 것 같아서. 그래서 그래."

"엘시아는 잘해 왔어."

리리엔이 고개를 저으며 엘시아의 말을 부정했다.

"그리고 앞으로도 그럴 거야. 엘시아는, 언니는 누구보다 강한 사람이니까. 그리고 강하지 않더라도……."

얼마 흐르지 않아, 닦아 내지 않았더라도 하여도 금세 증발하고 말았을 물줄기를 죄 닦아 낸 리리엔은 곧 엘시아를 두 팔로 힘주어 끌어안았다.

"그렇다고 해도 괜찮아. 이제는 내가 지켜 줄 거니까."

리리엔에게서는 꽃향기가 났다. 매일같이 머리에 바르는 기름 냄새일 것이다. 그리고 그건 엘시아에게서도 나는 향기였다. 매일 밤 리리엔이 자신의 것과 같은 향유를 엘시아의 머리카락에 발라 주었으니까.

"고마워."

"내가 힘을 가지고 있지 않았더라도, 로켄페데스의 힘으로 언니를 지킬 수 있었을 거야."

리리엔은 제 말을 엘시아가 전혀 믿고 있지 않다는 걸 어렴풋이 짐작이라도 한 듯이 말을 덧붙였다.

"내가 어려서 언니가 못 미더워하는 거 알아. 하지만 내 힘이 레오디안만큼 강해지게 된다면, 그때는 언니도 나를 믿을 수 있겠지?"

"……."

"그 악마가 다시 우리를 찾아온다고 해도, 그 악마가 다시는 언니를 아프게 할 수 없게 내가 지킬 거야."

리리엔의 말을 믿지 않는 건 아니었다. 다만 엘시아는 리리엔에게 보호받을 생각이 없을 뿐이었다. 지키는 건 리리엔의 일이 아니었다. 그건 엘시아의 일이었다. 엘시아가 마땅히 해야 할 일이었다.

"네 말 믿어."

그러나 엘시아는 리리엔에게는 제 생각을 곧이곧대로 말할 생각이 없었다. 곧 깨어지고 말 행복이라 할지라도 엘시아는 끝까지 지켜 낼 생각이었다.

"진짜 열심히 할 거야. 공부도, 수행도."

엘시아는 이어지는 리리엔의 목소리에 귀를 기울인 채로, 그저 말없이 리리엔의 작은 몸을 마주 껴안았다.

* * *

언제나처럼 갑작스럽게 엘시아를 찾아온 레오디안은 가장 먼저, 엘시아 너머로 보이는 방 안을 샅샅이 관찰하듯 살폈다. 엘시아의 침실 유일한 커다란 창, 그 창가에 놓인 툰텔라를 확인한 후에야 레오디안은 입을 열었다.

"신전에 가겠다 하였다는 이야기를 들었습니다."

늦은 밤 레오디안의 방문이 이제는 그다지 놀랍지 않은 건 무슨 이유에서일까. 가만히 의문을 머릿속으로 그리며 엘시아는 고개를 끄덕였다.

한편 레오디안은 엘시아가 왜 갑자기 신전에 가고자 했는지 꽤나 궁금했으나, 굳이 엘시아에게 물어보지는 않았다. 좀처럼 어떤 것에도 관심을 가지지 않고, 그저 떠날 날만을 기다리고 있는 듯했던 엘시아의 변화가 조금쯤 반가웠다. 그래서 레오디안은 구태여 말을 꺼내 일을 그르치고 싶은 생각이 없었다.

엘시아가 리리엔이 아닌, 다른 무언가에 관심을 가지다니 분명 좋은 신호였다. 그것이 종래에 미련이란 감정으로 변모해 훗날 엘시아의 발목을 잡을 수도 있는 일이므로.

레오디안은 엘시아가 떠날 날을 기다리며 어떤 것에도 흥미를 가지려고 하지 않고 있다는 사실이 그다지 유쾌하지 않았다. 레오디안이 그간 엘시아가 원한 적 없는 것들을 억지로 떠안긴 그런 이유였다.

자그마치 로켄페데스가의 혈육을 무사히 제도로 데려온 사람이었음에도 엘시아는 좀처럼 무언가를 먼저 요구하는 법이 없었다.

레오디안은 그것이 엘시아가 물욕이나 사리사욕이 없어서가 아니라, 어차피 이곳은 곧 떠날 곳에 불과하다는 생각에서 비롯되었음을 진작 눈치채고 있었다. 그리고 레오디안은 그런 엘시아의 모습에서 과거 제 모습을 봤다. 그렇기에 엘시아를 좀처럼 그냥 내버려 둘 수가 없었다.

레오디안은 늘 그렇듯 엘시아와 조금의 거리를 두고 선 채로, 엘시아를 내려다보았다. 도대체 무슨 생각을 하고 사는 건지 모를 조그만 얼굴을 응시하고 있기를 한참. 레오디안은 뒤늦게 말을 이었다.

"그날 저는 동행하지 못할 것 같습니다."

듣던 중 반가운 소리였다. 내내 레오디안의 어깨 부근을 바라보고 있던 엘시아가 반색하며 레오디안과 시선을 맞췄고, 그것을 알아차리지 못할 리 없었던 레오디안이 짐짓 미간을 좁혔다.

엘시아는 지금 레오디안이 불쾌해하고 있다는 사실을 그의 요동치고 있는 짙은 향기로 미루어 짐작할 수 있었다.

최근 레오디안과 자주 부딪혔던 탓일까. 원래도 레오디안의 체취에 민감했던 엘시아였지만, 언제부터인가 엘시아는 레오디안에게서 풍기는 달콤한 향기에서 미묘한 변화를 감지할 수도 있게 되었다.

이런 건 처음이었다. 엘시아가 오래도록 살을 맞대며 살아온 리리엔에게서도 읽어낼 수 없던 것이었다. 그런데 어째서 레오디안에게서는 읽어 낼 수 있는 걸까.

엘시아는 마냥 의아했다. 레오디안이 저와 상극인 힘을 가지고 있는 탓일까? 아니면 그의 힘이 강하기 때문에, 묘한 기류의 변화도 크게 느껴지는 걸까?

이어지는 의문을 뒤로하고 엘시아는 조금쯤 거리를 두고 서 있는 레오디안에게 집중했다. 잠시간 흐르던 정적 속 그가 맞물고 있던 입술을 벌렸기 때문이었다.

그러나 레오디안은 말을 꺼내는 대신, 불현듯 혀를 내어 아랫입술을 핥았다. 말을 고르는 듯한 기색이었지만, 엘시아는 저도 모르게 멍하니 레오디안을 응시했다. 레오디안의 입술이 다시금 맞물린 뒤로도, 한참 그 입술에서 시선을 떼지 못하던 엘시아는 문득 마른침을 삼켰다.

무심코 시선을 올린 끝에, 밤하늘 오롯이 뜬 달빛과 같은 색채의 머리칼 사이로 보이는 푸른 눈동자가 자신을 향해 있다는 사실을 알아차린 탓이다. 유쾌하지 않은 심경을 대변하듯 일렁이던 그의 체취는 잦아든 지 오래였다.

레오디안의 가늘게 뜬 눈꺼풀 아래로 속눈썹이 그늘을 만들었다. 눈꺼풀 뒤로 어느 정도 모습을 감춘 눈동자는 여전히 엘시아를 담고 있었고, 엘시아는 문득 갈증을 느꼈다.

그건 입맛을 돋우는 체취를 가진 레오디안을 잡아먹고 싶은 자신의 본능 때문일까, 아니면······.

"신전에는 신관뿐만 아니라 신도들도 있습니다."

"······."

"사람이 아주 많다는 얘깁니다."

엘시아는 조금쯤 뒤늦게야 레오디안의 말이 일순 끊겼던 대화의 연장선에 있다는 것을 깨달았다. 엘시아가 뭐라고 말을 꺼내야 할지 고민하는 사이 레오디안이 그래도 괜찮으신 겁니까, 물었다.

"무엇이 괜찮냐 물어보시는 건지 모르겠어요."

"당신은 낯선 이를 불편해하지 않습니까."

"······어, 로아나 님이 함께 계실 테니까 괜찮을 것 같아요."

"아, 로아나 신관."

로아나 신관이 있으니 괜찮다. 엘시아의 말을 따라 나직이 읊조린 레오디안의 입매가 비뚜름하게 뒤틀렸다.

"로아나 신관과는 많이 가까워졌나 봅니다."

"아무래도 매일 만나니까요."

곁가지를 내어가며 계속해서 길게 이어지기만 하는 대화를 끝마치고 싶어 곧장 답하였는데, 불행하게도 레오디안이 바란 대답은 아닌 듯했다.

"매일 만나면. 그러면 나도 당신하고 가까워질 수 있는 겁니까?"

고개를 조금쯤 모로 기울인 채, 한껏 가늘어진 눈으로 엘시아를 내려다보던 레오디안이 툭, 내뱉었다.

엘시아는 어째서 레오디안이 이런 것을 묻는 것인지 알 수가 없었다. 게다가 무슨 이유에선지 기분이 상한 듯 보여, 엘시아는 레오디안의 말에 선뜻 대답할 수 없었다.

엘시아가 아무런 말없이 입술을 꾹 깨물자, 레오디안의 결 좋은 피부 위를 가로지르고 있는 길고 진한 눈썹은 돌연 위로 치켜올라 갔다.

"아닌가 보군요."

불현듯 레오디안이 그럴 줄 알았다는 듯 자조적으로 중얼거렸다.

엘시아가 뒤늦게 조그만 목소리로 아니라고 말하며 고개를 저었으나 레오디안은 엘시아의 말을 조금도 믿지 않는 듯 했다.

그러나 레오디안은 엘시아의 말에 반박을 하는 대신, 별다른 말없이 지그시 눈을 감았고, 그러느라 내내 엘시아를 옭아매듯 했던 푸른 눈동자는 자취를 감추었다. 그 눈동자가 어두운 사위 속 다시금 모습을 드러낸 건 조금 뒤의 일이었다.

"신전에는 보는 눈이 많으니, 당신이 신전을 방문하면 분명 제도에 당신에 관한 말이 돌게 될 겁니다."

리리엔이 제도로 돌아왔다는 소문은 이미 귀족들 사이에 파다하게 퍼져 있었다. 그러나 그간 레오디안은 엘시아의 존재만큼은 잘 감춰 왔다.

하지만 만약 엘시아가 리리엔과 함께 신전으로 간다면, 아무리 레오디안이라고 할지라도 그 이후 사람들 입에 오르내리게 될 소문까지는 막을 수는 없었다.

"생각이 바뀌었습니다."

엘시아가 미처 들을 수 없었을 정도로, 레오디안은 나직이 중얼거렸다.

애초에 레오디안은 로아나에게 리리엔의 고해성사 기록을 맡길 생각이었다. 레오디안은 미처 리리엔을 신경 쓸 겨를이 없을 정도로 바빴고, 신분이 분명한 리리엔에게 고해성사는 그다지 중요한 일이 아니기도 했기 때문이었다. 하지만.

"리리엔이 신전에서 고해성사를 하는 건 오늘로부터 이틀 뒤로 예정되어 있습니다."

레오디안은 어쩐지 모난 생각이 들었다. 레오디안은 만약 그가 동행한다면, 신전으로 함께 가지 않는다는 그의 말에 반색했던 엘시아가 어떤 얼굴을 할지 궁금해졌다.

하지만 레오디안은 생각하고 있는 바와 전혀 다른 이야기를 입 밖에 냈다. 괜한 말로 일을 그르치고 싶지 않다는 생각은 여전했으므로.

"당신이 신전에 갈 때 입을 옷 몇 벌을 준비하라 일러 놓겠습니다."

"옷은 지금도 충분히 많은데요."

"신전을 방문하는 자는 푸른색 계열의 옷을 입어야 합니다."

엘시아가 가진 옷은 전부 무채색이었다. 때문에 방금 레오디안의 말이 사실이라면 엘시아는 더는 레오디안을 만류할 수 없었다.

엘시아는 그동안 모아 왔던 금화를 이곳에 오느라 다 써 버렸다. 그런 엘시아가 옷을 사서 입을 수 있을 리 없었다. 엘시아는 입술을 가볍게 깨물었다가 이내 입을 닫았다.

한편 레오디안은 조금쯤 멍한 얼굴로 그를 물끄러미 올려다보고 있는 엘시아에게서 시선을 떼, 엘시아의 뒤로 보이는 툰텔라를 다시금 확인했다.

푸른 꽃봉오리는 아직 완전하게 피어날 기미조차 보이지 않고 있었다. 꾹 닫힌 엘시아의 입술처럼 굳게 닫힌 채였다. 레오디안은 저도 모르게 묵직한 한숨을 내쉬었다.

"……늦은 밤 실례했습니다. 그럼 이만 주무십시오."

엘시아를 마주 보고 있노라면 평이하기만 하던 기분이 어쩐지 이리저리 날

뛰는 느낌이었다. 그건 썩 좋은 느낌은 아니었다.

그래서 이쯤에서 돌아가려 했던 레오디안이었으나, 그런 레오디안을 드물게 엘시아가 붙잡았다. 조그만 목소리였지만 레오디안을 멈추게끔 하기에는 충분했다.

"잠깐만요."

레오디안은 말없이 엘시아를 응시했다. 그러자 엘시아가 시선을 내려뜨리고는 입을 열었다.

"실례인 걸 알지만……."

레오디안이 따로 재촉하지 않아도 엘시아는 퍽 초조해 보였다. 때문에 레오디안은 엘시아를 재촉하지 않고, 잠자코 기다렸다. 엘시아는 꽤나 시간을 들여 망설인 끝에 입을 열었다.

"제가 대공님의 몸에 잠시…… 아주 잠시만 손을 대 봐도 될까요?"

엘시아가 이 말을 하기까지 얼마나 말을 골랐을지는 엘시아의 희게 질린 얼굴로 보아 어느 정도 짐작할 수 있었다.

"내 이름은 대공이 아닙니다."

그러나 레오디안은 엘시아가 기다리는 대답이 아닌 다른 말을 꺼냈다. 대공 각하도 아닌 이상한 호칭으로 저를 부르는 것이 예전부터 신경 쓰였던 탓이다.

"잊었습니까. 전에 분명 레오디안이라 불러 달라 했을 텐데."

쓸데없는 것에 집착하는 사람처럼 보일지 모르겠으나, 놀란 듯 커다래진 눈망울을 보고 있으려니 아무럼 어떠냐는 생각이 들었다. 레오디안은 새삼 감상하듯 엘시아를 주시했다.

무감한 얼굴에 표정이 피어나는 모습은 매번 새로웠다. 하지만 이 이상 몰아붙였다가는 엘시아가 문을 닫고 들어가 버릴지 모른다는 생각에 레오디안이 가볍게 한 마디를 툭 내뱉었다.

"만지십시오."

레오디안이 엘시아를 향해 한 걸음 내디뎠다. 그러나 레오디안이 좁힌 거리만큼 엘시아가 뒷걸음질 쳐 멀어졌다.

레오디안의 눈이 가늘어졌다. 눈앞의 엘시아는 마치 어린 짐승이 포식자를 만나 잔뜩 겁을 집어 먹은 듯한 모습이었다. 먼저 몸을 만지게 해 달라고 해 놓고, 막상 만지려고 하니 겁이 나는 건지.

그러나 그런 생각을 하는 레오디안은 불쾌한 기색이 아니었다. 오히려 레오디안의 입술 끝은 조금씩 호선을 그려 가고 있었다. 다만 엘시아도, 그리고 레오디안도 그것에는 미처 신경을 쓰지 못하고 있을 뿐이었다. 서로 시선이 한데 얽혀 있었기에.

레오디안은 좀처럼 다가올 생각을 않는 엘시아를 향해 다시금 다가갔다. 엘시아는 또 그만큼 멀어졌고, 덕분에 레오디안은 어느새 엘시아의 침실 안에 서 있게 되었다.

어스름한 침실, 서로를 바라보는 시선이 고요했다. 그리고 그만큼 나지막한 목소리로 레오디안이 정적을 깼다.

"그래서 내 어딜 만지고 싶습니까?"

갑자기 몸에 손을 대게 해 달라는 엘시아의 말은 레오디안에게도 퍽 당황스러운 것이었으나, 이런저런 표정으로 물드는 엘시아의 얼굴을 보고 있으려니 당황스러움은 사라지고 이유 모를 유쾌함만이 남았다.

"손을, 만져 보면 알 것 같은데……."

혼잣말에 가까운 중얼거림이었다. 그러나 엘시아의 말을 똑똑히 알아들은 레오디안은 망설임 없이 손을 뻗었다.

뼈마디 굵은 커다란 손이 천천히 엘시아를 향해 다가왔다. 애초에 레오디안과 엘시아가 그다지 먼 거리에 서 있지 않았던 탓에, 레오디안은 손을 다 뻗지 않아도 금세 엘시아에게 가까이 닿을 수 있었다.

레오디안이 손바닥을 내보였고, 엘시아는 찰나 망설인 끝에 그 손을 잡았다. 자못 거친 살갗이 느껴졌다. 검을 잡아 온 이의 손을 만져 본 적이 없었다. 그래서인지 손에 닿는 단단한 느낌이 영 낯설었다.

엘시아가 레오디안이 곤혹스럽다 여길 법한 일을 요구한 건, 혹시라도 레오디안에게서 느껴질지 모를 동족의 기척을 읽을 수 있을까 해서였다.

레오디안이 괴물과 접촉했다면 어떤 잔향이 남았을지 모르나, 레오디안 특유의 체취에 묻혀 버렸을 수도 있다고 생각했기 때문이었다.

레오디안은 다행스럽게도 아무것도 묻지 않았다. 엘시아는 천천히, 또 신중하게 레오디안의 손을 더듬었다. 엘시아가 잡고 있던 커다란 손이 일순 움찔하였으나, 다른 것에 온 신경을 곤두세우고 있던 엘시아는 미처 눈치채지 못하였다.

다행히 레오디안에게서는 아무것도 느껴지지 않았다. 로아나에게서 아무것도 느낄 수 없었던 것처럼, 레오디안에게서도 동족의 기척을 전혀 느낄 수 없었다. 엘시아는 그것이 레오디안이 아직 괴물을 만나지 못한 탓인지, 아니면 그저 자신이 느끼지 못하고 있을 뿐인지 확신할 수 없었다.

지금으로서는 알 수 없는 일이었다. 계속 레오디안의 손을 잡고 있는다 하여서 알 수 있는 것도 아니라, 엘시아는 레오디안의 손을 잡았을 때처럼 조심스럽게 레오디안의 손을 놓아주었다. 그러고는 시선을 들어 올렸다.

그러기가 무섭게 엘시아는 내내 그녀를 내려다보고 있던 레오디안의 시선을 맞닥뜨리게 되었다. 그에 멈칫한 것도 잠시, 새삼 가까워진 거리를 인지한 엘시아가 한 걸음 뒤로 물러났다.

"손이 차갑습니다."

엘시아는 체온이 낮았다. 괴물의 피를 타고난 탓이었다. 그 사실을 알 리 없는 레오디안은 엘시아의 서늘한 손이 퍽 신경이 쓰이는 건지, 문득 시선을 내려 엘시아의 손을 응시했다. 그러면서 조금쯤 고개를 모로 기울였고, 그에 따라 찬란한 은발이 스륵 흐트러졌다.

"혹시 어디가 아픈 건⋯⋯."

"아니에요."

엘시아가 곧장 레오디안의 말을 자르며 고개를 저었다.

다른 이의 눈에 자신의 모습이 어떻게 보이는지 깊게 생각해 본 적이 없는 엘시아였으나, 이쯤 되니 궁금해졌다. 레오디안의 눈에는 자신이 그렇게 약해 보이는 건지.

자신은 괴물의 숨통을 단번에 끊어 낼 수 있는 정도의 힘을 가지고 있었다. 모르긴 몰라도 웬만한 인간들보다는 강할 것이었다. 그런데 레오디안은 꽤 자주 엘시아에게 아픈 곳이 없느냐고 물었다. 그런 레오디안이 영 의아했다.

"아픈 곳 없어요. 다만…… 좀 피곤해서요."

앞으로의 일을 생각할 시간이 필요했다. 때문에 둘러댄 말이었는데, 불현듯 레오디안의 표정이 굳었다. 지금 자신이 꽤나 파리해 보인다는 것을 꿈에도 모를 엘시아는 레오디안이 문득 심각해진 이유 또한 알 길이 없었다.

"예, 시간이 꽤 늦었군요. 늘 이렇듯 늦은 밤에야 찾아와 미안합니다."

유독 낮게 잠긴 목소리였다. 아래로 늘어뜨리고 있던 오른손을 저도 모르게 꽉 움켜쥔 채로 레오디안은 몸을 돌렸다.

"그럼, 주무십시오."

엘시아는 이번에는 레오디안을 붙잡지 않았다.

덕분에 레오디안은 순조로이 엘시아의 침실을 나설 수 있었다. 엘시아의 침실을 벗어난 레오디안은 곧장 문을 닫았고, 이제 엘시아와 레오디안 사이에는 굳게 닫힌 문이 자리하게 되었다.

주저 없이 침실을 나선 것이 무색하게도 레오디안은 닫힌 문 앞에서 서성였다. 문 너머에서는 어떤 소리도 들려오지 않았으나 어쩐지 레오디안은 자리를 떠날 수 없었다.

엘시아의 침실에서 나오고 나서 불현듯 무언가 이상하다는 생각이 들었기 때문이다. 찝찝함에 가까운 기묘한 느낌 또한 함께였다. 레오디안을 피하면 피했지, 결코 다가오는 법이 없는 엘시아였다. 그런 그녀가 그를 만지다니 분명 무슨 이유가 있을 것이었다.

왜 아까는 미처 생각을 못했던 건지.

어째서 갑자기 그런 부탁을 한 건지 엘시아에게 물어봤어야 했다. 지금에서야 돌연 그런 생각이 들었으나, 피곤하다는 사람을 다시 불러낼 수는 없는 노릇이었다. 그렇다고 레오디안이 몸을 돌린 것은 아니었다.

그렇게 한참. 고요한 복도를 묵묵히 지키고 선 채로 닫힌 문을 뚫어져라 주시하고 있던 레오디안이 가까스로 걸음을 뗐다. 그러자 내내 잊고 있던 피로가 기다렸다는 듯 레오디안을 덮쳐들었다. 그러나 걸음의 종착지는 그의 침실이 아니었다.

그는 어둠으로 물들어 있는 정원으로 향했다.

* * *

느지막한 오후였다.

지금 엘시아는 리리엔이 디저트를 먹는 모습을 가만히 지켜보고 있었다. 리리엔은 공부를 하다가, 이렇듯 틈이 나면 엘시아의 침실로 와 달콤한 디저트를 먹었다. 대개 혀가 아릴 정도로 달아 보이는 것들이었다.

"언니, 오늘 창밖을 내려다본 적 있어?"

"아니, 없는데……. 그런데 갑자기 창밖은 왜?"

한입 가득 슈를 베어 문 리리엔에게서는 단내가 났다. 엘시아의 본능을 자극하는 향이 아닌, 인위적인 달콤한 향이었다. 그래서인지 엘시아는 리리엔이 즐겨 먹는 디저트에서 나는 냄새에 거부감을 느꼈다.

"정원에 꽃들이 피었거든."

리리엔이 입 안에 가득한 슈를 씹으며 중얼거렸고, 엘시아는 고개를 돌렸다. 그리고 빛이 쏟아져 들어오고 있는 창가를 바라보았다. 크게 트인 창밖으로 푸른 하늘과 그곳을 유유히 흘러가고 있는 구름이 보였다.

평화롭다.

문득 그런 생각이 들었다. 평화롭다는 것이 정확히 무엇을 이르는 말인지는 모르나, 아마 이런 것을 두고 하는 말이 아닐까. 엘시아는 멍하니 생각했다.

"에밀리아가 그랬는데, 지금 정원에는 봄하고 여름, 가을에 피는 꽃이 전부 다 피어 있다고 했어."

손수건으로 입가를 닦아 낸 리리엔이 엘시아를 이끌고 자리에서 일어났다.

엘시아는 리리엔을 따라 순순히 걸음을 옮겼다. 창가로 다가선 리리엔이 활짝 창문을 열었다.

리리엔의 말대로 창밖으로 보이는 정원에는 이름 모를 꽃들이 만발해 있었다. 리리엔과 함께 형형색색 정원을 내려다보던 엘시아는 이내 의아해졌다. 그도 그럴 게 어제까지만 해도 정원은 푸른 초목으로 가득했고, 그 사이로 종종 보이는 흰 꽃들이 겨우 색채를 더하고 있었을 뿐이었다.

'단 하루 만에 저 많은 꽃들이 필 수도 있는 건가?'

엘시아가 의아함에 조금쯤 고개를 기울이는데, 문득 리리엔이 내내 잡고 있던 엘시아의 팔을 가볍게 흔들었다.

"언니, 우리 정원에 내려가 볼래? 아까 에밀리아랑 같이 구경했는데, 가까이에서 보면 더 예뻐."

"음……."

그럴까. 엘시아는 잠시 고민했다.

엘시아는 침실 밖으로 나가는 일이 없었다. 식사 때가 되면 시종이 침실로 음식을 가지고 왔다. 또 화장실과 조그마하기는 하나 제대로 욕실이 딸린 침실에서 지내고 있는 덕분에 엘시아는 구태여 침실 밖으로 나갈 필요가 없었다. 때문에 엘시아는 이곳에서 지내게 된 이래, 대부분의 시간을 홀로 침실에서 보낼 수 있었다.

하지만 엘시아는 답답하다거나 지루하다는 생각은 조금도 하지 않았다. 오히려 엘시아에게는 필요 이상으로 인간과 부딪히는 일이 없는 지금이 마음 편했다.

"날씨도 되게 따뜻해. 나가서 예쁜 꽃들 구경하면 기분도 좋아질 거야."

엘시아가 망설이는 사이, 리리엔이 말을 보탰다. 리리엔은 어제 그 일을 꽤나 신경 쓰고 있는 듯했다. 거기에 생각이 미치자 엘시아의 고민은 더 이상 길게 이어지지 않았다.

고작 함께 정원으로 나가서 꽃을 구경하는 일이었다. 어려운 일이 아니었다.

"그래, 그러자."

엘시아가 고개를 끄덕이자 리리엔의 표정이 한층 더 밝아졌다.

신이 난 리리엔이 엘시아를 이끌고 방을 나서려고 했을 때였다. 리리엔이 문을 열기도 전에 내내 닫혀 있던 침실 문이 절로 열렸다.

"아, 리리엔 아가씨도 함께 계셨군요."

문이 열리고 모습을 드러낸 건, 엘시아의 눈에도 낯설지 않은 시종이었다. 매일 엘시아의 식사를 준비해 주곤 하는 시종으로, 데이시란 이름을 가진 여자였다. 데이시 뒤로 두 명이 잇따라 침실 안으로 들어왔는데, 모두 손에 옷가지를 들고 있었다.

"엘시아 님께서 내일 신전으로 가실 때 입으실 옷을 준비해 왔습니다."

데이시의 말에 리리엔이 엘시아의 손목을 놓아주었다. 그리고 시무룩한 얼굴로 침대 위에 털썩 주저앉았다.

"……에이, 정원에 가기는 글렀네."

침실 안 모든 이가 리리엔의 불퉁한 목소리를 똑똑히 들었으나, 모두 못 들은 척했다.

시종들은 준비해 온 옷가지를 엘시아가 잘 볼 수 있도록 들어 올려 보였다. 시종들이 가져온 건 비단으로 되어 몸태가 어느 정도 비추는 슈미즈 드레스였다. 다만 엘시아의 옷장을 가득 채우다시피 한 옷들처럼 하나같이 소매가 길었다.

때문에 엘시아의 눈에는 별다를 것이 없어 보였지만, 신전에 갈 때는 푸른 옷을 입어야 한다고 했다. 어젯밤 레오디안이 했던 말을 떠올리며 엘시아는 시종이 들고 있는 옷들을 꽤나 시간을 들여 유심히 살폈다. 그럼에도 엘시아의 눈에는 별 차이가 없어 보였다. 그래서 엘시아는 그나마 편할 것 같은 옷을 골랐다.

"이건 리베라라고 하는 건데, 신전 안으로 들어갈 때 반드시 착용해야 합니다."

엘시아가 고른 것을 제외한 드레스들을 물린 데이지는 곧 리베라 두 개를 들어 보였다. 리베라는 머리 뒤로 길게 드리워지게끔 쓰는 베일이었다. 성별을 불문하고 착용해야 하는 것이었다. 얇은 비단으로 된 리베라는 착용하면 허리께까지 길게 늘어지게 되어 있다. 리베라 또한 푸른색이었다.

"언니, 저걸로 하면 안 돼?"

내내 가만히 엘시아를 지켜보고 있던 리리엔이 불쑥 끼어들었다.

"내가 가지고 있는 거랑 비슷해. 색깔도 똑같고."

엘시아는 리리엔이 가리키고 있는 곳으로 시선을 돌렸다. 리리엔이 말한 건 중간에 물결치는 듯한 문양이 흐릿하게 새겨져 있는 것이었다. 반면 데이시의 왼쪽 손에 들린 리베라는 아무런 무늬가 없었다.

"이걸로 할게요."

"그러면 리베라를 쓰는 방법을 알려 드리겠습니다."

데이시가 엘시아가 고른 리베라를 들고 다가왔다. 그리고 조심스럽게 엘시아의 머리 위로 리베라를 씌워 주었다.

"안쪽에 있는 핀으로 고정하시면 됩니다."

데이시는 익숙한 솜씨로 엘시아의 머리카락에 리베라를 고정했다. 그 모습을 유심히 지켜보고 있던 리리엔이 나직이 탄성을 내뱉었다.

"언니, 되게 예뻐. 엄청 잘 어울려."

리리엔이 벌떡 일어나 엘시아를 향해 다가서자, 데이시가 뒤로 물러났다. 리리엔은 그대로 엘시아를 이끌어 그녀를 거울 앞에 세웠다.

"언니가 봤을 때도 잘 어울리지? 응?"

엘시아는 꽤 커다란 거울, 그 안으로 보이는 리리엔과 시선을 맞추고 있다가 이내 눈길을 돌렸다. 그러자 핏기라곤 없는 창백한 얼굴을 한 여자가 눈에 들어왔다.

그 모습을 엘시아는 시간을 들여 세세히 살폈다. 푸른 베일을 쓴 탓인지 유독 얼굴에 생기가 없어 보였다. 그런데도 리리엔은 엘시아에게 리베라가 잘 어울린다고 한다. 엘시아는 영 초라해 보이는 제 모습이 리리엔의 눈에는 정말 그렇게 보이는 건지 궁금했다.

"얼른 내일이 됐으면 좋겠다. 똑같은 리베라를 쓰고 가면, 사람들 전부 우리를 자매라고 생각할 걸."

엘시아는 뭐라고 대답할지 알 수 없어 그저 미소를 지어 보였다. 거울 속 리리엔의 눈가도 호선을 그리고 있었다. 엘시아는 리리엔의 결 좋은 은발을 눈에 담았다.

리리엔은 로켄페데스가의 인간답게 찬연한 은발과 푸른 눈동자를 지녔다. 반면 엘시아는 먹먹한 검은 머리칼과 괴물의 피를 이은 증거인 붉은 눈동자를 가지고 있었다.

그러니 리리엔의 말처럼, 사람들이 자신과 리리엔을 자매라 착각하는 일은 일어나지 않을 것이다.

씁쓸하게 자조하며 엘시아는 거울 안으로 보이는 제 모습을 새삼스럽게 들여다보았다. 베일이 무척 얇았던 탓에 베일 위로 검은 머리카락이 비치고 있었다. 이처럼 감추려 해도 차마 감출 수 없는 것이 있다. 이를테면 엘시아의 태생이 그러했다. 아무리 감추고 싶고, 부정하고 싶어도 그럴 수가 없는.

결국에는, 모조리 다 드러나고 마는.

"언니, 나 얼른 방에 가서 리베라 쓰고 올게. 우리 리베라 쓰고 정원 구경하러 가자."

환하게 웃는 리리엔이 엘시아의 눈에는 너무도 찬란해 보였다. 자신과 리리엔은 이토록 다른 존재였다. 그런 생각에 입 안이 썼지만, 엘시아는 애써 웃으며 고개를 끄덕였다.

* * *

이른 아침. 로아나는 약속했던 대로, 엘시아와 리리엔을 신전까지 안내해주기 위해 대공저를 찾아왔다. 언제나처럼 정복 차림을 한 로아나는 엘시아와 리리엔이 신전으로 갈 준비를 끝마칠 때까지 홀 한편을 지키고 있었다.

로아나는 푸른 드레스를 입고, 그와 같은 색감의 리베라를 쓰고 홀로 내려온 엘시아와 리리엔을 향해 칭찬을 아끼지 않았다. 리리엔이 엘시아에게 리베라가 잘 어울린다 했던 어제처럼, 엘시아는 무슨 반응을 해야 할지 알 수 없었다. 다만 곤란한 기색을 내보이지 않기 위해 노력해야 했다.

정원을 따라 난 길 끝에는 붉은 마차가 서 있었다. 마차에는 덩굴이 얼기설기 엉키어 있었는데, 그 가시 돋친 줄기 틈틈이 푸른 꽃이 활짝 피어 있었다. 그 푸른 꽃이 어쩐지 낯설지 않았다. 그래서 마차를 뒤덮듯 감싸고 있는 덩굴에서 한참 눈을 떼지 못하고 있는데, 멍하니 서 있는 엘시아를 향해 로이셀이 손을 내뻗었다.

"엘시아 님, 마차에 오르시겠습니까."

어느덧 로아나와 리리엔은 마차 안에 자리해 있었다. 엘시아는 자신에게 들이밀어져 있는 로이셀의 손을 멍하니 내려다보다가, 이내 조심스럽게 그 손을 잡았다. 로이셀은 능숙하게 엘시아를 에스코트했으나, 엘시아는 어색함을 감추지 못했다.

"부디 조심히 다녀오시길."

그 말을 끝으로 로이셀이 문을 닫았고, 마차는 곧 세차게 땅을 딛고 내달리기 시작했다.

엘시아는 창밖으로 보이는, 점점 멀어지고 있는 커다란 저택을 묵묵히 눈에 담았다. 언제 보아도 호화로운 저택이었다. 엘시아는 자신이 저곳에서 지내고 있다는 사실이 여전히 믿기지 않았다. 리리엔을 이곳으로 데려올 때까지만 해도 전혀 상상하지 못했던 일이었다.

저렇게 안전하고 안락한 곳에서 리리엔과 함께 지낼 수 있다니.

"긴장되세요?"

그때 조용하던 마차 안에 불현듯 로아나의 목소리가 울려 퍼졌다. 그러자 로아나가 말을 꺼내기를 기다렸다는 듯 리리엔이 입을 열었다.

"아니요! 엄청 기대돼요. 신전이 무척 커다랗다고 하던데, 얼마나 커다랄지 궁금하거든요."

엘시아와 함께 어디론가 떠난다는 사실이 기쁜 건지, 리리엔의 목소리는 한껏 상기된 채였다. 그런 리리엔이 귀엽다는 듯, 로아나가 부드럽게 미소 지었다.

"곧 두 눈으로 직접 확인하실 수 있을 거예요. 신성지 요헴은 이곳 제도와 그다지 멀리 떨어져 있지 않거든요."

"얼마나 가야 하는데요?"

"음, 아마 반나절도 안 걸릴 걸요."

리리엔은 로아나에게 이것저것 물어보기 시작했다. 로아나는 친절하게 대답을 해 주었고, 두 사람 사이에 대화가 끊임없이 이어졌다.

그렇게 두 사람의 목소리를 가만히 듣고 있으려니, 엘시아는 자신이 지금 신전으로 향하고 있음을 새삼스럽게 실감하게 되었다. 그것을 실감하기 무섭게 떨리는 가슴을 진정키라도 하듯 엘시아는 눈을 꼭 감았다.

엘시아의 심사야 어떻든 붉은 마차는 계속해서 길을 가르며 순조로이 나아갔다.

어느 순간부터 마차는 힘차게 숲길을 내달렸다.

저택에서 벗어난 지도 한참이었다. 엘시아의 떨림은 잦아든 지 오래였고, 로아나와 대화를 나누던 리리엔은 어느덧 곤히 잠들어 있었다.

리리엔이 어깨에 기대어 있던 탓에, 엘시아는 조심스럽게 고개만 돌려 창밖을 내다보았다. 초록이 우거진 숲길을 지나니 새하얀 건물로 가득한 거리가 나왔다. 종종 푸른 깃발이 꽂혀 있는 건물이 보였다.

"이곳이 바로 제국의 신성지, 요헴입니다."

불쑥 로아나의 목소리가 끼어들었다. 그 목소리를 따라 엘시아의 시선이 옮겨 갔다. 로아나는 평소와 같은 부드러운 미소를 입가에 걸고 있었다.

"신성지에 세워진 건축물은 대개 흰빛이지요. 신전 또한 마찬가지입니다."

"저 푸른 깃발들은 무엇을 상징하는 건가요?"

"깃발에 새겨진 문양을 릴루미노라고 부르는데, 신전을 상징하는 문양입니다."

신전을 상징하는 문양이라니. 엘시아는 새삼 창밖으로 보이는 깃발에 시선을 두었다. 파란 깃발에는 중심에 커다란 황금빛 원과 그를 둘러싼 원형의 하얀 테 여러 개가 아로새겨져 있었다.

"신전에 도착하면 먼저 리리엔 님의 고해성사부터 이뤄질 거예요."

로아나가 화제를 돌렸다. 그에 엘시아의 시선이 다시금 로아나에게로 향했다. 맞은편에 앉은 로아나는 엘시아의 어깨에 기대어 잠들어 있는 리리엔을 따뜻한 시선으로 바라보고 있었다.

"로아나 님, 고해성사라는 거…… 힘들지는 않죠?"

"별거 아니에요. 힘들지도 않고요. 그저 다른 이들에게 보여 주기 위한 거예요. 리리엔 아가씨의 신분을 견고히 하기 위해서요."

리리엔이 제도에서 사라졌다 다시 나타난 지금, 그 시간의 공백이 자그마치 팔 년여였다.

제도의 귀족들은 로켄페데스가 사라진 아이가 있다는 사실을 알고 있었지만, 리리엔이 사라졌던 때로부터 시간이 꽤나 흐른 지금, 리리엔에 관한 이야기는 더는 널리 회자되지 않고 있었다.

리리엔이 돌아왔다는 소문이 암암리 퍼지고는 있었지만, 그 소문을 믿는 사람은 현저히 적었다. 팔 년간 실종되어 있던 아이가 살아 돌아왔다는 소문은 자극적이기는 할지언정 신빙성은 없었다.

레오디안이 딱히 소문을 단속하지 않아도 리리엔의 존재는 이미 잊힌 지 오래였던 탓에, 귀족들은 돌아온 리리엔에게 크게 관심을 갖지 않았다.

하지만 오늘 리리엔이 신전에서 고해성사를 하고, 그 모습을 목격한 이들의 입을 통해 소문이 일파만파 퍼진다면 대공저는 더 이상 예전처럼 평화롭지는 못할 것이다.

"드디어 신전에 도착했군요. 엘시아 님, 보이세요? 이곳이 임모투스 신전입니다."

로아나가 말을 맺자 마차가 서서히 멈춰서기 시작했고, 엘시아는 창밖으로 보이는 화려한 건축물에 시선을 고정했다. 쏟아지는 볕을 받으며 우뚝 서 있는 새하얀 건물은, 빛을 빚어 만든 게 아닌가 싶은 생각이 들 정도로 찬란하고 웅장했다.

"리리엔, 다 왔어. 이제 일어나야 해."

엘시아가 리리엔의 어깨를 가볍게 흔들자 리리엔이 부스스 눈을 떴다. 그러기가 무섭게 마차 문이 열렸다.

"벌써 다 왔어?"

"응. 내리자."

가장 먼저 마차에서 내린 건 로아나였다. 그 뒤를 따라 리리엔과 엘시아가 천천히 땅에 발을 내디뎠다. 불편하게 잠을 청했던 탓에 몸이 뻐근했던 건지 리리엔이 크게 기지개를 켰다. 그러고는 커다란 신전을 눈에 담았다.

"우와, 엄청 커다랗다."

"임모투스 신전이에요. 신성지에는 신전이 세 곳이나 있답니다. 이곳은 신성지 중심에 있는, 신황께서 기거하시는 신전이에요."

리리엔이 로아나의 설명을 귀 기울여 듣는 사이, 엘시아는 혹시라도 동족의 기척을 느낄 수 있을까 온 신경을 곤두세웠다. 하지만 엘시아는 아무것도 느낄 수 없었다.

신관들이 어떤 처치를 해 둔 탓일까, 아니면 그 사악한 존재라는 것이 이곳이 아닌 다른 신전에 있기 때문일까. 잠시 가늠하던 엘시아는 미간을 좁혔다. 어느 쪽이든 곤란한 건 마찬가지였다.

"그럼, 이제 안으로 들어갈까요?"

조금쯤 흐트러진 리리엔의 리베라를 고쳐 씌워 준 로아나가 엘시아를 돌아보며 웃었다. 리리엔은 한껏 기대에 찬 얼굴로 로아나의 뒤를 따랐고, 엘시아는 그런 리리엔을 따라 걸음을 옮겼다.

너무도 찬란한 빛이 쏟아지고 있는 신전이었다. 마치 이곳을 비추기 위해 빛이 존재하는 것이 아닐까 하는 생각이 들 정도로, 신전은 환한 빛을 오롯이 받고 있었다. 그리고 엘시아는 그곳을 향해 걸었다.

* * *

밖에서 보기에도 웅장했던 신전은 내부도 그만큼이나 화려했다.

리리엔과 로아나는 고해실로 향한 사이 엘시아는 호화로운 단상 앞, 용도 모를 좌석에 앉은 채로 안을 돌아다니는 사람들을 구경하고 있었다.

하얀색과 푸른색이 조화로이 어우러져 있는 내부를 돌아다니는 사람들은 모두 푸른 리베라를 쓰고 있었고, 걸음걸이가 하나같이 조심스러웠다. 엘시아는 최대한 그들 눈에 띄지 않기 위해 조용히 앉아, 묵묵한 시선으로 내부를 훑었다.

사실 엘시아는 아까부터 지하실로 통할 법한 문이나 층계를 찾고 있었다. 하지만 딱히 이렇다 할 곳을 찾지 못했다. 시간이 흐를수록 초조해지는 것은 어쩌면 당연한 일이었다.

언제 다시 이곳을 찾아올 수 있을지 모른다. 그러니 엘시아는 오늘, 모든 일을 끝마쳐야 했다.

그러나 상황이 여의치 않았다. 엘시아는 여전히 동족의 기운을 느끼지 못하고 있었고, 동족이 있을지 모를 지하실 또한 찾아내지 못했다. 여전히 정적인 신전에서 고군분투하고 있는 건 오로지 자신뿐인 것 같았다. 엘시아는 입술을 잘근 깨물었다.

'……어떡하지.'

묵묵히 앉아서 아랫입술을 괴롭혀 대길 한참, 결국 엘시아는 소리 죽여 자리에서 일어났다. 누군가의 의심을 사는 건 피해야 했지만, 그렇다고 이렇게 계속 앉아서 시간을 흘려보낼 수는 없었다. 뭐라도 해야 했다.

'신성지에는 신전이 세 곳이나 있답니다. 이곳은 신성지 중심에 있는, 신황께서 기거하시는 신전이에요.'

그런 엘시아의 머릿속에 문득 로아나가 했던 말이 떠올랐다. 아무리 노력해도 동족의 기운을 느낄 수 없는 건, 동족이 이곳에 없기 때문일지도 몰랐다. 지하실이랄 것이 없어 보이는 넓은 내부는 그런 엘시아의 의심에 무게를 더해 주었다.

신전이 하나가 아니라 자그마치 세 곳이나 된다니. 전혀 예상하지 못했던 일이었다.

이 신전 한곳을 둘러보기에도 여의치 않은 상황에, 하물며 나머지 두 신전은 어떻게 살펴봐야 하는 건지 막막하기만 했다. 자신이 다른 두 신전을 방문할 수 있을지조차 확신할 수 없는 상황이었다.

그래도. 엘시아는 그 짤막한 단어를 머릿속으로 몇 번이고 되뇌었다. 그래도, 어떻게든 해야 한다. 엘시아는 무엇이든 해야 한다는 생각으로 이곳에 왔다.

신전에서 괴물의 존재를 인식하게 되는 날을 최대한 뒤로 미뤄 놓기 위해서, 그래서 자신이 괴물이라는 사실을 레오디안이 알아차리는 날을 조금이라도 더 늦추기 위해서.

그렇게 엘시아가 다시 한번 마음을 단단히 먹고 몸을 돌렸을 때였다. 엘시아는 훅 끼치는 단내에 눈가를 살짝 찡그렸다. 그리고 뒤늦게나마 숨을 멈췄다. 이는 습관처럼 굳어진 것이었다.

이런다고 억누르고 있던 본능을 충동질하는 향을 완전히 차단할 수 없다는 건 알지만, 엘시아는 이 달콤한 체취를 맡을 때면 이렇듯 저도 모르게 숨을 참고는 했다. 그리고 엘시아는 자신의 코끝을 간지럽히고 있는 지금 이 향기가 어디에서 기인한 것인지를 누구보다 잘 알고 있었다.

엘시아는 고개를 들어 올렸다. 너무도 당연하게도 눈앞에는 레오디안이 있었다. 분명 레오디안은 엘시아에게 신전에 동행하지 못한다고 말했었는데, 무슨 이유에선지 지금 레오디안은 엘시아 앞에 서 있었다.

"……대공님."

조금쯤 고개를 기울인 채로 엘시아를 내려다보고 있던 레오디안이 짐짓 미간을 좁혔다. 그에 엘시아의 입술이 맞물렸다.

엘시아와 레오디안이 서로를 마주하고 있노라면 자연스럽게 내려앉는 정적이 두 사람 사이에 자리했다. 이어지는 고요 속 엘시아는 당황을 감추지 못한 채, 레오디안을 물끄러미 바라보았다. 레오디안은 검은 단복을 입고 있었고, 그 위로 푸른 망토를 두르고 있었다.

신전을 방문하는 모두가 리베라를 써야 한다더니, 무슨 이유에선지 레오디안은 리베라를 쓰고 있지 않았다. 달빛을 닮은 은발을 오롯이 드러낸 채였다.

단정한 차림의 아름다운 사내는 이 화려한 곳과 잘 어울렸다.

그런 생각에 꽤 시간 들여 레오디안의 모습을 살피던 엘시아가 시선을 내려뜨린 것은, 불현듯 레오디안과 눈이 마주쳤을 때였다. 레오디안이 그를 관찰하듯 살피는 엘시아를 내내 바라보고 있던 탓에, 엘시아가 그의 얼굴에 시선을 두었을 때 곧바로 시선이 얽힌 것이었다.

"리리엔은 고해실에 갔습니까?"

"네. 그런데……. 여긴 무슨 일로 오셨어요?"

엘시아는 이곳에서 레오디안을 만날 줄은 전혀 예상하지 못했다. 신전에 동행하지 못한다던 레오디안의 말을 그저 믿었기에 더욱 그러했다.

"요헴의 기사가 신전에 온 것은 그다지 이상한 일이 아니지 않습니까."

초조한 엘시아의 심정을 결코 알 리 없는 레오디안은 여상한 어투로 대답했고, 그 낮은 목소리를 들으며 엘시아는 나직이 한숨을 내뱉었다.

안 그래도 마음처럼은 되지 않던 상황이 더욱 난감해졌다. 사방이 막힌 곳에 서 있는 기분이었다. 무엇이든 해야 한다 굳게 했던 다짐이 무색하게도 엘시아는 아무래도 포기하는 게 좋지 않을까 하는 생각을 했다.

그도 그럴 게, 이곳에 레오디안이 있는데 엘시아가 마음대로 신전 안을 돌아다닐 수 있을 리가 없었다. 낯선 이들이라면 모르겠으나, 레오디안에게만큼은 결코 의심을 사서는 안 되었으므로.

때문에 엘시아는 깊이 고민해야 했다. 이대로 포기할지, 아니면 레오디안의 의심을 사더라도 다짐한 바를 행동으로 옮길지.

쉽게 고를 수 없는 선택지였으나 엘시아는 가까스로 마음을 정했다.

"……부탁이 있어요."

엘시아가 꽤 한참 만에 꺼낸 말에 레오디안의 눈이 가늘어졌다. 그에 엘시아는 늘어뜨리고 있던 손을 꽉 움켜쥐었다. 그렇게 애써 조급함을 내리누르고 있는 엘시아와 다르게, 레오디안은 여전히 서두를 것 없다는 듯 여유로운 낯으로 천천히 입을 열었다.

"혹시 또 내 몸 어딘가를 만지고 싶은 겁니까?"

뜬금없이 무슨 소리를 하는 건지 알 수 없어, 멍하니 레오디안을 응시하던 엘시아는 이내 그가 무슨 이야기를 하는지 알아차리고는 되는 대로 고개를 저었다.

"아니…… 아니요."

방금 레오디안은 일전 엘시아가 그의 몸을 만지게 해 달라고 부탁했던 일을 화두로 꺼낸 것이었다. 까맣게 잊고 있었는데, 지금에서 새삼 그 일을 떠올리게 되니 얼굴이 홧홧하게 달아오르는 것 같았다.

엘시아는 당황을 어느 정도 추스른 후에야 다시금 말을 이을 수 있었다.

"그게 아니라……. 신성지를 구경하고 싶어서요. 혹시 괜찮으시면 저에게 신성지를 안내해 주실 수 있나요?"

잠자코 엘시아를 내려다보고 있던 레오디안은, 엘시아가 이런 말을 할 줄은 몰랐다는 듯 한쪽 눈썹을 추켜세웠다. 그러나 그것은 찰나였고, 의아함은 곧 흥미로 바뀌었다.

다만 표정만은 여전히 덤덤했다. 레오디안의 그 무덤덤한 낯은 엘시아로 하여금 자신이 방금 내뱉은 말을 머릿속으로 더듬도록 만들었다. 자꾸만 뜬금없는 부탁을 하는 자신이 곤란했던 걸까. 엘시아는 아무런 대답이 없는 레오디안을 조금쯤 초조한 심정으로 올려다보았다.

엘시아는 자신이 다른 신전을 돌아볼 수 있는 방법이 무엇일지 생각했다. 제대로 된 신분이 없음은 물론이고, 하물며 인간이 아닌 자신이 이 신성한 땅을 제멋대로 돌아다니다간 무슨 탈이 날지 몰랐다.

그래서 엘시아는 염치 불고하고 레오디안에게 신전을 안내해 달라 말을 꺼냈다. 길을 모르는 자신이 곧장 다른 신전을 찾아갈 수 있을 리 없었고, 낯선 인간에게 길을 묻는 것보다 차라리 레오디안과 함께 가는 편이 낫겠다고 판단했기 때문이었다.

물론 마음에 걸리는 점도 있었다. 레오디안과 함께라면 신전 안으로 쉽게 들어갈 수 있을 테지만, 홀로 지하실에 내려갈 수 있는 가능성은 희박해질 테다. 그러나 일단 누구의 의심도 받지 않고 신전 안으로 들어가는 게 가장 중요했다. 신전 안으로 들어갈 수 없다면, 그 어떤 시도도 해 볼 수 없을 테니까.

"어려운 일도 아니니 기꺼이 그러고 싶습니다만…… 곧 리리엔이 고해실에서 나올 텐데요."

한참 만에 레오디안이 말을 꺼냈다. 그건 엘시아가 잠시나마 잊고 있던 변수였다. 레오디안의 말대로, 리리엔은 곧 고해성사를 마치고 나올 터였다. 엘시아가 홀로 자리를 지키고 있던 건 그다지 짧은 시간이 아니었으므로.

"게다가 요헴은 생각보다 넓습니다. 요헴을 전부 돌아보려면 족히 하루가 걸릴 겁니다."

이어진 레오디안의 말에, 긴장 탓에 굳었던 엘시아의 낯이 무너졌다. 모든 일이 엘시아의 생각처럼은 되지 않았다. 기껏 용기를 내 레오디안에게 말을 꺼낸 것이 무색하게도, 여의치 않던 상황은 여전히 엘시아의 편이 아니었다.

"그러나 다행스럽게도 이곳에 제 저택이 있습니다."

짐짓 실망한 엘시아의 기색을 알아차리기라도 한 것처럼 레오디안이 곧장 말을 꺼냈다.

"정 이곳을 돌아보고 싶다면, 하루쯤 그곳에서 머무는 것도 나쁘지 않겠지요."

"그래도 되나요?"

"원하신다면."

엘시아의 표정이 눈에 띄게 밝아졌다. 내내 엘시아에게 시선을 고정하고 있던 레오디안이 이를 눈치채지 못할 리 없었다. 레오디안의 눈매가 가늘어진 것은 그 이유에서였다.

"아, 리리엔은 예정대로 수업을 받아야 합니다. 아시다시피 리리엔은 곧 있을 아카데미 입학시험에 집중해야 합니다."

리리엔은 신전으로 출발하기 전, 저택에서 에밀리아와 짧게나마 공부를 했다. 그러기 위해서 리리엔은 어둠이 겨우 몰려간 새벽부터 일어나 하루를 맞이해야 했다. 종종 잠 못 이룬 채, 그대로 밤을 새우고는 했던 엘시아는 그 사실을 알고 있었다.

다만 엘시아가 의아했던 건, 레오디안이 어째서 지금 갑자기 리리엔의 이야기를 꺼냈는가 하는 점이었다. 퍽 뜬금없는 레오디안의 말에 엘시아는 그 의미를 파악하려 했으나, 고민은 길지 않았다.

"그러니까 만약 내일까지 요헴에 머무르실 생각이라면, 저와 단둘이 밤을 보내야 한다는 얘깁니다."

머지않아 이어진 레오디안의 말에 엘시아는 더 이상 레오디안이 꺼낸 말의 의미를 고민하고 있을 필요가 없었다.

"······단둘이요?"

되물은 엘시아의 입술이 황망히 벌어졌다. 레오디안은 망설임 없이 가볍게 고개를 끄덕였다.

"물론 저택을 관리하는 집사는 있습니다."

리리엔 없이 레오디안과 하루를 보내야 한다니, 전혀 생각지 못했던 일에 엘시아는 멍해졌다. 신전이 세 곳이나 있을 줄 몰랐고, 신전이 있는 땅이 그리 넓은 곳인지도 몰랐다. 이처럼 엘시아가 미처 가정하지 못했던 일들은 엘시아를 당황케 만들기 충분했다.

그러나 엘시아는 포기하고 싶지 않았다. 포기하기에는 그에 따를 위험이 너무도 컸다. 엘시아는 아무것도 하지 않아, 자신의 정체가 탄로 날 위험을 안은 채로 제도로 돌아가고 싶지 않았다.

"저, 혹시 안 바쁘세요?"

"내가 바빴으면 좋겠습니까?"

"아니······."

찰나 입술을 질끈 깨물었던 엘시아는 이내 다시금 입을 열었다.

"그냥, 바쁘신 게 아닌가 걱정이 되어서요."

엘시아는 선뜻 결정을 내리지 못한 채로, 말없이 곤혹스러운 시선만을 내려뜨렸다.

레오디안 없이 낯선 저택에서 또 그만큼 낯선 집사와 하룻밤 보낼 일은 생각만으로도 한숨이 나왔고, 그렇다고 레오디안의 말대로 리리엔이 없는 저택에서 레오디안과 하루 머물자니 벌써부터 암담해지는 느낌이었다. 고작 하루인데도.

"저는 괜찮습니다. 그럼, 어떻게 하실지 생각해 보십시오."

영 복잡하기만 한 엘시아의 머릿속을 아는지 모르는지, 레오디안은 무척 간결하게 말했다. 그러고는 엘시아를 빗겨 난 어딘가를 바라보며, 리리엔이 나왔군요, 한 마디를 덧붙였다.

* * *

"……뭐? 싫어!"

채소뿐인 테이블에도 불평 한 마디 없던 리리엔이 돌연 거칠게 포크를 내려놓았다. 그에 레오디안의 미간이 와락 찌푸려졌으나, 눈치챈 것은 오직 엘시아뿐으로, 리리엔은 레오디안의 표정 따위는 전혀 개의치 않은 채로 목소리를 높였다.

"나 혼자 돌아가라고? 싫어, 나도 여기서 하루 자고 갈래. 나도 언니랑 여기 구경하고 싶다고!"

발단은 레오디안이 평이한 어조로 내뱉은 말이었다. 엘시아가 이곳에서 하루 머물고 싶어 하니 너 홀로 돌아가야 할지 모른다는 말.

"수업을 충실히 듣겠다고 했던 것이 불과 며칠 전인데, 이렇게 쉽게 마음을 바꿔서야."

스스로 한 말에 책임을 질 생각이라곤 없는 건가. 레오디안이 나직이 덧붙였다. 그러면서 리리엔을 주시하는 레오디안의 낯은 무척 단호했다.

"올해 마지막 입학시험을 치르고 반드시 아카데미에 가겠다며."

"하루 정도는 쉬어도……."

"그 하루가 이틀이 되고, 일주일이 되지 않으리라고는 믿을 수가 없는데."

리리엔이 입술을 꾹 맞물었다. 레오디안의 말에 반박하고 싶지만 막상 반박할 말이 떠오르지 않는 듯했다.

"……엘시아하고 여행을 해 본 적이 단 한 번도 없단 말이야."

순식간에 풀이 죽은 리리엔이 한껏 기어들어 가는 목소리로 웅얼거리듯 말했다. 그 목소리에 엘시아는 남몰래 한숨을 내쉬었다.

이 저택에서 레오디안과 단둘이 머무르는 일은 정말이지 피하고 싶었지만, 리리엔이 함께 머무는 것도 나름대로 곤란했다. 만약 내일 엘시아가 이곳에서 하루를 더 머무르고, 레오디안과 신성지를 구경하게 된다면, 엘시아는 어떻게든 레오디안을 따돌려야 했다. 홀로 지하실에 가기 위해서.

그러나 엘시아는 아직 마땅한 방법을 찾아내지 못했다. 그런 상황에서 리리엔이 동행하게 된다면, 엘시아는 자그마치 두 사람을 따돌려야 했다.

'그러니 리리엔이라도 제도로 가야, 내가 움직이기 편할 텐데…….'

울상을 하고 있는 리리엔을 보고 있자니 마음이 약해졌다. 약한 마음으로 망설인다면 일을 그르칠 수 있다 알면서도 그랬다.

그도 그럴 게 리리엔의 말대로 엘시아는 리리엔과 함께 여행한 적이 없었다. 당연한 일이었다. 그동안 두 사람은 그 조그만 집에서 갇혀 있다시피 지냈으니까.

"리리엔."

"……응."

"잠깐 자리를 좀 비켜 줄래?"

갑작스러운 엘시아의 말이 의아한 듯하였지만, 이 자리를 잠시 피해 있고 싶었는지 리리엔은 냉큼 자리에서 일어났다. 그리고 화장실을 다녀오겠다며 식당을 벗어났다. 떠나기 전 레오디안을 흘겨보는 것을 잊지 않고서.

"……제가 바라는 게 뭔지 궁금하다 하셨었죠."

엘시아가 불쑥 말을 꺼내자, 레오디안이 냅킨으로 입가를 훔쳤다. 그러고는 등받이에 등을 기대어 앉았다. 그렇게 나른하게 풀어진 자세로 레오디안은, 마저 이야기를 하라는 듯 엘시아를 묵묵히 응시했다.

"리리엔이 수업을 빠지면 많이 곤란한가요?"

어스름한 어둠이 스민 공간을 밝히고 있는 아른아른한 촛불은, 레오디안의 또렷한 이목구비에 음영을 만들어 그 무표정한 얼굴이 짐짓 음흉해 보이게끔 만들었다. 그래서였을까. 엘시아는 하려던 말을 차마 입 밖에 내지 못하고 입을 닫았다.

"내일 리리엔과 함께 요헴을 구경하고 싶은 거군요."

그러나 애써 말을 삼킨 것이 무색하게도 레오디안은 엘시아가 망설이던 말을 대신해서 했다. 엘시아는 차마 고개를 끄덕이지도, 아니라고 말하지도 못한 채로 그저 레오디안과 시선을 맞추었다.

"좋습니다. 그렇게 하세요."

레오디안은 대수로울 것 없다는 듯, 무표정한 얼굴로 툭 한 마디를 내뱉었다. 그에 엘시아가 멍하니 입을 벌렸다.

"리리엔이 성실한 아이라는 건 알고 있습니다. 또다시 예외를 만들려고 하지는 않으리란 것도. 그러니까 원하는 대로 하십시오."

"그런데 아까는 왜……."

엘시아는 저도 모르게 되물으려다 말끝을 흐렸다. 그러나 레오디안은 엘시아가 미처 끝마치지 않은 물음에도 대답을 내어놓았다.

"몰랐습니다. 두 사람이 단 한 번도 여행을 해 본 적이 없다는 사실을."

레오디안은 퍽 씁쓸하게 중얼거렸다. 그제야 엘시아는 리리엔에게 단호하게 딱 잘라 말했던 레오디안이 어째서 돌연 마음을 바꾼 건지를 이해했다.

레오디안과 리리엔은 서로 떨어져 지낸 시간 동안 속절없이 벌어져 버린 관계의 간극을 좀처럼 좁히지 못하고 있었다. 그건 두 사람의 잘못이 아니었다. 두 사람이 정이 들기도 전에 리리엔을 납치한 스위티아의 잘못이었다.

그런 생각에 엘시아는 다시금 지독한 부채감을 느꼈다. 조금 더 빨리 리리엔에게 가족을 찾아 주었더라면, 후회하며.

* * *

요헴에 자리한 저택은 제도의 것과 비교해 소박한 모습을 하고 있었다.

그렇다고 하여도 세 사람이 머물기에는 충분했다. 이층에는 침실이 다섯 개는 되었고, 때문에 엘시아와 리리엔이 한 침실을 사용할 필요가 없었으나 두 사람은 한 침대에서 잠을 청했다. 대공저를 찾아가기 전, 조그만 집에서 살았을 때 그러하였듯.

그러나 깊이 잠든 것은 리리엔뿐이었다. 엘시아는 어느 순간 깨어나, 좀처럼 다시 잠들지 못하고 있었다. 짐승이 울부짖는 듯한 소리가 아까부터 계속해서 들려오고 있었기 때문에.

엘시아는 숨을 죽인 채로 멀거니 들려오는 울음소리에 귀를 기울였다. 그런 엘시아의 붉은 눈동자는 벼린 듯 날카로웠고, 어두운 사위 속에서도 형형히 빛나고 있었다.

생각해 보면 참 이상한 일이었다. 이곳은 신성한 땅이라 불리는 요헴이었다. 그런데 이곳과 전혀 어울리지 않는 기괴한 울음소리가 어디선가 울리고 있었다.

엘시아가 숨죽여 귀 기울이길 한참, 울음소리는 계속해서 들려왔다. 마치 들으라는 것처럼.

기이한 소리를 뒤로하고 엘시아는 조심스럽게 고개를 돌렸다. 그리고 옆에 잠들어 있는 리리엔을 살폈다. 리리엔은 먼 길을 오느라 피곤했던 건지 침대에 눕기 무섭게 잠이 들었고, 한 번을 깨지 않았다. 엘시아는 그렇게 숨죽인 채, 업어 가도 모를 정도로 고요히 잠든 리리엔의 얼굴을 오래도록 들여다보았다.

리리엔과 함께 요헴을 돌아보기로 한 것이 당장 내일이었다.

레오디안은 리리엔의 수업을 미뤄 주었고, 리리엔은 레오디안이 어째서 갑자기 마음을 바꾼 건지 의아한 기색이었지만 딱히 레오디안에게 이유를 물어보지는 않았다.

리리엔은 자신이 괜히 말을 꺼냈다가 레오디안이 또다시 마음을 바꿀까 걱정했는지, 그저 아무것도 모르겠다는 천진한 얼굴로 기뻐했고 반면 엘시아의 근심은 깊어졌다.

사실 리리엔이 곁에 있으면 엘시아의 행동에 제약이 따랐다. 지금만 해도 엘시아는 혹시라도 리리엔이 깨어날까 봐 선뜻 몸을 일으키지 못하고 있었다.

마음 같아서는 당장 방을 나가, 이 이상한 소리의 근원을 알아내고 싶었으나 엘시아는 어느 때보다 신중을 기해야 했다. 리리엔이 곁에 있었기에.

하물며 이 저택에는 리리엔뿐만이 아니라, 레오디안도 있었다. 리리엔과 달리, 잠들어 있는지조차 확신할 수 없는 레오디안이 말이다.

그러나 그 모든 변수에도 불구하고 엘시아는 이 울음소리의 정체를 확인해야 했다. 신전 지하에 있던 존재가 풀려나 거리를 거닐고 있는 것인지도 모른다. 그런 생각이 엘시아를 행동하게끔 하였다.

엘시아는 천천히 몸을 일으켰다. 그때 기다렸다는 듯 리리엔이 몸을 뒤척여 엘시아는 순간 움직임을 멈추었으나, 다행스럽게도 리리엔은 깨어나지 않았다. 하지만 엘시아는 한동안 그대로 움직이지 않고 가만 리리엔을 바라보고 서 있었다.

그런 엘시아가 다시 발을 내디딘 건, 리리엔을 한참 동안 주시한 끝에 적어도 지금은 깨어나지 않으리라 확신했을 때였다.

기척을 죽인 채 침대에서 내려온 엘시아는 곧장 창가로 향했다.

달빛이 쏟아져 들어오고 있는 창 너머를 살피던 엘시아는 곧, 굳게 닫혀 있는 저택 정문 앞에 서 있는 누군가의 모습을 발견했다.

'……누구지?'

엘시아가 서 있는 곳에서 정문까지는 꽤 멀리 떨어져 있었기 때문에, 엘시아는 멀찌감치 보이는 낯선 인영이 검은 머리칼을 가진 남자라는 것만을 알아차릴 수 있었다.

그러나 엘시아는 곧, 정문을 밖에 서 있는 인영이 레오디안은 아니리라는 사실 또한 확신할 수 있었다. 거기까지 생각이 미친 엘시아는 망설임 없이 몸을 돌렸다.

엘시아는 조심스럽게 침실을 빠져나왔다.

복도를 걷는 엘시아의 걸음 또한 조심스럽게 소리를 죽인 채였다. 엘시아는 그렇게 어둑한 복도를 조용히, 그러나 빠르게 걸었다. 덕분에 엘시아는 홀로 내려가 그대로 건물을 나설 때까지 아무도 마주치지 않을 수 있었다.

엘시아가 침실에서 창을 통해 봤던 남자는 여전히 저택 밖을 지키고 서 있었다.

남자는 엘시아의 모습을 발견하기 무섭게 엘시아를 향해 손을 흔들어 보였다. 마치 간절히 기다리고 있던 사람을 비로소 만난 것처럼 반기는 얼굴을 하고서.

"오늘은 그냥 돌아가야 하는 건가 싶었는데, 다행히도 이렇게 만나게 되었군."

거리낌 없이 말을 붙이는 모양새가 마치 자신을 알고 있는 사람 같았다. 그럴 리 없다고 생각하면서도, 남자가 너무도 친근하게 구는 탓에 엘시아는 혹시라도 자신이 예전에 남자를 만난 적이 있나 잠시간 고민해야 했다.

"……우리가 만난 적이 있나요?"

그러나 아무리 생각해 봐도 딱히 떠오르는 바가 없었다. 눈앞의 남자는 여전히 낯설게 느껴질 뿐이었다.

엘시아는 대답 없는 남자를 향해 다시금 물었다.

"저를 아세요?"

"잘 알지. 어디 알고 있다 뿐이겠어?"

남자는 입매를 틀어 올려 웃었다.

"너를 부른 게 나인데."

"……당신이 저를 불렀다고요?"

좀처럼 쉽게 이해할 수 없는 남자의 말에 엘시아의 고개가 모로 기울어졌다.

"너, 내 목소리를 듣고 나왔잖아. 아니야?"

"그러면 그 소리가……."

엘시아가 차마 말을 맺지 못하고 말을 흐리자, 짐짓 눈매를 좁힌 그가 붉은 입술을 열었다. 그 입술 사이로 흘러나온 건, 엘시아가 내내 숨죽여 귀를 기울이고 있었던 울음소리였다. 엘시아가 저택을 빠져나오도록 만든 소리.

짐승이 울부짖는 듯한 그 소리.

"이렇게, 너를 불렀어. 너를 만나고 싶어서."

남자의 고백에 엘시아의 눈이 커다래졌다.

그도 그럴 게 엘시아의 눈에 비친 그는 인간처럼 보였다. 동족에게서 느낄 수 있는 기운이 전혀 느껴지지 않았다. 그래서 인간인 줄 알았다. 하지만 그의 입에서는 인간은 낼 수 없는 괴이한 소리가 났고.

"당신, 인간이 아니군요."

그 사실은 엘시아로 하여금 저도 모르게 경악에 찬 말을 내뱉도록 만들었다.

"그러는 넌?"

말끝을 올린 남자가 킬킬, 웃었다. 지금 이 상황이 더없이 즐겁다는 듯, 엘시아를 바라보는 남자의 눈가가 한껏 휘어져 있었다.

남자에게서는 여전히 아무것도 느껴지지 않았다. 그것이 너무도 이상했다. 그래서인지 엘시아는 그가 인간이 아닐지도 모른다 생각하고 있으면서도, 그가 자신과 같은 존재라고는 확신하지 못했다.

"신전 지하에 있다던 사악한 존재가 당신이었나요?"

"……사악한 존재?"

남자는 의아한 듯 고개를 기울였다.

여전히 여유롭기만 한 남자의 모습을 바라보던 엘시아는 이곳에 계속 이렇듯 서 있다가는 누군가 자신을 발견할지 모른다는 생각에 다급해졌다. 그러나 엘시아의 사정을 알 리 없는 남자는 한껏 가늘어진 눈으로 엘시아를 가늠하듯 바라보고 있을 뿐, 아무런 말이 없었다.

그런 그가 말을 꺼낸 건 꽤나 시간이 흐른 뒤의 일이었다.

"아니, 거기 있는 건 내가 너한테 주는 선물이야."

선물이라니, 신전 지하에 있는 존재가 선물이라고?

엘시아가 영문을 알 수 없는 남사의 말을 머릿속으로 되뇌는데 그가 입을 열었다.

"사실, 얼마 전에 네가 보르크를 죽이는 걸 봤어."

처음 듣는 이름이었으나, 엘시아는 곧 보르크가 자신이 얼마 전에 찾아내 죽였던 괴물의 이름이리라 짐작했다.

"아주 멋졌어. 단숨에 목을 뽑아 버리던데."

이어진 남자의 말로 엘시아는 확신했다. 이 남자는 자신이 그 괴물을 죽이는 모습을 목격한 것이다.

"우리 말고도 동족을 먹는 자가 또 있을 줄 몰랐는데 말이야."

남자는 배부른 듯 포만에 찬 얼굴로 미소 지었다.

반면 엘시아는 그가 건네는 말을 따라가는 것만으로도 벅찼다. 동족을 먹는다니. 남자의 말을 듣기 전까지, 엘시아는 그런 일이 벌어지리라고는 꿈에도 상상하지 못했다.

"보르크는 오래 산 놈치고는 별 볼 일 없지."

남자가 과장된 몸짓으로 어깨를 으쓱해 보였다.

지금 이 남자는 아무래도 자신이 동족을 먹어 왔다 여기고 있는 듯했다. 그는 엘시아가 생각조차 해 본 적 없는 일이었지만, 엘시아는 그의 말에 반박하지 않고 잠자코 입을 닫고 있었다. 왠지 그래서는 안 될 것 같아서였다.

"보르크를 그냥 운하에 버린 건, 네 기대와 달리 보르크의 힘이 너무도 약해서였겠지. 내 말이 맞지?"

그는 아무런 대답이 없는 엘시아를 의아하게 여기지 않았다. 자신의 생각에 확신을 가지고 있던 탓인 듯했다.

"그래서 준비했어. 지금 신전 밑에 묶여 있는 놈은 동족을 자그마치 넷이나 잡아먹은 놈이야. 보르크와는 다르다고. 네 기대에 충분히 부응하고 남을 놈이지."

신전. 유독 귀에 걸리는 단어였다. 내내 잠자코 남자의 말을 듣고 있던 엘시아가 마침내 침묵을 깨고는 물었다.

"왜 하필 신전이야?"

엘시아가 갑자기 말을 놓을 줄 몰랐는지, 그는 일순 눈썹을 추어올렸지만 그뿐이었다. 그는 이내 대수롭지 않다는 듯 여상한 어투로 답했다.

"그러는 편이 네게 경고가 될 테니까. 너, 네 정체를 숨기고 있잖아."

그는 인간인 척 살아가는 엘시아가 가소롭다는 듯 조소했다. 그런 그에게 엘시아는 반박하지 못했다. 그의 말은 사실이었으니까.

자신은 조금이라도 더 리리엔의 곁에 오래 남아 있기 위해 인간인 척하며 인간들 틈에서 살고 있었다.

"뭐, 그래서 더 흥미로웠지. 네가 도대체 무슨 생각으로 인간과 함께 지내는 걸까, 궁금했거든. 그것도 자그마치 로켄페데스 대공의 저택에서 말이야."

"……."

"그런 주제에 동족을 잡아먹다니……."

진짜 재밌잖아, 가볍게 덧붙인 그는 붉은 입술로 호선을 그렸다.

"그놈도 한때는 동료였지만…… 힘을 버티지 못하고 변해 버렸거든. 어차 피 쓸모없어진 놈이니 너한테 주는 것도 나쁘지 않겠다 생각했어. 너는 머지 않아 내 소중한 동료가 될 테니."

그는 대수롭지 않게 말했지만, 엘시아는 적잖이 충격을 받았다.

그는 지금 자신을 그의 무리에 포섭하고자 하고 있었다. 그걸 인지하기 무 섭게 가까스로 참고 있던 혐오감이 엘시아를 덮쳤다. 그러나 엘시아는 꿋꿋 이 참고 서 있어야만 했다.

그의 말을 미루어 보면, 그는 혼자서 행동하는 것이 아니었다. 그 역시 스 위타아처럼 무리를 지어 사냥을 하는 것이다. 그러니 지금도 어디선가 그의 동료가 엿보고 있을지 모른다.

그가 자신을 적이라 여기도록 만드는 일만은 피해야 했다. 자신이 동족을 먹기 위해 죽인 게 아니라는 사실을 지금 눈앞의 그가 알게 해서는 안 됐다. 그런 생각을 하며, 엘시아는 치미는 역겨움을 삼켰다.

"일단 좀 나와 보지. 날이 밝기 전에는 신전으로 가야 하니까."

엘시아는 대답하지 않았다. 그 또한 엘시아의 답을 기다리는 건지 침묵했다.

그렇게 두 쌍의 붉은 눈동자가 묵묵히 서로를 향했다. 자연스레 정적이 흘 렀고, 정적 사이로는 바람이 불었다.

생명이 움트는 계절의 온화한 바람이었다. 지금 이곳에 서 있는 끔찍한 괴 물과는 어울리지 않는, 그런 따스한 바람. 엘시아는 저도 모르는 새 조소를 머금었다.

"난 그 안으로는 못 들어가. 그러니 네가 밖으로 나와야 해."

아무런 반응을 보이지 않는 엘시아를 향해 그가 반복했다.

이번에도 엘시아는 대답하지 않았다. 하지만 그가 더 이상 엘시아를 채근하는 일은 없었다. 그는 엘시아가 스스로 문을 열고 자신을 따라나서리라 믿고 있었으니까. 그러나 태평하게 엘시아를 기다리던 그의 표정이 굳어지는데는 그리 오랜 시간이 걸리지 않았다.

"겁이 없군."

뒤이어 들려온 목소리에 엘시아는 남자가 갑자기 표정을 찌푸린 이유를 알아차렸다.

레오디안이었다.

엘시아가 레오디안이 다가왔다 알아차린 것과 동시에, 어디선가 뻗어 나온 굵은 줄기가 저택 밖에 서 있던 남자의 몸을 옭아맸다.

실로 순식간에 벌어진 일이었다.

고개를 돌린 엘시아는 줄기 곳곳에 돋아난 가시, 그 사이에 자리해 있는 푸른 꽃에 시선을 두었다.

이곳까지 타고 왔던 붉은 마차의 지붕을 뒤덮듯 하고 있던 덩굴 사이로 피어 있던 꽃과 똑같았다. 그리고 그 꽃은 또한 언젠가 레오디안이 엘시아에게 주었던 조그만 화분, 아직 피어나지 않은 채 맺혀 있는 푸른 꽃봉오리와 무척이나 닮아 있기도 했다.

"아니면 생각이 없거나."

"……크윽."

엘시아는 몸부림치고 있는 남자에게로 시선을 돌렸다. 그를 틈 없이 옭아매고 있는 굵은 줄기는 그것으로도 모자랐던 건지, 점점 더 세게 그의 몸을 옥죄어 가고 있었다.

"큭, 빌어먹을……!"

그가 욕설을 씹어뱉으며 신음했다. 그러자 그에게서 엘시아를 보호하기라도 하듯, 레오디안이 엘시아 앞을 가로막고 섰다. 자연스럽게 시야에 가득 들어찬 레오디안의 너른 등을, 엘시아는 얼떨떨한 눈으로 바라보았다.

레오디안이 어떻게 알고 나온 건지 궁금해하는 건 하등 의미 없는 일이었다. 이렇듯 보란 듯이 오래도록 자리를 지키고 서 있었는데 들키지 않으면 그게 더 이상한 일이었다.

하지만 생각과 별개로 지금 이 상황이 무척 당황스러운 건 사실이었다.

그러나 엘시아는 낯선 남자와 대화를 나누던 현장을 들키고 말았다는 데서 오는 위기감 때문이 아니라, 문득 깊은 속에서부터 피어난 이유를 알 수 없는 어떤 뭉클한 감정에 당황하고 있었다.

왜일까.

급박한 상황과 어울리지 않게, 꽤나 한참을 고민해 봤으나 알 수 없었다. 잠시 생각에 잠겨 있던 사이 레오디안이 입을 열었다. 엘시아의 시선은 다시금 레오디안을 향했다.

"누가 보냈지? 황실인가?"

어쩐 일인지 레오디안은 그가 타고난 힘을 사용하지 않았다. 당황스러운 탓에 제대로 사고할 수 없는 와중에도 그 사실이 퍽 의아했다.

그도 그럴 것이 엘시아는 레오디안이 그 푸른 연기로 얼마나 쉽게 괴물을 죽일 수 있는지를 알고 있었다. 그런데 레오디안은 힘을 사용하지 않고 기이한 식물의 줄기로 남자를 제압하고 있었다.

레오디안의 뒷모습을 마냥 바라보고 있던 엘시아는 이내 옆으로 한 발자국 비켜섰다. 그러자 곧 고통스러워하고 있는 남자의 모습이 눈에 들어왔다.

몸을 옥죄는 줄기가 괴로운 건지 남자는 연신 신음을 입술 사이로 흘려보내고 있었다. 그러나 그뿐이었다.

저런 것으로는 괴물을 죽일 수 없다.

엘시아가 그렇게 생각하기 무섭게 남자가 손톱을 길게 늘이더니, 그것으로 제 몸을 옥죄고 있는 줄기를 손쉽게 끊어 냈다. 엘시아는 부디 레오디안이 그가 어떻게 줄기를 끊었는지를 보지 못하였기를 바랐으나, 그럴 리 없었다.

"조만간, 다시 만나자고."

굵은 줄기가 다시 움직이기 전에 그는 땅을 박차고 달려 나갔다. 그렇게 그는 엘시아를 향해 한마디 말을 남기고는 사라져 버렸다. 그가 내달려 간 길을 엘시아가 멍하니 바라보고 있는데, 그런 엘시아의 귓가에 문득 레오디안의 목소리가 들려왔다.

"들어가 계십시오."

엘시아는 고개를 돌렸다. 그러나 엘시아가 볼 수 있었던 건 여전히, 자신에게서 몸을 돌리고 서 있는 레오디안의 뒷모습이었다. 그 뒷모습에 대고 무슨 말을 꺼낼 새도 없었다. 레오디안이 불현듯 발을 내디뎠던 탓이다.

지금 레오디안은 그를 뒤쫓아 가려는 것이다.

거기까지 생각이 미치자, 엘시아는 아연해져 다급하게 레오디안을 붙잡아 세웠다.

"잠깐, 잠깐만요."

레오디안이 놀란 눈으로 엘시아를 돌아보았다.

"가지 마세요."

레오디안과 눈이 마주치자, 엘시아는 도리어 놀라 저도 모르게 붙잡고 있던 레오디안의 손을 놓아 버렸다. 그러면서도 엘시아는 행여 레오디안이 그를 쫓아갈까 염려하며 재빨리 말을 덧붙였다.

"가시면 안 돼요. 안에 리리엔이 있는데…… 그 남자가 다시 이곳으로 오면 어떡해요."

그러나 다급히 덧붙인 말은 스스로 듣기에도 영 말이 되지 않았다. 그가 저택으로 온다면, 그를 뒤쫓아 레오디안 또한 저택으로 오게 될 테니까.

엘시아는 레오디안이 무언가 이상하다는 것을 눈치채기 전에 그를 데리고 저택 안으로 들어가야 한다는 생각을 했다. 그래서 깊이 고민하지 않고 말을 이었다.

"그 남자는 혼자가 아니라고 했어요. 동료가 있다고 했어요."

남자가 홀로 행동하는 것이 아니라, 그와 같은 동족과 함께한다는 말은 사실이었다. 하지만 그가 그들과 함께 이곳으로 올지 안 올지는 알 수 없는 일이다.

그러나 엘시아는 그냥 그렇게 말했다. 지금 레오디안을 붙잡기 위해서라면, 엘시아는 얼마든지 거짓을 말할 수도 있었다. 레오디안이 그의 날카로운 손톱을 보고 그의 정체를 알아차렸을지 모른다. 그러나 설령 그렇다고 할지라도 엘시아는 레오디안이 그를 만나게끔 할 수는 없었다.

"혹시 그자가 당신을 협박했습니까?"

불안한 낯으로 시선을 내려뜨린 엘시아를 어떻게 받아들인 건지, 레오디안이 그렇게 물었다. 엘시아는 잠시 고민하다 고개를 끄덕였다. 그러면서 말했다.

"……가지 마세요."

형편없이 떨리는 목소리였다. 그 목소리에 레오디안의 표정이 굳어졌으나, 레오디안의 발치를 주시하고 있던 엘시아는 그를 알아차리지 못했다.

조금쯤 고개를 숙인 채로 엘시아는 입술을 깨물었다. 어떻게 해서든 레오디안을 붙잡아 두어야 했다. 괴물을 만나면 만날수록, 괴물을 마주하고 있는 시간이 길어지면 길어질수록 레오디안은 괴물의 기척을 읽는 데 능숙해질 것이다.

만약 그렇게 된다면, 어쩌면 레오디안이 괴물이 터를 이루고 사는 마을을 전부 찾아내 그곳의 괴물들을 전부 죽여 버릴 미래가 더 빨리 도래할 수도 있는 일이었다.

엘시아는 그 미래를 피할 수 있으면 피하고 싶었다. 동족을 위한다거나, 그들을 걱정한다거나 해서는 아니었다.

엘시아는 그저 자신이 스위티아와 같은 추악한 피를 타고났다는 사실을 리리엔이 몰랐으면 했다. 단지 그뿐이었다.

"안으로 들어가요."

레오디안은 멈춰 선 채다. 내내 그의 발치를 바라보고 있어 알았지만, 엘시아는 혹시라도 레오디안이 그 남자를 따라가기라도 할까 여전히 불안했다. 그래서 엘시아는 다시금 말했다.

"같이…… 안으로 들어가요. 네?"

엘시아는 가까스로 고개를 들어 올려 레오디안을 마주 보았다.

어쩐지 레오디안은 꽤나 놀란 낯을 하고 있었다. 엘시아는 영문을 알 수 없었지만, 구태여 그에게 이유를 묻지 않았다. 그저 말없이 그를 올려다보며 그의 대답을 기다릴 뿐이었다.

"그가 대체 무슨 협박을 했기에……."

꽤 한참 만에 나직한 목소리가 적막 사이를 가로질렀다.

말을 끝맺지 않고 입술을 맞문 레오디안은 짐짓 한쪽 눈을 가늘게 뜨곤 엘시아를 내려다보았다.

한편 엘시아는 무슨 말로 둘러대야 할지 알 수가 없어 그저 곤혹스러웠다. 남자에게 협박당한 건 사실이지만, 그가 무슨 협박을 했는지 곧이곧대로 말할 수는 없었다.

찰나 망설인 끝에 엘시아는 대답이 아닌, 질문을 입 밖에 냈다.

"……그게 궁금하세요?"

"아니. 아닙니다."

레오디안이 꽤나 성마른 손길로 제 머리카락을 쓸어 넘겼다. 길게 한숨을 내쉬며.

"함께 안으로 들어가죠."

엘시아가 그토록 바라던 말을 했다.

레오디안은 곧장 저택을 향해 걸음을 옮겼고, 엘시아는 그의 뒤를 따라 걸었다.

저택의 문은 활짝 열려 있었다.

레오디안은 열린 문 안으로 들어서기 전, 문득 고개를 돌렸다. 순순히 그를 따라 걷고 있던 엘시아는 불현듯 그와 시선을 마주치고는 걸음을 멈췄다.

'할 말이 있었던 게 아닌가?'

엘시아의 짐작과는 다르게 레오디안은 별다른 말없이, 찰나 멈추었던 걸음을 마저 옮겼다. 레오디안이 건물 안으로 사라지자, 엘시아는 자신이 어느 순간부터 숨을 멈추고 있었다는 걸 깨달았다.

엘시아는 크게 숨을 들이켰다. 흐릿하지만, 그럼에도 불구하고 달콤하게만 느껴지는 체취가 레오디안을 따라 걷는 엘시아의 코끝을 간질였다.

"그 남자가 다시 돌아온다 하여도 당신에게는 접근하지 못할 겁니다."

함께 이층 복도를 걷던 중, 문득 레오디안이 말했다. 엘시아는 무어라 대답해야 할지 알 수 없어 그저 고개를 끄덕였다. 그러자 레오디안이 다시 정면을 응시했고, 레오디안과 엘시아 사이에는 또다시 정적이 흘렀다.

레오디안의 옆얼굴을 힐끔 올려다본 엘시아는 저도 모르게 입술을 잘근 깨물었다. 침실 앞에 도착했을 때, 초조한 마음은 더욱 커졌다. 엘시아를 침실까지 데려다준 레오디안은 미련 없이 자리를 떠나려 하였고, 그에 엘시아는 황급히 말을 꺼냈다.

"저, 오늘 밤은 리리엔 곁에 있어 주시면 안 될까요?"

엘시아는 혹시 레오디안이 마음을 바꿔 그 남자를 따라갈지 모르니, 리리엔의 곁을 지켜 달라는 핑계로 그를 잡아 두는 것이 좋겠다고 생각했다.

엘시아는 리리엔 옆에 있어 달라 했을 뿐, 그 외의 말을 덧붙이지 않았지만 레오디안은 엘시아의 의중을 파악한 듯했다. 그래서인지 갑작스러운 엘시아의 말에도 레오디안은 의아한 기색이 아니었다.

"저는 옆방에서 잘게요."

잠시 묵묵히 엘시아를 내려다보던 레오디안이 굳게 닫혀 있던 침실 문을 열었다. 이윽고 쭉 뻗어진 레오디안의 단단한 팔, 그 너머로 여전히 깊게 잠들어 있는 리리엔의 모습이 보였다.

누가 업어 가도 모를 것 같더니, 리리엔은 정말 밖에서 무슨 사달이 났는지 꿈에도 모른 채 잠을 자고 있었다.

"리리엔과 함께 주무십시오."

레오디안이 침실 안을 턱짓하며 말했다.

레오디안은 자신의 부탁을 들어줄 생각이 없는 것 같았다. 너무도 애석하게도, 레오디안을 계속 붙잡아 두기 위해 짧은 시간 떠올려낸 방법은 속절없이 무너져버렸다.

"저는 소파에 앉아 있겠습니다."

그러나 엘시아는 곧 이어진 레오디안의 말에 의해, 자신의 짐작은 틀렸음을 깨닫게 되었다.

"혹여나 그자가 다시 돌아올까 봐 불안한 거라면……."

그러는 편이 낫지 않습니까. 여상한 어투로 말을 덧붙이는 레오디안을 엘시아가 물끄러미 올려다봤다.

레오디안은 지금 엘시아가 그에게 리리엔의 곁에 있어 달라고 부탁하고 있는 것이 그 남자가 저택으로 돌아오기라도 할까 걱정하기 때문이라고 짐작하고 있는 듯했다.

엘시아가 염려하는 건 레오디안이 그 남자를 다시금 만나게 되는 일이었지만, 엘시아는 결코 사실대로는 말할 생각이 없으니 레오디안이 그 사실을 알 수 있을 리 없었다. 그러니 레오디안이 오해하는 건 자연스러우면서 그와 동시에 엘시아에게 있어서 꽤나 다행스러운 일이었다.

"……피곤하지 않으세요?"

엘시아는 레오디안의 오해를 구태여 바로잡지 않았다. 레오디안의 권유에 따라 순순히 침실 안으로 들어선 것은 그런 이유에서였다. 레오디안이 오해를 하고 있는 편이 엘시아에게는 차라리 편했으니까.

"괜찮습니다. 익숙해서."

문을 닫고 엘시아를 뒤따라 들어온 레오디안은 창가 근처에 놓여 있던 소파에 앉았다.

레오디안은 새근새근 잠들어 있는 리리엔을 바라보다가, 이내 조심스럽게 몸을 눕히는 엘시아에게로 시선을 돌렸다. 엘시아는 레오디안의 시선을 진작 알아챘지만, 모르는 척 이불을 끌어 덮었다.

사실 엘시아는 아까부터 레오디안의 눈치를 살피고 있었다. 레오디안은 엘시아에게 아무것도 묻지 않았지만, 엘시아는 혹시라도 레오디안이 자신에게 한밤중 뜬금없이 저택을 나간 이유를 물어보기라도 할까 봐 조금쯤

조마조마하게 마음을 졸이고 있었던 것이다.

"······오늘."

한참 숨죽인 채 가만 누워 있던 엘시아가 몸을 돌려, 레오디안을 등지고 누웠을 때 불현듯 나직한 목소리가 침실에 울려 퍼졌다. 혹여 리리엔이 잠에서 깨기라도 할까 목소리를 죽인 건지 평소보다 더 낮은 목소리로 레오디안은 말을 이었다.

"감사했습니다."

끝내 레오디안이 자신에게 아까 남자와 마주하고 있던 일에 관해 물어보려나 싶어 잔뜩 긴장하던 엘시아는, 퍽 뜬금없는 레오디안의 말에 멍하니 입을 열었다.

"······네? 갑자기······ 뭐가요?"

"리리엔과 함께 요헴을 둘러보고 싶다 말을 꺼내주신 것 말입니다."

레오디안은 말을 꺼냈다. 그가 리리엔을 돌보고 리리엔의 마음을 헤아리는 데 아직은 미숙하다는 것. 그렇다고 할지라도 그 점이 그가 보이는 행동에 대한 면죄부가 될 수 없으며 또한 정당화할 수도 없다고도 말했다.

그리고 레오디안은 알고는 있지만 저도 모르게 잊어버리게 되는 부족한 부분을 매번 일깨워 줘서 고맙다고, 엘시아에게 다시금 말했다.

"당신이 리리엔의 곁에 있어 다행입니다."

하지만 엘시아는 레오디안에게 아무런 대답도 들려줄 수 없었다. 엘시아는 레오디안의 부드러운 목소리와 그만큼 안온한 그의 체취를 새삼스럽게 느끼며 조용히 눈을 감았다. 평소에는 영 곤혹스럽기만 했던 그의 체취는 지금, 무슨 이유에선지 엘시아의 복잡한 머릿속을 잔잔하게 가라앉도록 만들고 있었다.

자신이 리리엔의 곁에 있어서 다행이라는 레오디안의 말은 그 어떤 말보나도 커다란 위안을 주었고, 또한 엘시아로 하여금 죄책감을 느끼게끔 했다. 그는 꿈에도 모르겠지만.

"당신이 저택에서 지내는 걸 불편하게 여기고 있다는 것을 압니다. 하지만 난 당신에게······."

레오디안은 뒷말을 흐렸지만, 엘시아는 어쩐지 그가 하고자 하는 말이 무엇인지를 알 것 같았다.

합당한 보상을 하고 싶다, 따위의 말일 터였다.

"……설령 그자가 다시 찾아오더라도, 결코 아무 일도 일어나지 않을 테니 두려워하지 마십시오."

레오디안은 그렇게 말을 맺었다. 두려워하지 말라고. 엘시아는 눈을 감은 채 천천히 숨을 들이마시고 내쉬기를 반복하며 레오디안의 말을 머릿속으로 되뇌었다.

레오디안이 걱정하고 있는 바와 다르게, 엘시아는 그 남자가 두렵지 않았다.

제도에서 발견해 죽여 버린 괴물의 힘이 약했다는 건 남자의 말을 듣고 알았지만, 설령 그 괴물의 힘이 강했다 하여도 엘시아는 어떻게든 그 괴물의 숨통을 끊어 놓았을 것이었다.

엘시아는 필사적으로 숨겨 온 비밀을 지키기 위해서라면 뭐든 할 수 있었다. 설령 동족을 죽이는 일이라 할지라도 망설이지 않을 자신 있었다.

오늘 저택을 찾아온 남자 또한 마찬가지였다.

엘시아는 그가 다시 자신을 찾아와 위협을 가하려 한다면, 그를 죽일 생각이었다. 남자는 자신을 동족을 먹는 괴물로 착각하고, 그리하여 자신을 포섭하기 위해 이곳을 찾아온 듯했다. 게다가 그는 자신을 데려가기 위해, 그의 말을 따르지 않으면 자신의 정체를 밝히겠다는 어조의 협박까지 했다.

그러나 엘시아는 그 남자의 무리와 함께할 생각은 전혀 없었다. 다만 시간이 필요할 뿐이었다. 그 남자를 비롯한 무리를 상대하기 위한 준비를 할 시간이 말이다.

괴물을 상대하는 건 엘시아에겐 너무도 익숙한 일이었다. 리리엔을 노리고 쳐들어 온 괴물을 잡기 위한 덫을 놓아두었고, 잘 벼려둔 칼로 그 괴물의 목을 쳤다.

하지만 괴물 여럿이 동시에 달려든다면…….

그건 엘시아가 한 번도 생각해본 적 없는 일이었다. 한 번도 겪어 본 적 없는 일이기도 했다. 이제까지 엘시아는 여러 괴물을 상대해 본 적이 없었다. 그래서 엘시아는 만약 남자가 다시 자신을 찾아온다면 어떻게 해야 할지를 깊이 고민해야 했다.

오늘 찾아온 남자는 자신이 제도에서 머무르고 있다는 사실을 알고 있었고, 때문에 언제든 자신을 또다시 찾아올 수 있었다.

오늘은 레오디안의 방해로 그냥 돌아갔지만, 다음에도 그러리란 법은 없었다. 레오디안은 저택으로 돌아오는 날보다 돌아오지 않는 날이 더 많았다. 불행인지 다행인지 알 수 없는 일이었다.

"부디 좋은 꿈꾸길."

한참 말이 없는 엘시아가 잠들었다 생각한 건지, 레오디안이 문득 말했다. 깊은 울림을 가진 목소리는 마치 밀어를 속삭이기라도 하는 양 나지막했다. 엘시아는 레오디안의 짐작에 어울려 주기 위해 그에게 아무런 대답을 하지 않았다.

뒤이어 찾아든 정적 속. 엘시아는 아까 자신의 앞을 가로막고 섰던 레오디안을 보고 느꼈던, 그 울컥하던 뭉클한 무언가를 또다시 느끼고는 입술을 질끈 깨물고 있었다.

엘시아는 지금 자신이 느끼고 있는 무언가의 정체를 몰랐다.

낯선 것에 너무도 쉽게 겁을 내고는 하는 엘시아였다. 익숙하지 않은, 어떤 뭉클한 감정에 두려움을 느끼는 건 어쩌면 너무도 당연한 일이었다.

* * *

감은 눈꺼풀 위로 환한 빛이 느껴져, 엘시아는 눈을 떴다.

품 안의 따스한 온기를 느끼며 시선을 내린 엘시아의 눈에 곤히 잠들어 있는 리리엔의 모습이 들어왔다.

그렇게 리리엔을 가만 내려다보고 있던 엘시아는 문득 자신을 향한 시선을 느끼고는 고개를 돌렸다.

레오디안은 어제와 같은 자리에 앉아, 엘시아를 주시하고 있었다. 그것을 인지하자 엘시아의 몸이 흠칫 굳었다. 레오디안이 방 안에 있다는 사실을 미처 잊고 있었다.

"날씨가 좋군요."

그대로 굳어 있던 엘시아는 레오디안의 나직한 목소리에 가까스로 고개를 끄덕였다.

"리리엔이 일어나는 대로 식사를 하고, 신성지를 둘러봅시다."

"……네, 좋아요."

엘시아가 조심스럽게 몸을 일으키면서 대답했다. 뺨에 닿는 레오디안의 시선이 부담스러웠다.

어색하다.

시선을 어디에 두어야 할지도 모르겠다. 괜히 아랫입술을 잘근거리던 엘시아는 레오디안의 시선을 피해 창가로 눈길을 돌렸다. 창밖으로 보이는 풍경에는 따스한 햇살이 한창이었다.

"잠깐 정원에 나가 볼까요."

"네?"

엘시아는 시선을 돌려 레오디안을 응시했다. 어느덧 레오디안은 자리에서 일어나 있었다.

"리리엔이 깨어날 때까지 정원을 구경하는 건 어떻습니까."

"아……."

엘시아는 멍하니 고개를 끄덕였다. 레오디안이 걸음을 옮겼을 때에야 엘시아는 뒤늦게 자신이 그의 제안을 받아들였다는 것을 인지했지만, 때는 늦었다. 엘시아는 나지막이 한숨을 내쉬며 레오디안의 뒤를 따라 걸었다.

레오디안은 이곳이 익숙한 건지 주저 없이 복도를 가로질렀다. 그런 그의 뒤를 따르며 엘시아는 새삼스럽게 곳곳을 살폈다. 제도에 위치한 레오디안의 저택과 달리, 이곳 저택에는 사용인이 단 한 명뿐이었기에 무척 고요했다. 그래서인지 엘시아는 자신의 발소리가 유독 크게 들리는 것 같다는 생각을 했다.

애초에 저택은 그다지 크지 않았고, 정원 역시 마찬가지였다. 엘시아가 한 달여 머무른 제도의 저택과 비교했을 때 이곳의 정원은 조그마했다. 때문에 정원을 다 돌아보는 데는 그리 오랜 시간이 걸리지 않았다.

무슨 정신으로 정원을 돌아다녔는지 모르겠다.

정신을 차리고 보니 엘시아는 레오디안과 마주 보고 앉아 있었다. 레오디안과 말없이 정원을 돌아보는 것도 굉장히 어색했지만, 이렇게 그를 마주하고 앉아 있자니 더더욱 어색했다.

엘시아는 괜스레 정원 한 편에 놓인 테이블과 의자를 빙 둘러싸고 피어 있는 꽃들을 돌아보았다. 누군가 엘시아와 레오디안이 앉아 있는 테이블로 다가온 것은 그때였다.

트레이에 담아 온 스콘과 차를 테이블 위에 올려놓는 남자는 이 저택을 관리하고 있던 집사였다. 엘시아는 그가 하는 양을 가만히 지켜보았다.

"식사 전 간단히 드실 수 있도록 준비해왔습니다."

"수고했다."

그는 정중히 고개를 숙여 보이고는 사라졌다.

엘시아는 김이 모락모락 피어나고 있는 찻잔을 물끄러미 내려다보았다. 검붉은 찻잔 위로 어색한 표정을 하고 있는 자신의 얼굴이 비쳤다.

"저택에서 지내는데 불편한 점은 없습니까."

그때 문득 레오디안의 목소리가 들려왔다. 엘시아는 퍼뜩 고개를 들었다. 그러자 차를 마시는 레오디안의 모습이 눈에 들어왔다. 찻물을 머금고 찻잔을 내려놓는 그의 움직임이 고요했다. 그 모습을 주시하다 엘시아는 뒤늦게야 입을 열었다.

"……불편한 거 없어요. 덕분에 편안하게 지내고 있어요."

레오디안이 자신에게 이런 것을 물어볼 줄은 몰랐기에 엘시아는 조금 얼떨떨했다.

엘시아는 레오디안이 리리엔은 물론이고, 심지어는 자신에게도 꽤나 신경을 쓰고 있다고 새삼스럽게 실감했다. 믿고 싶지는 않지만, 이쯤 되니 인정할 수밖에 없었다.

사실 엘시아는 레오디안의 관심이 부담스러웠다. 리리엔과 함께 머무는 동안, 되도록이면 레오디안과 마주치는 것을 피하고 싶었기에 더욱 그러했다. 하지만 엘시아가 바라는 대로는 되지 않았다. 엘시아는 계속해서 레오디안과 마주치게 되었다.

당연한 일이었다. 엘시아는 레오디안과 저택에서 함께 살고 있었다. 게다가 레오디안은 리리엔의 하나뿐인 가족이었고, 레오디안은 그동안 리리엔을 돌봐온 엘시아를 은인이라 여기고 있었다.

그러니 레오디안이 자신에게 신경을 쓰는 건 이상한 일이 아니었다. 레오디안과 최대한 마주치지 않고 지낼 수 있을 것이리란 생각은 허무맹랑했다. 레오디안의 저택에서 지내는 한, 레오디안이 자신에게 신경을 쓰는 한, 자신은 계속 레오디안을 마주하게 될 터였다.

그러니까 자신이 익숙해져야 했다. 리리엔에게 미련을 버리지 못하고 있는 이상, 레오디안에게 익숙해져야 했다. 레오디안을 마주 바라보며 대화를 나누는 사소한 일부터.

"사실, 조금…… 불편한 게 한 가지 있어요."

엘시아의 말에 묵묵히 차를 마시던 레오디안이 시선을 들어 올렸다. 엘시아는 잠시 말을 고르다가, 찻잔을 내려다보며 천천히 입을 열었다.

"대공님이 자꾸 저에게 무언가를 주시려고 하는 게 불편해요. 안 그러셨으면 좋겠어요."

레오디안에게서는 아무런 대답을 들을 수 없었다.

어색한 분위기 속 엘시아는 조용히 찻잔을 들어 올렸다. 불쑥 찾아든 정적을 견디다 못해 차라도 마시는 게 좋겠다는 생각에서 그랬던 것인데, 차가 생각보다 썼다. 엘시아는 가까스로 찻물을 삼켰다.

"나는, 당신이 궁금합니다."

그때 마침 레오디안이 뜬금없는 말을 했고, 예상치 못했던 레오디안의 말에 당황한 엘시아의 입에서는 기침이 터져 나왔다. 사레가 들린 엘시아가 연신

기침을 하자, 레오디안이 품에서 손수건을 꺼내 엘시아에게 건넸다.

"괜찮…… 괜찮아요."

레오디안은 엘시아가 진정을 할 때까지 잠자코 기다렸다.

엘시아는 기침이 어느 정도 잦아들었을 때, 적당히 식은 차를 마셨다. 입 안에 쓴맛이 감돌았지만 아픈 목을 가라앉히기에는 충분했다.

레오디안은 엘시아만큼이나 무뚝뚝하고 감정 표현에 인색했지만, 엘시아와 달리 자신의 생각을 말하는데 거리낌이 없었다. 그리고 그런 그의 말은 종종 엘시아를 당황케 하였다.

지금도 마찬가지였다. 엘시아는 단도직입적인 레오디안의 말이 당황스러웠다.

"……그런 말도 안 하셨으면 좋겠어요."

"무엇을 말입니까."

엘시아는 레오디안에게 대답하는 대신 나직이 한숨을 내쉬었다. 레오디안은 어째서 자신이 곤란해하는 건지 전혀 이해하지 못하는 듯했다. 어디서부터 설명을 해야 할지 알 수가 없어, 엘시아는 차라리 침묵했다.

"당신은 원하는 것을 먼저 말하는 법이 없고, 싫어하는 걸 말하기보다는 그저 감내하는데 익숙한 사람이 아닙니까."

레오디안은 말없는 엘시아를 대신해 정적을 깼다.

"당신이 무엇을 좋아하는지, 싫어하는지. 무엇을 하기를 원하고 또 무엇을 꺼리는지. 그것이 너무도 궁금하지만 당신이 내게 말해 줄 리 없고."

이어지는 레오디안의 말은 여전히 직접적이었다. 엘시아는 어쩐지 마른 입술을 축였다.

"그러니 앞으로도 계속 선물을 보낼 겁니다. 당신이 진실로 원하는 바를 이야기하기 전까지는 계속."

엘시아는 누군가 자신에게 관심을 보이는 것에 익숙하지 않았다.

애초에 엘시아는 리리엔과 제도로 향하기 전까지, 평생을 갇혀 살아왔다. 그런 엘시아가 타인의 관심에 면역이 있을 리 없었다.

엘시아는 그래서 레오디안을 어떻게 대해야 할지 좀처럼 갈피를 잡을 수가 없었다. 리리엔의 가족인 레오디안은 엘시아가 익숙해져야만 하는 사람이었다. 그러므로 레오디안은 어떤 인간보다도 더 신경이 쓰일 수밖에 없는, 그러니까 특별하다면 특별하다고 할 수 있는 인간이었지만 그런 그가 보이는 관심은 결코 달갑지 않았다.

레오디안의 존재가 여전히 불편하게만 느껴지는 건, 그가 자신에 대해 알려고 하기 때문인지도 몰랐다.

그래, 어쩌면 그래서인지도 모른다. 레오디안은 처음 만난 이후, 한결같이 자신에게 무언가를 주지 못해 안달이었고, 자꾸만 자신에게 다가왔다. 이는 그에게 정체를 들키지 않기 위해 노력하고 있는 엘시아에게는 위협에 불과했다.

레오디안이 자신에게 관심을 보이는 것이 자신을 은인이라 여기고 있는 탓이건, 아니면 다른 이유에서건 상관없었다. 현재 레오디안이 자신을 굉장히 신경 쓰고 있다는 사실이 중요했다.

방금 레오디안의 이야기로 엘시아는 확신했다. 원하는 것을 적당히 꾸며내 이야기한다 하여도 레오디안은 결코 쉽게 속아 넘어가지 않으리라는 사실 또한.

그리고 그건 리리엔의 곁에 머무는 일 외에 원하는 것이 없는 엘시아에게는 그저 곤혹스러운 일이었다.

레오디안은 종종 자신의 속내야 이미 훤히 다 꿰뚫어 보고 있다는 듯한 태도로 말을 하고는 했다. 그래서인지 엘시아는 지금, 자신을 향해 있는 레오디안의 묵묵하고도 끈질긴 시선이 께름칙했다.

─자신이 숨기고 있는 비밀을 그가 전부 알아차리기라도 할까 봐.

"여기서 자주 머무르시나요?"

엘시아가 화제를 돌렸다. 그에 잠시 엘시아를 가만 응시하던 레오디안이 곧 가볍게 고개를 끄덕였다.

"신황 성하의 명을 따라 임무를 수행할 때면 종종 이곳에서 지내곤 합니다."

레오디안은 제도의 저택과 이곳 신성지 요헴에 있는 그의 저택을 오가며 생활했다. 그러나 엘시아와 리리엔이 저택에서 지내게 된 이후, 레오디안은 무리해서라도 제도의 저택으로 돌아갔다.

그래야 한다고 생각했다. 그래야 제대로 된 보호자 노릇을 할 수 있는 방법을 하루라도 더 빨리 익힐 수 있을 테니까.

레오디안은 오래전 부모를 잃고, 혼자서 생활하는데 익숙해져 있었다. 게다가 레오디안은 신전 기사로서 절제와 금욕에 익숙한 생활을 해 왔고, 자연스럽게 사교계와 담을 쌓고 살아왔다.

태생 또한 무뚝뚝하고 감정에 무딘 레오디안은 자신보다 한참 어린 동생을 어떻게 가르치고 이끌어 줘야 하는지를 몰랐다. 그간 떨어져 살아온 탓에 미처 서로 공유하지 못하였던 유대감을 어디서부터 어떻게 쌓아야 하는 건지. 그것이 참 어려웠다.

"아, 리리엔이 일어났나 봐요."

레오디안을 상념에서 건져 올린 것은 엘시아의 건조한 목소리였다.

엘시아가 눈길을 준 곳에 시선을 둔 레오디안은 곧, 두 사람이 앉아 있는 곳으로 뛰어오는 리리엔의 모습을 발견했다.

금세 가까이에 다가온 리리엔은 잠시 레오디안을 바라보다가 이내 엘시아에게로 시선을 돌렸다.

"엘시아, 여기서 뭐 하고 있었어?"

"차 마시고 있었어."

"아침부터?"

아침이 아닌 어느덧 정오에 가까운 시간이었지만, 레오디안은 굳이 그 사실을 리리엔에게 짚어 주지 않았다. 레오디안은 그저 리리엔과 엘시아가 대화를 나누는 모습을 말없이 지켜보았다.

엘시아는 리리엔과 함께 있을 때는 경계심을 풀고, 꽤나 다정하게 웃기까지 했다. 레오디안에게는 영 생경하게 느껴지는 모습이었다.

"잠자리는 안 불편했어?"

"하나도 안 불편했어. 완전 잘 잤어. 언니는?"

리리엔이 엘시아에게만 들릴 정도로 조그만 목소리로 속삭이듯 말했다.

"나도 잘 잤어."

다행히 리리엔은 어젯밤 일어난 일을 전혀 모르고 있는 듯했다. 레오디안이 밤새 곁을 지켰다는 사실 또한 눈치채지 못한 것 같았다.

다행이었다. 혹시라도 리리엔이 어젯밤 일을 눈치채지는 않았을까 염려했으나, 걱정과 달리 리리엔은 아무것도 모르고 있었다. 마음이 놓인 엘시아는 리리엔을 향해 희미하게나마 웃어 보였다.

"아, 헤이온 씨가 식사 준비가 됐다고 들어오라고 했어."

헤이온, 아마도 이곳 저택의 유일한 사용인의 이름인 듯했다. 가볍게 손을 잡아끄는 리리엔을 따라 몸을 일으킨 엘시아는 레오디안을 돌아보았다. 그러자 레오디안이 자리에서 일어났다.

"얼른 들어가자. 빨리 밥 먹고 나가서 언니랑 여기저기 구경하고 싶어."

엘시아는 리리엔의 채근에 못 이겨 걸음을 재촉했고, 두 사람의 뒤를 레오디안이 묵묵히 따라 걸었다.

* * *

온통 하얀 건물로 가득한 거리를 걷고 있으려니, 마치 빛으로 빚어진 세상을 걷고 있는 듯한 느낌이 들었다. 요헴은 모든 곳에 속속들이 볕이 스며들어 있었고, 그 모습은 엘시아로 하여금 이곳이 정말로 특별한 곳인지 모른다는 생각을 하게끔 만들었다.

"되게 조용하다."

리리엔이 문득 말을 꺼낸 건, 플라치두스 신전에 도착했을 때였다.

요헴은 세 지구로 나눠져 있고, 각 지구마다 신전이 존재했다. 각각 임모투스, 플라치두스, 콩첸투스 신전이라 부른다고 했다.

플라치두스 신전은 어제 리리엔과 엘시아가 고해성사를 했던 임모투스 신전보다는 작았지만, 유독 오가는 사람이 많았다. 거기에 이 신전에는 평범한 신도가 아닌, 레오디안이 입은 것과 비슷한 옷을 입은 사람들의 모습을 어렵지 않게 찾아볼 수 있었다.

"각하."

막 신전 안으로 걸음하였을 때, 레오디안에게 말을 거는 사람이 있었다. 그에 레오디안이 걸음을 멈췄고, 그를 뒤따라 걷던 엘시아와 리리엔 또한 자연스럽게 발걸음을 멈추었다.

"로렐라인 경."

"황자 전하께서 신전을 방문하셨습니다."

리리엔이 잡고 있던 손을 놓은 것은 그때였다.

엘시아는 제 손을 놓은 리리엔을 돌아보았다. 그런 엘시아를 올려다보며 리리엔이 천진한 낯으로 웃었다.

"안쪽에서 각하를 기다리고 계십니다."

요헴 곳곳을 둘러보던 세 사람이 지금 플라치두스 신전으로 온 건, 다름 아닌 레오디안 때문이었다. 레오디안은 제도로 돌아가기 전 플라치두스 신전에서 할 일이 있다 하였고, 그에 엘시아와 리리엔은 그를 따라 이곳으로 왔다.

신전으로 가자는 말을 어떻게 꺼내야 할까 내내 고민하고 있던 엘시아는 레오디안이 먼저 이곳을 방문하자는 이야기를 꺼낸 것을 다행스럽게 여기고 있었다.

"잠시만 이곳에서 기다리고 계십시오. 그리 오래 걸리지 않을 겁니다."

문득 레오디안이 엘시아를 돌아보며 말했다. 그에 레오디안에게 다가와 말을 건넸던 여자도 엘시아에게 시선을 돌렸고, 자신을 향한 두 쌍의 눈동자에 엘시아는 눈을 내리깔았다. 그러고는 내려뜨리고 있던 양손을 조금쯤 힘주어 쥐었다. 언제쯤이면 타인의 시선에 익숙해질 수 있을까. 그런 생각을 하며.

"그럼, 저는 이만……."

"리리엔이 없어요."

레오디안이 막 걸음을 내디디며 말을 꺼냈을 때, 엘시아가 다급하게 그를 붙잡았다. 리리엔과 함께 근처에 앉아서 레오디안을 기다릴 생각으로 옆을 돌아봤을 때, 엘시아는 내내 곁에 서 있던 리리엔이 사라지고 없다는 사실을 알아차렸다.

어떻게 리리엔이 사라질 때까지 눈치채지 못할 수 있었던 건지. 자신의 무신경함을 정말이지 믿을 수 없었다. 엘시아는 허망한 목소리로 저도 모르게 중얼거렸다.

"······리리엔이, 없어졌어요."

다행히 이곳은 신전으로, 그다지 넓은 곳이 아니라 리리엔이 없어졌다 할지라도 금방 찾아낼 수 있었다. 리리엔이 혹시 모를 위험에 처할 가능성 또한 요원했다. 그러나 엘시아는 처음 겪는 일에 머릿속이 하얗게 질려 제대로 생각을 이어나가지 못했다.

엘시아는 이 상황에서 벗어나게 해 줄 유일한 구원을 붙잡고 있기라도 한 것처럼, 레오디안을 붙잡은 손에 힘을 주었다.

엘시아에게 붙잡힌 손을 물끄러미 내려다보고 있던 레오디안은 곧 고개를 들어 올렸다. 그리고 어쩐지 처절한 낯을 하고 있는 엘시아를 똑똑히 목격하였다. 때문에 레오디안은 쉽게 걸음을 떼지 못했다.

한편 엘시아가 초조한 눈으로 주위를 둘러보는데, 조용하던 신전에 문득 비명이 울려 퍼졌다.

한 사람이 내지르고 있는 것이 아니었다. 불시에 울려 퍼진 여러 사람의 비명은 이내 곳곳에 번지듯 퍼져 나갔고, 그리하여 신전은 사람들이 비명을 지르는 소리로 가득 차게 되었다.

엘시아는 뒤이어 기괴한 울음소리를 들었다. 그 소리는 어젯밤 엘시아가 들었던 소리와 무척 닮은, 흉포한 짐승이 울부짖는 듯한 소리였다.

괴이한 울음소리는 여기저기서 들려오고 있는 비명에도 불구하고 무척 선명하게만 들렸다. 그 낮고 음습한 울음소리가 유독 또렷하게 들리는 건, 엘시아에게는 너무도 익숙한 소리이기 때문인지도 몰랐다.

엘시아는 익숙한 소리가 들려온 곳을 향해 시선을 돌렸다. 이윽고 비명을 내지르며 도망치고 있는 사람들 속을 헤치며 서서히 움직이고 있는 괴물을 마주하였다.

　괴물. 누가 보더라도 그렇게 생각할 수밖에 없는 모습이었다.

　발가벗은 괴물은 가슴께에 머리가 하나 더 달려 있었다. 그 괴물의 투명한 피부 아래로 핏줄이 훤히 드러나 있었는데, 핏줄이 푸른 탓에 피부가 죄 푸르러 보였다.

　기괴하고도 끔찍한 모습이었다. 그리고 그것은 동시에 엘시아가 살면서 보아 온 괴물과 전혀 다른 모습이기도 했다.

　동족의 기운 역시 느낄 수 없었지만, 엘시아는 저 괴물이 한때 자신과 같은 존재였다는 사실을 금방 알아차릴 수 있었다. 오직 괴물만이 지닐 수 있는 붉은 눈동자 때문이었다.

　눈앞의 괴물은 엘시아가 그렇듯, 새빨간 눈동자를 가지고 있었다.

　그리고 그 붉은 눈동자는 엘시아를 발견한 순간부터 오직 엘시아만을 뚫어지게 직시하였다. 서두를 것 없다는 듯 천천히 엘시아를 향해 다가오며.

　'뭐라고 말하고 있는 거지?'

　한편 엘시아는 눈앞의 괴물이 자신에게 말을 걸고 있다는 것을 알아차렸다. 하지만 벌어진 입술 사이로 나오는 건 의미를 가진 문장이 아닌 괴이한 울음소리뿐으로, 하물며 그 의미를 엘시아가 이해할 수 있을 리 없었다.

　다만 괴물이 어떤 말을 전하고자 한다는 것은 분명했다. 엘시아를 뚫어지게 주시하며 다가오고 있는 괴물은 어느 순간부터 엘시아를 향해 입술을 달싹거리고 있었기에.

　그를 깨닫기 무섭게 찾아든 건 두려움이었다. 레오디안이 무언가를 알아차릴지 모른다는 두려움. 그러니까 레오디안이 저 괴물과 자신 사이에 접점을 눈치챌지도 모른다는 두려움. 그런 생각에 속이 울렁거리는 것 같았다.

　엘시아는 두려움을 떨쳐 내기 위해 애써 머릿속에 다른 생각을 떠올리려 했다. 그러던 엘시아는 곧, 그나마 다행스러운 사실 하나를 떠올릴 수 있었다.

　지금 이곳에 리리엔이 없다는 것.

　리리엔만큼은 괴물을 마주하지 않아도 되어서 다행이었다. 그렇게 생각하자 이내 엉망으로 요동치던 머릿속이 조금씩 차분해졌다.

신도들이 비명을 내지르며 신관들의 안내에 따라 밖으로 대피하는 동안, 괴물은 어떤 방해도 받지 않고 순조로이 움직이고 있었다.

신도들이 떠난 신전 안에는 이제 레오디안과 같은 신전 기사들만이 자리해 있었다. 그러나 기사들은 움직이는 괴물을 향해 검을 겨누고 있을 뿐 누구 하나 먼저 나서지 않았다. 아마 레오디안의 명을 기다리고 있는 듯했다.

하지만 레오디안은 묵묵히 괴물을 주시하고 있을 뿐이었다. 레오디안이 지닌 힘을 알고 있는 엘시아로서는, 레오디안이 가만히 서 있는 것이 퍽 의아했다.

'어째서 힘을 사용하지 않는 거지?'

레오디안은 단번에 저 괴물을 죽일 수 있었다.

엘시아는 과거 레오디안이 너무도 쉽게 괴물을 소멸시켜 버렸던 것을 똑똑히 기억하고 있었다. 그런 레오디안이 저 괴물을 두려워하고 있을 리 없었다. 그런데 어째서 레오디안은 미동 없이 서서 괴물을 그저 바라만 보고 있는 걸까.

"……템푸스."

레오디안이 엘시아의 앞을 가로막듯 서며 중얼거린 소리를, 엘시아는 또렷하게 들었다.

템푸스, 시간술을 이르는 말이었다. 일전 레오디안에게 들어서 알고 있었다. 다만 엘시아는 지금 이 상황에서 레오디안이 그 단어를 꺼낸 이유를 알 수 없어 미간을 찌푸렸다. 그러나 이에 관해 길게 고민하고 있을 수 없었다.

"……리리엔!"

불현듯 나타난 리리엔 때문이었다.

긴장감이 감돌던 신전 안, 엘시아는 괴물 앞에 서 있는 조그만 인영을 발견하고 경악에 차 목소리를 높였다.

리리엔은 말 그대로, 갑자기 나타났다. 리리엔이 흉측한 괴물 앞에 자리할 때까지, 그 누구도 리리엔이 괴물 가까이 다가가는 것을 알아차리지 못했다.

이상한 일이었다. 괴물과 어느 정도 거리를 두고 둘러싸듯 하고 있던 기사만 자그마치 여덟이었다. 그런데 그들 모두 엘시아가 그랬듯, 리리엔이 괴물 가까이 다가가 선 이후에야 리리엔의 존재를 알아차린 듯했다. 그 사실을 엘시아는 그들이 미처 감추지 못하고 있는 동요로 미루어 알았다.

그렇게 괴물 앞을 가로막고 있는 작은 어린애의 모습에 모두가 경악스러워하고 있었으나, 레오디안은 아니었다. 그는 마치 이럴 것을 예상하고 있었다는 듯 동요하지 않았다. 리리엔이 힘을 사용할 것을 진작 알고 있었다는 듯.

"리리엔……! 그러지 마, 위험해!"

리리엔의 몸에서 붉은 연기가 피어올랐다. 저를 향해 다가오는 괴물이 두렵지도 않은 건지, 리리엔은 물러서기는커녕 곧은 자세로 서서 괴물을 노려보고 있었다.

제발. 중얼거리는 엘시아의 낯이 형편없이 일그러졌다. 그러나 리리엔은 엘시아의 목소리를 듣지 못한 것처럼, 여전히 묵묵히 괴물 앞을 지키고 서 있을 뿐이었다.

리리엔의 몸에서부터 피어오른 연기는 일렁이며 괴물을 향해 다가가고 있었고, 그 광경을 모두가 숨죽여 지켜보았다.

그 누구 하나 리리엔을 지킬 생각이 없어 보였다. 결국 엘시아는 발을 내디뎠다.

레오디안을 비롯한 사람들 앞에서 괴물을 상대한다면, 자신은 더 이상 리리엔의 곁에 머물 수 없었다.

아니, 오늘 당장 레오디안의 손에 죽어 버릴 수도 있는 일이었다.

하지만 설령 그렇다 하여도, 지금까지 애써 숨겨 왔던 비밀이 탄로 난다 하여도 엘시아는 눈앞의 괴물을 죽여야 했다. 흉악한 손속에 스러질지 모를 작은 생명을 지키기 위해서, 엘시아는 움직여야 했다.

그러나 기껏 한 걸음 내디딘 것이 무색하게도 엘시아는 우뚝 멈춰 선 채로 망설였다. 이런 순간에 망설이고 있는 스스로가 죽이고 싶을 정도로 혐오스러워서, 엘시아는 거칠게 주먹을 꽉 움켜쥐었다.

수많은 시선 앞에서 괴물을 죽이는 건 처음 있는 일이었다. 생각조차 해

본 적 없는 일이었다. 그러나 리리엔이 위험에 처한 상황에서까지 제 몸을 사리고 있을 수는 없었다. 이 세상에 리리엔보다 중요한 건 아무것도 없었다. 제 목숨조차 리리엔과 비교하면 의미 없었다.

누군가 이를 가리켜 비정상적인 집착이라 할지도 모르겠다. 그러나 리리엔은 엘시아의 전부였다.

리리엔을 구해야 해. 수없이 되뇌며 엘시아는 다시금 마음을 굳혔다.

엘시아는 이내 굳은 얼굴로 다시금 한 걸음 내디뎠다. 그리고 언제 망설이고 있었냐는 듯 지체 없이 걸어 나갔다. 문득 커다란 손이 엘시아를 붙잡아 세운 것은 그때였다.

엘시아는 화들짝 놀라 고개를 돌렸다. 엘시아를 붙잡은 건, 내내 미동 없이 사태를 관망하듯 바라만 보고 있던 레오디안이었다.

레오디안은 엘시아를 향해 고개를 저어 보였다.

"경."

"예, 각하."

페이렌 로렐라인, 오랜 시간 레오디안을 보필해 온 그녀는 레오디안이 명령하고자 하는 바를 파악하고는 엘시아의 곁으로 다가갔다. 페이렌이 엘시아를 보호하듯 자리하자, 그제야 레오디안은 허리춤에 차고 있던 검집에서 검을 빼 들었다.

그러나 그뿐이었다. 레오디안은 여전히 그의 힘을 사용할 생각이 없는 것 같았다.

과거 레오디안은 저 날카로운 검날에 푸른 연기를 휘 두른 채로 괴물의 숨을 끊어 냈다. 하지만 지금 레오디안이 들고 있는 검에는 그의 힘을 증명하는 푸른 연기를 찾아볼 수 없었다.

'대체 왜 힘을 사용하지 않는 거야.'

그에 초조해진 건 엘시아였다.

레오디안이라면 너무도 쉽게 저 괴물을 죽이고 리리엔을 구할 수 있었다. 그런데 무슨 이유에선지 레오디안은 타고난 힘을 사용하지 않고 있었다. 엘시아는 레오디안이 리리엔을 구할 생각이라면 자신이 나설 필요는 없다 생각했다. 그러나 레오디안은 엘시아의 예상과 전혀 다른 행동을 하고 있었다.

엘시아가 하릴없이 입술을 짓씹는데, 옆에서 페이렌이 숨을 들이켰다. 페이렌의 눈길을 따라 시선을 옮긴 엘시아는 곧, 붉은 연기가 마치 바늘처럼 변해 괴물을 향해 날아가 꽂히는 장면을 목격했다. 그러고도 리리엔은 또다시 족히 수백 개는 되어 보이는 바늘을 만들어냈다.

그러나 그것들이 다시금 괴물의 몸에 꽂히는 일은 없었다.

레오디안은 단칼에 괴물의 목을 잘라냈고, 이윽고 아무렇게나 푸른 피를 털어낸 레오디안은 곧 검집에 검을 넣었다.

그 일련의 과정은 정말이지 순식간에 일어났다. 페이렌이 긴 한숨을 내쉰 때에야 엘시아는 레오디안이 괴물을 처치했다는 사실을 알아차렸다.

너무도 무감각한 표정으로, 레오디안은 짐짓 흐트러져 있던 은발을 쓸어 넘겼다. 그러고는 리리엔의 어깨를 감싸 안았다. 그러기가 무섭게 리리엔을 집어삼키기라도 할 듯 피어올라 있던 붉은 연기가 사그라들었다.

그제야 엘시아는 내내 긴장으로 굳히고 있던 몸에 힘을 풀었다.

간신히 버티고 서 있는 엘시아를 향해 다가온 레오디안은, 엘시아에게 리리엔을 안겨 주었다. 엘시아는 떨리는 손으로 리리엔을 품에 안았다. 어느새 리리엔은 정신을 잃은 채였다.

한편 레오디안은 무섭도록 말이 없었다. 딱딱하게 굳은 얼굴은 얼핏 화를 내고 있는 것도 같았다. 잠시 레오디안과 시선을 맞추었던 엘시아는 이내 시선을 내려뜨렸다. 미처 그에게 신경을 쓰고 있을 여력이 없었다.

엘시아는 품 안의 온기를 와락 끌어안았다. 그러자 이제는 익숙한 향유 냄새가 엘시아의 코끝을 간질였다.

너무도 기꺼운 향이었다.

엘시아는 리리엔의 머리칼에 얼굴을 묻은 채 몇 번이고 숨을 들이마셨다 내쉬기를 반복했다. 그리고 레오디안은 그런 두 사람의 모습을 묵묵히 주시했다.

"그러면 그렇지."

그렇게 얼마나 지났을까. 불현듯 낯선 목소리가 적막을 갈랐다. 엘시아는 무심코 목소리가 들려온 곳을 향해 고개를 돌렸다.

"로켄페데스에 비오렌치아를 타고난 자가 없었을 리가."

가까이 다가와 서 있는 사내는 환한 신전 아래 쏟아지는 빛을 오롯이 받고 서 있었다. 눈을 휘며 웃고 있는 사내는 엘시아의 눈에는 영 낯설게만 보였다. 사내가 로켄페데스가에 전해지는 힘, 비오렌치아에 관해 언급한 것에 조금쯤 놀라기는 했지만 그뿐이었다. 이내 엘시아는 다시 고개를 바로 했다.

지금 엘시아에게 중요한 건 리리엔을 신관에게 데려가는 일이었다. 혹시라도 리리엔의 몸에 이상이 생긴 건 아닌가 하는 생각이 들었기 때문이었다.

그간 엘시아는 로아나의 힘을 경험해 왔다. 오랜 시간 지니고 살았던 흉터조차 치유할 수 있는, 너무도 경이로운 힘. 그래서 엘시아는 곧장 레오디안에게 신관을 불러 달라고 부탁하려고 했다. 돌연 나타난 사내가 리리엔을 만지려는 것처럼 손을 뻗지만 않았더라면.

"윽, 무슨 힘이 이렇게……!"

엘시아는 뻗어 나온 사내의 손목을 힘주어 잡았다. 의도했다기보다는 반사적인 행동에 가까웠다.

리리엔이 무사하였기에 가까스로 긴장을 풀 수 있었으나, 여전히 어느 정도 신경을 곤두세우고 있던 엘시아는 사내의 손속에 예민하게 반응했다. 미처 힘을 조절할 생각을 못 하였을 정도로.

엘시아는 사내가 한껏 일그러진 표정으로 다시금 신음을 내뱉자, 그제야 그의 손을 뿌리치듯 놓아주었다. 그는 여전히 고통스러운 듯 미간을 찌푸린 채, 일순 붙잡혀 있었던 손목을 매만지며 입을 열었다.

"가만히 서서 뭣들 해? 당장 이 경망스러운 년을!"

"황자 전하."

그러나 사내의 노기 어린 음성은 레오디안의 나직한 목소리에 의하여 가로막혔다.

암브로시우스 제국의 2황자, 로지안 헤스테인은 불쾌한 기색을 감추지 않고 내보이며 고개를 들어 올렸다. 불시에 가로막힌 말은 미처 끝맺지 못했고, 그에 저조하던 기분은 더없이 불쾌해졌으나 로지안은 그저 입술을 꾹 맞물었을 뿐이다.

　이곳은 제도가 아닌 요헴이었고, 때문에 로지안은 마음 내키는 대로 굴 수 없었다.

　신전 안에서 검을 지닐 수 있는 것은 오직 신전 기사뿐으로, 로지안의 호위는 모두 신전 밖에서 그를 기다리고 있었다. 반면 신전 기사인 레오디안과 그의 기사들은 무장한 채였다.

　로지안은 그를 향해 경계를 세우고 있는 지키고 선 기사들이 못마땅했다. 이곳이 요헴이 아니었더라면. 아니, 하다못해 신전만 아니었어도 로지안은 무례를 참고 있을 필요가 없었을 것이다.

　"저를 기다리고 계셨다 들었습니다."

　"그래, 자네의 동생이 돌아왔다는 기쁜 소식을 들어, 그를 축하해 주러 왔지."

　로지안이 황실과 대립하고 있는 신전을 구태여 찾아온 것은 어제, 레오디안의 혈육이 임모투스 신전에서 고해성사를 하였다는 소식을 들었기 때문이었다.

　오래전부터 황실은 요헴의 중심, 임모투스 신전에서 기거하는 신관 여럿을 매수해 놓았고, 그들 중 한 명에게서 소식을 들은 1황자 하일롭 헤스테인은 로지안으로 하여금 요헴으로 가서 로켄페데스가의 혈육이 진실로 돌아왔는지 확인하라 명하였다.

　하일롭의 명이 아니었더라면 로지안이 이 불쾌한 곳을 찾아올 일은 없었을 터였다.

　"자네는 작위를 받은 뒤에 동생이 돌아온 것이 무척이나 다행스럽겠어."

　얼핏 친근한 어조였지만 로지안의 표정은 그와 정반대였다. 로지안은 비식 입매를 끌어 올려 웃고 있었다. 레오디안은 대답하지 않고, 로지안의 입가에 걸린 비소가 더욱 짙어졌다.

"동생이 굉장히 훌륭하게 자랐군. 어린 나이인데도 제법 담대한 구석이 있어."

로지안은 엘시아가 안고 있는 리리엔을 향해 흘깃 시선을 흘렸다.

귀족 사이 암암리 퍼져 있던 소문은 사실이었다. 오래전에 사라져 행방불명되었던 로켄페데스의 둘째가 돌아왔다.

게다가 그 아이는 전대 로켄페데스 공작 이후 명맥이 끊겼던 힘을 가지고 있었다. 레오디안은 그가 비오렌치아를 타고나지 못했다고 주장했고, 모두가 그렇게 믿고 있었다. 그런데 공작 후계도 아닌, 최근에야 제도로 돌아온 리리엔이 그 신비로운 힘을 가지고 있었다.

로지안은 리리엔이 로켄페데스가에 대대로 전해지는 힘을 이용해 괴물을 공격하던 장면을 두 눈으로 똑똑히 보았다. 이는 로지안이 예상하지 못했던 커다란 수확이었다. 비오렌치아를 다룰 수 있는 인간이 나타날 줄이야. 로지안은 입맛을 다시듯 아랫입술을 핥았다.

"그나저나 이 여자는 누구지. 자네의 사람인가?"

"그동안 제 혈육을 돌봐준 은인입니다."

"호오, 그래?"

불쾌한 심사를 감출 생각 않고 그대로 드러내고 있던 로지안이 흥미롭다는 듯 한쪽 눈썹을 들어 올렸다. 그렇게 새삼 엘시아를 관찰하듯 위아래로 훑어본 로지안은 이내 눈을 가늘게 뜨며 입을 열었다.

"……그렇다면 자네의 동생은 이 여자에게 꽤나 의지하고 있겠군."

로지안은 혼잣말처럼 중얼거렸다. 찰나 붙잡혔던 손목에서는 여전히 아릿한 통증이 느껴졌으나, 이제 로지안은 엘시아에게 죄를 물을 생각이 전혀 없었다. 로지안이 상황을 파악하는 데는 그리 오랜 시간이 걸리지 않고, 그리하여 로지안은 조소가 아닌 호의를 담은 부드러운 미소를 입에 걸었다.

"그대, 이름이 무엇이지?"

그러면서 로지안은 퍽 상냥하게 물었다. 로지안에게 있어서 눈앞의 여자는 정중히 대해야 하는 사람이었다. 신분의 고하를 차치하고서 말이다. 순간의 무례를 기꺼이 참아 넘길 수 있을 만큼, 로지안은 비오렌치아가 탐이 났다. 그 엄청난 힘을 손에 넣을 수만 있다면 로지안은 무엇이든 할 수 있었다.

그것이 설령 저보다 낮은 곳에 있는 이에게 몸을 낮추는 일이라고 할지라도.

"보는 눈이 많습니다."

엘시아의 대답을 기다리고 있던 로지안에게 문득 말을 건넨 것은 레오디안이었다. 레오디안의 말대로 기사들은 이곳을 흘끔거리고 있었다. 어느덧 괴물의 시체를 수습한 신관들 또한 연신 눈치를 살폈다.

오래전부터 대립해온 황실과 신전의 사이를 누구보다 잘 알고 있는 자들이니, 로지안과 레오디안이 마주하고 있는 상황에 긴장하고 있는 것은 당연한 일이었다.

"그래. 자리를 옮기는 게 좋겠군. 이야기가 길어질 것 같으니 말이지."

로지안은 순순히 몸을 돌렸다. 레오디안은 내내 이쪽을 바라보고 있던 기사 하나에게 손짓했다. 그에 달려온 기사가 로지안에게 길을 안내했다. 기사를 따라 잠자코 걸음을 옮기던 로지안이 문득 뒤를 돌아보았다. 레오디안과 엘시아를 번갈아 응시한 로지안이 이내 미간을 구겼다.

"그대, 어째서 가만 서 있는 건가. 어서 뒤따라오지 않고."

이제 엘시아를 향한 말은 모두 다정한 목소리를 빌어서 나왔다. 언제 엘시아를 향해 욕설을 뇌까렸냐는 듯. 퍽 상냥한 낯을 한 채로 엘시아를 주시하던 로지안의 시야를 불현듯 레오디안이 가로막고 섰다. 그러고는 속삭이듯 말했다.

"리리엔을 신관에게 보이세요."

레오디안의 시선이 리리엔에게 머물렀다. 그렇게 찰나 머무른 시선은 곧 미련 없이 멀어졌다. 이내 시선을 돌린 레오디안은 페이렌을 향해, 엘시아를 빈 치유실로 안내하라는 말과 함께 몸을 돌렸다. 그리고 지체 없이 멀어졌다.

"그럼, 치유실로 안내해 드리겠습니다."

페이렌의 말에 엘시아가 가볍게 고개를 끄덕였다.

그렇게 페이렌의 뒤를 따라 걸음을 옮기려던 엘시아는 페이렌의 어깨 너머,

로지안이 레오디안을 향해 무어라 일갈하고 있는 모습을 목격했다. 로지안이 자신을 손가락질하고 있었기에, 엘시아는 로지안이 지금 레오디안에게 자신과 관련한 말을 하고 있는 것이리라 짐작할 수 있었다.

"아, 이런."

로지안과 레오디안이 한 치 물러섬 없이 대화를 나누고 있는 모습에서 좀 처럼 시선을 떼지 못하던 엘시아는, 문득 들려온 페이렌의 목소리에 가까스로 눈길을 돌렸다. 엘시아가 지금까지 리리엔을 품에 안고 있었다는 사실을 뒤늦게야 알아차린 페이렌은 엘시아를 향해 정중히 권유했다.

"제가 아가씨를 모시겠습니다."

"아뇨. 괜찮아요. 신경 쓰지 않으셔도 돼요."

가볍게 고개를 저어 보인 엘시아가 리리엔을 고쳐 안았다. 그 모습을 묵묵히 지켜보던 페이렌은 잠시간 망설이다가, 이윽고 입을 열었다.

"그럼, 이쪽으로……."

페이렌 뒤로 보이는 레오디안의 뒷모습을 스치는 듯한 시선으로 훑은 뒤, 엘시아는 미련 없이 걸음을 옮겼다.

레오디안은 저 금발의 남자와 자신이 마주하고 있는 것을 원치 않는 듯했다. 그 사실을 엘시아는 어렴풋이나마 짐작할 수 있었다. 그래서 엘시아는 순순히 페이렌의 뒤를 따라 걸었다. 레오디안이 무슨 이유에서 그와 자신을 떨어뜨려 놓으려 하는 건지는 몰랐지만, 엘시아 또한 남자가 불편했다.

인간을 불편하게 느끼는 건 엘시아에게는 매 일상이나, 지금 엘시아가 남자에게 느끼고 있는 감정은 평소 인간을 불편해하고 꺼리던 것과는 조금 다른 느낌이었다.

싫다. 그래, 자신은 저 남자가 싫었다.

'이 경망스러운 년!'

그도 그럴 게 리리엔을 향해 손을 뻗은 남자를 저지하였을 때 터져 나온 남자의 말은 엘시아로 하여금, 과거 스위티아에게 억압당한 채로 살아온 그 모든 시간을 떠올리게 하였으므로.

$$* \quad * \quad *$$

"혹시라도 저 아닌 다른 이가 안으로 들어오려고 한다면, 그때는 저쪽에 놓여 있는 종을 힘껏 치십시오."

그렇게 몇 번 당부한 페이렌이 신관을 불러오겠다며 자리를 떠났다.

문이 닫혔고, 모든 소란이 멀어진 고요한 방에는 엘시아와 리리엔 단둘만이 남게 되었다. 그제야 엘시아는 경계심을 누그러뜨렸다.

"엘시아."

저를 부르는 소리에 엘시아가 고개를 돌렸다.

방금 엘시아가 조심스럽게 침대에 눕혔던 리리엔은, 여태 정신을 잃고 있었던 사람이라고는 믿을 수 없는 말간 눈으로 엘시아를 올려다보고 있었다. 그에 엘시아는 순간 리리엔이 기절한 것이 아니라, 그런 척을 하고 있었던 게 아닌지 하는 생각을 했으나 이내 하등 쓸모없는 생각이라 치부하면서 입을 열었다.

"응, 리리엔. 몸은 괜찮아?"

레오디안의 손이 닿아온 순간, 리리엔은 어떤 알 수 없는 힘으로 의해 의식을 잃었다. 그러나 그것은 찰나였고, 리리엔은 금세 정신을 차렸다. 하지만 엘시아에게 사실대로 말할 생각은 없었기에 리리엔은 말을 삼켰다. 대신에 엘시아를 안심시키기 위한 말을 꺼냈다.

"아무렇지도 않아."

"얼굴이 아직도 창백한데……."

"언니."

리리엔은 드물게 단호한 목소리로 엘시아를 불렀다. 엘시아는 어쩐지 불안한 심정이 되어 입술을 맞물었다. 리리엔은 목소리뿐만 아니라, 표정 또한 딱딱하게 굳어 있었다. 그건 엘시아에게는 무척이나 낯설게 느껴지는 표정이었다.

"여기서 나가야 돼."

리리엔은 이불을 젖히더니 곧장 침대에서 내려왔다. 엘시아가 미처 말릴 새도 없었다. 바닥에 발을 디딘 리리엔은 엘시아의 손목을 붙잡았다.

"악마가 더 있어."

언니도 알지.

뜬금없는 리리엔의 말에 미처 정신을 차릴 새도 없이, 뒤이어진 말은 엘시아의 숨을 좀먹었다.

엘시아는 그 어떤 말도 꺼내지 못한 채로 그저 물끄러미 리리엔을 올려다 보았다. 리리엔이 무슨 소리를 하는 건지, 엘시아는 알 수 없었다. 짐작조차 하기 두려웠다.

할 수만 있다면 당장이라도 리리엔의 손을 뿌리치고 이 자리를 떠나고 싶었으나, 엘시아는 그럴 수 없었다. 어쩌면 리리엔이 사실 다 알고 있었는지도 모른다는 생각이 엘시아의 몸을 단단히 옥죄고 있었으므로.

리리엔이 알고 있었을 수도 있다, 그건 엘시아의 머릿속을 하얗게 탈색시키기에 충분한, 너무도 두려운 가정이었다. 그 가정을 머릿속에 떠올리기 무섭게 마치 발아래가 죄 꺼져 버리는 듯한 느낌이 들었다. 그 선뜩한 느낌에 엘시아는 손가락 하나 까딱할 수 없었다.

그래서 엘시아는 꽤 한참 시간을 흘려보낸 후에야 떨리는 손을 들었다. 그리고 자신의 손목을 쥐고 있는 리리엔의 손등 위에 가까스로 손을 가져다 댔다. 그러면서 입을 열었다.

"리리엔, 악마…… 라니. 갑자기 무슨 소리를 하는 거야?"

리리엔은 대답하지 않았다. 리리엔의 눈에 비친 자신의 모습이 혹여 불안에 떨고 있는 것처럼 보이진 않을까, 엘시아는 굳은 입매를 애써 끌어 올려 보았다. 그렇게 리리엔과 눈을 맞췄다.

무슨 이유에선지 리리엔의 무표정한 낯은 레오디안의 얼굴과 겹쳐 보였고. 그래서 엘시아는 자신을 내려다보고 있는 푸른 눈동자가, 로켄페데스 가문 태생임을 증명하는 그 푸른 눈동자가 처음으로 두려워졌다.

그 두려운 시선을 맞댄 채로 적막 속을 더듬기를 한참. 어느 순간 엘시아는 리리엔이 속삭이는 소리를 들었다.

"……괜찮아."

리리엔은 엘시아가 무슨 생각을 하고 있는지 다 알고 있다는 양, 언니는 아무것도 걱정 안 해도 돼, 덧붙였다. 그러면서 엘시아를 와락 끌어안았다. 엘시아는 리리엔에게 순순히 안긴 채로 멍하니 입을 벌렸다.

'아무것도 걱정 안 해도 된다니, 내가 지금 무엇을 걱정하고 있는지 알고서 하는 말일까?'

뒤죽박죽 엉킨 생각을 정리하려 노력했으나 크게 소용은 없었다. 엘시아는 평소처럼 리리엔을 마주 끌어안는 대신, 조심스럽게 리리엔의 어깨를 잡아서 작은 몸을 떼어 냈다.

"리리엔, 너……."

도대체 어디까지 알고 있는 거야?

그 말이 목 끝까지 차올랐으나, 엘시아는 차마 그 말을 입 밖에 낼 수 없었다. 엘시아는 가장 묻고 싶은 말 대신 다른 말을 꺼냈다.

"……악마가 무섭지 않아?"

"응. 이제 안 무서워. 악마가 어디에 있는지 느낄 수 있으니까. 그리고 나보다 강한지 아닌지도 알 수 있어."

리리엔은 엘시아에게 괴물을 감지할 수 있게 되었다는 사실을 고백했다. 그건 엘시아가 꿈에도 생각지 못했던 일이었다.

리리엔이 레오디안보다도 먼저 괴물의 기척을 읽어 낼 수 있게 되었을 줄이야.

레오디안이 먼저일 것이라 생각했다. 그래서 엘시아는 그동안, 레오디안이 괴물을 만날 수 없게끔 하면 된다고 생각해 왔다. 그렇게 하면 자신의 정체를 들킬 리 없다고, 조금이라도 더 오래 리리엔 곁에 머물 수 있을 거라고. 그런데 그것이 전부 아무 소용없는 일이었다.

그 사실을 엘시아는 지금에서야 알았다.

"느낄 수 있다고? 언제부터…… 아니, 어떻게?"

"그냥 느껴져. 그래서 알 수 있어."

로켄페데스 태생만이 지닐 수 있는 힘, 비오렌치아. 시간을 되돌아오기 전 그 힘을 가지고 있었던 건 오직 레오디안뿐이었다. 괴물의 마을에서 자라 온 리리엔은 단 한 번도 그 힘을 사용한 적 없었다.

하지만 그것은 과거의 일로, 지금은 달랐다. 리리엔은 레오디안과 같은 능력을 가지고 있었다. 그 사실을 엘시아가 알게 된 것이 불과 얼마 전이었으나 리리엔은 어느덧 제 힘을 다루는데 무척이나 능숙해졌다. 그 힘으로 괴물을 공격했을 정도로.

심지어는 레오디안보다 먼저 괴물을 인지할 수 있게 되었다. 리리엔은 엘시아의 생각보다 더 빨리 성장하고 있었다. 어쩌면 리리엔은 엘시아가 인간이 아니라는 사실을 알고 있을지 모른다. 아니, 모를 수가 없었다. 엘시아는 입술을 질끈 깨물었다.

"그 악마가 우리를 찾으러 온다고 해도 상관없어. 하나도 안 무서워."

어느 순간부터 계속 떨리고 있던 엘시아의 손을 잡아온 건 리리엔이었다. 리리엔은 희미한 흉이 진 엘시아의 손등을 가는 손가락으로 가만가만 쓸었다.

"아까 전에 내가 힘을 사용하니까 악마가 꼼짝 못 하는 거 봤지? 그러니까 언니, 이제 내 말 믿을 거지?"

전에 내가 언니를 지켜 준다고 했던 말, 이제는 믿을 수 있지?

천진하게 웃으며 리리엔이 속삭였다. 상냥한 리리엔의 목소리에 엘시아는 울어야 할지, 웃어야 할지 알 수 없게 되었다. 지금 자신이 어떤 표정을 하고 있는지조차 엘시아는 몰랐다.

모든 사실을 알고 있었으면서도 모르는 척 자신에게 속아 주고 있던 리리엔을 이제 어떻게 대해야 하는지 도무지 알 수 없었다.

"언니, 그거 알아? 언니한테서 늘 좋은 냄새가 나."

리리엔은 평소와 같았다. 늘 그랬던 것처럼 엘시아의 품을 파고들었다. 함께해 온 수많은 여상한 날들처럼 리리엔은 엘시아의 품에 얼굴을 묻고 숨을 들이마시고 내쉬기를 반복했다.

그런 리리엔과 달리 엘시아는 평소 같을 수 없었다. 리리엔을 마주 안아 줄 수 없었다. 엘시아는 그저 딱딱하게 굳은 채로 허공 어딘가를 응시할 뿐이었다.

그동안 엘시아는 제 치부를 모두가 알게 되어도 상관없다 생각하며 살아왔다. 단 한 사람, 리리엔만 모른다면.

그러면 세상 모든 이가 자신에게 손가락질을 한다 하여도 상관없었다. 그러니까 제 더러운 피의 출처를 리리엔에게서 감출 수 있다면야 뭐든 기꺼이 할 수 있었는데…….

"……리리엔, 너는 내가 끔찍하지 않아?"

악 다문 턱이 형편없는 소리를 냈다. 듣기 싫은 소리를 내며 떨렸다. 때문에 엘시아는 몇 번이고 마른침을 삼키며 떨리는 가슴을 진정시켜야 했다. 리리엔은 시선을 들어 올려 엘시아를 마주 바라보았다. 그 푸른 눈동자를 향해 엘시아는 가까스로 말을 이었다.

"내가 그 악마와 같은……."

"엘시아는 악마가 아니야."

리리엔은 단호하게 엘시아의 말허리를 잘라 냈다.

"언니는 나와 같은 사람이야."

엘시아는 말문이 막혔다. 그렇게 믿고 싶은 걸까. 아니면 정말 그렇게 믿고 있는 걸까.

리리엔이 괴물의 존재를 느낄 수 있게 되었다면, 엘시아에게서 느껴지는 것이 괴물과 같은 음습한 기운이라고 리리엔이 모를 리 없었다. 그런데 어째서 리리엔은 이토록 단호히 부정하고 있는 걸까.

"그 악마가 내 목을 조르려고 했을 때, 언니가 날 감싸 줬어. 기억 나?"

뜬금없이 리리엔은 해묵은 기억을 꺼내 놓았다.

그건 스위티아가 리리엔을 위협하고는 했을 때, 그러니까 엘시아가 리리엔과 스위티아 사이를 가로막고 섰던 수많은 날들 중 하나였다.

"그날 언니한테서 흘러나온 피가 바닥에 가득 고였어."

스위티아의 날카로운 손톱에 상처 입은 엘시아는 언제나 검붉은 피를 흘렸다. 그것을 리리엔은 두 눈으로 똑똑히 보았다. 그리고 리리엔은 제 눈으로 본 것을 믿어 왔다.

설령 엘시아가 인간 같지 않은 괴력을 가지고 있다 하여도, 수많은 악마를 죽였다 하여도.

엘시아의 피가 악마와 같은 푸른색이었어도, 리리엔에게 있어서 엘시아는 스위티아와 같은 악마가 아니었다.

리리엔에게 있어서 엘시아는 몇 번이고 자신을 지켜 준 은인이며, 유일하게 의지할 수 있었던 존재이며, 지금에 이르러서는 기꺼이 지켜 주고 싶은 소중한 사람이었다.

그런데 언니가 어떻게 악마일 수가 있어. 리리엔은 오직 엘시아만이 들을 수 있을 정도의 작은 목소리로 속삭였다.

"리리엔……."

한참 만에 엘시아가 겨우 입을 뗐을 때였다. 그러나 가까스로 입을 연 것이 무색하게도 엘시아가 미처 말을 잇지 못하고 말끝을 흐린 건, 불현듯 적막을 가르고 들려온 소리 때문이었다.

내내 굳게 닫혀 있던 문이 열리고, 페이렌이 모습을 드러냈다. 돌아온 페이렌은 혼자가 아니었다.

"엘시아 님, 괜찮으세요?"

페이렌의 뒤를 따라 들어온 로아나는 걱정스러운 낯을 하고 있었다. 누가 봐도 알 수 있을 정도였다. 엘시아는 로아나를 향해 고개를 끄덕이고는 시선을 돌렸다. 묵묵한 시선으로 리리엔을 바라보고 있는 레오디안에게로.

"지금 당장 제도로 돌아갈 겁니다."

레오디안은 성큼 안으로 걸음하며 말을 이었다.

"페이렌. 엘시아 님을 모셔라."

"예, 각하."

페이렌은 곧장 엘시아에게 다가왔다. 어쩐지 상황이 다급하게 돌아가고 있었다. 엘시아는 당황해 입을 열었다.

"저 혼자 돌아가는 건가요?"

"리리엔 아가씨도 같이 가실 거예요. 다만 제가 아가씨를 조금 살펴봐야
해서요."

짐짓 심각한 분위기에 엘시아는 불안한 눈으로 레오디안을 살폈다. 다만
레오디안이 어느덧 엘시아에게서 등을 돌리고 있던 탓에, 엘시아가 볼 수 있
었던 건 오직 그의 뒷모습뿐이었다.

"엘시아 님, 로렐라인 경과 함께 먼저 올라가 계세요. 저희도 금방 뒤따라
갈 겁니다."

그런 엘시아를 향해 로아나가 선을 그었다. 사근사근한 목소리였지만 단호
했다.

혹시 무슨 문제라도 생긴 걸까.

그에 생각이 미치자, 엘시아는 더 이상 자리에 버티고 있을 수 없었다. 엘시
아는 레오디안과 리리엔을 마지막으로 한 번씩 돌아보며 페이렌과 함께 방을
나섰다.

문이 닫히는 소리를 들은 것과 동시에 레오디안은 깊은 한숨을 내쉬었다.

리리엔은 그 어떤 감정 한 터럭조차 담지 않은 말간 눈으로 레오디안을 올
려다보았다. 레오디안 또한 리리엔과 크게 다르지 않았다. 그런 레오디안과
리리엔의 모습을 숨죽여 지켜보던 로아나는 이내 조심스럽게 뒤로 물러섰다.

엘시아가 치유실을 떠나기 무섭게 치유실에는 무거운 긴장이 내려앉았다.
두 명의 로켄페데스가 자아내는 긴장 사이를 버티고 서 있는 건 꽤 버거운
일이었다. 로아나는 남몰래 한숨을 내쉬었다.

로아나는 레오니안의 힘을 알고 있는 몇 안 되는 자들 중 하나였다. 또한
로아나는 레오디안이 필사적으로 힘을 감춰온 이유 또한 알고 있었다. 그런데
리리엔은 오늘, 비오렌치아를 사용했다. 수많은 시선 속에서 로켄페데스의 힘이
건재함을 드러냈다.

그건 리리엔에게 그다지 좋은 일이 아니었다.

로아나는 지금 레오디안이 어떤 심정일지 감히 짐작조차 할 수 없었다. 로아나는 그저 불안한 눈으로 연신 레오디안과 리리엔을 번갈아 볼 뿐이었다.

그렇게 얼마나 침묵 속에 서 있었을까.

"리리엔. 너는 오늘 두 가지 실수를 했다."

한참 만에 레오디안이 정적을 깼다.

여전히 서로를 향해 있는 두 쌍의 푸른 눈동자에는 무감각한 색채만이 번져 있었고, 얼핏 보기에는 상대를 향한 애정을 찾아보기 힘들었다.

로아나는 시선을 내려뜨렸다. 그저 이 시간이 무사히 지나가기만을 바라며.

"하나는 사람들 앞에서 능력을 드러내 위험을 자초한 것."

리리엔은 이제 귀족들의 견제를 받게 될 것이며, 또한 황궁과 신전 사이에서 이리저리 치이게 될 것이다. 그걸 알기에 레오디안은 리리엔에게 힘을 감추라 말했다. 하지만 리리엔은 오늘 레오디안의 말을 어기고 수많은 사람들 앞에서 제 힘을 드러냈다.

레오디안은 불현듯 지그시 눈을 감고는 한숨을 내뱉었다. 리리엔은 고작 열넷, 아직 어린애였다. 그러나 레오디안은 리리엔의 어리광을 받아 줄 수 없었다. 저택 밖 호시탐탐 로켄페데스의 힘을 노리고 있는 자들은 리리엔이 어리다고 하여 자비를 베풀 정도로 인정이 있지 않았다.

게다가 리리엔은 영악한 아이였다. 엘시아는 리리엔을 마냥 어리게만 보고 있었지만, 리리엔은 또래 그 누구보다도 똑똑했다. 제 위치를 잘 알았고, 그것을 이용할 줄도 알았다. 그런 리리엔을 레오디안은 진작 파악하고 있었다.

그래서 레오디안은 리리엔이 오늘 신전에서 비오렌치아를 드러낸 것은 어쩌면 아주 계산적인 행동이었을지 모른다고 생각하고 있었다.

비오렌치아를 소유하고 있음을 모든 이의 눈앞에서 증명하는 건, 자신의 자리를 견고히 할 수 있는 유일한 방법이었을 테니까.

"다른 하나는 네 소중한 사람의 자리를 위태롭게 만든 것."

그러나 무슨 이유에서였건, 오늘 리리엔의 행동은 너무도 어리석었다. 2황자가 엘시아에게 흥미를 보였다. 그건 리리엔의 잘못이었다. 그리고 크게 보면, 레오디안의 잘못이기도 하였다.

"리리엔. 소중한 사람을 지키기 위해서는 몸을 낮추고 기다려야 할 때도 있는 법이다."

잠자코 레오디안의 말에 귀 기울이고 있던 리리엔이 충격받은 얼굴로 입술을 벌렸다. 레오디안이 무슨 말을 하고 있는지 단번에 알아들은 것이다. 그 모습에 레오디안은 리리엔에게 오늘 일을 이 이상 추궁할 필요가 없다고 판단했다.

"엘시아 님이 제도를 떠나기를 바라고 있는 건 아니겠지."

일순 경악스럽게 눈을 크게 떴던 리리엔은 곧, 아니야, 단칼에 부정하며 고개를 저었다.

"나는…… 난, 그런 생각은 단 한 번도 한 적 없어……."

레오디안은 길게 설명하지 않았지만, 리리엔은 오늘 자신이 제멋대로 벌인 행위로 인해 앞으로 일어날 일들을 어느 정도 파악한 듯했다.

"내가 어떻게 해야 돼?"

리리엔이 혼란스러운 마음을 추스르는 데는 그리 오랜 시간이 걸리지 않았다. 다만 리리엔은 이미 저지르고 만 일을 어떻게 수습해야 할지를 알 수 없었다.

"알려 줘. 내가 어떻게 하면 엘시아랑 계속 같이 살 수 있는데?"

복잡한 어른들의 사정을 제대로 인지하고 있을 리 없음에도 리리엔은 눈치껏 제가 처한 상황을 알아차렸다. 거기에서 더 나아가 리리엔은 자신이 엘시아와 계속 함께 지낼 수 있는 방법에 관해 물었다.

그에 레오디안은 눈앞의 어린애가 생각보다 더 영악하다는 것을 깨달았다. 분명 경고하였으나, 끝내 많은 이들 앞에서 비오렌치아를 드러내 보인 건 결코 충동적인 행동이 아니었으리라는 사실 또한.

"그렇다면 지금부터 내가 하는 말을 똑똑히 들어라."

리리엔은 결연한 낮으로 지체 없이 고개를 끄덕였다. 그 모습에 레오디안은 리리엔이 엘시아를 지키기 위해서는 무엇이든 하리라는 것쯤은 쉽게 짐작할 수 있었다. 지금 무슨 말을 한다 할지라도 리리엔은 자신이 말하는 대로 할 것이다.

레오디안은 제 유일한 혈육이 엘시아에게 얼마나 의지하고 있는지, 두 사람의 유대가 얼마나 깊은지를 다시금 실감했다.

한차례 소동이 일어났던 것이 무색하게도 신전은 무척이나 조용했다. 신전 안을 오가던 신도들의 모습을 찾아볼 수 없기에 더욱 그렇게 느껴졌다.

신전은 적막하였을 뿐만 아니라, 괴물이 나타났던 곳이라고는 믿을 수 없을 정도로 평화로워 보였다. 괴물이 흘린 푸른 피가 만들어 냈던 웅덩이 또한 어느덧 흔적 없이 사라진 채였다.

엘시아는 새삼 인간들에게 경외심을 느꼈다.

어떻게 이토록 빠른 시간 안에 모든 것을 정리할 수 있었던 걸까. 지금 신전은 마치 아무 일도 일어난 적 없다는 듯한 정적이 흐르고 있었고, 어떤 위화감도 없었다. 단지 신도들이 없다는 것을 제외하면, 신전은 괴물이 나타나기 전과 다름없는 모습을 하고 있었다.

치유실에서 나온 페이렌은 곧장 위를 향해 난 층계로 엘시아를 안내했고, 페이렌을 따라 홀을 가로지르던 엘시아는 저도 모르게 걸음을 멈추었다. 페이렌이 어째서 밖으로 나가지 않고, 위층으로 올라가려는 것인지 의아해진 탓이다.

"저, 신전 밖으로 나가야 하는 게 아닌가요?"

"아……."

페이렌은 그제야 잊고 있던 것을 떠올렸다는 듯 말을 이었다.

"사실 신전에는 오직 신관만이 사용할 수 있는 게이트가 있습니다. 그곳을 통하면 곧장 제도에 있는 대공저로 갈 수가 있지요."

대공저에 있는 게이트는 레오디안이 만든 포탈로, 정식 허가를 받은 게이트가 아니었다. 또한 대공저에 있는 포탈은 오로지 레오디안만이 활성화시킬 수 있었다.

게이트를 통하는 것은 꽤 많은 신성력을 소모해야만 하는 일이다. 하물며 정식 게이트가 아닌 포탈을 구동하는 데는 더욱 많은 양의 힘을 요했다. 그런데 레오디안이 포탈을 통해 제도로 돌아가겠다고 결정한 것은, 그만큼 지금 상황이 급박하게 돌아가고 있다는 뜻일 터였다.

"가시죠. 게이트는 바로 위층에 있습니다."

때문에 페이렌은 레오디안이 명한 대로, 더 이상 엘시아가 다른 일에 휘말리지 않도록 엘시아를 게이트까지 안내해야 했다. 페이렌은 자세한 사정을 얘기하지는 않았지만, 다행히 엘시아는 별다른 말없이 페이렌의 뒤를 따랐다.

그렇게 페이렌과 어느 정도 거리를 유지한 채로 걸음을 옮기며, 엘시아는 찰나 짤막한 의문을 머릿속으로 그렸다.

페이렌의 말을 미루어 보면, 먼 거리를 쉽게 오가는 방법이 있는 것 같았다. 그런데 레오디안은 어째서 그동안 마차를 타고 다녔던 걸까.

레오디안은 그간 이른 아침 마차를 타고 저택을 나섰다가 늦은 밤이면 다시 마차를 타고 돌아왔다. 미처 감추지 못하였을 정도로 피곤한 낯을 하면서도 말이다. 침실 창밖으로 레오디안이 돌아오는 모습을 확인한 후에야 잠들고는 하였던 엘시아는 그 사실을 잘 알고 있었다.

이상한 일이었다. 대체 왜 그랬던 걸까.

꼬리에 꼬리를 물고 이어지는 의문을 멍하니 더듬던 엘시아는 이내 머릿속에서 의문을 지워 버렸다. 혼자 고민한다 하여 알 수 있는 일도 아니었고, 큰 의미가 있는 일도 아닐 것이라는 생각에서였다.

"……이런."

머지않아 층계를 올라 복도로 나선 페이렌은 문득, 나직이 탄식하며 발걸음을 멈추었다. 그에 엘시아 또한 페이렌을 따라 걸음을 멈췄다. 게이트가 위치해 있는 곳에 도착하기도 전에 걸음을 멈춘 건, 이층 복도로 들어서기 무섭게 예상 밖의 인물을 맞닥뜨렸기 때문이었다.

"아리테스 영애."

레오디안이 한시라도 빨리 제도로 돌아가고자 하는 이유일 것이 분명한, 로지안이었다. 로지안은 미려한 얼굴로 미소 짓고 있었다. 반면 페이렌의 낯은 와락 찌푸려진 채였다.

"……황자 전하, 황궁으로 돌아가셨던 것이 아니었습니까?"

가볍게 예를 취한 페이렌은 엘시아의 앞을 가로막고 섰다. 그렇게 로지안의 시야를 자연스럽게 차단하였다.

"나는 경을 부른 것이 아닌데."

짜증을 감추지 않는 로지안의 기색에 페이렌은 마른침을 삼켰다.

분명 돌아간 줄 알았는데, 무슨 이유에선지 로지안은 여전히 신전에 있었다. 그것으로도 모자라 로지안은 마치 엘시아가 이층의 게이트로 올 것을 예상하고 있었다는 듯, 복도를 지키고 있었다.

"영애에게 전할 말이 있다. 그러니 좀 비켜 주겠나. 경이 가로막고 서있는 탓에 영애의 아름다운 얼굴을 볼 수가 없지 않나."

로지안의 푸른 눈동자를 마주하고 있는 페이렌의 어깨가 긴장으로 경직됐다. 그러나 페이렌은 로지안의 경고에도 자리에 못 박힌 듯 서서 움직이지 않았다.

"이러시면 곤란합니다. 곧 공작 각하가 이곳으로 오실 겁니다."

"내가 아리테스 영애를 잡아먹기라도 할 것이라 생각하고 있는 건가? 왜 이렇게 경계를 하는가."

저를 경계하고 있는 페이렌이 너무도 가소롭다는 듯, 로지안이 조소했다. 그러나 페이렌은 눈앞의 남자보다, 언제 이곳으로 올지 모를 남자가 더 두려웠다. 이곳으로 온 레오디안이 로지안을 마주치게 된다면 어떤 일이 벌어질 것인지 감히 짐작조차 할 수 없었다. 그런 생각에 페이렌이 입술을 짓씹을 때였다. 내내 잠자코 있던 엘시아의 목소리가 잠시간 이어지던 침묵을 깼다.

"저에게 하실 말씀이라는 게 뭔가요."

엘시아는 페이렌이 자신을 보호하고자 하는 마음에 제 앞을 가로막고 서 있는 것이라는 사실을 알았지만, 로지안이 쉽게 물러서지 않으리란 사실 또한 알았다.

그래서 엘시아는 페이렌이 곤란해질 수 있다는 걸 어렴풋이 짐작하면서도 앞으로 나섰다.

엘시아가 먼저 나서리라고는 예상하지 못했던 건지, 한껏 가늘어진 눈으로 엘시아를 응시하던 로지안은 조금쯤 턱을 들어 올리며 입을 열었다.

"이렇게 만나게 된 것도 인연인데, 얼마 뒤 황궁에서 열릴 연회에 그대를 초대하고 싶어서 말이야."

전혀 예상치 못한 로지안의 말에 당황한 것은 엘시아뿐만이 아니었다. 페이렌은 눈을 휘둥그레 떴다. 정말이지 너무도 당황스러웠지만, 그렇다고 해서 페이렌은 이 상황을 가만히 지켜보고만 있을 수 없었다. 벌써부터 엘시아에게 마수를 뻗고 있는 로지안을 어떻게든 저지해야 했다.

"전하, 아리테스 영애는 아까 신전에서 일어난 일로 큰 충격을 받으신 상태입니다. 안정을 취하셔야."

"경은 그 주제를 모르는 입을 좀 다물고 있는 편이 좋겠어."

로지안은 레오디안을 상대한 탓에 켜켜이 쌓였으나 미처 표출하지는 못했던 분노를 페이렌을 향해 오롯이 내보였다. 그 모습에 엘시아는 지체 없이 말을 꺼냈다.

"하실 말씀은 그게 전부인가요?"

"그럴 리가."

그제야 로지안의 시선이 엘시아를 향했다.

"내가 영애를 초대하는 입장이니…… 응당 무언가 선물해야 하는 것이 맞겠지. 그래서 묻는데, 그대는 지금 어디에서 머무르고 있지?"

"괜찮아요. 선물은 필요 없어요."

엘시아가 단호하게 말했고, 로지안은 미간을 좁혔다. 아리테스 가문이 그동안 시골 영지에 처박혀 지냈다고 하더니, 눈앞의 여자는 세상 물정을 전혀 모르고 있었다. 황자인 자신에게 예를 취하지 않는 것만 보아도 그랬다. 그것만으로도 충분히 어이가 없는데, 여자는 하잘것없는 가문 출신 주제에 자그마치 황자의 초대를 단칼에 거절했다.

새삼 분노가 치밀었으나 로지안은 애써 태연을 가장하며 입을 열었다.

"……초대에 응하지 않겠다는 건가?"

"아니요."

무미건조한 목소리에 로지안의 미간 사이 주름이 깊어졌다. 그렇게 잠시, 눈앞의 창백한 얼굴을 내려다보던 로지안이 고개를 모로 기울였다.

"……아니라고? 그렇다면 그대는 내게 초대장을 보낼 곳을 알려 줘야지."

"초대장은 제도에 있는 로켄페데스 대공저로 보내시면 돼요."

아까부터 느낀 건데, 조금만 힘주어 쥐면 바스라질 것 같은 여자는 의외로 단호한 구석이 있었다. 어쩐지 묘한 느낌이 들어, 로지안은 입을 닫았다. 그렇게 잠시간 침묵한 끝에 로지안은 고개를 끄덕였다.

"……그래. 그러지."

로지안이 대답하기 무섭게 엘시아는 고개를 돌렸다. 그렇게 페이렌에게 시선을 둔 엘시아가 말했다.

"얘기 끝났으니까 이제 가요."

유약한 사람이라 생각하고 있었으나, 생각했던 바와는 전혀 다른 엘시아의 모습에 페이렌은 조금쯤 넋이 나간 얼굴로 엘시아를 응시했고, 엘시아는 그런 페이렌의 손을 잡고 걸음을 내디뎠다.

게이트가 어디에 있는지도 모르면서 엘시아는 거침없이 걸음을 옮겼다. 엘시아에게 이끌려 걷는 페이렌은 여전히 얼이 빠진 채였다.

* * *

기다림은 길지 않았다.

레오디안과 리리엔은 머지않아 게이트가 있는 곳으로 왔다. 로아나가 지체 없이 게이트를 열었고, 레오디안은 리리엔의 손을 잡았다. 그리고 엘시아를 향해 손을 내밀었다.

엘시아는 제 앞으로 내밀어진 커다란 손을 물끄러미 내려다보았다. 그런 엘시아를 재촉한 건 레오디안이 아닌, 리리엔이었다.

"언니."

"……아, 응."

엘시아가 조심스럽게 레오디안의 손을 잡았다. 그러자 뼈마디 굵은 단단한 손이 엘시아의 손을 깍지를 껴 잡았다. 그렇게 틈 없이 맞물린 손을 바라보다 무심코 시선을 들어 올렸을 때, 엘시아는 곧장 레오디안과 시선을 맞닥뜨리게 되었다. 그러나 그것은 잠시였다. 이내 레오디안은 고개를 돌린 탓이다.

덕분에 찰나 얽혔다 자유로워진 시선을 돌린 엘시아는, 레오디안에게서 피어난 푸른 연기가 차츰 주변으로 퍼져 나가고 있었다는 것을 뒤늦게 알아차렸다. 그에 당황한 엘시아가 몸을 굳힐 새도 없이, 레오디안은 엘시아와 리리엔을 이끌고 게이트를 넘었다.

세 사람이 대공저에 도착한 것은 실로 순식간의 일이었다. 엘시아는 저도 모르게 질끈 감고 있던 눈을 떴다.

엘시아의 시아에 익숙한 저택 내부가 들어왔다. 방 안을 천천히 눈에 담던 엘시아는 불현듯 숨을 들이켰다. 시야가 뒤틀리며 풍경이 마구 어그러지기 시작했고, 온 신경이 바짝 곤두서는 듯한 느낌과 함께 눈앞이 아찔해진 탓이었다.

그런 엘시아의 귓가에 멀거니 문이 열리는 소리가 들렸다. 레오디안이 꼭 맞물려 있던 손을 놓은 것도 그 무렵이었다.

순간 엘시아는 그 손을 붙잡아야 한다고, 생각했다.

그러나 레오디안은 미처 붙잡을 새 없이 멀어져 버렸고, 엘시아의 의지를 너무도 쉽게 배반한 팔은 아래로 축 늘어졌다.

"아……."

이윽고 조그맣게 신음을 내뱉은 것과 동시에 엘시아의 몸이 힘없이 바닥으로 추락했다.

흐려지는 의식 속, 엘시아가 마지막으로 본 것은 자신을 향해 달려오는 레오디안의 모습이었다. 무슨 이유에선지 짐짓 일그러진 얼굴은 그러나, 늘 그렇듯 수려해 보였다.

이제 일상이 된 그 미려한 낯은 엘시아로 하여금 과거 자신의 숨이 멎어 가던 순간을 떠올리게 만들었다. 그래서 엘시아는 지금 이 상황이 어쩐지 그때와 비슷한 것 같다는 생각을 했다. 그리고 그때처럼, 엘시아는 미련 없이 눈을 감았다.

하지만 이는 단지 엘시아 혼자만의 생각이었을 뿐으로, 상황은 그때 같지 않았다.

홀로 죽음을 기다렸던 그때와 다르게, 엘시아는 문득 덮쳐 오는 온기를 느꼈다. 익숙한 체취와 함께 다가온 온기는 엘시아를 조심스럽게 감싸 안았고, 또한 엘시아가 망설임 없이 놓아 버리려고 했던 의식의 끝자락을 꽉 붙들고는 놓아주지 않았다.

"⋯⋯리리엔."

그러나 엘시아는 눈을 뜨지 않았다.

"포탈을 닫아라."

지독히 가라앉은 목소리를 똑똑히 들었으면서도.

엘시아는 꿋꿋하게 눈을 감은 채로 숨을 죽였다. 결코 놓을 수 없다는 듯 자신을 끌어안고 있는 이 단단한 품이 그다지 나쁘지만은 않아서.

그래서 엘시아는 잠자코 레오디안의 품에 안긴 채로 그저 숨을 쉬었다.

자신보다 한참은 넉넉한 품이 건네는 온기에 가만 싸여 있으려니, 어쩐지 평온해지는 느낌이었다. 리리엔이 아닌 인간과 이토록 오래도록 접촉하고 있는 건 처음 있는 일이나, 엘시아는 지금 이 상황이 마냥 불편하지는 않았다.

오히려 엘시아는 안심했다.

만약 레오디안이 리리엔이 그랬듯, 자신의 정체를 알아차렸더라면 쓰러진 자신의 모습을 차가운 눈으로 내려다보았을 것이다. 이렇듯 다가와 자신을 품에 안지는 않았을 터였다. 엘시아는 진실로 그렇게 믿었고, 그런 생각에 크게 안도했다.

"리리엔, 로이셀과 함께 침실로 돌아가 있어라."

"하지만 엘시아가⋯⋯."

"걱정하지 말고."

로이셀이 리리엔을 향해 말을 건네는 소리와 리리엔이 레오디안에게 당부하는 목소리, 레오디안의 나직한 대답과 뒤이어 문이 여닫히는 소리를 끝으로 찾아든 정적 따위를 엘시아는 그저 가만가만 흘려보냈다.

　그러는 동안 흐트러지고 먹먹해졌던 엘시아의 의식은 점차 선명해져 갔다. 코끝 감돌고 있던 달콤한 향 또한 생생해지기만 했다. 저를 끌어안고 있는 품의 미온한 온기도 선연해지고 있었다. 하지만 엘시아는 그 어떤 것도 뿌리치지 않았다.

　일순 레오디안의 힘이 엘시아의 내부를 한차례 찢어 놓았으나, 엘시아의 몸은 천천히 재생하기 시작했다. 때문에 엘시아의 바람대로는 되지 않았다. 정신을 잃는다거나, 숨이 끊어진다거나 하는 일은 없었다. 불행하게도 엘시아의 육체는 너무도 강인했다. 그래서 엘시아는 레오디안이 다시 힘을 사용하기를 바랐으나, 이 역시도 엘시아의 바람대로는 되지 않았다.

　리리엔과 로이셸이 떠나고도 한참. 영원토록 엘시아를 품에 안고 있을 것 같던 레오디안이 엘시아를 놓아주었고, 그제야 엘시아는 의식을 놓아 버리려던 마음을 접었다. 엘시아는 등에 닿는 푹신한 것을 느끼며 결국 눈꺼풀을 들어 올렸다.

　몸을 일으키고 있던 레오디안이 엘시아와 시선을 부딪히자 멈칫했다. 하지만 찰나였고, 레오디안은 곧 몸을 곧게 세웠다. 엘시아는 그를 물끄러미 올려다보았다.

　레오디안은 아무런 말이 없었다. 이내 엘시아에게서 몸을 돌린 레오디안은 벽에 바짝 붙어 자리해 있는 포탈로 다가갔다. 레오디안은 포탈 위로 붉은 천을 덧씌웠고, 그 옆에 자리한 창에 커튼을 치거나 했다. 엘시아는 레오디안이 하는 양을 가만 주시했다.

　그러다가 고개를 돌렸다. 그때야 엘시아는 지금 자신이 푸른 망토 위에 누워 있다는 사실을 알아차렸다. 레오디안이 기사단복 위로 두르고 있던 두꺼운 망토였다.

　그래서인지 망토에서는 레오디안의 특유 달콤한 체취가 묻어 있었다. 이제 엘시아는 그 향기에서 도망치지 않았다. 이곳에서 머무는 이상 좀처럼 멀리할 수 없는 향기이니, 도망치는 건 하등 의미 없는 일이라는 걸 알았다. 그래서 엘시아는 순순히 숨을 들이쉬고, 이내 내쉬었다.

그렇게 얼마나 지났을까.

무슨 이유에선지 레오디안은 방을 떠나지 않았다. 그저 기척 없이 자리를 지키고 서 있을 뿐이었다. 하고자 하였던 일을 전부 마쳤을 텐데, 레오디안은 이곳을 떠나지 않았다. 엘시아는 그것이 퍽 의아했다. 레오디안이 서 있을 법한 곳으로 다시금 고개를 돌린 건 그런 이유에서였다.

엘시아는 곧장 레오디안과 눈이 마주치게 되었다. 그에 엘시아는 레오디안이 계속 자신에게 시선을 두고 있었노라 어렴풋하게나마 짐작할 수 있었다.

엘시아와 시선을 맞댔으나 레오디안은 이번에는 멈칫하지 않았다. 다만 말없이 엘시아를 응시할 뿐이었다. 덕분에 엘시아와 레오디안 사이에 오가는 건 오직 시선뿐으로, 정적은 계속되었다. 그 누구도 먼저 말을 꺼내려 하지 않았다.

엘시아는 자신을 둘러싸고 있는 고요함이 익숙했다. 레오디안과 마주하고 있노라면 늘 이러했다. 언젠가는 그저 불편하다 여겼으나, 그래도 어느 정도 익숙해진 탓인지, 이제 엘시아는 레오디안과 서로 말없이 그저 시선을 얽고 있는 것이 영 불편하지만은 않았다.

그러나 언제까지고 이렇듯 이곳에서 있을 수는 없는 노릇이었다. 곧 어둠이 찾아들 것이고, 엘시아는 아까부터 적지 않은 피로감을 느끼고 있었다. 레오디안도 크게 다르지 않을 것이다. 그래서 엘시아는 먼저 입을 열었다.

"신전에서 만난 남자가 저에게 초대장을 보내겠다고 했어요."

그러자 레오디안의 눈이 가늘어졌다. 엘시아는 지금 레오디안이 불쾌해하고 있다는 것을 금세 눈치챌 수 있었다. 무슨 이유인지는 모르겠지만.

엘시아는 잠자코 레오디안의 대답을 기다렸다. 레오디안은 꽤 뜸을 들인 후에야 입을 열었다.

"2황자 전하를 말하는 겁니까."

"네."

엘시아의 담담한 대답에 레오디안이 고개를 끄덕였다. 그렇군요, 혼잣말처럼 읊조리면서.

레오디안은 내내 서두를 것 없다는 듯한 태도였다. 엘시아가 먼저 말을 꺼낸 것이 무색하게도 대화는 더 이상 이어지지 않았고, 엘시아는 침실로 돌아가는 편이 좋겠다는 생각을 하며 몸을 일으켰다.

"그래서 뭐라고 대답했습니까."

그때 문득 레오디안이 말했다. 꽤 한참 만에 들려온 목소리였고, 그에 엘시아는 레오디안에게 눈길을 주었다. 자리에 앉은 덕분에 눈높이가 가까워지기는 했지만, 엘시아는 여전히 레오디안을 올려다봐야 했다.

아까 레오디안이 커튼을 친 탓에 밖에서부터 들어오던 빛은 온전히 차단된 채였고, 방을 밝히는 그 흔한 촛불 하나 없어 방은 어스름했다. 레오디안의 눈동자가 유독 가라앉아 있는 것처럼 보이는 건 그 때문일까. 엘시아는 의미 없는 고민을 했다.

"그래서…… 이곳으로 초대장을 보내라고 했어요."

그러느라 엘시아의 대답이 한참 뒤늦게야 나왔으나 레오디안은 크게 신경 쓰는 듯한 기색이 아니었다. 엘시아와 달리 레오디안의 목소리는 금방 방 안에 울려 퍼졌다.

"초대에 응할 생각입니까?"

레오디안이 한 걸음 내디뎠다. 엘시아는 저를 향해 다가오는 레오디안에게서 시선을 떼지 않은 채로 되물었다.

"거절해도 되는 건가요?"

레오디안은 엘시아가 손 뻗으면 닿을 정도의 가까운 거리에서야 걸음을 멈추었다. 그러고는 대답했다.

"당신이 원한다면."

"하지만 그랬다가 혹시라도 리리엔에게 피해가 가는 건 아닌지……."

"당신은 하기 싫은 일을 억지로 할 필요가 없습니다."

레오디안은 대수롭지 않다는 듯 평이한 어조로 말했다. 그에 엘시아의 입술이 맞물렸고, 그 맞물린 입술에 레오디안의 시선이 꽤 한참 머물렀다.

이제는 엘시아의 것이 된 아리테스 가문은 원래가 한미한 가문으로, 로지안의 초대를 거절할 위치가 아니었다. 또한 로지안이 엘시아를 초대한 것은, 분명 리리엔을 염두에 둔 것일 테다. 그러니만큼, 로지안은 엘시아를 향한 관심을 쉽게 거두지 않을 터였다.

리리엔을 포섭하기 위해 엘시아를 이용하려 할 것이리란 사실을, 레오디안은 어렵지 않게 짐작할 수 있었다.

"가기 싫은 곳 또한 구태여 갈 필요 없습니다."

하지만 레오디안은 그렇게 말했다.

엘시아는 원하는 것, 하고 싶은 것, 가고 싶은 곳, 그 어떤 것 하나 먼저 말하는 법이 없었다. 대부분의 시간을 리리엔과 함께 갇힌 채로 보내온 엘시아였다. 이제 고작 요헴을 방문한 것이 다였다. 가고 싶은 곳만 가기에도 시간이 부족했다.

"리리엔도 같은 생각일 겁니다."

엘시아는 제법 눈치가 빨랐다. 그래서 엘시아가 리리엔을 위해 로지안의 초대에 응하리란 것은 충분히 짐작할 수 있었지만, 레오디안은 그저 그렇게 말했다.

엘시아가 자세한 속사정까지 알 리 없었다. 황실과 신전, 그리고 로켄페데스의 관계에 대하여 엘시아가 알고 있을 리 없었으므로, 레오디안은 일말의 망설임 없이 다시금 반복했다.

"그러니까 가고 싶지 않은 곳에는 가지 않아도 됩니다."

엘시아는 그러나, 레오디안의 말을 선뜻 믿을 수 없었던 건지 의아한 낯으로 고개를 기울였다. 그에 따라 기다란 검은 머리칼이 조금쯤 흐트러졌고, 레오디안은 그 모습을 퍽 집요하리만큼 주시하였다.

엘시아는 습관적으로 다른 이의 눈치를 살폈고 타인의 기척에 예민하게 반응했다. 그래서 그런지 엘시아는 타인의 기색으로 상황을 기민하게 알아차리고 파악하고는 했다.

그러나 동시에 순진한 구석이 있었다. 당연한 일이었다. 이제껏 갇혀 살았으니. 그러므로 작정하고 숨기면, 엘시아는 속을 것이다.

레오디안은 혹시라도 엘시아가 무언가 이상하다는 것을 알아차리기 전에, 엘시아를 향해 손을 내밀었다. 엘시아의 시선을 돌릴 생각으로.

그리고 엘시아는 레오디안의 생각대로 눈에 띄게 당황했다. 레오디안은 물러서지 않았고, 엘시아는 레오디안의 생각을 가늠이라도 하듯 미간을 좁힌 채 레오디안을 올려다보았다.

레오디안은 엘시아가 됐다며 고개를 젓거나, 스스로 일어나거나 할 것이라 생각했다. 애초에 엘시아가 다른데 시선을 돌리게끔 하려던 것이었으니, 레오디안은 목적하였던 바를 어느 정도 달성한 셈이다. 그러나 레오디안의 생각과는 다르게 엘시아는 돌연 레오디안의 손을 잡았고.

이번에는 레오디안이 당황해 흠칫 몸을 굳혔다. 가는 손, 그 손으로부터 전해지는 차디찬 온도가 선연했고, 저를 물끄러미 올려다보고 있는 붉은 눈동자는 여전히 무덤덤했다.

그 검붉은 눈동자에 시선이 묶여 버리기라도 한 것처럼 눈을 떼지 못하던 레오디안의 울대가 불현듯, 크게 상하운동 했다. 엘시아의 입매가 미묘하게 호선을 그리게 된 건 그때였다.

그를 목도한 레오디안의 눈이 커다랗게 뜨였다. 두 눈으로 똑똑히 보았으나, 그럼에도 믿을 수가 없어서.

그러나 이내 엘시아는 레오디안에게서 고개를 돌렸다. 그에 레오디안이 조금쯤 미간을 좁히기 무섭게, 굳게 닫혀 있던 문이 문득 다급하게 열어젖혀지며 커다란 소리를 냈다. 그제야 내내 엘시아에게 고정되어 있던 레오디안의 시선이 목적지를 달리했다.

"죄송합니다, 각하. 허나 급하게 전해야 할 것이 있습니다. 지금, 지금 저택 밖에."

갑작스럽게 문을 열고 방 안으로 들어온 것은 로이셀이었다. 로이셀은 드물게 당황한 낯으로, 한껏 거칠어진 숨을 몰아쉬며 간신히 말을 이어갔다.

"저택 밖에 엘시아 님을 찾아온 자가 있습니다. 자신이 엘시아 님의 혈육이라 주장합니다. 지금까지 엘시아 님을 찾아 헤매 왔다고 하는데……."

흘깃 바라본 엘시아의 표정이 심상치 않아서, 로이셀은 말끝을 흐렸다. 그런 뒤 로이셀은 숨을 고르며 엘시아와 레오디안을 살폈고, 레오디안은 곧바로 엘시아를 돌아보았다.

어두운 사위 속 엘시아의 옆얼굴은 어쩐지 평소보다 더 창백해 보였다.

자신의 혈육이라 주장하는 자가 찾아왔다고.

로이셀은 분명 그렇게 말했으나 엘시아는 그 어떤 기운도 느낄 수 없었다. 그를 인지하자 하얗게 질렸던 머릿속이 차츰 본연의 색을 찾아갔고, 일순 파리하게 질렸던 엘시아의 낯 또한 평소의 건조함을 되찾았다.

리리엔을 괴물의 마을로 납치해 온 것이 스위티아였다.

그러니까 스위티아가 사실은 죽지 않고 살아 있다면, 스위티아가 괴물의 마을에서 도망친 리리엔을 뒤쫓아 대공저로 온 것은 하등 이상한 일이 아니었다. 다만 이렇듯 떳떳하게 방문할 리 없다는 생각에 의아했지만.

'나를 찾아왔다는 게 스위티아일 리는 없어.'

그것만큼은 확신할 수 있었다.

여전히 동족의 기운이 전혀 느껴지지 않았기 때문이었다. 그리고 그 사실은 엘시아를 안도케 하였다. 짧지 않은 시간, 인간 틈에서 지낸 탓에 감각이 둔해진 것이 아니라면, 저택 밖에 있다는 누군가가 자신과 같은 존재일 리 없었다.

스위티아가 아니라면 그 누가 자신을 찾아온 것일까.

뒤이은 의문에 엘시아는 미간을 좁혔다. 그도 그럴 게, 엘시아의 혈육은 스위티아뿐이었다. 엘시아를 낳는 데 이용한 인간은 스위티아의 손에 죽었을 것이 분명했다. 그런데 자신의 혈육이라니.

의문은 꼬리에 꼬리를 물고 이어졌다. 좀처럼 끝이 보이지 않았다. 그래서 엘시아는 일단 몸을 일으키기로 했다. 엘시아는 내내 잡고 있던 레오디안의 손을 놓았고, 곧장 자리에서 일어났다. 그 모습을 두 쌍의 눈동자가 주시하고 있었다.

"저에게는…… 가족이 없어요."

그 두 쌍의 눈동자를 차례로 돌아보며 엘시아가 말했다.

그간 돈을 바라고 감히 대공을 상대로 사기를 치려는 자들을 몇 번이고 경험했던 로이셸은 엘시아의 말에 별달리 놀란 기색이 아니었으나, 레오디안은 아니었다. 레오디안은 의아한 듯 한쪽 눈썹을 추어 올렸다.

"전에 분명 가족에 관한 건 기억하지 못한다 하지 않았습니까."

"제 가족에 대해서는 굳이 말할 필요가 없을 것 같아서, 거짓말을 했어요."

엘시아의 사정이야 어찌 됐건, 지금 엘시아의 말은 레오디안에게 있어서는 명백히 선을 긋는 행위로 받아들여졌다.

레오디안은 이제는 아무것도 잡고 있지 않은 손을 내려다보았다. 엘시아는 먼저 레오디안의 손을 잡기는 했으나, 결국 레오디안의 손을 놓고는 자신의 힘으로 일어섰다.

어쩐지 레오디안은 버석대는 모래라도 씹고 있는 듯한 기분이 되었다. 이유는 모르겠다. 그냥, 그런 기분이었다. 그 때문에 레오디안은 말문이 막혔다. 선뜻 무슨 말을 해야 할지 알 수 없었다. 그러나 레오디안은 제 대답을 기다리고 있는 엘시아를 향해 무슨 말이라도 해야 했고, 그리하여 뒤늦게나마 입을 열었다.

"그렇군요."

"네, 그러니까 저를 찾아왔다는 사람의 말도 전부 거짓말이에요."

엘시아는 기다렸다는 듯 대답했다. 망설임도 떨림도 없는 또렷한 목소리였다. 레오디안은 말없이 로이셸을 향해 고개를 돌렸고, 로이셸은 조금쯤 고개를 숙이며 입을 열었다.

"그렇다면 당장 그자를 돌려보내겠습니다."

말을 마친 로이셸은 방으로 들어왔을 때 그러하였듯, 황급히 자리를 떠나려고 하였다.

"괜찮다면 저도 같이 내려가서 그 사람을 만나보고 싶어요."

그런 로이셸을 붙잡듯 엘시아가 퍽 다급하게 말을 꺼냈다. 그러자 일순 멈칫한 로이셸이 뒤를 돌아보았다.

잠시 말없이 엘시아를 바라보던 로이셀은 곧 눈길을 돌려, 레오디안의 동의를 구하듯 그를 주시했다. 뒤이어 엘시아의 시선이 로이셀이 눈길을 내어놓은 곳으로 따라붙었다.

두 사람의 시선을 받으며 묵묵히 자리를 지키고 있던 레오디안은 이내 가볍게 고개를 끄덕였다.

* * *

정문은 굳게 닫혀 있었다.

그 닫힌 문을 바라보며 엘시아는 처음 이곳을 찾아왔을 때를 떠올렸다. 그때와 달라진 점이 있다면, 지금 엘시아는 저택 밖이 아닌, 안쪽에 서 있다는 점이었다.

엘시아는 문 너머로 보이는 남자에게 시선을 두었다.

남자는 괴물이 아닌 인간이었다. 추레한 차림에 초췌한 낯을 한 남자는 선뜩한 표정을 얼굴 위로 덧그리고 있기는 하였으나 분명, 인간이 맞았다. 그 사실을 인지하고 나자, 엘시아는 좀처럼 쉽게 떨쳐 낼 수 없었던 불안을 떨쳐 낼 수 있었다.

한편 엘시아를 보고 일순 반색하였던 남자는 한껏 움푹 파여 들어가 있는 퀭한 눈으로 엘시아만을 직시했다. 그러면서 연신 입술을 여닫을 뿐 아무런 말이 없었다. 그 버석 마른 입술을 지켜보다, 엘시아는 이내 시선을 내려뜨렸다.

엘시아의 기억에는 없는 남자였다. 갑작스럽게 자신을 찾아온 이가 스위티아도, 괴물도 아니라는 걸 확인한 이상 엘시아에게는 더는 이 자리를 지키고 있을 이유가 없었다.

"……모르는 사람이에요."

엘시아는 지체 없이 몸을 돌렸다. 그러기가 무섭게 사태를 관망하듯 지켜보고 있던 레오디안이 엘시아의 시아에 들어왔다.

"그렇다고 하시니, 두 번 다시는 이곳을 찾아오지 마시오."

로이셀은 이번은 그냥 넘어가나, 다시 이곳을 찾아온다면 그때는 치안대에게 넘기겠다는 경고를 덧붙였다.

"사, 사실, 저는 심부름을, 엘시아를 데려오라는⋯⋯."

"친동기간이 아니라는 얘기군."

레오디안이 무미건조한 어조로 남자의 말허리를 잘랐다.

"가, 가지 마세요. 다, 당신은, 저, 저를 따라와야, 해요."

그러나 남자는 개의치 않고 엘시아를 향해 더듬더듬 말을 건넸다. 그 잔뜩 떨리는 목소리에 엘시아의 시선이 다시금 남자에게로 향했다. 이제 보니 남자는 마치 누가 뒤를 쫓아오기라도 하는 양 겁에 질려 있었다. 그래서였을까. 이제 엘시아는 쉽게 걸음을 떼지 못했다.

남자를 무시하고 들어가야 하는데. 그렇게 생각하면서도 엘시아는 눈앞의 겁을 집어먹은 듯한 눈동자에서 시선을 떼지 못했다. 남자가 어째서 저렇듯 겁을 내는 건지 의아했다. 그리고 인간이면서 대체 무슨 이유로 괴물의 심부름을 하는 건지도.

"엘시아 님, 이만 안으로 들어가시지요. 먼 길을 오시느라 피곤하실 텐데, 애먼 곳에 신경을 쓰시다 더욱 피로해지시기라도 할까 걱정입니다."

로이셀의 말은 레오디안을 의식한 말이기도 했다.

실제로 포탈을 운용하는 건 꽤나 많은 힘을 필요로 하는 일이었다. 로이셀은 레오디안이 쓸데없는 일에 시간을 허비하기를 원치 않았다.

평소 레오디안은 신전 기사단 집결지와 신성지를 오가는 바쁜 생활을 했다. 저택으로 돌아오지 않는 날이 대부분이었다. 그러나 리리엔이 저택으로 돌아온 이후, 레오디안은 될 수 있으면 저택에서 밤을 보냈다. 때문에 로이셀은, 최근 레오디안이 전보다 무리한 생활을 하고 있다는 것을 누구보다도 잘 알고 있었다.

"엘시아 님."

로이셀이 다시금 엘시아를 불렀다. 그 부드러운 목소리에, 마치 발목을 붙잡힌 사람처럼 자리에 못 박힌 듯 서 있던 엘시아가 가까스로 걸음을 옮겼다.

"아, 안 돼⋯⋯."

엘시아가 어느 정도 거리를 두고 서 있던 레오디안과 가까워졌을 때였다.

"보르크! 보르크를, 알지요?"

남자의 처절한 외침에 엘시아가 멈칫했다.

"보르크, 아, 아시죠? 제발……."

"몰라요. 그런 사람."

엘시아는 남자를 돌아보지도 않고 단호하게 말했으나, 레오디안은 찰나 금이 갔던 엘시아의 표정을 똑똑히 목격했다. 그것은 실로 순식간의 일로, 엘시아는 다시 평소의 무덤덤한 낯으로 돌아왔으나 레오디안은 분명히 보았다.

사실, 깊게 생각하지 않아도 의문스러운 점은 한둘이 아니었다. 엘시아는 남자를 모른다 하였으나, 남자는 엘시아의 이름을 정확하게 알고 있었고, 또한 엘시아가 이 저택에서 지내고 있다는 걸 알고서 찾아왔다.

물론 엘시아와 리리엔은 신성지로 가서 고해성사를 하였고, 그 모습을 여러 귀족이 보기는 하였다. 하지만 엘시아가 아리테스 가문 출신으로, 지금 로켄페데스 저택에 머물고 있다는 사실은 황자만이 알고 있는 이야기였다. 레오디안의 가신과 측근 몇 명을 제외한다면 말이다.

설령 황자가 엘시아에 관한 소문을 퍼트렸다 하더라도, 소문이 이렇듯 빨리 퍼졌을 리는 없었다. 이는 다른 말로 하면, 남자는 엘시아의 신변에 관련된 것들을 진작 알고 있었다는 말이 된다. 그러니까 엘시아와 리리엔의 안전을 위해서라도 남자를 캐물어야 함이 옳았다.

"저 사람이 다시는 이곳을 찾아오지 못하게 해 주세요."

그러나 레오디안은 이번에도 그저 고개를 끄덕였다. 좀처럼 무엇 하나 먼저 요구하는 법이 없는 엘시아의 부탁을 차마 단칼에 거절할 수가 없었기에.

레오디안은 이윽고 그의 곁을 스쳐 걸어가는 엘시아를 눈으로 좇았다. 그러다 어스름한 어둠이 내려앉은 정원, 유난히 가냘프게 보이는 뒷모습을 따라 걸음을 옮겼다.

* * *

리리엔이 자신의 정체를 알고 있었다는 사실에 절망하고 있을 새도 없었다. 자신의 정체가 완전히 탄로 날지 모르는 상황에 처한 이상, 엘시아는 내내 흔들리고만 있었으나, 모르는 척 외면하고 있던 마음을 비로소 명확히 해야 했다.

리리엔이 자신이 스위티아와 같은 괴물이라는 걸 알고도 자신을 받아들여 주었다는 건 분명 기쁜 일이었다. 하지만 엘시아는 결코 들키고 싶지 않았던 치부를 그 누구도 아닌 리리엔에게 들키고야 말았다는 사실이 괴로웠다.

무엇보다도 괴로운 건, 자신을 둘러싼 상황이 자꾸만 영 알 수 없는 곳으로 흘러가고 있다는 점이었다.

오늘 엘시아를 찾아온 남자는 엘시아가 죽여 버린 괴물, 보르크를 입에 담았다. 엘시아 앞에서 보르크의 이름을 운운한 것은 그 남자가 처음이 아니었다.

'얼마 전 네가 보르크를 죽이는 걸 봤어. 아주 멋지던걸.'

신성지에서 만난 남자는 엘시아가 동족을 죽이는 모습을 목격하였던 게 분명했다. 엘시아가 동족을 먹는다 착각한 남자는 여전히 엘시아를 무리에 끌어들일 생각인 것 같았다.

엘시아는 진실로 리리엔의 곁에 조금이라도 더 오래 머물고 싶었다. 하지만 제 욕심을 채우자고 리리엔을 위험에 빠트릴 수는 없었다. 그러므로 엘시아는 이제 결정을 내려야 했다.

떠날 것인지, 아니면 머물 것인지.

사실 끝은 이미 정해져 있었다. 단지 엘시아가 마음을 먹느냐, 그렇지 않느냐에 달린 문제였다. 리리엔을 떠나는 건 엘시아가 예전부터 생각해 오던 일이었다. 다만 어느덧 엘시아의 안에서 커다랗게 몸집을 불린 미련이 엘시아의 마음을 연신 흔들어대고 있었고, 그래서 엘시아는 자꾸만 망설이게 되었다.

'리리엔이 아카데미에 입학하는 것까지는 보고 떠나고 싶은데.'

지그시 눈을 감고 있던 엘시아는 문득 눈을 떠, 의미 없이 시선을 돌렸다.

그런 엘시아의 시야에 창가 자리해 있는 조그만 화분이 들어왔다. 푸른 꽃봉오리는 여전히 굳게 맺혀 있었다.

어쩌면 저 꽃이 피기도 전에 이곳을 떠날지도 모르겠다.

그렇게 한참 동안 화분에 시선을 고정하고 있던 엘시아는 돌연 몸을 돌려 누웠다. 창가를 등진 채로 엘시아는 한껏 몸을 웅크렸다. 그러면서 눈을 감았다.

오늘 저택을 찾아온 남자를 만난 직후 떠나는 건 레오디안의 의심을 살 수도 있는 일이었다. 레오디안이 자신의 뒤를 캘 수도 있고, 리리엔이 자신을 찾겠다고 나설 수도 있었다. 그러니까…….

'조금만 더.'

엘시아는 그렇게 몇 번이고, 이곳에서 더 머물러야만 하는 이유를 자신에게 변명하듯 계속해서 덧붙였다.

결국, 뜬눈으로 밤을 새운 엘시아는 누구보다도 먼저 아침을 맞이했다.

엘시아는 일단 아무 일도 없었던 것처럼, 아무렇지 않은 것처럼 행동하기로 했다. 리리엔에게는 아무런 내색을 하고 싶지 않았으므로. 엘시아는 멍하니 창밖을 바라보며 마음을 굳혔다.

그렇게 얼마나 지났을까. 에밀리아가 찾아왔다. 이른 아침부터 엘시아를 찾아온 에밀리아는 무슨 이유에서인지 퍽 곤혹스러운 낯을 하고 있었다. 엘시아는 에밀리아가 리리엔의 수업은 어쩌고 자신을 찾아온 건지 의아했다. 그러나 엘시아의 의문은 오래도록 이어지지 않았다.

에밀리아는 아무런 말없이, 그저 화려해 보이는 편지를 건넸다. 그리고 한 걸음 물러나서는 엘시아가 지칼로 편지를 뜯어내기를 잠자코 기다렸다. 엘시아는 어색한 손길로, 잘 봉해져 있던 편지를 열어 보았다. 그리고 조금쯤 얼떨떨한 얼굴로 손에 든 것을 살폈다.

유려한 필체로 적힌 문장은 채 몇 줄이 되지 않았다. 그래서 엘시아는 어렵지 않게 모든 문장을 읽어 내릴 수 있었다. 마지막 문장을 몇 번이나 되풀이해 읽은 엘시아는 조금 뒤 시선을 들어 올려, 에밀리아와 눈을 맞췄다.

엘시아와 시선을 마주하기 무섭게 에밀리아가 눈을 내리깔았다. 에밀리아는 여전히 곤란한 기색이었다. 그 모습을 잠시간 묵묵히 바라보던 엘시아는 이내 눈길을 돌려, 손에 든 것을 다시금 내려다보았다.

엘시아가 에밀리아에게서 받은 건 1황자, 하일롭 헤스테인으로부터 온 초대장이었다.

딱딱한 종이 끝을 계속해서 만지작거리다가 결국 손가락을 베였다. 엘시아는 검지 끝에 맺힌 핏방울을 물끄러미 내려다보았다.

"각하께 알리실 건가요?"

불현듯 목소리가 끼어들어, 엘시아는 고개를 들어 올렸다. 엘시아의 눈에 비친 에밀리아는 꽤나 불안해하고 있는 것처럼 보였다.

"제가 당신에게 초대장을 전해 주었다는 사실을 각하께 알리실 생각인지 물었어요."

에밀리아가 반복했다. 에밀리아는 엘시아가 대답하지 않는 건, 자신의 말을 듣지 못했기 때문이리라 짐작한 듯했다.

"그러면 곤란해지시는 건가요?"

"……."

에밀리아는 대답하지 않았지만, 에밀리아의 침묵이 긍정이라는 것쯤은 어렵지 않게 알아차릴 수 있었다.

엘시아는 어째서 에밀리아가 초대장을 가지고 온 건지, 그리고 왜 그 사실을 레오디안에게 감추려고 하는 건지 궁금했지만, 이내 머릿속에서 의문을 지워 냈다.

에밀리아는 리리엔이 이 저택에서 가장 많은 시간을 함께하는 사람이었다. 엘시아는 그런 에밀리아를 곤란하게 만들고 싶은 생각이 전혀 없었다.

"당신이 초대장을 전해 주었다고는 말하지 않을게요."

"……감사합니다."

그러나 에밀리아는 여전히 곤혹스러운 듯, 그다지 편치 않은 낯빛을 한 채로 엘시아를 향해 고개를 숙였다. 그 모습에 도리어 엘시아의 속이 얹힌 듯 불편해졌다.

"그럼 저는 이만 아가씨를 뵈러 가 보겠습니다."

고개를 들어 올린 에밀리아는 엘시아에게 갑작스러운 인사를 건넸고, 엘시아가 미처 붙잡을 새도 없이 침실을 떠났다.

문이 닫히는 소리를 마지막으로 침실에는 적막이 내려앉았다.

그 자리에 못 박힌 듯 멍하니 서 있던 엘시아는 이내 시선을 내려, 종이에 베인 손가락 끝을 주시했다.

어느새 굳은 피는 손가락에 가느다란 붉은 선을 만들어 둔 채였다. 하지만 엘시아는 피를 닦아 내면, 손가락에 그 어떤 흔적도 남아 있지 않으리라는 사실을 알았다. 마치 손가락을 베인 적조차 없다는 듯 깨끗하리라는 사실을 말이다.

에밀리아와 대화를 나눈 짧은 시간 동안, 손가락 위에 생겨났던 조그만 상처는 씻은 듯 사라졌을 터였다. 애초에 그렇게 만들어져 있는 신체였다. 죽음에 이를 정도의 깊은 상처가 아니고서는, 엘시아의 살갗에 희미한 흔적조차 남기지 못했다.

꽤 한참 하릴없이 손을 내려다보고 있던 엘시아는 곧 시선을 옮겼다. 그렇게 내내 손에 쥐고 있던 초대장에 눈길을 주었다.

'환영 연회……'

누구를 환영하는 연회인지는 적혀 있지 않아 알 수 없었다. 하지만 엘시아는 어쩐지 찝찝한 느낌에 한참 초대장을 반복해 읽었다. 초대에 응하고 싶은 생각은 없었다. 그런데 막상 초대장을 받게 되니 고민하게 되었다.

초대장까지 받았는데, 정말 초대를 거절해도 되는 건가?

사뭇 심각하게 고민해 봤지만 인간들의 생리나 그들 세계의 섭리에 관해 아는 바가 별로 없는 엘시아로서는 쉽게 답을 내릴 수 없었다.

* * *

엘시아가 깊은 고민에 잠겨 있던 시각. 레오디안 또한 테르만 백작에게 전해 받은 편지를 읽고 있었다. 1황자 하일롭 헤스테인이 보낸 것이었다. 다만 레오디안이 읽고 있는 건 연회 초대장 따위가 아닌, 정혼서였다.

"제정신이 아니군."

레오디안이 손에 들고 있던 아리테스 가문, 정확하게는 엘시아에게 온 정혼서가 푸른 연기에 휩싸였다. 본디 엘시아가 받았어야 했을 정혼서는 그렇게 흔적 없이 사라져 버렸다.

하일롭은 엘시아가 대공저에서 지내고 있다는 사실을 파악하고 있었고, 테르만 백작을 통해 엘시아에게 정혼서를 보냈다. 그리고 정혼서는 레오디안의 손에 들어왔다.

이를 하일롭이 예상하지 못했을 리 없었다. 하일롭은 분명 테르만 백작이 정혼서를 빼돌릴 것을 예상했을 터였다. 테르만은 로켄페데스와 오랜 시간 연을 맺어 온 가문이므로.

하일롭의 행위에 로지안의 의사가 개입되어 있는지, 아니면 로지안의 의사와는 전혀 상관없는 것인지는 중요하지 않았다.

중요한 건 리리엔이 황실의 눈에 띄었다는 점이었다.

그리고 그건 결국 엘시아에게까지 영향을 미쳤다. 그 사실이 레오디안의 신경을 긁었다. 하일롭이 무슨 생각으로 엘시아와 로지안의 약혼을 추진하는 건지는 어렵지 않게 짐작할 수 있었다. 황실이 비오렌치아를 손에 넣기 위해 무슨 일이든 하리라는 것쯤은 진작부터 예상하고 있던 바였다.

그러나 그것이 이런 방식일 줄은 꿈에도 몰랐다. 레오디안은 미간을 구기며 머리칼을 쓸어 넘겼다. 퍽 성마른 손길이었다.

하일롭이 리리엔에게 정혼서를 보내지 않아 다행이라 여겨야 할지.

당초 리리엔이 저택으로 돌아왔을 때, 엘시아와 함께 페레이스로 보냈어야 했다. 어차피 페레이스에 있는 아카데미에 입학하게 된다. 그전까지는 곁에 두어도 괜찮다고, 리리엔이 비오렌치아를 드러내지만 않으면 괜찮으리라는 안일한 생각이 지금의 이 상황을 초래했다.

그리하여 레오디안은 지금, 진작 리리엔을 페레이스로 보내지 않은 것을 후회했다. 이미 리리엔이 비오렌치아를 드러낸 이상 리리엔을 페레이스로 보내는 건 위험했다. 그렇다고 리리엔을 계속 제도에서 지내게끔 하는 것 또한 불안했다.

그렇다면 어떻게 해야 할까.

무거운 한숨을 내쉬며 고민을 거듭하는 레오디안의 미간 사이에 주름이 아로새겨졌다.

한참을 고요 속 상념에 잠겨 있던 레오디안은 불현듯, 이제는 아무것도 쥐고 있지 않은 손을 내려다보았다.

정혼서는 이미 태워 버려 사라진 지 오래이나, 레오디안은 마치 아직 정혼서를 들고 있는 양, 빈손을 뚫어지게 주시했다. 그렇게 오래도록 고정되어 있던 레오디안의 시선이 옮겨 간 건, 누군가 문을 두드렸을 때였다.

레오디안은 닫혀 있던 문을 향해 눈길을 돌리고는 짤막한 허락의 말을 했다. 곧 문이 열리고 로이셀이 모습을 드러냈다.

레오디안은 신전에서 돌아온 이후, 되도록 모든 일을 저택에서 처리하고자 결심했다. 기사단 집결지와 신성지 요헴, 그 어느 곳도 마음 편히 갈 수 없었다. 그가 지켜야 할 것이 이 저택에 있기에.

다만 레오디안은 당분간 외출을 삼갈 것이라는 사실을 오직 로이셀에게만 알렸다. 레오디안이 저택에서 머문 지 만 하루, 로이셀은 벌써 몇 번째 레오디안을 찾았다.

"일층 식자재 창고 근처 벽이 움푹 파여 있는 것을 발견했습니다. 누가 그랬는지는 몰라도 정말…… 형편없이 부서져 있더군요."

그리고 이렇듯 사소한 일을 알려왔다. 마치 그동안 레오디안이 부재했던 시간을 메꾸기라도 하려는 것처럼, 로이셀은 모든 일에 허락을 구하고 있었다.

"벽을 보수하기 전까지 그림이라도 걸어둘까 하는데……. 사실 예전부터 눈여겨보고 있던 화가가 있었습니다."

이러한 로이셀의 행동은 레오디안의 머릿속을 환기해 주고는 했다. 그래서 레오디안은 하잘것없는 일도 일일이 허락을 구하는 로이셀을 지적할 생각을 하지 않았다.

실제로 지금 레오디안은 방금까지 고민하고 있던 것들을 조금이나마 잊을 수 있었다. 그래서 레오디안은 잠자코, 끊임없이 이어지는 로이셀의 목소리를 들었다.

* * *

엘시아가 책을 덮었다. 이는 리리엔이 잠을 청할 시간이 되었음을 의미했다.

이렇듯 리리엔의 하루는 엘시아와 함께 침대에 누워, 책 한 권을 읽는 것으로 끝이 났다. 이는 두 사람이 저택에서 지내게 된 이래로 쭉 이어지고 있는 일이었다.

협탁 위 책을 올려놓은 뒤, 엘시아가 침대에서 내려가는 모습을 가만히 지켜보고 있던 리리엔이 말을 꺼냈다.

"언니, 우리가 처음 여기에 왔을 때 봤던 빨간 꽃 기억나?"

갑자기 무슨 이야기를 하는 걸까.

일순 고개를 갸웃한 엘시아는 곧, 리리엔을 데리고 이 저택으로 왔을 때, 리리엔이 정원에 핀 꽃을 가리키며 꽃의 이름을 물었던 일을 떠올렸다. 그때 자신이 리리엔에게 꽃의 이름을 모르겠다고 대답했던 것도 기억났다.

"그 꽃 이름이 뭔지 알았어."

엘시아의 대답을 바라고 물은 게 아니었던 건지, 리리엔은 엘시아가 미처 대답하기도 전에 말을 이었다. 엘시아는 방을 나서려던 걸음을 돌려, 침대에 똑바로 누워 있는 리리엔의 곁에 앉았다. 그러고는 물었다.

"그래? 꽃 이름이 뭐야?"

"튤립이래."

튤립. 엘시아가 나직이 리리엔의 말을 따라 읊조렸다.

"사랑을 고백할 때 선물하는 꽃이라고 했어. 되게 낭만적이지?"

리리엔은 그렇게 말하며 활짝 웃었다. 리리엔을 따라 입매를 끌어 올린 엘시아는 리리엔의 머리를 가만가만 쓰다듬었다. 무엇이 낭만적인 건지 전혀 모르겠으나, 리리엔이 그렇다고 하면 그런 거겠지 하는 생각을 하면서.

"우리 내일 정원 구경하고, 튤립으로 화관 만들자. 어때?"

정원에는 여전히 온갖 꽃이 만개해 있었다.

일전 리리엔은 엘시아에게 함께 정원을 구경하자 했었으나, 엘시아가 신전으로 갈 채비를 해야 했던 탓에 흐지부지됐었다.

"그래, 그러자."

그 일을 떠올린 엘시아가 흔쾌히 대답했고, 리리엔의 미소가 짙어졌다. 엘시아는 마지막으로 리리엔의 머리칼을 귀 뒤로 넘겨 주고는 자리에서 일어났다.

이제 그만 자, 엘시아가 나직이 덧붙이자 리리엔이 고개를 끄덕였다.

"내일 만나."

"응, 내일 만나."

리리엔을 향해 가볍게 웃어 보인 엘시아는 조용히 문을 닫았다.

요헴에서 리리엔이 자신의 정체를 알고 있었다는 사실을 알았을 때, 세상이 무너지는 줄 알았으나 저택으로 돌아온 후 일상은 마냥 평화로웠고, 그 일상에 엘시아는 마음 깊이 감사했다.

그것이 설령 이미 끝이 정해져 있는, 언젠가 깨지고 말 찰나의 평화라고 할지라도.

"호위…… 요?"

갑작스러운 방문만큼이나 갑작스러운 이야기에 엘시아는 경황이 없었다.

지금 엘시아의 맞은편에는 평소처럼 이른 아침 무렵 저택을 찾아온 로아나, 그리고 요헴의 신전에서 만났던 페이렌이 자리해 있었다.

로아나가 엘시아를 찾아오는 건 늘 있는 일이었던지라, 별반 대수로울 것 없었다. 엘시아를 당황케 한 것은 바로 다름 아닌, 로아나와 함께 저택을 찾아온 페이렌이었다.

로아나는 앞으로 페이렌이 엘시아의 곁을 지키게 되었다는 사실을 전하였다. 이는 엘시아가 전혀 예상치도 못했던 일이었고, 당황한 엘시아는 그저 두 사람을 번갈아 바라볼 뿐 선뜻 말을 잇지 못했다.

그때 불현듯 자리에서 일어난 페이렌이 엘시아 앞에 한쪽 무릎을 꿇고 앉았다. 이 역시도 생각지도 못했던 일이었던 탓에, 엘시아는 놀라 눈을 크게 떴다.

"엘시아 님, 정식으로 인사드리겠습니다. 저는 페이렌 로렐라인, 신성한 땅 요헴의 기사입니다. 엘시아 님을 모시게 되어 영광입니다. 엘시아 님께서 부족함을 느끼시지 않도록 온 마음을 다해 모시겠습니다."

레오디안과 같은 제복을 입은 페이렌은 긴 머리카락을 깔끔하게 묶어 올린 채였다. 페이렌이 엘시아를 향해 정중하게 고개를 숙임에 따라, 하나로 묶여 있던 밝은 갈색 머리칼이 찰나 흔들거렸다 이내 제자리를 찾았다.

"어…… 저기, 일단 일어나시겠어요?"

"예, 엘시아 님."

엘시아의 말에 주저 없이 몸을 일으킨 페이렌은 다시금 자리에 앉았다. 그리고 엘시아를 향해 부드럽게 미소를 지어 보였다. 엘시아는 자신을 향해 있는 페이렌과 로아나의 시선이 너무도 부담스러웠다. 그들의 시선이 호의로 가득 차 있다는 것을 어렴풋이 느끼고 있는데도 그랬다.

언제쯤이면 타인의 시선에 익숙해질 수 있을까.

문득 머릿속에 떠오른 의문을 뒤로하고 엘시아는 천천히 입을 열었다.

"저는…… 전혀 모르고 있었어요. 호위라니…….."

엘시아가 지금 이 상황을 얼마나 곤혹스럽게 여기는지를 증명하듯, 엘시아의 입술 사이로 흘러나온 말은 전혀 정리가 되지 않은 채였다.

내내 잠자코 상황을 지켜보고 있던 로아나는 문득, 일전 레오디안의 명으로 엘시아의 고해성사 기록지를 위조해 엘시아에게 전해 주었던 일을 떠올렸다.

그때도 엘시아는 지금처럼 당황한 기색을 보였었다. 그에 로아나는 어쩌면 이번에도 엘시아가 레오디안에게 그 어떤 언질도 받지 않은 건지도 모른다는 생각을 하게 되었다.

"……대공 각하께 아무런 이야기도 듣지 못하신 건가요?"

"네, 전혀요."

한 치의 망설임 없는 엘시아의 대답에 로아나는 저도 모르게 한숨을 내쉬었다. 레오디안을 오래도록 봐 왔지만, 로아나로서도 요즘 레오디안이 무슨 생각으로 이러한 것들을 자신에게 명령하는지 쉽게 짐작할 수 없었다.

로아나 역시 지금 이 상황이 무척 당황스러웠지만, 로아나는 이 혼란스러운 상황을 나름대로 정리하고자 정신을 차리려 노력했다.

레오디안은 로아나와 페이렌에게 명령을 내렸다. 그러니 두 사람은 그의 명을 따라야 했고, 마냥 당혹스러워하고 있는 엘시아를 다독여 엘시아가 페이렌을 호위로 받아들이게끔 설득해야 했다.

"엘시아 님."

로아나는 신중히 말을 고른 후에야 다시금 입을 뗐다.

"엘시아 님이 황궁에서 열리는 연회에 참석하실 것이리란 이야기를 들었어요. 그 이야기가 정말 사실인가요?"

뜬금없이 바뀐 화제에 순간 멈칫했던 엘시아는 이내 얼떨떨한 얼굴로 고개를 끄덕였다. 로아나는 얼마간의 간격을 둔 뒤, 부드러운 목소리로 말을 이었다.

"그렇다면 엘시아 님에게는 반드시 호위가 필요해요. 그리고 저는 엘시아 님의 호위로 로렐라인 경만큼 적격인 분은 없다 믿고 있어요."

로아나는 엘시아에게 어째서 호위가 필요한 건지, 그 이유를 차근차근 설명했다.

"아시다시피 리리엔 아가씨가 신전에서 힘을 사용하셨고, 그 장면을 적지 않은 사람들이 목격했죠. 모두가 리리엔 아가씨를 예의 주시하고 있어요. 오래전 명맥이 끊긴 힘을, 대공 각하도 아닌 리리엔 아가씨가 사용하실 수 있다는 걸 많은 이들이 알게 되었으니까요."

엘시아는 로아나의 이야기를 진지하게 귀 기울여 듣고 있었다. 그런 엘시아와 시선을 맞춘 채로, 로아나는 입술을 맞물었다.

엘시아가 황실과 신전 사이에서 오래도록 이어지고 있는 세력 싸움에 관해 알고 있을지 의문이었다. 그리고 그 중심에 다름 아닌 로켄페데스 가문이 있다는 것을 알고 있는지 말이다.

로아나는 엘시아가 상황을 받아들일 수 있도록 최대한 상세하게 설명해 주고 싶었다. 하지만 황실과 로켄페데스 가문 사이에 있었던 모든 일을 전부 엘시아에게 말해 줄 수는 없는 노릇이었다.

그 기나긴 사연을 알고 있는 이는 애초에 이 제국에 많지 않았다. 황실과 신전, 로켄페데스가 철저히 숨겨 온 탓이었다. 로아나는 엘시아에게 어디까지 밝혀도 되는 건지 확신할 수 없어서 말을 신중하게 고르고 또 골랐다. 그러느라 침실에는 꽤나 오랜 시간 정적이 흘렀다.

꽤나 긴 고민 끝에 로아나는 일단 엘시아에게 리리엔이 어떤 위험에 처했는지, 그리고 그런 리리엔과 무척 친밀한 사이인 엘시아에게까지 위험이 미칠 수 있으리란 걸 설명하는 것이 좋겠다고 판단했다. 그렇게 어느 정도 생각을 정리한 로아나는 망설임 없이 입을 열었다.

"리리엔 아가씨가 가진 힘은 무척 위협적이에요. 황실에도, 그리고 신전에도 말이죠."

짐짓 무거운 이야기만큼이나 무겁게 가라앉은 분위기 속, 엘시아는 새로이 알게 된 사실에 긴장으로 몸을 굳혔다.

그도 그럴 것이 지금 엘시아가 로아나의 입을 통해 들은 이야기는, 엘시아가 전혀 인지하고 있지 못했던 얘기였다. 리리엔의 힘이 비범하다는 사실은 진작 알고 있었지만, 그 힘이 리리엔을 위험에 처하게 할 수도 있으리란 건 꿈에도 상상하지 못했다.

"황실과 신전은 대공 각하께서 힘을 각성한 지 오래라는 사실을 모르고 있어요. 때문에 대부분의 사람들은 로켄페데스 가문의 힘이 사라졌다 알고 있었어요. 리리엔 아가씨가 힘을 보이기 전까지는 말이죠."

엘시아는 신전 지하에 묶여 있던 괴물이 풀려났을 때, 레오디안이 힘을 사용하지 않았던 일을 떠올렸다. 방금 로아나의 말로 엘시아는 그날 레오디안이 어째서 그의 힘을 사용하지 않았던 건지 그 이유를 알아차렸다. 그는 힘을 숨기고 있었던 것이다.

"앞으로 황실과 신전은 리리엔 아가씨가 가진 힘을 손에 넣기 위해서 무슨 일이든 할 거예요."

레오디안이 힘을 숨긴 데는 분명 그래야만 했던 이유가 있었을 터였다. 그래서 엘시아는 리리엔이 많은 사람들 앞에서 제 힘을 드러낸 것이 얼마나 위험한 일이었는지, 어렴풋이나마 짐작할 수 있었다.

"그러니 리리엔 아가씨와 엘시아 님에게는 호위가 필요해요. 대공 각하께서는 지금까지 딱히 이렇다 할 호위를 두지 않으셨지만, 얼마 전 요헴의 신전에서 일어났던 일로 생각이 바뀌신 듯해요. 이제 두 분은 지금까지와 달리, 자주 외출을 하시게 될 테니까요."

엘시아는 로아나의 말을 금세 이해했다.

실제로 엘시아는 신전에서 황자를 만났고, 황궁에서 열리는 연회의 초대장을 받았다. 황자는 리리엔은 물론이고, 그동안 리리엔을 돌보아 온 자신에게까지 관심을 보였다. 자신이 초대장을 받은 이유는 아마도 그래서였을 것이다.

하지만 엘시아는 이 관심이 오래도록 이어질 것이라고는 생각하지 않았다. 그런 생각에 엘시아는 초대에 응하기로 했다. 굳이 초대를 거절해 황자의 비위를 상하게 만들어, 이 이상 그의 관심을 사고 싶지 않았으니까.

엘시아는 자신을 향한 황자의 관심이 적당히 어울려 주면 금방 사그라들, 순간의 흥미라고 믿었다. 그에게 필요한 건 리리엔의 힘이었고, 자신은 그가 원하는 힘을 가지고 있지 않았으므로.

엘시아는 이제는 싸늘하게 식은 찻잔을 하릴없이 매만지다가 천천히 고개를 들었다.

"……그럼, 리리엔에게도 호위가 생기는 건가요?"

"네, 지금 테르만 백작 부인과 함께 만나고 계실 거예요."

평소대로라면 지금은 리리엔이 에밀리아와 공부를 하는 시간이니, 리리엔과 에밀리아가 함께 있는 건 이상한 일이 아니었다. 그러나 엘시아는 에밀리아로부터 초대장을 전해 받은 이후, 어쩐지 에밀리아가 조금 께름칙하게 느껴졌다.

그래서일까. 왠지 모르게 걱정스러운 마음이 들어, 엘시아가 조심스럽게 물었다.

"혹시 그분은 어떤 분이신지……. 제가 만난 적이 있는 분인가요?"

"앞으로 리리엔 아가씨를 모시게 된 이는 제 동생입니다."

엘시아는 로아나를 향해 물었으나, 대답은 로아나가 아닌 페이렌에게서 나왔다.

"제 동생 또한 요헴의 기사로, 오랜 시간 대공 각하의 밑에서 수련을 받았습니다."

그렇게 말하는 페이렌의 목소리에서 자부심이 느껴졌다. 엘시아는 무슨 반응을 해야 할지 알 수 없어서, 어색하게나마 입매를 끌어 올려 웃어 보였다.

"생각보다 대화가 길어진 탓에, 시간이 꽤 지체되었네요."

상황이 어느 정도 정리가 된 것 같다는 생각에, 로아나는 한 번 손뼉을 쳐 분위기를 환기했다. 그리고 활기찬 목소리로 말을 이었다.

"그럼 엘시아 님, 치료를 시작할까요?"

* * *

로아나가 돌아간 후 어색한 분위기 속, 페이렌과 식사를 끝마친 엘시아는 페이렌과 함께 정원으로 나왔다.

대부분의 시간을 침실에서 보내던 엘시아가 정원에 나온 건, 어젯밤 리리엔과 정원에서 화관을 만들기로 한 약속을 지키기 위해서였다. 엘시아는 정원 한편에 놓인 벤치에 앉아서 리리엔을 기다렸다. 그리고 그런 엘시아의 곁에 페이렌이 서 있었다.

앞으로 리리엔이 아닌 다른 누군가와 모든 일상을 공유해야 한다는 사실이 어색하고 불편했지만, 엘시아는 구태여 내색하지 않으려 노력했다. 이 역시도 리리엔과 함께 이 저택에서 지내기 위해서 마땅히 감내해야 하는 것이리라 생각했기 때문이었다.

또 언제까지 이곳에서 머무를 수 있을지는 모르겠지만, 이곳에서 지내는 동안은 인간과 어울려야 했다. 최소한 어울리는 척이라도 해야 했다. 그래서 엘시아는 레오디안이 일언반구 없이 벌인 일에 불만을 표할 생각이 없었다.

이곳의 주인은 레오디안이고, 로아나와 페이렌을 비롯해 이곳의 모든 인간은 그의 수족이었다. 그리고 그들은 리리엔과 오랜 시간 함께 살아가게 될 터였다.

그런 이들과 불필요한 마찰을 만들고 싶지 않았다.

게다가 페이렌은 좋은 사람인 것 같았다. 페이렌의 올곧고 맑은 눈동자를 볼 때마다 그런 생각을 하게 됐다. 어쩌면 그저 그렇게 믿고 싶은 건지도 모르겠다. 어찌됐든 엘시아는 페이렌과 함께 하는 시간에 익숙해질 수 있도록 노력할 생각이었다.

"엘시아 님, 아가씨께서 나오셨습니다."

길게 이어지던 엘시아의 상념을 끊어낸 건 페이렌의 목소리였다.

엘시아는 페이렌의 시선이 향해 있는 곳으로 고개를 돌렸다. 그러자 웬 낯선 남자와 함께 다가오고 있는 리리엔의 모습이 엘시아의 눈에 들어왔다.

페이렌에게 눈인사를 한 남자는 이내 엘시아를 향해 가볍게 고개를 숙여 보였다.

"처음 뵙겠습니다, 아리테스 영애. 저는 로렐라인 가문의 벨레로폰이라고 합니다."

"……그냥 편하게 엘시아라고 불러 주세요."

"예, 엘시아 님."

적당히 낮은 목소리가 듣기에 좋았다. 페이렌의 동생이라더니, 벨레로폰은 페이렌과 같은 갈색 머리칼과 화려한 금빛 눈동자가 유난히 눈에 띄는 미남자였다. 페이렌 못지않게 정중한 벨레로폰의 태도에 엘시아는 한시름 놓을 수 있었다. 선한 인상의 벨레로폰은 리리엔에게 좋은 영향을 줄 것 같았다.

"벨레로폰, 잠시……."

페이렌이 벨레로폰을 향해 손짓했고, 두 사람은 이내 엘시아와 리리엔에게서 떨어진 곳으로 가 무언가 이야기를 나누기 시작했다. 엘시아는 두 사람에게서 시선을 돌려, 근처에 피어 있는 꽃을 꺾는 리리엔의 모습을 가만히 바라보았다.

"언니, 며칠 전에 우리가 다녀왔던 신전 있잖아. 임모투스 신전."

어느새 꽃을 한 아름 꺾어온 리리엔이 엘시아 곁에 앉으며 말했다.

"그곳에 신기한 물건이 되게 많대."

"누가 그래?"

"벨레로폰이 그랬어."

그 짧은 시간 동안 리리엔은 벨레로폰과 이런저런 이야기를 나눈 듯했다. 습관적으로 낯선 사람은 무조건 경계하고 보는 엘시아와 달리 리리엔은 처음 만난 사람과도 편하게 대화를 이어 가고는 했다.

그래서인지 리리엔은 저택에 기거하는 사용인들과 빠르게 친해졌다. 그동안 협소한 공간에 갇혀서 살았던 아이라고는 믿을 수 없게도 말이다.

"또 뭐라고 했더라. 무슨 오래된 유물 같은 것도 있다고 그랬는데……."

리리엔은 임모투스 신전에 있다는 신기한 물건들에 흥미가 생긴 건지, 엘시아가 리리엔이 꺾어 온 꽃을 엮어 가는 동안 계속해서 그와 관련한 이야기를 했다.

엘시아는 리리엔이 얼마나 호기심이 많은 아이인지 잘 알고 있었기에, 호기심이 충족되기 전까지는 쉽게 관심을 놓지 않을 것이리라는 사실 또한 알았다.

"대공 각하께 부탁해 보는 건 어때? 요헴에 또 가면 안 되냐고."

엘시아가 어느새 꽃을 다 엮어 내 만든 화관을 리리엔의 머리에 씌워 주며 말했다.

"……레오디안이 허락해 줄까?"

리리엔이 시무룩한 얼굴로 중얼거렸다.

엘시아와 리리엔이 처음 요헴을 방문했을 때, 두 사람은 예상치 못한 일을 맞닥뜨렸고 다급하게 저택으로 돌아왔다. 때문에 엘시아는 레오디안이 요헴에 가고 싶다는 리리엔의 말을 반길 것 같지 않다고 짐작했다.

"글쎄, 그건 모르겠지만……."

엘시아는 리리엔의 뺨을 다정히 쓸어 내렸다.

"이렇게 귀여운 리리엔의 부탁이니, 각하께서도 결국에는 허락해 주시지 않을까?"

엘시아가 너스레를 떨자, 리리엔의 입매가 슬금슬금 올라가더니 결국 호선을 그렸다.

"치, 내가 언니 눈에나 귀엽지."

그렇게 말하면서도 리리엔은 이미 부드럽게 풀어진 입가를 숨기지 못했다. 엘시아는 리리엔의 볼을 아프지 않게 꼬집었다.

"네가 왜 내 눈에나 귀여워."

그 누구라도 지금 이 모습을 보면, 리리엔을 귀엽게 여길 수밖에 없을 것이다. 형형색색 꽃으로 엮은 화관을 쓴 리리엔은 객관적으로 봐도 귀여웠다. 엘시아는 진심으로 그렇게 생각했다.

"너만큼 귀여운 사람이 또 어디에 있다고."

"몰라, 찾아보면 있을 수도 있지."

"그래? 그럼 혹시라도 찾게 되면 알려 줘."

"……알려 주면 어떡할 건데? 나 말고 그 애 언니 하려고?"

리리엔의 표정이 단번에 심각해졌다.

어떻게 하면 생각이 거기로 튈 수가 있는지. 엘시아는 엉뚱한 리리엔의 생각이 어이가 없으면서도 귀여워서 가볍게 웃었다.

"음, 어떻게 할지는 생각 안 해 봤는데……."

"안 돼. 안 알려 줄 거야."

엘시아가 일부러 장난스럽게 말끝을 흐리자, 리리엔은 스스로 한 가정에 확신을 얻은 건지 엘시아가 떠나지 못하도록 엘시아를 꽉 끌어안았다. 엘시아는 리리엔이 아닌 누군가의 언니가 될 생각은 전혀 하지 않고 있음에도 말이다.

엘시아는 이쯤에서 장난은 그만두어야겠다는 생각에 화제를 돌렸다.

"화관은 마음에 들어?"

"아, 맞다."

그제야 엘시아를 놓아준 리리엔은 엘시아의 곁에 바짝 붙어 앉아서 화관을 매만졌다.

"고마워, 언니."

단둘이서 지냈을 때도 리리엔은 종종 엘시아에게 화관을 만들어 달라고 부탁하고는 했다. 그래서 엘시아는 봄이 되면, 마당에 핀 조악한 꽃으로 화관을 만들어 리리엔에게 씌워 주었다.

이곳의 꽃은 하나같이 화려하고 예쁜 꽃들이라, 엘시아는 꽤나 그럴 듯한 화관을 만들 수 있었다.

엘시아가 머리에 씌워 주었던 화관을 손에 들고 이리저리 살피던 리리엔은 화관을 다시금 머리에 썼다. 햇볕을 받아 유난히 화사해 보이는 은빛 머리칼과 화관이 퍽 잘 어울렸다. 잠시 리리엔의 모습을 감상하듯 말없이 바라보고 있던 엘시아가 문득 리리엔에게 물었다.

"화관 어떻게 만드는지 가르쳐 줄까?"

"아니."

리리엔의 대답은 엘시아의 예상 밖이었다. 의아해진 엘시아가 고개를 기울였다.

"왜? 화관 쓰는 걸 좋아하는 거 아니었어?"

"좋아해."

리리엔은 대수롭지 않다는 듯 말을 이었다.

"언니가 나한테 주는 건 다 좋아."

이어진 리리엔의 말 또한 엘시아가 예상치 못한 것이었다.

"그러니까 화관 만드는 방법은 알고 싶지 않아. 앞으로도 계속 언니가 만들어 주면 되잖아."

리리엔은 여상한 어투로 말했지만, 그 말은 엘시아를 울컥하게 만들었다. 특별할 것 없는 말인데, 왜 이렇게 눈물이 날 것 같은지. 엘시아는 입술을 깨물었다.

리리엔은 엘시아와 함께하는 미래를 아무렇지 않게 이야기했다. 끝을 생각하고 있는 엘시아와는 다르게, 리리엔은 두 사람이 언제까지고 함께하리라 믿고 있는 듯했다.

"만들어 줄 거지?"

"……응."

엘시아는 리리엔이 자신에게 보여 주는 한결같은 신뢰를 차마 외면할 수 없어서, 사실 자신은 늘 이곳을 떠날 생각을 하고 있다고 말할 수가 없어서, 그저 말없이 리리엔을 향해 고개를 끄덕여 보였다.

"언니는 손재주가 좋은 것 같아."

"그래?"

"응. 이것저것 잘 만들잖아. 내 옷이 찢어질 때마다 언니가 다 꿰매 줬고."

그래, 그랬던 적이 있었지. 엘시아는 새삼 옛날 일을 회상하며 가만가만 고개를 끄덕였다.

이곳에서 지내게 된 건 한 달이 조금 넘는 시간에 불과한데, 예전 집에서 살았을 때가 아주 먼 과거처럼 느껴졌다. 참 이상한 일이었다.

"있잖아, 그 옷 아직 옷장에 있다?"

"……여기 올 때 입고 있었던 옷 말이야?"

"응. 그 옷하고, 내가 어릴 때 입었다던 옷하고. 절대 안 버리고 가지고 있을 거야."

리리엔이 처음 스위타아의 손을 잡고 엘시아의 집으로 온 날, 그때 리리엔이 입고 있었던 옷은 엘시아가 몇 년 동안 스위타아 몰래 보관해 왔다. 그리고 엘시아는 그 옷과 호박 목걸이를 이 저택으로 올 때 함께 챙겨 왔다.

옷이 어디 갔나 했는데, 리리엔이 가지고 있었을 줄이야.

엘시아는 리리엔의 목에 걸려 있는 호박 목걸이에 잠시 시선을 고정하고 있다가, 눈길을 돌렸다. 문득 저택이 소란스러워진 탓이었다.

"레오디안이 돌아왔나 봐."

"……대공님이 외출하셨었어?"

"응. 몰랐어? 오늘은 일이 있다고 아침 일찍 나갔었는데."

최근 레오디안은 무슨 일인지 외출을 하지 않았다. 신전이 여유로워진 것인가 하면, 그것은 아니었다. 로아나는 여전히 신전이 바쁘다고 했다.

하지만 레오디안은 요헴에서 돌아온 이후 서재와 침실을 오갈 뿐, 저택 밖으로는 나가지 않았다. 그래서 엘시아는 오늘도 레오디안이 서재에서 시간을 보내고 있는 줄 알았다.

"아무튼 언니, 나 레오디안한테 요헴에 또 가 보고 싶다고 이야기하고 올게."

엘시아가 천천히 저택 안으로 걸음을 옮기고 있는 레오디안의 모습을 가만히 바라보고 있는데, 리리엔이 문득 그렇게 말하더니 미처 말릴 새도 없이 뛰어가 버렸다.

금세 레오디안에게 다가간 리리엔은 그를 향해 무어라 말을 건넸고, 레오디안은 진지하게 리리엔의 말을 경청하는 듯했다. 엘시아는 두 사람의 모습을 지켜보다가 이내 자리에서 일어났다.

그러고 보니 조금 떨어진 곳에서 이야기를 나누던 페이렌과 벨레로폰의 모습이 보이지 않았다. 그 사실을 뒤늦게 알아차린 엘시아는 두 사람을 찾기 위해 주변을 살폈다. 그러나 어디에서도 두 사람의 모습을 찾아볼 수 없었다.

두 사람이 어디로 간 건지, 깊게 고민하고 있을 수 없었다. 엘시아는 어느덧 다가온 리리엔과 레오디안에게 시선을 두었다.

"엘시아, 레오디안이 요헴에 가도 된대."

리리엔의 목소리를 뒤로하고 엘시아는 제복 차림의 레오디안을 새삼스럽게 관찰하듯 보았다.

아마도 신전 기사단복일 검은 제복을 입은 레오디안은 평소보다 더 감정이 없는 사람처럼, 마치 한 폭의 그림 속에나 존재하는 인물처럼 보였다.

"리리엔, 너는 이만 방으로 돌아가라."

리리엔은 별다른 반항 없이 레오디안의 말을 따랐다. 리리엔이 저택 안으로 들어가자, 정원에는 레오디안과 엘시아만이 남아 있게 되었다.

"오늘 하루 별일 없었습니까."

"네, 별일 없었어요."

안부를 묻는 레오디안이 어색했다.

엘시아는 괜히 시선을 돌려 정원에 가득 피어 있는 꽃에 눈길을 주었다. 그런 엘시아를 향해 레오디안이 다시금 말을 붙였다.

"초대에 응하든, 그렇지 않든 초대장을 받으면 반드시 답신을 보내야 합니다."

"답신…… 이요?"

초대장에 답신을 보내야 한다니, 전혀 모르고 있던 일이었다. 게다가 엘시아는 누군가에게 편지를 보내 본 적이 없었다. 생각지도 못한 일에 엘시아는 머릿속이 멍해지는 것 같았다.

"답신을 보내야 하는 줄은 몰랐어요. 어떻게 보내야 하나요?"

"괜찮습니다. 대신 답신을 보내 두었으니까."

"아……."

감사해요. 엘시아가 조그만 목소리로 덧붙였다. 여전히 시선은 애먼 곳을 향한 채였다.

"초대장을 받은 사람은 당신뿐이 아니라는 걸 알고 있습니까?"

이 역시도 엘시아는 모르고 있던 일이었다. 엘시아는 저도 모르게 레오디안을 바라보았다. 그러자 내내 엘시아를 향해 있던 레오디안의 시선과 엘시아의 시선이 한데 얽혔다.

그에 엘시아는 저도 모르게 숨을 들이켰다. 애써 의식하지 않으려고 노력하던 그의 체취가 훅 끼쳐왔다.

"리리엔도 초대를 받았습니다. 그리고……."

코끝을 간질이는 달콤한 향에 멍하니 레오디안을 응시하고 있던 엘시아의 귓가에 그의 목소리는 가닿지 못했다. 엘시아는 뒤늦게 정신을 차리고 물었다.

"죄송해요. 뭐라고 하셨어요?"

"리리엔도 연회에 초대를 받았고, 저 역시 연회에 참석할 것이라 하였습니다."

리리엔도 연회에 참석한다니 걱정스러웠지만, 한편으로는 혼자서 연회에 참석하지 않아도 된다는 사실에 안심이 되었다. 그래도 그동안 함께 지내면서 레오디안이 익숙해지기는 한 건지, 레오디안과 함께 연회장으로 간다면 연회장에 가득할 낯선 인간들이 마냥 두렵지는 않을 것 같았다.

"어제부터 리리엔은 춤 교습을 받기 시작했습니다. 연회장에서 춤을 춰야 할 테니까."

꽤나 뜬금없는 화제였다. 그러나 엘시아는 잠자코 레오디안의 목소리에 귀를 기울였다. 레오디안은 잠깐의 간격을 둔 후 말을 이었고.

"그리고 그날 당신도 춤을 춰야 할 겁니다."

이어진 레오디안의 말에 엘시아의 입이 멍하니 벌어졌다.

"……네?"

엘시아는 방금 자신이 제대로 들은 게 맞는지 의심했다. 그 정도로 레오디안의 말은 엘시아의 예상 밖이었다.

"연회장에서 춤을 추게 될 것이라 말했습니다. 2황자는 당신에게 관심을 가지고 있고, 분명 당신에게 춤을 신청할 겁니다."

"거절하면… 안 되는 건가요?"

"안 되는 건 아닙니다. 하지만……."

레오디안이 드물게 말끝을 흐렸다. 초조해진 엘시아는 그를 물끄러미 올려다보며 곧 이어질 그의 말을 기다렸다.

"황자는 당신을 아리테스 가문의 유일한 생존자라 생각하고 있습니다. 귀족 가문의 영애가 내내 춤을 추지 않고 그저 회장을 지키고만 있다면 황자뿐만이 아니라 회장 안의 모두가 의아하게 여길 겁니다."

"그냥…… 참석만 하면 될 줄 알았는데……."

전혀 예상치 못했던 일에 엘시아는 아연해졌다.

춤을 춘다니, 그건 엘시아가 태어나 단 한 번도 해 본 적 없는 일이었고, 하리라고 생각해 본 적도 없는 일이었다.

"한 번이면 족합니다. 그 이후 일은 제가 적당히 둘러대겠습니다."

레오디안이 엘시아를 다독이듯 덧붙였지만, 엘시아에게는 전혀 위로가 되지 않았다.

엘시아는 벌써부터 걱정으로 머릿속이 까맣게 암전되는 것만 같았다. 연회장으로 향하는 것도 많은 용기가 필요한 일인데, 그곳에서 춤까지 춰야 한다니.

"제가 잘 할 수 있을 것 같지 않아요."

"잘 해낼 수 있을 겁니다."

정말 그렇게 믿고 있는 건지, 레오디안은 단언했다. 그에 엘시아는 조그맣게 한숨을 내쉬었다. 이제와 참석하지 않겠다고 할 수도 없고. 정말이지 곤란했다.

"오늘 벨레로폰을 만났겠지요."

"……아, 네. 만났어요."

멍하니 생각에 잠겨 있던 엘시아가 얼떨결에 대답했다. 그러자 레오디안이 곧장 용건을 꺼냈다.

"그날 연회장에서 벨레로폰이 당신을 에스코트할 겁니다."

레오디안은 벨레로폰에게 엘시아의 에스코트를 부탁한 이유에 관해 설명했다.

연회에는 파트너와 함께 참석해야 하는 것이 관례였다. 엘시아가 낯선 이를 불편하게 여기리란 건 자명한 사실이었고, 때문에 레오디안은 앞으로 리리엔의 곁을 지킬 벨레로폰과 엘시아의 이름을 참석자 명단에 함께 올려놓았다. 엘시아가 그나마 편하게 여길 만한 사람이라는 생각에서였다.

한편 잠자코 레오디안의 말에 귀를 기울이고 있던 엘시아는, 레오디안이 말을 맺자 찰나 고민한 후에 물었다.

"……그러면 리리엔은 대공님과 함께 참석하는 건가요?"

"그렇습니다."

간결한 대답에 엘시아는 저도 모르게 한숨을 내쉬었다.

레오디안이 여러모로 신경을 써 주는 것 같아 고마웠지만, 이 상황이 곤혹스러운 건 어쩔 수 없었다.

"한 가지 당신에게 묻고 싶은 것이 있습니다."

그때 레오디안이 정적을 깨고 물었다. 엘시아는 발치로 떨구고 있던 시선을 들어 올려 레오디안을 응시했다. 레오디안은 어쩐지 망설이는 기색이었는데, 기다림은 길지 않았다. 그는 곧 말을 이었다.

"벨레로폰에게 춤을 배우시는 것, 괜찮겠습니까?"

순간 멈칫했던 엘시아는 이내 흔쾌히 고개를 끄덕였다.

"네, 괜찮아요."

벨레로폰은 앞으로 리리엔만큼이나 자주 보게 될 사람이었다. 게다가 엘시아는 어차피 연회장에서 춤을 추게 될 것이라면, 기왕 추는 거 제대로 추고 싶었다. 괜히 사람들의 눈에 띄거나 눈 밖에 나고 싶지 않았으니까.

"저 열심히 할게요."

엘시아가 다짐하듯 말했다. 그런 엘시아의 말이 의외였던 건지 레오디안이 한쪽 눈썹을 추어올렸다.

"아, 그리고……."

가만히 자신을 내려다보고 있는 레오디안을 향해, 엘시아가 문득 말을 꺼냈다.

"이것저것 신경 써 주셔서 감사해요. 제가 모르는 게 너무 많아서……. 많이 곤란하시죠."

"아닙니다."

레오디안이 단호하게 말했다.

"오히려 당신을 귀찮은 일에 휘말리게 만들고, 여러 부담을 안긴 것 같아 미안할 뿐입니다. 진심으로, 미안합니다."

"아뇨, 미안해하실 필요 없어요. 전부 리리엔을 위한 일인 걸요."

그와 동시에 리리엔 곁에 머무르고 싶은 자신의 욕심을 위한 일이었다. 그래서 엘시아는 레오디안이 자신에게 사과를 할 필요가 없다고 생각했다.

"그럼 리리엔을 위해 줘서 고맙다는 말로 대신하겠습니다."

무슨 말로 대답을 해야 할지 알 수 없어서, 엘시아는 그저 어색하게 입매를 끌어 올려 웃으며 고개를 끄덕였다.

"벨레로폰에게는 말을 전해놓겠습니다. 내일부터 그와 함께 춤 연습을 하십시오."

"네, 그럴게요."

엘시아의 대답을 끝으로 두 사람 사이에 대화가 끊겼다. 멀리서 새가 지저귀는 소리가 유난히 크게 들려왔다. 지금까지는 미처 듣지 못했던 소리였다.

엘시아가 어찌할 바를 모르고 시선을 이리저리 옮길 무렵 레오디안이 말문을 열었다.

"그럼, 이만 안으로 들어갈까요."

고개를 끄덕인 엘시아는 곧 레오디안과 함께 걸음을 옮겼다. 구태여 서두르지 않고 천천히 저택 안으로 향하는 두 사람 사이로 따스한 봄바람이 불어왔다가 이내 멀어졌다.

* * *

다음 날, 정오 무렵 벨레로폰이 엘시아를 찾아왔다.

벨레로폰이 찾아오자, 페이렌은 리리엔에게 가 보겠다며 침실을 떠났다. 자연히 벨레로폰과 단둘이 남겨진 엘시아는 애써 어색함을 내색하지 않으며, 최대한 태연하게 그를 대하려고 노력했다.

페이렌이 떠나고 얼마 후, 침실 안으로 들어온 데이시가 엘시아와 벨레로폰을 안내한 곳은 대공저를 찾아오는 이가 없어 마땅히 쓰일 일이 없던 응접실이었다.

"기본적인 스텝만 익히시면 춤을 추는데 큰 어려움을 느끼지는 않으실 겁니다. 보통 남성이 리드를 하니까요."

엘시아는 혹여 벨레로폰의 말을 놓치기라도 할까, 벨레로폰의 목소리에 온 신경을 기울여 집중했다.

벨레로폰은 엘시아에게 본격적으로 춤을 가르쳐 주기 전, 자신도 춤을 잘추는 편이 아니라고 말했으나 그의 설명은 꽤나 상세하였다.

"아무리 이론을 익힌다 하여도 몸으로 직접 경험하는 것보다는 못하겠지요."

한참 말을 이어 가던 벨레로폰이 문득 자리에서 일어났다. 엘시아는 불현듯 높아진 눈높이를 따라 고개를 들었다.

"가볍게 스텝을 밟아 볼까요?"

벨레로폰이 엘시아에게 손을 내밀었다.

"벌써요?"

"괜찮아요. 어렵지 않습니다."

엘시아는 망설이다가 벨레로폰의 손을 잡고 자리에서 일어났다. 벨레로폰은 다른 한 손으로 능숙하게 엘시아의 허리를 감아, 그의 품으로 바짝 끌어안았다.

순식간에 가까워진 거리에 엘시아의 몸이 절로 경직되었다. 그것을 느낀 건지 벨레로폰이 주의를 주었다.

"몸에 자연스럽게 힘을 푸셔야 합니다."

아무리 오랜 시간 본능을 억누르고 살아온 엘시아라고 할지라도, 인간과 이렇듯 가까이 있으면 어쩔 수 없이 긴장하게 되었다. 그나마 다행인 건, 벨레로폰에게서는 레오디안과 같은, 엘시아의 욕구를 자극하는 매혹적인 향이 나지 않는다는 것이었다.

엘시아는 천천히 숨을 들이마셨다 내쉬기를 반복하며, 몸에 힘을 풀려고 노력했다. 이윽고 엘시아는 긴장으로 굳어졌던 몸에 힘을 어느 정도 풀 수 있었다.

"잘하셨습니다. 그럼, 이번에는 제 발에 맞추어 발을 움직이시는 겁니다."

벨레로폰의 말에 엘시아가 발치를 내려다보았다. 그러자 벨레로폰이 오른발을 성큼, 오른쪽으로 움직였다. 엘시아는 황급히 그를 따라 왼쪽으로 발을 내디뎠다.

"잘하시는데요?"

이번에는 왼쪽으로 움직인 벨레로폰은 잠시 엘시아가 움직이기를 기다렸다가, 오른발을 뒤로 물렀다. 엘시아가 왼발을 내디뎌 앞으로 걸음을 옮겼고, 벨레로폰은 또다시 왼쪽으로 성큼 움직였다.

엘시아는 벨레로폰이 발을 내디딜 때마다 어렵지 않게 그의 움직임을 따라 스텝을 밟았다. 벨레로폰이 천천히 움직인 탓도 있지만, 엘시아가 그의 발치에서 시선을 떼지 않은 채로 열심히 그의 움직임을 따라했기 때문이기도 했다.

엘시아가 순조롭게 스텝을 따라오자, 벨레로폰은 서서히 속도를 올렸다. 처음 주춤하던 엘시아는 이내 벨레로폰의 속도에 익숙해져, 이제는 꽤 그럴 듯하게 스텝을 밟았다.

"정말 잘하셨습니다, 엘시아 님."

벨레로폰이 엘시아의 허리에 두르고 있던 팔을 풀었다. 어색하게 웃으며 입을 열었던 엘시아는, 이윽고 벌어진 예상치도 못한 상황에 하려고 했던 말을 잊고 그대로 굳어 버렸다.

벨레로폰이 손을 놓기 전, 엘시아의 손등에 입을 맞춘 것이다.

놀란 눈으로 멍하니 벨레로폰을 올려다보고 있던 엘시아는 뒤늦게 정신을 차리고 황급히 뒷걸음질 쳤다. 그러자 이번에는 벨레로폰이 당황해 입을 벌렸다.

그렇게 얼마쯤 어색한 분위기 속 서로를 말없이 응시하고만 있었을까. 벨레로폰이 정적을 깼다.

"……혹시 제가, 엘시아 님을 불쾌하게 만든 겁니까?"

"갑자기…… 그, 제 손등에 입술을 대셔서……."

"아, 그건……."

그로 인해 엘시아가 놀랐을 줄은 몰랐던지라, 벨레로폰은 거듭 당황해 말 끝을 흐렸다.

방금 엘시아와 벨레로폰은 가볍게 스텝을 맞추었을 뿐, 정식으로 춤을 요청해 춤을 춘 건 아니었지만 대개 춤이 끝났을 때 남성은 파트너에게 존중을 표하는 의미로 파트너의 손등에 입을 맞춘다. 그랬기에 벨레로폰은 엘시아에게 입을 맞춘 것이었다.

벨레로폰은 엘시아가 이에 관하여 모르고 있으리라고는 미처 짐작하지 못했다. 뒤늦게 사태 파악을 한 벨레로폰이 황급히 입을 열었다.

"제국에는 춤이 끝나면 파트너에게 입을 맞추는 관습이 있습니다. 당황하게 해 드려 죄송합니다. 결단코 다른 어떤 의미에서 입을 맞춘 게 아닙니다."

"아, 그래서……."

벨레로폰에게서 설명을 들었음에도 당혹스러움은 여전했다. 하지만 벨레로폰이 일부러 자신을 곤란하게 만들려고 입을 맞춘 것이 아니라는 사실은 잘 알고 있었다. 엘시아는 애써 아무렇지 않은 척 미소를 지어 보였다.

"제가 잘 몰라서……. 놀라게 해 드려 죄송해요."

"아닙니다, 엘시아 님. 어째서 놀라셨던 건지 충분히 이해합니다. 제가 미리 말씀을 드리지 않았기에 벌어진 일이 아닙니까."

벨레로폰이 조금쯤 흐트러진 머리칼을 쓸어 넘기며 말을 이었다.

"첫날부터 무리할 필요는 없으니 오늘은 이쯤 할까 하는데, 엘시아 님 생각은 어떠십니까?"

"네, 저도 이 정도면 된 것 같아요."

"내일 이 시간까지 오늘 알려드린 스텝은 잊지 말고 기억하고 계셔야 합니다."

"알겠어요. 잊어버리지 않게 혼자서 연습할게요."

"아주 바람직한 자세이십니다."

벨레로폰이 일부러 과장된 목소리로 말했다. 그에 두 사람 사이에 여전히 감돌고 있던 어색한 분위기가 어느 정도 완화되었다.

"이제 리리엔의 방으로 가시나요?"

"아, 저는 누님이 돌아오시기 전까지 조금 쉴까 하는데……."

벨레로폰은 굳게 닫혀 있는 문과 엘시아를 번갈아 보다가, 찰나의 고민 끝 엘시아에게 조심스럽게 권유했다.

"엘시아 님, 저와 함께 차라도 한잔하시겠습니까?"

생각지도 못했던 벨레로폰의 제안에 엘시아는 선뜻 대답하지 못하고 망설였다. 하지만 망설임은 그다지 길지 않았다. 벨레로폰은 엘시아가 앞으로도 자주 함께 시간을 보내야만 하는 사람이었다. 그런 사람에게 데면데면하게 굴고 싶지 않았다.

조금이라도 그와 친해질 수 있기를 바라며 엘시아는 벨레로폰에게 고개를 끄덕여 보였다.

벨레로폰에게 춤을 배우게 된 날을 기점으로 엘시아의 하루는 바쁘게 흘러가기 시작했다.

아침 일찍 일어나, 침실에서 홀로 리리엔의 수업이 끝나기를 기다렸다가 저녁 무렵 리리엔이 공부를 끝마치면 리리엔의 침실을 찾아가 책을 읽어 주는 게 전부였던 엘시아의 일과에 해야만 하는 일들이 새로이 생겨난 탓이었다.

　벨레로폰과 춤 연습을 하는 것 외에도 엘시아는 리리엔의 유모, 헤르테인에게 간단한 예법을 배우게 되었다. 머지않아서 황궁에서 열릴 연회에서 엘시아는 눈에 띄는 행동을 해, 사람들의 이목을 끌고 싶지 않았기에 헤르테인에게서 열심히 예법을 배워 익혔다.

　오늘도 엘시아는 아침 무렵 찾아온 로아나에게 치료를 받고, 벨레로폰에게 춤을 배웠으며, 헤르테인과 예법 공부를 했다. 그러는 동안 해가 저물고 대지에 어둠이 스며들었다.

　며칠간 반복된 일과 중 엘시아가 익숙해지려 해도 도저히 익숙해지지 못했던 건, 바로 레오디안과 함께하는 저녁 식사였다. 엘시아는 벌써 며칠째 레오디안과 함께 저녁을 먹고 있었다. 리리엔이 엘시아에게 부탁했기 때문이었다.

　레오디안은 리리엔과 더 많은 시간을 보내기로 한 건지, 외출하는 시간을 줄였고 리리엔과 함께 저녁 시간을 보내기 시작했다. 리리엔은 혼자서 레오디안을 마주하는 것이 영 부담스러웠던 듯했다. 리리엔은 엘시아에게 도움을 청했다. 엘시아 또한 레오디안이 불편하기는 마찬가지였지만, 리리엔의 부탁을 차마 거절할 수가 없었다.

　결국 엘시아는 매일같이 저녁 식사 준비가 끝나면 리리엔과 함께 식당으로 향하게 되었다.

　리리엔의 유일한 가족인 레오디안을 언제까지고 불편하게만 여길 수는 없는 노릇이라, 엘시아는 레오디안을 그저 피하려고 애쓰던 것을 관두었다.

　레오디안과 한집에서 사는 이상, 그는 엘시아가 피하고 싶다고 해서 피할 수 있는 사람도 아니었다. 엘시아는 차라리 그와 어느 정도 유한 관계를 유지하는 게 좋겠다 판단했다.

　이는 신전에서 돌아온 이후 엘시아에게 생긴 가장 큰 변화였다.

　비단 레오디안뿐만이 아니었다. 엘시아는 더 이상 이곳 인간들을 피하지 않고, 그들과 어울려 지내기로 결심했다. 그게 리리엔을 위해 자신이 기꺼이 할 수 있는 일이라 생각했기 때문이었다.

"오늘 하루 별일 없었습니까."

레오디안이 엘시아에게 안부를 묻는 것도 벌써 며칠째 이어지고 있는 일이었으나, 엘시아는 자신에게 안부를 물어 오는 레오디안이 아직도 그저 어색하기만 했다.

"네, 오늘도 평소와 같았어요."

"그렇군요."

넓직한 테이블 위에는 대공과 그의 가족을 위해 준비된 음식이라고는 믿을 수 없는, 조촐한 요리들이 자리해 있었다. 레오디안과 리리엔의 몫으로는 크루통을 곁들인 치킨 시저샐러드, 그리고 엘시아의 앞에는 아스파라거스와 비트, 래디시 등 갖가지 채소에 가벼운 드레싱으로 간을 한 샐러드가 놓여 있었다.

엘시아는 이 같은 식단이 바로 자신 때문이라는 사실을 잘 알고 있었다.

엘시아는 처음 레오디안과 함께한 식사 자리에서 육즙이 흐르는 고기 요리를 보고 역겨움을 참지 못하고 식당을 뛰쳐나갔다. 그 이후 엘시아에게는 오로지 채소 위주의 식사가 제공되었다.

또한 엘시아가 함께 저녁을 먹게 된 이후, 레오디안은 엘시아를 배려해 채소 요리만을 테이블 위에 올렸다. 레오디안의 배려 덕분에 엘시아는 큰 불편함 없이 저녁 식사를 이어 갈 수 있었다.

크게 관심을 두지 않았을 때는 몰랐는데, 이제 엘시아는 레오디안이 자신을 생각보다 더 많이 배려해 주고 있었다는 것을 알았다. 그리고 그의 배려를 느낄 때마다 엘시아는 말로는 설명할 수 없는 미묘한 기분이 되었다. 바로 지금처럼.

엘시아는 레오디안의 시선이 자신을 향해 있다는 걸 알고 있으면서도 고개를 들지 않았다. 이 어색한 식사 시간이 빨리 끝나기를 바라며 샐러드를 뒤적거렸다.

레오디안과 좋은 관계를 유지하는 것이 좋겠다고 생각하고 있으면서도 엘시아는, 누군가와 친해지는 방법을 몰랐기 때문에 여전히 레오디안의 시선을 피하거나 할 뿐으로, 그를 대하는데 있어서 행동에 크게 달라진 바가 없었다. 그저 지금처럼 레오디안과 함께 있는 시간을 버티는 것이 엘시아가 할 수 있는 최선이었다.

그런 스스로가 답답했지만, 엘시아로서도 어쩔 방도가 없었다. 엘시아는 태생부터가 인간과는 다른 존재였고, 또한 엘시아에게 있어서 인간은 함께 살아가야 하는 존재가 아닌 먹이에 불과했다.

지금 눈앞에 놓여 있는 샐러드처럼.

애서 본능을 무시하고 살아왔다 하더라도, 이는 변하지 않는 진실이었다. 엘시아는 자조적으로 생각했다. 어떻게 인간과 친해질 수 있는 건지. 인간과 함께 있는 시간을 불편하게 여기지 않을 수 있는 날이 오기는 올지.

"엘시아."

"……어?"

불현듯 들려온 리리엔의 목소리에, 그제야 엘시아가 고개를 들었다. 리리엔과 레오디안이 의아한 눈으로 엘시아를 바라보고 있었다.

얼떨떨해진 엘시아는 두 사람을 차례로 보다가, 문득 새삼스럽게 두 사람이 꽤 많이 닮았다는 생각을 했다.

"무슨 생각을 그렇게 깊게 해?"

"어, 아니…… 별생각 안 했는데, 왜?"

엘시아가 미처 당황을 감추지 못한 채로 한 변명을 리리엔은 믿지 않았다.

"방금 레오디안이 한 얘기 못 들었지. 내일 의상실에서 사람이 올 거래."

리리엔의 말에 엘시아가 영문을 모르겠다는 듯 레오디안을 바라보자, 레오디안이 입을 열었다.

"나흘 뒤 연회에서 입을 드레스를 맞추기 위해, 저택에 사람을 불렀습니다."

레오디안이 냅킨으로 입가를 닦아 낸 후, 사용한 냅킨을 테이블 한 편에 올려놓는 일련의 과정은 마치 희곡 배우의 연습된 움직임처럼 고아했다.

그래서인지 엘시아는 좀처럼 레오디안에게서 시선을 떼지 못했다. 마치 무언가에 홀린 것 같은 기분이었다.

"이제 필요 없다는 말은 하지 않는군요."

덕분에 레오디안이 무슨 말을 했는지 듣지 못했지만, 엘시아는 멍한 얼굴로 그저 고개를 끄덕였다. 그러자 레오디안이 미간을 좁혔고, 엘시아는 혹시 그가 무슨 심각한 이야기를 했던 건가 싶어 저도 모르게 되물었다.

"방금 뭐라고 하셨어요?"

"아닙니다. 별말 아니었습니다. 그것보다 리리엔이 꽤나 춤에 소질이 있다고 하던데, 당신은 어떻습니까. 많이 늘었습니까?"

"어……. 열심히 배우고는 있어요."

사실 벨레로폰에게 춤을 배울 때마다 엘시아가 하는 일이라곤 벨레로폰의 발에 맞추어 발을 움직이는 게 전부였던지라, 엘시아는 자신이 춤이 늘었는지 아닌지를 가늠하지 못했다.

그래서 엘시아는 갑작스러운 레오디안의 질문이 당황스러웠다. 열심히 배우고 있다는 말밖에는 할 수 있는 말이 없어서.

"그, 저 정말 열심히 배우고 있거든요."

엘시아가 혹시나 하는 마음에 덧붙였다. 레오디안에게 연회에 가기 전까지 열심히 춤을 배우겠다고 장담했던 일이 떠올랐던 탓이다. 혹시라도 자신이 리리엔에게 누를 끼칠까, 엘시아는 벨레로폰이 가르쳐 주는 대로 최선을 다해 배우고 있었다.

하지만 어쩐지 레오디안은 자신이 노력하고 있다는 사실을 믿지 않는 기색이라, 엘시아는 조그만 목소리로 혼잣말을 중얼거렸다.

"진짜 열심히 하고 있는데……."

"그럼 나중에 한 번 보여 주십시오."

"네?"

"얼마나 늘었는지."

춤을 추는 모습을 보여 달라니.

순간 놀라 눈을 크게 떴던 엘시아였지만, 덤덤한 레오디안의 태도에 이내 평정을 되찾았다.

레오디안의 앞에서 벨레로폰과 함께 춤을 춘다니, 조금 부끄럽기는 하겠지만 못할 것도 없었다. 자신이 그동안 얼마나 노력했는지를 증명할 수 있을 것이다.

엘시아는 결연한 표정으로 고개를 끄덕였다.

"좋아요, 그럴게요."

"나도! 나도 보여 줄래."

엘시아가 강단 있는 목소리로 다짐하듯 말하기가 무섭게 리리엔이 끼어들었다.

"아마 이 제도에서 내가 제일 춤을 잘 출 거라고 로이셀이 그랬어."

리리엔이 한껏 신이 난 얼굴로 벌떡 자리를 박차고 일어났다.

벨레로폰과 밀착한 채로 춤을 추는 걸 꽤나 고역스럽다고 느끼고 있는 엘시아와 달리, 리리엔은 춤을 추는 게 무척 즐거운 듯했다.

"리리엔, 식사를 다 끝마치기 전까지는 자리에서 일어나지 말도록."

당장 이 자리에서 춤을 출 기세인 리리엔에게 레오디안이 나직한 목소리로 주의를 주었다. 그러자 리리엔이 털썩 자리에 앉으며 중얼거렸다.

"……거의 다 먹었는데."

리리엔이 접시 안에 남아 있던 토마토를 포크로 찍어 입에 넣었다. 리리엔이 다시금 음식을 먹기 시작하자, 시선을 돌린 엘시아는 자신의 앞에 놓여 있던 잔을 들었다. 잔에 든 검붉은 와인이 찰랑거렸다.

"레오디안, 나 밥 다 먹고 엘시아랑 정원에 나가서 산책해도 돼?"

엘시아가 잔을 다 비웠을 무렵, 리리엔이 문득 레오디안에게 물었다. 엘시아는 테이블 위에 잔을 내려놓고서 레오디안을 돌아보았다.

리리엔은 으레 저녁을 먹고 나면, 침실에 들 준비를 했다. 충분한 수면은 레오디안이 리리엔에게 반드시 지켜야 한다고 강조한 몇 안 되는 것들 중 하나였다. 그래서 엘시아는 레오디안이 지금 리리엔이 정원으로 나가는 걸 허락할 리 없다고 생각했다.

그러나 엘시아의 예상과 달리, 레오디안은 가볍게 고개를 끄덕였다. 레오디안이 흔쾌히 허락하자 기분이 좋아진 건지, 리리엔이 활짝 웃으며 입을 열었다.

"레오디안도 우리랑 같이 산책할래?"

생각지도 못했던 리리엔의 말에 엘시아가 놀라 리리엔을 응시했고, 내내 리리엔을 향해 있던 레오디안의 시선은 엘시아에게로 옮겨갔다. 그렇게 잠시, 묵묵히 엘시아를 주시하고 있던 레오디안은 이번에도 고개를 끄덕였다.

"그래, 그것도 좋겠군."

* * *

흔들리는 마차 안, 엘시아는 어쩌다 이 늦은 시간 외출을 하게 된 건지 생각하다 저도 모르게 한숨을 내쉬었다.

지금 엘시아는 상점가를 향해 내달리고 있는 마차에 타 있었다. 리리엔 없이, 레오디안과 단둘이서.

정원을 산책할 때까지만 해도 엘시아는 리리엔과 함께였다. 리리엔과 자주 돌아보던 정원을 레오디안과 함께 걸으려니 어색했지만, 그래도 엘시아는 리리엔과 손을 잡고 꽤나 편안한 마음으로 산책을 했다. 리리엔이 갑작스러운 말을 꺼내기 전까지 말이다.

'블랑 로멘타에서만 파는 초콜릿이 있는데, 초콜릿 안에 과일 맛이 나는 시럽이 들어 있어서 되게 맛있대.'

최근 제도에서 리리엔 또래 아이들 사이 유행하고 있는 초콜릿이라고 했다. 저택을 나가지 않는 리리엔이 유명한 초콜릿에 관해 알고 있는 건, 아마도 헤르테인이나 에밀리아에게서 이야기를 들었기 때문일 터였다.

'그 초콜릿을 한번 먹어 보고 싶은데……. 언니가 사다 주면 안 돼?'

엘시아는 리리엔이 당혹스러운 부탁을 할 때까지만 해도, 자신이 레오디안과 함께 그 초콜릿을 파는 가게를 찾아가게 될 줄은 꿈에도 몰랐다.

리리엔은 내일 아침을 먹고 나서 후식으로 블랑 로멘타에서 파는 초콜릿을 꼭 먹고 싶다며, 엘시아에게 간절한 눈빛을 보내며 애원했다. 엘시아가 내일 이야기하자고 리리엔을 달래 보았으나 소용없었다.

'나는 이제 자러 가야 하잖아. 내가 지금 나가는 건 레오디안이 허락 안 해 줄 거야. 그러니까 언니가 사다 주면 안 돼? 응? 언니, 부탁이야. 진짜 너무너무 먹어 보고 싶어서 그래.'

엘시아와 리리엔이 정원 한가운데 멈춰 서서 실랑이 아닌 실랑이를 벌이고 있는데 레오디안이 다가왔다. 엘시아를 향해 무슨 일이냐고 묻는 레오디안에게 대답한 건 리리엔이었다.

리리엔의 이야기를 들은 레오디안은 잠시 고민하는 기색을 보이더니, 이내 고개를 끄덕였다. 그리고 리리엔에게 가게의 이름을 재차 확인한 뒤 로이셸을 불러, 마부를 데려올 것을 명했다.

이것이 지금 엘시아가 레오디안과 단둘이 마차를 타고 밤길을 가로지르게 되기까지의 사연이었다.

엘시아는 얼떨결에 마차에 오르고 나서야, 시종에게 초콜릿을 사다 달라고 부탁을 하면 되지 않나 하는 의문을 머릿속에 떠올렸지만, 어쩐지 레오디안이 그 가게에 직접 방문하기를 바라고 있는 것 같아 굳이 의문을 입 밖에 내지 않았다.

엘시아가 아는 한 리리엔이 레오디안에게 무언가를 부탁하는 건 흔치 않은 일이었다. 그래서인지 엘시아는 어째서 레오디안이 늦은 시간임에도 굳이 직접 가게를 방문하려고 하는지 이해가 됐다. 레오디안은 꽤나 좋은 오빠였으니까.

다만 엘시아는 잠깐 가게에 들러 초콜릿을 사는 일에 어째서 두 사람씩이나 필요한지, 왜 자신이 레오디안과 동행을 해야 하는 건지, 그냥 레오디안 혼자서 다녀와도 되지 않나 하는 생각에 의아했지만 이 역시도 혼자만의 생각으로 그쳤을 뿐이다.

조그만 창밖으로 보이는 밤경치에 시선을 꼿꼿이 고정하고 있던 엘시아는 어느덧 마차가 천천히 멈춰 서고 있음을 느끼고는 고개를 돌렸다. 머지않아 마차가 완전히 멈췄고, 곧 문이 열렸다.

먼저 마차에서 내린 레오디안이 엘시아를 향해 손을 내밀었다.

일순 멈칫했던 엘시아는 조심스럽게 레오디안의 손을 잡고 마차에서 내렸다. 마부에게 오래 걸리지 않을 것이니 잠시 이곳에서 기다리라고 지시하는 레오디안의 목소리를 뒤로하고, 엘시아는 어쩐지 눈에 익은 거리를 휘 둘러보았다.

그렇게 거리를 살피던 엘시아는 곧, 이 거리가 얼마 전 자신이 괴물을 맞닥뜨렸던 거리라는 사실을 알아차렸다. 그를 인지하기 무섭게 엘시아의 어깨가 절로 움츠러들었다. 요헴에서 만났던, 엘시아가 괴물을 죽이는 모습을 목격했다던 그 남자가 이곳에 있지는 않을까 하는 불안한 생각에서였다.

그러다가 갑작스럽게 어깨 위로 내려앉은 온기에 엘시아는 화들짝 놀라 옆을 돌아보았다. 엘시아가 추위를 느낀 탓에 몸을 움츠린 것이라 생각했는지, 레오디안이 겉옷을 벗어 엘시아의 어깨에 걸쳐준 것이다.

"다행히 아직 문이 열려 있군요."

레오디안은 물 흐르듯 자연스럽게 엘시아를 이끌고 가게 안으로 걸음을 옮겼다. 덕분에 레오디안에게 옷을 돌려줄 때를 놓친 엘시아는 그의 옷을 걸친 채로 가게 직원의 인사를 받았다.

레오디안은 가까이 다가와 진열된 디저트들에 관해 친절히 설명을 해 주는 직원과 엘시아 사이에 자리했다.

마치 직원으로부터 엘시아를 보호하듯.

만약 엘시아가 타인의 기척에 예민하지 않았더라면 미처 눈치채지 못했을, 무척이나 자연스러운 움직임이었다.

엘시아는 직원의 목소리를 뒤로한 채 얼떨떨한 얼굴로 그를 올려다보았다. 어렸을 적, 스위티아에게서도 제대로 된 보호를 받아 본 적이 없던 엘시아에게 이 같은 레오디안의 모습은 영 낯설고 어색했다. 몸에 맞지 않는 옷을 억지로 끼워 입은 것처럼.

"그럼, 편하게 둘러보시고 도움이 필요하신 일이 생긴다면 거리낌 없이 저를 불러주세요."

직원이 멀어지고 나서야 엘시아는 천천히 가게 내부를 둘러보았다. 블랑로멘타는 웬만한 저택만큼 넓었다. 높다란 천장에는 커다란 샹들리에가 자리해 있었다.

"이런 곳이 다 있었구나……."

엘시아가 살았던 마을은 험준한 산으로 둘러싸여 있는 마을로, 근처 인간들이 모여 살던 마을에도 제대로 된 식당 하나가 없었다. 엘시아는 오직 디저트만을 파는 가게도 존재한다는 것을 지금 처음 알았다.

디저트의 종류가 이토록 다양할 줄은 더더욱 몰랐기에, 엘시아는 신기한 눈으로 가게 곳곳을 살폈다.

"마음에 드는 게 있으면 고르십시오."

아기자기한 디저트들에 눈이 팔려있던 엘시아는 불현듯 들려온 레오디안의 목소리에 흠칫 놀라 고개를 돌렸다.

몰랐는데, 레오디안은 꽤나 가까이 서 있었다.

샹들리에 아래 레오디안의 머리칼이 유독 빛이 나 보였다. 어쩐지 빛에 따라 다르게 보이는 듯한 머리칼이 신기해, 멍하니 바라보느라 엘시아는 어느덧 레오디안이 조그만 트레이를 손에 들고 있다는 것을 뒤늦게 알아차렸다. 그리고 그 트레이 위에 못 보던 상자 하나가 놓여 있다는 것 또한.

"제가 들게요."

"아닙니다."

레오디안은 가볍게 고개를 저어보이더니, 가까이에 진열되어 있던 포장된 쿠키를 트레이에 담았다. 엘시아는 레오디안이 방금 집은 쿠키 앞에 놓인 종이에 적혀 있는 글자에 시선을 두었다.

"렙쿠헨입니다."

엘시아가 미처 글자를 다 읽기 전, 레오디안이 엘시아의 의문을 풀어주었다.

"초콜릿이 덧입혀져 있어, 리리엔의 입맛에도 맞을까 싶어 골랐습니다."

"대공님이 드시려고 고른 게 아니었나요?"

"아, 저는 단걸 좋아하지 않아서."

디저트 또한 그다지 즐기는 편이 아닙니다. 여상한 어투로 덧붙인 레오디안은 곧 근처에 진열되어 있는 디저트를 신중하게 고르기 시작했다. 디저트를 즐기지 않는다던 말과 달리 디저트를 고르고 있는 그의 모습은 어색하지 않았다. 어색하기는커녕 오히려 꽤나 익숙해 보였다.

"……여기 처음 오신 게 아닌가요?"

"전에 한번 들른 적이 있습니다."

단것을 좋아하지 않는다던 사람이 유명한 디저트 가게에 들를 이유가 뭐가 있을까.

의아함에 고개를 기울였던 엘시아는 곧, 레오디안이 자신에게 보냈던 선물 중 디저트로 가득한 상자가 있었다는 것을 떠올렸다. 리리엔의 침실에도 쿠키 따위가 든 상자 여러 개가 있다는 사실 또한.

디저트를 즐겨 먹지 않는 레오디안이 디저트 가게에 들른 건, 리리엔을 위해서였을 것이다.

엘시아는 그것 말고는 다른 마땅한 이유를 떠올려 낼 수 없었다. 그 많은 디저트들을 전부 레오디안이 직접 사왔을 것이라고는 전혀 짐작하지 못했기에, 엘시아는 놀라움을 금치 못했다.

"이 정도면 될 듯한데……. 아직 마음에 드는 것을 찾지 못했습니까?"

레오디안이 들고 있는 트레이 위에는 어느덧 각양각색의 디저트들이 자리해 있었다. 그것을 물끄러미 내려다보던 엘시아는 문득, 레오디안이 고른 것들이 하나같이 리리엔이 좋아할 법한 과자라는 사실을 알아차렸다.

무슨 이름을 붙여야 할지 알 수 없는 이상한 기분이 들었다. 그 묘한 기분에 엘시아는 꽤 한참 뜸을 들인 후에야 말을 꺼낼 수 있었다.

"……저는 괜찮아요. 저도 단건 별로 안 좋아해서요."

"그렇군요. 그럼, 이만 값을 치르고 오겠습니다. 잠시 여기 계십시오."

엘시아는 얼떨떨한 얼굴로, 멀어지는 레오디안의 뒷모습을 물끄러미 바라보았다. 직원에게 돈을 치르고 포장된 상자를 건네받는 레오디안의 모습에서는 그 어떤 위화감도 느껴지지 않았다.

자리에 못 박힌 듯 서서 레오디안을 멍하니 응시하고 있던 엘시아는 곧, 자신의 짐작이 틀리지 않았음을 확신했다.

* * *

가게를 나온 두 사람은 곧장 저택으로 돌아가지 않았다. 가게를 나서기가 무섭게 엘시아가 어지러움을 느끼고 크게 휘청거렸던 탓이었다.

엘시아는 갑작스러운 몸의 변화가 당황스러웠다. 오늘 하루 딱히 무리하지 않는데, 대체 왜 불현듯 어지러움을 느낀 건지. 그것도 하필이면 레오디안이 보는 앞에서 말이다.

레오디안은 구입한 디저트를 마차에 실어 저택으로 돌려보낸 후 엘시아가 앉아 있는 곳으로 다가왔다. 레오디안의 기척을 느낀 엘시아는 힘없이 떨어뜨리고 있던 고개를 들어 올렸다.

"먼저 돌아가셔도 되는데……."

"그럴 수는 없습니다."

레오디안이 엘시아의 옆에 앉으며 대답했다. 레오디안은 자신을 두고 혼자 돌아갈 생각이 전혀 없는 듯 보였다. 난감해진 엘시아는 남몰래 한숨을 내쉬었다.

"몸은 좀 어떻습니까."

레오디안이 걱정스러운 듯 자신을 바라보고 있는 것 같은 건 순전히 제 착각일까. 엘시아는 저를 향해 있는 푸른 눈동자를 피해 시선을 내렸다.

뼈마디가 불툭 불거져 있는 앙상한 손이 눈에 들어왔다. 긴 소매를 끌어 손을 감춘 엘시아는 입술을 세게 한번 깨물었다가, 입을 열었다.

"괜찮아요. 갑자기 조금 어지러웠던 것뿐이에요. 그러니까 이만 저택으로 돌아가도……."

"안 됩니다."

레오디안이 단호하게 말허리를 잘랐다.

"이번이 처음이 아니지 않습니까."

영문을 모른 채 미간을 좁혔던 엘시아는, 오래 지나지 않아서 자신이 불과 얼마 전 그의 앞에서 정신을 잃을 뻔했던 적이 있다는 것을 떠올렸다. 그건 레오디안의 힘이 직접적으로 닿아 왔기 때문이었지만, 그 사실을 레오디안이 알 리 없었다.

레오디안의 눈에 지금 이 상황은 그때와 별반 다를 바가 없어 보일 것이다.

"그냥 넘길 일이 아닙니다. 어디가 아픈 걸지도 모릅니다."

그래서인지 레오디안은 그렇게 판단을 내린 듯했고, 엘시아는 그런 레오디안의 말에 쉽게 반박하지 못했다.

그도 그럴 게 엘시아는 스위티아가 자신을 무자비하게 공격했을 때도 의식을 잃었던 적이 없었다. 갑자기 어지러움을 느끼고 순간적으로 몸을 가누지 못한 건, 단언컨대 처음 있는 일이었다.

때문에 엘시아는 레오디안이 말했듯 자신이 어딘가 아픈 건지도 모른다는 생각을 하게 되었다. 그리고 만약 정말 자신의 몸에 문제가 생긴 거라면, 그건 아마 레오디안의 힘 때문이거나, 로아나의 힘 때문일 것이다.

리리엔과 함께 제도로 온 이후, 자신은 두 사람에 힘에 계속 노출되어 있었으니까.

"그런데 이상하군요. 로아나 대신관이 분명 당신의 몸에 아무런 이상이 없다 하였는데……."

엘시아는 어떻게 하면 자신의 몸이 예전처럼 돌아갈 수 있는지 알고 있었다. 레오디안을 멀리하고, 로아나에게 더 이상 치료를 받지 않으면 된다.

"내일 로아나 대신관에게 당신의 몸을 자세히 살펴보라 이르겠습니다."

그러나 레오디안의 말에 엘시아는 순순히 고개를 끄덕였다. 엘시아는 자신의 끔찍한 삶을 연명하는 데 추호도 관심이 없었고, 자신의 몸이야 어찌 되건 상관

없었으니까.

보잘것없는 엘시아의 삶에서 의미가 있는 건 오직 리리엔뿐이었고, 시간을 거슬러 돌아온 이후 엘시아는 리리엔만을 위해 살아왔다.

엘시아는 오직 리리엔에게 가족을 되찾아 주겠다는 일념으로, 그 지옥 같은 시간을 다시금 견뎌 냈다.

리리엔이 있었기에 다시 한번 살 수 있었다. 리리엔의 존재가 엘시아를 살아가게 했다. 그랬기 때문에 엘시아는 리리엔을 떠나, 홀로 살아갈 자신이 없었다.

하지만 엘시아는 리리엔이 이곳에 잘 적응해 아카데미에 무사히 입학을 하면, 그 이후에는 미련 없이 떠날 생각이었다. 리리엔의 행복한 미래를 위해서.

사실 리리엔을 위한다면 지금 당장이라도 떠남이 마땅하지만, 엘시아는 아직은 차마 리리엔을 두고 떠날 수가 없었다. 그래서 욕심을 부렸다. 리리엔이 아카데미에 갈 때까지만 리리엔의 곁에 있자고.

그때까지 리리엔의 곁에 있을 수 있다면, 다른 건 아무래도 상관없었다. 그러기 위해서라면 자신의 몸이 망가진다 하여도, 신성한 힘을 몇 번이고 기꺼이 받아들일 수 있었다.

엘시아는 저택으로 돌아가는 마차 안, 고요한 정적 속에서 창밖으로 보이는 사람들의 모습에 시선을 두었다.

꽤나 늦은 시간임에도 불구하고 거리를 지나다니는 사람이 많았다. 거리 곳곳에 놓여 있는 벤치에 앉아 운하를 바라보며 즐겁게 대화를 나누고 있는 이들도 있었다.

엘시아의 눈에도 꽤 그럴 듯해 보이는 밤 풍경을 즐기는 사람들의 모습은 모르긴 몰라도 퍽 행복해 보였다. 반면 마차 안 분위기가 유독 무겁게 가라앉아 있다고 느껴지는 건, 순전히 혼자만의 착각은 아닐 것이다.

실제로 레오디안은 무슨 생각을 하는 건지 마차에 오른 이후부터 아무런 말이 없었다.

레오디안도 엘시아도 그다지 말이 많은 성격은 아니었던지라, 두 사람이 함께 있을 때면 그다지 많은 대화가 오고 가지 않았지만 이 정도까지는 아니었다.

보통 레오디안이 엘시아에게 먼저 말을 걸면 엘시아가 그에 대답을 하는 식의 대화이기는 했지만, 어쨌든 지금처럼 두 사람 사이에 이토록 오랜 시간 정적이 이어진 적은 없었다.

엘시아는 그동안 레오디안이 그다지 길지 않은 나마 대화를 이끌어왔다는 걸 새삼스럽게 깨달았다. 그것을 한번 인지하고 나니, 마냥 이어지고 있는 정적이 더욱 불편하게 느껴졌다.

"이곳에서는 밤에도 사람들이 자유롭게 다니네요."

어떻게든 대화를 해야 한다는 의무감에 사로잡힌 엘시아가 어색하게 말을 꺼냈다.

"거리 곳곳에 불이 켜져 있어, 어둡지 않아서 그런 걸까요. 밤인데도 거리가 활기차네요. 제가 살던 곳은 낮에도 늘 쥐 죽은 것처럼 조용했고……."

한번 물꼬를 트니 생각보다 어렵지 않았다. 머릿속에 떠오르는 이야기를 깊게 고민하지 않고 이어 가던 엘시아는 여전히 조용한 레오디안을 향해 무심코 시선을 주었다가 황급히 눈길을 돌렸다. 레오디안의 시선이 지그시 자신을 향해 있던 탓이다.

"……밤은 말할 것도 없이 고요하고, 또 어둡고."

무릎 위 올려 둔 손을 주시하면서, 엘시아는 조그만 목소리로 대강 말을 맺었다.

어떤 말이라도 해야겠다는 생각은 이미 머릿속에서 사라진 지 오래였다. 대체 무슨 용기로 먼저 말을 꺼낼 수 있었던 건지 모를 일이었다. 엘시아는 무릎 위, 긴 소매로 덮여 있는 손을 마주 잡았다. 빨리 저택에 도착하면 좋겠다는 생각을 하며.

"고요하고, 어둡고. 그런 곳에서 지내는 게 많이 무서웠겠습니다."

내내 아무런 말이 없던 레오디안의 목소리가 불현듯 조그만 공간에 울려 퍼졌다. 그 목소리에 마주 잡고 있던 엘시아의 손에 힘이 들어갔다.

어둠이나 고요함은 무섭지 않았다. 어렸을 적, 비좁고 음산한 집에 홀로 방치되어 있던 엘시아가 그 무엇보다도 두려워했던 건, 스위티아가 영영 돌아오지 않을지 모른다는 것이었다.

스위티아는, 어린 엘시아가 알고 있는 유일한 세계였기에.

엘시아는 늘 텅 빈 집에서 불안에 떨며 스위티아를 기다리고 또 기다렸다. 리리엔과 만나기 전까지, 리리엔이라는 소중한 존재가 생기고 그 소중한 존재를 지켜야 한다는 목표가 생기기 전까지는 말이다.

"별로 무섭지 않았어요. 다들…… 그렇게 사는 줄 알았거든요."

어린 시절, 엘시아는 스위티아의 말을 어길 엄두조차 내지 못했다. 스위티아는 엘시아가 집밖으로 나가 다른 괴물과 마주치는 일을 결코 바라지 않았고, 엘시아는 스위티아의 말대로 집에서 한 발자국도 나가지 않았다.

그런 엘시아가 태어나 처음 집밖을 나선 건, 리리엔에게 먹을 것을 구해 주기 위해서였다. 그랬기에 그전까지 엘시아는 다른 이들이 어떻게 사는지 몰랐다. 무엇이 평범한 건지를 몰랐다. 그 기준조차 엘시아에게는 없었다.

"그때는 그게 당연한 건 줄 알았어요. 그게 평범한 거라고……."

자신의 상황이 평범하지 않다고 알게 된 건, 리리엔을 지키기 위해 스위티아의 말을 하나씩 어기면서부터였다. 집밖으로 나가 먹을 것을 구해 오고, 리리엔과 함께 인간이 사는 옆 마을을 구경하러 가기도 하고, 리리엔을 탐내는 괴물들을 죽이기까지 하고…….

스위티아에게 숨겨야만 하는 비밀이 늘어 갈수록 엘시아의 안에서는 뭐가 옳고 그른 건지 하는 기준이 생겼다. 그러다보니 엘시아는 자신이 꽤나 기구한 어린 시절을 보냈다는 것을 자연히 깨닫게 되었다.

하지만 스위티아에게서 도망칠 생각은 꿈에도 못했다. 엘시아에게 있어서 스위티아는 여전히 두려운 존재였다. 엘시아는 만약 자신이 리리엔을 데리고 도망친다면, 스위티아가 쫓아와 자신과 리리엔을 죽여 버릴 것이라 믿었다. 바보같이. 엘시아는 쓰게 자조했다.

"당신이 어떤 시간을 견뎌 왔을지 감히 짐작조차 못 하겠습니다."

잠자코 엘시아의 목소리에 귀를 기울이고 있던 레오디안이 말문을 연 것은 그 무렵이었다.

"하지만 당신이 있었기에 리리엔이 다시 이곳으로 돌아올 수 있었다는 것만큼은 압니다."

엘시아는 다시금 자신에게 고맙다고 말하는 레오디안에게 어떤 대답을 들려줘야 할지 알 수 없어서 입술을 깨물었다. 뭐라고 달리 할 말이 없었다.

엘시아는 아직도 자신이 어떻게 죽지 않고 살아났으며, 또한 어떻게 시간을 거슬러 과거로 돌아갈 수 있었던 건지 전혀 영문을 몰랐다. 하지만 분명한 건, 자신이 토벌대의 손에 죽었기 때문에, 그리하여 과거로 돌아가 다시 한번 살 수 있었기에 평생을 살았던 마을을 떠날 용기를 낼 수 있었다는 것이었다.

하지만 엘시아는 자신이 리리엔을 원래의 집으로 데려다주었다고 해서, 레오디안에게 감사 인사를 받을 자격이 있다고는 생각하지 않았다.

리리엔을 납치한 것이 스위티아였고, 엘시아는 다름 아닌 그녀의 자식이었다.

게다가 엘시아는 리리엔의 가족을 찾아 주려는 그 어떤 노력도 하지 않았다. 엘시아가 리리엔을 제도로 데려다주겠노라 결심한 건, 똑같은 시간을 다시 한 번 살게 되었을 때였다.

리리엔의 가족이 누구인지를 알게 된 이상, 엘시아는 더는 예전처럼 모르는 척 리리엔과 함께 살 수 없었다. 제 욕심을 채우자고 리리엔에게서 가족을 빼앗을 수는 없었으니까. 뒤늦게라도 리리엔에게 가족을 찾아주고, 그렇게라도 속죄를 하고 싶었으니까.

그래서 그랬다. 자신은 감사를 받을 주제가 못 되었다.

레오디안도 모든 진실을 알게 되면, 더 이상 자신에게 감사한다 말할 수 없을 것이다. 감사는커녕, 한 겨울의 서릿발 같은 눈동자로 자신을 바라보며 싸늘한 목소리로 혐오의 말을 뇌까리겠지.

이제는 더는 존재하지 않는 과거, 죽어 가던 자신을 내려다보며 그가 그랬듯이.

엘시아는 입술을 더욱 세게 깨물었다. 엘시아는 물론이고 레오디안 또한 말문을 열지 않았고, 자연히 마차 안에는 두 사람에게는 너무도 익숙한 고요가 찾아들었다.

그렇게 잠시간 이어지던 정적에 끝을 고한 건 레오디안이었다. 말없이 시선만을 건네고 있는 엘시아를 향해 레오디안이 말했다. 그것은 대화가 끊기기 전, 그가 했던 말의 연장이었다.

"당신이 신경 쓰이는 건 아마 그래서인가 봅니다."

신경이 쓰인다. 그것만은 확실했다.

그러나 레오디안은 자꾸만 엘시아에게로 향하는 모종의 관심에 무슨 이름을 붙여야 할지 알 수 없었다.

동정? 연민?

정확히 알 수 없지만 단 하나 분명한 건, 리리엔이 그렇듯 엘시아 또한 제도의 저택에서 아무런 걱정 없이 지내기를 바란다는 것이었다. 그를 위해 레오디안은 무엇이든 할 수 있었다.

리리엔이 제도를 떠나 있었던 시간을, 엘시아의 말마따나 고요하고 어두운 곳에서 지난 시간을 잊을 수 있도록. 새로운 즐거움이 가득한 날들로 채워 주고 싶었다.

엘시아에게도 마찬가지였다. 레오디안은 엘시아를 단순한 은인으로 여기지 않고 있었다. 엘시아는 무슨 이유에선지 레오디안에게 있어서는 리리엔보다도 더 신경이 쓰이는 존재였다.

저택 사용인들과 금세 친해졌을뿐더러 새로운 생활에도 빠르게 적응한 리리엔과 달리, 엘시아는 언제나 어딘지 초연한 얼굴로 그 어떤 미련도 없는 사람처럼 굴기 때문인지 모른다.

레오디안은 얄팍한 천으로는 미처 다 가려지지 않는 앙상한 엘시아의 팔에 무심코 시선을 두었다가, 이내 한숨을 내쉬었다.

영양 상태가 엉망이었던 리리엔은 저택으로 돌아온 뒤로 규칙적인 식사를 했고, 덕분에 이곳 귀족가 아이들처럼 살이 통통하게 올랐다. 하지만 엘시아는 여전히 처음 저택을 찾아왔을 때 그 모습 그대로였다. 변한 게 없었다.

그래서일까. 레오디안의 눈에 엘시아는 리리엔보다 더 조그맣고 연약해 보였다. 쉽게 부서져 사라져 버릴 것만 같았다.

"저택 안에서만 지내는 게 답답하지는 않습니까."

레오디안은 엘시아가 리리엔과 달리 육류에 거부감이 있다는 사실을 알고 있었다. 엘시아에게 건강을 위해서 음식을 골고루 먹는 게 좋겠다고 조언하는 대신, 다른 말을 꺼낸 건 그런 이유에서였다.

"지금까지 제가 살았던 곳보다 훨씬 넓은 걸요."

가볍게 고개를 저으며 한 말이 그랬다. 레오디안은 이해할 수 없는 말이었다.

레오디안은 엘시아가 최근에야 연회를 대비해 헤르테인과 벨레로폰을 만나고는 있지만, 대부분의 시간을 방 안에서만 보내는 걸 알고 있었다.

저택 안을 마음대로 활보해도 뭐라고 할 사람이 단 한 명도 없는데.

누가 시킨 것도 아닌데, 엘시아는 마치 그래야 마땅하다는 듯 스스로의 의지로 침실 밖으로 나서는 일이 드물었다.

레오디안은 어느새 목적지 가까이에 접근한 마차가 서서히 속도를 늦추고 있다는 것을 인지하고는 입을 열었다.

"내일……"

엘시아의 시선이 자연스레 레오디안을 향했다.

"부모님에 관한 이야기를 해 드리겠습니다."

"부모님이면, 리리엔의 부모님…… 이요?"

"예."

레오디안이 짐작한대로 엘시아는 흥미를 보였다. 내내 고요히 가라앉아 있던 붉은 눈동자가 어렴풋하게나마 활기를 띠었다. 그건 무척 미묘한 변화였지만 레오디안은 어렵지 않게 눈치챘다.

"저택에 도착했군요."

"아……."

"시간이 늦었으니 내일 마저 이야기를 나누는 걸로 합시다."

엘시아는 지금 당장 레오디안에게서 리리엔의 부모님에 대한 이야기를 듣고 싶어 하는 듯한 기색이었다. 그런 엘시아를 향해 레오디안이 다시 한번 말했다.

사실 엘시아가 자유롭게 제도 곳곳을 돌아다녔으면 하는 마음에서 페이렌을 호위로 붙이기는 했지만, 아직 황실과 신전의 생각이 무엇인지 확실하지 않은 상황에서 엘시아가 제도를 누비는 건 시기상조였다.

그래서 레오디안은 일단, 엘시아가 저택을 편하게 느끼게끔. 그리하여 저택 안을 편하게 돌아다닐 수 있도록 도울 생각이었다. 거기서부터 천천히 시작하자고.

"내일 정오 즈음에 의상실에서 사람이 올 텐데, 드레스를 맞춘 이후에 이야기를 나누는 게 어떻겠습니까. 시간 괜찮겠습니까?"

"네, 괜찮아요."

엘시아가 가볍게 고개를 끄덕였고, 어느덧 마차는 완전히 멈춰 섰다.

"로이셀이 꽤나 걱정을 했나 봅니다."

레오디안이 창밖으로 시선을 옮기며 건넨 말에 엘시아의 시선이 그를 따라 옮겨 갔다. 저택 앞에 서 있는 마차 지척에 로이셀이 마부와 함께 서 있는 모습이 눈에 들어왔다.

"이 이상 지체하는 건 로이셀에게 못할 짓일 것 같군요."

레오디안이 자리에서 일어났다. 곧 마부가 문을 열었고, 레오디안은 성큼 마차에서 내렸다. 그리고 푹신한 의자에서 몸을 일으키는 엘시아를 향해, 자연스럽게 손을 내밀었다.

처음이 어렵지 그 이후는 처음만큼 어렵지 않은 법이었다. 엘시아는 어색하기는 할지언정 망설이지는 않고, 저를 향해 내밀어진 레오디안의 손을 잡았다. 그러자 곧 커다란 손이 가볍게 엘시아의 손을 감싸 왔다.

엘시아는 그 손에서부터 전해지는, 이제는 익숙해진 온기를 느끼며 마차에서 내렸다.

"엘시아 님!"

레오디안을 향해 고개를 숙여 보이고 있는 페렛과 달리, 로이셀은 레오디안이 보이지 않는 건지 엘시아가 마차에서 내리기 무섭게 곧장 엘시아를 향해 다가갔다.

그러한 로이셀의 행동은 예법에 어긋나도 한참은 어긋나 있었지만, 레오디안은 굳이 로이셀을 질책할 생각은 하지 않았다.

"……계속 밖에서 이렇게 서 계셨던 거예요?"

"페렛이 혼자 돌아와 얼마나 놀랐던지. 혹시 또 무슨 일이 생긴 것은 아닌지 걱정이 되어…… 도저히 안에서 기다릴 수가 없었습니다."

잘 훈련된 기사이자 로켄페데스가의 충직한 마부인 페렛 벤테스는 저택을 떠날 때와 달리, 혼자서 저택으로 돌아왔다. 그것이 약 두 시간 전의 일이었다.

대공을 맞이하기 위해 나섰던 로이셀은 레오디안과 엘시아는 간데없고, 디저트 상자만 덜렁 놓여 있는 마차 내부를 확인하고는 경악했다. 페렛이 간략한 사정을 전했으나 로이셀은 두 사람이 걱정이 되어 좀처럼 마음을 놓을 수가 없었다.

페렛이 안으로 들어가 기다리자 권했지만, 로이셀은 단호했다. 결국 페렛 또한 하는 수 없이 로이셀과 함께 저택 밖에 서서 레오디안과 엘시아가 돌아오기를 기다렸다.

그리하여 지금이었다. 페렛은 엘시아를 향해 걱정스러운 시선을 보내는 로이셀의 모습을 바라보다가, 레오디안의 지시를 받고 이내 저택 안으로 물러갔다.

"무사히 돌아오셔서 다행입니다."

"어……. 음, 감사해요."

엘시아가 곤혹스러움을 감추지 못하며 입술을 맞물었다. 로이셀이 이 늦은 시간에 밖에서 서 있었던 건 전부 자신의 탓인지라, 무척이나 민망했던 탓이다.

"그나저나 페렛이 전하기를, 엘시아 님께서 갑자기 어지러워하시며 몸을 가누지 못하셨다 하였는데 그게 정말 사실입니까?"

"……그랬는데, 지금은 괜찮아요."

엘시아는 여전히 민망함을 감추지 못한 채로 대답했다. 누군가 자신을 걱정해 주고 있는 지금 이 상황이 엘시아에게는 너무도 낯설었다.

"맙소사……!"

한편, 로이셀은 엘시아가 마차를 타지 못할 정도로 어지러움을 느꼈다는 페렛의 이야기가 사실이었음을 엘시아를 통해 재차 확인받고는 경악을 금치 못했다. 지금은 괜찮다는 엘시아의 말은 그의 머릿속에 찰나도 머무르지 못했다.

"엘시아 님, 이렇게 서 계실 것이 아니라 얼른 안으로 드시지요."

로이셀이 채근했고, 엘시아는 로이셀의 성화에 못 이겨 얼결에 걸음을 옮겼다.

"저, 리리엔은요?"

"아가씨께서는 진작 침실에 드셨습니다. 그나저나 엘시아 님, 갑자기 몸을 가누지 못하실 정도로 비틀거리셨다고 들었는데……."

로이셀은 당장 의사를 불러올 수도 있다며, 어디가 아픈 것이라면 부디 숨기지 말고 말해 달라는 말을 덧붙였다.

"아무래도 어디가 아프신 게 아닌지 무척 걱정이 됩니다. 정말 괜찮으신 겁니까?"

"네, 이제 정말로 괜찮아요. 걱정해 주셔서 감사해요."

그러고도 마음이 놓이지 않는 건지, 자꾸 괜찮냐고 묻는 로이셀에게 엘시아는 정말로 괜찮다는 대답만 반복했다. 그러나 로이셀은 엘시아의 대답에도 좀처럼 걱정을 내려놓지 못했다. 덕분에 로이셀과 엘시아 사이에는 같은 말을 묻고 같은 대답을 하는, 이상한 대화가 계속 이어졌다.

영 난처해 보이는 엘시아의 모습에 내내 잠자코 두 사람을 지켜보고 있던 레오디안이 입을 열었다.

"로이셸."

"예, 각하."

부름에 대한 답은 곧장 들려왔다. 레오디안은 로이셸의 시선을 돌릴 만한 적당한 말을 꺼냈다.

"지금 바로 욕실을 사용할 수 있게 준비해 주겠나."

"물론입니다, 각하. 아, 데이시에게도 엘시아 님의 욕실 준비를 부탁해야겠군요. 마침 좋은 입욕제가 들어왔습니다."

로이셸이 즐겁다는 듯 후후, 묘한 웃음소리를 냈다. 대공저의 넘쳐나는 금화로 무언가를 구매하고, 또 그것을 사용하는데 희열을 느끼는 로이셸을 알고 있는 레오디안에게는 익숙한 모습이었다.

로이셸은 새로 구입한 입욕제가 마침 심신 안정에 좋은 프렌치 라벤더로 만들어진 것이라며 엘시아가 편하게 숙면을 취하는 데도 분명 도움이 될 것이라고 덧붙이고는 훌쩍 사라져 버렸다.

익숙한 정적 속, 복도를 걷던 레오디안이 걸음을 멈춘 건 엘시아의 침실 앞에서였다.

레오디안의 침실은 이층 복도 가장 끝에 자리하고 있었다. 때문에 레오디안은 엘시아의 침실을 지나치기 전, 엘시아에게 인사를 할 요량으로 멈춰 선 것이었다.

"그럼, 내일 뵙죠."

"네. 아, 저기……!"

엘시아는 미련 없이 자리를 떠나려던 레오디안을 황급히 붙잡아 세웠다. 그리고 지금까지 계속 어깨에 걸치고 있던 레오디안의 옷을 벗어 그에게 건네며 말을 이었다.

"오늘 여러모로 감사했어요."

무엇이 감사하냐고, 묻는 건 의미 없는 일이었다.

사실 레오디안은 엘시아에게 감사 인사를 받을 정도로 대단한 일을 했다고는 생각하지 않았지만, 이 또한 말로 옮기는 건 하등 의미 없는 일이었다. 지금 자신이 생각하는 바를 그대로 말한다면 엘시아가 보일 반응이야 뻔했다.

그랬기에 옷을 받아 든 레오디안은 그저 가만히 엘시아를 주시하다가, 이내 가볍게 고개를 숙여 보였다. 그리고 엘시아의 붉은 눈동자와 시선을 맞추었다.

얼핏 보기에는 너무도 고요한 눈동자였다.

무슨 생각을 하고 있는지 모를, 잠잠하고도 짙은 눈동자.

하지만 레오디안은 제 눈앞의 붉은 눈동자가 언제나 이유 모를 불안으로 떨리고는 한다는 사실을 잘 알고 있었다. 레오디안은 진심을 담아 다시금 밤 인사를 건넸다.

"평안한 밤 되길."

"대공님도…… 음, 평안한 밤 되시길 바라요."

돌아온 대답이 의외였다. 하지만 레오디안은 굳이 내색하지 않았다. 다만 희미한 미소를 내건 채로.

"아무래도 그럴 것 같군요."

혼잣말처럼 읊조렸다. 엘시아가 미처 듣지 못했다 하여도 이상하지 않은, 아주 나지막한 목소리였다.

* * *

심신 안정에 도움이 된다는 입욕제가 정말 효과가 있었던 건지는 모르나, 지난밤 엘시아는 드물게 단 한 번도 깨지 않고 숙면을 취했다.

그래서인지 엘시아는 유난히 가뿐한 몸으로 아침을 맞이했다.

눈을 뜨자마자 주저 없이 침대에서 내려온 엘시아는 흐트러진 이불을 정리하고, 나이트가운을 벗고는 슬리브 드레스를 입었다. 옷을 갈아입고 창문을 활짝 열어젖힌 뒤, 엘시아는 거울 앞에 섰다. 그리고 거울에 비친 너무도 익숙한, 혈색이라고는 없이 마냥 창백한 얼굴을 한참 들여다보았다.

레오디안이나 로이셀이 자신을 걱정하는 것도 당연했다. 스스로 보기에도 거울 속 자신은 병을 앓고 있는 사람이라 여긴다 하여도 무리가 없는 몰골을 하고 있었다. 뺨 위로 푸른 핏줄이 비칠 정도로 희멀건한 살갗이 특히 그랬다.

엘시아는 자그맣게 한숨을 내쉬었다. 병색이 짙어 보이는 얼굴이 마음에 들지 않는다고 해서 별달리 손쓸 수 있는 방법이 있는 것도 아니었다.

타고나기를 이렇게 타고난 걸.

멍하니 생각하며 엘시아는 또다시 입술 사이로 한숨을 내보냈다. 핏기 없는 얼굴이야 그렇다 치더라도, 어제처럼 레오디안이나 다른 누군가의 앞에서 약한 모습을 보이는 일만큼은 없어야 했다.

한참 만에 거울에서 시선을 뗀 엘시아는 협탁에 놓여 있던 빗으로 머리카락을 빗어 내리기 시작했다. 리리엔이 매일같이 머리칼에 향유를 발라준 덕분에 손에 잡히는 머리칼이 꽤나 부드러웠다.

누군가 가볍게 문을 두드리는 소리가 들린 건, 엘시아가 빗을 제자리에 돌려놓았을 때였다.

"들어오세요."

이 이른 시간에 침실을 찾아올 만한 사람은 한 명뿐이었다.

엘시아는 빙긋 웃으면서 침실 안으로 들어온 데이시에게 시선을 두었다. 데이시를 따라 미소를 짓지는 못했으나, 적당히 살가운 말을 붙일 수는 있었다.

"좋은 아침이에요."

"네, 정말로 좋은 아침이에요. 날이 많이 풀린 건지, 완연한 봄 날씨네요. 햇살도 무척 따스하고요."

이미 활짝 열려 있는 창문을 바라보며 데이시가 부드러운 목소리로 말했다.

비단 커튼을 걷고 창문을 여는 일 따위를 비롯한 침실 정리는 그녀가 해야 하는 일이었지만, 엘시아는 아침이면 매번 이렇듯 먼저 이불을 정리하고 창문을 열어 두고는 했다.

처음에야 크게 당황했다. 그러나 엘시아가 하려는 일이 위험하지만 않다면 그저 지켜보기만 하라는 레오디안의 지시를 받은 이후, 그녀는 엘시아에게 별다른 의문을 표하지 않았다.

이곳 저택의 모든 사용인들 역시 마찬가지였다.

사용인들 전부가 레오디안에게 데이시가 받은 것과 같은 지시를 받았다. 때문에 저택의 모든 이들은 엘시아가 어디를 가든, 무엇을 하든, 멀찍이 떨어져서 지켜볼 뿐이었다.

그건 비단 레오디안의 지시가 있었기 때문만은 아니었다.

애초에 엘시아는 상대를 배려하면 배려했지, 무례한 사람이 아니었다. 낯을 가리기는 하지만 기본적으로 상냥한 엘시아를 마뜩지 않다 여기는 사람은 이 저택에 존재하지 않았다.

게다가 엘시아는 오래전 사라졌던 리리엔을 되찾아 준 은인이었다. 그런 엘시아의 행동을 지적하거나 만류할 사람이 있을 리 없었다.

오히려 모두가 엘시아와 짧게라도 대화를 나누고 싶어 했다. 레오디안이 엘시아가 낯선 사람에게 불편함을 느낀다는 사실을 주지시켰기에 망정이지, 그렇지 않더라면 엘시아는 매일같이 아침 인사나 안부를 묻는 시종들에게 시달리고 있었을 것이다.

엘시아가 불편할까 봐 차마 가까이 다가오지 못하는 그들에게 있어서, 매일 엘시아의 침실을 드나들 수 있는 데이시는 부러움의 대상이었다.

침실을 정리한 후, 마지막으로 마호가니 테이블 위를 천으로 훑어낸 데이시는 곧게 허리를 펴고 엘시아를 돌아보았다.

"엘시아 님, 오늘도 아침식사는 대신관을 만나 보신 이후에 드실 수 있도록 요리장에게 말을 해 놓을까요?"

"네, 그렇게 해 주세요."

"알겠습니다."

로아나가 방문하기 전까지 엘시아가 편히 쉴 수 있도록 자리를 피해 주려던 데이시였으나, 몇 걸음 옮기기가 무섭게 문득 잊고 있던 것이 떠올라 걸음을 멈추었다.

"참, 로렐라인 경이 복도에서 기다리고 계세요."

"페이렌 님이요?"

의아해진 엘시아가 고개를 기울였다. 아침이면 침실을 찾아오는 페이렌은 데이시가 그랬듯 문을 두드려 안으로 들어왔지, 복도에서 기다리거나 하지는 않았기 때문이었다.

"아, 지금 복도에 계신 건 그 동생분이에요."

데이시의 말에 엘시아는 더더욱 의아해졌다.

그도 그럴 게 엘시아가 벨레로폰과 만나 춤을 배우는 건 정오 무렵의 일이었다. 이렇듯 이른 시간에 벨레로폰이 자신을 찾아올 줄은 몰랐던지라, 조금 당황스러웠다.

"들어오시라 이를까요?"

"네, 부탁드려요."

때 아닌 벨레로폰의 방문이 여전히 의아했지만, 엘시아는 내색하지 않았다. 벨레로폰이 자신을 찾아온 데는 분명 그럴 만한 이유가 있을 것이었다. 그런 생각을 하며 엘시아는 벨레로폰을 기다렸다.

데이시가 나가면서 닫았던 문은 얼마 지나지 않아서 다시 열렸다. 침실 안으로 들어온 벨레로폰은 이른 아침에도 단정한 모습을 하고 있었다. 그건 엘시아가 최근에 자주 보아 왔기에 무척 익숙한 모습이기도 했다.

다만, 벨레로폰의 표정은 평소와 달리 짐짓 심각했다.

이른 시간에 무례를 무릅쓰고 찾아온 것이 무색하게도, 벨레로폰은 선뜻 어떤 말도 꺼내지 못한 채로 그저 입술만 짓씹고 있었다. 엘시아의 얼굴을 보니 말문이 턱 막혀 쉽사리 입을 열 수가 없었던 탓이다.

결국 엘시아가 먼저 말을 꺼낼 때까지, 벨레로폰은 입술을 꼭 맞문 채로 테이블 한편을 노려보듯 집요하게 바라보았다.

"혹시 무슨 일이 있으신가요?"

누가 보더라도 알 수 있을 정도로 굳은 벨레로폰의 표정에 엘시아가 그렇게 화두를 뗐다. 벨레로폰은 그제야 고개를 들어 엘시아와 눈을 맞췄다.

"사실⋯⋯."

말끝을 흐린 벨레로폰은 그가 엘시아를 찾아오게 된 경위를 떠올렸다.

벨레로폰은 임모투스 신전에 소속된 기사였지만, 페이렌과 달리 레오디안이 단장으로 있는 제1기사단 소속은 아니었다. 그런 그가 리리엔의 호위를 맡게 된 건 순전히 페이렌 때문이었다.

페이렌이 유능한 기사라는 사실은 알고 있었지만, 그렇다고 하여 페이렌이 위험한 일을 맡고도 안전하리라 확신하지는 못했다. 그래서 벨레로폰은 직접 레오디안을 찾아가 자신이 리리엔의 호위를 맡고 싶다고 청했다. 앞으로 페이렌이 지낼 저택에서 함께 지내며 페이렌을 지켜보기 위해서.

그런 그였던지라 엘시아와 리리엔이 어떤 사연을 가지고 있는지는 전혀 몰랐다. 어젯밤, 페이렌에게서 이야기를 듣기 전까지는 말이다.

페이렌 역시 자세한 사정은 모르는 건지, 무척 간결하고도 짧게 얘기했지만 벨레로폰이 충격을 받기에는 충분한 이야기였다.

누군가에게 납치당해, 지금까지 갇혀 살았다니.

너무도 경악스러운 이야기였다. 엘시아가 필요 이상으로 사람을 경계하는 것 같다는 느낌을 종종 받았는데, 이제 와 생각해 보면 이상할 것도 없었다. 그런 사연을 지니고 있는 엘시아가 사람을 대하는 데 익숙하다면 오히려 그게 더 이상한 일이었다.

생각지도 못했던 끔찍한 사연은 벨레로폰이 마음을 고쳐먹는 데 지대한 공헌을 했다. 벨레로폰은 리리엔의 호위에 진지하게 임하겠노라 다짐했다.

"⋯⋯무슨 일이신데 그러세요?"

엘시아가 조심스럽게 재차 물었다. 벨레로폰은 아래로 늘어뜨리고 있던 두 손을 꽉 힘주어 움켜쥐었다.

벨레로폰은 리리엔과 엘시아에게 그가 가벼운 마음으로 이곳에 왔음을 실토하고 진심으로 사과하려고 했다. 하지만 그러기 위해서는 페이렌에게 두 사람의 사연을 들었다는 이야기를 필히 하여야만 했다.

그건 어쩌면 엘시아의 상처를 헤집는 일이 될 수도 있었다. 혹시 모르는 일이라는 생각이 지금에서야 문득 벨레로폰의 머릿속에 스쳤다. 상대는 짐작도 못하고 있는데 무턱대고 사과를 한다면 그저 당황스럽기만 할 것이리란 생각도 뒤를 이었다.

"그, 어제……! 어제 번화가를 방문하시던 중 갑자기 쓰러지셨다는 이야기를 들었습니다."

애먼 말을 꺼낸 것은 그런 이유에서였다. 마침 벨레로폰은 로이셀에게 어제 엘시아가 오랜만에 외출했다가 쓰러졌다는 이야기를 들었다. 그래서 면역에 도움이 된다는 차를 챙겨 온 참이었다.

"쓰러진 건…… 아니었는데요."

한편 엘시아는 언제 또 이야기가 이렇게 퍼졌는지 당혹스러워 괜스레 시선을 돌렸다. 쓰러졌다니, 어젯밤 자신은 잠깐 비틀거렸을 뿐 쓰러지진 않았다.

"집사의 이야기가 거짓이었단 말입니까?"

"아니요!"

짐짓 화를 내듯 벨레로폰이 날카롭게 물어 엘시아가 다급하게 고개를 저었다.

"그건 아니에요. 다만 로이셀 씨가 조금…… 과장해서 이야기를 전하신 것 같아요."

"그렇다면……."

무슨 이야기를 들었는지는 모르겠으나, 어쨌든 벨레로폰이 알고 있는 이야기와 실제 일어났던 일 사이에 괴리가 있으리라는 건 엘시아가 충분히 짐작할 수 있는 바였다. 엘시아는 흔들림 없는 눈으로 벨레로폰을 응시하며 입을 열었다.

"어제 대공님과 함께 저택을 나섰다가, 저택으로 돌아오기 위해 마차를 타려다가 조금 어지러움을 느끼고 휘청거렸던 건 사실이에요. 하지만 쓰러지지는 않았어요. 그리고 이제는 멀쩡하고요."

"그러셨던 거군요."

벨레로폰이 나직이 탄식했다.

"그런 줄도 모르고 저는, 집사에게 이야기를 듣고 너무도 놀라서……."

말을 끝마치지 않은 채로 입을 닫은 벨레로폰은 잠시 뒤, 테이블 위에 웬 상자를 올려놓았다. 벨레로폰은 조심스럽게 엘시아의 눈치를 살피면서 말했다.

"몸에 좋은 찻잎을 조금 챙겨 왔습니다."

벨레로폰이 상자를 열어 보였다. 상자 안, 격자로 나뉘어 분리된 여덟 개의 틀에 모양도 색도 다른 말린 잎이 들어 있었다.

정작 본인은 아무런 생각이 없는데, 어째 다른 사람들이 오히려 자신의 몸을 걱정해 주는 것 같다.

천천히 상자 안을 살핀 엘시아는 나지막이 한숨을 내쉬었다. 누군가 자신에게 신경을 써 주는 듯한 기색을 보일 때마다 엘시아는 어떻게 반응을 해야 할지 알 수 없었다.

"그다지 값비싼 종류의 찻잎은 아닙니다."

엘시아가 아무런 말없이 가만히 상자 안을 들여다보고 있는 것이 갑작스러운 선물이 부담스러워 그러리라 생각한 벨레로폰이 말을 덧붙였다.

"그 누구라도 아주 손쉽게 구할 수 있는 흔하디흔한 찻잎입니다."

"……감사해요."

차를 즐기진 않지만 타인의 명백한 호의를 거절할 수는 없는 노릇이었다. 엘시아는 어색하게 웃으며 조심스럽게 상자 뚜껑을 닫았다. 그에 벨레로폰의 표정이 눈에 띄게 밝아졌다.

"그러면 이것을 전해 주려고 찾아오신 건가요?"

"……그렇습니다."

사실은 하고자 했던 이야기가 따로 있었지만, 벨레로폰은 고개를 끄덕였다.

"느닷없는 방문이 불쾌하셨다면, 진심으로 사과드리겠습니다."

"아뇨, 괜찮아요. 다만 아까 표정이 좀 심각해 보이셔서…… 정말 무슨 일이 있는 게 아닌가 걱정이 되어서. 그래서 물어본 거예요."

최근 매일같이 만나는 벨레로폰이었다. 갑작스러운 방문이 의아하기는 했으나, 불쾌하지는 않았다. 하물며 자신을 걱정해 몸에 좋은 차를 전해 주기 위해 왔다는데, 그걸 불쾌하다 여길 수 있을 리 없었다.

게다가 누군가 자신을 걱정해 줄 때마다 영 낯설고 당황스럽기는 하지만……. 솔직히 나쁜 기분은 아니었다.

"……제 표정이 그렇게 심각해 보였습니까?"

엘시아는 전혀 몰랐다는 듯 묻는 벨레로폰을 향해 고개를 끄덕여 보였다. 그러자 벨레로폰이 당황한 듯 조금 상기된 얼굴로 입을 열었다.

"어, 사실, 제가 본래 웃음이 많은 성격이 아닙니다. 그래서 그렇게 느끼신 게 아닐지……."

무슨 이유에선지 변명처럼 들리는 말이었다. 그러나 엘시아는 구태여 캐묻지 않고, 벨레로폰이 그렇게 말하니 그냥 그런가 보다 하고 생각하기로 했다.

"그럼, 엘시아 님, 저는 이만 나가 보겠습니다. 이른 시간에 실례가 많았습니다."

금세 평정을 되찾은 벨레로폰이 더는 지체하지 않고 자리에서 일어났다.

"오후에 다시 뵙겠습니다."

벨레로폰을 따라 자리에서 일어난 엘시아는 벨레로폰이 멀어지는 모습을 가만히 지켜보았다. 그대로 방을 나서려던 벨레로폰이 불현듯 뒤를 돌아보았고, 두 사람의 시선이 곧장 마주쳤다.

"부디 좋은 하루 보내시길 바랍니다."

순간 얼떨떨해져 눈을 크게 떴던 엘시아는 이내 말없이 고개를 끄덕였다.

* * *

"흉터는 많이 옅어졌는데……."

로아나가 작게 혀를 찼다. 지금 로아나가 걱정하고 있는 건 엘시아의 흉터가 아니었다.

가볍게 쥐고 있는 엘시아의 손목이 너무도 가늘어, 로아나는 한숨까지 내쉬었다. 하루가 다르게 건강해지고 있는 리리엔과 다르게 엘시아는 여전히 가늘다는 수식어로도 형용하기 모자라다는 생각이 들 정도로 마른 모습이었다. 엘시아가 오로지 채소만을 먹기 때문일까.

레오디안에게서 어젯밤 엘시아가 어지러움을 느끼고 몸을 가누지 못했다는 이야기를 들은 로아나는 면밀히 엘시아의 몸을 살펴보았다. 큰 이상은 없었다. 그래서 로아나는 엘시아가 어지러움을 느낀 것이 어디가 아파서가 아니라 제대로 먹지 않아 빈혈이 생긴 탓이 아닌가 의심하고 있었다.

"엘시아 님. 육류를 거의 드시지 않는다고 들었는데, 그 이야기가 사실인가요?"

"아, 고기를 먹으면 몸에 두드러기가 나서요."

다시금 로아나가 한숨을 내쉬는 소리가 들렸다.

엘시아는 로아나가 놓아준 팔을 무릎 위에 가지런히 올려놓았다. 거짓말을 할 때마다 가슴 한편이 얹힌 듯 불편해진다. 어쩔 수 없는 일이라고 생각하면서도 늘 그랬다. 엘시아는 고개를 숙인 채로 입술을 깨물었다.

"고기를 좀 드실 수 있다면 좋을 텐데, 그러실 수가 없으니……."

오늘은 아무래도 여러 사람에게 걱정 어린 말을 듣는 날인가 보다. 엘시아는 벨레로폰의 뒤를 이어 찾아온 로아나까지 자신을 걱정하는 듯한 기색을 보이자, 멍하니 그런 생각을 했다.

"하루에 보통 세끼를 드시나요?"

"네."

"틈틈이 간식도 드시고요?"

"음, 종종 차를 마시기는 하는데……."

간식은 먹지 않는다는 이야기였다. 로아나는 퍽 단호한 얼굴로 입을 열었다.

"엘시아 님, 가능하시다면 끼니를 더 챙겨 드시는 게 좋겠어요. 중간중간 간식도 드시고요."

엘시아는 식탐이 없는 것은 물론이고, 기본적으로 음식을 먹는 행위 자체에 큰 의미를 두지 않는 듯했다. 그러니 저렇듯 마른 것이다. 마른 게 문제는 아니었다. 다만 그로 인해 빈혈이 생겨 갑자기 쓰러지거나 한다면 큰 문제가 된다.

"자주 햇볕을 쐬고, 산책을 하셔야 해요."

종일 침실에만 있는 건 건강에 하등 도움이 되지 않았다. 최근에야 연회를 위해 벨레로폰과 헤르테인을 만나기는 하지만, 그뿐이었다. 주기적으로 정원에라도 나가서 산책해야 한다. 지금 엘시아에게는 그런 일이 필요했다.

"최대한 다양한 종류의 채소를 드시고, 간식도 꼭 챙겨서 드시고, 그리고 무엇보다 중요한 건 의식적으로 가볍게나마 규칙적인 운동하려는 노력을 하는 거예요. 마침 정원에 꽃이 활짝 피어 있던데, 정원에 핀 꽃을 구경하면서 천천히 걸어 보시는 건 어떨까요? 되도록이면 자주요."

"네, 그렇게 할게요."

어쩐지 크게 혼이 난 기분이었다. 엘시아는 멍한 얼굴로 고개를 끄덕였다. 그러자 로아나가 만족스럽다는 듯, 엘시아를 향해 평소와 같은 부드러운 미소를 지어 보였다.

"이제 얼핏 보면 흉터가 있는지도 모를 정도로, 흉터가 굉장히 옅어졌어요. 제 힘이 엘시아 님에게 도움이 될 수 있어 다행이에요."

엘시아는 무릎 위에 가지런히 놓여 있는 팔을 내려다보았다. 로아나가 살펴보느라 긴 소매를 팔꿈치 부근까지 걷어 올린 채였다.

"네, 정말 그러네요."

흉터는 희미해졌으나, 흉터가 생길 때의 기억은 엘시아의 머릿속에 또렷하게 남아 있었다. 설령 흉터가 사라진다 할지라도 기억은 영원히 남아, 엘시아를 괴롭힐 것이다. 그러니 살갗 위 자리한 흉터가 사라지든, 그렇지 않든. 어느 쪽이든 엘시아에게 있어서는 큰 의미가 없었다.

"피곤하실 텐데도 매일 저를 찾아와 치료해 주셔서 정말 감사드려요."

"별 말씀을요, 엘시아 님. 저는 전혀 피곤하지 않답니다. 오히려 매일 이렇듯 엘시아 님과 단둘이 이야기를 나눌 수 있어 즐거운 걸요."

하지만 지금까지 로아나가 선의로 자신을 치료해 준 것이라는 사실을 잘 알고 있었기에, 엘시아는 짐짓 어두운 속내를 감춘 채로 로아나를 따라 희미하게 미소를 지을 뿐이었다.

사실 그게 아니더라도 엘시아는 그녀의 병든 마음을 그 누구에게도 드러내고 싶지 않았다.

넓게 트인 창으로 쏟아지듯 들어오고 있는 빛은 조명과 한데 어우러져 응접실 안을 환하게 밝히고 있었다.

이전까지는 별반 쓰일 일이 없어 방치되어 있던 응접실은 최근 들어 사람들의 발길이 끊이지 않았다. 엘시아가 응접실에서 벨레로폰과 수업을 하거나 페이렌과 시간을 보내고는 했기에 사용인들은 그 어느 때보다 열성적으로 응접실을 관리했다.

응접실은 새로운 가구와 소품, 태피스트리 등으로 가득 채워졌다. 덕분에 응접실은 전보다 더 화려한 모습을 하게 되었다.

이 대저택의 집사 로이셸은 엘시아와 리리엔이 자주 발걸음을 하는 곳은 그 어느 곳보다도 화려하고 고급스러워야 한다며 노래를 불렀지만, 사용인들은 로이셸이 엘시아와 리리엔을 위해서라는 명목으로 자신의 사적인 즐거움을 어느 정도나마 채우고 있다는 사실을 알고 있었다.

실제로 로이셸은 최근 들어 아주 만족스럽다는 듯한 미소를 지은 채로 저택 곳곳을 활보하고는 했다. 그 모습에 최근 사용인들은 고개를 내저으면서도 한편으로는 어찌 됐든 좋은 게 좋은 것이겠지, 생각했다.

그도 그럴 게 저택은 나날이 변하고 있었다. 생명이 움트는 봄이나 뜨거운 여름에도 늘 서릿발처럼 차가운 분위기가 감돌던 저택은 이제 제대로 계절을 두르고 있었다.

봄, 그 안온한 계절의 따스함이 스민 저택은 더 이상 스산하지 않았다.

조금씩 변화하고 있는 저택의 모습에 그 누구보다도 크게 기뻐하고 있는 로이셸은 어딘지 멍한 얼굴로 창밖을 응시하고 있는 엘시아를 향해 조심스럽게 발걸음을 옮겼다.

엘시아는 의상실에서 온 사람들에게 시달리고 난 후였다. 로이셸이 직접 선별한 의상실의 디자이너들은 엘시아에게 가장 잘 어울릴 색상이나 옷감 재질 따위를 고르기 위해 꽤나 오랜 시간 골몰했다.

엘시아와 리리엔은 그들이 준비해 온 기성복을 몇 번이고 갈아입어야 했다. 그들이 저택을 떠난 후 리리엔은 에밀리아와 함께 진작 응접실을 떠났지만, 엘시아는 여전히 응접실에 남아 있었다.

"엘시아 님, 차 한 잔 준비해 드릴까요?"

로이셀이 조심스럽게 묻자, 그제야 내내 창가에 머물러 있던 엘시아의 시선이 로이셀에게로 향했다. 엘시아의 옆에 묵묵히 서 있던 페이렌의 눈길 또한 로이셀에게 닿았다.

엘시아의 창백한 얼굴이 유난히 파리해 보였다. 맞춤 드레스가 한 벌도 없는 엘시아에게는 반드시 필요한 과정이었지만, 치수를 잰다거나 옷을 여러 번 갈아입는다거나 하는 일은 엘시아가 처음 겪어 본 일일 테니 엘시아가 피곤해할 만도 했다.

"달콤한 디저트와 함께 차를 마신다면 피로를 푸시는데 조금이나마 도움이 될 겁니다."

로이셀의 다정한 권유를 거절하려던 엘시아는 문득 어젯밤 레오디안이 했던 말을 떠올렸다. 리리엔의 부모님에 대한 이야기를 해 주겠다던 그의 말을 말이다. 그래서 엘시아는 마음을 바꾸고는 고개를 끄덕였다. 레오디안을 기다리는 동안 딱히 할 일도 없으니 차라도 마시고 있는 편이 좋을 것 같았다.

"그럼, 준비해 오겠습니다."

로이셀이 웃으며 말했다. 그리고 곧장 응접실을 나서는 로이셀의 뒷모습에 잠시 시선을 두었던 엘시아는 곧 고개를 돌렸다. 내내 같은 자리에 서 있던 페이렌에게 소파에 앉으라고 권할 생각이었다. 그러나 엘시아가 말을 꺼내기도 전에 페이렌이 입을 열었다.

"엘시아 님, 안색이 굉장히 안 좋아 보입니다."

엘시아는 괜히 제 뺨을 몇 번 쓸어 보았다.

"어디 아프신 건 아닌지 걱정이 됩니다."

"아뇨, 딱히 어디가 아픈 건 아니에요. 조금 피곤할 뿐이에요. 아마 계속 긴장해서 그런가 봐요."

낯선 인간들 사이에 둘러싸인 채 관찰을 당하는 건 그다지 유쾌한 일이 아니었다. 엘시아는 의상실에서 온 사람들이 돌아간 이후에야 한껏 긴장하고 있던 몸에 힘을 풀 수 있었다.

긴장이 풀리자 기다렸다는 듯 탈력감이 찾아들었고, 엘시아는 드물게 피로를 느꼈다. 하지만 엘시아는 침실로 돌아가지 않았다. 어젯밤 레오디안과 약속한 것이 있었기 때문이었다.

엘시아에게 리리엔은 무엇보다 중요했고, 엘시아는 리리엔의 부모에 관한 이야기를 꼭 듣고 싶었다. 그것이 엘시아로 하여금 피로를 뒤로하고 이곳에서 레오디안을 기다리도록 만들었다.

"이쯤에서 그만 침실로 돌아가시는 게 어떠십니까? 이곳에서 차를 마시기보다는 침실에서 편하게 쉬시는 편이 훨씬 더 좋을 것 같습니다."

엘시아와 레오디안 사이 약속을 알 리 없는 페이렌이 조심스럽게 권했다. 엘시아는 가볍게 고개를 저었다.

"각하를 기다려야 해요. 곧 이곳으로 오실 거예요."

"아, 각하와 약속이 있으셨군요."

페이렌은 엘시아에게 더 이상 침실로 돌아갈 것을 권하지 않았다. 페이렌은 로이셀이 트레이에 담아온 것을 테이블 위에 올려두고 다시금 응접실을 떠날 때까지 묵묵히 엘시아의 곁에 서 있었다.

엘시아는 테이블 위에 놓인 찻주전자와 두 개의 찻잔, 그리고 조그만 케이스를 잠시 바라보다 이윽고 제 앞에 놓여 있던 찻잔에 차를 따랐다.

엘시아가 차를 따르고 찻주전자를 내려놓는, 그 일련의 과정이 끝이 날 동안에도 페이렌은 말없이 엘시아의 뒤편에 서 있었고, 익숙한 정적 속에서 엘시아는 찻물을 입 안에 머금었다.

곧 레오디안이 이곳으로 온다. 다시금 긴장해서일까, 엘시아는 갈증을 느꼈다. 그래서인지 쓰디쓴 차를 연신 들이켜는 엘시아의 행동에는 망설임이 없었다.

레오디안이 응접실로 발걸음을 한 것은 로이셀이 응접실을 떠나고 얼마 지나지 않아서였다. 레오디안은 페이렌의 인사를 받으며 엘시아의 맞은편 소파에 자리했다. 응접실 안을 휘 둘러보는 레오디안의 시선이 무심했다.

평소와 다를 바 없는 레오디안의 모습에도 엘시아는 어쩐지 긴장을 하게 되었다. 지금까지 엘시아가 응접실에 남아 있던 이유가 바로 레오디안이 약속했던 이야기를 듣기 위해서였으나, 길다면 긴 기다림의 끝, 엘시아는 선뜻 레오디안에게 말을 걸 엄두를 내지 못했다.

꽤 한참 만에 엘시아에게 시선을 둔 레오디안은 페이렌에게 잠시 자리를 피해 줄 것을 요구했다. 페이렌은 별다른 의문을 표하지 않고 선선히 응접실을 나섰다.

문이 닫힌 뒤, 응접실에는 적막이 찾아들었다. 지금까지는 미처 인식하지 못하고 있던, 멀리서부터 들려오고 있는 어렴풋한 새 울음소리가 커다랗게 들릴 정도로 고요했다.

고요 속 레오디안은 그의 앞에 놓여 있는 빈 찻잔에다 익숙하게 차를 따랐다.

엘시아는 레오디안이 찻주전자를 놓아두고, 테이블 한가운데 놓여 있던 조그만 케이스를 열고 스푼으로 하얀 가루를 퍼서 찻잔에 넣고 찻물을 휘젓는 모습을 가만히 지켜보았다.

"그건 뭔가요?"

"설탕입니다."

"……설탕?"

엘시아가 혼잣말을 중얼거렸다. 레오디안은 말없이 그의 앞에 놓인 찻잔을 엘시아 앞으로 밀어둔 뒤, 대신 엘시아의 찻잔을 가져갔다.

"어……."

예상치 못한 레오디안의 행동에 당황한 엘시아의 입술이 멍하니 벌어졌다. 레오디안은 마치 아무런 일도 일어나지 않은 것처럼 태연히 찻잔을 입가에 가져다 댔다. 방금까지 엘시아가 사용했던 찻잔이었다.

엘시아는 지금 이 상황에서 어떻게 반응을 해야 하는지 알 수 없었다. 레오디안에게 어째서 찻잔을 바꾼 거냐고 묻기에는 레오디안이 너무도 태연했다.

엘시아는 결국 어떠한 말도 꺼내지 못하고, 그저 조용히 차를 마셨다. 적당히 식어 있는 찻물을 삼킨 엘시아의 눈이 이윽고 휘둥그레 커졌다.

"차가 안 써요."

이상한 일이었다. 레오디안이 따른 차는 분명 엘시아가 그를 기다리면서 마시고 있던 차였다. 그런데 이전과 전혀 다른 맛이 났다. 레오디안이 차에 무슨 짓을 한 걸까?

"설탕을 넣었기 때문입니다."

"그걸 차에 넣어 마시면 차가 쓰지 않게 되나요?"

"그렇습니다."

조금 망설인 끝에 엘시아가 설탕 케이스를 제 앞으로 끌어다 놓았다. 케이스 안에는 하얀 가루가 조그만 산처럼 쌓여 있었다. 엘시아는 누군가 차를 가져다주면, 찻잔에 차를 따르고 마실 줄만 알았다. 찻주전자와 찻잔과 함께 테이블에 놓이고는 했던 고급스러운 케이스에 무엇이 들어 있는지 관심조차 가지지 않았다.

"신기하네요. 이 하얀 걸 넣어서 차를 쓰지 않게 만들 수 있다니."

진작 알았더라면 쓰디쓴 맛을 인내할 필요도 없었을 텐데. 멍하니 생각하며 엘시아는 꽤 오래도록 케이스 안에 고정하고 있던 시선을 들어 올렸다.

시선을 들어 올린 그곳에 레오디안의 새파란 눈동자가 있었다.

레오디안과 마주하고 있는 데는 어느 정도 적응했다. 하지만 저 시선은 도무지 익숙해지지가 않는다. 마치 살갗 안을 죄 들여다보고 있는 것만 같은 집요한 시선.

레오디안이 무섭지는 않아도, 여전히 그가 영 께름칙하게 느껴지는 건 바로 저 시선 때문이 아닐까.

"……왜 그렇게 보세요?"

엘시아는 레오디안이 그녀를 바라볼 때면 늘 하고는 했던 생각을 처음으로 입 밖에 냈다. 레오디안은 별로 놀란 기색이 아니었다. 다만 잠시 말을 고르는 듯 침묵했다.

"신기해서 그런가 봅니다."

"제가…… 신기하다고요?"

레오디안은 엘시아에게 눈길을 둔 채로 찻잔을 입가에 가져다 댔다. 그가 차를 마시고 찻잔을 내려놓기까지는 짧은 순간이었으나, 엘시아에게는 어쩐지 아주 오랜 시간이 흐른 것처럼 느껴졌다.

"당신은 새로운 걸 볼 때면 눈동자가 반짝거립니다."

"……."

"어제 디저트 가게에서도 그랬고."

그리고 방금도. 레오디안이 나직이 덧붙였다.

엘시아는 조금 충격을 받았다. 그녀 스스로 인지하지 못하고 있던 모습을 누군가 콕 집어 이야기한다는 건 굉장히 당황스러운 일이었다.

그래서 엘시아는 황급히 시선을 내렸다. 제 무덤을 제가 파고 말았다는 생각이 들었다. 이런 이야기를 들으려고 레오디안을 기다리고 있었던 게 아닌데.

"그럴 때면 당신이 조금, 뭐랄까…… 아이 같아 보입니다."

이어진 레오디안의 말에 엘시아는 입술을 깨물었다. 아이 같다는 말은 아무리 좋게 포장하려 해도 칭찬으로는 들리지 않았다. 엘시아에게 방금 레오디안의 말은 그녀가 나잇값을 못하고 있다는 뜻으로 받아들여졌다.

억울했다. 엘시아는 레오디안이 그녀에 대해서 대체 무엇을 안다고, 그녀를 아이 같다고 평가하는 건지 어이가 없었다. 하지만 엘시아는 레오디안의 말을 부정할 수 없었다. 레오디안의 말이 맞았으니까.

평생을 고립된 마을에서 살아온 엘시아는 상식이 부족했다. 하루하루 새로운 것을 배워서, 찬란한 지식을 머릿속에 차곡차곡 쌓아 가고 있는 리리엔과 달리, 엘시아는 여전했다.

어쩌면 이제 리리엔보다도 아는 것이 적을지도 모르는 엘시아였다. 그러니 엘시아가 아이 같아 보인다는 레오디안의 말은 틀린 것이 아니었다.

"저, 리리엔의 부모님에 관해서 이야기해 준다고 하셨죠."

한참 입술만 잘근잘근 깨물고 있던 엘시아는 화제를 돌렸다. 레오디안에게 그녀가 어떤 모습으로 비춰지고 있건, 그건 그다지 중요한 일이 아니었다. 엘시아는 그렇게 생각하려 애썼다.

한편 레오디안은 어딘지 불편해 보이는 엘시아의 표정이 내키지 않는 화제 때문이리라 짐작했다.

평소 엘시아는 자신에 관한 이야기를 하는 것을 기피했다. 레오디안은 진작 눈치를 채고 있었다. 그래서 레오디안은 지금 엘시아가 화두를 돌린 이유를, 그녀가 자신을 주제로 이야기를 나누고 싶지 않았기 때문이라 생각했다.

어젯밤 엘시아와 함께 운하를 배경으로 앉아, 꽤나 진솔한 대화를 나누었던 레오디안은 엘시아가 스스로 그어 놓은 선을 어느 정도 허물어뜨렸는지도 모른다는 생각을 했었다. 그런데 지금 보니 그건 순전히 착각이었던 듯싶다.

정말이지, 쉽지 않군.

레오디안은 작게 혀를 찼다. 마치 눈앞에 거대하고 튼튼한 벽이 세워져 있는 듯한 느낌이 들었다.

사실 엘시아가 무언가에 관심을 보이며 호기심으로 눈을 빛내는 건, 리리엔과 관련된 일이거나 생전 처음 보는 신기한 것을 봤을 때나 그랬다. 엘시아의 관심이 레오디안을 향한 적은 단 한 번도 없었다. 그리고 레오디안은 그 사실을 익히 알고 있었다.

"그럼 사 년 전에 돌아가신 거네요."

"그렇습니다. 그리고 저는 그 때부터 가문을 잇게 되었고, 더는 요헴에서 살 수 없게 되었습니다."

"……그분들은 돌아가시기 전까지 리리엔을 애타게 찾으셨겠죠?"

레오디안이 엘시아와 본격적으로 대화를 나눈 지도 수십 분. 레오디안은 어쩐지 억울해졌다.

아까부터 엘시아는 리리엔과 부모님에 관한 이야기만을 물었고, 듣다 못한 레오디안이 슬쩍 끼워 넣은 그에 관한 이야기는 아예 못 들은 척 굴고 있었다.

리리엔과 관련된 일에는 대놓고 관심을 표하면서, 어째서 자신에게는 일말의 관심도 보이지 않는 건지. 자신처럼 리리엔과 밀접하게 관련이 있는 사람도 없는데 말이다.

레오디안은 지금 자신이 억울함을 느끼다니 굉장히 이상한 일이라고 생각하면서도 저도 모르는 새 문득 그런 생각을 했다. 스스로도 이해할 수 없는 생각이었다.

엘시아가 눈에 띄게 사람을 차별해서 그런가.

엘시아에게 리리엔이 굉장히 특별한 존재라는 것을 알고 있다. 그런데도 레오디안은 엘시아가 오로지 리리엔과 관련된 일에만 관심을 보이는 것이 왠지 억울했고, 심지어 오기마저 생겼다.

레오디안은 살면서 이런 취급을 받아 본 적이 없었다.

엘시아가 의도적으로 그의 말을 걸러 듣고 있다는 걸 알면서도 레오디안은 엘시아의 질문에 대한 대답에다 제 이야기를 계속해서 덧붙였다.

"물론입니다. 특히 아버님께서는 눈을 감으시던 그날까지 리리엔의 행방을 백방으로 수소문했습니다. 리리엔을 유달리 사랑하셨거든요. 리리엔의 이름만 보아도 알 수 있듯."

"……이름이 왜요?"

"리리엔의 이름은 아버님의 이름을 따와 지은 겁니다. 아, 제 이름은 어머님의 이름에서 따왔습니다."

"혹시 실례가 안 된다면, 리리엔의 아버지 이름이 무엇이었는지 제게 알려 주실 수 있나요?"

엘시아가 조심스럽게 물었고, 레오디안은 한숨을 내쉬었다.

이게 다 무슨 짓인가 싶었다. 엘시아가 그에게 관심을 가질 일은 아마 영영 일어나지 않을 테고, 지금 레오디안이 엘시아의 흥미를 끌기 위해 그의 이야기를 하는 건 부질없는 일에 불과했다.

엘시아는 처음 이 저택에 왔을 때, 레오디안을 굉장히 경계했다. 그런데 지금은 레오디안과 단둘이 마주 보고 앉아서 편안하게 대화를 나누고 있었다. 장족의 발전이었다.

이제 막 경계심을 푼 사람에게 자신은 대체 무엇을 바라고 이러나. 레오디안은 허탈해졌다. 스스로가 한심하게 느껴진 것은 물론이었다.

"아버님의 이름은 리엔티어스, 리엔티어스 로켄페데스입니다."

레오디안이 홀로 극심한 자괴감에 시달리고 있다는 사실을 알 리 없는 엘시아는 어쩐지 힘이 빠진 듯한 레오디안의 목소리가 의아해 고개를 갸웃했다.

그러다 머지않아서 엘시아는 레오디안이 피곤해서 그러는 건지도 모른다 짐작하기 이르렀다. 엘시아로서는 이외에 다른 이유를 떠올릴 수 없었다.

"제가 대공님의 시간을 너무 많이 빼앗은 것 같아요."

엘시아는 이만 침실로 돌아가는 것이 좋겠다고 판단했다. 레오디안에게서 듣고 싶은 이야기는 이만하면 다 들었고, 레오디안은 물론이고 복도에서 기다리고 있을 페이렌의 시간을 이 이상 허비토록 하고 싶지 않았다.

"오늘 정말 감사했어요."

주저 없이 자리에서 일어났던 엘시아는 그러나, 반쯤 일어선 어정쩡한 자세로 멈칫했다.

"……대공님?"

레오디안의 체취가 강해졌다. 그의 체향이 마치 파도처럼 밀려와 엘시아의 온몸을 뒤덮었다. 엘시아는 그나마 익숙해진 덕분에 인식하지 않을 수 있었던 그의 향기를 새삼 실감하고는 숨을 멈추었다.

갑자기 왜?

엘시아는 놀라운 기색을 감추지 못한 채로 레오디안을 주시했다. 하지만 레오디안의 표정은 여느 때와 다르지 않았다. 엘시아는 더욱 의아해졌다.

그때 레오디안이 문득 발문을 열었다.

"아직도 나와 함께 있는 시간이 불편합니까?"

뜬금없는 말이었다. 엘시아는 당황한 나머지 대답을 해야 한다는 것도 잊고 멍한 얼굴을 했다. 그런 엘시아를 레오디안은 딱히 채근하지 않았다.

한편 꽤나 오랜 시간 동안 침묵으로 일관하고 있던 엘시아는 한참 만에 아니라며 고개를 저어 보였다. 레오디안은 엘시아가 대답을 망설였다는 걸 분명 알고 있으면서도 납득했다는 듯 말했다.

"아니라니 다행입니다."

뒤늦게 정신을 차린 엘시아는 허리를 곧게 폈다. 자연스럽게 레오디안이 엘시아를 올려다보았다. 엘시아는 언젠가 레오디안이 그녀의 앞에 한쪽 무릎을 꿇고 앉아 시선을 마주했던 일을 떠올렸다. 그때와 지금 상황은 전혀 비슷하지 않았지만, 레오디안의 요요한 눈동자만은 그때와 같았다. 엘시아는 말을 잃었다.

"만약 그렇다고 하면 굉장히 슬펐을 겁니다."

엘시아가 다시 숨을 들이마신 건, 레오디안의 시선이 그녀에게서 조금 빗겨났을 때였다.

레오디안은 나직한 목소리로 읊조리듯 말했다.

"그래, 정말 그랬을 겁니다."

그건 엘시아에게 하는 말이라기보다는 차라리 스스로에게 하는 말 같았다.

4. 다가오는 그림자

날씨가 하루가 다르게 무더워짐에 따라, 리리엔의 옷차림이 눈에 띄게 가벼워졌다. 훤히 드러나 있는 리리엔의 팔뚝은 전과 달리 통통하게 살이 올라 있었다.

이제 리리엔은 누가 보더라도 귀한 집안의 자제임을 한 눈에 알 수 있을 정도였다. 현재 리리엔의 모습을 보고 그 누가 리리엔이 이전까지 누추한 집에서 간신히 끼니를 때우며 살아왔다는 사실은 유추해 낼 수 있을까.

엘시아는 그녀의 허리에 둘려져 있는 리리엔의 팔을 조심스럽게 떼어 냈다. 리리엔은 순순히 엘시아를 놓아주었다. 엘시아의 품에서 벗어난 리리엔은 의자를 끌어다가 엘시아의 옆에 앉았다. 손에는 상자를 든 채였다.

엘시아의 눈에도 익은 상자였다. 리리엔은 상자를 무릎 위에 올려놓곤 상자의 뚜껑을 열었다. 곧 상자 안에 들어 있던 초콜릿이 모습을 드러냈다.

엘시아가 레오디안과 함께 블랑 로멘타를 방문해 사 온 초콜릿이었다.

"맛있어?"

"응. 그래서 하루에 딱 두 개씩만 먹으려고. 아껴 먹을 거야."

"왜, 다 먹고 또 대공님께 부탁하면 되잖아."

"아껴 먹고 싶어서."

리리엔이 웃으며 엘시아의 입가에 초콜릿을 가져갔다. 엘시아는 잠깐 망설이다가 입을 벌렸다.

"맛있지?"

"엄청…… 달아."

엘시아의 대답에 리리엔이 입매를 휘어 웃었다.

"이거 되게 비싼 거래."

"그래?"

"그 가게에서 파는 것들 대부분이 다 비싸다고 했어."

최근 수에 관해서 배우고 있는 리리엔은 이 초콜릿이 얼마나 비싼 것인지를 알았다. 이 제국의 귀족들은 그들의 부를 과시하기 위해 달고 화려하며 값비싼 디저트를 구매하길 즐기지만, 그것도 재력이 뒷받침해 줘야 가능한 일이었다. 한미한 귀족 가문에서 이러한 디저트는 특별한 날에나 접할 수 있다고 한다.

그러나 리리엔은 원하면 무엇이든 손에 넣을 수 있었다. 레오디안과 그의 가문을 통해서. 그것이 얼마나 대단한 일인지 리리엔은 조금씩 깨달아 가는 중이었다.

리리엔은 자신이 꽤 부유한 가문의 아이로 태어났고, 그로 인해 엘시아에게도 귀하고 좋은 것들을 많이 안겨 줄 수 있어서 참 다행이라고 생각했다.

"궁전도 신전만큼 화려할까?"

"글쎄……."

엘시아는 적당히 상기되어 있는 리리엔의 사랑스러운 뺨에 시선을 두었다.

내일 리리엔은 많은 사람들 앞에 서게 될 것이다. 로켄페데스가 가진 권력은 누구라도 탐낼 만한 것이었고, 그런 로켄페데스의 성을 가진 리리엔에게 사람들의 시선이 자연스레 모이리라는 건 엘시아로서도 어렵지 않게 짐작할 수 있는 바였다.

"리리엔."

엘시아는 리리엔이 걱정됐다. 리리엔이 지금도 충분히 적응을 잘해 나가고 있다는 건 안다. 그래도 엘시아의 눈에 리리엔은 두 사람이 처음 만났던, 그러니까 다섯 살 무렵 그때 그 어린애처럼 조그맣고 약하게만 보였으니까.

"신전에서 그랬던 것처럼 사람들 앞에서 힘을 사용한다거나……."

"안 그럴 거야."

조심스럽게 말을 잇던 엘시아의 말허리를 잘라 낸 리리엔이 싱긋 웃으며 말했다.

"앞으로는 언니가 걱정할 만한 일은 절대 안 할 거야."

리리엔이 엘시아의 손을 꼭 잡았다. 엘시아는 조그만 손이 건네는 온기를 붙잡듯 리리엔의 손을 마주 잡았다. 가슴께가 따듯해졌다.

"그러니까 걱정하지 마. 응?"

리리엔이 상냥한 어조로 그랬다. 어린애가 어른을 달래는 이상한 모양새였다. 그게 우스워 엘시아는 작게 웃으며 고개를 끄덕였다.

"언니가 걱정해야 하는 건, 내일 언니가 커다란 궁전에서 춤을 춰야 한다는 사실 아닐까?"

"아……."

"춤은 좀 늘었어?"

리리엔의 말에 엘시아는 까맣게 잊고 있던, 그녀가 내일 마주해야 할 현실을 상기했다. 그랬다. 엘시아는 내일 황궁으로 가서, 수많은 사람들 사이에서 버티고 서 있어야 했다. 엘시아는 한숨을 내쉬었다.

"정말, 시간이 멈췄으면 좋겠네."

"겁나?"

"음, 조금?"

엘시아가 솔직하게 대답하자, 리리엔이 킬킬 웃었다.

"그럼 오늘 같이 잘까?"

퍽 짓궂은 표정으로 리리엔이 제안했고, 엘시아는 애써 근심을 뒤로한 채로 말했다.

"네가 그 핑계로 나랑 같이 자려는 속셈인 거 모를 줄 알아?"

"쳇……."

엘시아는 리리엔의 무릎 위 상자를 테이블 위에 올려놓았다. 그리고 리리엔을 이끌고 침대로 향했다. 리리엔은 선선히 엘시아가 이끄는 대로 침대 위에 누웠다.

"책은 읽어 주고 가."

"그래, 알았어."

엘시아는 침대 옆에 놓여 있는 책장에서 책을 꺼내 들었다. 『벨로타의 공주』라는 제목을 가진 동화책은 리리엔이 좋아하는 동화책 중 하나였다. 벨로타라는 왕국의 공주가 시련을 이겨 내고 결국은 행복한 결말을 맞이하는 이야기.

엘시아는 건조한 목소리로 동화책의 첫 장을 읽어내려 갔다.

* * *

리리엔이 잠들고, 자신의 침실로 돌아온 엘시아는 곧장 침대에 누워 잠을 청했다. 하지만 불안한 심사 때문인지 엘시아는 숙면을 취하지 못했다. 선잠에서 깨어난 엘시아는 다시 잠을 자 보려고 했으나 마음처럼 되지 않자, 이내 잠을 자는 것을 그냥 포기해 버렸다.

아무래도 오늘은 이대로 밤을 새는 편이 좋을 것 같았다.

사실 엘시아가 제대로 밤잠을 이룬 건 손에 꼽을 정도였다. 엘시아는 언제나 불안해했고, 마음 놓고 잠을 자 본 적이 없었다. 이는 괴물의 마을에서도 그랬고, 로켄페데스 대공저에서도 그랬다.

엘시아는 조용히 일층으로 내려가 찻주전자를 끓여 침실로 가져왔다. 그리고 일전에 벨레로폰에게서 선물 받은 찻잎을 뜨거운 물에 우려냈다. 엘시아는 찻잔에 차를 따르고, 뜨거운 김이 모락모락 올라오고 있는 차에다 설탕을 탔다.

묵직한 발걸음 소리가 들린 건 그때였다.

발소리는 무척 가까운 곳에서 멎었다. 이윽고 누군가 문을 두드렸다. 엘시아는 의아한 얼굴로 자리에서 일어나 문가로 다가갔다.

문을 열자 그곳에는 레오디안이 서 있었다. 무척 흐트러진 차림새로.

"이 시간에 무슨 일로……."

엘시아가 당황해 말끝을 흐렸다. 이게 대체 무슨 영문인지 알 수 없었다.

레오디안은 꽤 오래전부터 기묘한 꿈에 시달리고 있었다.

엘시아가 리리엔을 데리고 저택으로 찾아온 날. 그날 즈음부터 레오디안은 거의 매일같이 똑같은 꿈을 꾸고 있었다.

완전히 똑같은 꿈은 아니었다. 하지만 장소나 주변 인물이 조금씩 바뀔지언정 골자는 같았다. 그러니까 그가 어떤 생명을 검으로 베어 죽이는 것.

레오디안은 그의 손으로 누군가의 생명을 앗아 가는 꿈을 꿨다.

본래 꿈을 잘 꾸지 않았던 레오디안이었다. 그런 그에게 있어서 같은 꿈을 반복해 꾼다는 건 꽤나 신경에 거슬리는 일이었다. 하물며 그것이 누군가를 죽이는 꿈이라면 더더욱.

이상한 건 그토록 같은 꿈을 반복해 꾸면서도 레오디안은 꿈에서 깨어나면 그가 직접 검을 꽂아 넣었던 자의 얼굴을 전혀 기억할 수가 없다는 점이었다. 마치 머릿속이 물에 깨끗하게 씻겨 나가기라도 한 듯이.

그러나 레오디안은 최근 그가 꾸고 있는 꿈에서 매번 같은 인물을 죽이고 깨어나는 것이라는 사실만은 자연스럽게 인지하고 있었다.

그래서인지 최근 레오디안은 매번 찝찝한 기분으로 침대에서 아침을 맞이했다. 무엇보다도 그 얼굴을 기억해 낼 수 없는 자가 아무런 반항 없이 죽음을 받아들인다는 것이 마음에 걸렸다.

자신이 매번 죽여 버리고야 마는 꿈속의 그 희미한 존재가 엘시아와 같은, 마치 모든 것을 체념한 듯한 얼굴을 하고 있을 것 같아서.

오늘도 레오디안은 어김없이 그 꿈을 꿨다. 하지만 평소처럼 찝찝한 기분에 휩싸인 채 멍하니 침대에서 시간을 허비하고 있을 수 없었다. 오늘은 황궁에서 연회가 열리는 날이었다. 레오디안은 지체 없이 침대에서 벗어났다. 그리고 곧장 나이트가운을 걸치고 침실을 나섰다. 지금이 몇 시인지도 확인하지 않고.

그러니까 만일 레오디안이 제정신이었다면 일어나지 않았을 일이었다.

"이 시간에 무슨 일로……."

레오디안은 엘시아의 당황한 얼굴을 맞닥뜨리고 나서야 뒤늦게 정신을 차렸다. 그리고 그가 상의를 제대로 입지 않고 고작 나이트가운 차림으로 엘시아의 침실 문을 두드린 직후라는 사실을 깨달았다.

엘시아도 레오디안의 단정하지 못한 차림새를 이제야 알아차린 건지 갈피를 잃은 시선을 돌렸다.

레오디안이 늦은 밤 찾아오는 건 몇 번이고 있었던 일이지만, 이런 차림의 레오디안은 처음이었다. 어두운 빛깔의 나이트가운 사이로 보이는 레오디안의 드러난 상체, 잘 짜인 근육 위를 덮은 살갗은 희미한 빛으로 인해 음영이 져 있었다. 엘시아는 왠지 자꾸만 그곳으로 향하려는 제 시선을 계속 단속해야만 했다.

엘시아는 결국 문고리를 쥔 레오디안의 커다란 손에다가 시선을 고정했다. 그걸 인지한 레오디안의 손에 자연스레 힘이 들어갔다. 레오디안은 어떻게 하면 엘시아가 새벽부터 그녀의 침실에 발걸음을 한 그의 행동을 이상하게 여기지 않을 수 있을 것인가 고민했다.

뇌가 사고를 거부하는 것 같았다. 레오디안은 그의 행동을 그럴 듯하게 변호할 수 있을만한 말을 단 한 문장도 떠올릴 수 없었다.

어째서 이곳에 오게 된 건지 스스로도 그 이유를 전혀 모르겠는데, 누군가에게 설명할 수 있을 리 없었다. 마땅한 변명거리조차 생각해 낼 수 없었다.

레오디안이 한참 말이 없자, 엘시아는 천천히 시선을 들어 올렸다. 레오디안의 손에서 그의 얼굴로 눈길을 돌린 엘시아가 마주한 건, 어쩐지 식은 땀으로 젖어 있는 레오디안의 흐트러진 낯이었다.

그리고 그 모습은 왜인지 익숙하게 느껴졌다.

누군가를 떠올리게끔 만드는 얼굴이었다. 엘시아는 오래 지나지 않아서, 그 누군가가 누구인지를 알았다. 당연한 일이었다. 그 누군가와 레오디안은 서로 무척이나 닮아 있었으니까.

두 사람 분의 당황을 머금은 정적 속, 혼란스러움을 추스른 건 엘시아가 먼저였다. 리리엔의 얼굴을 머릿속에 떠올리고 나자, 이내 머릿속이 차분해졌던 탓이다.

그래, 지금 레오디안은 리리엔과 꼭 닮은 표정을 하고 있었다. 그러니까 정확히 말하자면 리리엔이 악몽에 시달리다 깨어나, 엘시아에게 안아 달라고 할 때의 그런 다급한 표정. 그 표정과 무척 닮은 표정이었다.

"대공님, 혹시 악몽이라도 꾸신 건가요?"

엘시아는 조심스럽게 물었다. 그러자 레오디안이 순간 놀란 눈을 했다. 하지만 말 그대로 순간이었다. 레오디안은 다시금, 어딘지 넋이 나간 얼굴이 되었다.

"사실 저도 긴장이 되어서 잠을 설쳤어요. 다시 잠을 자려고 했는데, 잠이 안 와서……. 그래서 그냥 혼자 차를 마시려고 했어요."

낯선 레오디안의 모습에 엘시아는 어떻게 그를 대해야 할지 알 수가 없어서 머릿속에 떠오르는 대로 말했다.

"어, 괜찮으시면 안으로 들어와서 함께 차라도 드실래요?"

말을 뱉고 나서 잠깐 후회했지만, 엘시아는 곧 레오디안과 차를 마시는 것도 괜찮을 것 같다는 생각을 했다.

엘시아는 레오디안이 자신을 찾아온 시점에서 그나마 남아 있던 조금의 잠기운조차 싹 달아난 상태였다. 어차피 곧 동이 틀 것이다. 피차 잠을 제대로 이루지 못하는 듯하니 함께 아침을 기다리는 것도 나쁘지 않을 터였다.

"아닙니다. 저는."

한참 만에 입을 연 것이 무색하게도 레오디안은 선뜻 말을 잇지 못했다. 엘시아는 그런 그의 반응을 완곡한 거절로 받아들였다. 엘시아는 드물게 레오디안에게 먼저 무언가를 권유했지만, 레오디안이 별로 내키지 않는다는 듯한 기색을 보이자 다소 민망해져 조용히 시선을 내리뜨렸다.

그 모습을 조금 멍하니 주시하고 있던 레오디안은 손으로 몇 번 얼굴을 쓸어내리며 마른세수를 했다. 그런 뒤 말했다.

"제대로 옷을 갖추어 입고 오겠습니다. 잠시만 기다려 주십시오."

"아, 옷……. 네, 그러세요."

엘시아가 흔쾌히 고개를 끄덕이자 레오디안은 못 박힌 듯 고정되어 있던 발을 뗐다. 그대로 빠르게 복도를 가로질러 제 방으로 향하던 레오디안은 불현듯 우뚝 멈춰 섰다.

어째서 꿈에서 깨어나자마자 무의식적으로 엘시아를 찾아간 것인지 문득 깨달았던 탓이다.

엘시아가 사라졌을까 봐.

그래서였다. 레오디안은 그래서 엘시아를 찾아갔다.

지금까지 레오디안은 거의 매일 같이 똑같은 꿈을 반복해 꾸면서도, 그가 끝내는 죽여 버리고야 마는 그 꿈속의 사람과 엘시아가 닮았다고 생각하면서도, 두 인물이 같은 사람이라고는 생각하지 못했다.

하지만 꿈에서 깨어난 직후, 엘시아를 만나고 보니 알겠다. 꿈속의 그 사람은 다름 아닌 엘시아였다. 레오디안은 지금껏 꿈에서 엘시아를 죽였다. 검으로 몇 번이고 찔러 죽였다.

이제 꿈속의 그 흐릿한 인영의 얼굴은 완전히 엘시아의 얼굴을 하고 있었다. 레오디안은 아래로 축 늘어뜨리고 있던 주먹을 꽉 움켜쥐었다.

'……다, 다행…….'

검붉은 피를 토해 내며 죽어 가던 엘시아는 그렇게 말했다. 다행이라고.

다행? 대체 무엇이?

레오디안이 조금쯤 신경질적으로 되뇌었다. 다행이라니, 죽어 가는 사람이 할 만한 말은 아니었다.

레오디안은 그가 스스로의 손으로 엘시아의 숨을 앗아 간 것이 단지 꿈속의 일이라는 것을 알면서도 현실의 엘시아와 꿈속의 엘시아를 분리시켜 생각할 수 없었다.

그도 그럴 게 레오디안이 생각하기에 엘시아는 정말 그렇게 죽을 것 같았기 때문이었다. 삶에 아무런 미련이 없다는 듯, 죽음이 기껍다는 듯, 그렇게.

하, 레오디안은 허탈한 숨을 내뱉었다.

꿈은 단지 꿈일 뿐이지만, 꿈의 내용은 도저히 그저 꿈이라 치부하고 넘길 만한 가볍지 않았다.

왜 하필이면 엘시아를 죽이는 꿈을 꾼 걸까. 그것도 한 번도 아닌 몇 번씩이나.

지금까지 이상하게 엘시아에게 신경이 쓰였던 건, 반복해 꾸는 꿈속 인물이 엘시아라는 걸 본능적으로 알고 있었던 탓일까.

의문이 꼬리의 꼬리를 물고 계속해서 이어졌다. 꿈속 인물이 엘시아였다는 사실을 자각하고 나자, 레오디안의 머릿속은 그 어느 때보다도 엉망진창이 되었다.

그랬기에 레오디안이 다시 발걸음을 뗀 것은 그로부터 한참이 지난 뒤의 일이었고, 제 침실로 돌아간 그가 다시금 엘시아를 찾아가는 일은 없었다.

* * *

현재 엘시아는 거울 앞에 인형처럼 앉아 있었고, 데이시는 그런 엘시아의 얼굴에 화장을 해 주고 있었다. 엘시아는 데이시의 손길에 조금씩 변화하는 제 모습을 신기한 눈으로 보았다. 화장을 하니 혈색 없는 얼굴이 그나마 생기가 있어 보였다.

아까 레오디안이 침실을 찾아왔던 건 혹시, 꿈이었던 걸까?

거울에 비친 제 모습을 멍하니 바라보며 엘시아는 생각했다.

새벽녘 갑작스럽게 엘시아의 침실을 찾아온 레오디안은 차를 마시자는 엘시아의 제안에 옷을 갈아입고 오겠다고 했으면서, 아침 해가 뜨고 데이시가 엘시아의 침실에 들 때까지 돌아오지 않았다.

엘시아는 차게 식은 차를 뒤로한 채 아침을 먹었고, 식사를 다 마친 후에는 황궁으로 갈 채비를 시작했다. 데이시가 분주하게 엘시아의 치장을 하는 동안에도 레오디안은 찾아오지 않았다.

레오디안이 괜한 말을 할 사람은 아닌데, 무슨 일일까. 엘시아는 무척이나 의아했으나 레오디안에 관해 길게 생각하고 있을 수 없었다.

"엘시아 님, 다 되었습니다."

엘시아는 데이시의 목소리에 상념에서 벗어났다. 할 일을 마친 데이시는 어느덧 조금 어지럽혀진 화장대 위를 정리했다. 엘시아는 데이시가 하는 양을 가만 바라보다가 거울로 시선을 옮겼다.

거울 속에는 낯선 얼굴이 있었다. 분명 제 모습인데도 낯설게 느껴졌다. 엘시아는 새삼스럽게 자신의 모습을 관찰하듯 보았다.

"피부가 깨끗하셔서 그런가, 특별히 뭘 하지 않았는데도 굉장히 아름다우세요."

그런 엘시아의 반응을 어떻게 받아들인 건지, 데이시가 문득 말했다. 엘시아는 별다른 대답을 하지 않고 그저 어색하게 미소를 지었다.

아름답다, 자신에게는 어울리지 않는 수식어였다. 진심으로 그렇게 생각했지만, 엘시아는 굳이 제 생각을 입 밖으로 내지는 않았다.

데이시는 상냥한 사람이었다. 엘시아는 데이시가 방금 했던 말이 그저 자신을 기분 좋게 해 주기 위해서 한, 과장이 섞인 말이라고 여겼다. 누군가 호의로 한 칭찬에 진지하게 대꾸하는 건 어리석은 일이었다. 엘시아는 그렇게 생각하며 입을 열었다.

"리리엔은 무엇을 하고 있나요?"

"아가씨께서도 지금쯤이면 준비를 다 마치셨을 거예요."

엘시아는 천천히 자리에서 일어났다. 평소 입던 헐렁한 슈미즈 드레스와 다르게 몸에 딱 맞는 드레스를 입은 탓인지 움직이기가 다소 불편했다.

"앉아 계세요, 엘시아 님. 저는 이만 나가서 로렐라인 경을 모시고 오겠습니다."

"고마워요."

"별 말씀을요. 그럼, 잠시만 기다려주세요."

데이시가 침실을 떠나고, 엘시아는 소파에 앉아 겹겹이 덧대어져 풍성한 드레스 자락을 내려다보았다.

치장을 다 끝내고 나니, 곧 황궁으로 가야 한다는 게 새삼 실감이 됐다. 애써 의연하려고 해봐도 생각처럼 쉽지 않았다. 엘시아의 표정이 긴장으로 딱딱하게 굳었다. 그런 엘시아의 머릿속에는 그녀가 신전을 방문했을 때 만났던 금발의 남자가 떠올라 있었다.

행동이나 언사에 거침없던 남자. 이 제국의 황자라는 그를 어쩌면 오늘 만날 수도 있었다. 엘시아는 저도 모르게 한숨을 내쉬었다.

그때 노크 소리가 엘시아의 귓가를 울렸다.

"엘시아 님."

벨레로폰이 엘시아를 향해 가볍게 고개를 숙였다가 이내 고개를 바로 했다. 평소 자연스럽게 이마 위를 덮고 있던 머리칼을 깔끔하게 뒤로 넘긴 벨레로폰은 오늘따라 유난히 단정해 보였다. 그가 매일같이 입던 기사단복이 아닌 연미복을 입은 탓일 수도 있겠다.

"오늘 하루 잘 부탁드리겠습니다."

"저도 잘 부탁드려요."

엘시아는 벨레로폰의 에스코트를 받기로 되어 있었다. 그간 벨레로폰에게 춤을 배우느라 그와 많은 시간을 보냈기 때문인지, 엘시아는 벨레로폰이 내민 손을 잡는 데 망설이지 않을 수 있었다.

벨레로폰은 퍽 능숙하게 엘시아를 이끌고 걸었다. 빠르지도, 그렇다고 느릿하지도 않은 걸음으로 벨레로폰은 복도를 가로질렀다. 벨레로폰의 배려에 엘시아는 그와 발을 맞추어 걷는 데 전혀 어색함을 느끼지 않았다.

그렇게 엘시아가 벨레로폰과 함께 층계를 내려오자 리리엔과 레오디안, 그리고 그 두 사람의 지척에 서 있는 시종들의 모습이 보였다.

엘시아는 물빛 드레스를 입은 리리엔의 모습을 살핀 뒤, 레오디안에게 시선을 주었다.

레오디안은 깃에 금색 실이 수놓아진 검은 연미복 차림이었다. 그림처럼 서 있는 레오디안의 표정은 어쩐지 경직되어 있었다.

천천히 레오디안을 관찰하듯 응시하고 있던 엘시아는 곧, 어쩐지 그가 제 시선을 피하고 있는 것 같다는 느낌을 받았다. 엘시아와 시선이 마주치기 무섭게 레오디안이 고개를 돌렸던 탓이다.

"각하, 저택 밖에 마차 두 대를 준비해 놓았습니다."

"수고했다."

제 착각이겠거니 생각한 엘시아가 다시금 레오디안을 바라보았을 때, 찰나스치듯 엘시아를 응시한 레오디안이 퍽 황급히 몸을 돌렸고 망설임 없이 저택을 나섰다.

"언니, 우리도 나가자."

얼떨떨한 얼굴로 레오디안의 뒷모습을 주시하고 있던 엘시아는 리리엔의 목소리에 고개를 끄덕였다.

"로렐라인 경, 오늘 굉장히 멋지네요."

"감사합니다, 아가씨. 아가씨께서도 무척 어여쁘십니다."

"당연하죠."

리리엔과 벨레로폰의 대화는 엘시아에게는 들리지 않았다. 레오디안이 자신을 피하는 것 같다는 생각이 엘시아의 머릿속을 가득 메우고 있었던 탓이다. 그리고 그러한 엘시아의 생각은 이내 확신으로 변했다. 마차 앞에 서 있던 레오디안이 엘시아와 시선을 마주치자마자 홱 고개를 돌렸던 것이다.

'왜 저러지?'

엘시아가 고개를 갸웃했다. 그러나 엘시아는 레오디안의 이상 행동에 관해 오래도록 생각을 이어 가지 못했다. 벨레로폰이 엘시아더러 마차에 오를 것을 권했고, 엘시아는 이내 벨레로폰의 에스코트를 받아 마차에 탔다.

엘시아와 벨레로폰이 탄 마차는 머지않아 저택을 벗어나 탁 트인 거리를 내달리기 시작했다.

"날씨가 좋군요. 분명 즐거운 하루가 될 겁니다."

벨레로폰은 엘시아가 지루함을 느끼기라도 할까 염려했는지, 가벼운 화제로 엘시아에게 말을 붙였다. 그것은 마차가 황궁에 도착해 멈춰 설 때까지 계속됐다. 덕분에 엘시아는 레오디안의 이상한 태도나, 무슨 일이 일어날지 모르는 연회에 관해 생각하지 않을 수 있었다.

* * *

황궁은 임모투스 신전보다도 훨씬 화려한 모습을 하고 있었다.

기가 눌릴 정도로 거대한 궁전이었다. 마차에서 내려, 경비병에게 초대장을 확인받고 궁전 안으로 들어가는 데만 꽤나 오랜 시간이 소요되었다.

연회장은 사람들로 가득했다. 누군가 아리테스와 로렐라인 가문의 이름을 목소리 높여 몇 번을 연호했고, 그러자 기다리고 있었다는 듯 연회장 내 수많은 사람들의 시선이 달라붙어 왔다. 엘시아는 흠칫 어깨를 굳혔다.

이토록 수많은 시선을 받는 건 처음 있는 일이었다. 엘시아가 긴장했다는 걸 알아차렸는지 벨레로폰이 엘시아에게만 겨우 들릴 정도의 나직한 목소리로 말했다.

"머지않아 대공 각하께서 연회장에 걸음을 하시면 관심은 자연스럽게 분산될 겁니다. 조금만 견디십시오."

엘시아는 고개를 끄덕였다. 그리고 조심스럽게 연회장을 둘러보았다.

연회장을 거니는 사람들은 모두 하나같이 화려한 복장을 하고 있었다. 그래서인지 엘시아는 마치 못 올 곳을 온 것만 같은 느낌에 더욱 위축됐다. 그러나 그 무엇보다도 엘시아를 움츠러들게 만들고 있는 건, 단연 사람들의 호기심 어린 시선이었다. 꽤 많은 사람들이 이쪽을 힐끔거리고 있었는데, 다가오는 사람은 없었다. 그나마 다행스러운 일이었다.

"목이 마르진 않으십니까?"

한참을 그렇게 사람들의 눈치를 보고 있는 엘시아에게 벨레로폰이 물었다. 엘시아는 잠시 고민하다가 대답했다.

"조금요."

"포도주 괜찮으십니까?"

포도주가 무엇인지 모르겠지만, 엘시아는 깊게 생각하지 않고 고개를 끄덕였다.

곧 벨레로폰이 가볍게 손을 들어 올렸다. 그에 단정한 복장을 한 시종이 다가왔고, 시종은 벨레로폰에게 포도주가 든 잔을 건네고는 멀어졌다.

"황자 전하께서는 아마 오늘 연회에 초대된 귀족이 전부 입장을 마친 후에야 안으로 드실 겁니다. 그때까지 여유가 있으니 편하게 마시십시오."

"고마워요."

엘시아는 적당히 차가운 포도주를 입 안에 머금었다. 뭐라도 마시니 긴장이 어느 정도 해소되는 것 같았다. 포도주를 마시겠다고 한 건 굉장히 잘한 선택인 듯싶다.

엘시아가 잔을 거의 다 비웠을 즈음이었다. 엘시아가 벨레로폰과 함께 연회장 안으로 들었을 때처럼, 누군가 큰 목소리로 로켄페데스 가문을 연호했다. 그러자 엘시아의 시선은 물론이고, 연회장 모두의 시선이 천천히 걸음을 옮기는 레오디안과 리리엔에게로 향했다.

자신에게 쏟아지고 있는 시선이 익숙하고 또 당연하다는 듯 여상히 안으로 들어서는 레오디안의 옆으로 리리엔이 보였다. 레오디안의 옆에 선 리리엔에게서는 빛이 났다. 엘시아는 가슴이 미어지는 듯한 느낌에 입술을 깨물었다.

저리도 빛이 날 수 있는 아이였다.

레오디안과 리리엔은 이내 사람들에게 둘러싸이게 되었다. 사람들은 두 사람에게 한 마디라도 말을 붙이려고 안달하고 있는 듯했다. 그 모습을 잠시 바라보다가, 엘시아는 고개를 돌렸다.

엘시아는 제자리를 찾은 리리엔의 모습에 기쁜 한편, 슬펐다. 리리엔에게 자신 따위는 더 이상 필요하지 않은 것 같아서.

지금껏 엘시아는 리리엔에게는 아직 자신이 필요하다고, 그러니 조금 더 리리엔의 곁에 머무르는 게 좋겠다고, 그렇게 생각하며 리리엔의 곁에 머물고자 하는 자신의 마음을 합리화했으나 이제는 그럴 수 없었다. 리리엔은 충분히 혼자서도 잘 해내고 있었다.

엘시아가 애써 외면하고 있었지만 그것은 분명한 사실이었다. 리리엔은 평생을 대공저에서 자라온 아이처럼 대공저에 자연스럽게 스며든 지 오래였다.

사실 의지할 곳이 필요한 사람은 리리엔이 아닌 엘시아였다. 엘시아는 지금, 그 사실을 인정하지 않을 수 없었다.

"벨레로폰 님."

"예, 엘시아 님."

"저 잠시 화장실에 다녀올게요."

누군가 자신의 못난 마음을 알아차리기라도 할까 두려웠다. 그래서 엘시아는 지금 이 자리에서 도망치고 싶었다. 너무도 간절하게.

"예, 제가 모시겠습니다."

"아니, 혼자 갈 수 있어요. 화장실이 어디에 있는지만 알려 주세요."

벨레로폰은 잠시 고민하는 기색을 보였다. 그러나 엘시아가 혼자 가겠다는 게 부끄러워서 그런 것이라 판단한 건지, 이내 근처를 지나가던 시종에게 화장실의 위치를 물었다.

"저는 이곳에서 기다리고 있겠습니다."

길목까지 엘시아를 안내한 벨레로폰이 그 자리에 우뚝 멈춰 선 채로 말했다. 엘시아는 고개를 끄덕이고는 몸을 돌렸다.

뒤에서 벨레로폰의 시선이 느껴졌다. 엘시아는 빠르게 걸음을 옮겼다. 왼쪽으로 난 복도로 들어섰을 때에야 엘시아는 걸음의 속도를 늦추었다. 사람들로 가득한 연회장에서 벗어나고 나니, 그나마 조금 숨통이 트이는 느낌이었다.

엘시아는 아까 보았던 리리엔의 당당한 모습을 떠올리지 않으려 애썼다. 복도 곳곳에 놓여 있는 화려한 장식품이나 그림 따위를 구경하는 건 머릿속을 비우는 데 꽤나 효과적이었다.

"쉴 곳이 필요한 듯 보이는군."

그림 앞에 멍하니 서 있는 엘시아의 뒤에서 낯선 목소리가 들려왔다.

"마침 사람들의 발길이 닿을 일 없는 방이 하나 있는데. 혹시 관심 있나?"

그렇게 묻는 남자는 엘시아를 바라보며 눈매를 휘어 웃고 있었다. 결이 좋아 보이는 금발에 푸른 눈을 한 남자였다.

분명 낯선 남자인데, 동시에 기시감이 들었다.

엘시아는 남자의 뒤로 시종으로 보이는 사람들이 줄지어 서 있다는 걸 알아차렸다. 그에 엘시아는 머지않아 이 남자가 어쩌면 그녀가 신전에서 만났던 불쾌한 황자와 관련된 인물일지 모른다 추론하기에 이르렀다.

거기까지 생각이 미치자, 눈앞의 남자가 그때 그 황자와 퍽 닮아 보였다. 엘시아는 저도 모르게 한 걸음 뒤로 물러났다. 그런 엘시아를 지켜보던 남자의 눈매가 눈에 띄게 가늘어졌다.

"아니요. 이만 연회장으로 돌아가려던 참이었어요."

이 남자가 정말 그때 그 황자와 연관이 있는지 아닌지는 확신할 수 없지만, 그와 별개로 엘시아는 낯선 사람과 엮이고 싶은 생각이 전혀 없었다.

"듣던 대로 사람을 굉장히 심하게 경계를 하는군, 아리테스 영애."

남자는 엘시아를 알고 있었다. 그것을 알아차린 엘시아가 미간을 좁히고는 입을 열었다.

"누구시죠?"

"하일롭 헤스테인, 이곳 암브로시우스 제국의 1황자이며."

남자는 엘시아에게 시선을 똑바로 고정한 채 말을 이었다.

"영애에게 초대장을 보낸 사람이라고 하면, 알아보겠나."

엘시아는 자신의 추측이 맞았다는 것을 깨달았다. 남자는 엘시아가 전에 만났던 황자, 로지안과 같은 황자였다. 엘시아는 혼자서 복도를 배회하였던 스스로를 책망했다.

"영애와 긴히 이야기를 나누고 싶은데."

"저쪽에서 저를 기다리고 있는 분이 계세요."

"그건 걱정할 필요 없다."

황자 하일롭은 그의 뒤에 서 있던 시종 한 명에게 간단히 지시했다. 엘시아를 기다리고 있을 벨레로폰에게 연회장으로 돌아가 있으라는 말을 전하라고 명한 하일롭의 시선이 다시금 엘시아에게로 향했다.

"영애의 시간을 오래 빼앗을 생각은 없어."

"……."

"그대도 잠시 쉴 곳이 필요하지 않나. 내 눈에는 그렇게 보였는데."

엘시아가 하일롭을 그저 바라볼 뿐, 고집스럽게 아무런 대답도 하지 않자 하일롭이 가볍게 혀를 찼다. 그리고 엘시아를 낱낱이 파헤치기라도 할 듯 집요히 바라본 끝에 입을 열었다.

"내가 지금 그대의 시간을 청하고자 하는 이유가 리리엔 로켄페데스에 관해 이야기를 나누고 싶기 때문이라고 말한다면, 그대의 생각이 좀 달라지려나."

하일롭이 리리엔을 언급한 이상, 엘시아가 하일롭에게 거절의 의사를 표명할 수 있을 리 없었다. 그걸 알아차리기라도 한 것처럼 하일롭의 미소가 짙어졌다.

하일롭의 안내를 받아 들어온 방은 엘시아가 처음 궁전에 도착해 느꼈던 것처럼, 기가 눌릴 정도로 화려하게 꾸며져 있었다.

엘시아를 여기까지 안내하는 동안 수많은 시종을 물리고 기사 몇 명만을 대동한 하일롭은 그들마저 복도에 세워 둔 채, 엘시아의 맞은편에 자리하였다.

커다란 방에는 엘시아와 하일롭, 단 두 사람뿐이었기에 두 사람이 아무런 말을 하지 않자 방 안에는 자연스럽게 적막이 흘렀다.

엘시아는 하일롭의 의중을 파악하기 위해서 그의 얼굴을 조용히 응시했다. 하지만 하일롭은 시선을 내리뜬 채였기에 그의 눈동자에 무엇이 담겨 있는지는 쉽게 알 수가 없었다.

"연회장으로 가셔야 하는 게 아닌가요?"

기다리다 못한 엘시아가 먼저 말을 꺼냈다. 혹시라도 말실수를 할까 봐 한참을 고민하다 꺼낸 말이었다. 하일롭은 엘시아가 먼저 말문을 열기를 기다리고 있었다는 듯 곧장 시선을 들어 올려 엘시아를 바라보았다. 그리고 비로소 입을 열었다.

"내 동생이 나를 대신하여 자리를 지키고 있을 테니, 그대가 걱정할 필요는 없어."

"……."

"이를 다르게 말하면, 내게는 그대와 대화를 나눌 충분한 여유가 있다는 뜻이고."

엘시아는 하일롭이 대체 무슨 속셈으로 자신과 단둘이 대화를 나누고자 한 것인지 짐작할 수 없었다. 그랬기에 더더욱 이 자리가 불편하게 느껴졌다.

"저와 리리엔에 관해서 이야기를 나누고 싶다고 하셨죠."

애써 덤덤한 목소리로 말을 맺은 엘시아가 무릎 위에 가지런히 올려놓은 손을 꽉 움켜쥐었다.

"그랬지. 그래서 그대를 오늘 연회에 초대했어."

아까부터 아무렇지 않은 척하려 노력하고 있었으나, 마음속 동요를 감추는 건 생각보다 어려운 일이었다. 엘시아는 가만 그녀를 응시하고 있는 하일롭을 향해 말했다.

"리리엔에 관해서 정확히 어떤…… 이야기를 하시고 싶은 건가요?"

"그대가 맞혀 봐."

하일롭은 턱을 치켜들었다. 자연히 엘시아를 내려다보는 모양새가 되었다. 사람을 대하는 데 익숙하지 않은 엘시아가 보기에도 무척 거만해 보이는 모습이었다.

"내가 지금 그대에게 무슨 이야기를 하려고 이러는 것 같나."

"장난을 칠 생각이시면."

"엘시아 아리테스."

하일롭이 엘시아의 말허리를 잘랐고, 엘시아는 순간 혀를 꽉 깨물 뻔했다. 자신의 것이 아닌 이름 때문이었다.

'엘시아 아리테스라니…….'

방금 하일롭이 부른 이름으로 엘시아를 불렀던 사람은 단 한 명도 없었다.

"정말이지, 영 낯설게 느껴지는 이름이야. 아니, 좀처럼 입에 잘 붙지 않는 이름이라고 해야 하나."

예상치 못한 식으로 불리게 된 엘시아가 당황스러운 마음을 잠재우고 있을 무렵 하일롭이 덧붙였다. 마치 무언가를 떠보는 듯한 말이었다. 그의 시선 또한 엘시아를 가늠하고 있는 듯했다.

그런 하일롭의 시선이 무척 부담스러웠지만, 엘시아는 그의 눈을 피하지 않고 똑바로 마주 보았다. 자신의 신분이 가짜라는 사실을 하일롭이 알게 된다면, 레오디안이 곤란해질지도 모른다는 생각이 들었기 때문이었다.

"더 하실 말이 없다면……."

눈앞의 남자가 곤란한 질문을 계속해 온다면, 어수룩한 자신은 그에게 휘말리고 말 것만 같았다.

게다가 무엇보다도 엘시아는 아까부터 리리엔이 아닌 다른 이야기를 늘어놓고 있는 하일롭이 께름칙했다. 때문에 엘시아는 그를 향한 경계를 늦추지 않았다. 그리고 그를 향한 시선도 더욱 단단히 했다.

그를 따라 이곳에 오지 말았어야 했다 하는 후회가 되는 한편, 지금이라도 이 자리를 피하는 게 좋겠다는 생각도 들었다.

"저는 이만 연회장으로 돌아가 봐도 될까요?"

조심스럽게 말을 맺은 엘시아는 그의 허락 없이 자리를 벗어나도 되는지를 알 수 없어서, 잠자코 하일롭의 대답을 기다렸다.

다행스럽게도 기다림은 길지 않았다. 눈매를 좁힌 하일롭은 이윽고 엘시아에게 대답했다.

"음, 나는 지루하기 짝이 없는 연회장을 지키고 있는 것보다야 그대와 이렇게 마주 보고 앉아서 소소하게 대화를 나누는 편이 훨씬 더 유익할 것 같다는 생각을 하고 있었는데 말이지."

"……."

"그대의 생각은 어때. 그대는 정말 연회장으로 돌아가고 싶은 건가?"

"저는……."

연회장은 낯설고 불편했다. 하지만 그렇다고 해서 이곳에서 오래 머무르고 싶은 생각은 없었다. 이곳 또한 불편하기 그지없었으므로.

"……저는 지금 이 상황이 당황스러워요."

엘시아는 하일롭이 리리엔을 운운한 것이 그저 자신과 대화를 나누기 위해서였노라고 어렴풋이 깨달았다. 그래서 당황스러웠다. 그가 리리엔 핑계를 대면서까지 자신과 대화를 나누고자 하는 이유를 알 수 없었으니까.

"그렇군."

하일롭은 엘시아의 말이 대수롭지 않다는 듯 툭 내뱉고는 고개를 주억거렸다.

"그대가 나를 불편하게 여기고 있다는 것도 잘 알겠어."

스스로도 속내를 잘 숨기고 있었다고는 생각하지 않았지만, 막상 이렇듯 상대방의 입을 통해 듣게 되니 어떻게 반응해야 할지 알 수 없어 난감했다.

"어째서일까. 그대가 날 불편하게 여기는 게 비단 내가 낯선 이라는 이유만은 아닌 듯한데. 오로지 그 이유 때문이라기에는 그대의 경계심은 좀 과한 면이 있어."

그가 인간들의 세상에서 굉장히 귀한 신분의 남자라는 걸 알기에, 엘시아는 마음대로 자리를 뜨지도 못하고 그저 그의 말을 묵묵히 듣고만 있었다. 그가 화두에 올린 이야기가 무척 불편했지만 그의 말을 가로막을 수는 없었다.

엘시아는 조용히 시선을 내려뜨렸다. 얼마나 주먹을 꽉 쥐고 있었는지 손마디가 다 얼얼할 지경이었다. 엘시아가 움켜쥐고 있던 손에 힘을 푸는 동안에도 하일롭의 나긋한 목소리는 계속해서 방 안을 울렸다.

"그대의 경계심을 누그러뜨리려면 어떻게 해야 할까. 일단 서로를 천천히 알아가는 것부터 시작하면 되려나."

"……."

"먼저 고백하자면 나는 그대에게 지대한 관심을 가지고 있어. 호의에 가까운 관심이지. 한마디로 말해, 그대라는 사람이 참 궁금하다고."

아까부터 엘시아는 입을 꾹 다물고 있었으나, 하일롭은 제 할 말을 이어 갔다. 엘시아의 반응 따위는 별반 중요한 것이 아니라는 듯.

"그러니 묻겠다. 로켄페데스 저택에서 지내고 있다 들었는데, 그곳에서 지내는 건 어떠한가."

내내 혼잣말처럼 말을 잇던 하일롭이 비로소 엘시아를 향해 물었다. 엘시아가 그에게 대답을 하지 않고 버틸 수 있을 리 없었다. 엘시아는 작게 한숨을 내쉬곤 입을 열었다.

"대공님이 여러모로 배려를 많이 해 주셔서 큰 불편함 없이 잘 지내고 있어요."

"……배려를 많이 해 준다고?"

"네."

"대공이?"

"……네."

엘시아의 대답을 끝으로 때 아닌 정적이 찾아들었다. 의아해진 엘시아가 시선을 들어 올렸다. 하일롭은 나른한 미소를 짓고 있던 이전과 다르게 쉽사리 뭐라 형용할 수 없는 이상한 표정을 짓고 있었다.

하일롭은 엘시아와 시선을 마주하고도 꽤 한참을 침묵으로 일관하던 끝에 입을 열었다.

"그 로켄페데스 대공이?"

"……제 대답에 무슨 문제라도 있나요?"

자꾸만 같은 질문을 하는 하일롭은 결국 엘시아로 하여금 이 같은 질문을 내뱉도록 만들었다.

"이 제국에 대공이 둘은 아니니, 그대가 말하는 대공은 분명 내가 알고 있는 사람이 맞을 텐데……."

허, 헛웃음을 덧붙인 하일롭이 머리칼을 쓸어 넘겼다.

"그래, 어쨌든 그곳에서 잘 지내고 있다니 다행이군."

여전히 엘시아의 말이 믿어지지 않는다는 듯 이상한 표정이었지만, 하일롭은 이내 화제를 돌렸다.

"지금쯤이면 그대가 이곳에 있다는 걸 알아차리고도 남았겠지."

다만 엘시아가 쉽게 이해할 수 없는 말이었을 뿐이다.

영문을 알 수 없는 하일롭의 말에 엘시아는 별달리 대꾸하지 않았다. 하일롭 역시 엘시아에게서 딱히 어떤 반응을 기대한 건 아닌 듯, 여상한 낯으로 천천히 자리에서 일어났다.

하일롭은 커다란 창으로 다가가 창문을 열었다. 기다렸다는 듯 바람이 불어와 하일롭의 머리칼을 흐트러뜨렸다. 그 바람이 가까이 다가와 머리채를 가볍게 흔들고는 이내 완전히 자취를 감추었을 때, 엘시아는 혼란스러워졌다.

하일롭에게서 어쩐지 익숙한 향기가 났기 때문이었다.

어디서 맡아 본 냄새더라. 엘시아가 미간을 좁힌 채로 심각하게 고민하고 있는데, 하일롭이 창밖을 바라보고 선 채로 입을 열었다.

"그대와 리리엔 로켄페데스에 관해 이야기를 나누고 싶다는 말은 거짓말이 아니었어."

엘시아는 하일롭에게서 나는 익숙한 향기에 관해 길게 고민하고 있을 수 없었다. 엘시아는 하일롭의 뒷모습에 시선을 두었다. 하일롭은 여전히 엘시아에게서 뒤돌아 선 채였다.

"또한 지금 그대는 내가 그대를 만나기 위해 연회를 연 것이 아닌가 의심하고 있는 듯한데, 오늘 연회는 예정되어 있었어. 물론 그대를 직접 만나보고 싶긴 했지만, 내 개인적인 욕심 때문에 연회를 열 수는 없는 노릇이지 않나."

오늘 연회는 명분도 목적도 확실한 연회였다. 그렇게 덧붙이는 하일롭의 목소리는 퍽 진중했다. 엘시아는 하일롭의 표정을 확인할 수 없었지만, 적어도 웃고 있을 것 같지는 않다고 짐작했다.

"그대는 신황을 본 적이 있나?"

갑작스러운 물음에 엘시아의 말문이 막혔다. 그도 그럴 게 엘시아는 고작 며칠 전에야 처음으로 신전을 방문했다. 신황을 본 적이 없음은 물론이거니와,

신황이 누구인지조차 몰랐다.

그러나 그 사실을 말했다가는 하일롭이 분명 이상하게 생각할 터였다. 이곳은 신성제국으로, 신을 숭배하는 인간들이 모여 살고 있었다. 이 제국에 사는 인간이 신황을 모른다는 건 말이 되지 않았다.

그런 생각에 선뜻 대답하지 못하고 망설이던 엘시아는 차라리 침묵하기로 했다. 그런 엘시아의 침묵을 대수롭지 않게 받아들인 건지, 이윽고 하일롭은 평이한 목소리로 말을 이었다.

"신탁이 내려왔다. 리리엔 로켄페데스와 관련된 신탁이다."

하일롭은 덤덤하게 말했지만, 그와 달리 엘시아는 덤덤할 수 없었다.

리리엔과 관련된 신탁이라니?

"머지않아 제국에 망조가 깃들게 되는데, 그때 신성한 힘을 가진 푸른 눈의 신의 종이 제국을 구하리라는 신탁."

하일롭은 고개를 돌려 엘시아를 바라보았다. 그런 그의 눈동자는 푸르렀다.

"암브로시우스 황실의 피를 타고난 자는 푸른 눈동자를 지니고 태어나지. 하지만 이 제국에 신성한 힘을 가진 것은 오직 그 아이뿐이다."

엘시아는 신탁이라는 게 정말 실재한다면, 그 신탁이 가리키는 사람은 리리엔이 아닌 레오디안이리라 확신했다. 엘시아가 겪었던 미래에서 제국을 혼란에 빠뜨렸던 식인 괴물들을 죽인 건 다름 아닌 레오디안이었으므로.

그러니까 하일롭이 얘기한 망조가 일 년여 뒤, 괴물들이 인간들을 마구잡이로 습격하는 때를 가리키는 것이라면, 제국을 구하는 사람은 레오디안이다.

다만 레오디안은 현재 스스로의 힘을 숨기고 있었다. 그러니 하일롭이 신탁이 말한 사람을 리리엔이라고 착각하는 건 당연했다.

"현재 신탁의 존재를 알고 있는 건 나를 제외한다면 신황과 대신관 몇 명뿐이지만, 머지않아 제국에 널리 알려지게 될 거야. 신전이 신탁이 내려왔음을 공표할 테니까."

엘시아는 하일롭의 착각을 바로잡아 주어야 할지, 아니면 그가 착각하도록 가만두어야 할지 망설이게 되었다.

그도 그럴 게 신탁이 알려지면 사람들은 지금 하일롭이 그렇듯, 리리엔이 제국을 구하리라 믿을 것이 분명했다. 아직 성인도 되지 않은 리리엔에게 괴물을 죽이라고 강요할지도 모른다.

엘시아는 그런 꼴을 보고자 리리엔의 곁에 남은 것이 아니었다.

그러나 하일롭의 착각을 바로잡으려면 레오디안도 비오렌치아를 사용할 수 있다는 사실을 밝혀야 했다. 리리엔 말고도 힘을 가진 사람이 있다는 걸 이야기하지 않고서는 리리엔이 신탁의 사람이 아니라고 설명할 수 있는 길이 없었으니까.

다만 엘시아는 레오디안이 어째서 힘을 감추고 있는지 그 이유를 정확히 알 수 없었다. 그러나 모르긴 몰라도 분명 중요한 이유가 있을 것이다. 그런 생각에 차마 입이 떨어지지 않았다.

그리고 무엇보다도 지금 자신이 하일롭에게 레오디안이 숨겨 온 비밀을 밝히는 건, 해서는 안 될 짓이라는 걸 알고 있기 때문에.

엘시아는 아무 말도 할 수 없었다. 그저 하일롭의 말을 귀 기울여 듣는 것 외에는 마땅히 할 수 있는 일이 없었다.

"오늘 연회는 신황을 환영하기 위해 열렸지. 연회가 끝나고 나면, 신황 폴리아도스 3세는 며칠에 걸쳐 제도에 있는 신전을 순회할 것이고."

엘시아는 제도에도 신전이 있다는 걸 지금에서야 알았다.

"아무리 나라도 신황이 신탁을 공표하는 걸 막을 수는 없어."

하일롭은 이로서 제 할 말은 끝났다는 듯 입을 꾹 닫은 채로 묵묵히 엘시아를 주시하였다.

"한 가지 궁금한 게 있어요."

침묵을 깬 건 엘시아였다.

엘시아는 하일롭이 어째서 자신에게 이러한 이야기를 해 준 것인지 무척 궁금했지만, 그것 말고 다른 의문을 입 밖에 냈다.

"제가 누구인지는 어떻게 알아보신 건가요?"

하일롭은 엘시아의 물음이 의외라는 듯, 눈매를 좁혔다.

"여러 이유가 있지만…… 무엇보다도 그대의 눈동자 덕분이었다."

"제 눈동자요?"

"붉은 눈동자는 이 제국에서 좀처럼 찾아보기 어려우니까."

붉은색 눈동자가 희귀하다니, 엘시아는 미처 알지 못했던 사실이었다. 미리 알았더라도 눈동자 색을 바꿀 수는 없으니 하일롭을 피할 수도 없었을 테지만.

"아무래도 더 이상은 조용히 대화를 나누지 못하겠군. 조만간 편지하겠다. 오늘 못다 한 이야기는 다음에 마저 나누기로 하지."

못다 한 이야기라니?

엘시아는 이 이상 무슨 할 말이 있다는 건지 의아해 고개를 기울였다. 그러자 하일롭이 기다렸다는 듯 말했다.

"짐승들 틈에서 짐승처럼 자란 인간의 아이가 긴 세월이 흘러 다시 인간의 사회로 돌아왔을 때, 그 아이는 과연 인간처럼 살 수 있을까?"

하일롭이 말끝을 높여 엘시아를 향해 묻기가 무섭게 문 너머에서 소란스러운 소리가 들려왔다.

"아니, 애초에 그 아이를 인간이라고 할 수 있을까?"

퍽 요란한 소음이 부쩍 가까워졌음에도 불구하고 하일롭의 목소리는 또렷하게 들렸다.

마치 무언가를 알고서 하는 말 같았다.

엘시아는 크게 동요했다. 혹시라도 정말 하일롭이 자신의 정체를 알고 이러는 게 아닐까, 그런 의문이 머릿속을 잠식했다.

"곧 편지하지."

엘시아가 하일롭에게 대꾸할 새는 없었다. 내내 굳게 닫혀 있던 문이 벌컥 열린 탓이다. 엘시아와 하일롭의 시선이 자연히 한곳을 향했다.

"잘 붙잡아 두고 있으라고 했는데……. 정말이지 쓸모없는 녀석."

와락 표정을 구긴 채로 혼잣말을 중얼거린 하일롭은 자신이 언제 얼굴을 찌푸렸냐는 듯 웃으며 레오디안에게 다가갔다.

"오랜만이군, 대공."

활짝 열린 문 너머, 레오디안은 흉흉한 기세로 서 있었다. 그런 레오디안의 뒤로 낯선 얼굴이 여럿 보였다. 레오디안에게 가려져 잘 보이지 않았지만, 그들이 하나같이 당황한 기색으로 방 안을 바라보고 있다는 건 알 수 있었다.

엘시아는 갑작스럽게 문을 열고 모습을 드러낸 레오디안의 모습에 당황한 한편, 이 불편한 자리에서 벗어날 수 있을지 모른다는 생각에 내심 다행스러웠다.

"저희는 이만 돌아가겠습니다."

"벌써?"

레오디안은 그에게 가까이 다가선 하일롭에게는 찰나 눈길조차 주지 않은 채 오로지 엘시아만을 주시하였다.

"어째서 이토록 이른 시간에 돌아가겠다는 건가. 연회를 더 즐기다 가지 않고."

하일롭이 레오디안에게 퍽 사근사근한 어조로 말을 건넸으나 레오디안의 시선은 오직 엘시아를 향해 있었다.

"신황과 무슨 거래를 했습니까?"

"신황과 거래하다니. 그 무슨 끔찍한 소리인가."

하일롭은 별 해괴한 소리를 다 듣겠다는 듯 어깨를 으쓱했다. 그에 레오디안은 여전히 하일롭에게는 눈길조차 주지 않은 채로 말했다.

"돌아가겠습니다."

엘시아는 아까부터 자신만을 향해 있는 레오디안의 시선이 의미하는 바를 알았다.

엘시아는 여태 억지로 버티고 앉아 있던 자리에서 일어났다. 그를 확인한 레오디안이 망설임 없이 몸을 돌렸다. 그러자 레오디안의 뒤에 모여 서 있던 사람들이 마치 길을 내듯 물러섰다. 엘시아가 레오디안을 따라가고자 황급히 걸음을 내디뎠을 때였다.

"숙부님."

뒤에서 들려온 하일롭의 목소리에 레오디안이 멈칫했으나, 그것은 찰나였다. 레오디안은 마치 아무것도 듣지 못했다는 듯 그대로 성큼 걸음을 옮겼다. 멀어지는 레오디안의 뒷모습을 바라보던 엘시아는 무심코 하일롭을 돌아보았다.

하일롭은 입매를 끌어 올려 웃고 있었다. 더없이 즐겁다는 듯.

그 얼굴에서 어쩐지 시선을 뗄 수 없어 한참을 바라본 끝에 뒤늦게야 가까스로 정신을 차린 엘시아는 여전히 그 자리에 서 있는 하일롭을 지나쳐 방을 벗어났다.

걸음을 옮기는 엘시아의 등 뒤로 시선이 느껴졌다. 하일롭의 시선을 똑똑히 인지하였지만 엘시아는 뒤돌아보지 않았다. 그저 레오디안과의 거리를 좁히기 위해 걸음을 재촉했다.

"엘시아 님, 혹시 무슨 일이 있었습니까?"

엘시아가 방을 나오자 그녀에게 가까이 붙어 선 벨레로폰이 나지막이 물어왔다.

"아니요. 별일 없었어요. 그런데 대공님은……."

엘시아는 훌쩍 앞서 걷고 있는 레오디안의 뒷모습을 힐끔 바라보았다. 복도를 가로지르는 레오디안의 걸음에는 그의 불편한 심사를 반영하기라도 하듯 퍽 힘이 실려 있는 듯했다.

"대공 각하께서 무척 놀라셨습니다. 엘시아 님이 1황자 전하께 붙잡히셨다는 사실을 곧장 고했어야 했는데……. 각하께서 2황자 전하와 이야기를 나누고 계셨던 탓에."

벨레로폰은 하일롭의 시종에게 엘시아와 하일롭이 단둘이서 방 안으로 들어갔다는 이야기를 전해 듣자마자 레오디안을 찾았다. 하지만 벨레로폰은 레오디안에게 바로 소식을 전할 수 없었다. 로지안과 이야기를 나누는 레오디안의 모습이 무척이나 심각해 보였기 때문이었다.

차마 두 사람에게 가까이 다가갈 수 없었던 벨레로폰은 로지안이 레오디안에게서 멀어지고 나서야 레오디안에게 이야기를 전했다. 레오디안은 벨레로폰의 이야기를 듣자마자 하일롭을 찾아온 것이었다.

"죄송합니다. 제가 곁을 지켰어야 했는데, 그러지 못했습니다. 이런 일이 벌어진 건 전부 제 탓입니다."

"아뇨, 제가 화장실을 가겠다고 고집을 부린 탓이죠."

엘시아가 고개를 내젓자, 벨레로폰이 바로 무어라 말을 꺼내려는 듯 입을 열었다. 엘시아는 벨레로폰이 다시금 사과를 해 올까 봐 선수를 쳤다.

"리리엔은요?"

그에 잠시 멈칫했던 벨레로폰은, 리리엔이 진작 페이렌과 함께 저택으로 돌아갔다는 사실을 떠올리곤 대답했다.

"아가씨는 먼저 연회장을 떠나셨습니다."

"우리도 이 길로 저택으로 돌아가는 건가요?"

"아마……."

벨레로폰은 확신이 없는지 말끝을 흐렸다. 앞서 걸어가던 레오디안이 우뚝 걸음을 멈춘 것은 그때였다.

"로렐라인 경, 마차를 준비해두도록."

레오디안이 저 멀리 서 있는 시종을 눈짓하며 벨레로폰에게 명하자, 레오디안에게 간결하게 대답한 벨레로폰이 황급히 시종에게 다가갔다.

벨레로폰이 멀어지자 방을 나선 이래 처음으로 엘시아와 눈을 맞춘 레오디안이 말했다.

"그리고 당신은 나를 따라오십시오."

* * *

레오디안은 이곳이 익숙한 것 같았다. 레오디안의 걸음에는 망설임이 없었다. 엘시아는 순순히 레오디안을 따라 걸었고 그렇게 두 사람이 도착한 곳은 궁전의 위용에 걸맞은 거대한 후원이었다.

건물에서 새어 나오는 빛으로 인하여 그다지 어둡지 않은 후원 한편에서 비로소 걸음을 멈춘 레오디안이 휙 엘시아를 돌아보았다. 마치 엘시아를 샅샅이 살펴보기라도 하듯 엘시아의 머리끝에서부터 발끝까지 천천히 시선을 옮긴 후에야 레오디안은 물었다.

"황자와 무슨 이야기를 했습니까?"

하일롭이 신탁에 관하여 알고 있는 자가 별로 없다고 했던 말이 떠올랐다. 엘시아는 레오디안에게 사실대로 말해도 좋을지 짧게 고민한 끝에 말문을 열었다.

"저를 피하고 계시던 거 아니었어요?"

엘시아는 레오디안에게 가장 궁금했던 것을 물었다.

"아까 저택에서 저하고 눈도 마주치지 않으려고 하시기에 저를 피하시는 건 줄 알았어요."

"……아닙니다."

레오디안은 엘시아의 시선을 피하며 조금쯤 뒤늦게 대답했다. 영 미심쩍은 태도였지만 아니라는데 더 추궁하고 싶은 생각은 없었다. 엘시아는 화제를 돌렸다.

"오늘 연회가 신황을 환영하기 위한 연회라고 하던데, 혹시 알고 있었나요?"

"당신이 자리를 비웠을 때 신황 성하께서 회장에 걸음을 하였습니다. 그때 알았습니다."

레오디안은 신성지 요헴의 기사였다. 그런 그가 어째서 신황이 제도를 방문하리라는 사실을 진작 눈치채지 못했는지 의문이었다. 그러나 엘시아는 의문이 아닌 다른 말을 꺼냈다.

"신전에 신탁이 내려왔대요. 이것도 모르고 있었나요?"

레오디안은 아무런 대답도 내어놓지 않았다. 그에 엘시아는 레오디안의 표정을 살폈다. 그녀를 내려다보고 있는 레오디안의 얼굴에선 그 어떤 동요의 흔적도 찾아볼 수 없었다.

레오디안은 모르던 사실을 알게 된 사람이라기엔 너무 덤덤했지만, 하일롭은 분명 신탁에 대해 알고 있는 이가 몇 없다고 했다. 때문에 엘시아는 레오디안이 신탁의 존재를 미리 알고 있었는지, 아니면 지금에서야 알게 된 건지 도통 가늠할 수 없었다.

"이 나라가 위험에 빠지게 되면, 신비한 힘을 가진 푸른 눈의 누군가가 이 나라를 구할 거라고."

잠시 말을 멈추고, 엘시아는 레오디안의 눈동자를 가만히 들여다보았다. 하일롭도 레오디안과 같은 푸른 눈동자를 가지고 있었다. 하일롭은 황실의 피를 타고난 사람만이 푸른색 눈동자를 지닐 수 있다고 말했다.

엘시아는 푸른 눈동자를 지닌 사람을 둘이나 알고 있었다. 그 두 사람은 엘시아의 아주 가까이에 있기까지 했다.

눈앞의 레오디안, 그리고 그의 동생인 리리엔.

"황자 전하는 리리엔이 제국을 구할 거라고 생각하고 있어요. 당신이 힘을 가지고 있다는 걸 모르니까."

레오디안이 비오렌치아를 다룰 수 있다는 건 그의 측근 몇 명만이 알고 있는 사실이었다.

"어째서 힘을 숨기시는 거예요?"

엘시아는 그것이 내내 궁금했다. 도대체 레오디안은 무슨 생각으로 그의 힘을 숨기려고 하는 건지.

"이해가 안 가요. 저한테는 별반 대수롭지 않은 일이라는 양 쉽게 말하셨잖아요."

엘시아는 언젠가 팔을 다쳤을 때, 레오디안이 그녀를 치료해 주겠다며 그가 가진 힘을 고백했던 일을 떠올렸다.

그때 레오디안은 엘시아에게 거리낌 없이 그가 가진 힘에 관한 이야기를 했었다. 물론 엘시아가 그간 리리엔을 돌봐 오기는 했지만, 그렇다고 해서 레오디안이 내내 숨겨 오던 비밀을 엘시아에게 말할 필요나 이유는 없었다.

'레오디안은 대체 내 무엇을 믿고 비밀을 말했던 거지?'

문득 엘시아의 머릿속에 그런 의문이 생겨났다. 그때는 미처 떠올리지 못했던 의문이었다. 레오디안이 힘을 가지고 있다는 사실은 진작 알고 있었기에, 레오디안의 말을 아무렇지 않게 받아들였다.

　그때는 그랬는데, 지금에서야 비로소 이상하다는 생각이 들었다.

　"……더는 이용당하고 싶지 않아서."

　주변이 고요하지 않았더라면 미처 듣지 못했을 나직한 목소리였다.

　"이용당하는 게 지긋지긋하니까. 그래서 숨겼습니다."

　엘시아는 레오디안을 물끄러미 올려다보았다. 빛을 등지고 서 있는 레오디안의 우뚝 선 콧날이 그의 뺨에다 그림자를 만들고 있었다. 평소와 달리 머리칼을 정갈하게 빗어 넘겨 이마를 드러낸 탓인지, 얼굴에 맺힌 그늘이 유독 또렷하게 보였다. 엘시아가 알아차릴 수 있는 것은 고작 그런 겉모습뿐이었다. 레오디안이 드러내지 않는 것은, 그가 작정하고 숨기는 것은 엘시아가 알지 못한다.

　엘시아는 방금 레오디안이 한 말의 의미 또한 완전히 이해할 수 없었고, 그랬기에 엘시아의 속에서는 불쑥 화가 치밀었다.

　"그러면, 그러면 계속 숨기실 생각이에요?"

　엘시아가 드물게 날카로운 목소리로 물었고, 레오디안의 입술은 꾹 맞물렸다. 아무런 대답이 없는 레오디안의 무표정한 얼굴은 엘시아의 속을 뜨겁게 만들고 있는 화를 더욱 활활 타오르게 하는 불쏘시개가 되었다.

　"사람들이 리리엔한테 무언가를 강요하면 어떡해요?"

　신탁이 말하는 건 리리엔이 아닌 당신일 텐데. 당신이 계속 힘을 숨기면 사람들은 리리엔에게 제국을 구하라고 할 텐데. 그 어린아이를 어떻게든 이용하려고 할 텐데.

　"리리엔은 이용당해도 괜찮다는 거예요?"

　엘시아는 그림처럼 서 있는 레오디안을 향해 연신 물었다. 이용당하고 싶지 않아 힘을 숨겼다는 레오디안의 말이 엘시아에게는 그런 뜻으로 들렸다. 그래서 엘시아는 이루 말로 다 설명할 수 없을 만큼 화가 났다.

리리엔의 유일한 가족이라는 사람이 너무도 이기적인 모습을 하고 있어서. 엘시아는 처음으로 레오디안에게 실망했다.

"리리엔이 제국을 구할 수 있다고 생각해요? 그래야 한다고 생각해요?"

하일롭 앞에서는 차마 하지 못했던 말들이 지금은 둑이라도 터진 양 막무가내로 터져 나왔다.

"리리엔이 지금 몇 살인데. 그 어린애가 어떻게……."

저도 모르는 사이 짐짓 흥분해 따져 묻던 엘시아의 목소리가 처참하게 떨렸다.

엘시아는 북받친 감정을 애서 억누르려 입술을 꽉 깨물었다. 그러고도 좀처럼 진정이 되지 않아서 질끈 눈을 감았다. 그런 엘시아의 귓가에 레오디안의 목소리가 흘러들어 왔다.

"지금껏 힘을 숨긴 건 비단 나만을 위한 일이 아니었습니다. 나는, 이제는 리리엔을 지키려고."

"지키려면!"

화가 치민 나머지 소리치듯 말을 내뱉어 레오디안의 말허리를 잘라낸 엘시아는 이윽고 심호흡을 했다. 그리고 말했다.

"정말 지키고 싶다면, 그러면 피하고 숨는 게 아니라 싸워야죠."

그것이 엘시아가 알고 있는 유일한 방법이었다.

지금까지 엘시아는 리리엔을 지키기 위해서, 헤아리기 어려울 정도로 많은 괴물을 죽여 왔다. 리리엔을 위한 일이라면 망설이지 않았다.

그러나 레오디안은 다른 것 같았다. 레오디안은 고작 자신이 이용당하는 게 싫어서, 신탁이 내려왔다는 걸 알게 된 상황에서도 자신의 힘을 드러낼 생각이 없었다. 이대로라면 리리엔이 레오디안을 대신해서 식인 괴물들을 상대하게 될지도 모르는데.

"당신이 힘을 숨기는 게 어떻게 리리엔을 지키기 위한 일이라는 거예요?"

엘시아는 레오디안을 이해할 수 없었다. 이해하고 싶지도 않았다.

"당신과 다르게 저는, 리리엔을 위해서라면 뭐든 할 수 있어요."

엘시아는 곧 도래할 미래에 리리엔이 괴물과 싸우도록 가만히 두고만 보고 있을 생각이 결코 없었다.

"난 리리엔을 지킬 거예요."

지금까지 그랬고, 앞으로도 그럴 것이다. 엘시아는 레오디안을 똑바로 바라보고선 말을 이었다.

"그러니까 당신이 지켜 줄 필요 없어요. 애초에 그럴 생각도 없는 것 같지만."

더 이상 레오디안과 함께 있고 싶지 않았다. 그가 꼴도 보기 싫었다.

엘시아는 주저 없이 홱 뒤를 돌았다. 그리고 되는 대로 걸음을 옮겼다. 레오디안은 엘시아를 붙잡지 않았는데, 그것이 오히려 엘시아의 화를 부채질했다.

마치 엘시아가 한 말을 부정할 수 없다고, 엘시아의 말이 다 사실이라고, 리리엔을 지킬 생각이 전혀 없다고 말하고 있는 것만 같아서. 아니, 어쩌면 제까짓 게 가 봐야 어딜 가겠냐는 생각에서 저렇듯 태평하게 서 있는 건지도 모르는 일이었다. 엘시아는 아랫입술을 거칠게 깨물었다.

머지않아 시야 끄트머리에 익숙한 인영이 걸렸다. 벨레로폰이었다. 엘시아는 마차 앞에 서 있는 벨레로폰을 향해 성큼성큼 걸었다.

* * *

정말이지, 엉망진창이다.

잠자리를 정리하고 일어선 엘시아의 머릿속에 스친 생각이었다. 엘시아는 착잡한 심정으로 창밖을 내다보았다. 오늘따라 날씨가 유난히 화창한 것 같았다.

어젯밤부터 오늘 아침에 이르기까지, 시간이 멈췄으면 좋겠다고 몇 번을 생각했는지 모른다.

어젯밤, 그러니까 정확하게는 엘시아가 레오디안을 향해 화를 내고 난 뒤 레오디안을 피해 마구 걸음을 옮긴 것이 무색하게도 엘시아는 레오디안과 함께 마차를 타고 저택으로 돌아와야만 했다.

황궁에서 저택으로 돌아오는 동안, 마차 안은 지독하리만큼 고요했다. 엘시아와 레오디안, 그리고 벨레로폰 사이에서는 단 한 마디도 오고 가지 않았다.

벨레로폰은 마차 안에 내려앉은 싸늘한 분위기가 하일롭과 엘시아 사이 일어난 일 때문이라 짐작한 건지 그저 침묵했고, 엘시아와 레오디안은 마차에 오르기 직전 말다툼을 벌인 일로 각자 입을 꾹 닫은 채로 생각에 잠겨 있었다.

그리고 그건 마차가 저택에 도착했을 때까지 지속되었다. 마차가 멈춰 서고, 마차에서 내린 세 사람은 각자 말없이 방으로 향했다.

다른 이들은 어떨지 모르겠으나 엘시아는 한숨도 잠을 이루지 못한 채로 아침을 맞이했다. 엘시아의 심사야 어떻건 시간은 잘만 흘러갔고, 아침은 어김없이 찾아온 것이다.

엘시아는 밤새 고민하고 또 고민했다. 레오디안이 대체 무엇에 이용당하는 데에 환멸을 느끼고 넌더리를 내는 건지. 아무리 혼자서 고민해 봐도 좀처럼 알 수가 없었으나 엘시아는 계속해서 고민했다. 그렇게 멍하니 고민하며 밤을 흘려보낸 끝에 엘시아는 레오디안에게 화를 낸 것을 후회하기에 이르렀다.

'그러지 말걸.'

당시에는 화가 나서 미처 생각하지 못했지만, 시간이 어느 정도 흐른 후에 엘시아는 한 가지 사실을 깨달았다. 바로 자신이 레오디안의 생각을 바꿀 수 있을 리 없다는 사실이었다.

당연한 얘기였다. 레오디안이 엘시아의 말을 들을 이유는 없었다. 엘시아는 레오디안이 그의 힘을 숨기든 말든, 그에 관해서 왈가왈부할 자격이 없었다.

한 저택에서 지내고는 있지만, 리리엔과 달리 엘시아는 이방인이었다. 반면 리리엔은 이제 엘시아와 좁은 방에서 함께 살았던 인간 아이가 아니라 로켄페데스 가문, 그러니까 레오디안의 보호를 받는 아이였다. 그리고 엘시아는 레오디안이 리리엔에 관해 어떤 결정을 내리든 감히 지적할 주제가 못 되었다. 그걸 뒤늦게야 깨달았다.

거기까지 생각이 미치자, 어젯밤의 일은 괜한 화풀이에 지나지 않았다는 판단이 들었다.

엘시아는 시간을 되돌릴 수 있다면 어젯밤으로 돌아가, 레오디안에게 화를 내는 자신을 뜯어 말리고 싶었다. 그런 생각을 하며, 힘없이 어깨를 축 늘어뜨린 채로 한숨을 내쉬는데 누군가 문을 두드렸다. 엘시아가 짧게 대답하자 곧 문이 열렸다.

"아, 오늘도 일찍부터 일어나 계셨네요."

"일찍 눈이 떠져서……. 좋은 아침이에요."

사실은 잠깐도 잠든 적 없으면서, 엘시아는 그렇게 말했다. 다행히 데이시는 엘시아의 거짓말을 알아차리지 못했다. 데이시가 엘시아를 향해 상냥한 목소리로 아침 인사를 되돌려 주고는 말했다.

"어제 연회에 다녀오신 탓에 피곤하실 텐데 조금 더 주무시지 않고요."

"아니에요. 괜찮아요."

이곳에서 지내면서 편하게 잠든 날이 손에 꼽을 정도인 엘시아였다. 밤새 고민한 탓에 머리가 좀 아픈 것 같기는 했지만 피곤하지는 않았다.

"연회는 어떠셨어요? 즐거우셨나요? 황궁에는 한 번도 가 본 적이 없지만, 듣기에는 무척 화려한 곳이라고 하던데."

"네, 정말 커다랗고 화려하고…… 사람들도 무척 많고."

연회장에 오래 머무른 것이 아니었던 탓에 딱히 할 말이 없었던 엘시아가 두루뭉술하게 말했다.

하일롭을 만나고 나서 곧장 저택으로 돌아왔기 때문에, 엘시아는 걱정했던 것과 다르게 연회장 안에 가득하던 낯선 사람들 사이에서 시간을 보낼 필요가 없었다.

하일롭과 보낸 시간은 무척 불편하기는 했지만, 그를 만난 덕분에 수많은 시선에서 자유로울 수 있었다. 사람들 틈에서 춤을 추지 않아도 되었음은 물론이다.

엘시아는 문득, 일이 이렇게 될 거였으면 춤은 대체 뭐 하러 배운 건가, 자조하듯 생각하고는 나직이 한숨을 내쉬었다.

"연회가 꽤나 즐거우셨나 봐요. 다행이에요."

자세한 사정을 알 리 없는 데이시가 사근사근한 목소리로 말했다.

"어제 연회에서 아가씨는 친구를 사귀셨나 보더라고요."

"친구요?"

"네. 테르만 백작 부인을 모시는 시종에게 들었는데, 아가씨가 히치콕 백작가의 장녀와 만나기로 약속하셨다고 해요."

"……그랬군요."

리리엔이 연회장에서 즐거운 시간을 보낸 듯해 다행스러운 한편, 마음 한구석에서는 어제 리리엔과 레오디안의 모습을 보고 느꼈던 모난 감정이 또다시 고개를 들었다.

그것 봐, 너 없이도 리리엔은 잘 지낸다고.

누군가 귓가에다 그렇게 속삭이는 것 같았다. 엘시아는 조금씩 떨리는 손을 꽉 마주 잡았다.

"그럼, 저는 아침 식사를 준비해오겠습니다."

애서 평온한 낯을 가장하고 있던 엘시아의 표정은 데이시가 침실을 나가기가 무섭게 와락 일그러졌다. 괴로워하는 것도 같고, 우는 것도 같은 얼굴로 엘시아는 힘없이 고개를 떨구었다.

그렇게 얼마쯤 지났을까.

"……엘시아 님."

문득 들려온 목소리가 있었다. 엘시아는 지그시 눈을 감은 채로 심호흡한 뒤, 고개를 들었다.

고개를 든 엘시아의 낯은 평소와 다름없이 파리하고 창백하였으며 그 위 덧씌워진 표정 또한 늘 그렇듯 무표정했다. 다만 목소리의 주인은 데이시가 떠난 후 곧장 침실 안으로 들어왔기에, 심상치 않았던 엘시아의 기색을 똑똑히 목격하고 난 뒤였던지라 지금 엘시아가 아무렇지 않은 척을 하고 있다는 것을 너무도 쉽게 간파하였다.

"어디 아픈 곳이라도 있으십니까?"

페이렌이 조심스럽게 묻자, 엘시아가 고개를 저었다.

"그러면 혹시…… 어제 무슨 일이 있으셨던 겁니까?"

이번에도 엘시아가 말없이 고개를 저었다. 하지만 페이렌은 믿지 않았다. 아무 일도 없었다고 하기에는 아까 엘시아의 표정은 무척 심상찮았다.

페이렌은 벨레로폰에게 엘시아가 하일롭과 만났다는 이야기를 들었다. 벨레로폰이 저택으로 돌아온 시간이 꽤나 늦은 시간이었던 탓에 상세한 사정은 알지 못했으나, 분명 무슨 일이 있었던 것 같았다.

페이렌은 엘시아가 걱정스러웠다. 이 저택에는 엘시아에게 호의적인 이들이 대부분인지라 엘시아에게 무례하게 구는 사람이 없었지만, 황궁은 달랐다. 어제 엘시아가 연회장에서 무례한 사람을 만났을지도 모르는 일이었다. 아니면 하일롭에게 막말을 들었을 수도 있고. 하일롭은 로지안과 달리 경우가 있는 남자였지만, 이 역시도 혹시 모르는 일이었다.

"무슨 일이 있었는지 제게 말씀해 주시면 좋겠습니다."

엘시아의 맞은편에 앉은 페이렌이 나지막이 말했다. 엘시아는 아무 말도 하지 않았다. 그러나 페이렌은 침착하게 기다렸다. 엘시아가 말문을 열 때까지, 페이렌은 그저 엘시아를 묵묵히 바라만보고 있었다.

엘시아는 데이시가 테이블 위에 엘시아 몫의 식사를 준비해 두고, 페이렌을 위해서 차를 준비해 주고 나갈 때까지 침묵을 지켰다.

페이렌이 찻잔에 든 차를 반쯤 비웠을 때, 페이렌에게 어제 있었던 일을 말해도 되는 건지 한참을 고민하던 엘시아가 비로소 입을 열었다.

"……제가 대공님에게 화를 냈어요."

한참 만에 엘시아가 한 말은 퍽 놀라웠다. 페이렌의 예상에서 무척 벗어난 말이기도 했다.

'엘시아가 화를 냈다고?'

페이렌은 엘시아가 화를 내는 모습을 상상해 보려고 했으나, 상상이 잘 안 됐다.

"대공님이 답답해서, 바보 같아서…… 소리까지 질렀어요."

무심코 차를 들이켰던 페이렌은 순간 입 안에 든 것을 그대로 뿜을 뻔했다. 간신히 차를 삼킨 페이렌은 사레가 들려 몇 번 마른기침을 했다.

"괜찮으세요?"

"아, 네! 괜찮습니다. 그나저나 각하가 바보…… 큽, 바보 같다니, 대체 무슨 일이 있었기에…….

하마터면 터져 나올 뻔한 웃음을 삼킨 페이렌은 손으로 입매를 가렸다. 자그마치 대공씩이나 되는 남자를 바보 같다고 말할 수 있는 사람은 이 제국에 오직 엘시아뿐일 것이다.

"저는 대공님이 리리엔을 지켜 줄 수 있는 사람이라고 생각했어요. 그런데 아니었어요. 제 착각이었어요. 그냥…… 그렇게 믿고 싶었던 것 같아요."

엘시아가 한 문장 한 문장을 힘겹게 맺었다. 누군가에게 속마음을 고백하는 일이란 생각보다 어려웠다.

"리리엔의 하나뿐인 가족이 그런 사람이라는 게 너무 화가 나서…… 화를 냈어요."

제멋대로 기대하고 실망했다. 엘시아는 레오디안에게 실망했고, 또한 동시에 자신에게도 실망했다. 레오디안을 알면 얼마나 안다고, 어느 순간부터 그에게 기대를 하고 있던 자신이 너무 멍청하게 느껴졌다.

"근데 그러지 말걸 후회가 돼요."

"왜 후회를 하십니까?"

내내 잠자코 엘시아의 말을 듣고 있던 페이렌이 되물었다. 엘시아는 잠시 고민하다가 대답했다.

"제가 화를 낸다고 달라질 일이 아무것도 없는데, 괜히 서로 얼굴만 붉히게 된 것 같아서요."

엘시아는 일전에 레오디안이 로아나를 통해 고해성사 기록지를 전해 주었을 때, 레오디안에게 화를 냈던 일을 떠올렸다.

그때도 엘시아는 그녀가 바라지도 않은 일을 했던 레오디안에게 무척 화가 났고, 그래서 화를 냈지만 그 일로 엘시아가 얻은 건 아무것도 없었다.

지금도 마찬가지였다. 엘시아는 자신의 생각이 무척 짧았다고 생각했다. 조금만 참을 걸, 그냥 참고 넘길 걸······.

"각하께 무슨 일로 화를 내셨는지는 모르겠지만, 엘시아 님이 괜한 일로 화를 내셨을 것 같지는 않습니다."

페이렌은 어느덧 바닥을 내보이고 있는 찻잔을 가만 내려다보며 말을 이었다.

"그리고 만약 이 일을 아가씨께서 알게 되신다면, 아가씨가 누구의 말이 옳다 하실 것 같습니까? 대공 각하와 엘시아 님 중 누구의 편을 들 것 같습니까?"

"······."

"부디 자책하지 마십시오."

엘시아는 아무런 말도 할 수 없었다. 리리엔이라면 레오디안이 아닌 엘시아의 편을 들 테지만, 엘시아는 리리엔이 어젯밤 자신과 레오디안 사이에 있었던 일을 몰랐으면 했다.

"······제 얘기를 들어주셔서 감사해요."

"오히려 제가 감사하죠. 먼저 이야기를 청한 것은 저인데요."

테이블 밑으로 마주 잡고 있던 손을 하릴없이 매만지던 엘시아는 잠깐 망설인 끝에 조심스럽게 말문을 열었다.

"방금 제가 한 말은······."

"그 누구에게도 말하지 않겠습니다."

페이렌은 엘시아가 여태 전혀 손을 대지 않은 채로 둔 접시에 시선을 두었다.

"곧 로아나 신관이 올 텐데, 이제 식사를 하시는 게 좋겠습니다."

엘시아가 말없이 고개를 끄덕이곤 포크를 쥐었다. 그 모습을 확인한 페이렌은 조용히 시선을 돌렸다.

엘시아와 레오디안이 다퉜을 줄이야.

엘시아의 말을 들어보면 엘시아가 일방적으로 레오디안에게 화를 낸 것 같기는 했다. 그나마 다행인 일이었다.

지금 엘시아는 자신이 다른 사람에게 화를 냈다는 것만으로도 괴로워하고 있었다. 페이렌은 그런 엘시아를 보면서, 엘시아가 누군가에게 제대로 화를 내 본 적이 없는 것 같다는 생각을 했다.

그런데 만약 어제 레오디안이 화를 냈다면…….

페이렌은 절레절레 고개를 내저었다. 그런 가정을 하는 것만으로도 끔찍했다. 레오디안이 엘시아에게 화를 내는 것 또한 상상조차 가지 않았지만, 만약 그랬다면 상황은 걷잡을 수 없는 방향으로 흘러갔을 것이다.

화를 냈다는 사실만으로도 저렇게 스스로를 책망하는 사람이었다. 그런 사람이 화를 냈다는 건, 분명 레오디안이 무슨 잘못을 해도 아주 단단히 잘못했다는 거겠지.

페이렌은 남몰래 한숨을 내쉬었다. 그저 레오디안이 한시라도 빨리 엘시아에게 용서를 구하기를 바랄 뿐이었다.

* * *

늘 그렇듯 엘시아를 찾아와, 치료를 마치고 떠날 채비를 하고 있는 로아나에게 엘시아가 조심스럽게 말을 꺼냈다.

"이제 치료는 그만 받아도 될 것 같아요."

로아나는 갑작스러운 엘시아의 말이 퍽 의아한 듯했다. 그러나 로아나는 이어지는 엘시아의 목소리에 잠자코 귀를 기울였다.

"이 정도면 흉터도 많이 옅어졌고……. 더 이상의 치료는 의미가 없는 것 같아서요."

지금 드러나 있는 팔뚝을 비롯해, 온몸에 가득하던 흉터 대부분이 몰라보게 옅어져 얼핏 보기에는 알아볼 수 없을 정도가 되었다. 엘시아는 제 흉터가 완전히 사라질 수는 없다는 걸 알고 있었다. 그러니 이 정도면 됐 다고, 그렇게 생각했다.

"로아나 님이 바쁘신 걸 뻔히 알고 있는데, 매일 저택을 찾아오시게 하는 것도 민망하고요."

무엇보다도 엘시아는 로아나의 힘이 자신의 몸에 좋지 않은 영향을 주고 있다고 생각했다. 문득문득 찾아드는 두통은 로아나에게 치료를 받은 이후로 생겨났다. 그랬기에 엘시아는 더 이상 치료를 받고 싶지 않았다.

"알겠습니다. 엘시아 님이 그러길 원하신다니, 치료는 이번을 마지막으로 끝내겠습니다."

다행히 로아나는 엘시아의 요구를 받아들여 주었다.

"하지만 종종 찾아와 담소를 나누고 싶어요. 그건 괜찮으시죠?"

엘시아는 잠시 망설이다 고개를 끄덕였다. 사실 로아나의 호의가 조금 부담스럽기는 했지만 딱히 거절할 구실도 없었다.

"대공 각하께는 제가 말씀을 드릴게요."

"이해해 주셔서 감사해요."

"별말씀을요."

로아나가 자리에서 일어났다. 아까부터 엘시아는 로아나에게 묻고 싶은 것이 있었다. 다름 아닌 신탁에 관한 것이었다. 하지만 엘시아는 로아나가 신탁에 대해 알고 있는지 확신할 수 없었기에 선뜻 묻지 못하고 내내 망설이고 있었다.

"그럼, 저는 이만 가 보겠습니다."

"저…… 로아나 님."

엘시아는 결국 로아나를 붙잡아 세웠다. 로아나가 고개를 모로 기울였고, 엘시아는 질끈 깨물고 있던 입술을 열었다.

"……그, 궁금한 게 있어서요."

"네, 편하게 말씀하세요."

지금 이 이야기를 꺼내는 게 옳은 일인지 알 수 없었다. 하지만 엘시아는 신탁으로 인해 리리엔이 어떠한 희생을 하게 될지도 모른다는 생각에, 그저 침묵하고 있을 수 없었다.

"신탁이라는 게 자주 내려오는 건가요?"

로아나가 놀란 듯 눈을 크게 떴다. 엘시아가 신탁을 화제에 올릴 줄 꿈에도 몰랐던 탓이다.

"……혹시 어디서 신탁에 관해 들으셨나요?"

한참 답을 미루던 로아나가 엘시아에게 물었다. 그에 엘시아는 로아나가 신탁이 내려왔다는 사실을 알고 있는 것이리라 짐작했다.

"어제 황궁에서 황자 전하를 만났거든요. 그분에게 들었어요. 신전에 신탁이 내려왔다고."

"아무래도 신전에서 말이 새어 나간 것 같네요."

하일롭이 신탁에 관해 알고 있어선 안 된다는 얘기였다. 엘시아는 굳은 표정의 로아나를 가만 응시했다. 로아나는 한참 말을 고르는 기색으로 침묵하다가, 잠시 뒤 입을 열었다.

"이번 신탁은 약 70년 만에 내려온 신탁이에요. 그러니까 신탁은 자주 내려오는 게 아니에요."

"황자 전하가 신황이 신탁을 곧 공표할 것이라고도 말했어요. 그 말이 정말 사실인가요?"

"사실이에요."

로아나는 고개를 끄덕이며 답했다. 신황 폴리이도스 3세의 신전 순회에 동행하는 신관 중 한 명인 로아나는 신황이 곧 신탁을 공표하리란 사실을 알고 있었다.

"이롯타 신전을 마지막으로 신전 순회가 끝나는데, 아마도 그날 신황 성하께서 신탁이 내려왔음을 선언할 겁니다."

"그분께서도 신탁이 말하는 인간이 리리엔이라고 생각하고 계실까요?"

엘시아가 곧장 물었고, 로아나는 엘시아가 무엇을 걱정하고 있는 건지 알아차렸다. 하지만 로아나는 엘시아의 걱정을 덜어 줄 수 없었다. 로아나는 한숨처럼 말했다.

"……지금으로서는 그렇습니다."

로아나가 엘시아의 말을 긍정하자 엘시아의 표정이 눈에 띄게 굳었다. 그것을 알면서도 로아나는 별달리 해 줄 수 있는 말이 없었다.

폴리이도스 3세는 리리엔이 신성지에서 힘을 사용했다는 사실을 알고 있었다. 그리고 신황은 레오디안이 힘을 타고나지 못했다 믿고 있었다. 레오디안은 신성지의 기사로 살아온 오랜 세월 동안 제 힘을 철저하게 숨겨 왔다. 신황조차 깜빡 속아 넘어갔을 정도로.

"하지만 걱정하지 마세요. 리리엔 아가씨는 어떠한 의무도 지지 않으실 겁니다. 각하께서 무언가 조치를 취하실 테니까요."

로아나가 엘시아를 위로하듯 덧붙였으나, 엘시아는 안심하지 못했다. 어제 레오디안과 대화로 말미암아 엘시아는, 로아나의 짐작과 달리 레오디안이 어떤 조치도 취하지 않을 것이라 확신하고 있었기 때문이었다.

오해로 인해 다투고 난 뒤, 긴 시간 대화가 단절된다면 자연히 서로 간에 더 많은 오해를 빚어내고 마는 것이 순리였다. 레오디안은 엘시아가 마음속에 오해를 켜켜이 쌓아 가기를 바라지 않았다.

그래, 오해. 어제 엘시아가 했던 모든 말은 오해로 인한 것이었다. 그도 그럴 게 레오디안은 리리엔을 희생시킬 생각이 전혀 없었다. 엘시아가 바라는 방식과 다를 뿐이지, 레오디안 역시 리리엔을 지키기 위해 노력하고 있었다.

다만 레오디안은 그가 가문과 리리엔을 위해 어떤 일들을 해 왔는지를 엘시아에게 어떻게 설명해야 할지 알 수가 없었을 뿐이었다. 그에게는 여러모로 생각을 정리할 시간이 필요했다.

그러나 정오 무렵 레오디안의 서재를 찾아온 로아나가 엘시아가 더는 치료를 받지 않겠다는 의사를 표하였다는 이야기를 전하였을 때, 레오디안은 주저 없이 서재를 나설 수밖에 없었다.

엘시아의 생각 한 조각 한 조각을 모조리 다 알 리 없는 레오디안은, 엘시아가 갑작스럽게 치료를 중단하고자 하는 것이 어젯밤에 일어났던 일 때문이리라 어림짐작했다.

또한 레오디안은 엘시아가 그에게 화가 났기 때문에 그가 제공하는 모든 것들을 거부하기로 마음먹은 것이라고 생각했다.

어쩌면 엘시아가 당장 이곳을 떠나겠노라 결심하였는지도 모르는 일이었다. 그것만큼은 피하고 싶었다.

레오디안은 악몽 속에서 자신의 손에 죽는 존재가 엘시아라는 것을 자각한 후, 어쩌면 자신이 엘시아에게 해를 끼칠 수도 있다는 불안감에 무의식적으로 엘시아와 거리를 두려고 했다. 그러나 그때도 레오디안의 머릿속에 엘시아를 이곳이 아닌 다른 곳에서 지내게 한다는 선택지는 없었다.

어느 순간부터 레오디안에게 리리엔과 엘시아는 당연히 이 저택에서 지내는, 그러니까 로켄페데스의 이름 아래 보호받아야 할 존재로 각인되어 있었다.

그랬기에 엘시아가 그에게 화가 난 나머지 저택을 떠날지도 모른다는 가정은 레오디안으로 하여금 밤새 고민하였으나 채 매듭짓지 못한 온갖 고민들을 뒤로하고 엘시아의 침실을 찾아가도록 하였다.

레오디안은 곧장 엘시아의 침실 앞에 당도한 것이 무색하게도 문 앞에서 망설였다. 노크하기 위해 들어 올렸던 손을 꽉 쥐었다 이내 내려뜨렸다.

엘시아가 여전히 화가 나 있을까 봐, 어젯밤 그랬던 것처럼 그를 비난할까 봐, 레오디안은 선뜻 엘시아의 침실 문을 두드리지 못하고 망설이게 되었다. 엘시아의 분노가 당연하다 여기고 있었기에 더욱 그러했다.

그렇게 얼마쯤 그 자리에 못 박힌 듯 서 있었을까. 불현듯 문이 열렸다.

"어……."

예상치 못하게 레오디안을 맞닥뜨린 엘시아의 시선이 어색하게 허공을 배회하다 이내 바닥을 향했다.

"……어디 나가려던 겁니까?"

잠깐의 정적 끝, 레오디안이 조금쯤 뒤늦은 물음을 입 밖에 냈다.

"잠깐……, 정원에 가 보려고……."

"그렇군요."

짤막하게 말을 맺은 레오디안이 뒤를 돌았다. 그리고 성큼 걸음을 내디뎠다. 엘시아는 희게 질린 얼굴로 멀어지는 레오디안의 뒷모습을 응시했다.

아무래도 레오디안은 지금 정원으로 갈 생각인 듯했다. 그렇게 생각하자, 머릿속이 하얗게 질렸다. 아직은 레오디안을 어떤 얼굴로 봐야 하는지 알 수가 없었던 엘시아는 자신과 함께 정원으로 가려고 하는 레오디안이 영 곤혹스러웠다.

로아나가 예전에 당부한 바가 있어, 산책을 좀 하려고 했던 건데…….

이럴 줄 알았으면 그냥 밤에 못 잤던 잠이나 잘 것을 그랬다. 저도 모르게 울상을 한 엘시아는 층계 쪽에서 멈춰 서서 그녀를 돌아보는 레오디안의 시선을 느끼곤 가까스로 걸음을 내디뎠다.

* * *

두 사람은 아무런 말없이 정원을 걸었다.

정적은 두 사람이 정원 한편에 놓인 파라솔과 그 밑 기다란 벤치에서 멈춰 설 때까지 이어졌다. 엘시아는 눈치껏 벤치에 앉았고, 그 맞은편 벤치에 레오디안이 자리했다.

레오디안은 말을 고르는 듯한 기색으로 엘시아를 응시했다. 엘시아는 차라리 레오디안이 먼저 말을 꺼내기를 바라며 침묵을 지켰다.

엘시아의 기다림은 길지 않았다. 이윽고 레오디안의 맞물려 있던 입술이 벌어졌다.

"어째서 치료를 받지 않겠다는 겁니까."

"이 정도로 충분한 것 같아서요."

레오디안이 엘시아의 팔 언저리를 주시하였다. 그걸 알아차린 엘시아의 어깨가 짐짓 굳었다. 그나마 다행스러운 건, 천으로 가려진 살갗 위 흉터가 그의 눈에 보일 리 없다는 점이었다.

"단지 그 이유 때문입니까?"

"네, 그런데요……?"

레오디안의 시선이 멀어졌다. 그는 엘시아의 어깨 너머 어딘가를 주시하였다.

엘시아는 레오디안이 어젯밤 일어났던 일이 아닌 다른 이야기를 먼저 꺼낸 데에 의아함을 느꼈다. 그런 엘시아를 알아차렸는지, 레오디안이 말했다.

"어제 당신이 했던 말을 계속 생각했습니다."

레오디안에게 쏘아붙였던 말이 많았다. 그래서 엘시아는 그가 어제 그녀가 했던 말들 중 어떤 말을 두고 하는 말인지 알 수가 없었다.

엘시아는 또다시 말을 고르듯 침묵하는 레오디안을 바라보며, 어제 그에게 마구 내질렀던 말을 사과해야 한다고 생각했다. 그냥 그렇게 마무리 짓는 것이 좋겠다는 생각이 들었다.

"저, 어제는……."

"내가 더 노력하겠습니다."

그러나 조심스럽게 운을 뗀 엘시아의 말허리를 잘라 내고, 레오디안은 그렇게 말했다.

"당신이 걱정하는 일, 일어나지 않도록."

낮고 깊은 울림을 지닌 목소리가 엘시아의 말문을 막았다.

"리리엔이 나를 대신하여 이용당하는 일 없도록. 노력하겠습니다. 그러니까……."

"……."

"치료는 계속 받으면 안 됩니까?"

그녀를 향해 있는 푸른 눈동자가 간절해 보였다. 그럴 리 없는데, 그렇게 보였다. 그래서인지 엘시아는 선뜻 대답할 수가 없었다.

"앞으로 내 노력이 모자라다는 생각이 들면, 마음에 차지 않으면, 그러면 그땐……."

"무언가 오해를 하고 계신 것 같아요."

엘시아는 침착하게 말을 고른 뒤 입을 열었다.

"제가 치료를 받지 않겠다고 한 건, 어제 제가 대공님에게 화를 냈던…… 그 일하고는 전혀 상관이 없어요."

레오디안이 어째서 그런 오해를 하게 된 건지 모를 일이었다. 엘시아는 짐짓 당황한 듯 보이는 레오디안을 향해 말을 이었다.

"흉터가 많이 옅어졌어요. 그래서 더 이상 치료를 받을 필요가 없다고 생각했어요. 그뿐이에요. 다른 이유는 없어요."

"정말입니까?"

"네, 정말로요."

엘시아가 주저 없이 대답했고, 레오디안은 길고 묵직한 숨을 내쉬었다. 엘시아의 말에 안심이라도 했다는 듯. 이윽고 레오디안이 입을 열었다.

"사실 로아나 대신관에게 이야기를 듣고, 당신이 어제 일로 무척 화가 나서 그런 결정을 내렸다 생각했습니다."

그런 오해를 하리라고는 미처 생각조차 못했기에, 엘시아는 솔직히 좀 당황스러웠다.

엘시아는 오늘 로아나에게 치료를 받지 않겠다고 말하기까지 꽤 오랜 시간을 두고 고민했지만, 그를 알 리 없는 레오디안은 어제 일과 오늘 일을 연관 지어 생각한 것 같았다.

"아무튼, 전혀 상관없어요."

엘시아는 더는 레오디안이 오해하지 않으면 하는 마음에 덧붙였다. 레오디안은 순순히 고개를 끄덕였다.

"그리고 어제 일은, 그러니까 당신이 그렇게 말한 건…… 당연하다 생각하고 있습니다."

엘시아는 레오디안이 그녀가 주제를 넘었다고 화를 내면 냈지, 이렇게 말하리라고는 예상하지 못했다. 그래서 거듭 당황했다.

"……당연하다고요?"

당황을 감추지 못한 얼떨떨한 얼굴로 엘시아가 되물었고, 레오디안은 선선히 고개를 끄덕였다.

"당신은 지금까지 리리엔을 보호해 오지 않았습니까."

"……."

"당신 눈에는 내가 아무것도 하지 않는 것처럼 보였겠지요. 그러니 당연히 화가 났을 거고."

레오디안의 말에는 막힘이 없었다. 그에 엘시아는 그녀가 밤을 새워 고민했듯, 레오디안도 어젯밤의 일을 꽤 오래도록 고민했으리라는 짐작을 할 수 있었다.

"모두에게서 숨기는 것, 그게 내 방식이었습니다."

그렇게 말하는 레오디안의 눈동자는 흔들림 없이 엘시아를 똑바로 향해 있었다.

"그러나 이제 그저 숨기고만 있지는 않으려고 합니다."

맑고 또렷한 눈동자를 한 사내가 선언하듯 말했다. 그리고 그 시선을 오롯이 받고 있는 인간이 아닌 존재는 죄책감을 느꼈다.

엘시아 또한 모두에게 숨기고 있는 사실이 있었다. 그런 주제에 어제는 대체 무슨 생각으로 레오디안에게 그런 말을 했던 걸까.

엘시아는 어디론가 숨고 싶어졌다. 저 올곧은 시선이 닿을 수 없는 곳으로 숨어 버리고 싶었다. 너무도 간절하게.

* * *

레오디안은 더는 숨기지 않겠다고 했지만, 엘시아는 그가 한 말의 의미를 완전히 이해하지 못했다. 어쨌든 무언가 노력하겠다는 거겠지, 그저 그렇게 생각했다.

레오디안이 리리엔의 일에 마냥 손을 놓고 있지는 않으리란 건 분명했다. 지금은 그것만으로도 충분했다. 어차피 엘시아는 진작 그녀의 힘으로 리리엔을 지키자고 결심하였다. 그러니 레오디안이 그가 말한 대로 노력한다면야 더할 나위 없이 좋겠지만, 그게 아니라고 할지라도 상관없었다.

엘시아는 지금부터 될 수 있으면 리리엔의 곁을 떠나지 않을 생각이었다. 벨레로폰이 리리엔을 호위하고 있었으나, 조금도 안심할 수 없었기 때문이었다.

평범한 인간은 괴물의 상대가 되지 못했다. 벨레로폰이 아무리 강한 기사라고 할지라도 괴물 앞에서는 소용없었다. 그간 괴물을 상대해온 엘시아는 그 사실을 아주 잘 알고 있었고, 그랬기에 마음을 놓을 수 없었다.

그리하여 엘시아는 결심한 바를 즉시 행동으로 옮겼다.

엘시아는 리리엔의 침실에서 리리엔이 돌아오기를 기다렸다. 리리엔은 저녁을 먹기 전, 수업 중간에 침실에서 휴식을 취하고는 했다. 그리고 리리엔은 해가 저물기 시작할 무렵 침실로 돌아왔다. 리리엔은 잠자리에 들기 전이 아니면 좀처럼 자신의 침실에서 함께 시간을 보내는 법이 없는 엘시아가 곁에 있어서 그저 즐거운 듯했다.

테이블을 사이에 두고 서로를 바라보고 앉은 리리엔과 엘시아는 특별히 무엇을 하지 않고 평화로이 시간을 흘려보냈다.

붉은 노을이 창을 넘어 방 안으로 스며들었을 무렵, 엘시아가 영영 이어질 것만 같던 정적을 깼다.

"리리엔, 숙부가 무슨 뜻인지 알아?"

"응, 당연하지."

"아빠의 형제를 숙부라고 부르는 거잖아."

"그렇지……."

엘시아는 어제 황궁에서 만난 하일롭이 레오디안더러 숙부라고 불렀던 일을 떠올리고는 깊은 고민에 잠겼다.

엘시아의 눈에 하일롭과 레오디안은 또래로 보였다. 서로 나이 차이가 많이 날 것 같지 않았다. 하지만 하일롭은 분명 레오디안을 숙부라고 불렀다.

……레오디안이 겉보기와는 달리, 사실은 나이가 꽤 많은 걸까?

"언니!"

리리엔이 멍하니 상념에 잠겨 있던 엘시아의 주의를 끌었다. 엘시아가 리리엔을 바라보자, 리리엔이 말했다.

"어제 연회장에서 만난 에이사 히치콕 영애가 초대장을 줬어. 내일 몇 명이서 아틀리에 드뤼농에 모여서 그림 구경을 하고 차를 마실 거래. 나도 오고 싶으면 오라고 했는데……."

연회에 참석하기 위하여 제도에 입성한 귀족들은 황성에 마련된 공간에서 며칠을 머무르다 각자의 영지로 돌아가는데, 그 전에 귀족들은 서로 왕왕 교류한다고 했다. 솔직히 말해, 리리엔은 새로운 사람을 만나는 데는 크게 흥미가 없었다. 하지만 엘시아와 함께 간다면 꽤 괜찮을 것 같았다.

아니, 굉장히 즐거울 것 같았다. 하루 종일 별달리 하는 일 없이 방에만 있는 엘시아는 무척 갑갑해 보였다. 리리엔은 이번을 시작으로 엘시아와 함께 자주 외출을 하자는 포부를 다지며 말했다.

"그래서 내일 그곳에 가볼 생각인데, 언니도 같이 갈래?"

"좋아."

아틀리에가 뭐 하는 곳인지도 모르면서 엘시아는 냉큼 고개를 끄덕였다.

애초에 리리엔의 곁에 딱 붙어 있기로 마음먹은 엘시아였다. 그런 엘시아에게 아틀리에가 뭐 하는 곳인지는 중요하지 않을뿐더러, 상관도 없었다. 이제부터 엘시아는 리리엔이 가는 곳이라면 그곳이 어디든 무조건 따라갈 생각이었으니까.

"초대장을 준 에이사 히치콕 영애가 어제 연회장에서 사귀었다는 친구야?"

"응. 머리카락이 되게 길었는데, 머리 색이 꼭 언니 눈동자처럼 붉어서 예뻐 보였어."

리리엔은 좋은 것과 좋지 않은 것을 구분할 때의 기준을 엘시아에게 맞추는 경향이 있었다. 그럴 때면 엘시아는 어떻게 반응해야 할지 알 수가 없어 어색하게 웃고는 했다. 지금도 엘시아의 입가에는 어색한 미소가 걸려 있었다.

"그나저나 어제 언니는 어디 갔었던 거야?"

페이렌과 함께 연회장을 나설 때까지 리리엔은 연회장 어디에서도 엘시아의 모습을 찾아볼 수 없었다. 그것이 못내 신경 쓰였다.

"계속 찾았는데, 연회장에 없던데……."

"아, 연회장 밖에 정원이 있더라고. 답답해서 정원에 있었어."

"뭐야, 나하고 같이 가지. 왜 혼자서 갔어?"

"내가 혼자서 나간 덕분에 넌 새로운 친구도 사귀었잖아."

"나한테는 언니하고 노는 게 친구를 사귀는 것보다 중요하다고."

어제 있었던 일을 차마 사실대로 말할 수 없어 둘러댄 말을 리리엔은 별달리 의심하지 않는 듯했다. 엘시아는 자연스럽게 말을 돌렸다.

"날씨가 꽤 더워졌어. 공부하기 힘들지 않아?"

"저택 안은 시원하니까 괜찮아. 에밀리아랑 같이 정원에 나가서 티타임을 가질 때는 조금 힘들지만."

리리엔이 한숨을 내쉬며 덧붙였다.

"고작 차 한 잔 마시는 건데, 뭘 그렇게 따지는 게 많은지 모르겠어."

어제도 에밀리아에게 한참 시달려야 했던 리리엔은 아주 넌더리가 난다는 듯 고개를 절레절레 내저었다. 사소한 몸짓이나 시선 따위를 일일이 교정받는 건 생각보다 짜증나는 일이었다. 게다가 에밀리아는 굉장히 엄한 선생님이었기에 에밀리아 앞에서 요령을 피우는 건 거의 불가능했다.

"그래? 차를 마시는 데에도 지켜야 할 게 많아?"

"그렇더라고……. 진짜 지겨워."

저도 모르게 앓는 소리를 낸 리리엔은 엘시아가 걱정스럽다는 듯 바라보고 있다는 걸 알아차리고 이내 씩씩하게 말했다.

"그래도 이제는 예법에도 꽤 익숙해져서 괜찮아."

그렇게 말했는데도 엘시아의 시선은 여전해서, 리리엔은 아예 화제를 바꿔 버렸다.

"언니야말로 날이 더워져서 힘들지 않아? 언니는 계속 소매가 긴 옷을 입고 있잖아. 그러니 언니가 나보다 훨씬 더 더울 것 같은데."

리리엔이 엘시아의 차림새에 흘깃 시선을 두었다. 저택에 사는 사람들이 입는 옷은 하루가 다르게 얇아지고 있는데, 엘시아는 예외였다.

엘시아는 처음 이곳에 왔을 때보다도 소매가 긴 옷을 입고 있었다. 계절이 바뀌어도 엘시아가 입는 옷은 얇아지기는 할지언정 소매는 짧아지지 않았다.

엘시아는 혼자서 추운 계절에서 살고 있는 것 같았다.

"네 말대로 저택 안은 시원해서…… 아직까지 딱히 덥다고 느낀 적은 없어."

"그럼 다행인데……."

긴 소매로 된 옷을 입고 지내는 게 답답하지는 않을까. 문득 그런 의문이 머릿속에 떠올랐지만, 리리엔은 차마 그 의문을 말로 옮길 수 없었다.

혹시라도 엘시아가 그렇다고 대답할까 봐. 옷뿐만 아니라 이곳에서 지내는 게 너무도 답답하다고, 그렇게 말할까 봐. 리리엔은 입술을 꼭 깨물며 말을 삼켰다.

"리리엔, 혹시 무슨 고민 있어?"

어색하게 침묵을 지키는 리리엔의 표정은 어딘지 심각한 구석이 있었다.

"무슨 고민인데 그래? 나한테 얘기해 주면 안 될까?"

갑작스럽게 표정이 심각해진 리리엔이 영 의아했던 엘시아가 재차 물었을 때, 누군가 문을 두드렸다.

"에밀리아가 왔나 봐."

에밀리아가 리리엔의 침실을 찾아왔다는 건, 리리엔의 휴식 시간이 끝이 났다는 뜻이었다.

리리엔은 반색하며 소파에서 벌떡 일어났다. 엘시아가 아무리 물어본다 하여도 대답을 해 줄 수가 없기에 난감했던 차였기 때문이었다.

"나가 봐야겠다."

"그래."

엘시아는 가볍게 고개를 끄덕였다.

"언니는 계속 여기 있을 거야?"

그랬으면 좋겠다는 듯이, 자리에서 일어나 엘시아를 돌아보는 리리엔의 얼굴에는 어떤 기대감이 서려 있었다. 그에 엘시아는 고개를 끄덕였다.

"응, 여기서 기다리고 있을게."

리리엔의 얼굴에 환한 미소가 활짝 피었다. 엘시아가 리리엔에게 마주 웃어 보이며 말했다.

"공부 열심히 하고 와."

"응, 알겠어!"

엘시아를 뒤로하고 방을 나서는 리리엔의 걸음이 마냥 가벼웠다.

5. 비틀린 것들

엘시아와 리리엔, 그리고 레오디안 세 사람이 함께 저녁을 먹는 날이 늘어날수록 테이블 위에 올라가는 음식의 가짓수도 늘어났다. 이는 로켄페데스 저택의 요리장, 비아크 롬헬의 노력의 결실이었다.

제국에서 갖가지 육류로 가득한 테이블은 부와 명예의 상징이었다. 귀족들은 육류를 주로 먹었다. 채소는 돈이 없는 한미한 귀족이나 평범한 제국인들이 먹는 것이었다.

때문에 로켄페데스 대저택의 요리장인 비아크가 채소만을 사용해 요리를 만들 기회는 없었다. 그런 비아크에게 오로지 채소만 이용해 만들 수 있는 요리에 관한 지식이 없음은 당연했다. 그래서 비아크는 시중에 널리 퍼져 있는 레시피를 구해 익혀야 했다.

비아크가 평민들이 주로 만들어 먹는 요리 레시피 숙지에 열을 올리게 된 것은 엘시아가 갑자기 식당을 뛰쳐나간 날, 그날부터였다.

'앞으로 아리테스 영애를 위한 요리는 전부 채소만을 사용해 만들 것, 그리고 영애의 식사는 식당이 아닌 그녀의 침실에 준비할 것.'

그날 레오디안은 비아크를 따로 불러 지시했다. 레오디안은 엘시아가 육류에 큰 거부감을 가지고 있다는 것을 여러 번 강조했다.

엘시아가 육류를 전혀 입에 대지 못한다는 사실을 알게 된 비아크는 레시피를 숙지하는 한편, 채소로 만들 수 있는 요리를 연구하기 시작했다. 그리고 그는 자신이 고안해 낸 요리를 적어도 한 가지는 반드시 저녁에 선보였다.

아까부터 엘시아가 유난히 자주 손을 가져다 대고 있는 접시에는 싱싱한 채소가 한데 어우러진 샐러드가 담겨 있었다. 겉보기에는 평범하고, 실제로 어디에서나 흔히 볼 수 있는 채소로 만들어진 샐러드이기는 했지만, 드레싱만큼은 특별했다.

저 샐러드에는 비아크가 새로이 만든 드레싱을 뿌렸다. 기존 비네그레트 드레싱에 메이플 시럽을 살짝 섞어 만든 드레싱이었는데, 다행히 엘시아의 입맛에 맞는 듯했다.

엘시아의 반응을 살피기 위해 식당 한편에 조용히 자리해 있던 비아크는 흡족한 미소를 지으며 뒤로 물러났다. 그때였다.

"샐러드가 담백하군."

조용하던 식당에 레오디안의 목소리가 울려 퍼졌다. 리리엔과 엘시아는 물론이고 세 사람이 식사를 하는 모습을 묵묵히 지켜보고 있던 시종들의 시선이 레오디안을 향했다.

"굉장히 맛있어."

본래 음식에 한해 까다롭지 않아 별다른 지적을 하지 않지만, 특별히 칭찬하는 법도 없는 레오디안에게서 처음 듣는 칭찬이었다. 비아크는 그간의 노력이 보상받는 듯해 크게 감격했다.

"……각하께서 그렇게 말씀해 주시니 그저 감사할 따름입니다."

비아크의 목소리가 마구 떨렸다. 그러나 레오디안은 크게 신경을 쓰지 않는 듯했다. 비아크는 조심스럽게 식당을 빠져나왔다. 벅찬 가슴을 조금 진정시키기 위함이었다. 그런 비아크를 뒤따라 나온 자가 있었다. 로켄페데스 저택의 충직한 집사, 로이셀이었다.

"자네, 요즘 들어 익숙하지 않은 재료로 요리를 하느라 고충이 많았다고 알고 있네."

"아닙니다. 마땅히 해야 할 일을 했을 뿐입니다."

아주 만족스러운 대답이었다. 로이셀은 그렇지, 혼잣말처럼 읊조리며 고개를 주억거렸다. 그러다가 비아크가 의아한 눈으로 자신을 바라보고 있다는 것을 인지한 로이셀은 이윽고 본론을 꺼냈다.

"아, 다름이 아니라……."

로이셀은 늘 품에 차고 다니는 금화 꾸러미를 비아크의 손에다 턱 쥐여 주었다.

"부디 앞으로도 자네의 소임을 충실히 하기를 바라네."

"아니, 갑자기 이런 것을…… 급료를 받은 게 불과 얼마 전인데요."

그 사실은 로이셀이 누구보다도 잘 알고 있었다. 사용인들에게 급료를 지급하는 것이 다름 아닌 로이셀이었으니까.

"이건 자네의 노력을 치하하는 보상이지, 급료와는 상관없네. 그러니 아무 말 하지 말고 그냥 받아 두게."

로이셀이 단호하게 말하자 비아크도 더는 사양하지 않았다.

로이셀은 레오디안에게서 저택의 재정 관리를 일임받은 이후, 로켄페데스를 위해 성실히 일하는 사용인들에게 적절한 보상을 해 왔다. 그리고 비아크는 그 적절한 보상을 받기에 충분했다.

오랜 시간 레오디안을 지켜봐 온 로이셀은 오늘 비아크가 준비한 음식에 굉장히 만족했다는 사실을 금세 알아차렸다. 로이셀은 앞으로도 비아크가 오늘만큼 맛있는 요리를 만들어 주기를 바랐다. 비아크에게 보상을 해야겠다 마음을 먹고, 곧장 행동으로 옮긴 건 그런 이유에서였다.

적절한 보상은 사기를 돋우는 법이었다. 그리고 로이셀은 맡은 바 소임을 다하는 자에게 돈을 아끼는 법이 없었다. 그러니 비아크가 로이셀에게 건네받은 금화가 상당한 양이라는 것은 말할 필요도 없는 일이었다.

로이셀이 비아크에게 합리적인 보상을 하고 있을 무렵, 식낭 안에서는 내일 리리엔과 엘시아가 아틀리에를 방문하기로 하였다는 이야기를 하고 있었다.

"에이사 히치콕이라……."

레오디안은 어딘지 익숙한 이름을 몇 번 입 안에서 굴려 보았다. 금세 히치콕 백작가와 관련된 사실들을 머릿속에 떠올릴 수 있었다.

히치콕 백작은 황제파 귀족 중 한 명이었으며 동시에 신실한 신자이기도 했다. 그런 이유로 그는 레오디안의 기억에도 인상 깊게 남아 있었다. 그리고 에이사 히치콕은 히치콕 백작의 하나뿐인 동생이었다.

암브로시우스는 신성 제국이었고, 제국인 모두가 신을 믿었다. 귀족들도 다르지 않았다.

다만 황제파 귀족들은 신을 믿으면서도 신전을 적대시했다. 신전이 황실에 반기를 들기 시작하면서부터 황실과 신전이 오랜 시간 대립해 왔기 때문이었다.

하지만 히치콕 백작은 황제파 귀족이면서, 제도에 있는 신전을 방문할 뿐만 아니라, 요헴의 임모투스 신전에도 거리낌 없이 발걸음을 했다. 이 기이한 행보에 황제파 귀족들 사이에선 히치콕 백작이 사실은 신전이 심은 세작이 아닌가 하는 소문이 돌기도 했다.

한 마디로 말해, 히치콕 백작은 여러모로 께름칙한 인간이었다.

"그녀가 네게 초대장을 주었다고?"

"응."

레오디안은 잠시 고민하며 냅킨으로 입가를 닦아 냈다. 그런 뒤 천천히 입을 열었다.

"에이사 히치콕은 얼마 전에 아카데미를 졸업했다고 들었다. 그러니 그녀에게 아카데미가 어떤 곳인지 자세한 이야기를 들어 볼 수 있겠지."

레오디안은 리리엔이 처음으로 사교 활동을 하고자 하는데 초를 치고 싶은 생각은 없었다. 하지만 가볍게 경고를 하는 것 정도는 괜찮겠지 싶어, 이내 덧붙였다.

"다만 히치콕 백작은 좀처럼 속내를 짐작할 수 없는 자이니, 에이사 히치콕과도 조금 거리를 두는 것이 좋겠다."

퍽 뜬금없다 느껴지는 레오디안의 말에 리리엔은 고민하는 듯한 기색으로 말을 아꼈다.

그렇게 꽤 한참을 진지한 표정으로 침묵을 지키던 리리엔은, 이윽고 가느다란 손가락으로 테이블 위를 툭, 툭, 의미 없이 두드리다가 입을 열었다.

"그러니까, 히치콕 영애에게 내 비밀 같은 건 얘기하지 말라는 소리지?"

"……그래."

레오디안이 조금 뒤늦게 대답했다. 그에 리리엔도 짤막한 정적을 사이에 두고 말했다.

"어차피 나도 친하지도 않은 사람하고 깊은 이야기를 나눌 생각은 전혀 없었거든?"

리리엔은 내내 가만히 앉아서 대화를 듣고 있는 엘시아를 흘깃 바라본 뒤 말을 이었다.

"게다가 딱히 친구를 사귀고 싶은 생각도 없고…… 그냥, 엘시아하고 같이 가면 재미있을 것 같아서 한번 가 보려는 거야."

"그렇군."

레오디안이 납득했다는 듯 고개를 끄덕였다. 리리엔은 레오디안이 그랬던 것처럼 냅킨으로 입가를 닦아 낸 후에 자리에서 일어났다.

리리엔은 엘시아가 싹 비운 접시에 시선을 두었다가, 조용히 자리를 지키고 있는 엘시아에게 시선을 옮겼다. 그러고는 물었다.

"아까 레오디안이 말했던 것처럼 샐러드 진짜 맛있었어. 그렇지?"

"응."

"이제 산책하자."

마치 미리 약속이라도 되어 있던 것처럼 리리엔이 말했다. 엘시아는 자리에서 일어서면서 남몰래 한숨을 쉬었다.

리리엔은 언젠가부터 저녁을 먹고 난 후에 꼭 산책을 하려고 했다. 아마 엘시아가 리리엔의 부탁으로 레오디안과 함께 블랑 로멘타에 가서 초콜릿을 사 왔던 날, 그날부터였던 것 같다.

엘시아와 리리엔 단둘이 하는 산책이었다면, 산책하자는 리리엔의 말이 곤혹스럽게 느껴질 이유는 없을 것이다. 엘시아는 뒤이어 자리에서 일어난 레오디안을 무심코 바라보았다가 황급히 시선을 돌렸다.

그랬다. 리리엔은 엘시아, 그리고 레오디안과 함께 산책을 하려고 했다. 리리엔이 어째서 레오디안과 같이 산책하려고 하는 건지, 엘시아로서는 좀처럼 그 이유를 알 수가 없었다.

세 사람이 함께하는 산책은 그다지 유쾌하지 않았다. 대개 정적 속에서 묵묵히 걸음을 옮기거나, 말없이 벤치에 앉아 있거나 했으니까.

그런데도 굳이 레오디안을 끌어들이는 데는 분명 무슨 속셈이 있는 것 같은데…….

문제는 그 속셈이 뭔지 도통 알 수가 없다는 것이었다.

오늘 낮에 나눈 대화로, 엘시아가 그에게 화를 냈던 일은 어느 정도 일단락된 상황이었다. 하지만 엘시아는 여전히 레오디안을 마주 보는 것이 불편했다. 일단락되었다고 하지만 언성을 높였던 사실이 없던 일이 되지는 않았으니까.

정원을 걷는 내내 리리엔은 엘시아나 레오디안과 소소한 이야기를 나누었지만, 엘시아와 레오디안 사이에서는 그 어떤 말도 오고 가지 않았다. 레오디안도 그녀와 같은 심정인 듯했다. 그런데도 리리엔은 기분이 좋은 건지, 그저 해맑게 웃으며 정원을 거닐었다. 어색한 분위기야 전혀 문제될 것이 없다는 듯, 리리엔은 행복해 보였다.

그에 엘시아는 리리엔이 어쩌면 그녀와 레오디안이 친밀해지기를 바라는 건지도 모른다는 생각을 하게 되었다.

레오디안은 리리엔의 유일한 가족이었고, 리리엔은 엘시아를 친언니처럼 여기고 있었다. 때문에 리리엔은 자신의 오라비인 레오디안과 오랜 시간에 걸쳐 제 혈육보다 깊은 정을 쌓아 온 엘시아와 사이가 좋아지기를 바라고 있는 게 아닐까. 리리엔이 세 사람이 함께하는 시간을 고집하는 건 그러한 이유에서가 아닐까.

엘시아가 어림짐작을 하고 있을 무렵, 멀찍이 서 있던 벨레로폰이 리리 엔의 유모 헤르테인과 함께 다가왔다.

"이만 씻으시고 잠자리에 들 준비를 하셔야지요, 아가씨."

리리엔은 별 불평 없이 유모의 말을 따랐다. 그렇게 리리엔이 유모와 침실로 돌아가고, 엘시아는 또다시 레오디안과 단둘이 정원에 남겨졌다.

엘시아는 마음 같아서는 리리엔을 따라 저택 안으로 들어가고 싶었지만, 어쩐지 레오디안이 그녀에게 무슨 할 말이 있는 듯한 기색이었던지라 레오디 안이 말을 꺼내기를 잠자코 기다렸다.

할 말이 있어 보였던 건 비단 엘시아의 착각이 아니었는지, 레오디안이 곧 말문을 열었다.

"기분이 안 좋아 보입니다."

그때 때마침 불어온 미풍이 엘시아의 머리카락을 흐트러뜨렸다. 엘시아는 무심코 시선을 내려뜨리곤 바람에 흐트러진 머리칼을 귀 뒤로 넘겼다. 그리고 그 모습을 지켜보는 시선이 있었다. 엘시아는 어색하게 손을 내리며 레오디안과 시선을 맞췄다.

"혹시 일전의 일로 아직 마음이 상해 있다면……."

솔직히 황궁에서 있었던 일로 레오디안을 대하는 게 편하지는 않았지만, 아직까지 그에게 마음이 상해 있는 건 아니었다.

엘시아는 이미 마음 정리를 끝냈다. 앞으로 어떻게 할 것인지 결정을 단단히 한 뒤였다. 그래서 엘시아는 레오디안이 왜 이런 말을 하는 건지 좀처럼 짐작을 할 수가 없었다.

'설마…… 내 표정 때문인가?'

혹시라도 지금 제 표정이 레오디안의 눈에는 화가 나 보이는 건가 하여, 엘시아는 저도 모르게 손으로 뺨을 쓸어 보았다. 그러나 그것으로는 자신이 어떤 표정을 하고 있는지 알 수 없었다.

"……어떻게 해야 당신의 기분이 풀릴지 말해 주면."

"제가 화난 것처럼 보이나요?"

점점 깊어지는 레오디안의 오해를 풀어 줘야겠다는 생각에 침묵을 깬 엘시아가 잇따라 물었다.

"제 표정 때문인가요?"

짐짓 따져 묻는 모양새가 되었지만, 사실 엘시아는 별다른 생각 없이 물은 것이었다.

"저는 늘…… 이런 얼굴인데요."

그렇게 말을 맺은 엘시아는 입술을 맞물었다. 그리고 레오디안의 반응을 살폈다. 그제야 엘시아의 눈에 이제껏 보이지 않던 것들이 보였다. 이를테면 얼핏 당황한 듯 보이는 레오디안의 표정 같은 것.

어쩌면 레오디안이 뜬금없는 질문을 한 건, 그녀가 화가 나 보였기 때문이 아니라…….

"혹시 어제 일을 아직도 신경 쓰고 계세요?"

사실은 레오디안 본인이 그 일을 여전히 신경 쓰고 있었기에 엘시아도 그러리라 여긴 것이 아니었을까 생각했다. 그런 엘시아의 짐작은 얼추 들어맞은 듯했다.

"왜요?"

엘시아가 묻자 레오디안의 시선이 엘시아를 빗겨가, 그녀의 어깨 너머 어딘가를 향했다. 아무래도 대답을 피하는 듯한 모습이었다.

황궁에서 레오디안에게 마구 쏘아붙였던 일을 후회하고 있던 엘시아에게는 여전히 그 일을 신경 쓰고 있는 것 같은 레오디안의 모습이 퍽 의아했다. 엘시아는 순수한 궁금증에 재차 물었다.

"왜 신경을 쓰시나요?"

"……아닙니다."

여전히 엘시아의 시선을 피해 애먼 곳을 바라보며, 레오디안이 여태 미뤄 오던 대답을 비로소 꺼냈다. 그에 엘시아는 두 사람이 나누었던 대화를 레오디안이 생각보다 진지하게 받아들인 것 같다고, 자신의 말을 그저 흘려 넘기지 않고 계속 신경을 쓰고 있었던 것 같다고 생각하게 되었다.

레오디안이 자신이 했던 말을 가벼이 여기지 않았다는 걸 인지하게 된 엘시아는 적잖이 충격을 받았다. 그도 그럴 게 엘시아는 자신이 내뱉는 말의 무게를 크게 염두에 두어 본 적이 없었다. 그럴 필요가 없었으니까.

엘시아의 말을 그저 흘려듣지 않고 의미 있게 받아들였던 사람은 지금껏 리리엔이 유일했다. 애초에 사람들과 깊은 관계를 맺으면서 살지 못했던 엘시아였다. 그래서인지 엘시아는 리리엔이 아닌 다른 누군가가 그녀의 말을 진지하게 받아들이고, 또 신경을 쓰고 있다는 데에서 당황하게 되었다.

마치 자신이 누군가에게 조금이라도 의미가 있는 존재가 된 것 같은 그런…….

그런 이상한 기분이 들었던 탓이다.

엘시아가 리리엔이 하는 모든 말에 귀 기울이고, 리리엔의 행동 하나하나를 유심히 지켜보고 또 그를 전부 의미 있게 받아들이는 건, 리리엔이 엘시아에게 너무도 소중하고 중요한 존재였기 때문이었다.

엘시아가 리리엔이 아닌 사람들의 눈치를 보기는 할지언정, 그들의 말이나 행동은 엘시아에게 어떠한 영향도 주지 못했고, 그러므로 무의미했다. 그랬기에 엘시아는 레오디안이 그녀의 말을 신경 쓰는 게, 그가 그녀를 어느 정도 중요한 존재로 여기고 있기 때문이 아닐까 하고 짐작하게 되었다.

엘시아는 레오디안이 그녀를 바라보고 있지 않다는 걸 알고 있으면서도, 황급히 시선을 내려뜨렸다.

지금껏 기세 좋게 레오디안에게 질문을 하던 엘시아는 온데간데없고, 사람을 대하는 데 어수룩한 엘시아만 남았다.

* * *

리리엔은 커튼을 치고는 뒤돌아섰다. 그리고 조금 떨어진 곳에서, 리리엔이 하는 양을 가만 지켜보고 있던 헤르테인을 향해 물었다.

"정말 효과가 있을까?"

"그럼요."

헤르테인은 부드럽게 미소를 지었다. 그러나 리리엔은 여전히 미심쩍다는 듯 눈매를 좁혔다.

"고작 정원 산책을 하는 건데?"

"중요한 건 두 분이서 시간을 보낸다는 거지요."

헤르테인은 리리엔이 그녀의 말을 의심하고 있다는 사실을 알면서도 상냥한 태도를 유지한 채로 친절히 설명해 주었다.

"두 분이서 함께 보내는 시간이 늘어나면 늘어날수록 자연히 함께하는 시간이 익숙해질 테고, 그렇게 된다면 서로에게도 차차 익숙해질 겁니다."

헤르테인이 천천히 리리엔에게 다가갔다. 그러면서 말을 이었다.

"아가씨가 두 분이 잘 지내기를 간절히 바라고 계신다는 건 알지만, 너무 조급히 굴지 마세요. 오히려 부작용이 생길지도 모르니까요."

"나는…… 잘 모르겠어."

바보가 아닌 이상에야 두 사람이 그다지 친밀한 사이가 아니라는 것을 모를 수가 없었다. 아까도 산책하는 내내 두 사람은 서로 한 마디도 나누지 않았다. 리리엔이 헤르테인의 조언을 계속 의심할 수밖에 없는 이유였다.

"엘시아하고 레오디안이 정말 친해질 수 있을까?"

"네, 저는 그렇게 믿고 있어요."

헤르테인의 대답에는 망설임이 없었다. 리리엔은 그녀의 옷을 벗겨주는 헤르테인의 조심스러운 손길을 느끼며 한숨을 내쉬었다. 헤르테인은 어떻게 저렇듯 확신할 수 있는 걸까.

"지금은 그냥 두 분을 지켜보세요. 곧 아가씨가 바라시는 대로 될 거예요."

"응, 그렇게 할게."

사실은 조금도 안심이 되지 않았지만, 그렇다고 딱히 다른 뾰족한 수가 있는 것도 아니었다. 애초에 두 사람이 친해지기를 바란다면 두 사람이 몇 마디라도 서로 대화를 나눌 기회를 만들어 주라는 헤르테인의 조언이 아니었더라면, 리리엔은 아직도 어떻게 하면 두 사람이 친해질 수 있을까, 그저 고민만 하고 있었을 터였다.

"고마워, 유모."

"별 말씀을요."

헤르테인은 늘 그렇듯 온화한 미소를 입가에 머금은 채로, 리리엔을 욕실로 이끌었다. 리리엔은 선선히 헤르테인을 따라 욕실로 향했다.

신성지 요헴에 다녀온 이후, 리리엔은 레오디안과 대화를 나눈 끝에 홀로 몇 가지 일을 계획했다. 그중 하나가 바로 엘시아가 레오디안과 거리낌 없이 지낼 수 있도록 만드는 것이었다. 그러나 그렇게 되기까지는 갈 길이 아주 먼 듯했다. 리리엔은 폭 한숨을 내쉬었다.

* * *

"곧 리리엔의 생일입니다."

서로 어색하게 시선을 피한 채로 침묵을 지키고 있기를 한참, 레오디안이 불쑥 말을 꺼냈다. 엘시아는 불현듯 바뀐 화제가 내심 반가웠다. 리리엔에 관한 이야기였던지라 더더욱 그랬다.

"그래서 로이셀이 파티를 준비하고 있습니다."

다만 엘시아는 리리엔의 생일을 전혀 모르고 있었기 때문에, 레오디안의 말이 조금 당황스러워 선뜻 말문을 열지 못한 채 잠자코 그의 목소리에 귀를 기울였다.

"생일 파티에는 지인을 초대하는 것이 보통이지만, 리리엔이 아직 바뀐 생활에 적응하느라 여러모로 정신이 없을 테니 이번 생일은 조촐하게 보낼까 합니다."

레오디안의 말에 가만히 고개를 주억거리는 한편, 엘시아는 멍하니 혼자만의 상념에 빠져들었다.

‘리리엔의 생일이라니.’

리리엔이 언제 태어났는지 몰랐기에, 엘시아는 지금까지 리리엔의 생일 한 번을 챙겨 주지 못했다. 리리엔이 말해 준 적 없어서 몰랐다. 만약 리리엔이 말해 주지 않았더라면, 엘시아는 리리엔의 나이조차 제대로 모르고 있었을 것이었다. 엘시아가 리리엔의 나이를 알고 있는 건 순전히 두 사람이 만나고 얼마 지나지 않아서 리리엔이 엘시아에게 자신의 나이를 정확히 알려 주었기 때문이었다.

“……리리엔의 생일이 정확히 언제인가요?”

레오디안과 다툼 아닌 다툼을 벌인 이후 여전히 남아 있던 불편한 마음 같은 건 하등 중요하지 않았다. 엘시아는 리리엔의 생일을 지금이라도 꼭 챙겨 주고 싶었기에, 조금쯤 애타는 심정으로 레오디안의 대답을 기다렸다.

“오늘로부터 딱 보름 뒤입니다.”

레오디안이 대답을 주저하지 않기에 엘시아의 기다림은 길지 않았다. 그러나 엘시아의 얼굴에는 그녀의 착잡한 심정을 대변하는 그늘이 드리워졌다.

인간들이 태어난 날을 특별하게 여긴다는 사실은 알고 있다. 다만 그 생일을 어떻게 챙겨 주어야 하는 건지 알 수가 없어서 머릿속이 복잡했다. 엘시아는 자신의 생일조차 챙겨 본 적이 없었다. 그런 그녀가 다른 사람의 생일을 어떻게 축하해 주어야 하는 건지 알고 있을 리 없었다.

“아…….”

한참을 고민하던 엘시아의 입술이 멍하니 벌어졌다.

언젠가 리리엔에게 읽어주었던 동화책에서, 주인공인 어린애가 자신의 생일날 많은 이들에게 축하를 받으며 선물을 받았던 것이 불현듯 머릿속에 떠올랐다. 그 아이처럼 리리엔도 수많은 사람들에게 태어난 날을 축하받았으면 좋겠다는 생각이 뒤이어 엘시아의 머릿속을 스쳤다.

레오디안이 저를 쳐다보고 있다는 건 아예 인지하지 못한 채로, 엘시아는 오래도록 고민했다. 생일날 선물을 주어 생일을 축하한다는 것까지는 어찌어 찌 생각해 낼 수 있었으나, 문제는…….

"……선물은 뭐가 좋을까요?"

무엇을 선물해야 할지 도통 알 수가 없다는 점이었다.

특별한 날이니만큼, 하잘것없는 선물은 하고 싶지 않았다. 덕분에 엘시아의 머릿속이 더욱 복잡해졌다.

"제가 누구에게 선물을 해 본 적이 없어서……. 리리엔한테 뭘 선물해 주어야 좋을지 모르겠어요."

"나도 마침 그 고민을 하고 있었습니다."

아, 엘시아는 나직이 탄식을 내뱉었다. 레오디안도 같은 고민을 하고 있었을 줄이야.

"리리엔과 오랜 시간 함께 지내 온 당신에게 리리엔이 무엇을 좋아하는지 조언을 구하려고 했습니다."

"어…… 그럼 어떡하죠, 저는…….""

불행하게도 엘시아는 누구에게 조언을 해 줄 처지가 못 되었다.

"저도 아직 뭘 선물할지 정하지 못했는데, 어쩌죠."

엘시아가 난감한 표정으로 눈을 내리떴다. 레오디안과 리리엔이 떨어져 지낸 시간이 굉장히 길다는 건, 그 누구보다도 잘 알고 있었다. 그런데 그 사실을 미처 고려하지 못했다.

엘시아는 조급한 마음에 레오디안의 사정을 전혀 염두에 두지 못한 스스로를 책망하며 입술을 깨물었다. 그때 레오디안이 한 가지 제안을 했다.

"조만간 함께 상점가에 가 보는 건 어떨까요."

힘없이 시선을 떨구고 있던 엘시아가 퍼뜩 레오디안을 바라보았다.

왜 진작 그 생각을 못 했을까.

혼자서 선물을 사러 가 봐야 고민만 하다가 그냥 돌아올 게 뻔했다. 레오디안과 같이 가는 편이 여러모로 나을 것이다. 둘이서 머리를 맞댄다면 그럴 듯한 선물을 금방 떠올릴 수 있을지도 모르니까. 엘시아는 고개를 끄덕이며 입을 열었다.

"네, 아무래도 그게 좋겠어요. 우리 같이 가서 선물 골라요."

혹시라도 레오디안이 마음을 바꿀까 싶어, 엘시아가 말을 덧붙였다.

"꼭 같이 가요."

꽤 한참을 기다렸는데도 불구하고 레오디안이 대답하지 않자, 의아해진 엘시아는 고개를 모로 기울였다. 가만 보니, 어쩐지 레오디안이 좀 멍해 보이는 것도 같았다.

혹시…… 벌써 마음이 바뀐 건가?

불안해진 엘시아는 더는 기다리지 않고, 레오디안의 대답을 재촉했다.

"꼭이요."

"……."

"네?"

그제야 레오디안이 고개를 끄덕였다. 왠지 억지로 대답을 받아 낸 것 같다는 생각을 지울 수 없었다. 영 찜찜했다. 그에 엘시아는 레오디안을 유심히 바라보았다.

아무런 말없이 서 있던 레오디안이 성큼, 한 걸음 물러선 것은 그때였다.

"이만 들어가죠."

왜인지 당황한 기색으로 레오디안은 주저 없이 몸을 돌리더니, 이윽고 저택을 향해 걸음을 옮겼다.

'……왜 저러지?'

엘시아는 점점 멀어지는 레오디안의 뒷모습을 바라보며 고개를 갸웃했다.

* * *

이튿날, 엘시아와 리리엔은 예성대로 아틀리에 느뤼눙에 방문했다. 호위를 위해 동행한 기사는 페이렌이었다.

아틀리에에 도착하자마자 페이렌은 침음을 흘렸다.

"말로만 들었는데, 이건 정말이지……."

아주 곳곳에다 난해한 것들을 처바른 모양새다. 페이렌은 순간 목 끝까지 차오른 말을 가까스로 삼켰다.

아틀리에 드뤼농은 제도에서 활동하는 젊은 예술가 몇 명이 모여서 만든 아틀리에였다. 소속 예술가 대부분이 제국에서 이름이 널리 알려져 있었기에, 아틀리에 드뤼농은 다른 아틀리에들에 비해 커다랗고 화려했다.

그러나 아틀리에 드뤼농이 유명한 것은 비단 건물의 아름다운 외양이나, 소속 예술가의 유명세 때문만은 아니었다. 제도에는 많은 아틀리에가 있었지만, 방문인을 위한 공간이 따로 마련되어 있는 아틀리에는 이곳 아틀리에 드뤼농이 유일했다.

자그마치 다섯 층이나 되는 건물의 이층에는 미리 예약한 방문자를 위한 공간이 있었다. 식당과 응접실, 그리고 침실까지 갖추어져 있는 공간이었다. 각각의 방이 예술 작품으로 꾸며져 있음은 물론이었다. 그래서인지 최근 귀족들 사이에는 아틀리에 드뤼농을 방문하거나, 그곳에서 모임을 갖는 일이 유행하고 있었다.

페이렌은 저도 귀족이면서, 고매하신 귀족들의 취향은 정말 모르겠다는 생각을 하며 고개를 절레절레 내저었다.

벌써부터 기가 질려 혀를 내두른 페이렌의 앞으로는 엘시아와 리리엔이 시종의 안내를 받으며 걸음을 옮기고 있었다.

"언니, 저거 봐."

리리엔이 속삭이는 소리에 엘시아의 고개가 돌아갔다.

"엄청 웃기게 생겼어."

리리엔이 가리킨 건 벽 쪽에 붙어 있는 장식대였다. 장식대 위에는 꽤 커다란 공예품이 놓여 있었다. 그것은 얼핏 보기에는 물병 같아 보였는데, 또 어떻게 보면 주전자 같기도 했다.

좀 특이하게 생긴 것 같기는 하지만, 그렇다고 또 엄청 웃기게 생기지는 않은 것 같은데…….

리리엔에게 무슨 반응을 보여야 할지 알 수 없었던 엘시아는 난감한 낯으로 웃었다.

"저걸 만든 사람은 생각이 없는 것이 분명해. 대체 무슨 생각으로 저런 걸 만든 걸까?"

리리엔도 장식대 위에 놓인 물건이 물병이나 주전자이리라 짐작한 듯했다.

"구멍이 없으니까 물을 담지도 못할 것 같은데, 저런 걸 어디에다 써. 쓸모도 없는 걸 저렇게 자랑하는 것처럼 전시해 놓는 건 또 무슨 생각이람."

리리엔의 신랄한 말에 페이렌은 입술을 꾹 깨물고 웃음을 참았다. 그 쓸모가 없는 물건을 사기 위해서 많은 노력과 돈을 허비하는 자들이 제국에는 수두룩했다. 그 사실을 너무도 잘 알고 있는 페이렌에게는 방금 리리엔의 말이 조금 통쾌하게까지 느껴졌다.

"이곳입니다."

시종이 곳곳에 보석이 박혀 있는 화려하고 커다란 문을 열자, 널따란 내부가 드러났다.

넓게 트인 창으로 들어오는 빛으로도 모자랐던 건지, 샹들리에가 자그마치 세 개씩이나 걸려 있는 방이었다. 호화찬란한 샹들리에 아래, 일찍이 모여 앉아 담소를 나누고 있던 모두가 자리에서 일어나 새로운 객을 반겼다.

"로켄페데스 영애, 초대에 응해 주어서 고마워요."

그중 리리엔을 향해 인사를 건넨 이는 결 좋은 붉은 머리카락을 한데 땋아 올린 여자였다.

붉은 머리칼. 그것을 보고 엘시아는 방금 인사를 한 여자가 리리엔이 황궁 연회에서 만났다는 에이사 히치콕이리라 짐작했다.

"부디 이쪽으로 앉으세요, 영애."

그녀가 자리를 권했다. 방금까지 그녀가 앉아 있던 자리였다.

리리엔에게 자리를 내어 준 그녀는 그 옆에 놓인 의자 쪽으로 물러섰다. 그리고 리리엔은 비어 있는 자리가 단 하나밖에 없다는 사실을 인지하곤 미간을 찌푸렸다.

리리엔이 자리에 앉기는커녕, 불쾌한 기색을 내비치자 내심 당황한 에이사가 그제야 리리엔의 곁에 서 있는 엘시아와 페이렌을 번갈아 보았다.

페이렌은 누가 보더라도 기사라고 생각할 만한 차림이었기에, 그녀가 리리엔의 호위라는 건 에이사도 어렵지 않게 짐작할 수 있었다. 다만 에이사는 리리엔의 옆에 서 있는 엘시아가 누구인지를 좀처럼 가늠할 수가 없어 당황스러웠다.

그도 그럴 게 엘시아는 드레스를 입고 있었다. 리리엔의 시종이라기에 엘시아가 입고 있는 드레스는 얼핏 보기에도 퍽 값비싸 보였다. 별다른 소득 없이 엘시아에게서 시선을 떼어 낸 에이사는 다른 영애들과 당황스러운 시선을 교환했다.

그러나 불행하게도, 다른 이들 역시 엘시아가 누구인지 아는 바가 전혀 없는 듯했다. 에이사는 가까스로 정신을 다잡으며, 이 조그만 혼란을 수습하기 위해 입을 열었다.

"어…… 그런데 당신은 누구인가요?"

엘시아는 자신의 존재가 이곳의 모두를 곤란하게 만들고 있다는 사실을 어렴풋하게 짐작했다.

하기야 에이사 히치콕이 초대한 건 리리엔뿐이었다. 자신이 초대하지 않은 누군가가 리리엔을 따라오리라고는 예상하지 못했을 것이다. 엘시아는 에이사가 느끼고 있을 곤란함을 충분히 이해했다.

그런데도 엘시아가 선뜻 대답하지 못하고 망설이는 건, 순전히 스스로를 뭐라고 소개해야 될지 알 수가 없었기 때문이었다.

'엘시아 아리테스. 정말이지, 영 낯설게 느껴지는 이름이야.'

대답을 망설이는 엘시아의 머릿속에 일전 하일롭이 했던 말이 떠올랐다. 엘시아는 그때 하일롭의 말이 당황스럽기는 했지만, 틀렸다고는 생각하지 않았다.

자신이 생각하기에도 낯설고, 자신과 조금도 어울리지 않는 이름이었으니까. 그런 이름으로 자신을 소개하고 싶지 않았다.

그러한 생각에 엘시아가 한참 대답을 하지 못하자, 에이사가 의아하다는 듯 고개를 기울였다.

"저, 혹시 무슨 문제라도 있나요?"

"안색이 무척 창백해 보여요."

에이사가 조심스러운 목소리로 덧붙였다. 애써 아무렇지 않은 척 괜스레 방 안을 휘 둘러본 엘시아는 이내 방 안의 모든 시선이 자신을 향해 있다는 걸 깨달았다. 모두가 대답을 망설이는 엘시아를 의아하게 여기고 있는 듯했다. 엘시아는 입술을 한번 세게 깨물었다 놓은 다음 머뭇머뭇 입을 열었다.

"저는……."

"이쪽은 우리 언니예요."

리리엔이 엘시아를 보호하기라도 하듯, 엘시아의 앞을 가로막고 섰다. 다만 리리엔이 엘시아보다 한참 작았기에 큰 소용은 없었다.

"언니…… 라고요?"

"네, 제 언니요."

리리엔이 곧장 고개를 끄덕이며 답했고, 에이사는 리리엔의 대답을 듣고 무척 혼란스러워졌다. 그녀가 알기로 로켄페데스에 적을 두고 있는 건 두 사람뿐이었다. 가주인 로켄페데스 대공과 그의 동생인 리리엔 로켄페데스.

그런데, 언니라니?

에이사는 새삼스럽게 엘시아를 관찰하듯 보았다. 그런 그녀의 눈동자는 여전히 혼란스러움으로 가득했다.

리리엔이 굳이 거짓말을 할 이유는 없으니, 지금껏 자신이 뭘 잘못 알고 있었던 건가 싶었다. 그렇게 생각하며 애써 납득하고 있는 에이사의 귓가에 누군가 짝, 하고 손뼉을 치는 소리가 들렸다.

어색한 분위기를 환기하는 소리에 모두의 시선이 한 사람에게 집중됐다.

박수를 쳐 모두의 이목을 사로잡은 것은 내내 잠자코 상황을 관망하듯 지켜보고 있던 페니일라 베넛이었다. 그녀는 방금 막 머릿속에 떠올린 이야기를 입 밖에 냈다.

"전에 들은 적이 있어요. 로켄페데스 대공저에 웬 남작가 영애 하나가 머무르고 있다고."

"그럼 이분이 바로 그……."

잠시나마 페니일라에게 고정되어 있던 시선들이 다시금 엘시아를 향했다. 마치 비난이라도 하는 듯한, 그런 날카로운 시선이었다.

그 이전과 다른, 날이 선 여러 쌍의 눈동자를 마주하게 된 엘시아는 그녀가 탐탁지 않다는 듯한 그들의 시선을 묵묵히 감내했다. 어째서 사람들의 태도가 갑자기 변했는지 영문을 알 수 없었지만, 엘시아는 그 영문을 알고자 하는 노력조차 하지 않았다.

지금 엘시아에게 중요한 것은 오로지 제 눈앞의 리리엔뿐이었으니까.

"다들 우리 언니가 누구인지 알고 있었나 보네?"

리리엔이 드물게 낮은 목소리로 말했다. 혼잣말 같은 리리엔의 질문에는 아무도 대답하지 않았다. 리리엔은 조용한 좌중을 둘러보고는 조그맣게 헛웃음 쳤다. 그리고 이내 엘시아의 팔을 끌어당겼다.

"엘시아, 여기 앉아."

엘시아는 리리엔의 손에 이끌려, 얼떨결에 자리에 앉았다. 그러자 순간 방 안이 소리 없는 경악으로 가득 찼다. 그도 그럴 게 방금 엘시아가 앉은 자리는 상석이었다. 리리엔이 아틀리에에 도착하기 전까지는 백작 영애인 에이사가 앉아 있던 자리. 그 자리에 남작 영애가 앉도록 하다니.

리리엔이 제도로 돌아온 지 얼마 되지 않아 이런 암묵적인 위치에 어두울지 모른다 고려해 보아도 무척 경악스러운 일이었다.

"……오늘 이곳에 영애가 올 줄은 예상을 못해서, 영애의 자리는 미처 준비해 두지 못했어요."

서로 눈치만 보고 있는 와중에 그나마 빠르게 정신을 차린 에이사가 시종을 불러 의자를 준비해 오라 일렀다.

"의도치 않게 홀대를 했네요. 영애에게는 미안해요."

엘시아는 얼떨떨하게 고개를 끄덕였다. 이윽고 시종이 엘시아의 옆자리에 의자를 놓아 주었고, 리리엔은 당연하다는 듯 그 의자에 앉았다.

그러자 방 안의 모두가 에이사의 눈치를 살폈다. 리리엔은 상석에 엘시아를 앉혔다는 자각이 없는지, 아니면 일부러 모르는 척을 하고 있는 건지 영 태연한 얼굴이었다.

"……모두, 이만 자리에 앉죠."

에이사는 부드러운 목소리로 모두에게 권하고는 애써 입매를 끌어 올려 웃었다.

* * *

리리엔을 중심으로 한 대화가 이어졌다. 아까부터 묘하게 엘시아를 대화에서 배제시키는 듯한 분위기가 형성되어 있었지만 정작 당사자인 엘시아가 조금도 개의치 않으며 자리를 지키고 있었기에, 분위기 자체는 썩 나쁘지 않았다. 문제는 모두가 지대한 관심을 보이고 있는 리리엔이 온통 엘시아에게만 관심을 쏟고 있다는 점이었다.

"이렇게 만나게 되어 영광이에요, 로켄페데스 영애. 저는 데미테온 자작가의 이사벨라예요."

"네, 반가워요."

"앞으로도 자주 이렇게 만나서 이야기를 나눌 수 있었으면 좋겠어요."

"음, 뭐…… 기회가 된다면요."

누가 보더라도 금방 눈치를 챌 수 있을 정도로, 대충 대답한 뒤 대화를 갈무리한 리리엔은 곧장 엘시아에게 시선을 돌렸다. 아까부터 이런 식이었다. 누군가 자신에게 말을 걸면, 리리엔은 적당한 대답으로 짧게 대화를 마무리 지은 후 엘시아를 향해 시선을 고정했다. 한두 번도 아니고, 계속해서 이어지는 리리엔의 냉대에 잔잔하던 방 안의 분위기는 조금씩 경직되고 있었다.

"엘시아, 그거 맛있어?"

"응."

엘시아가 고개를 끄덕이자, 리리엔은 지금껏 입에 대지 않고 그냥 두었던 찻잔을 입가에 가져다 댔다. 입 안에서 찻물을 여러 번 굴려 보았지만, 별반 감흥이 없었다. 본래 차보다는 달콤한 음료를 즐겨 마시는 탓일까. 리리엔은 방금 마신 차와 지금까지 접해 본 다른 차 사이에서 이렇다 할 차이점을 느끼지 못했다.

리리엔은 찻잔을 관찰하듯 유심히 보았다. 투명한 찻잔에 담겨 있는 찻물이 유난히 붉었다. 리리엔이 저택에서 에밀리아에게 가르침을 받을 때 마셔 본 차 중에 이렇게 붉은빛을 띠는 차는 없었다.

"……이거 이름이 뭐지?"

리리엔이 혼잣말을 중얼거리자, 페니일라가 기다렸다는 듯 냉큼 답했다.

"로즈힙 차예요. 피부에 좋은 차라, 여성들이 특히 즐겨 마신답니다."

페니일라가 운을 떼자 옆에서 한 마디씩 말을 덧붙였다.

"거기에 피로할 때 마시면 몸이 가뿐하고 개운해져요."

"맞아요, 아무래도 이 차가 피로 회복에도 꽤 효과가 있는 것 같아요."

"……흐응, 그렇구나."

리리엔은 심드렁했지만, 엘시아는 퍽 관심을 보였다. 응접실에 자리한 이래, 그 누구에게도 오래도록 눈길을 주지 않았던 엘시아가 말없이 페니일라를 주시하였던 것이다. 그런 엘시아의 모습을 눈치챈 것은 리리엔뿐만이 아니었다.

눈치가 빠른 페니일라는 지금 이 자리에서 그녀가 잘 보여야 할 대상은 다름 아닌, 엘시아라는 사실을 금세 알아차렸다. 리리엔이 엘시아를 아무렇지도 않게 상석에 앉힌 것만 보아도 알 수 있는 일이었다.

그도 그럴 게 아까부터 리리엔은 마치 중요한 건 엘시아밖에 없다는 듯, 다른 이들에게는 일말의 관심도 보이지 않았다. 오로지 엘시아만 신경 쓰고 있었다. 그에 페니일라는 그녀가 엘시아의 환심을 산다면 자연히 리리엔의 마음도 얻을 수 있으리라 짐작하였다.

리리엔이 누구인가. 황실 다음가는 세도가인 로켄페데 대공가의 가주 레오디안의 하나뿐인 혈육이다. 페니일라는 어떻게든 엘시아에게 좋은 인상을 남겨야겠다고 생각했다. 그러기 위해서 페니일라는 엘시아가 관심을 보이는 화제로 대화를 유도했다.

"아리테스 영애만 괜찮다면, 로켄페데스 대공저로 로즈힙 열매를 조금 보내 드릴게요."

엘시아는 조금 당황한 눈치였다. 그러나 페니일라는 어쩌면 엘시아에게 한 발 가까이 다가갈 수 있을지 모르는 이 절호의 기회를 놓치고 싶지 않았다. 페니일라는 해사하게 미소를 지으며 말을 이었다.

"마침 제가 얼마 전에 말린 로즈힙 열매를 구매했거든요. 그런데 양이 조금 많아서 곤란하던 차였어요."

엘시아는 차를 보내 주겠다는 페니일라의 호의가 조금 부담스러웠지만, 그렇다고 그녀의 호의를 거절하는 건 예의가 아니라는 생각에 선뜻 어떤 말도 꺼내지 못하고 망설였다. 그런 엘시아의 마음을 읽기라도 한 듯, 리리엔이 페니일라를 향해 말했다.

"무척 상냥하시네요. 페니일라 베넛 영애라고 했죠?"

"편하게 페니일라라 불러 주세요."

"고마워요, 페니일라."

"별 말씀을요. 별건 아니지만…… 친구에게 조그만 선물이나마 할 수 있어 굉장히 기쁜 걸요."

페니일라는 엘시아와 친구가 되고 싶다는 본심을 감추지 않고 드러냈다. 짐짓 직설적인 페니일라의 말에도 리리엔은 희미한 미소를 입가에 머금을 뿐 특별히 지적하지 않았다. 페니일라는 내심 안도하며 가슴을 쓸어내렸다.

"엘시아가 차를 마시는 걸 꽤 좋아해요."

페니일라의 노력이 가상하다는 듯, 리리엔은 이전과 다른 상냥한 목소리로 말했다. 페니일라는 리리엔이 아닌, 엘시아에게 먼저 다가가려고 한 자신의 선택이 옳았음을 다시금 깨달았다.

"이미 알고 있을지도 모르겠지만, 엘시아는 이곳에 온 지 얼마 안 되어서 마음을 나눌 만한 친구가 별로 없거든요."

"어머, 저런……."

페니일라는 입가를 손으로 가리고는 탄식했다. 그러면서 엘시아가 안쓰럽다는 듯, 부드러운 눈으로 엘시아를 응시하였다.

"그래서 차를 마실 상대도 없었는데…… 마침 페니일라도 차에 관심이 있는 듯하니, 엘시아와 페니일라는 서로 좋은 친구가 될 수 있을 것 같아요."

"저도 아리테스 영애와 편히 차를 마실 수 있는 사이가 되면 좋겠다고 생각하고 있던 참이에요."

좀처럼 길게 말을 이어 가는 법이 없던 리리엔이 대화를 이끌어 가자, 리리엔과 페니일라의 대화에 귀 기울이고 있던 이들이 서로 말없이 당혹스러운 시선을 교환했다.

그러는 동안 페니일라는 다정한 눈빛으로 엘시아에게 시선을 고정하고는 조심스러운 어조로 물었다. 그런 페니일라의 목소리는 무척 나긋했다.

"우리가 좋은 친구가 될 수 있을까요, 아리테스 영애?"

"어…… 네, 그럼요."

누군가의 호의를 거절하는 건 엘시아에게 참 어려운 일이라, 엘시아는 페니일라를 향해 고개를 끄덕여 보일 수밖에 없었다.

한편 이사벨라와 레베카, 그리고 제니아는 힐끔 엘시아의 눈치를 보았다. 그들은 아무래도 기분이 안 좋은 것 같아 보이는 에이사를 의식해, 내내 애써 엘시아 쪽으로는 관심을 두지 않고 있었다.

그러나 유독 누그러진 태도로 페니일라와 대화를 나누는 리리엔의 모습을 보니 조금씩 생각이 바뀌게 되었다. 지금이라도 엘시아와 대화를 나누는 편이 좋을 것 같았다.

그러한 생각에 미치자마자 곧장 행동에 나선 이는 레베카였다. 레베카는 그녀의 신분이 엘시아와 가장 가까우니, 조금만 노력한다면 엘시아와 금세 친밀한 관계가 될 수 있으리라 짐작했다.

"아리테스 영애, 찻잔이 비어 있네요. 제가 차를 따라 드릴게요."

레베카는 엘시아가 미처 대답하기도 전에 가까이 놓여 있던 찻주전자를 들어 올렸다. 그리고 엘시아의 찻잔에다 차를 따라 주려던 순간.

"앗!"

찻주전자를 놓쳐 버리고 말았다.

레베카가 찻주전자를 손에서 놓쳐 버리고 만 것은 그녀가 예상하지 못한 사고였다. 하늘에 맹세코 고의가 아니었다. 다행스럽게도 엘시아가 뜨거운 찻물을 뒤집어쓰는 불상사는 일어나지 않았으나, 그럼에도 불구하고 레베카는 손을 덜덜 떨었다.

레베카가 놓친 찻주전자는 공중에 떠올라 멈춘 채였다. 붉은 연기가 찻주전자 주변을 둘러싸고 있었다. 모두가 놀란 눈으로 허공에 둥둥 떠 있는 찻주전자를 쳐다보았다.

찻주전자가 엘시아 쪽으로 떨어지기 전에 리리엔이 시간술인 템푸스를 사용한 것이다. 이는 엘시아와 리리엔의 뒤에 서 있던 페이렌이 미처 반응할 새도 없이 일어난 일이었다.

생전 처음으로 목격한 신비하고도 기이한 힘에 모두가 말문이 막힌 채로 멍하니 굳어 있는데, 리리엔이 잔뜩 화가 난 표정으로 입을 열었다.

"······엘시아에게 상처를 입히려고 한 거야?"

"리리엔."

엘시아는 찻주전자를 테이블 위에 올려놓은 뒤, 리리엔을 돌아보았다.

"고마워, 네 덕분에 아무도 다치지 않았어."

엘시아는 리리엔의 어깨를 끌어안았다. 리리엔은 순순히 엘시아의 품에 안겼다. 그러나 레베카를 노려보는 리리엔의 날이 선 시선은 여전했다.

"죄, 죄송해요. 정말 죄송해요."

붉은 연기가 사라지자, 그제야 정신을 차린 레베카가 리리엔에게 연거푸 사과했다.

"사과를 받을 사람은 내가 아닌데."

"아······."

아무래도 리리엔이 아주 단단히 화가 난 듯했다. 레베카는 울상을 했다. 스스로가 너무도 한심하게 느껴졌다. 엘시아와 친해지기는커녕, 하마터면 엘시아에게 찻물을 끼얹을 뻔했다. 정말이지, 어디 숨을 곳이 있다면 당장이라도 숨어 버리고 싶은 심정이었다.

"아리테스 영애, 정말 죄송해요. 부디 너른 마음으로 용서해 주세요."

"전 괜찮아요. 다치지도 않았고……. 오히려 당신이 많이 놀란 것 같은데 괜찮으세요?"

"죄송해요, 정말…… 죄송합니다."

레베카는 놀란 나머지 엘시아의 말을 전혀 듣지 못하고 있는 듯했다.

리리엔은 엘시아에게 안긴 채로 묵묵히 레베카를 바라보고 있었고, 다른 사람들 또한 말없이 상황을 가만 지켜보고 있었다. 그에 엘시아가 연신 사과를 하는 레베카를 곤란해하고 있을 무렵, 몇 걸음쯤 떨어진 곳에 서서 사태를 주시하고 있던 페이렌이 성큼 엘시아에게 다가왔다.

조심스럽게 고개를 숙인 페이렌은 엘시아에게만 들릴 정도로 나직한 목소리로 엘시아의 귓가에 속삭였다. 머지않아 페이렌이 말을 끝맺자, 엘시아는 놀란 눈으로 리리엔을 돌아보았다. 그도 그럴 것이 페이렌이 전한 말은 엘시아가 놀라기에 충분한 말이었다. 엘시아는 퍽 다급하게 물었다.

"혹시 이곳에 비어 있는 방이 있나요?"

"네, 바로 옆방이 침실인데 비어 있어요."

갑작스러운 물음에도 페니일라는 선선히 대답했다. 엘시아는 걱정스러운 눈으로 리리엔을 살폈다. 리리엔은 힘없이 고개를 떨구고 있었다. 영락없이 정신을 잃은 모습이었다. 엘시아는 최대한 침착하려 애쓰며 입을 열었다.

"그 침실을 잠깐 사용할 수 있을까요?"

페니일라가 에이사를 힐끗 보았다. 이곳 응접실과 침실을 예약한 사람은 에이사였고, 침실을 사용하려면 예약자의 허락을 구해야 했기 때문이었다.

에이사는 페니일라와 엘시아를 차례로 바라보았다. 아까부터 그다지 좋다고는 말할 수 없는 기분으로 자리를 지키고 있던 에이사였다. 그래서인지 엘시아를 향해 묻는 에이사의 목소리에는 퍽 날이 서 있었다.

"갑자기 무슨 이유로 침실을 사용하시겠다는 건가요?"

"조금 쉬고 싶어서요."

차마 사실대로 말할 수 없었던 엘시아는 적당한 핑계를 댔다. 그러자 페니일라가 엘시아의 편을 들었다.

"아무래도 방금 일로 아리테스 영애가 무척 놀랐나 봐요. 자칫 화상을 입을 수도 있었던 일이니까요."

"……그렇군요."

에이사는 영 내키지 않는다는 듯한 표정으로 말을 이었다.

"옆방 문은 열려 있을 거예요. 편하게 사용하세요."

"감사해요."

엘시아는 망설임 없이 자리에서 일어났다. 그리고 옆자리에 앉아 있던 리리엔을 향해 시선을 내렸다. 리리엔은 어느새 깊이 잠이 들어 있었다. 엘시아는 혹시라도 리리엔이 정신을 잃었다는 사실을 누군가 알아차리기라도 할까 봐, 일부러 목소리를 높여 모두의 시선을 끌었다.

"리리엔과 함께 옆방에서 잠시 쉬다가 돌아올게요."

"그러세요. 필요한 게 있으면 언제든지 시종을 불러 지시하시고요."

에이사가 여전히 불퉁한 목소리로 말했다. 그런 에이사를 향해 고개를 끄덕여 보인 엘시아는 이윽고 서둘러 걸음을 옮겼다. 페이렌이 리리엔을 부축하며 엘시아의 뒤를 따라 나왔다.

* * *

깨끗하게 정리가 되어 있는 침실은 언제든 사용할 수 있도록 준비되어 있었다. 정갈한 침실은 방금 엘시아가 떠나온 응접실만큼이나 화려했으나, 고급스러운 가구나 장식품 따위에 엘시아의 시선이 머무르는 일은 없었다.

침실의 문을 굳게 닫은 엘시아는 페이렌이 리리엔을 침대 위에 눕히는 모습을 초조한 심정으로 바라보았다.

엘시아는 신성지 요헴에서 리리엔이 힘을 사용하였을 때, 정신을 잃고 쓰러졌었던 일을 떠올렸다. 그때처럼, 리리엔은 힘을 쓰고 깊게 잠들어 버렸다. 이는 엘시아가 조금도 예상하지 못했던 일이었지만, 페이렌은 리리엔이 쓰러지리라는 것을 알고 있었던 듯했다.

'아가씨가 곧 정신을 잃으실 겁니다. 그러니 아가씨를 잠시 다른 곳으로 모셔야 합니다.'

아까 페이렌이 엘시아에게만 들릴 정도로 조그만 목소리로 속삭인 말이었다.

엘시아는 페이렌이 리리엔에게 이불을 덮어 준 뒤, 몸을 돌렸을 때에야 내내 머릿속으로 되뇌고 있던 의문을 입 밖에 냈다.

"힘을 사용하면 몸에 무리가 가는 건가요?"

"그건 아닙니다."

페이렌은 의자를 끌어다 침대 밑에 놓아두었다. 그리고 엘시아에게 앉을 것을 권했다. 엘시아는 페이렌이 권한 대로 순순히 자리에 앉았다. 그제야 페이렌이 입을 열었다.

"로켄페데스가 대대로 타고나는 힘인 비오렌치아가 베네눔과 루스, 템푸스로 나누어진다는 건 알고 계십니까?"

"네, 알고 있어요."

엘시아는 일전 레오디안이 그녀에게 해 주었던 설명을 떠올리곤 고개를 끄덕였다.

"알고 계신다니 간단히 말씀드리겠습니다. 지금 아가씨가 쓰러지신 건 템푸스를 사용하셨기 때문입니다."

"……."

"베네눔과 루스는 마나로 운용할 수 있지만…… 템푸스는 아닙니다. 템푸스를 사용하면 시전자의 생명력이 소진된다고 합니다."

엘시아는 숨을 쉬는 것조차 잊어버릴 정도로 놀랐다. 리리엔이 레오디안과 같은 힘을 사용할 수 있다는 사실을 알았을 때보다 더 두려워졌다. 생명력이 소진된다는 말은 리리엔이 힘을 사용하다가 죽을 수도 있다는 말로 들렸기 때문이었다.

"몇 번 사용하는 정도로는 생명에 큰 지장을 주지 않지만, 힘을 남발하면 수명에도 영향을 준다고 들었습니다."

엘시아가 무엇을 두려워하고 있는지 알고 있다는 듯, 페이렌이 말을 덧붙였다. 그러나 엘시아의 불안을 해소하기에는 충분하지 않았다. 어쨌든 힘을 사용할 때마다 리리엔이 위험을 감수해야 한다는 사실에는 변함이 없었으니까.

"오늘 일은 제 불찰입니다. 대공 각하께서 아가씨가 템푸스를 사용하지 못하도록 감시하라 하셨는데……."

엘시아는 페이렌의 목소리를 뒤로하고 말없이 리리엔을 내려다보았다.

리리엔의 봉긋한 이마에 식은땀이 송골송골 맺혀 있었다. 엘시아는 소매로 리리엔의 얼굴을 닦아 냈다. 무척이나 조심스러운 손길이었다.

"템푸스를 사용할 때마다 무슨 위험이 따르는지 리리엔도 알고 있나요?"

"대공 각하께서 아가씨에게 설명해 주신 걸로 압니다."

"……그렇군요."

엘시아는 아랫입술을 깨물었다. 이윽고 혈색이 없던 입술에 피가 몰려 붉어졌다.

"곧 깨어나실 겁니다."

페이렌은 너무 걱정하지 말라는 말을 덧붙였으나, 엘시아는 마음을 놓을 수 없었다.

차를 따라 주겠다는 것을 만류했더라면, 차를 마시지 않았더라면…… 아니, 애초에 이곳에 따라오지 않았더라면 리리엔이 힘을 사용하는 일도 없었을 텐데.

엘시아는 후회를 거듭했다. 아무것도 되돌릴 수 없다는 것을 알면서도 그랬다.

리리엔을 지켜 주겠노라 결심했는데, 결심이 무색하게도 엘시아는 리리엔을 지켜 주기는커녕 위험에 처하게 만들었다. 그 사실이 엘시아로 하여금 뼈아픈 죄책감을 느끼도록 하였다.

"……시종에게 물을 가져다달라 부탁하고 올게요."

"제가 다녀오겠습니다. 엘시아 님은 아가씨 곁에 있어 주십시오."

홀로 화장실에 가겠다 고집을 피우다 하일롭을 만났던 것이 불과 며칠 전이었다. 이곳에서 하일롭을 만날 일은 없겠지만, 조심해서 나쁠 것도 없었다. 그런 생각에 엘시아는 곧 페이렌을 향해 선선히 고개를 끄덕였다.

"부탁드려요."

페이렌이 침실을 나섰고, 엘시아는 문이 완전히 닫힌 것을 확인한 후에 고개를 돌려 리리엔에게 시선을 고정했다.

리리엔은 고요히 잠들어 있었다. 얼핏 평온해 보이기까지 했다. 그럼에도 불구하고 리리엔을 내려다보는 엘시아의 머릿속은 온갖 불안한 상상으로 가득했다.

엘시아는 천천히 리리엔의 얼굴 가까이 손을 가져다 댔다. 리리엔의 코 아래에서 손을 멈춘 엘시아는, 손가락에 휘감겼다 사라지는 리리엔의 숨결을 느꼈다. 그러면서 리리엔의 숨소리에 귀를 기울였다.

그렇게 숨죽인 채 얼마나 가만히 있었을까. 어느 순간 굳게 닫혀 있던 문이 벌컥 열렸다. 페이렌이 돌아왔나 싶어 고개를 돌린 엘시아의 눈에 보인 건, 페이렌이 아닌 다른 사람이었다.

* * *

엘시아가 리리엔과 옆방으로 간 뒤에도 한참을 울먹이던 레베카는 돌아가 버렸고, 레베카마저 떠난 응접실에는 아무런 대화도 오고가지 않았다.

오늘 아틀리에에 자리를 마련한 에이사는 걷잡을 수 없이 가라앉은 분위기를 띄우려는 노력조차 하지 않았다.

정확하게는 노력할 여력이 없었다. 리리엔이 뜬금없이 데리고 나타난 여자가 아무것도 모른다는 듯한 순진한 표정으로 차를 홀짝이다 떠난 이후, 에이사의 기분은 바닥을 치고 있었기 때문이었다.

"사랑스러운 에이사, 즐거운 시간 보내고 있었니?"

지금 에이사에게는 갑자기 나타난 오라비의 존재도 그저 짜증스러울 뿐이었다. 싸늘하게 가라앉은 분위기를 아는지 모르는지, 미소를 짓는 얼굴이 여느 때보다 아름다웠다.

"혹시 무슨 일이 있었나? 표정이 안 좋아."

"……아이작."

에이사는 제 저조한 기분을 구태여 감출 생각조차 하지 않으며 툭 내뱉었다.

"여긴 어떻게 알고 왔어?"

"네가 이곳을 예약하는 데 쓴 돈이 내 돈이라는 사실을 잊었니?"

"……어머니한테 들었구나."

문가에 기대선 아이작은 에이사의 옆으로 앉아 있는 여자들을 천천히 관찰하듯 보았다. 그런 그의 입가에는 여전히 희미하게 미소가 걸려 있었다.

"우리 에이사가 왜 이렇게 심통이 난 걸까."

아이작의 외모는 꽤 그럴듯해서, 그를 처음 본 사람은 대부분 그에게 쉽게 호감을 가졌다. 이사벨라와 페니일라도 마찬가지였다.

"무슨 일이 있었는지 말해 줄 생각이 없는 것 같네."

아이작이 무척 애석하다는 듯 혀를 찼다. 그러자 멍하니 그를 가만 주시하고 있던 이사벨라가 무엇에 홀린 듯 입을 열었다.

"사실, 작은 소동이 있었어요."

에이사가 눈치를 주었으나, 아이작의 다정한 미소에 넘어간 지 오래인 이사벨라는 말을 멈추지 않았다.

"……그래서 지금 로켄페데스 영애와 함께 옆방에서 휴식을 취하고 있어요."

이사벨라가 말을 맺자, 내내 그녀의 이야기를 잠자코 듣고 있던 아이작이 커다란 손으로 입가를 가렸다. 그러면서 중얼거렸다.

"흐음…… 그런 일이 있었군."

아이작은 도무지 웃음을 참을 수가 없었다. 그래서 그는 입을 가린 채로,

무언가를 심각하게 고민하는 척해야 했다. 아이작이 표정을 추스른 건 시간이 꽤 흐른 뒤의 일이었다.

"그래서 우리 에이사가 단단히 심통이 났군."

아이작은 다시 깊은 고민을 하는 척, 손으로 입가를 몇 번 가볍게 쓸고는 입을 열었다.

"내가 그 여자에게 단단히 주의를 준다면 기분이 좀 풀리겠니, 에이사?"

"……정말 그렇게 해 줄 거야?"

"그럼. 널 위해서라면 무엇인들 못할까."

아이작은 여유롭게 미소 짓고 있었지만, 그는 사실 조금도 여유롭지 못했다. 아까부터 아이작의 심장은 거칠게 달음박질치고 있었다.

"그 여자가 지금 옆방에 있다고 했지?"

아이작이 애써 태연한 목소리로 물었다. 그러자 에이사가 고개를 끄덕였다. 그러면서 말했다.

"……너무 무섭게 굴지는 마. 로켄페데스 영애하고는 친해지고 싶단 말이야."

"분부대로."

아이작은 곧장 몸을 돌려 응접실을 벗어났다. 엘시아가 있는 침실까지는 여덟 걸음이면 충분했다. 아이작은 닫혀 있는 문 앞에서 크게 심호흡을 했다. 그리고 문을 열자, 그동안 그토록 만나고 싶었던 괴물이 보였다.

그가 신분까지 주고 후원해 오던 보르크를 죽였지만, 원망스럽기는커녕 너무도 탐이 나던 그녀가 바로 눈앞에 있었다. 아이작은 의아한 눈으로 그를 바라보는 엘시아를 말없이 한참을 응시하였다.

가슴이 벅차 무슨 말을 해야 할지 알 수가 없었다. 어떤 말로 그녀를 유혹해야 할지. 지금까지 수만 번은 생각했지만 막상 그녀를 눈앞에 두니 아이작은 한 마디도 쉽사리 입 밖에 내지 못했다. 그런 이유로 아이작은 엘시아가 먼저 말문을 열 때까지, 엘시아를 그저 멍하니 바라만 보고 있었다.

"……방을 잘못 찾아오신 것 같은데요."

엘시아는 리리엔이 정신을 차리지 못한 상황에서 불쑥 문을 열고 방 안으로 들어온 아이작이 못마땅했다. 그가 아까부터 아무런 말없이 자리에 못 박힌 듯 서 있었기에 더욱 그러했다.

"방을 잘못 찾아오신 것 같다고요."

엘시아는 여차하면 아이작을 힘으로 제압할 생각으로 자리에서 일어났다. 그제야 아이작이 천천히 입을 열었다.

"이거 정말, 듣던 대로⋯⋯."

만날 수 있는 날만을 간절히 고대하고 있던 이를 눈에 담은 아이작의 표정이 한껏 상기되었다.

지금 엘시아는 아이작을 향해 짐짓 날을 세우고 있었지만, 아이작은 조금도 괘념치 않았다. 낯선 이를 경계하는 건 너무도 자연스러운 일이니까. 그렇게 생각하며 아이작은 그를 경계하고 있는 엘시아의 태도를 무척이나 낙관적으로 받아들였다.

"방금 뭐라고⋯⋯."

"처음 뵙겠습니다."

손을 뻗으면 닿을 거리에 멈춰선 아이작이 그럴 듯한 미소와 함께 말을 이었다.

"아이작 히치콕이라고 합니다."

히치콕, 오늘 리리엔을 이곳에 초대한 에이사의 성과 같았다.

엘시아는 어젯밤 레오디안이 히치콕 백작에 관해 했던 말을 머릿속에 떠올렸다. 레오디안은 히치콕 백작을 좀처럼 속내를 짐작할 수 없는 자라고 평했었다.

"응접실에서 차를 마시던 중 불미스러운 일이 일어났었다고 하던데⋯⋯."

아이작은 고요히 잠들어 있는 리리엔을 힐끗 본 뒤, 다시금 엘시아에게 시선을 고정했다.

"에이사를 대신해 당신에게 사과하고자 왔습니다."

엘시아는 잠시나마 아이작의 시선이 리리엔에게 머무른 것이 못마땅해 표정을 굳혔다. 그것을 아는지 모르는지, 아이작은 나른한 미소와 그만큼 부드러운 목소리로 말을 이었다.

"에이사는 이제 막 성인이 된 터라 조금 경솔한 구석이 있지요. 부디 제 어린 동생의 무례를 용서해 주시겠습니까?"

"당신의 동생이 잘못한 건 없는데요."

"오늘 이 자리의 주최자가 에이사이니, 잘못이 없다고는 할 수 없지요."

레오디안이 했던 말이 있어서 그런지 아이작의 웃는 낯이 영 께름칙했지만, 막상 정중한 태도로 사과하는 아이작에게 계속해서 날을 세울 수는 없었다. 게다가 아이작은 사과를 받아 주기 전까지는 자리를 떠날 것 같지 않았다. 그래서 엘시아는 적당히 사과를 받고 대화를 마무리 짓는 편이 좋겠다는 판단을 내렸다.

"당신이 사과를 했다고, 리리엔에게 전해 줄게요."

"감사합니다. 그러나 무엇보다도 저는, 아까 일로 혹여 당신의 마음이 상하지는 않았을지 염려하고 있습니다. 어디 다친 곳은 없습니까?"

"전 괜찮아요. 그러니……."

"제 동생의 실수를 만회하고 싶군요."

아이작이 엘시아의 말허리를 잘라 냈다. 그리고 여전히 그린 듯한 미소를 지은 채로 말했다.

"당신을 렝리탄의 대저택으로 모셔 제대로 대접하고 싶습니다."

"아뇨, 그러실 필요 없어요."

"히치콕의 명예가 달린 일입니다. 부디 오늘 일어난 일을 만회하게 해 주십시오."

에이사가 찻주전자를 놓친 것도 아니고, 레베카가 찻주전자를 놓쳤지만 다친 사람은 아무도 없었다. 그런 상황에서 명예씩이나 들먹이며 실수를 만회하겠다는 아이작을 이해할 수 없었다. 아이작이 귀족이기 때문에 이런 사소한 일에 신경을 쓰는 건가 하는 생각이 들었지만, 그렇다고 해서 그를 이해하고 싶지는 않았다.

"제가 당신이나 당신 가문의 명예까지 신경을 써야 하나요?"

엘시아는 이미 자신이 처한 상황만으로도 충분히 골치가 아픈 상태였다. 엘시아에게는 아이작의 사정까지 고려해 줄 여유가 없었다.

"저는 분명 당신의 사과를 받았고, 아까 일로 히치콕 영애에게 따지고 싶은 생각도 없어요. 일을 크게 만들고 싶지 않으니까요."

"……."

"용건이 끝났다면 나가 주세요."

엘시아가 단호하게 말했으나, 아이작의 표정에는 변함이 없었다. 마치 사랑하는 연인을 마주하고 있기라도 한 것처럼 다정한 눈빛이며, 부드러운 호선을 그리고 있는 입매며. 엘시아의 날카로운 어조나 그가 탐탁지 않다는 듯한 태도는 그에게 아무런 영향도 주지 못했다.

"저는 어떤 신비로운 존재에 관한 연구를 해 왔습니다. 아주 오랜 시간 동안 말이죠."

아이작이 손을 뻗었다. 아이작의 손은 엘시아의 머리칼을 스치듯 만지고는 멀어졌다. 엘시아가 미처 쳐낼 생각하지 못했을 정도로 순식간에 일어난 일이었다.

"렝리탄이 제스아와 무척 가까운 거리에 있는 영지라는 사실을 아십니까?"

순간 엘시아가 놀라 어깨를 굳혔다. 제스아는 엘시아가 도망치듯 떠나온 마을이었기 때문이었다.

엘시아는 아이작이 무엇을 알고 말한 것은 아니라고 믿고 싶었다. 하지만 그렇게 믿기에는 그가 말한 '신비로운 존재'라는 게 마음에 걸렸다.

엘시아가 이전처럼 쉽게 거절하지 못하리란 사실을 짐작하기라도 한 것처럼, 아이작은 짐짓 여유로운 낯으로 눈매를 가늘게 좁히고 웃으며 말했다.

"부디 제게 당신을 모실 기회를 주시지요."

"……그전에 신비로운 존재가 무엇을 뜻하는 건지 말해 주세요."

흐음, 아이작이 낮게 신음성을 흘리며 일부러 뜸을 들였을 때였다. 아이작의 등 뒤로 닫혀 있던 문이 문득 열렸다. 그에 서로를 바라보고 있던 엘시아와 아이작의 눈길이 한곳을 향했다.

"……엘시아 님, 무슨 일입니까?"

페이렌이 아이작을 경계하며 방 안으로 들어섰다. 그것을 아는지 모르는지, 아이작은 여전히 여유로운 표정을 하고선 대수롭지 않다는 듯 태연한 목소리로 말했다.

"심도 깊은 이야기를 나누고 싶었는데…… 이거 정말 유감이군요."

"잠시만요."

엘시아는 금방이라도 자리를 떠나려는 듯한 아이작의 기색에 황급히 말을 이으려다, 이내 입술을 꾹 맞물었다. 페이렌 앞에서 신비로운 존재를 운운하며 그에게 답을 채근할 수는 없는 노릇이었다.

그런 생각에 엘시아가 애꿎은 입술만 깨물고 있는데, 엘시아의 초조한 마음을 다 알고 있다는 듯 아이작이 입을 열었다.

"안심하세요. 1황자 전하께서 머지않아 당신과 대화를 나눌 수 있도록 자리를 만들어 주겠노라 약속하셨으니까요."

아이작의 말에 엘시아는 일전에 하일롭이 그녀에게 편지하겠다고 말했던 일을 떠올렸다. 그사이 아이작이 엘시아에게 한 걸음 다가섰다.

"뭐, 그게 아니더라도 우린 언제든지 만날 수 있을 겁니다. 당신이 피하지만 않는다면 말이죠."

애초에 두 사람이 무척 가까이 서 있던 탓에, 얼마 존재하지 않던 거리마저 좁힌 아이작이 엘시아의 귓가에 나지막이 속삭였다.

"왜, 제가 이미 두 번이나 심부름꾼을 보냈는데 전부 무시하지 않았습니까."

'심부름꾼……?'

아이작의 의미심장한 말에 고개를 기울였던 엘시아는 이윽고 신성지 요헴을 방문했을 때, 그곳에 있는 레오디안의 저택을 찾아왔던 괴물과 제도의 로켄페데스 대공저를 찾아왔던 인간 남자를 떠올릴 수 있었다.

"오랜만이군, 로렐라인 경."

"엘시아 님에게 무슨 이야기를 하신 겁니까."

"글쎄…… 별로 말해 주고 싶지 않군. 그대와는 상관없는 얘기라서 말이지."

아이작은 피식, 웃으며 페이렌의 어깨를 두어 번 가볍게 두드리더니 이내 페이렌을 지나쳐 방을 떠나갔다.

엘시아는 의아한 표정을 하고서 그녀를 향해 다가오고 있는 페이렌의 뒤로, 닫힌 문을 멍하니 바라보았다.

'내 정체를 알고 있어.'

엘시아는 아이작이 그녀를 찾아온 데에는 분명한 목적이 있다고 짐작하기에 이르렀다. 당연한 일이었다. 요헴에서 만난 남자는 엘시아처럼 인간이 아닌 괴물이었다. 그런 남자를 엘시아에게 보낸 것이 아이작이라면, 아이작은 엘시아의 정체를 진작 알고 있었을 가능성이 컸다.

'하지만 어떻게……?'

엘시아는 이전에 아이작을 만난 적이 없었다. 그랬기에 엘시아는 아이작이 어떻게 그녀가 인간이 아니라는 사실을 알아낼 수 있었던 건지 쉽사리 가늠할 수 없었다.

"엘시아 님, 괜찮으십니까?"

엘시아 가까이 다가선 페이렌이 걱정스럽다는 듯 물었다. 엘시아는 가까스로 고개를 끄덕였다.

"제가 자리를 비운 사이 히치콕 백작과 무슨 이야기를 하였습니까?"

"별 얘기 아니었어요."

어느 순간부터 떨리고 있는 손을 마주 잡은 엘시아는 애써 아무렇지 않은 척 페이렌을 마주 바라보았다. 그러나 엘시아의 창백한 얼굴이 평소보다 더 하얗게 질려 있었기 때문에, 페이렌은 엘시아의 말을 믿지 않았다.

하지만 엘시아에게 무슨 일이 있었다고 확신하고 있는가 하면, 그것도 아니었다. 페이렌이 방을 떠났다 돌아온 것은 실로 잠시간의 일이었다. 아이작이 언제 이곳을 찾아와 엘시아와 대화를 나눈 건지 모르겠으나, 제대로 대화를 나누기에는 무척 짧은 시간이었을 것이다.

또한 히치콕 백작 또한 경우를 아는 자이니, 엘시아에게 허튼짓을 하지는 않았을 것 같았다. 그랬기에 페이렌은 좀처럼 확신할 수 없었다.

하지만 엘시아의 얼굴빛이 영 심상치 않아, 페이렌은 혹시나 하는 마음을 떨칠 수가 없었다. 남성이 여성을 힘으로 제압하는 일은 무척이나 짧은 시간에도 충분히 가능한 일이었음으로. 페이렌은 잠시나마 엘시아와 리리엔 곁을 지키지 못했던 스스로를 탓하게 되었다.

"어디 다치신 곳은 없습니까?"

"네, 잠깐 이야기를 나눴을 뿐이에요."

페이렌이 보기에도 엘시아가 특별히 어딘가를 다친 것 같지는 않았다. 조금 불안해 보이기는 하지만, 일단 겉보기에는 멀쩡했다.

페이렌은 묵직한 한숨을 내쉬었다. 벨레로폰이 신황의 수행 기사로 차출되지 않았더라면, 그녀가 잠시 자리를 비웠더라도 아무런 문제가 없었을 터였다.

"……이만 저택으로 돌아가는 것이 좋겠습니다."

"저도 그러고 싶은데, 아직 리리엔이 깨어나지 않았잖아요."

리리엔은 깨어날 기미조차 보이지 않았다. 페이렌은 잠시 망설이다가, 이내 협탁에 물병과 컵을 올려놓고는 뒤를 돌았다.

"아가씨는 제가 모시겠습니다. 아무래도 아가씨를 대공 각하께 보이는 편이 좋을 것 같습니다."

일전 신전에서 힘을 사용한 뒤 정신을 잃었을 때, 리리엔은 금방 정신을 차렸었다. 그러나 지금 리리엔은 그때와 달리 오래도록 깨어나지 못하고 있었다.

엘시아는 덜컥 겁이 났다. 혹시라도 리리엔이 영영 깨어나지 못하는 건 아닐까.

"그게 좋겠어요. 우리 얼른 돌아가요."

리리엔이 깨어날 때까지 마냥 손 놓고 기다리지 말고, 진작 저택으로 돌아갈 것을 그랬다. 엘시아는 페이렌이 리리엔을 품에 안는 모습을 초조한 심정으로 바라보았다.

"가시죠."

엘시아는 페이렌이 지나갈 수 있도록 문을 활짝 열었다. 페이렌은 힘든 기색 하나 없이 리리엔을 품에 안고서 걸음을 옮겼지만, 앞서 걸어가는 페이렌을 바라보는 엘시아의 눈에는 불안한 기색이 역력했다.

엘시아의 귓가에 낯선 목소리들이 들려온 것은, 페이렌의 뒤를 따라 층계를 내려온 엘시아가 1층의 홀을 가로지를 무렵이었다.

"성인이 된 지도 한참 된 여자가 후견인을 두다니, 남들 보기에 부끄럽지도 않나 봅니다."

"솔직히 말해, 대공도 무슨 생각인지 모르겠습니다. 대공이 신원을 보증하는 여자라 하기에 얼마나 대단한 여자인지 구경이나 할까 했는데, 괜히 시간을 버렸지 뭡니까."

대공, 그 귀에 걸리는 단어에 엘시아가 소리가 들려온 쪽으로 고개를 돌렸다. 머지않아 홀과 전시회장 사이에 자리한 복도에 한 무리의 남성들이 모여서 대화를 나누고 있는 모습이 눈에 들어왔다.

"맞는 말입니다. 그런 비루먹은 여자의 후견인이라니, 그딴 여자한테서 뭐 나올 게 있다고."

그들은 대공과 어떤 여자를 화두로 두고 이야기를 나누고 있었다. 엘시아로서는 영문을 알 수 없는 이야기라, 엘시아는 이내 관심을 거두고 고개를 돌렸다. 그제야 엘시아는 어느덧 걸음을 멈춘 채 그 자리에 우뚝 서 있는 페이렌의 모습을 발견했다.

"나는 조금 다른 소문을 들었는데. 대공은 그 여자의 후견인이 아니라……."

"뭐……? 정부요? 그럼 그 남작 영애가 사실은 대공의 정부라는 말입니까?"

페이렌은 무척 화가 난 듯 이를 악물고 있었다. 얼마나 세게 이를 사리물고 있는 건지, 페이렌의 턱 근육이 바짝 긴장해 도드라져 보이고 있었다. 엘시아가 페이렌에게 다가가는 동안에도 페이렌의 굳은 얼굴에는 변함이 없었다.

"뚫린 입이라고……."

"페이렌 님, 왜 그러세요?"

페이렌은 남자들을 노려보고 있었다. 그래서 엘시아는 페이렌이 지금 저 남자들을 향해 화를 내고 있는 것이라 짐작할 수 있었다.

"엘시아 님, 저 이야기를 듣고도 화가 나지 않으십니까?"

"……화가 나야 되는 건가요?"

"당연……!"

순간 목소리를 높였던 페이렌은 엘시아가 정말 영문을 모르겠다는 듯한 표정을 하고 있다는 사실을 알아차렸다. 그에 페이렌은 잠시간 숨을 고른 후에 입을 열었다.

"저들은 지금 엘시아 님을 모욕하고 있습니다."

"그랬군요."

엘시아는 페이렌이 어째서 갑자기 화가 났는지 이해했다. 하지만 페이렌과 달리, 엘시아는 누군가 자신을 모욕하고 있다는 이야기를 듣고도 화가 나기는커녕 아무런 감흥이 없었다. 다만 저들이 자신을 어떻게 알고 있는 건지가 의아할 뿐이었다.

"그런데 저는 리리엔이 더 중요해요."

페이렌이 분노하고 있는 것은, 그녀가 자신을 생각해 주었기 때문이라는 사실을 알고 있다. 그래서 고마웠지만, 엘시아에게는 자신을 욕하는 사람들을 신경 쓰는 것보다 한시라도 빨리 리리엔을 저택으로 데려가는 것이 더 중요했다.

"그러니 지금 당장 저택으로 돌아가고 싶어요."

"……알겠습니다."

다행히 페이렌은 더 이상 시간을 지체하지 않았다. 페이렌과 엘시아는 곧장 아틀리에를 벗어났다.

로켄페데스 가문의 마차는 아틀리에 건물 앞에 조성되어 있는 화단에서 그다지 멀지 않은 곳에 세워져 있었다.

페렛은 예상보다 빨리 아틀리에서 나온 엘시아와 페이렌을 보고 의아한 듯 고개를 기울였다. 그러다 리리엔이 페이렌에게 안겨 있는 모습을 보고는 놀라서 눈을 크게 떴다.

"아니, 이게 무슨 일입니까?"

"아가씨가 피곤하셨는지 잠이 드셨다. 저택으로 돌아가지."

"……예? 아, 예! 어서 타시지요."

페렛이 황급히 문을 열어 주었다. 엘시아가 먼저 마차에 오르고, 페이렌이 엘시아의 뒤를 따라 마차에 올라탔다.

"페이렌 님, 리리엔은 이쪽으로 눕혀 주세요."

"예."

마차의 좌석은 웬만한 성인 남성이 눕고도 남을 정도로 넓었다. 그렇기에 리리엔을 눕히고도 자리가 너끈히 남았지만, 엘시아는 리리엔이 그녀의 무릎에 머리를 베고 눕도록 했다.

이윽고 문이 닫히고, 마차가 천천히 출발해 점차 속도를 내기 시작했다. 머지않아 창밖의 풍경이 쏜살같이 스쳐 지나가는 것처럼 보일 정도로 마차는 길을 빠르게 가로질렀다.

그렇게 마차가 대공저를 향해 내달린 지도 한참, 엘시아는 좀처럼 리리엔에게서 시선을 떼지 못했다. 그런 엘시아를 향해 페이렌이 조심스럽게 말문을 열었다.

"너무 걱정하지 마십시오. 곧 깨어나실 겁니다."

"……그랬으면 좋겠어요."

엘시아는 힘겹게 한 마디 했다. 페이렌이 말한 것처럼 리리엔이 곧 깨어날 것이라 낙관적으로 생각하고 싶어도, 마음처럼 되지 않았다. 엘시아는 계속해서 최악의 상황을 가정하고 또 가정하기를 반복했다.

그럴 수밖에 없었다. 엘시아의 눈에는 아직도 리리엔이 처음 만났을 적의 조그만 어린애로 보였다.

리리엔은 나이를 먹었고, 그에 따라 성장했지만 엘시아는 리리엔을 여전히 연약하고 어린 아이, 그러므로 마땅히 보호를 받아야 하는 어린아이로 보고 있었다.

리리엔이 비오렌치아라는 신비하고도 강한 힘을 가지고 있건, 그렇지 않건 상관없었다. 오랜 시간 리리엔을 보호해온 엘시아에게 리리엔은 아무런 조건 없이 그저 지켜 주어야 할 대상에 불과했다.

"저택에 도착했군요."

페이렌이 말을 끝맺음과 동시에 마차가 멈추었다. 엘시아는 조용히 고개를 돌렸다. 그러자 도망치고 싶은, 그러나 도저히 버릴 수가 없는 미련 때문에 좀처럼 떠날 수가 없는 커다란 저택이 눈에 들어왔다.

* * *

페이렌은 레오디안을 데려오겠노라 방을 나섰고, 엘시아는 리리엔의 침실에서 레오디안을 기다렸다.

리리엔의 집, 안전한 보금자리로 돌아왔음에도 불구하고 불안한 마음은 여전했다. 엘시아는 여전히 정신을 차리지 못하고 있는 리리엔의 얼굴을 하염없이 바라보았다.

만약 리리엔이 무사히 깨어난다고 해도, 이 불안한 마음이 사라질 것 같지는 않았다.

리리엔은 템푸스를 쓰면 위험이 뒤따른다는 사실을 알고 있었다. 그런데도 리리엔은 오늘 템푸스를 사용했다. 엘시아가 뜨거운 찻물을 뒤집어쓰는 걸 막기 위해서.

'고작, 고작 그까짓 일로…….'

그래, 고작 그까짓 이유로 리리엔은 템푸스를 사용했다. 리리엔은 엘시아가 찻물을 뒤집어쓴다고 해서 크게 다칠 리 없다는 사실을 알고 있다. 그럼에도 불구하고 리리엔은 힘을 썼다. 그에 엘시아는 리리엔이 언제든 힘을 사용하려 할 것이고, 그럼 오늘과 같은 일은 얼마든지 일어날 수 있다고 짐작했다. 그리고 리리엔이 지금처럼 정신을 잃고 깨어나지 못하는 상황이 언제든 반복될 수 있다는 생각에 불안했다.

어째서 리리엔이 레오디안과 같은 힘을 가지게 된 걸까. 도대체 왜…….

'왜 너를 지키려고 하면 할수록 도리어 너를 아프게 만드는 걸까.'

메마른 얼굴에서 그만큼 마른 눈물이 후둑, 떨어져 내렸다. 엘시아는 눈물을 닦아 낼 생각도 하지 못한 채로 마냥 눈물을 흘렸다.

리리엔이 가진 힘은, 엘시아에게는 저주와 다름없었다. 그것은 비단 그 힘이 엘시아를 죽일 수 있기 때문은 아니었다. 리리엔의 힘이, 그 힘을 지닌 본인에게도 위험하다는 사실 때문이었다.

엘시아는 리리엔이 더 이상 비오렌치아를 사용할 수 없게 되었으면, 힘이 사라져 버렸으면 바랐다. 실현될 가능성이 없는, 그렇기에 너무도 터무니없고 부질없는 바람이라는 것을 알면서도.

엘시아는 간절히 바라며 소리 없이 눈물을 흘려보냈다. 메마른 얼굴이 죄 젖어 버릴 때까지. 하염없이 울었다. 그러느라 엘시아는 문이 여닫히는 소리를 듣지 못했다. 누군가 방 안에 들어왔다 깨달은 건, 인기척을 느꼈기 때문이었다.

엘시아는 여태 리리엔의 손을 움켜잡고 있던 손으로 젖은 눈가며 뺨을 대강 닦아 내곤 고개를 돌렸다.

"……."

레오디안은 말없이 서 있었다. 가까이 다가오지도 않고, 그저 그 자리에 서서 묵묵히 엘시아를 살피는 눈동자는 고요했다. 그의 성정을 닮은 잠잠한 눈동자가 밝은 빛 아래 유난히 푸르렀다.

사람의 눈농자에는 많은 것이 담겨있기 마련이라고 하던데. 엘시아는 늘 그렇듯 레오디안의 눈에서 어떤 것도 읽어 낼 수 없었다. 그래서 엘시아는 시선을 내려, 레오디안의 너른 어깨를 감싸고 있는 검은 가운을 바라보았다.

이른 시간에 저택을 나섰다가 늦은 밤에야 돌아오던 이전에야 늘 딱딱한 정복 차림이었으나, 최근 레오디안은 외출을 삼가고 대부분의 시간을 저택에서 보냈기에 헐렁한 셔츠나 가운 차림으로 생활했다.

분명 격식 없는 복장임에도 불구하고 레오디안은 대개 빈틈이 없어 보였다. 그것은 레오디안이 언제나 그 어떤 것에도 감흥을 느끼지 못한다는 듯 무감각한 얼굴을 하고 있기 때문인지도 몰랐다. 하지만 방금 엘시아가 본 레오디안의 표정은 평소처럼 무표정했으나…….

그래, 분명 그러했으나 어쩐지 괴로워하고 있는 것처럼 보이기도 했다.

당신도 리리엔이 아프면 괴로운가.

당신이 리리엔과 함께한 것은 오 년, 아마도 그즈음. 내가 리리엔과 함께한 시간의 반이 겨우 되는 시간. 그러니까 당신이 리리엔과 함께 지낸 시간은, 리리엔과 떨어져서 보낸 시간에 비하면 보잘것없이 짧은데. 그런데도 당신은 리리엔을 진실로 동생이라 받아들였나.

엘시아는 다시금 레오디안의 푸른 눈동자에 시선을 고정했다. 엘시아는 확신이 필요했다. 레오디안이 리리엔을 사랑한다는, 그녀가 그렇듯 레오디안 또한 리리엔을 위해서라면 무엇이든 할 수 있는가 하는 확신.

그 확신만 있다면 엘시아는 지금까지 놓지 못하고 부득불 붙잡고 있던 미련을 놓을 수 있을 것 같았다. 리리엔을 떠날 수 있을 것만 같았다.

그런 이유로 엘시아는 레오디안을 덤덤히 응시하였고, 레오디안은 엘시아의 붉게 달아오른 눈가를 보고도 아무것도 묻지 않았다. 조금쯤 처절하게 그의 시선을 옭아매고 있는 이유를 묻지 않았다.

그렇게 엘시아와 레오디안은 아무런 말없이 서로를 바라보기만 하였다. 흐르는 시간 따위는 괘념치 않으며, 마치 지금 이 순간이 영원토록 지속되리라 믿고 있기라도 한 것처럼.

* * *

오래전에 잃어버렸던 리리엔 로켄페데스가 로켄페데스 저택으로 돌아온 이후, 조금씩 활기를 띠어 가던 저택은 언제 그랬냐는 듯 침울한 분위기에 휩싸이게 되었다. 사흘 전 리리엔이 외출을 했다가 정신을 잃은 채로 저택으로 돌아왔고, 지금까지 깨어나지 않고 있었기 때문이었다.

로아나 대신관이 죽음과 같은 적막이 곳곳에 내려앉아 있는 저택을 찾아왔다. 엘시아는 초췌한 모습으로 로아나를 맞이했다.

"……엘시아 님, 식사는 하신 거예요?"

엘시아는 말없이 고개를 저었다.

리리엔이 쓰러진 날, 그날부터 엘시아는 리리엔의 곁을 한시도 떠나지 않고 지켰다.

지금 엘시아가 입고 있는 옷은 리리엔과 아틀리에를 방문했을 때 입었던 옷이었다. 엘시아는 옷을 갈아입기는커녕 씻지도 않고, 물 한 모금조차 입에 대지 않았다. 심지어 엘시아는 단 한숨도 자지 않고, 그저 리리엔의 곁을 지키며 리리엔이 깨어나기만을 기다렸다.

종종 레오디안이 침실을 찾아와 한참 말없이 서 있다 돌아가고는 했는데, 단지 그뿐이었다.

레오디안은 엘시아에게 잠을 자라거나, 식사를 거르지 말라거나, 리리엔은 곧 깨어날 테니 걱정하지 말라는 말 따위는 하지 않았다. 말 그대로 조용히 서 있다가 떠났다. 덕분에 엘시아는 레오디안을 신경 쓰지 않고, 리리엔에게만 온전히 집중할 수 있었다.

그러다 오늘 아침, 레오디안은 문득 엘시아에게 정오 무렵 로아나가 방문할 것이라는 이야기를 전해 주었다.

레오디안의 목소리를 듣고서야 엘시아는 자신이 레오디안의 목소리를 근 사흘 만에 들었다는 사실을 인지했다. 그리고 자신이 리리엔의 침실에 틀어박히게 된 날로부터 꽤나 많은 시간이 흘렀다는 것도.

"아무리 그래도 식사는 제대로 하셔야죠. 보아하니 잠도 안 주무신 것 같은데……."

엘시아가 아무런 반응도 보이지 않자, 로아나는 한숨을 내쉬고는 화제를 돌렸다.

"대공 각하께서 처치를 했는데도 아가씨가 깨어나지 않으셨다고 들었어요."

"네, 맞아요."

엘시아는 저택으로 돌아온 직후, 리리엔의 침실에 발걸음 한 레오디안이 리리엔을 향해 힘을 사용하는 모습을 똑똑히 보았다. 하지만 리리엔은 정신을 차리지 못했고, 지금에 이르기까지 그저 깊이 잠들어 있었다.

"대공님은 리리엔이 시간이 지나면 정신을 차릴 거라고 했어요."

"⋯⋯각하를 믿지 못하시는군요."

엘시아는 차마 그렇다고 말할 수가 없어서 아무런 대답도 하지 않았다.

레오디안은 리리엔이 자신의 몸을 치유하기 위해 자고 있을 뿐이라고, 곧 깨어날 것이라고 말했지만 엘시아는 레오디안의 말을 곧이곧대로 믿을 수가 없었다. 레오디안을 의심하는 건 아니었다. 다만 불안할 뿐이었다.

모두가 리리엔이 깨어날 거라고 말했지만, 엘시아는 리리엔이 영영 눈을 뜨지 않을까 봐 너무도 불안했다. 리리엔을 깨어나게 할 수만 있다면 지푸라기라도 붙잡고 싶은 엘시아의 마음을 알아차렸는지, 레오디안은 로아나를 불러들였다.

"일단 아가씨를 살펴보기는 할 텐데⋯⋯ 대공 각하의 힘도 소용이 없었는데, 신성력이라고 통할 것 같지가 않거든요."

그러니 너무 기대하지는 마세요. 로아나가 조심스러운 목소리로 덧붙였다. 엘시아는 조용히 고개를 끄덕였다.

이윽고 로아나가 신성력을 사용했다. 리리엔의 어깨를 가볍게 쥔 로아나의 손에서부터 밝은 빛이 뿜어져 나왔다. 그렇게 얼마간의 시간이 지나고, 로아나가 리리엔에게서 손을 떼어냈다.

"딱히 이렇다 할 내상은 느껴지지 않아요."

"그러면⋯⋯."

"지금 아가씨는 잠이 드신 거예요."

엘시아는 어깨를 축 늘어뜨렸다. 로아나의 말은 레오디안이 했던 말과 조금도 다르지 않았다.

"아가씨는 곧 깨어나실 테니, 너무 걱정하지 마세요. 아가씨를 걱정하시는 마음은 충분히 이해하지만…… 그래도 이렇게 식사를 거르시면 어떡해요. 이러다 엘시아 님도 쓰러지시겠어요."

로아나의 눈에 엘시아는 리리엔보다도 훨씬 수척해 보였다. 원체 마른 엘시아가 이렇듯 계속 끼니를 거른다면, 쓰러지는 건 시간문제라는 생각이 들었다. 그만큼 엘시아는 위태로워 보였다.

"신경 써 주셔서 감사해요. 그리고 리리엔의 상태를 봐 주신 것도……."

"엘시아 님, 우리 내려가서 같이 밥 먹어요."

로아나가 드물게 엘시아의 말을 가로막았다.

"지금 당장이요."

* * *

엘시아가 로아나와 함께 식당에 발걸음을 한 모습을 본 로이셸의 표정이 밝아졌다. 비단 로이셸 뿐만은 아니었다. 엘시아가 침실을 나서자, 엘시아가 리리엔의 침실에서 한 발자국도 움직이지 않는 동안 내내 침실 앞을 지키고 있었던 페이렌의 얼굴에 드리워져 있던 그늘도 사라졌다.

로이셸은 시종들이 음식을 나르는 모습을 지켜보며 식당을 지키고 서 있었다. 그런 로이셸의 옆에 페이렌이 자리해 있었다. 두 사람은 엘시아와 로아나가 식사를 하는 모습을 묵묵히 지켜보았다.

"천천히 드세요, 엘시아 님."

엘시아가 식사를 하는 동안, 레오디안이 리리엔의 침실을 지키기로 했음에도 엘시아는 불안한 기색이 역력한 표정이었다. 당장이라도 리리엔의 침실로 돌아가고 싶은 것이 분명했다. 로아나는 엘시아의 신경을 다른 곳으로 돌려야겠다고 생각했다.

"신황 성하께서 제도에 머무르고 계신다는 건 알고 계시죠?"

샐러드를 뒤적거리던 엘시아의 손이 우뚝 움직임을 멈추었다. 이윽고 엘시아가 눈을 맞추자, 로아나가 말을 이었다.

"신황 성하께서 이롯타 신전을 마지막으로 신전 순회를 마치시는데, 그때를 맞추어서 축제가 열릴 거예요."

신황이 제도의 신전을 순회하는 건 연례 행사였다. 그리고 신황이 순회를 마치면 제도에서는 축제가 열리는데, 해마다 열리는 이 축제는 꽤 성대하였다.

"축제를 구경해 보신 적 있으세요?"

"아니요."

"그럼 이번에 구경해 보시는 건 어때요? 구경거리가 많으니 분명 즐거우실 거예요."

로아나는 축제가 열릴 즈음에는 리리엔이 깨어날 것이라 믿었다. 그래서 한 마디를 덧붙였다.

"아가씨도 무척 좋아하실 거고요."

"아……."

순간 엘시아의 낯빛이 흐려졌다가, 이내 평소 창백한 얼굴로 돌아왔다.

"그렇겠죠."

리리엔은 호기심이 많은 아이였다. 그러니만큼 새로운 것을 보고, 경험하는 데에 두려움이 없었다. 축제에 가자고 하면 굉장히 좋아할 것이다.

"참, 먼저 가면을 사셔야겠네요! 축제 마지막 날에는 가면을 쓰고 광장에 모여서 춤을 추거든요."

로아나가 생기발랄한 목소리로 말했다. 그런 로아나에게 엘시아는 무슨 반응을 보여야 할지 알 수 없어 그저 어색한 웃음으로 대답을 대신했다.

그로부터 시간이 흘러, 저택을 떠나는 로아나를 배웅한 뒤 페이렌과 함께 안으로 들어온 엘시아의 시야에 로이셸의 모습이 걸렸다.

"아, 엘시아 님. 바로 침실로 가십니까?"

"네."

엘시아가 고개를 끄덕이며 답하자, 로이셀이 엘시아를 걱정스럽다는 듯 바라보며 말했다.

"부디 오늘은 편안한 마음으로 휴식을 취하시길 바랍니다."

"……감사해요."

엘시아는 희미하게 웃고는 걸음을 옮겼다. 그러다가 문득 로이셀이 전에 필요한 것이 있으면 요구하라 했던 일을 떠올리곤, 걸음을 멈추었다. 그렇게 멈춰선 채로 잠시 망설이던 엘시아는 이윽고 페이렌을 향해 말했다.

"페이렌 님, 먼저 올라가 계실래요?"

"무슨 일인데 그러십니까?"

"로이셀 님과 둘이서 이야기를 나누고 싶어서요."

페이렌은 영 내키지 않는다는 듯한 기색으로 대답을 주저했다. 그에 엘시아가 한 마디를 덧붙였다.

"잠깐이면 돼요."

"그럼 여기서 기다리고 있겠습니다."

황실 연회와 아틀리에에서 있었던 일로, 페이렌은 엘시아의 곁을 떠나기를 망설일 수밖에 없었다. 지금 이곳이 다른 곳도 아닌, 안전한 저택이라는 사실을 알고 있는데도 그러했다.

"저는 신경 쓰지 마시고 편하게 이야기 나누고 오십시오."

페이렌의 단호한 태도에 엘시아는 더 이상 페이렌에게 자리를 비켜 달라고 요구할 수 없었다. 엘시아는 고개를 끄덕였다.

"금방 올게요."

엘시아가 몸을 돌리자, 여전히 그 자리에 서서 그녀를 바라보고 있던 로이셀이 보였다. 로이셀은 엘시아가 침실로 향하다 말고 다시 그에게 다가가자 의아한 듯했다. 그를 향해 엘시아가 말문을 열었다.

"저…… 물어보고 싶은 게 있는데요."

"네, 말씀하십시오."

로이셀은 부드럽게 미소를 지은 채로, 잠자코 엘시아의 말을 기다렸다. 덕분에 엘시아는 로이셀에게 묻고 싶었던 것을 마음 편히 물어볼 수 있었다.

"후견인이라는 게 정확히 무슨 말인가요?"

"누군가의 뒤를 돌보아 주는 사람을 이르는 말입니다."

퍽 뜬금없다고 여겨질 만한 질문에도 로이셀은 당황하지 않고 침착하게 대답했다.

"그럼, 정부는요?"

그러나 이어진 엘시아의 말에는 침착한 태도를 유지할 수 없었다. 로이셀은 경악스러운 표정으로 목소리를 높였다.

"누가 그런 소리를 하였습니까?"

"그냥 우연히 들었어요."

로이셀은 영 미심쩍다는 듯 눈매를 좁히고는 엘시아를 바라보았다.

"정말 우연히 들으신 겁니까?"

"네."

엘시아가 선선히 고개를 끄덕이며 답했으나, 로이셀은 여전히 엘시아의 말을 믿을 수 없다는 듯한 표정으로 엘시아를 빤히 주시했다. 그리고 엘시아는 방금 로이셀이 경악하던 모습으로, 정부라는 말이 그다지 좋지 않은 뜻을 가지고 있는 것이리라 어림짐작했다.

아틀리에에서 페이렌은 남자들이 엘시아를 모욕하고 있다며 화를 냈다. 그때 엘시아가 남자들이 했던 말이 모욕적이라 생각하지 못한 건, 단순히 엘시아가 후견인이나 정부라는 단어의 의미를 몰랐기 때문이었다.

엘시아는 그때 남자들이 했던 이야기가 정확하게 무슨 이야기였기에 페이렌이 분노했던 것인지 궁금했다. 다만 페이렌에게 차마 물어볼 수가 없어서 로이셀에게 물어본 거였는데…….

"곤란하시면 대답하지 않으셔도 돼요."

로이셀은 당황한 기색으로 쉽게 대답하지 못하였다. 그에 엘시아는 괜한 궁금증으로 로이셀을 곤란하게 만든 것 같아 미안한 마음이 들었다.

"제가 모르는 단어라서, 그냥 뜻이 조금 궁금해서 물어본 거였어요."

"아닙니다. 전혀 곤란하지 않습니다."

로이셀이 손사래를 쳤다. 그러면서 말을 이었다.

"정부는, 그러니까 정부는……."

로이셀은 어떻게든 대답을 하고 싶은 듯했지만, 좀처럼 쉽게 말을 이어 가지 못했다. 소리 없이 입술을 여닫던 로이셀은 한숨을 내쉬었다. 그리고 장갑을 낀 손으로 마른세수를 했다.

로이셀은 전혀 곤란하지 않다고 했지만, 무척 곤란해 보였다. 그에 엘시아가 이만 침실로 돌아가겠다고 말을 꺼내려고 했을 때였다.

"이미 결혼을 한 이와 정을 통한 자를 두고 정부라고 부릅니다."

로이셀이 방금까지와 다른 단단한 목소리로 말했다.

"혹여 누군가 감히 엘시아 님을 정부라 칭한 것이라면……."

로이셀이 굳은 표정으로 엘시아의 반응을 면밀히 관찰하듯 주시하였다. 그리고 엘시아는 덤덤한 얼굴로 로이셀의 시선을 마주했다.

실제로 엘시아는 아무렇지도 않았다. 다만 남자들이 어찌하여 자신을 레오디안의 정부라고 생각한 건지 의아할 뿐이었다.

자신은 레오디안과 정을 통하지 않았을뿐더러, 레오디안은 결혼을 하지 않았다. 그런데 어떻게 자신이 레오디안의 정부가 될 수 있을까. 멍하니 생각하던 엘시아는 문득 머릿속에 떠오른 한 가지 생각에 멈칫했다.

"혹시……."

"예?"

"혹시 대공님이 결혼을 하셨나요?"

레오디안이 결혼했다면, 엘시아가 모를 리 없었다. 엘시아는 레오디안과 함께 살고 있었으니까. 그러나 한편으로는 혹시나 하는 생각도 있었다. 레오디안이 결혼을 한 것이 아니고서는 남자들이 자신을 레오디안의 정부라 착각할 리가 없었으므로.

그래서 물은 건데, 로이셀은 말도 안 되는 소리를 들었다는 듯 멍하게 입을 벌렸다.

"대공 각하께서 결혼을 하셨냐고요?"

로이셀이 방금 엘시아가 한 말을 제대로 들은 건지를 확인하듯 물었고, 엘시아는 고개를 끄덕였다.

"아뇨, 아닙니다!"

세상에, 어떻게 그런 오해를 하신 건지. 로이셀이 도무지 믿을 수 없다는 듯 고개를 내저었다.

"각하께서 결혼을 하셨을 리가요. 만약 그랬다면 제가 이 가문의 재정을 책임지고 관리하는 일도 없었을 겁니다."

로이셀은 기가 찬 듯 헛웃음을 치고는 다시 한 번 강조했다.

"각하께서는 결혼하지 않으셨습니다. 미혼이십니다!"

"네, 네……. 알겠어요."

엘시아가 놀란 표정을 짓자, 그제야 로이셀은 가까스로 흥분을 가라앉혔다. 그러고는 길게 한숨을 내쉬었다.

엘시아가 갑자기 뜬금없이 후견인이니 정부니 묻는 데에는 그만한 이유가 있을 것이었다. 그렇게 생각하던 로이셀은 얼마 전 엘시아가 아틀리에에 다녀왔다는 것을 상기하고는, 아마 그곳에서 엘시아가 어떤 이야기를 들은 것이 분명하다고 판단을 내렸다.

"제게 더 물어보실 것은 없습니까?"

로이셀은 멍한 얼굴로 고개를 끄덕이는 엘시아를 향해 정중히 고개를 숙여 보였다.

"그럼 저는 할 일이 있어서, 이만 올라가 보겠습니다."

자신이 처리해야 할, 아주 중요한 일이 생겼다. 로이셀은 딱딱하게 굳은 표정으로 성큼성큼 걸음을 내디뎠다.

엘시아는 로이셀이 떠나고도 잠시 멍하니 서 있다가, 페이렌이 기다리고 있다는 사실을 퍼뜩 깨닫고는 황급히 발걸음을 옮겼다. 그렇게 엘시아가 내내 멀찌감치 서 있던 페이렌에게 다가가자, 페이렌이 의아한 목소리로 물었다.

"집사와 무슨 이야기를 하셨습니까? 집사의 표정이 굉장히 심각하던데……."

페이렌이 로이셀이 사라진 곳을 힐끔 바라보았다. 엘시아도 페이렌의 눈길을 따라 시선을 돌렸다.

"혹시 대공님이 결혼을 하셨냐고 물어봤어요."

사실 로이셀에게 물어본 건 그뿐만이 아니었지만, 엘시아는 구태여 페이렌 앞에서 정부라는 말을 꺼내고 싶지 않았다. 아틀리에에서 그 말을 듣고 화를 내던 페이렌의 모습이 생생했기 때문이었다.

"결혼…… 이요?"

한편, 페이렌은 엘시아가 로이셀에게 그런 것을 물어봤으리라고는 전혀 예상하지 못했다. 페이렌은 황당한 표정으로 입을 열었다.

"각하께서 결혼을 했다고 생각하셨던 겁니까?"

"네."

엘시아가 순순히 대답했고, 페이렌은 입술을 꼭 깨물었다.

레오디안이 결혼했다 생각하고 있었다고?

상상조차 못했던 엘시아의 말에 당황한 것은 잠시였다. 어찌하여 그런 생각을 하게 된 건지, 엘시아의 엉뚱함에 웃음이 나올 것 같았다.

"왜 그렇게 생각하셨습니까?"

"……그러게요."

페이렌은 입술을 더욱 힘주어 깨물었다. 엘시아의 무표정한 얼굴이 어째 지금 가만 보니 맹해 보이는 듯했다.

* * *

최근 들어 엘시아가 온종일 앉아 있고는 했던 소파에는 이미 누군가 앉아 있었다. 그리고 소파 너머로 보이는 침대에는 리리엔이 고요히 잠들어 있었다.

엘시아는 조용히 문을 닫고, 발소리를 죽인 채로 걸음을 옮겼다. 침대 맡 소파에 앉아 있던 사람은 레오디안이었다. 레오디안은 팔걸이에다 한쪽 팔을 지탱한 채 턱을 괴고 눈을 감고 있었다.

엘시아가 가까이 다가왔는데도 레오디안은 눈을 뜨지 않았다. 그에 엘시아 는 레오디안이 리리엔처럼 잠들어 있음을 알아차렸다.

리리엔을 지켜보고 있으라고 했는데, 속편하게 잠을 자고 있다니…….

속편하게 잠을 잔다고 말하기에 레오디안의 얼굴은 엘시아와 비교해도 손 색이 없을 정도로 초췌했지만, 엘시아는 퉁명스럽게 생각하면서 의자를 끌어 다 앉았다.

깊이 잠이 든 레오디안은 예의 그 검은 가운 차림이었다.

레오디안이 실내에서 입는 가운은 대개 검은빛으로, 조그만 문양이 일정한 간격을 두고 수놓아진 식이었다. 최근 레오디안은 색이 비슷할 뿐, 문양이 다 른 가운들을 매일같이 갈아입고 있었다. 하지만 레오디안이 입는 가운에 새 겨진 문양까지 관심을 두고 보지 않았던 엘시아는 요즘 레오디안이 옷을 갈 아입지 않는가 보다 하고 가볍게 생각했다.

그렇게 한참을 조용히 레오디안을 바라보던 엘시아는 자신도 옷을 갈아입 은 지 오래됐다는 사실을 깨달았다. 옷이 더럽다거나 냄새가 나는 것은 아니 었지만, 새삼 인지하고 나니 신경이 쓰였다. 엘시아는 레오디안이 일어나기 전에 얼른 씻고 오는 것이 좋겠다는 생각에 몸을 일으켰다.

엘시아는 미처 눈치채지 못했지만, 로아나를 비롯하여 페이렌이나 로이셀 과 짧게나마 대화를 나눈 이후, 그녀는 무기력함에서 어느 정도 벗어날 수 있었다. 내내 홀로 침실에 틀어박혀, 리리엔을 바라보며 곱씹고 또 곱씹었던 우울한 상념들도 어느 순간 자취를 감추었다.

그러나 엘시아는 요즘 레오디안이 입는 검은 옷이 사실 전부 다른 옷이었 다는 것을 알아차리지 못한 것처럼, 자신의 내면이 미묘하게 변화하였다는 사실을 인지하지 못했다. 다만 어쩐지 몸이 조금 가뿐한 것 같다는 생각을 했을 뿐이었다.

* * *

제도 중심가에서 떨어진 후미진 거리 중, 본래 이름보다 '밤그림자'라는 별칭으로 널리 알려져 있는 거리가 있다. 이 거리가 유명한 것은 제국법으로 금지된 일이 아무렇지 않게 자행되는 곳이었기 때문이었다.

이 돈이 있다면 무엇이든 살 수 있고 어떤 일이라도 할 수 있는 거리의 중심에는 '황금 저택'이라 불리는 대저택이 있었다. 그리고 그곳의 실질적인 소유자는 아이작 히치콕이었다.

어스름한 밤, 아이작 히치콕은 저택 곳곳을 눈으로 살피며 거닐었다. 오랜만에 저택을 방문했을 때 으레 하는 의례와 같은 행위였다.

"그동안 별일은 없었나?"

아이작이 집사를 돌아보면서 물었다. 한 걸음쯤 떨어져 서 있던 집사가 조금쯤 고개를 숙인 채로 대답했다.

"오늘 낮에 레븐이 먹이를 가져다 달라면서 몇 차례 난동을 부렸습니다."

흐음, 나직이 신음성을 흘리는 아이작의 입가에 걸려 있던 미소가 점차 희미해지더니 이윽고 완전히 자취를 감추었다.

"레븐이 규칙을 어긴 것이 오늘로 몇 번째지?"

"요헴에서 돌아온 이후 거의 매일같이 소란을 피웠으니, 적어도 스무 번은 됩니다."

아이작은 레븐이 맡은 바 소임을 다하지 못하고 이곳으로 돌아온 것이 언제였는지를 머릿속으로 가늠해 보았다. 날짜를 셈하는 데에는 그리 오랜 시간이 걸리지 않았다.

"열쇠를."

아이작이 얼음장처럼 싸늘한 얼굴로 툭 내뱉었다. 그러자 집사가 재빨리 아이작에게 열쇠 꾸러미를 내밀었다.

"내가 지하로 내려가는 즉시 중문을 잠가."

"예, 주인님."

집사를 힐끗 응시한 아이작은 주저 없이 몸을 돌렸고, 그렇게 곧장 지하로 통하는 층계로 향했다.

엘시아를 만난 이후, 마냥 좋기만 했던 기분이 순식간에 바닥으로 추락했다. 당연한 얘기였다. 아이작은 머지않아 엘시아를 이곳으로 초대할 계획을 가지고 있었으므로.

지금껏 아이작은 엘시아를 만나기 위해서 요헴의 저택과 로켄페데스 대공저에 각각 심부름꾼을 보냈으나, 아무런 소득도 얻지 못했다. 그 두 번의 실패는 아이작을 안달하게 만들었다.

머지않아 황자가 엘시아와 대화를 나눌 수 있도록 자리를 만들어 주겠노라 약속했지만, 아이작은 황자의 말만 믿고 마냥 기다리고 있을 수가 없었다. 아이작은 어떻게든 엘시아를 꼬여 내려고 호시탐탐 기회를 엿보았다. 그러는 한편, 엘시아가 혹할만한 미끼도 준비했다.

화려한 저택은 그 미끼 중 하나였다. 그러므로 엘시아가 보게 될 그의 저택은 완벽해야 했다. 조금의 결점 없이 완전한 모습이어야 했다. 그가 계획해 안배한 것에서 일말의 어긋남이 없어야 했다. 모든 것이 제자리에 있어야 했다.

엘시아는 완벽한 저택을 보고, 온전히 누릴 자격이 있었다. 그래야 마땅했다.

그런데 지금 레븐이 그의 계획에 훼방을 놓으려 하고 있었다. 엘시아가 응당 받아야 하는 것들을 망치려 들고 있었다. 그런 이상, 레븐은 이제 쓸모가 없었다. 가만 방치해 두다가는 저택에 생겨날지도 모를 흠집에 불과했다.

그래서 아이작은 레븐을 폐기하기로 결심했다.

아이작은 레븐이 갇혀 있는 감옥을 힘들여 찾을 필요가 없었다. 아이작의 발소리가 지하에 울려 퍼지기가 무섭게 레븐이 소리를 질러 댔기 때문이었다.

"왜, 왜 이제야 왔어?"

아이작은 눈앞의 쓸모없는 흠집을 말없이 바라보았다.

"아냐, 됐어. 이제라도 왔으면 됐지."

"……."

"빨리 풀어 줘. 몸이 말이 아니야."

레븐은 아이작을 올려다보며 한껏 말라비틀어진 입술로 씨익 웃었다. 반면 아이작의 표정은 싸늘하기 그지없었다.

아이작이 좀처럼 아무런 반응을 보이지 않고 서늘한 시선만을 보내자, 레븐은 불현듯 불길한 예감에 모골이 송연해졌다.

"……뭐야, 왜 가만히 서서 쳐다만 보고 있는 건데?"

아이작이 침묵하는 시간이 길어지면 길어질수록, 레븐은 초조해졌다. 가까스로 호선을 그리고 있던 레븐의 입매가 조금씩 아래로 쳐졌다.

"이만하면 벌은 충분히 받았잖아. 이제 그만하고 풀어 달라고, 응?"

레븐은 현재 자신이 어떤 상황에 처해 있는지 정확하게 인지하고 있었다.

지금 레븐은 전류가 흐르는 철창 안에 갇혀 있었고, 철창 문을 열 수 있는 열쇠는 아이작의 손에 들려 있었다. 그러니 아이작이 레븐을 풀어 주지 않는 이상, 레븐이 이곳에서 나갈 수 있는 방법은 없었다.

그런 상황에서 레븐이 아이작을 향해 이를 드러내는 것은 그다지 현명하지 못한 행동이었다. 그러나 조금씩 썩어 들어가고 있는 육체와 오랜 굶주림은 레븐으로 하여금 이성적인 사고를 할 수 없도록 만들었다.

"풀어 달라니까! 지금 내 몸 상태가 말이 아니라고, 빨리 나가서 식사를 해야 한다고!"

레븐이 되는대로 소리쳤다. 마음 같아서는 아이작과 그의 사이를 가로막고 있는 쇠창살을 부숴 버리고 싶었다.

하지만 레븐은 쇠창살에 손을 대면 무슨 일이 벌어지는지는 그간 몇 번의 경험으로 익히 알고 있었다. 때문에 레븐이 할 수 있는 일이란 고작 아이작에게 위협적으로 소리치는 일뿐이었다.

"제기랄! 네가 날 여기다가 처박아 둔 동안 내 꼴이 어떻게 됐는지 봐. 이러다 진짜 죽을 것 같단 말이야!"

엉망으로 갈라진 목소리는 들어주고 있기가 힘들 정도였다. 아이작은 미간을 와락 찌푸렸다. 그에 레븐이 입을 닫자, 지하가 지독하리만큼 고요해졌다. 싸늘한 정적이 오싹했다. 레븐은 가볍게 몸서리치며, 누군가 그의 목을 조르고 있기라도 한 양 겨우 목소리를 짜내었다.

"그때 다친 상처가 곪아 가고 있다고……."

사실이었다. 레븐의 몸에서는 악취가 났다. 상처가 곪아 터져 진물이 줄줄 흘러나오고 있었다. 그가 가진 비정상적인 치유력은 아무런 소용이 없었다. 그 사실을 깨닫는 데까지는 그리 오랜 시간이 필요하지 않았다.

상처를 입은 채로 요헴에서 돌아온 날부터 레븐의 몸은 조금도 치유되지 않았다. 아이작의 명령에 따라 엘시아를 만난 것까지는 좋았는데, 엘시아와 대화를 나누는 도중에 끼어든 로켄페데스 대공이 웬 식물로 레븐을 공격했다.

그때 레븐이 입게 된 상처는 아주 가벼웠으나, 이상하게도 조금도 낫지를 않았다. 오히려 생채기 같은 상처에서 흘러나온 피가 조금씩 살갗을 녹였다. 그리고 며칠이 지나지 않아서 온몸이 상처투성이가 되었다.

먹이를 먹으면 나아질 것 같은데, 그러면 이따위 상처야 금세 씻은 듯 나을 텐데…….

아이작은 레븐에게 식사를 허락하지 않았다. 레븐을 지하에 가둬 두고 한 번을 찾아오지 않았다. 그리하여 지금이었다.

레븐은 죽어 가고 있었다.

이곳에 갇히기 전까지, 레븐은 자신의 죽음에 관하여 생각해 본 적이 없었다. 당연했다. 레븐은 죽음이란 자신과 인연이 없는 것이라 여겼었다. 하지만 지금, 그는 제 눈앞에 죽음이 성큼 다가와 있음을 실감할 수밖에 없었다.

"설마…… 설마 너……."

레븐은 애초부터 아이작에게 철창의 문을 열어줄 마음은 추호도 없었는지도 모른다는 두려운 짐작을 하기에 이르렀다.

"……아니지?"

메마른 목소리가 볼품없이 떨렸다. 아이작의 침묵은 레븐이 떠올린 불안한 가정을 조금씩 확신하게 만들었다.

"날 버릴 생각하고 있는 거, 아니지?"

아이작이 비릿하게 웃었다. 레븐은 아이작이 정말 자신을 살려 줄 마음이 없다는 사실을 실감했다. 레븐은 움직이지 않는 몸을 가까스로 움직였다. 그렇게 아이작의 앞에 무릎을 꿇었다. 비굴하게 빌었다.

"주인, 주인님! 제발…… 내가 더 노력할게, 잘할게! 그러니까 버리지 마. 제발, 살려 줘……."

레븐은 죽고 싶지 않았다. 그동안 아이작의 말 한 마디로 폐기된 괴물들의 최후가 어떠했는지 누구보다 잘 알고 있었다. 심지어 몇 명은 아이작의 명을 받은 레븐이 직접 목을 비틀어 죽여 버리기도 했었다.

레븐은 자신의 마지막이 그들처럼 초라하리라고 상상조차 한 적 없었다. 자신은 어린 괴물이지만 강한 힘을 가지고 있었다. 그런 자신을 아이작도 마음에 들어 했다.

그런데 고작, 고작 조금 다쳤다고 이렇게 나를 버릴 수가 있어……?

레븐은 억울해서 죽을 수도 있을 것 같다는 말을 마음 깊이 실감하며 이를 악물었다. 충혈되어 한껏 붉어진 눈동자에는 순식간에 물기가 맺혔다.

너무 억울하고 분통해서 아이작을 죽여 버리고 싶었지만, 레븐은 지금 명백한 약자였다. 일단은 이곳을 나가야 했다. 그래야 아이작의 목을 비틀 기회라도 엿볼 수 있었다.

레븐은 신경질적으로 눈가를 닦아 냈다. 고작 그 정도의 가벼운 움직임이 었는데도 뼈가 저리는 듯한 고통을 느꼈다.

"주인님, 나를 버리지 말아 줘. 그동안 말 잘 들었잖아. 앞으로노 말 들을게. 한 번만 기회를 주면……."

"……."

"한 번만 살려 주면 안 될까? 잘할게. 정말 잘할게."

아이작 앞에 무릎 꿇은 레븐이 울먹이는 목소리로 목숨을 구걸하기를 한참,

비로소 아이작이 입술을 열었다.

"어떻게 잘할 건데."

감정이라곤 한 톨도 담기지 않은 건조한 목소리였지만, 그것으로도 레븐에게는 충분한 희망이 되었다. 비록 실낱같은 희망이라고 할지라도.

"어떻게든⋯⋯! 어떻게든 할 거야. 네가 시키는 건 다 할게. 불평 한 마디 안 하고, 무조건 할게."

레븐은 간절한 표정으로 아이작을 올려다보았다. 그런 레븐을 잠시간 가만주시하던 아이작은 문득 싸늘하게 조소하며 말했다.

"네 몸은 예전으로 돌아갈 수 없어. 그런 네가 내게 쓸모를 증명할 수 있을까?"

아이작이 손을 쓰지 않아도 레븐은 죽을 것이다. 로켄페데스의 힘에 노출된 이상 레븐은 가망이 없었다.

만약 레븐이 주제넘게 난동을 피우지만 않았더라면, 조금 더 오래 목숨을 부지하고 살 수 있었을 것이다. 하지만 아이작은 레븐이 그의 계획을 망칠지도 모르는 상황에서 자비를 베풀어 줄 생각이 없었다.

"너는 더 이상 필요가 없다."

아이작은 그의 자비를 바라고 있는 괴물을 향해 선고를 내렸다.

* * *

엘시아가 가볍게 샤워를 끝내고 리리엔의 침실로 돌아왔을 때, 리리엔과 레오디안은 여전히 잠들어 있었다. 아까 엘시아가 침대맡에 놓아둔 의자 역시 그 자리에 그대로 있었다.

엘시아는 레오디안을 깨워야 하나, 잠시 고민하다가 그냥 조용히 의자에 앉았다. 그러다 오늘따라 창으로 새어 들어오는 빛이 유난히 밝은 듯하여 커튼을 칠 생각으로 자리에서 일어났다.

커다란 저택은 여전히 낯설고 적응이 안 됐지만, 창밖으로 보이는 정원은 엘시아에게 그나마 익숙하게 느껴졌다. 아무런 생각 없이 바라보면서 시간을 흘러보내기에도 좋았고.

그래서일까. 엘시아는 커튼을 치려다가 멈칫 멈춰 서서는 멍하니 정원을 내려다보았다.

해질녘 붉은 하늘이 스민 정원에는 형형색색 꽃들이 초목을 수놓고 있었다. 그런 정원은 엘시아가 보기에도 퍽 아름다웠다. 하지만 동시에, 시간이 흐르는데도 시들기는커녕 화려하게 피어 있는 꽃들이 짐짓 기괴하게 느껴지기도 했다.

저택에서 지내는 시간은 하루가 다르게 늘어나 거대하게 몸집을 불리어 가는데, 조금도 스며들지 못하고 있는 엘시아 그녀처럼.

엘시아는 자조적인 시선으로 정원을 바라보다 붉은 커튼을 쳤다. 그러자 자연스럽게 방 안이 어스레해졌다. 사물을 분간하기에는 무리가 없는 어스름이었으나, 누군가 숙면을 취하는 데에 방해가 되지 않을 정도로는 어둑했다.

여러모로 적당히 어두워진 방, 엘시아는 소리 없이 다시금 의자에 앉았다. 그렇게 자리에 앉아서 엘시아는, 리리엔의 침실을 지킬 때면 으레 그랬던 것처럼 리리엔을 바라보았다.

언제쯤이면 깨어날까. 얼마나 더 기다려야 네 웃는 얼굴을 볼 수 있을까.

그런 생각을 하고 있을 때였다. 엘시아는 갑자기 손목에서 느껴지는 압박감에 화들짝 놀라 시선을 내렸다. 그러자 그녀의 손목을 감싸 쥐고 있는 커다란 손이 보였다.

그 커다란 손을 멍하니 응시하던 엘시아는 천천히 고개를 돌렸다.

마음먹고 떼어 내려 한다면 충분히 떼어 낼 수 있는 정도의 악력이었지만, 엘시아는 레오디안의 손을 가만히 두었다. 다만 의아한 눈으로 레오니안을 바라볼 뿐이었다.

레오디안은 여전히 눈을 감고 있었다. 엘시아는 고개를 갸웃하면서 입을 열었다.

"……일어나셨나요?"

엘시아는 레오디안이 잠에서 깨어난 건지 아닌지를 좀처럼 쉽게 분간할 수가 없었다. 그래서 엘시아는 다시 한번 입을 열었다.

"대공님."

이번에도 엘시아는 레오디안에게서 아무런 대답도 들을 수 없었다. 잠들어 있는 사람이라기에는 손목을 쥔 손의 악력이 꽤 셌고, 그렇다고 깨어났다고 여기자니 레오디안은 지금도 마치 아무 일도 없었다는 듯 고요히 눈을 감고 있었다.

엘시아는 다시금 시선을 내려 레오디안에게 잡힌 제 팔을 응시했다.

갑작스러운 접촉에 당황하기는 했지만, 어쩐지 싫지는 않았다. 그의 손이 따뜻하기 때문일까.

사흘 동안 리리엔의 침실을 지키며, 엘시아는 구명줄을 쥐듯 리리엔의 손을 간절히 잡아 보고는 했지만 리리엔이 엘시아의 손을 마주 잡아 주는 일은 일어나지 않았다.

물론 레오디안의 손은 리리엔과 비교하면 무척 커다랬지만······.

엘시아는 누군가 자신을 힘주어 잡고 있는 상황이 그다지 나쁘지 않은 것 같다는 생각을 했다.

하지만 언제까지고 이렇게 있을 수는 없는 노릇이었다. 엘시아는 아무래도 레오디안이 잠결에 팔을 붙잡은 것 같다는 생각을 하며, 그의 손을 떼어 내려고 했다.

"······."

"······네?"

그때 문득 귓가에 들려온 나지막한 음성에 엘시아가 어리둥절한 목소리로 되물었다.

"방금 뭐라고 하셨어요?"

뒤따르는 대답이 없었다. 하지만 엘시아는 레오디안이 일어난 건가 싶어 유심히 그의 얼굴을 살폈다. 그는 여전히 눈을 감은 채였는데, 이전과 달리 짐짓 미간을 찌푸리고 있었다.

그러나 단지 그뿐이었다. 엘시아는 한동안 유심히 레오디안을 살폈으나, 레오디안은 아무런 미동이 없었다.

'잘못 들었나?'

엘시아가 고개를 갸웃했을 때였다. 그녀의 손목에 엉켜있던 레오디안의 손에 힘이 들어갔다. 그리고 머지않아서 낮게 잠긴 목소리가 방 안에 울려 퍼졌다.

"……대체."

여전히 불분명한 음성이었지만, 아까 들었던 것보다는 또렷한 목소리에 엘시아는 가만 귀를 기울였다. 그러나 레오디안의 말은 이어지지 않았다. 레오디안은 언제 말을 했냐는 듯, 미간을 구긴 채로 입술을 꾹 맞물고 있었다. 엘시아가 그의 목소리를 다시금 들을 수 있었던 건 한참 뒤의 일이었다.

"무엇이……."

레오디안의 눈꺼풀이 천천히 올라갔다. 그리하여 완전히 드러난 푸른 눈동자가 망설임 없이 엘시아를 향했다. 마치 엘시아가 그곳에 있으리란 것쯤은 진작부터 알고 있었다는 듯.

"무엇이 다행이라는 겁니까."

레오디안이 물었다.

완전히 잠에서 깨어난 목소리는 조금 거칠기는 할지언정 또렷했다. 때문에 엘시아는 레오디안의 말을 똑똑히 알아들을 수 있었다.

하지만 레오디안의 말뜻은 전혀 이해할 수 없었다. 심지어 엘시아는 방금 레오디안이 한 말이 그녀에게 한 말인지조차 확신하지 못했다. 그만큼 뜬금없고, 영문을 알 수 없는 말이었다. 따라서 엘시아는 레오디안이 왜 이런 것을 묻는지 한참을 고민해야 했다. 혼자서 고민한다 해서 답을 알 수는 없었지만.

"……무슨 소리를 하시는 건지 모르겠어요."

결국 엘시아는 아무런 소득 없는 고민을 끝내고는 되물을 수밖에 없었다.

"방금 저한테 물어보신 건가요?"

레오디안은 말없이 엘시아를 바라보다가 고개를 돌려 리리엔을 눈에 담았다. 그렇게 한참, 리리엔을 주시하던 레오디안의 시선이 다시 엘시아를 향했다.

마치 상황을 파악하려는 듯한 모습이었다. 그런 레오디안의 모습은 얼핏 지금 그가 있는 곳이 꿈인지 현실인지를 가늠하고 있는 것 같기도 했다.

엘시아는 차분하게 레오디안의 시선을 마주했다. 늘 고요한 호수 같던 푸른 눈동자는 어쩐지 흔들리고 있었다. 그의 혼란이 무엇에서 기인했는지 알 수가 없는 엘시아로서는 그가 평소의 그로 돌아오기를 그저 잠자코 기다릴 수밖에 없었다.

적당히 어두웠던 침실은 시간이 흐름에 따라 조금씩 더 깊은 어둠에 잠기었다. 오래도록 이어지고 있는 침묵이 유난히 짙고 무겁게 느껴지는 건 그 때문일까.

초 하나를 켜 두지 않은 탓에 의지할 만한 빛 한 줄기 없는 어둑한 침실에서 레오디안의 눈동자는 심연같이 짙고 음습한 빛깔을 띠었다. 그래서 엘시아는 새삼 긴장이 되었다. 내내 레오디안과 마주하고 있던 시선을 떼어 낸 것은 그런 이유에서였다.

레오디안의 묵묵한 눈동자를 피해 눈길을 돌렸지만, 그것이 무색하게도 엘시아의 시선은 여전히 레오디안에게 머물러 있었다. 정확하게는 그녀의 손목을 붙잡고 있는 그의 손에, 엘시아의 눈길이 닿았다.

엘시아는 레오디안의 손등 위로 그녀의 손을 조심스럽게 겹쳤다. 그때 영원히 이어질 것만 같던 정적이 깨졌다.

"언제부터 여기 있었습니까."

갈라진 목소리가 엘시아의 귓가를 파고들었다. 그에 엘시아는 레오디안의 손을 떼어 내려다 말고 멈칫했다. 꽤 오래 자리를 지키고 있었던 것 같기는 한데, 정확한 시간은 모르겠다. 그래서 엘시아는 레오디안의 물음에 대한 대답 대신 다른 말을 꺼냈다.

"잘 자시던데요."

무심하게 툭 내뱉은 말에 레오디안은 이렇다 할 어떤 반응도 보이지 않았다. 엘시아도 딱히 대답을 바라고 한 말은 아니었던지라, 그녀는 대수롭지 않은 표정으로 손에 힘을 주었다.

레오디안의 손을 떼어 내고자 힘을 주었던 것인데, 레오디안은 꿈쩍도 하지 않았다. 이는 레오디안도 손에 힘을 주고 있기 때문일 것이다. 엘시아는 얼떨떨한 눈으로 레오디안을 바라보았다.

엘시아는 리리엔과 함께 지내게 되면서부터 힘을 조절해 왔다. 혹여 리리엔을 아프게 할까, 리리엔을 만지거나 끌어안을 때면 늘 주의를 기울였다.

그러다 보니 엘시아는 저택에서 머무르게 된 이래로도 누군가에게 손을 가져다 댈 때면 무의식적으로 힘을 조절하고 있었다. 이곳에 살고 있는 모두가 리리엔과 같은 인간이기 때문에. 지금도 마찬가지였다. 엘시아는 레오디안이 다칠까 봐, 내내 어느 정도 힘을 조절한 채로 그의 손을 잡고 있었다.

그러나 레오디안이 좀처럼 손목을 놔주지 않아서, 엘시아는 손에 조금 더 힘을 주었다. 그럼에도 불구하고 레오디안은 손을 떼지 않았다. 엘시아는 조금 더, 또 그에서 조금 더⋯⋯. 계속해서 힘을 주었다. 꽤나 힘을 주었으니 고통을 느낄 법도 한데, 레오디안의 표정에는 아무런 변화가 없었다.

"⋯⋯저, 이 손 좀⋯⋯."

결국 엘시아는 곤혹스러운 낯으로 입을 열었다.

잠에서 깨어난 지도 꽤 되었는데, 어째서 손을 놓아주지 않는 건지 의아했을뿐더러, 아까부터 아무런 말도 하지 않고 그저 시선만을 보내고 있는 레오디안이 낯설었다.

원래도 레오디안은 말이 많은 편이 아니었지만⋯⋯ 지금은 유독 정도가 심했다.

레오디안이 의미 모를 행동을 하는 건 비단 하루 이틀 일은 아니었다. 그래도 조금은 익숙해졌다고 생각했는데, 아니었나 보다. 엘시아는 무심하게 생각했다.

의미 모를 행동에 의미를 부여하는 것만큼 바보 같은 짓도 없었다. 그래서 엘시아는 되는 대로 힘을 주어 레오디안의 손을 떼어 냈다.

엘시아는 순간 힘껏 움켜쥐었던 레오디안의 손이 움찔하는 것을 느꼈다. 아무래도 이번에는 좀 아팠나 보다. 엘시아는 재빨리 레오디안의 손을 놓아 주었다. 그러자 조금 멍한 눈으로 굳어 있던 레오디안이 이내 얼얼한 손을 매만졌다.

"그러게 왜……."

레오디안이 아무리 단단한 신체를 가지고 있다고 할지라도 그는 인간이었다. 그리고 인간이 아닌 엘시아는 레오디안이 느끼고 있을 고통을 공감할 수 없었다. 하지만 미간을 구긴 채 연신 손을 매만지는 레오디안의 모습을 미루어 보면, 꽤나 고통스러웠으리라 짐작할 수는 있었다.

엘시아 스스로 생각하기에도 강하게 힘을 주어 그의 손을 떼어 냈으니, 그가 아파하는 것은 당연했다. 거기까지 생각이 미치자, 그에게 미안한 마음이 들었다. 연약한 인간에게 이토록 힘을 써 본 건 처음이었다. 그랬기에 엘시아는 죄책감을 느끼는 한편, 당황을 금치 못했다.

"괜찮으세요?"

혹여 손이 부러진 것은 아닐까 하는 걱정도 들었다. 그에 엘시아가 조심스러운 시선으로 레오디안을 살피는데, 레오디안이 기나긴 침묵을 깨고선 말했다.

"대신관은 돌아갔습니까?"

"네, 그런데……."

엘시아는 말끝을 흐리면서 저도 모르게 한숨을 내쉬었다. 말과 말 사이 긴 숨을 둔 엘시아는 찰나 주저한 끝에 말을 이었다.

"손, 괜찮으세요?"

레오디안이 대답하지 않았던 물음의 반복이었다.

"혹시…… 뼈가 부러지지는 않았나요?"

눈을 뜬 이래로 별다른 표정 변화가 없던 레오디안이 별 이상한 소리를 다 듣겠다는 듯한 낯으로 허탈한 웃음을 흘렸다. 진심으로 걱정이 되어서 물어본 것인데, 막상 레오디안이 대답하기는커녕 어이가 없다는 듯 웃자 엘시아는 황당해졌다.

웃는 걸 보니 그렇게 아프지는 않았나 보지?

엘시아는 냉소적으로 생각하며 홱 고개를 돌렸다. 그러자 불현듯 묵직한 음성이 고요하던 침실 안에 나직이 깔렸다. 그러니까 신음 소리에 가까운 소리가.

엘시아는 저도 모르게 반사적으로 소리가 난 곳으로 고개를 돌렸다. 이윽고 미간을 와락 찌푸리고 있는 레오디안의 얼굴이 눈에 들어왔다. 레오디안은 그렇게 잠시간 아무런 말이 없다가, 엘시아를 바라보면서 천천히 입을 열었다.

"아무래도……."

아무래도?

엘시아는 짐짓 긴장한 채로, 곧 이어질 레오디안의 말을 기다렸다.

어쩌면 애써 아무렇지 않은 척을 했던 게 아닐까, 사실은 아픈데 내색하지 않았던 게 아닐까. 그런 생각이 들었기 때문이었다. 엘시아의 조금쯤 간절한 기다림을 아는지 모르는지, 레오디안은 서두를 것 없다는 듯 느긋하게 말을 이었다.

"저녁은 먹었습니까?"

"……네?"

엘시아의 입술 사이로 허탈한 숨이 터져 나왔다. 조금 긴장한 탓에 저도 모르게 딱딱하게 굳히고 있던 어깨에서 절로 힘이 빠졌다.

"혹시 저녁은 먹었냐고 물었습니다."

"아뇨, 안 먹었어요."

엘시아는 가볍게 고개를 젓고는 다시금 허탈하게 숨을 내뱉었다. 혹시나 하는 마음에 지레 긴장하고 있었던 스스로가 바보 같았다.

그렇게 엘시아가 허탈한 심정으로 레오디안을 응시하는데, 레오디안이 심각하게 고민하는 듯한 기색으로 한참 말이 없다가 잠시 뒤 한 마디를 툭 내뱉었다.

"우리가 마지막으로 저녁을 함께한 게 언제였는지 기억이 안 납니다."

엘시아는 레오디안, 그리고 리리엔과 함께 저녁을 먹었던 게 언제인지 가늠해 보았다.

리리엔이 쓰러진 이후, 엘시아는 저녁은커녕 매 끼니를 걸렀다. 오늘 로아나와 점심을 먹기 전까지는 그랬다. 그러니까 저녁을 거른 지 못해도 사흘은 되었을 것이다.

머릿속으로 셈을 마친 엘시아는 조용히 잠들어 있는 리리엔에게로 눈길을 돌렸다. 그리고 그렇게 리리엔에게 시선을 고정한 채로 엘시아가 무심하게 말했다.

"리리엔 옆에는 제가 있을 테니까, 대공님은 내려가서 식사하세요."

레오디안이 어째서 갑자기 그간 함께한 저녁 식사 시간에 관한 이야기를 꺼냈는지, 그 이유를 모르지 않았다. 하지만 엘시아는 레오디안이 한 말의 속뜻을 눈치채지 못한 척했다.

애초에 엘시아가 영 불편하기만 한 저녁 식사 시간을 피하지 않고 자리를 지킨 건, 순전히 리리엔의 부탁을 거절할 수 없었기 때문이었다. 리리엔이 함께할 수 없는 상황에서 레오디안과 저녁을 먹고 싶은 생각은 없었다.

"……그렇군요."

엘시아가 무슨 생각을 하고 있는지 알겠다는 양, 혼잣말처럼 중얼거린 레오디안이 천천히 고개를 모로 기울였다. 그리고 조금쯤 가늘어진 눈으로, 한동안 묵묵히 엘시아를 주시하였다.

뺨에 눅진하게 달라붙어 있는 시선을 알고 있으면서도 엘시아는, 방금 레오디안의 말뜻을 전혀 모르는 척했듯 그의 시선 또한 모르는 척했다.

"그런데 손이 좀 뻐근한데."

꽤 한참 만에 레오디안이 말했고, 엘시아는 어이가 없는 눈으로 레오디안을 돌아보았다.

"애초에 대공님이 제 팔을 붙잡지 않았더라면 손이 아프실 일도 없었을 거예요."

엘시아가 드물게 단호한 태도로 쏘아붙이자, 레오디안이 의외라는 듯 눈매를 좁혔다. 그러고는 물었다.

"화났습니까?"

"아뇨, 화가 난 게 아니라……."

말끝을 흐린 엘시아가 가볍게 한숨을 내쉬고는 화제를 돌렸다.

"그래서 대체 왜 그러셨던 거예요?"

아까 레오디안은 너무 이상했다. 갑자기 팔을 붙잡지를 않나, 혼란스러운 듯한 표정으로 한참 말이 없지를 않나…… 묻는 말에도 대답이 없음은 물론이거니와 좀처럼 팔을 놓으려고 하지도 않았다.

"그래야 할 것 같아서, 그랬습니다."

여러 의문들로 복잡한 엘시아의 머릿속과 다르게 레오디안의 대답은 단순했다. 그래야 할 것 같아 그랬다니. 말문이 막힌 엘시아가 멍하니 레오디안을 응시했다.

"붙잡아야 할 것 같아서."

그래서 그랬습니다. 레오디안이 어쩐지 힘없는 목소리로 읊조렸다.

그 모습에 엘시아는 레오디안이 하얗게 질린 얼굴빛을 하고선 그녀를 찾아왔던 새벽녘을 떠올렸다. 그날도 레오디안은 무척 이상하게 굴었다. 그래서일까.

"……혹시 또 악몽을 꾸신 건가요?"

엘시아가 무심코 물었다. 그러자 순간 레오디안이 눈을 커다랗게 떴다. 이윽고 평소의 무표정한 낯으로 돌아오기는 했지만, 그것은 엘시아가 레오디안이 일순간 보였던 동요를 읽어 내고 난 이후의 일이었다.

마침 밤이었다.

레오디안의 꿈속, 엘시아가 피를 흘리며 죽어 가는 때도 늘 밤이었다. 칠흑같이 어두운 밤. 그러나 엘시아에게서 흘러나온 피는 어쩐 일에선지 선명하게만 보였다.

레오디안은 또 그 꿈을 꾸었다. 엘시아의 말대로, 그는 악몽을 꾸었다.

자각하기 전까지는 마냥 흐릿하던 꿈속의 인물은 이제는 너무도 또렷해, 엘시아라는 것을 모를 수가 없을 정도였다. 그리고 레오디안은 어김없이 엘시아를 죽였다.

레오디안은 꿈속에서 그의 행동을 스스로 통제할 수 없었다. 그는 그의 의지와 상관없이 엘시아를 공격했고, 엘시아는 피를 흘렸으며, 끝내는 죽어 버렸다.

다행이라는, 그 한 마디를 힘겹게 내뱉고서.

레오디안은 어째서 잊을 만하면, 그가 엘시아를 죽이는 꿈을 꾸는지 도통 알 수가 없었다. 그리고 도대체 왜, 하필이면 다른 사람도 아닌 엘시아의 목숨을 빼앗는 꿈을 꾸어야만 하는 건지.

"……같은 꿈을 몇 번이고 반복해서 꿉니다."

혹시 엘시아는 알고 있을까. 레오디안은 영문을 모르겠다는 듯 고개를 기울이고 있는 엘시아를 향해 물었다.

"왜일까요."

엘시아는 도통 모르겠다는 표정이었지만, 레오디안의 말에 성실히 답하기 위해 짐짓 깊이 고민하는 기색으로 한동안 침묵을 지켰다. 그런 엘시아를 레오디안은 묵묵히 응시했다.

아래를 내려다보느라 길게 드리워져 있는 속눈썹, 핏기 없는 뺨, 앙 다물린 입술 따위를 한참, 시간을 들여 바라보았다. 그렇게 얼마나 지났을까. 엘시아의 조그만 입술이 벌어졌다.

"그러니까 악몽이라고 말하는 게 아닐까요."

그렇게 말하는 엘시아의 표정은 담담했고, 목소리는 차분했다.

"리리엔도 종종 악몽을 꾸고는 했어요. 그럴 때면 저는 리리엔에게 악몽은 꾸고 싶지 않다고 해서 꾸지 않을 수 있는 것도 아니고…… 그냥 빨리 잊어버리는 수밖에 없다고 말해 줬고요. 꿈은 꿈일 뿐이니까, 너무 신경 쓰지 말라고."

엘시아는 너무 빠르지도, 그렇다고 느리지도 않은 속도로 차분하게 말을 이어 갔다.

"무슨 악몽을 꾸셨는지는 모르겠지만, 꿈은 꿈일 뿐이니까 그냥 잊어버리세요."

엘시아는 리리엔이 악몽에 시달리다 깨어났을 때, 리리엔을 달래며 해 주었던 말을 그대로 레오디안에게도 해 주었다. 그런 다음 한 마디를 덧붙였다.

"대공님이 살고 있는 곳은 꿈속이 아니라, 바로 지금 이곳이니까요."

자신의 말 따위가 레오디안에게 위안이 되리라고는 생각하지 않지만, 그래도 레오디안이 조금이나마 위안을 얻었으면 좋겠다고 생각하면서. 엘시아는 지그시 눈을 감았다가, 한참 만에 눈꺼풀을 들어 올린 레오디안을 가만 바라보았다.

드러난 레오디안의 푸른 눈동자는 무언가 결심한 듯 결연한 색채를 띠었다. 그 푸른 눈이 일말의 주저하는 기색 없이 엘시아를 직시하였다.

"그렇군요."

그리고 레오디안은 혼잣말인지, 아니면 엘시아에게 하는 말인지 모를 말을 덧붙였다.

"그래, 꿈은 꿈일 뿐이고……. 지금 내 눈앞에 있는 당신이 현실이지."

* * *

늦은 저녁, 리리엔의 침실에다 음식을 차려달라는 퍽 뜬금없는 요구에도 로이셀은 적당히 요기할 거리와 함께 와인을 가져왔다.

따라서 지금, 엘시아는 테이블을 사이에 두고 레오디안과 마주 바라보고 앉아 있었다. 그런 엘시아의 가까이에는 그녀 몫으로 샐러드 한 접시가 놓인 채였다.

배가 고프다고 한 사람은 엘시아가 아닌 레오디안이었으나, 테이블 위에 그의 몫의 음식은 놓여 있지 않았다. 그런 이유로 그는 아까부터 투명한 잔에 든 붉은 음료만을 마시고 있었다.

붉은 음료가 든 잔은 엘시아의 곁에도 놓여 있었다. 레오디안과 함께 저녁을 먹을 때면 으레 테이블 위에 오르고는 하던 음료였다. 몇 번 마셔 보았기에 입맛에 맞지 않는다는 사실을 잘 알고 있었지만, 레오디안이 홀로 연거푸 음료를 마시는 모습을 보고 있자니 어쩐지 갈증이 일었다. 엘시아는 포크를 내려놓고 잔을 손에 쥐었다.

"그리고 보니 옷을 갈아입었군요."

엘시아가 잔을 입에 가져다댔을 때, 레오디안이 정적을 깨고는 물었다. 엘시아는 무슨 반응을 보여야 할지 알 수가 없어 그저 고개를 끄덕여 보였다. 그러자 잠시간 가만히 엘시아를 주시하던 레오디안이 다시금 침묵을 깨고 말했다.

"경황이 없어서 묻지 못했는데, 아틀리에는 어땠습니까."

엘시아는 입 안에 머금고 있던 음료를 다 삼킨 후에도 선뜻 대답을 하지 못하고 주저했다. 뭐라고 대답해야 할지 난감했던 탓이다. 엘시아가 곤란한 기색이라는 걸 알아챈 레오디안은 별다른 재촉을 하지 않았고, 엘시아는 꽤 오래도록 신중히 말을 고른 끝에 입을 열었다.

"그냥…… 제도에 있는 건물은 다 그렇게 커다랗고 화려한가 보다 하는 생각을 했어요."

리리엔이 초대를 받지 않았더라면, 엘시아가 발걸음할 일도 없었을 곳이었다. 영영 인연이 없었을지도 몰랐던 곳.

그곳뿐만이 아니라 제도의 모든 곳이 그랬다. 이곳 로켄페데스 대공저도 다르지 않았다. 커다랗고 화려해, 바라보고 있노라면 스스로가 너무도 초라하게 느껴지는, 자신과는 어울리지 않는 곳. 엘시아는 자조적으로 생각하면서 마저 잔을 비웠다. 그러자 레오디안이 빈 잔에다 음료를 따라 주었다. 엘시아는 레오디안이 하는 양을 물끄러미 지켜보았다.

"와인은 늘 혼자서 마셨는데, 같이 마셔 주는 상대가 있으니 기분이 묘합니다."

엘시아는 레오디안이 저녁을 먹으면서 늘 곁들이고는 하던 음료수가 무엇이라 불리는지 지금에서야 알았다.

당연한 일이었다. 그동안 엘시아는 레오디안이 이 붉은 음료수를 즐겨 마신다는 걸 알면서도 음료의 이름이 무엇인지는 딱히 궁금해하지 않았다. 궁금하지 않았기에 물어보지 않았고, 물어본 적 없었기에 누구도 알려주지 않았다.

"쓰거나 떫은 것은 그다지 좋아하지 않는 줄 알았는데."

"……그래 보였나요?"

"왜, 차를 마실 때면 늘 설탕을 많이 타고는 하지 않았습니까."

사실 엘시아는 와인을 더 마시고 싶은 생각이 없었다. 방금 레오디안이 말한 대로, 와인은 쓰디쓴 차만큼이나 엘시아의 입에 맞지 않았다. 그러나 레오디안이 누군가와 함께 와인을 마시는 데 즐거움을 느끼는 듯하여, 엘시아는 굳이 레오디안의 착각을 바로잡아 주지 않았다. 그저 조용히 잔을 입가 가까이에 가져다댔다.

그 이후로 두 사람은 한동안 말없이 와인을 마셨다. 테이블 가장자리에 놓인 빈 병이 한 병에서 세 병이 되기까지는 그리 오랜 시간이 걸리지 않았다. 로이셀이 준비해 준 와인은 세 병이 전부였기에, 엘시아의 잔이 바닥을 보일 때쯤 레오디안이 기나긴 정적을 깨고 물었다.

"와인, 더 마실 겁니까?"

레오디안이 방금 무슨 말을 했고, 분명 듣기는 똑똑히 들었는데, 그런데도 엘시아는 그의 말을 이해할 수 없었다. 엘시아는 멍한 표정으로 한참을 눈만 깜빡이다가 끝내는 되물었다.

"뭐라고 하셨어요?"

레오디안이 조금쯤 미간을 좁히고는 엘시아를 가만 바라보았다. 그리고 잠시 뒤, 레오디안이 천천히 입을 열었다.

"……시간이 늦었으니 이만 잠자리에 드는 게 좋겠습니다."

"아…… 네, 그러는 게 좋겠어요."

엘시아가 순순히 고개를 끄덕이자, 레오디안의 눈매가 가늘어졌다.

"괜찮습니까?"

엘시아는 이번에도 한참을 머릿속으로 레오디안이 한 말을 되뇌다가 시선을 들어 올렸다. 그러자 묵묵히 그녀를 바라보고 있던 레오디안과 곧장 시선을 마주치게 되었다.

그렇게 레오디안과 시선을 얽은 채로 가만 숨을 들이쉬고 내쉬기만을 반복하길 한참, 엘시아는 멍하니 입술을 벌렸다.

"……네?"

"……."

레오디안은 입술을 꾹 맞문 채로 엘시아를 주시하였다. 그에 엘시아는 아무런 생각 없이 레오디안을 바라보며 느릿하게 눈을 깜빡였다.

서로 바라볼 뿐, 누구도 먼저 말을 꺼내지 않는 어색한 분위기 속 정적이 흘렀다.

그 정적은 어두운 방에 갑자기 환한 불이 반짝 켜진 것처럼, 엘시아의 멍한 머릿속에 불쑥 한 가지 생각이 떠올랐을 때까지 이어졌다.

아, 그래. 괜찮냐고 물어봤지.

레오디안이 괜찮냐고 물었으니, 엘시아는 괜찮다고 대답할 생각이었다.

"리리엔은 왜 깨어나지 않는 걸까요."

그런데 엘시아의 입술 사이로 흘러나온 말은 그녀가 애초에 하고자 했던 말과 전혀 다른 말이었다.

"언제쯤이면 정신을 차릴까……."

흐린 말끝에 물기가 서렸다.

"이대로…… 영영 일어나지 않으면……. 만약 그러면 어떡하지."

엘시아는 뜨겁고 칼칼해진 목을 몇 번이고 골랐다. 그럼에도 불구하고 자꾸만, 뜨거운 무언가가 울컥 터져 나올 것 같았다. 그래서 엘시아는 더 이상 아무런 말도 할 수 없었다. 아랫입술을 꼭 깨물고, 고개를 떨어뜨렸다. 그렇게 조용히 숨만 쉬었다.

그런 제 모습을 레오디안이 이상하게 여길지도 모른다는 생각은 미처 할 겨를이 없었다. 엘시아는 그녀의 통제를 벗어나 마구 일렁이는 감정을 내리누르는 데 온 신경을 기울이고 있었다.

때문에 엘시아는 레오디안이 어떠한 표정을 하고 있는지는 물론이거니와, 아까부터 그녀를 유심히 살피고 있는 잠잠한 시선 또한 알아차리지 못했다.

그러니까 엘시아가 한참 동안 푹 숙이고 있던 고개를 들어 올린 건, 레오디안의 시선을 의식해서가 아니었다. 갑자기 주위가 어두워졌기 때문이었다. 의아함에 고개를 든 엘시아의 눈에 레오디안이 조금쯤 숙이고 있던 허리를 펴고는 의자에 앉는 모습이 보였다.

레오디안이 완전히 자리에 앉고 나서야, 엘시아는 방금 레오디안이 테이블 위에 놓여 있던 초를 불어 껐다는 사실을 눈치 챘다.

어둑해진 사위 속 레오디안은 마치 아무런 일도 일어나지 않았다는 듯 무감한 얼굴이었다.

그런 레오디안의 얼굴을 보고 있으려니, 도리어 저까지 차분해지는 것만 같았다. 엘시아는 깊이 숨을 들이마셨다, 이내 길게 내쉬었다.

그러자 이상하게도, 방금까지 엉망진창으로 엉켜 있던 뜨거운 감정들이 모조리 사라져 버린 듯한 느낌이 들었다.

"……선물, 사러 가기로 했잖아요."

엘시아가 불쑥 말을 꺼내자, 어둠 속에서 고요히 자리를 지키고 있던 사내가 느릿하게 눈을 깜빡였다.

어두운 사위 속에서 푸른 눈동자가 천천히 모습을 드러냈다가 다시 자취를 감추기를 반복했다. 그를 가만 지켜보고 있던, 모든 것에 서투른 여자는 왠지 모를 갈증을 느꼈고, 이어 마른침을 삼켰다.

꿀꺽, 침을 삼키는 소리가 상대에게 들렸을지 모른다는 걱정을 했을 정도로 막막한 정적은 계속해서 이어지기만 하였다.

정적다운 정적을 버티고 있는 여자에게서 그는, 시선을 떼지 않았다. 그렇게 하면 그녀가 꽁꽁 숨기고 있는, 그러나 분명 그녀의 안에 존재하는 무언가를 발견할 수 있으리라 믿고 있는 양. 그는 그녀를 가만히 들여다보기만 하였고, 그녀는.

그녀는 그가 새삼 두려워졌다.

저 시리게 푸른 눈동자가, 그녀가 숨기고 있는 비밀을 너무도 쉽게 눈치채 버릴 것만 같아서. 그럴 리 없다고 생각하면서도 그녀는 어쩐지 자꾸만 입술이 말라, 몇 번이고 혀를 내어 입술을 축였다.

그나마 방 안을 밝히던 빛도 모조리 사라진 지금, 그럼에도 불구하고 눈앞의 사내는 선명하게만 보였다. 그래서 그녀는 지그시 눈을 감아 버렸다. 혹시라도 그가 그녀의 비밀을 알아차리기 전에, 그녀는 눈을 감아 그의 시선에서 도망쳤다.

그렇게 눈을 감았던 엘시아가 눈꺼풀을 들어 올린 건, 레오디안의 눈을 차분하게 마주 바라볼 수 있을 것 같다는 확신이 생겼을 때였다.

레오디안은 여전히 그녀를 바라보고 있었다.

그러므로 엘시아의 시선이 곧바로 그의 시선과 얽혀 버린 건 아주 자연스러운 일이었다.

엘시아는 잠시 숨을 멈추었다가, 이내 그를 향해 물었다.

"리리엔은 일어날 거예요, 그렇죠?"

"네, 그렇습니다."

"그러니까 함께 선물을 사러 가요."

곧 리리엔의 생일이었다. 지금껏 엘시아가 꿈에도 몰랐던 리리엔이 태어난 날, 리리엔이 가족을 되찾은 이후 맞이하는 생일. 그 여러모로 의미 있는 날을 엘시아는, 반드시 축하해 주고 싶었다.

"전에 약속했던 대로요."

레오디안은 흔쾌히 고개를 끄덕였다.

"그래, 약속했던 대로."

그러면서 레오디안은 엘시아의 어깨 너머, 조용히 잠들어 있는 리리엔을 응시했다.

리리엔은 깨어날 것이다. 하지만 리리엔이 생일날 전에 정신을 차릴 수 있으리란 장담은 할 수 없었다. 레오디안은 내내 참고 있었던 것을 터뜨리듯 긴 한숨을 내쉬었다. 그리고 불안한 표정으로 시선을 내려뜨고 있는 여자에게 눈길을 주었다.

리리엔이 정신을 잃은 채로 저택으로 돌아온 이후, 엘시아는 조금 이상해졌다. 최근 엘시아는 마치 살아갈 이유를 잃어버린 사람처럼 보였다.

그도 그럴 게 엘시아는 리리엔의 곁을 지키는 것 외에 다른 일에는 아무런 의욕을 보이지 않았다. 오늘 로아나를 만나고, 지금 이렇듯 레오디안과 저녁을 먹기 전까지 엘시아는 그랬다. 곧 죽을 사람처럼 굴었다. 리리엔이 아닌 그 어떤 것도 중요하지 않다는 듯, 아무것도 필요 없다는 듯.

레오디안은 리리엔을 향한 엘시아의 애정과 그만큼 치열한 집착을 다시금 확인했다. 레오디안은 쉽게 이해할 수 없는 것이었다.

그러니까, 누군가를 조건 없이 사랑한다는 것.

레오디안은 리리엔을 아꼈다. 그러나 누군가 그에게 리리엔을 사랑하느냐고 묻는다면, 아마도 그는 쉽게 대답할 수 없을 것이다. 그에 대답을 하려면 사랑이라는 게 무엇인지를 먼저 알아야 하는데…….

글쎄, 엘시아가 리리엔에게 보이는 집착 어린 감정이 사랑이라면, 저토록 애절한 감정이 사랑이라 한다면. 제 감정을 좀처럼 표현하는 법이 없는 여자가 제 바닥을 다 내보이는 데 거리낌 없이 굴 수 있는 이유가 누군가를 사랑함에서 비롯되는 것이라면.

그는 사랑을 모르고 있는 것이 맞았다.

"……어지러워."

엘시아가 혼잣말을 중얼거렸다. 그 조그만 목소리에 레오디안은 찰나간의 상념에서 벗어났다.

"머리도 아프고…….."

"와인을 너무 많이 마신 듯합니다."

레오디안은 이쯤에서 자리를 정리하고 각자 침실에 드는 것이 좋겠다는 판단을 내렸다.

"오늘도 이곳에서 밤을 새울 겁니까?"

레오디안이 어둑한 침실을 휘 둘러보면서 물었다.

엘시아가 리리엔의 침실에서 잠든 리리엔을 밤새 바라본다는 것쯤은 알고 있었다. 그래서 레오디안은 로이셀을 불러 테이블을 치우도록 해야겠다는 생각을 했다. 그런 뒤 그가 자리를 비켜 주어야 엘시아가 마음 편히 쉴 수 있을 테니까.

"대공님."

막 자리에서 일어나려던 레오디안을 붙잡는 목소리가 있었다.

"전에 함부로 말해서 미안해요."

아까부터 화제 전환이 뜬금없었다. 그만큼 엘시아가 취했다는 뜻이리라.

"그때는 화가 나서 그렇게 말했지만…… 사실 저, 대공님에게는 늘 감사하고 있어요."

하지만 레오디안은 엘시아가 하는 말을 가볍게 여기지 않고, 그녀의 말 한 마디 한 마디를 진지하게 받아들였다.

"……당신이 리리엔의 가족이라서 다행이야."

"나도 그렇게 생각합니다."

"……."

"당신이 없었더라면 내가 리리엔을 다시 만날 일도 없었을 테니까."

레오디안은 진심을 담아 말했고, 엘시아는 희미하게나마 웃었다. 레오디안은 언제나 가물가물 사라질 것처럼 구는 엘시아가 이렇게라도 웃는 모습을 보니, 어쩐지 마음이 놓였다.

"……그렇지는 않을 건데."

엘시아가 어딘지 초연한 낯으로 다시금 웃음을 흘렸다. 그에 어찌됐건 웃으니 되었다는 생각을 하고 있던 레오디안의 표정이 미묘하게 굳었다.

"뭐가 그렇지 않다는 겁니까?"

레오디안은 결국 못마땅한 목소리로 묻고 말았다. 언제나 그랬지만 레오디안은 지금 이 순간 도대체 엘시아가 무슨 생각을 하고 사는 건지, 그 어느 때보다도 궁금해졌다.

"내가 당신에게 고마워할 리 없다고 생각하고 있는 겁니까?"

"그게 아니라……."

엘시아가 질끈 입술을 깨물었다 놓음에 따라, 그녀의 입술에 조금이나마 혈색이 돌았다.

"저한테 고마워하지 않았으면 좋겠어요."

"왜?"

엘시아는 한숨으로 대답을 대신했다. 그러나 레오디안은 이렇게 대화를 마무리 짓고 싶은 생각이 없었다.

"왜냐고 물었습니다."

레오디안이 재차 물었고, 그런 레오디안을 엘시아가 물끄러미 주시하였다. 단지 그뿐, 엘시아는 아무 말도 하지 않았다.

"설마 또, 당신은 그럴 자격이 안 된다. 그럴 주제 못 된다, 뭐 그런 생각을 하고 있기 때문입니까?"

엘시아는 느릿느릿 눈을 깜빡일 뿐, 긍정도 부정도 하지 않았다. 그에 레오디안은 방금 그가 했던 말이 정답이었음을 직감했다.

왜 자신을 비하하려고만 하는 거지. 레오디안은 도무지 이해할 수 없었다. 엘시아가 자꾸 이러는 데는 다 이유가 있겠지, 그렇게 생각하며 이해하려 노력해 봐도 잘 안 됐다.

"당신은 스스로를 조금 더 아낄 필요가 있어."

한참 만에 정적을 깬 목소리에 한숨이 섞였다. 그 누구도 탓하는 사람이 없는데, 죄 지은 사람처럼 구는 엘시아가 이해되지 않는 한편 안쓰러웠다.

도대체 그 무엇이 당신을 그렇게 만들었나.

쉽사리 물을 수 없는 의문을 머릿속에 붙여둔 채, 레오디안은 나직이 읊조렸다.

"당신은 더 나은 것을 누릴 자격이 있는 사람입니다."

로켄페데스 가문의 은인이라는 사실만으로 엘시아는 레오디안에게 무엇이든 요구할 수 있었다.

웬만한 크기의 영지, 남부럽지 않을 부귀, 그 무엇이든 엘시아가 바란다면 레오디안은 내어 주어야 하는 입장이었다. 귀족이 명예를 수호하는 방식이란 그런 것이었으니까.

하지만 엘시아가 바란답시고 말했던 건 고작 리리엔의 곁에 머무르고 싶다는 거였고, 그것마저도 레오디안은 의심스러웠다. 엘시아가 정말 리리엔의 곁에 있길 원하고 있는지를 확신할 수 없었다.

그도 그럴 게 늘 엘시아는 언제든 떠날 것처럼, 아무런 미련도 없다는 듯 초연하게 굴었으니까.

'……어쩌면 리리엔이 억지로 붙잡고 있는 건지도 모르지.'

레오디안은 엘시아가 리리엔의 부탁을 거절하지 못한다는 사실을 알고 있었다. 그러니 엘시아가 사실은 원치 않으면서, 리리엔의 부탁으로 이곳에서 머무르는지도 모른다는 생각은 영 터무니없는 생각만은 아닐 것이다.

그런 생각에 미치자, 기분이 썩 좋지만은 않았다. 레오디안은 한번 깊이 숨을 들이마신 후, 말했다.

"피차 즐겁지 않은 화제인 듯하니 이 얘기는 그만합시다."

내내 졸음이 가득한 눈을 깜빡이고만 있던 엘시아는 영문을 모르겠다는 듯 어리둥절한 표정이었지만, 이내 선선히 고개를 끄덕였다.

"이제 침실로 가시나요?"

엘시아가 고개를 기울이며 물었다. 그런 엘시아의 눈꺼풀 사이로 붉은 눈동자가 가려졌다 드러나기까지 꽤 오랜 시간이 걸렸다.

그 졸린 기색이 역력한 모습에 레오디안은 주저 없이 고개를 끄덕이곤 자리에서 일어났다. 그리고 그를 따라 일어나다가, 엘시아는 순간 크게 휘청거렸다.

"……아."

레오디안이 미처 엘시아를 붙잡기도 전에, 엘시아는 테이블을 움켜쥐어서 몸을 지탱해 바로 섰다. 덕분에 엘시아는 볼품없이 넘어지는 꼴은 면할 수 있었다.

다만 문제가 있다면, 마호가니 테이블의 가장자리가 엘시아의 손 아래 형편없이 부서져 버렸다는 점이었다.

"괜찮습니까?"

그런 엘시아에게 레오디안의 말이 들릴 리 없었다. 엘시아는 낭패 어린 표정으로, 손바닥에 묻어난 바스러진 나무 조각을 내려다보았다.

엘시아는 멍한 머리로도 이 상황이 곤란하다는 것쯤은 인지할 수 있었다. 단지 이 상황을 어떻게 무마해야 할지 알 수가 없다는 게 문제였다.

"손을 다쳤습니까?"

"아니요."

엘시아는 성큼 레오디안에게 다가갔다. 지금 당장 부서진 테이블을 어떻게 할 수는 없으니, 그냥 레오디안이 보지 못하게 만들면 되는 일 아닌가. 그런 판단이 들었기 때문이었다.

……하지만 어떻게?

뒤늦게 그 생각에 미쳤다. 그제야 엘시아는 레오디안의 시선을 돌릴 만한 것을 떠올리려 노력했다.

"대공님."

엘시아는 레오디안에게 한 걸음 더 다가서며, 레오디안을 불렀다. 엘시아가 레오디안에게 다가섬에 따라, 두 사람 사이 거리가 어느 때보다도 가까워졌으나 그것을 신경 쓰는 사람은 아무도 없었다.

엘시아는 일단 무슨 말이라도 꺼내야 한다는 생각에 아무 말이나 입 밖에 냈다.

"있잖아요."

엘시아는 레오디안과 무척 가까이 서 있던 탓에, 그의 눈을 바라보기 위해서 목을 완전히 뒤로 젖힐 기세로 고개를 들어 올리고 있어야 했다. 그리고 레오디안은, 엘시아가 계속 말을 꺼내길 주저하고 있음을 알았다. 그래서 그저 가만가만 엘시아의 목소리에 귀를 기울였다.

"그러니까, 정원에……."

정원을 산책하자는 걸까.

함께 저녁을 먹고 나면 산책을 하고는 했던 터라, 레오디안은 자연스럽게 그런 의문을 떠올렸다. 하지만 단지 그뿐, 레오디안은 취기 때문인지 졸음 때문인지, 끝이 늘어진 가느다란 목소리에 말없이 집중했다.

"정원에 핀 꽃들이 시들지 않는데……."

그것은 언젠가 레오디안이 정원의 모든 꽃들에다 그의 힘을 불어 넣었던 탓이었다.

"그게 너무 싫어요."

그렇게 말하는 엘시아의 눈동자는 레오디안만을 가득 담고 있었다. 그게 퍽 생경하여, 레오디안은 엘시아의 말에 귀를 기울이는 한편, 어스름이 묻은 붉은 눈동자를 물끄러미 들여다보았다.

"다른 평범한 꽃들처럼 시들었다 피고, 피었다 지고…… 그랬으면 좋겠어요."

그러느라 레오디안은 엘시아에게 조금 뒤늦게야 반응을 보였다.

"그렇군요."

레오디안은 엘시아가 밤이면 정원을 하염없이 내려다보며 시간을 보내곤 한다는 걸 알고 있었다. 한밤, 저택으로 돌아온 레오디안이 어두운 창밖을 한참 내다보는 엘시아의 모습을 목격한 건 한두 번의 일이 아니었다.

그래서 레오디안은 엘시아가 정원을 마음에 들어 한다고 생각했다. 정원이 더 아름다우면, 엘시아가 저택에 정을 붙이는 데 도움이 되리라 여겼다. 그래서 정원에 꽃을 모조리 피어나게 했고, 영영 시들지 않게끔 만들었다.

그런데 엘시아는 지금, 그게 싫었다고 한다.

레오디안은 조금 충격을 받았지만, 아무렇지도 않다는 듯 태연한 표정으로 엘시아를 응시했다. 엘시아는 무언가를 고민하는 듯한 기색이었다. 그러나 머지않아서 엘시아가 침묵을 깨고 말했다.

"그리고 전에 저에게 선물해 주셨던 화분 말인데요."

원래도 끝이 조금 올라가 있던 엘시아의 입꼬리가 천천히 올라가더니,

이윽고 그녀의 입술이 구붓한 선을 그렸다.

"꽃, 피었어요."

그러니까, 엘시아가 웃었다.

그에 레오디안은 혹시 엘시아가 그를 리리엔으로 착각하고 있는 것인가, 그런 멍청한 생각을 하였다. 지금 눈앞의 엘시아가 리리엔에게만 보여 주던, 그런 부드러운 미소를 띠고 있었기 때문이었다.

그래서 레오디안은 말을 잃고 서 있을 수밖에 없었다.

놀라운 일은 그것으로 끝이 아니었다.

엘시아는 조금 멍한 얼굴로 마냥 그녀를 바라보고 있던 레오디안을 이끌었다. 그렇게 레오디안이 얼떨결에 이끌려 도착한 곳은 다름 아닌 그녀의 침실이었다.

레오디안이 당황을 금치 못하고 서 있는데, 창가에 놓여 있던 화분을 들고 온 엘시아가 그의 앞에 화분을 내밀었다.

"사실 꽃이 핀 지는 꽤 됐는데……."

황궁에서 열린 연회에 다녀온 다음 날 아침, 엘시아는 평소처럼 화분에 물을 주려다가 초록 줄기에 푸른 꽃이 피어 있는 걸 발견했다.

레오디안에게 선물 받은 화분이니, 그에게 꽃이 피었다는 사실을 알려 주고 싶었지만 시기가 좋지 않았다. 하필이면 엘시아가 레오디안과 언쟁을 벌인 다음 날, 꽃이 핀 것이다. 거기에 리리엔까지 쓰러져, 지금까지 미처 말을 꺼낼 겨를이 없었다.

"아무튼 꽃이 피었다고, 알려 주고 싶었어요."

엘시아는 말없이 화분을 내려다보는 레오디안을 바라보다가, 아무래도 화분을 보여 주길 잘한 것 같다는 생각을 했다. 레오디안의 관심을 끌 만한 것을 고민하다 문득 떠올렸는데, 생각보다 더 효과가 있는 듯했다.

"……정말 꽃이 폈군요."

레오디안은 한참 만에 그렇게 말했다. 감회가 새롭다는 듯 화분과 엘시아를 번갈아 보면서.

"툰텔라가 피었을 때, 최초로 꽃잎을 만진 사람은 줄기를 조종할 수 있습니다."

엘시아는 일전 요헴에서 레오디안이 그녀를 찾아왔던 남자를 줄기로 옭아맸던 일을 떠올렸다.

"그럼 제가 지금 꽃잎을 만지면……."

"툰텔라를 조종할 수 있습니다."

엘시아는 새삼스럽게 푸른 꽃을 응시했다. 레오디안은 처음부터 자신이 툰텔라를 조종하길 바라고 화분을 주었던 걸까.

"만져 보세요."

레오디안이 속삭이듯 나지막한 목소리로 덧붙였다.

"어서."

엘시아는 툰텔라를 조종하고 싶은 생각은 전혀 없었지만, 예쁘게 피어난 꽃을 처음으로 만질 기회를 누군가에게 양보하고 싶지도 않았다.

그래서 엘시아는 망설인 끝, 조심스럽게 꽃잎에 손가락을 가져다 댔다.

어떤 의미에서는 죽어 있다 할 수 있는 엘시아였다. 그래서인지 엘시아는 자신이 한 생명을 책임지고 키워 냈다는 게 믿기지 않았다.

그래, 이 꽃은 자신이 길러 낸 생명이었다.

엘시아는 새삼 벅찬 느낌이 들어, 좀처럼 손을 거두지 못했다. 그렇게 얼마나 오랜 시간 말없이 그저 꽃잎을 지분대고 있었을까.

"이제 그 툰텔라는 오로지 당신의 말만 들을 겁니다."

레오디안의 목소리가 들렸다. 엘시아는 가까스로 꽃에서 시선을 떼, 레오디안을 올려다보았다.

"……감사해요."

엘시아는 레오디안에게 선물을 받았을 때는 하지 않았던 말을 입 밖에 냈다. 그러자 레오디안의 입술이 천천히 완만한 호선을 그리기 시작했다.

"별말씀을."

그에 뒤를 이어 눈꺼풀에 푸른 눈동자가 반쯤 가려졌고, 이윽고 레오디안의 눈매 역시 곡선을 이루었다.

그렇게 레오디안은 실로 해사하게 미소를 지었다. 허탈해 내뱉는 실소도, 빈정거리는 듯한 싸늘한 비소도 아니었다. 그는 정말 예쁘게 웃고 있었다.

그런 레오디안은 리리엔과 닮은 듯하면서도 어딘지 달랐다.

엘시아는 레오디안이 이렇게도 웃을 수 있는 사람이라는 걸 처음 알았다. 그래서일까. 엘시아는 눈앞의 아름다운 사내를 그저 멍하니 바라볼 수밖에 없었다.

도무지 그럴 수밖에 없었다. 어느 순간부터 쿵, 쿵, 거칠게 뛰던 심장은 그것으로도 모자랐는지, 어디론가 추락해 버린 듯했다.

아까부터 계속 어지럽던 머리는 여전히 어지러웠고, 시아는 아찔했다. 그리고 눈앞의 남자에게서는 언제나 그랬던 것처럼 너무도 향기로운 냄새가 났다. 그래서 엘시아는 아까 레오디안이 그랬던 것처럼 말을 잃었고, 한참 동안 되찾지 못했다.

* * *

엘시아는 어쩐지 머리가 지끈거려, 미간을 잔뜩 찌푸린 채로 눈을 떴다. 저도 모르게 입술 사이로 신음을 흘리면서.

"아……."

엘시아는 몸을 일으켰다.

엘시아가 리리엔의 침실이 아닌 곳에서 눈을 뜬 건 나흘 만의 일이었고, 도중에 깨어나지 않고 숙면을 취한 것은 그녀가 대공저에서 지낸 이래로 처음 있는 일이었다.

멍한 눈으로 주위를 한 번 둘러본 엘시아는 천천히 침대 위에서 내려왔다.

어쩌다가 여기서 잠을 자게 되었더라…….

엘시아는 가만가만 기억을 더듬어 보았다. 머지않아 엘시아는 어젯밤 무슨 일이 있었는지, 어느 정도까지는 떠올려 낼 수 있었다.

레오디안과 와인을 마셨다. 어느 순간부터 머리가 어지러워졌고, 어지러운 와중에도 레오디안과 계속 대화를 나누다가……

그러다가 침실로 왔다. 레오디안에게 꽃을 보여 주기 위해서였다. 거기까지는 분명 기억이 났다. 그런데 그 이후의 일이 전혀 떠오르지 않았다.

엘시아는 그녀가 잠이 들기 전까지 무슨 일이 있었는지 떠올리기 위해 노력했다. 그러나 아무리 노력해도 기억나는 것이 없었다. 그래서 엘시아는 이내 기억을 떠올리기를 포기했다.

무심코 시선을 돌린 엘시아의 시야에 창가, 정확하게는 그곳에 놓여 있는 화분이 들어왔다. 어쩐 일인지 화분은 하나가 아니었다.

엘시아는 창가로 다가갔다. 창가에는 그간 엘시아가 하루에 두 번 물을 주어 키운 푸른 꽃이 심어진 화분과 초록색 줄기만 심어져 있는 화분이 나란히 놓여 있었다. 엘시아가 갑자기 두 개로 늘어난 화분을 의아한 눈으로 바라보고 있는데, 누군가 문을 두드렸다.

"엘시아 님, 일어나셨나요?"

"네, 일어났어요."

잇따라 들려온 상냥한 목소리에 엘시아가 뒤를 돌면서 대답했다. 그러자 문이 열리고, 데이시가 안으로 들어왔다.

"간밤 평안하셨나요?"

"네, 그런데…… 창가에 못 보던 화분이 놓여 있어요."

엘시아는 혹시 데이시가 늘어난 화분의 존재를 알고 있을까 싶었다. 그래서 꺼낸 말에 데이시가 미소를 지으며 대답했다.

"아까 대공 각하께서 제게 화분을 주면서, 엘시아 님의 침실에 가져다 두라고 하셨어요. 엘시아 님이 부탁하신 거라고. 그래서 제가 받아다가 창가에 놓아두었어요."

엘시아는 멍하니 입을 벌렸다. 레오디안에게 자신이 그런 부탁을 했다고? 데이시가 거짓말을 할 리는 없었으나, 엘시아에게는 그녀가 레오디안에게 무언가를 부탁한 기억이 없었다.

엘시아는 대체 어제 무슨 일이 있었던 건지 다시금 궁금해졌다. 그래서 심각한 표정으로 기억을 떠올리려고 노력하고 있는데, 귓가에 조심스러운 목소리가 들렸다.

"혹시 제가 허락을 구하지 않고 침실에 들어왔던 일로 기분이 상하신 거라면⋯⋯."

"아뇨, 아니에요."

엘시아가 심각해진 것은 도통 떠오르지 않는 기억 때문이지, 그녀가 잠들어 있는 사이 데이시가 침실에 들어왔기 때문은 결코 아니었다.

엘시아는 데이시의 말을 이미 한번 부정했으나, 데이시가 도통 믿지 않는 기색이라 말을 덧붙였다.

"그냥, 대공님이 제 부탁을 이렇게 빨리 들어주실 줄 몰랐거든요. 그래서 조금 놀랐어요."

그런데도 데이시의 표정은 여전히 짐짓 굳은 채 펴질 기미가 보이지 않았다. 아무래도 데이시는 그녀가 큰 실수를 했다 여기고 있는 듯했다. 그에 엘시아는 조금 고민하다가 입을 열었다.

"제 부탁 하나 들어주실 수 있나요?"

"물론이지요, 엘시아 님."

데이시가 망설임 없이 대답했다. 엘시아는 화분을 힐끔 보면서 말했다.

"저 대신 화분에 물을 좀 주실래요? 저는 리리엔을 살펴보러 가 봐야 할 것 같은데⋯⋯."

엘시아가 일부러 곤란한 목소리로 말끝을 흐리자, 데이시가 얼른 고개를 끄덕였다.

"화분에는 제가 물을 줄 테니, 걱정하지 마시고 가보셔요."

"정말 감사해요."

엘시아가 그렇게 말하자, 그제야 데이시의 낯에 드리워져 있던 우울한 그늘이 걷혔다.

"그럼 부탁드려요."

"아이참, 부탁은요. 엘시아 님을 모시는 게 제 일인데요."

평소의 모습으로 돌아온 데이시를 보니 엘시아의 마음도 편해졌다. 엘시아는 한결 홀가분해진 마음으로 걸음을 옮겼다.

"그럼 전 이만 리리엔한테 가 볼게요."

"네, 엘시아 님. 시키실 일이 생기면 언제든 불러주세요."

데이시의 배웅을 받으며 침실을 나선 엘시아는 곧장 리리엔의 침실로 향했다.

리리엔의 침실 앞에 서 있어야 할 페이렌이 보이지 않았다. 아마 지금이 퍽 이른 시간이기 때문인 듯했다. 엘시아는 대수롭지 않게 생각하면서 문을 열었다.

문이 열리는 소리에 소파에 앉아 있던 여인이 고개를 돌렸다. 그 여인은 다름 아닌 에밀리아였다. 엘시아는 에밀리아가 저택을 방문하였으리라고는 꿈에도 몰랐기에, 잠시 멈칫한 채로 서 있었다가 뒤늦게 문을 닫았다. 반면 에밀리아는 엘시아가 올 것을 미리 알고 있었던 사람처럼, 덤덤한 표정으로 엘시아를 향해 인사를 건넸다.

"오랜만에 뵙네요."

천천히 방 안으로 들어선 엘시아가 에밀리아의 맞은편에 앉았다. 그러자 잠시 말없이 엘시아를 주시하고 있던 에밀리아가 입을 열었다.

"……아가씨 일은 유감이에요."

엘시아는 어떤 반응을 보여야 할지 알 수가 없어 그저 조용히 고개를 끄덕였다.

사실 에밀리아는 이 저택의 그 누구보다도 리리엔과 오랜 시간을 보내는 사람이었지만, 반면 엘시아가 에밀리아를 마주할 기회는 그다지 많지 않았다. 그래서일까. 엘시아는 에밀리아가 조금 불편했다. 그런 에밀리아와 마주 앉아 있는 상황이 엘시아에게 편하게 느껴질 리 없었다.

그리고 그건 에밀리아 역시 크게 다르지 않은 듯했다. 엘시아는 자신을 께름칙하게 바라보는 에밀리아의 시선으로 알 수 있었다. 그녀가 자신을 못마땅하게 여기고 있다는 사실을.

"그리고 일전에는 감사했어요."

한참 이어지던 정적을 깬 것은 에밀리아였다. 엘시아는 에밀리아가 무슨 소리를 하나 싶어, 그저 에밀리아를 바라보았다.

"대공 각하께 정말, 알리지 않았더군요."

엘시아가 약속을 지킬 줄은 몰랐다는 듯, 그래서 무척 의외라는 듯. 에밀리아는 말했다.

"사실 각하께 불려 갈 것을 각오하고 있었어요. 그런데 하루가 지나고 이틀이 지나고, 그렇게 일주일이 지나도록 아무런 일도 일어나지 않더군요. 그때 확실하게 깨달았어요. 당신이 저에게 약속한 바를 지켰다는 걸."

에밀리아는 품에서 편지를 꺼내 테이블 위에 올려놓았다. 편지 봉투에는 이전에 엘시아가 에밀리아로부터 전해 받았던 편지에 찍혀 있던 것과 똑같은 붉은 인장이 찍혀 있었다. 그 인장에 한참 동안 시선을 고정하고 있던 엘시아는 이내 천천히 시선을 들어 올렸다.

"그래서 묻겠는데……."

그렇게 눈이 마주치자, 에밀리아가 입을 열었다.

"한 번 더 약속해 주실 수 있나요?"

에밀리아는 마치 엘시아에게 선택권이 있다는 듯 말했다. 약속을 하거나, 아니면 하지 않거나. 하지만 엘시아는 에밀리아가 단 하나의 선택지를 강요하고 있다는 느낌을 받았다.

리리엔이 쓰러진 후, 할 일이 없어져 저택에도 발걸음 하지 않았던 에밀리아다. 그러던 에밀리아가 무슨 이유로 오늘 리리엔의 침실에 찾아오는지, 엘시아는 짐작할 수 있었다.

에밀리아는 편지를 전해 주기 위해 이 자리에 있는 것이다. 알아차렸지만 엘시아는 에밀리아에게 아무런 대답을 하지 않았다.

에밀리아가 편지를 가져온 건 이번으로 두 번째였다. 처음은 그렇다 치더라도, 두 번째가 되니 엘시아도 자연히 망설이게 되었다. 이번에도 레오디안에게 알리지 않겠노라 약속한다면, 에밀리아가 계속해서 편지를 가져올 것 같다는 생각이 들었기 때문이었다.

'1황자 전하께서 머지않아 당신과 대화를 나눌 수 있도록 자리를 만들어 주겠노라 약속하셨으니까요.'

그리하여 깊이 고민하고 있던 엘시아의 머릿속에 문득 아틀리에서 만났던 아이작 히치콕 백작이 했던 말이 떠올랐다. 그때 그는 엘시아가 피하지만 않는다면, 그를 만날 수 있을 것이라고도 말했다.

엘시아는 그에게 확인하고 싶은 것이 있었다. 그러기 위해서는 그를 만나야 했다. 이윽고 어떤 선택지를 골라야 할지를 결정한 엘시아가 기나긴 침묵을 깼다.

"저에게 편지를 전해 주기 위해 오신 거죠."

"그래요."

엘시아는 테이블 위에 놓여 있던 편지를 집어 들었다. 눈에 익은 문장이 찍혀 있는 봉인을 제거하자, 이내 하얀 종이 위 유려한 필체로 쓰인 문장들이 드러났다.

편지의 발신인은 1황자 하일롭이었다. 어느 정도 예상했던 바였기에 그다지 놀랍지 않았다. 엘시아는 차분하게 편지를 읽어 내려갔다. 그런 엘시아의 시선이 멈춘 건, 하일롭이 '친구'를 언급한 문장에서였다.

하일롭은 엘시아가 그의 친구를 만났다는 이야기를 들었다면서, 부디 엘시아가 그는 물론이고 그의 친구와도 좋은 관계를 유지했으면 좋겠다고 편지에 썼다.

하일롭의 친구. 엘시아는 누구를 말하는지 짐작할 수 있었다.

"……실례가 안 된다면, 편지에 뭐라고 적혀 있는지 말해 줄 수 있나요?"

그때 에밀리아의 목소리가 엘시아를 상념에서 벗어나게 했다. 엘시아는 편지에서 시선을 떼, 에밀리아를 응시했다. 에밀리아가 무슨 이유로 그런 요구를 하는 건지 알 수 없으나, 무슨 이유에서건 엘시아는 에밀리아의 요구를 들어줄 생각이 없었다.

"당신에게 편지를 받은 건 아무한테도 말하지 않을게요."

"……그래요. 고마워요."

엘시아는 편지를 잘 접어 봉투에 넣었다. 그 사이 에밀리아가 자리에서 일어났다. 아마도 에밀리아는 엘시아가 더 이상 대화를 나눌 생각이 없다는 걸 알아차린 듯했다.

"리리엔이 걱정되지는 않았나요?"

엘시아가 금방이라도 자리를 떠나려고 하는 에밀리아를 향해 물었다. 그러자 몸을 돌렸던 에밀리아가 고개만 돌려 엘시아를 바라보았다.

"저는 아가씨의 가정 교사예요."

에밀리아의 대답에는 망설임이 없었다. 그리고 엘시아는 에밀리아가 리리엔의 상태 따위는 조금도 걱정한 적이 없다는 사실을 눈치챘다.

아니, 모를 수가 없었다. 에밀리아는 리리엔이 정신을 잃은 채 깨어나지 못하던 동안, 리리엔을 단 한 번도 찾아오지 않았으니까.

"편지를 전했으니, 전 그만 돌아가 볼게요."

엘시아는 대답하지 않았다. 그런 엘시아가 대수롭지 않다는 듯, 에밀리아는 고개를 바로 하고서는 걸음을 뗐다. 그렇게 침실을 떠나는 에밀리아의 뒷모습을, 엘시아가 서늘하게 가라앉은 눈으로 지켜보았다.

* * *

기나긴 삶을 살아온 마왕과 신의 축복을 받아 태어난 성녀가 서로를 사랑하게 되면서, 서로에게 구원을 받는 이야기. 엘시아가 리리엔에게 읽어 주고자 집어 든 책에는 그런 이야기가 쓰여 있었다.

"용사는 성녀님을 구하기 위해서, 기사단을 이끌고 마왕성에 쳐들어갔습니다."

아까부터 엘시아는 동화책을 소리 내어 읽고 있었다. 아무것도 하지 않고 리리엔의 잠든 얼굴을 그저 바라만 보며 리리엔이 깨어나기를 기다리는 것보다, 리리엔이 좋아하는 동화책을 읽어 주는 편이 낫겠다는 생각에서였다.

"하지만 용사는 마왕을 봉인해야 할 성녀님이 마왕을 사랑하게 되었다는 사실을 알게 되었습니다."

리리엔이 자신의 목소리를 듣고 있는지는 모르겠지만, 엘시아는 리리엔과 함께 동화책을 읽었을 때처럼 나긋나긋한 목소리로 계속해서 책을 읽어 나갔다.

"커다란 배신감에 사로잡힌 용사는 마음을 바꿔, 성녀님을 영원한 잠에 빠지도록 만들었습니다."

영원한 잠.

그 말을 몇 번이고 입 안에서 굴리던 엘시아가 책에서 눈을 떼어 내곤 리리엔을 바라보았다. 동화책 속 성녀님처럼 잠에 빠져 있는 리리엔의 모습을 주시하느라, 엘시아는 꽤 한참의 시간이 흐른 뒤에야 책장을 넘겼다.

"……뒤늦게 성으로 돌아온 마왕은 곤히 잠이 든 성녀님을 발견하고 아이처럼 엉엉 울었습니다."

거기까지 읽다가 책을 덮어 버렸다. 고작 한 장을 더 넘기면 이야기의 끝을 볼 수 있지만, 엘시아는 덜컥 겁이 났다. 그래서 차마 책장을 넘길 수가 없었다.

"……그래서 그 다음에 어떻게 됐어?"

멍하니 책을 내려다보고 있는 엘시아의 귓가에 너무도 그리운 목소리가 들렸다.

엘시아는 크게 숨을 들이켰다. 리리엔의 모습을 확인할 엄두가 안 났다. 혹시 잘못 들은 걸까 봐. 리리엔이 깨어나기를 간절히 바란 마음에, 환청을 들은 걸까 봐. 엘시아는 고개를 들지 못했다.

"응? 어떻게 됐는데?"

리리엔의 목소리가 다시금 들려왔을 때에야, 엘시아는 가까스로 용기를 내서 고개를 들어 올릴 수 있었다.

"……리리엔."

엘시아는 입술을 질끈 깨물었다. 잘못 들은 게 아니었다. 환청도 착각도 아니었다.

리리엔이 깨어났다. 리리엔은 푸른 눈동자로 엘시아를 똑바로 바라보고 있었다. 엘시아는 너무도 놀란 나머지 손에서 책을 떨어뜨리고 말았다.

"리리엔, 너……."

괜찮냐고, 어디 아픈 곳은 없냐고. 묻고 싶은 것은 많은데, 그 무엇 하나 말로 옮길 수가 없었다. 엘시아는 울컥 터져 나오려는 눈물을 참기 위해서 입술을 더욱 꾹 깨물었다.

"그래서 어떻게 됐다고?"

리리엔이 장난스러운 목소리로 물었다. 엘시아는 한참 목을 고르고 또 고른 후에야 간신히 입을 열었다.

"……행복하게."

동화책을 다 읽지 않았기 때문에 이야기의 끝이 어떻게 되었는지는 전혀 모르면서도 엘시아는 그렇게 말했다.

"행복하게 살았대."

리리엔이 깨어난 이상, 이야기의 끝이 어떠한지는 중요하지 않았다. 엘시아는 리리엔을 와락 끌어안았다.

그리고 리리엔은 어깨가 뜨겁고 축축한 무언가로 젖어 가고 있다는 것을 느꼈다. 엘시아가 울고 있었다.

"미안해."

리리엔이 엘시아의 등을 토닥거리자, 더 이상 참을 수 없어진 엘시아의 어깨가 들썩거렸다.

"내 걱정 많이 했지."

엘시아가 헐떡거리는 소리가 들렸다. 그 소리에 리리엔의 눈시울도 붉어졌다. 늘 소리를 죽이고 우는 모습만 보았지, 이토록 안쓰럽게 우는 엘시아는 처음이었다.

리리엔은 엘시아에게서 굳이 대답을 듣지 않아도, 엘시아가 얼마나 자신을 걱정했는지 알 수 있었다.

리리엔의 눈망울에 조금씩 고이기 시작했던 눈물이 이내 가득 맺혔다.

리리엔은 눈물을 흘리지 않기 위해서 눈을 크게 떴다. 그러면서 말했다.

"미안해, 언니······."

"다시는."

엘시아가 리리엔의 어깨에 얼굴을 묻고 있던 탓에, 그녀의 말은 웅얼거리듯 나왔다.

"다시는 그러지 마······ 정말 두 번 다시는 그러면 안 돼."

"응, 알았어."

리리엔은 엘시아가 볼 수 없다는 걸 알면서도 몇 번이고 고개를 끄덕거렸다.

"안 그럴게. 다시는 안 그럴게."

리리엔이 순순히 대답하자, 엘시아는 호흡을 주체할 수가 없는 건지 헐떡이다 못해 꺽꺽거리는 소리를 냈다.

그렇게 한참을 울던 엘시아는 격양된 목소리로 말했다. 한 자 한 자 힘겹게 발음했다.

"너무 무서웠어. 네가 영영 깨어나지 않을까 봐······."

너무너무 무서웠어. 겨우 한 마디를 더 덧붙인 엘시아는 아까 자신이 읽었던 동화책 속 마왕처럼 엉엉 울었다. 너무도 서럽게 울었다.

엘시아가 흐느끼는 소리는 듣는 사람의 가슴이 다 미어질 정도였다. 결국 리리엔도 애써 참고 있던 눈물을 흘리고 말았다.

6. 그럼에도 여전히 소중한 것

리리엔이 깨어났다는 소식은 저택에 빠르게 퍼져 나갔다.

그에 로이셸과 페이렌을 비롯하여 평소 리리엔과 사이좋게 지내던 시종들이 리리엔의 침실을 찾아왔고, 리리엔은 그들을 반갑게 맞이했다. 그런 다음 마치 아무 일도 없었다는 양, 시종의 시중을 받아 목욕을 한 뒤 옷을 갈아입었다.

그리고 리리엔은 그녀가 목욕을 하는 사이 깨끗하게 정리된 침대 위를 뒹굴거리면서 엘시아와 시간을 보냈다. 오래도록 정신을 잃었다가 깨어난 아이라고는 믿을 수 없을 정도로 멀쩡한 모습이었지만, 엘시아는 좀처럼 마음을 놓지 못했다.

며칠간 리리엔의 잠든 모습만 바라보고 있었던 엘시아에게는 너무도 당연한 일이었다. 엘시아는 리리엔과 함께 시간을 보내는 동안, 혹시라도 리리엔이 다시 정신을 잃을까 안절부절못했다.

그런 엘시아의 마음을 아는지 모르는지, 리리엔은 엘시아에게 머리를 빗어 달라거나 노래를 불러 달라거나 하는 태평한 소리를 해댔다.

그렇게 시간은 흘러, 저녁이 되었다. 그제야 엘시아와 리리엔은 침실을 벗어났다. 레오디안과 함께 저녁을 먹기 위해서였다.

서로를 끌어안고 한참을 울어 댔던 통에, 두 사람의 눈가는 불그스름하게 부어 있었다. 그것을 똑똑히 보아 놓고도 레오디안은 아무런 말도 하지 않았다.

"당분간은 아무것도 하지 말고 쉬도록."

단지 매일같이 이어지던 수업에서 리리엔을 자유롭게 만들어 주었을 뿐이었다.

"테르만 백작 부인에게는 말해 두었다."

레오디안이 말을 맺자, 내내 잠자코 레오디안의 말을 듣고 있던 리리엔이 반색을 하면서 물었다.

"그럼 엘시아랑 놀러 다녀도 돼?"

"……."

"……."

레오디안이 한동안 말없이 리리엔을 바라보고만 있자, 리리엔이 힐끔 레오디안의 눈치를 본 다음 물었다.

"……안 돼?"

그제야 레오디안이 천천히 입을 열었다.

"아무것도 하지 말고 쉬라는 말은, 말 그대로 '아무것도 하지 말고' 쉬라는 뜻이다."

"칫…… 치사해."

레오디안의 단호한 대답에 리리엔이 홱 고개를 돌렸다. 그리고 볼을 한껏 부풀린 채, 고집스럽게 한곳만 노려보았다. 그러다가 갑자기 무슨 생각을 떠올린 건지, 리리엔이 반짝이는 눈으로 엘시아를 돌아보았다.

"흐응……."

그리고 레오디안을 한 번, 엘시아를 한 번, 그리고 레오디안을 또 한 번. 그렇게 두 사람을 번갈아 바라보던 리리엔이 문득 씨익 웃더니 입을 열었다.

"그럼 오늘 산책은 나 빼고 둘이서 해야겠네?"

조용하던 식당에 맑고 또랑또랑한 목소리가 울려 퍼졌다.

"나더러 아무것도 하지 말고 쉬라며? 그러니까 엘시아랑 레오디안 둘이서 산책해야지."

왜 이야기가 그렇게 되는 건지 모를 일이었다. 엘시아는 멍하니 리리엔을 눈에 담았다. 리리엔은 즐거운 기색을 감추지 않았다.

"뭐야, 왜 아무도 대답을 안 해? 내 말이 틀렸어?"

기다리다 못한 리리엔이 재촉하자, 레오디안이 말없이 엘시아를 바라보았다. 그에 리리엔의 시선 또한 엘시아를 향했다. 리리엔의 얼굴에는 한껏 기대 감이 서려 있었다.

"응?"

"……그래, 그래야지."

엘시아는 고개를 끄덕였고, 리리엔은 엘시아의 대답이 만족스럽다는 듯 활짝 웃었다. 한편 레오디안은 엘시아가 흔쾌히 그러겠노라 말할 줄은 몰 랐는지, 엘시아를 의외라는 듯 바라보았지만 별다른 말은 하지 않았다.

"좋아!"

마지막으로 엘시아와 레오디안을 차례로 응시한 리리엔이 선고하듯 말했다.

"그럼 이제 둘이서 산책하러 가."

* * *

해가 저물어 어둠이 스민 정원을 밝히고 있는 건 저택 밖으로 새어나오는 빛이 유일했다. 때문에 정원은 퍽 어두웠지만, 발을 내딛기를 망설여야 할 정 도로 깜깜하지는 않았다.

엘시아는 레오디안과 한 뼘 정도의 거리를 사이에 두고 나란히 걸었다.

그렇게 한참을 걷다가 문득, 엘시아는 정원을 거닐 때면 언제나 느껴지고 는 했던 이질적인 느낌이 사라졌다는 것을 깨달았다. 그에 엘시아는 자연스 럽게 어젯밤을 떠올렸다. 그때 엘시아는 마치 무언가에 홀린 사람처럼 생각 하던 바를 그대로 말로 옮겼다.

'정원에 핀 꽃들이 시들지 않는데……. 그게 너무 싫어요. 다른 평범한 꽃들처럼 시들었다 피고, 피었다 지고…… 그랬으면 좋겠어요.'

이 역시 엘시아가 깊은 생각 없이 내뱉었던 말 중 하나였다. 엘시아는 스스로 했던 말을 가만 머릿속으로 되짚어 보다가, 옆에서 묵묵히 걷고 있는 레오디안을 힐끗 보았다.

어제 자신이 그런 말을 했기 때문에 힘을 거두어들인 걸까.

엘시아는 레오디안에게 물어볼까 하다가, 그냥 아무런 말없이 고개를 바로 했다. 그에게 물어보고 싶은 건 따로 있었기 때문이었다.

엘시아가 이 어색한 산책 시간을 피하지 않고 받아들인 건 리리엔의 기대를 배반하기 힘들었던 탓도 있지만, 무엇보다도 레오디안에게 꼭 묻고 싶은 말이 있었기 때문이었다.

다만 엘시아는 어떻게 말을 꺼내야 할지 알 수가 없어 아까부터 망설이고 있었다. 그런 이유로 정원으로 나온 이래 계속해서 이어지고 있던 정적을 깬 건 레오디안의 가라앉은 목소리였다.

"리리엔의 선물을 사러 가기로 했던 것 말인데……."

정원 한편에는 나무로 만든 차양이 있었다. 그 아래 벤치에 가까이 다가섰을 때였다. 레오디안이 자연스럽게 걸음을 멈추었다. 그를 따라 엘시아도 멈추어 섰다.

"언제가 좋겠습니까?"

레오디안이 엘시아의 의사를 물었고, 엘시아는 대답하기 위해 잠시간 고민했다.

리리엔이 깊이 잠들어 있는 동안에도 시간은 시간답게 흘렀기에, 리리엔의 생일은 며칠이 채 남지 않았다. 그 사실을 상기한 엘시아가 고민을 끝내고 대답했다.

"저는…… 당장 내일도 상관없어요."

"그럼 내일 오후에 외출하기로 하죠."

"네, 좋아요."

엘시아가 선선히 고개를 끄덕이자, 레오디안이 자리에 앉을 것을 권했다. 엘시아는 내내 하고 싶은 말이 있었던 터라, 레오디안이 자리를 떠나려는 기색을 보이기는커녕 자리를 권하자 내심 다행스러웠다.

그렇다고 해서 엘시아가 당장 말을 꺼냈느냐 하면, 그것은 아니었다. 엘시아는 무슨 말로 서두를 떼는 편이 좋을까 한참을 고민했다.

자신이 생각하기에도 어제 제 모습은 너무도 이상했기 때문에. 엘시아는 어제의 밤, 레오디안과 함께한 시간 중 기억해 낼 수가 없는 시간이 있노라고 솔직하게 말할 수가 없었다.

기억 속 공백을 채워 줄 수 있는 사람은 레오디안뿐이라고 너무 잘 알고 있는데도 차마 입이 안 떨어졌다.

엘시아는 살짝 고개를 숙이곤 시선마저 내려뜨렸다. 침묵하는 시간이 여기서 더 길어진다면 말을 꺼내기 더욱 어려워질 것 같은데. 그렇게 생각하면서도 엘시아는 자꾸만 말을 골랐다.

그렇게 얼마나 시간만 흘려보내고 있었을까.

어느 순간 바람이 불었다. 여름의 밤바람은 열기를 품고 있었다. 차가운 뺨에 닿고서는 어디론가 사라져 버린 바람은 오늘따라 유난히 뜨겁게 느껴졌다. 엘시아는 바람에 흐트러진 머리칼을 귀 뒤로 넘기고는 고개를 들었다.

"오늘 화분에 물은 주었습니까."

이 밤과 참 잘 어울리는 고요한 음성이었다. 그가 저를 대신하여 긴 적막에 마침표를 찍어 주었기 때문일까. 엘시아는 잔잔한 호수처럼 일말의 파동조차 없는 레오디안의 목소리가 반가웠다.

그런 한편, 엘시아는 어떻게 하면 레오디안이 위화감을 느끼지 않도록 이야기할 수 있을까 잠깐 고민했다. 그러다가 데이시가 아침에 제게 했던 말을 떠올렸다. 그러니까, 자신의 부탁으로 레오디안이 데이시에게 화분을 주었다고 하였던 말이었다.

"제가 부탁했던 대로……."

"네, 부탁했던 대로."

엘시아가 말을 흐리자 레오디안이 그녀의 말을 반복했다. 엘시아는 레오디안이 운을 띄워 준 것이 무색하게도 또다시 말을 아꼈다. 반면 레오디안은 이쯤에서 대화를 끝내고 싶은 마음이 없는 듯했다. 아니면 고요한 분위기 속 서로 시선만을 묵묵히 나누는 데 싫증을 느꼈는지.

"어제 당신이 툰텔라 하나를 더 키워보고 싶다고 했죠."

레오디안은 엘시아가 마냥 회피하고만 있던 이야기를 입 밖에 내는 데 주저하지 않았다.

"……아, 네. 그래서……."

그래서 레오디안이 새로운 화분을 주었던 거구나.

레오디안에게 그런 이야기를 했을 줄은 꿈에도 몰랐기 때문에 무척 당황스러웠지만, 엘시아는 애써 아무렇지 않은 척 입을 열었다.

"물은 아침에 줬어요."

아까 레오디안의 물음에 대한 뒤늦은 대답이었다.

"제가 화분을 잘 키우지 못할까 봐 걱정하시는 건가요?"

"그런 건 아닙니다."

레오디안이 고개를 저으며 곧장 부정했다. 그가 가볍게 고개를 흔들자 깜깜한 밤이 내려앉은 은빛 머리카락이 흐트러졌다. 그 모습을 가만 바라보고 있는데 문득 용기가 났다. 레오디안이 평소와 같아서. 그래, 아마 그래서일 것이다.

이 저택에서 머무르는 시간이 늘어남에 따라, 엘시아는 레오디안이 언제나 서늘한 얼굴을 하고 있지만 그것은 그의 무감한 성격 탓일 뿐, 그가 그녀를 싫어해서가 아니라는 사실을 자연스럽게 깨닫게 되었다.

아니, 오히려…….

오히려 레오디안은 엘시아에게 묘하게 관대한 구석이 있었다. 엘시아가 무슨 행동을 하건, 어떤 말을 하건 간에 그가 그녀를 탓하며 몰아세운다거나 다그치는 일은 결코 없었다. 도리어 엘시아가 레오디안에게 소리치며 화를 냈었다.

그리고 그때, 그는 가만히 엘시아가 하는 말을 들었다. 엘시아의 말을 맞받아치거나 그녀를 향해 목소리를 높이지 않고.

그리하여 지금 엘시아는 자신이 레오디안에게 무슨 허무맹랑한 말을 한다 하여도, 레오디안이 자신을 책망하는 일은 일어나지 않으리란 확신에 가까운 생각을 하고 있었다.

"……리리엔이 깨어나서 다행이에요."

일단 엘시아는 그 이야기에서부터 시작하기로 했다.

"페이렌 님에게 리리엔이 힘을 사용하지 못하도록 지켜보라고 하셨다면서요."

"그랬습니다."

순순한 대답에 엘시아는 망설임 없이 말을 꺼냈다.

"대공님은요?"

레오디안이 한쪽 눈을 찡그렸다. 갑자기 무슨 이야기를 하는 것인지 모르겠다는 듯, 그러니까 엘시아의 말뜻을 가늠하는 듯한 표정이었다.

"대공님도 힘을 쓰고 난 후에 정신을 잃으신다거나……."

"그런 일 없었습니다."

"……."

"애초에 시간술을 사용한 일이 드물었기 때문에."

레오디안은 엘시아가 말을 덧붙인 후에야 그녀가 말하고자 하는 바를 이해하였다.

"시간술, 그러니까 템푸스는 시전자의 몸에 큰 영향을 끼칩니다. 그런데 그 힘을 리리엔은 별생각 없이 남발하는 면이 있습니다."

레오디안은 말 틈새에 짤막한 숨을 두었다.

"하지만 그 역시 리리엔의 선택이니."

자칫 냉정하게 들릴 수도 있는 말이지만, 엘시아는 레오디안이 이렇게 말하는 것은 그가 리리엔의 의사를 존중하고 있기 때문이라 받아들였다. 비록 그 방식은 다를지언정, 레오디안이 리리엔을 아낀다는 사실에는 변함

없었으니까.

"로아나 님을 불러 주셔서 감사해요. 리리엔이 시간이 지나면 정신을 차릴 거라고 했지만 도무지 마음이 놓이지 않았는데……."

레오디안은 리리엔이 곧 깨어나리라고 생각하면서도, 영 불안해하는 엘시아를 위해 로아나를 저택에 불러주었다.

이번 일로 말미암아, 어떠한 확신을 얻은 엘시아는 레오디안의 마음을 의심하지 않았다. 자신이 그렇듯 레오디안 또한 리리엔을 마음 깊이 생각해 주고 있다고, 그렇게 믿었다.

"해야 할 일을 했을 뿐입니다."

"그래도요. 신경을 써주셔서 진심으로 감사해요. 그리고 어젯밤에도……."

"어젯밤에도?"

레오디안이 고개를 기울였다. 엘시아는 자신이 말을 꺼내 놓고도 놀라, 한동안 말을 잇지 못했다. 괜히 아랫입술만 괴롭히다가, 그렇게 한참 주저하다가 간신히 말문을 열었다.

"……그러니까 어젯밤에 제가 대공님께 화분을 보여 드린 다음에 말이에요."

그리고 계속 물어보고 싶었던 말을 꺼냈다.

"혹시 그 이후에 무슨 일 있었나요?"

"무슨 일이라고 칭할 만한 일은 없었는데."

레오디안이 가볍게 대답했다. 그냥 흘러갈 화제라고 생각하였으나, 그렇다고 하기에는 엘시아의 표정이 꽤나 심각했다. 그래서 잠시 뒤, 레오디안이 물었다.

"……그런데 그건 무슨 이유로 묻는 겁니까?"

그에 엘시아가 짧게 심호흡한 후에 대답했다.

"사실 어제, 제 침실에서 무슨 일이 있었는지 기억이 안 나요. 정확하게는 화분을 보여 드린 다음의 기억이 없어요."

레오디안이 한쪽 눈썹을 추어올렸다. 엘시아가 어젯밤 일을 기억하지 못하리라고는 조금도 예상하지 못한 듯한 표정이었다.

"그냥 어지럽다면서…… 그러니까, 그러다가."

그래서일까. 레오디안은 당황한 기색이 역력한 모습으로 말을 잇기를 주저했다.

레오디안은 소리 없이 입술을 몇 번 여닫다가, 커다란 손으로 입가를 한번 쓸어내렸다. 그런 다음에도 꽤 오래도록 말을 고르는 기색으로 침묵했다. 그렇게 레오디안은 말없이 서서, 문득 눈매를 좁혔다가, 입술을 꾹 깨물었다가, 난데없이 한숨을 내쉬며 고개를 돌렸다가 했다.

"……침대에 눕더군요."

그러곤 한참 만에 가라앉은 음성으로 그렇게 말했다.

"그래서 난 내 방으로 돌아갔습니다. 그게 다입니다."

별일 없었습니다, 그 한 마디를 덧붙였던 레오디안은 그것으론 부족했는지 다시금 입을 열었다.

"그러니까…… 당신이 걱정해야할 만한 일은, 없었다는 얘깁니다."

그 말을 곧이곧대로 믿기에는 당황을 감추지 못하고 있는 레오디안의 모습이 영 의아했다. 그러나 레오디안이 구태여 저에게 거짓말을 할 이유는 없었기에 엘시아는, 그냥 그랬나 보다 생각하고 말 뿐이었다.

"혹시라도 제가 대공님께 무슨 실례를 한 건 아닐까 걱정했는데, 별일 없었다니 다행이에요."

"다행……."

멍하니 엘시아의 말을 따라 읊조리던 레오디안이 문득 입술을 꾹 맞물더니, 조금 굳어진 표정으로 엘시아의 시선을 피해 고개를 돌렸다. 그는 여전히 당황을 감추지 못하는 기색이었지만, 도통 영문을 알 수 없었던 엘시아는 그를 빤히 바라보았다.

조금 전부터 이어지고 있는 정적이 어쩐지 묘하게 어색하게 느껴지는 것도 같았다.

* * *

히치콕 백작가는 대대로 황실과 연이 깊은 가문이었다. 꽤나 먼 과거 히치콕 가문의 차남이 황자의 휘핑 보이로 황자와 함께 교육을 받기 시작하면서부터 생긴 질기고 두터운 연은 현재까지도 계속해서 이어지고 있었다.

언젠가부터 황실은 더 이상 휘핑 보이를 들이지 않았지만, 황실 자손들과 히치콕 가문의 자손들은 서로 꾸준히 교류했다.

이제는 가주가 된 아이작 히치콕 역시, 어릴 적부터 황궁을 드나들며 1황자, 하일롭 헤스테인과 긴밀한 관계를 유지해 왔다. 그는 아주 오래전부터 황자의 공식적인 외출에 동행하거나, 황자의 잠행에 어울리거나 했다.

때문에 아이작 히치콕이 하일롭 헤스테인을 지지한다는 건, 황제파와 신황파를 막론하고 대부분의 귀족이 알고 있는 너무도 자명한 사실이었다.

하일롭 또한 아이작을 아주 각별하게 생각했다. 하일롭은 아이작이 알현을 청하면, 그것이 언제든 흔쾌히 응하였다. 이는 오로지 아이작에 한한 '특별 대우' 중 하나였다.

하일롭는 그가 아이작과 다른 귀족들을 차별하고 있다는 사실을 숨기지 않고, 오히려 대놓고 드러냈다. 방금도 하일롭은 아이작에게 자그마치 황궁 치료사를 붙여 준 참이다.

"그만 좀 보시죠. 부담스럽습니다."

아이작은 황궁 치료사가 알현실을 떠나기가 무섭게 투덜거렸다. 그러자 하일롭이 아이작을 위아래로 슥 훑어보고선 실소를 흘렸다. 아이작은 차마 좋은 말로 포장을 할 수 없을 정도로 엉망인 몰골이었다. 지금 아이작은 당장 눈에 보이는 목이나 팔에 흰 천을 둘둘 감고 있었다.

"그래서 어쩌다가 그 꼴이 된 거지?"

"잡종 개 하나가 감히 주인을 물고 도망치더군요. 아주 괘씸하게도."

"그러게 목줄을 단단히 채웠어야지."

아이작은 하일롭이 여유롭게 차를 마시는 모습을 주시하면서 입을 열었다.

"아무튼 도망친 개는 잡다가 이를 드러낸 대가를 치르게 할 생각입니다."

"그래, 그대가 어련히 잘 알아서 처리하겠지."

하일롭이 가볍게 고개를 주억거렸다. 아이작이 말한 개가 사실은 개가 아닌 다른 무언가를 지칭하는 것이라는 사실은 두 사람 모두가 알고 있었다.

"그녀를 실제로 만나 보니 어떠하던가."

하일롭이 퍽 뜬금없이 화제를 돌렸음에도 아이작은 순순하게 대답을 내어놓았다.

"기대한 대로였습니다. 아니, 어쩌면 기대했던 것보다도 더……."

엘시아는 가히 경이로웠다. 그동안 아이작이 만나 온 그 어떤 존재보다 아름다웠다. 눈이 부실 정도로 완벽한 외양은 물론이거니와 그에 어울리는 훌륭한 힘은, 정말이지 절로 경외심이 생길 정도였다. 아이작은 일순 엘시아를 떠올린 것만으로도 그녀를 당장이라도 만나고 싶어 애가 탔다.

"어서 빨리 만나고 싶습니다."

"그래, 조만간 만날 수 있을 거다."

"그녀가 편지에 답장했습니까?"

"아니, 그건 아니야."

하일롭이 테이블 위로 찻잔을 내려놓았다. 그런 다음 푹신한 등받이에 나른하게 몸을 기대었다.

"하지만 그녀가 이롯타 신전을 방문하리라는 데에 의심할 여지는 없지."

그러므로 그곳에서 아이작은 엘시아를 다시 만나게 될 것이었다.

* * *

리리엔이 깨어난 건 고작 하루 전의 일인데도 저택은 벌써 예전의 활기를 되찾았다.

저택 분위기가 이토록 빠르게 밝아진 데에는 엘시아가 정원뿐만이 아니라 저택 곳곳을 돌아다니기 시작했다는 이유도 있었다.

물론 엘시아가 저택을 활보하고 다닌 데는 리리엔의 영향이 지대했다. 리리엔은 엘시아를 이끌고 저택 안을 여기저기 휘젓고 다녔다.

그렇게 두 사람은 한참 저택 안을 돌아다니다 점심을 먹었다. 그런 다음 서재에 왔고, 지금까지 서재에서 시간을 보내고 있었다.

"집사가 이상해."

엘시아는 서재에 놓인 커다란 소파에 축 늘어져 있는 리리엔을 바라보면서 작게 웃었다.

"뭐가 이상한데?"

"나를 자꾸 피하는 것 같아."

그건 로이셀이 리리엔 몰래 파티를 준비하고 있기 때문이었다. 그 사실을 알 리 없는 리리엔은 아무래도 이상하단 말이야, 중얼거리면서 입술을 쭉 내밀었다.

엘시아는 그 뾰로통한 얼굴을 잠시 바라보다가 고개를 돌렸다. 그리고 지칼로 봉투를 뜯어, 편지만 빼내어 리리엔에게 건네주었다.

"편지 계속 읽을 거야?"

"응, 더 읽을래."

리리엔은 엘시아가 준 편지를 냉큼 펼쳐 들었다. 아까부터 리리엔은 그동안 읽지 않고 가득 쌓아 두었던 편지를 차근차근 열어 보고 있었다.

매일같이 하던 공부를 하지 않아도 되는 상황에 기뻐한 것도 잠시, 리리엔은 머지않아 여유로운 일상에 지루함을 느꼈다. 어쩐지 시간도 천천히 흐르는 것 같고.

그래서 편지라도 읽으면서 시간을 보내자 마음을 먹은 것이었는데……. 거기까지 생각하던 리리엔은 문득 한숨을 내쉬었다.

산처럼 쌓여 있는 편지는 발신인도 내용도 다 달랐지만, 편지를 보낸 목적은 다 똑같았다. 결국은 리리엔을 파티에 초대하고 싶다는 이야기였다.

"여기 사람들은 하루라도 파티에 가지 않으면 무슨 병이라도 걸리나 봐."

전부 파티 초대장이야. 리리엔이 모난 목소리로 덧붙였다.

"너랑 친해지고 싶어서 초대장을 보낸 게 아닐까?"

"난 별로 친해지고 싶은 생각 없는데."

그 말에 내내 미소를 짓고 있던 엘시아의 입매가 굳었다. 전에도 리리엔이 친구를 사귈 생각이 없다는 말을 한 적이 있다는 사실이 불현듯 머릿속에 떠오른 탓이다.

"리리엔, 친구를 사귀는 건 좋은 일이야."

엘시아는 리리엔이 다양한 사람과 만나고, 인연을 맺고, 그러다 마음이 맞는 사람이 있으면 친밀한 관계를 유지하며 지내고. 그렇게 지내기를 바랐다.

남들처럼, 평범한 인간처럼. 그렇게 살았으면 좋겠다고 생각했다. 그건 엘시아가 감히 꿈도 꿀 수 없는 일이었으니까.

"친구는 지금도 충분히 많은데."

헤르테인도 있고, 에밀리아도 있고, 또 로이셀이랑 벨레로폰도 있고…….

손가락을 하나하나 접어 가면서 말을 잇던 리리엔은 엘시아의 표정이 굉장히 심각해졌다는 것을 눈치채고는 입술을 꼭 맞물었다.

"그렇다고 해서 너와 친해지고 싶어서 다가오는 사람에게 쌀쌀맞게 굴 필요까지는 없잖아."

엘시아가 차분한 목소리로 그랬다. 리리엔은 얼른 고개를 끄덕였다.

"그렇기는 하지……."

"게다가 곧 아카데미에 갈 텐데. 아카데미에 가서도 친구를 안 사귈 거야?"

"아니야, 사귈 거야."

지금 엘시아는 리리엔에게 가라앉은 목소리로 이야기하고 있을 뿐, 화를 내고 있는 건 아니었다. 하지만 리리엔이 계속 투덜거린다면 머지않아 화를 낼 것이다.

엘시아가 리리엔에게 화를 내는 건 굉장히 드문 일이었지만, 엘시아는 한번 화나면 굉장히 무서웠다. 리리엔은 순순한 태도를 취했다.

"그냥 해 본 소리였어. 정말이야, 정말로 친구 사귈 거야."

리리엔이 한발 물러서자, 엘시아도 더 이상 이야기를 꺼내지 않았다. 그저 조그맣게 한숨을 내쉬었다.

"……언니는?"

그때 리리엔이 조심스럽게 물었다.

"언니도 친구 사귈 거야?"

예상치도 못했던 물음에 말문이 막혔다. 앞으로 이곳에서 살아가야 하는 리리엔에게는 친구가 필요했지만, 엘시아는 아니었다. 하물며 인간도 아닌 엘시아가 지금 인간과 어울려 지내는 건 순전히 리리엔을 위해서였다.

엘시아는 대공저에서 지내게 된 이래 사람들과 나쁘지 않은 관계를 유지하면서 지내고는 있지만, 단지 그뿐이었다

애초에 리리엔이 아니었더라면 만날 리도 없었을 사람들이었다. 그러니까 리리엔이 없다면 끊어져 버릴 관계, 고작 그 정도의 인연.

그리고 그 인연의 끈을 엘시아는 언제든지 손에서 놓을 각오를 하고 있었다.

언젠가 리리엔이 아카데미로 간다면, 그래서 당분간 저택을 떠나 있게 된다면. 엘시아 역시도 더는 저택에서 지낼 이유가 없었고, 그러므로 돌아갈 것이었다. 원래 그녀가 있어야 하는 자리로, 그녀에게 어울리는 곳으로.

그때가 되면 이곳에서 만난 사람들과의 인연은 끊어질 터였다. 굳이 엘시아가 애써 끊어 내려 하지 않아도, 아주 자연스럽게.

"응, 당연하지."

그러나 엘시아는 늘 그렇듯 속내를 숨기고 그렇게 대답했다. 작정하고 숨긴다면 리리엔이 알아차릴 수 있을 리 없었다. 분명 그럴 터인데. 리리엔은 엘시아가 영 의심스럽다는 듯한 표정이었다. 그에 엘시아는 아까 리리엔에게 했던 말을 그대로 반복했다.

"나랑 친구가 되고 싶어서 다가오는 사람한테 쌀쌀맞게 굴지도 않을 거야."

"……정말?"

"응, 정말."

엘시아가 서슴없이 대답했다. 그러자 리리엔이 눈매를 가늘게 좁혔다.

"흐음, 그렇단 말이지."

리리엔은 감탄과 같은 신음성을 연거푸 냈다. 그 가느다란 미성이 연달아 엘시아의 귓가에 파고들었다. 마치 엘시아더러 들으라는 듯, 묘한 신음성을 몇 번이고 반복하여 입술 사이로 흘려보내던 리리엔이 문득 고개를 모로 기울였다.

갸웃 고개를 기울이고서는 장난스러운 미소를 입술에 내건 아이의 모습은 실로 사랑스러웠다.

좀처럼 시선을 뗄 수 없는 어여쁜 모습이었다. 그 모습을 엘시아가 가만 바라보고 있는데, 리리엔이 불현듯 말을 꺼냈다.

"그러면 레오디안이 친해지고 싶다고 해도 쌀쌀맞게 안 굴 거야?"

엘시아가 멍하게 입술을 벌렸다. 지금 이 순간 들으리라고는 예상하지 못했던 이름이었다.

리리엔이 갑자기 레오디안을 언급한 저의를 알 수 없었다. 그래서 엘시아는 선뜻 대답하지 못하고, 어떤 반응을 보여야 할지 한참 고민했다.

그러느라 엘시아가 입을 연 건, 그리 짧다고만은 할 수 없는 시간이 흐른 뒤의 일이었다.

"대공님은, 그러니까 대공님이 나랑 친해지고 싶어 할 리도 없지만······."

한동안 고민한 것이 무색하게도 말에는 두서가 없었다.

"만약에, 아주 만약에 그렇다고 한다면······ 거리낄 이유는 없지."

말을 끝맺을 즈음의 음성은 무척 자그마했다. 만약 리리엔이 엘시아의 목소리에 귀를 기울이고 있지 않았더라면, 리리엔은 엘시아의 말을 미처 다 알아듣지 못했을 것이다.

영 힘이 없는 엘시아의 목소리에 리리엔이 알겠다고, 대강 고개를 끄덕이며 다른 화두를 꺼내려고 했을 때였다.

"······네가 갑자기 왜 이런 걸 물어보는지 모르겠어."

엘시아는 힘없이 어깨를 축 늘어뜨리고는 한숨을 내쉬었다.

"혹시 대공님과 내 사이가 그다지 좋아 보이지 않아서 물어본 거라면······

오해야, 리리엔."

리리엔은 아까부터 아무런 말도 하지 않고, 그저 엘시아의 말을 듣고만 있었다. 그러나 엘시아는 그것이 리리엔이 그녀의 말을 의심하고 있기 때문이라고 생각했는지, 변명처럼 계속해서 말을 덧붙였다.

"이따가 함께 외출하기로 약속도 했는걸. 사이가 안 좋다면 그런 약속을 왜 했겠어."

더 이상 덧댈 말이 없어진 엘시아가 다시금 나직이 한숨을 쉬었다. 그러고는 괜히 아랫입술을 잘근거렸다.

그때 리리엔이 휘둥그레진 눈을 하고선 물었다.

"뭐야, 둘이서 같이 놀러 나가기로 했다고?"

"응."

엘시아가 고개를 가볍게 끄덕이자, 리리엔의 눈이 더욱 커다랗게 뜨였다.

"나만 쏙 빼놓고, 둘이서만?"

"……응."

리리엔의 어조는 어딘지 묘한 구석이 있어서, 엘시아가 조금 뒤늦게 대답했다. 엘시아의 선선한 대답을 들은 리리엔이 경악스러운 얼굴로 입을 벌렸다.

"갑자기 왜 그런 약속을 한 건데?"

오늘 엘시아가 레오디안과 함께 외출하기로 한 건 리리엔의 생일 선물을 사러 가기 위해서였다. 리리엔은 엘시아가 제 생일을 알고 있으리라고는 꿈에도 모를 것이다. 그러니 선물도 기대하지 않고 있겠지.

엘시아는 리리엔을 깜짝 놀래주고 싶었다. 그러려면 리리엔은 오늘 엘시아의 외출의 목적을 알아서는 안 됐다.

"어제 그 둘이서 산책을 하라고 했던 사람은 어디의 누구더라."

엘시아가 작게 웃으며 말하자, 차마 대꾸할 말이 없다는 듯 리리엔이 입술을 꾹 깨물었다. 자연스럽게 서재 안에 고즈넉한 정적이 내려앉았다. 지금까지는 미처 인식하지 못하고 있었던 소음이 커다란 창문을 통해 흘러 들어왔다.

그 출처가 불분명한 소음은, 현재 서재가 퍽 고요하기에 유난히 커다랗게 들리는 것이리라. 엘시아는 잠시 말없이 창문에 시선을 두고 있다가, 천천히 고개를 바로 했다. 귀에 거슬리는 소리가 신경 쓰이기는 했지만, 그 어떤 특별한 기척도 느낄 수 없었던 탓이다.

"편지 더 읽을래?"

"아니."

리리엔이 손에 들고 있던 편지마저 테이블 위에 내려놓았다.

"그래서 레오디안하고 둘이서 어디를 가기로 했어?"

"아마 상점가에 갈 거야."

확실한 목적을 가진 외출이었다. 레오디안과 엘시아가 향할 곳 역시 분명했다.

"그러면 블랑 로멘타에서 초콜릿 사다 줄 수 있어?"

리리엔이 내심 기대감이 서린 표정으로 물었고, 엘시아는 블랑 로멘타 주변에 상점이 즐비해 있었다는 사실을 떠올리곤 고개를 끄덕였다.

"저번이랑 똑같은 걸로 사 와야 해. 알았지?"

"그래, 알았어."

엘시아의 선선한 대답에 환하게 미소를 지었던 리리엔은, 어쩐 일인지 문득 시무룩하게 고개를 아래로 떨어뜨렸다.

"……나도 같이 가고 싶은데, 분명 안 된다고 하겠지."

리리엔이 힘없이 중얼거렸다. 리리엔이 알고 있듯, 엘시아도 알고 있었다. 리리엔이 저택 밖으로 나가는 것을 레오디안이 허락할 리 없다는 사실을 말이다.

거기에 엘시아 역시 오늘만큼은 리리엔과 함께 외출하고 싶은 생각이 없었다. 하지만 영 기운이 없는 리리엔의 모습을 보니, 안쓰러운 마음이 들었다.

"금방 올 거야."

엘시아가 리리엔의 흘러내린 머리칼을 귀 뒤로 정리해 주면서 말을 이었다.

"얼른 갔다가 올 테니까, 너무 속상해하지 마."

"뭐……? 아니, 안 돼!"

리리엔이 불쑥 고개를 들어 올렸다.

"금방 오지 마. 금방 오면 안 돼."

방금까지 시무룩해져서는 고개를 푹 숙이고 있던 리리엔은 감쪽같이 자취를 감추어 찾아볼 수 없었다. 엘시아의 눈앞에는 단호한 표정의 리리엔만 남아 있었다.

"꼭 오래오래 구경하다가 와야 돼."

왜 그래야 하는데……?

의아해진 엘시아가 막 입을 열려고 했을 때였다. 누군가 문을 두드리는 소리가 불쑥 끼어들었다. 그에 서로를 바라보고 있던 엘시아와 리리엔의 시선이 소리가 들려온 곳으로 향했다.

"리리엔 아가씨, 엘시아 님."

이윽고 여태 단단히 닫혀 있던 문이 열리고, 로이셀이 방 안으로 들어왔다. 로이셀은 찰나 정중히 숙여 보였던 고개를 들어 올리더니 곧장 엘시아를 바라보았다.

"대공 각하께서 외출 준비를 하라 하십니다."

* * *

엘시아가 로이셀의 안내를 받으며 저택 밖으로 나왔을 때, 레오디안은 이미 준비되어 있는 커다란 마차 옆에 서 있었다.

레오디안은 짙푸른 푸르푸앵과 그와 같은 빛깔의 긴바지를 입고 있었다. 그래서인지 원래도 널따란 어깨가 유난히 널찍해 보였고, 그런 레오디안은 평소보다 더 커다랗게 느껴졌다.

그것뿐만이 아니라, 오늘따라 레오디안은 왜인지 낯설게 느껴졌다. 엘시아가 문득 멈춰 선 채, 걸음을 주저하는 건 그런 이유에서였다. 그러나 엘시아는 오랜 시간을 지체하고 있을 수가 없었다. 레오디안이 그녀를 발견하였기 때문이었다.

레오디안과 엘시아의 시선이 허공에서 얽혔고, 엘시아는 떨어지지 않는 발을 떼어 내 걸음을 내디뎠다.

그렇게 천천히 그를 향해 다가가는 엘시아를 레오디안은, 가만히 바라보았다. 그리고 엘시아가 레오디안 가까이에서 걸음을 멈추기까지는 그다지 오랜 시간이 소요되지 않았다.

"각하."

로이셀은 레오디안과 짤막한 대화를 나누었다. 그동안 엘시아는 어색한 표정으로 서 있었다.

레오디안은 말없이 로이셀의 이야기를 그저 듣기만 하다가, 종종 고개를 끄덕이는 것으로 대답을 대신했다. 로이셀이 아닌 엘시아를 향해 시선을 고정한 채로.

그 시선으로 인해 엘시아는 레오디안이 로이셀의 말을 제대로 듣고 있기나 한지 의심하게 되었다.

"그럼, 그렇게 알고 있겠습니다."

"그래."

하지만 머지않아 엘시아는 자신이 괜한 의심을 한 것 같다 생각하기에 이르렀다.

로이셀은 레오디안이 아무런 말도 하지 않는 것쯤이야 대수롭지 않다는 듯 태연하게 말을 이어 갔고, 이윽고 레오디안과 순조롭게 대화를 끝마친 것이다. 로이셀은 레오디안에게서 몸을 돌려 엘시아를 바라보았다.

"엘시아 님, 부디 조심히 다녀오십시오."

"네."

엘시아가 고개를 끄덕이자, 로이셀이 살짝 시선만을 옮겨 페렛을 바라보았다.

"그럼 페렛, 각하와 엘시아 님을 잘 모시게."

"여부가 있겠습니까."

페렛에게 당부를 마친 로이셀은 마지막으로 레오디안에게 인사를 하고는 한 걸음 물러났다.

레오디안은 큰 보폭으로 거리를 좁혔다. 그리고 손을 조금만 뻗어도 엘시아에게 충분히 닿을 수 있을 정도의 가까운 거리에서 멈춰 섰다.

레오디안은 가까이에서 보니, 더욱 커다랗게 보였다. 그래서 엘시아는 레오디안이 그녀를 향해 손을 내밀었을 때, 선뜻 그의 손을 잡지 못하고 망설였다.

하지만 망설임은 길지 않았다. 아무리 시간을 두고 망설인다 하여도, 결국 엘시아가 취할 수 있는 행동은 하나였을 터였다. 그 사실을 엘시아도 잘 알았다. 엘시아는 그가 내민 손 위로 조심스럽게 제 손을 겹쳤다.

누군가의 에스코트를 받으며 마차에 오르는 일은 엘시아가 몇 번을 경험한 일이었다. 하지만 제 손을 가볍게 감싸 쥐는 손의 온기가 오늘따라 낯설고 생경하게 느껴졌다. 엘시아는 어색한 표정을 차마 다잡지 못한 채로 마차에 올랐다.

엘시아가 자리에 앉고 난 뒤 레오디안까지 마차에 올라타자, 페렛이 마차의 문을 닫기 위해서 다가왔다.

"오늘은 별일이 없어야 할 텐데 말입니다."

문득 마차 안에 툭 내려앉은 목소리에 막 마차에 자리한 레오디안의 시선이 페렛을 향했다. 그 묵묵한 시선에 페렛이 더듬더듬 말을 이었다.

"외출을 하실 때마다, 그…… 매번 곤란한 일이 생기는 것 같아서……."

페렛은 아무런 생각 없이 꺼낸 말을 후회하는 기색으로 계속해서 말꼬리를 이어 나갔다.

"미래를 내다볼 수도 없는 노릇이니…… 저기, 혹시 또 무슨 일이 생기더라도 어찌 손쓸 방도가 없겠지만, 오늘은 부디 아무 일도 일어나지 않았으면 하는 바람이……."

"그러게요."

조용히 페렛의 말을 듣고 있던 엘시아가 그의 말허리를 잘라 냈다. 페렛을 가만히 지켜보고만 있다가는, 그의 말이 계속 곁가지를 내어 한참 이어질 것 같았기 때문이었다. 또 그가 영 곤란해 보여서, 적당히 그의 말을 끊어 주는 게 좋겠다는 생각이 들었기 때문이기도 했다.

"말씀하신대로 오늘 아무 일 없었으면 좋겠어요."

"……예, 제가 잘 모시겠습니다."

페렛은 살았다는 듯, 안도한 표정으로 크게 숨을 내쉬면서 마차의 문을 닫았다.

엘시아가 갑자기 어지러움을 느끼고 저택에 돌아가기를 미뤘을 때에도, 황실 연회에 갔을 때에도, 그리고 리리엔이 아틀리에에서 정신을 잃었을 때에도. 공교롭게도 페렛이 마차를 몰았다. 그래서 방금 페렛이 어찌하여 그런 이야기를 꺼냈는지 이해가 갔다.

'고작 상점가를 방문하는 건데, 별일이야 없겠지.'

그래도 주심해서 나쁠 건 없으니, 주의를 기울이자고 생각하며 창밖을 바라보고 있자니 창밖으로 멈추어 있던 풍경이 서서히 움직이기 시작했다.

"리리엔의 생일 선물로 무엇을 살지 생각은 해 봤습니까?"

그때 레오디안의 낮은 목소리가 마차에 감돌고 있던 정적을 갈랐다. 엘시아는 내심 마주치기가 꺼려져 외면하고 있던 레오디안에게 눈길을 줄 수밖에 없었다.

"대공님은요?"

"글쎄…… 꽤 고민해 봤으나, 마땅한 것이 떠오르지 않더군요."

엘시아는 잠시 말없이 레오디안을 바라보다가 입을 열었다.

"저도 그랬어요."

리리엔에게 처음으로 주는 생일 선물이었다. 그래서인지 무엇을 선물로 줘야 할지 쉽게 결정할 수가 없었다.

게다가 예전과 달리, 리리엔은 원한다면 무엇이든 가질 수 있었다. 리리엔을 둘러싼 환경은 더할 나위 없이 쾌적했고, 무엇 하나 부족한 구석이 없었다. 그래서 엘시아는 어떤 선물을 해야 리리엔이 기뻐할지 더더욱 고민하게 되었다.

머지않아 마차가 상점가에 도착할 테니, 더 이상은 결정을 미룰 수 없었다. 뭐라도 떠올려야 한다는 조급한 마음에 심각하게 생각에 잠겨 있는데.

"······무슨 생각을 그리도 깊게 합니까."

레오디안의 가라앉은 목소리가 귓가에 파고들었다. 시선을 들어 올린 엘시아는 뒤늦게야 저를 향해 있는 푸른 눈동자를 알아차렸다.

"그냥····· 어떤 선물을 하는 게 좋을까 생각하고 있었어요."

그렇군요, 레오디안이 혼잣말처럼 읊조리고는 눈을 내리떴다. 레오디안은 한동안 그렇게 묵묵히 시선을 떨구고 있었다. 덕분에 엘시아는 눈앞의 레오디안을 마음 놓고 바라볼 수 있었다. 엘시아는 레오디안의 차분한 머리칼이며 눈을 내리뜬 탓에 드리워진 기다란 속눈썹 같은 것에 차례로 시선을 두었다.

그러다가 문득, 지금 레오디안이 유난히 단정한 차림새를 하고 있다는 느낌을 받았다.

'대공 각하께서 외출 준비를 하라 하십니다.'

아까 로이셀이 했던 말이 머릿속을 스쳐 지나갔다. 외출 준비를 하라는 말에 엘시아는 침실로 가서 옷장에 걸려 있는 옷을 아무거나 집어 입었다. 조금의 고민이나 일말의 망설임 없이, 말 그대로 '아무거나 집어' 입고 나왔다.

거기까지 생각하던 엘시아는 멍하니 시선을 내려, 새삼 제가 입고 있는 옷을 살폈다. 늘 입던 것과 같은 소매가 길고, 딱히 특색 없는 검은 드레스였다.

엘시아는 다시금 레오디안을 바라보았다. 오히려 제대로 된 '외출 준비'를 한 사람은 레오디안인 듯했다. 아까 마차 옆에 서 있는 레오디안을 보았을 때, 왜인지 그가 낯설다는 느낌을 받았는데······.

엘시아는 이제야 그 이유를 알 것 같았다.

그건 레오디안이 평소에는 입지 않던 옷을 입었기 때문에, 그러니까 누가 보더라도 한눈에 알아차릴 수 있을 정도로 차림새에 신경을 쓴 듯한 모습으로 서 있었기 때문이었다.

"······왜 그렇게 봅니까?"

"아뇨, 아무것도 아니에요."

시선을 들어 올린 레오디안과 눈이 마주치자, 엘시아는 자연스럽게 창가로 시선을 돌렸다.

레오디안의 차림새를 한번 의식하고 나니 계속 신경이 쓰였지만, 엘시아는 애써 생각을 털어냈다. 뜬금없이 레오디안에게 왜 그렇게 차려 입었냐고 물을 수는 없는 노릇이었으니까.

엘시아는 어느 정도 눈에 익은 거리를 레오디안과 함께 걸었다. 막 유리 공예품을 판매하는 가게를 살펴보다 나온 참이었다.

고가구점을 시작으로 서점과 보석상, 액세서리 가게, 그리고 공예품 가게를 차례로 둘러보았으나, 엘시아는 여전히 빈손이었다.

엘시아는 조금 지친 얼굴로 거리를 멍하니 주시하면서 걸음을 옮겼다. 그런 엘시아를 유심히 살피듯 바라보는 고요한 시선이 있었다.

"오늘은 이만하고 돌아가는 게 좋겠습니다."

엘시아는 목소리가 들려온 곳으로 고개를 돌렸다. 동시에 레오디안이 고개를 바로 하여, 두 사람의 시선은 찰나 스치고서 엇갈렸다.

"하지만 며칠 뒤가 리리엔의 생일인데······."

"이곳을 다시 한 번 방문할 여유는 있습니다."

리리엔의 생일까지 나흘 남짓한 시간이 남아 있었다. 그러니 레오디안의 말대로 이곳을 한번쯤은 다시 방문할 수 있을 것이다.

현재 엘시아는 무엇을 살지도 제대로 정하지 않고 이곳에 왔을뿐더러, 아까부터 가게를 계속 돌아다녔으나 이렇다 할 것을 사지 못했다. 앞으로 몇 곳의 상점을 들른다 하여도 달라지는 건 없을 듯했다.

"돌아가기 전에 들렀으면 하는 곳이 있어요."

"그곳이 어딥니까?"

엘시아는 레오디안의 의아한 목소리를 뒤로한 채, 고개를 돌렸다. 시야 끝에 블랑 로멘타의 간판이 보였다. 마침 마차가 세워져 있는 곳이 블랑 로멘타와 가까웠다. 그리고 엘시아와 레오디안은 이미 한 번 걸었던 거리를 되짚어 걸어가고 있는 중이었다.

"리리엔이 블랑 로멘타에서 초콜릿을 사다 달라고 부탁했어요."

"그럼 그곳을 들른 후에 저택으로 돌아가죠."

"네, 좋아요."

초콜릿 상자를 보고 기뻐할 리리엔의 모습이 머릿속에 그려졌다. 그에 아까부터 힘없이 내딛던 걸음에 힘이 실리고, 걷는 속도 역시 조금쯤 빨라졌다.

애초에 엘시아는 블랑 로멘타의 간판이 눈에 보일 정도로 가까운 곳에 있었기 때문에, 머지않아 블랑 로멘타에 도착했다. 가게 유리문 밖으로 새어 나온 빛이 어둑해진 사위를 밝히고 있었다.

엘시아가 환한 빛을 막 눈에 담은 찰나, 문이 열렸다. 유리문 너머에서 손님을 맞이하는 종업원이 엘시아와 레오디안, 두 사람의 모습을 발견하곤 기다렸다는 듯 문을 연 것이다.

"어서 오십시오."

그에 레오디안은 가볍게 고개를 끄덕여 종업원의 인사를 받아 주고는 가게 안으로 걸음을 하였다. 반면 엘시아는 단 한 발자국도 떼지 못했다.

불현듯 위화감을 느꼈기 때문이었다. 엘시아는 그 자리에 못 박힌 듯 서서, 묘한 기운이 느껴지는 곳을 향하여 고개를 돌렸다. 그다지 멀리 떨어져 있지 않은 길목. 그곳에서부터 너무도 익숙한, 음습하면서도 음울한 기운이 풍겨 나오고 있었다.

명백한 동족의 기운.

그리고 그것은 동시에 전에 한 번 느껴 본 적 있는 기운이었다. 그래서 엘시아는 저 어두운 골목에 몸을 숨기고 있을 누군가를 어림짐작할 수 있었다.

골목을 주시하는 엘시아의 눈이 가늘어졌다. 엘시아는 긴장으로 굳어진 표정으로 입술을 힘주어 깨물었다.

그렇게 얼마나 골목을 응시하고 있었을까.

"……레이디?"

불현듯 귓가에 파고든 목소리에 엘시아가 황급히 고개를 돌렸다.

여태 문을 잡고 서 있던 종업원이 의아한 표정으로 엘시아를 바라보고 있었다. 그에 엘시아가 뒤따라 들어오지 않았다는 것을 인지한 레오디안 또한 뒤를 돌아보았다.

그 두 사람의 시선에 엘시아는 순식간에 현실로 돌아왔다. 마음 같아서는 당장 골목으로 뛰어가 그곳에 있을 누군가를 확인하고 싶었지만, 그럴 수는 없었다. 그녀는 지금 레오디안과 함께였으니까.

엘시아는 가까스로 걸음을 뗐다. 엘시아가 가까이 다가서자, 레오디안이 나직한 물음을 내뱉었다.

"무슨 일입니까?"

"……아뇨, 아무것도 아니에요."

엘시아는 애써 입매를 끌어 올리고선 고개를 저었다. 레오디안은 엘시아의 말이 의심스러운 건지 잠시간 말없이 그녀를 유심히 바라보았지만, 그 이상 묻지는 않았다.

* * *

가냘픈 인영 하나가 호화스러운 불빛으로 찬란한 건물 안으로 사라졌다. 그 모습을 끝까지 지켜보다가, 인영이 그의 시야에서 완전히 사라진 후에야 레븐은 몸을 돌렸다. 그리고 더욱 깊은 암흑 속으로 걸어 들어갔다.

그렇게 레븐은 그와 퍽 잘 어울리는 어두우면서도 캄캄, 암담하고도 비참한 암흑 속에 몸을 숨겼다. 구태여 위험을 무릅쓰고 로켄페데스 대공저를 찾아갈 필요가 없어졌다. 레븐이 처해 있는 막막한 상황 속, 유일하게 다행스러운 일이었다.

레븐은 크게 숨을 들이마셨다가 아무렇게나 내뱉었다. 잇따라 밭은기침이 터져 나왔다. 레븐은 급하게 손을 들어 입을 틀어막고 연신 기침을 토해 냈다.

"크윽……."

한참 후에야 기침이 잦아들었다. 레븐은 손바닥에 묻어난 축축한 것이 피라는 사실을 굳이 확인하지 않고도 알았다.

현재 레븐의 육체는 망가질 대로 망가져 있었다. 원래도 상태가 좋지 않던 몸은, 황금 저택에서 도망쳐 나온 이후 손쓸 수 없을 정도로 너절해졌다. 당장 죽어 버린다 하여도 이상하지 않을 정도로.

레븐은 감옥에 갇혀 있는 동안, 감히 철창에 손을 댈 엄두를 내지 못했다. 하지만 최후의 순간, 살아남고자 하는 의지는 레븐으로 하여금 엄청난 전류를 버티어 낼 수 있도록 하였다.

레븐은 철창을 부쉈고, 아이작에게 간신히 상처를 입혔으며, 그리하여 황금 저택에서 빠져나올 수 있었다.

레븐은 정말이지 죽을 각오로 도망쳤다. 그로 인해 치명상을 입었으나, 도망친 것을 후회하지 않는다. 그곳에서 아이작의 손에 죽는 것보다 이렇게라도 사는 편이 나았으니까.

어떻게든 아이작에게 복수하고 싶으니까.

레븐은 엘시아를 만나야 했다. 그것이 아이작에게 복수를 할 수 있는 유일한 길이었다.

지금 레븐은 치유력을 잃었고, 인간보다도 약해진 상태였다. 그런 레븐이 아이작에게 대적할 수 있을 리 없었다. 하지만 엘시아라면, 엘시아만 있다면.

"……반드시 다시 만나야 해."

레븐이 원하는 바는 모조리 현실이 될 수 있었다. 레븐은 믿어 의심치 않았다. 오직 엘시아만이 레븐의 복수를 실현해 줄 수 있었다.

아이작이 엘시아를 원하고 있으니까.

레븐은 반드시 엘시아를 만날 생각이었다. 지금 엘시아는 너무도 눈부신 곳에 있지만, 그래서 레븐은 감히 엘시아가 있는 곳으로 다가갈 엄두조차 낼 수 없지만……

그 반대는 가능했다. 엘시아는 현재 레븐이 서 있는 어둠 속으로 걸음을 할 수 있었다. 그리고 레븐은 엘시아가 먼저 그를 찾아오리라고 확신하고 있었다.

엘시아는 스스로의 정체를 숨기고 있었고, 레븐은 엘시아가 괴물이라는 사실을 알고 있었다. 만약 엘시아가 제 정체를 계속해서 비밀에 부치고자 한다면, 비밀을 알고 있는 레븐의 입을 막아야 할 테니까.

그러므로 찰나 엘시아와 시선이 마주쳤다고 느낀 게 레븐의 착각이 아니라면, 엘시아가 레븐의 기척을 느꼈다면. 엘시아는 레븐을 찾아올 것이다.

그렇게 생각하니 뼈를 에는 듯한 고통도 참을 만했다. 레븐은 이를 악물고선 신음을 삼켜 냈다.

* * *

무슨 정신으로 가게에서 나와 저택으로 돌아왔는지 알 수 없었다. 엘시아는 어느덧 어둑해진 저택, 적막한 복도 한편에 멈추어 섰다. 앞서 걷고 있던 레오디안이 걸음을 멈춘 탓이다.

레오디안은 엘시아의 침실 앞에서 멈춰선 채, 꽤 한참 엘시아를 내려다보았다. 그 시선이 엘시아에게 차츰 부담스럽게 느껴질 때쯤, 그가 시선을 거두고는 읊조리듯 말했다.

"그럼, 쉬십시오."

엘시아를 침실 앞까지 데려다준 레오디안이 이내 몸을 돌렸다.

엘시아는 점점 멀어지는 레오디안의 뒷모습을 가만 바라보고 서 있다가, 방 안으로 들어왔다. 단단히 문을 닫고, 문에 등을 기댄 채 그대로 주저앉았다.

긴장이 풀리자 몸에서도 힘이 빠졌다. 내내 손에 쥐고 있던 초콜릿 상자가 바닥에 툭 떨어졌다. 그 소리가 귓가에 스며들자 마치 막혔던 둑이 마침내 터져 버린 것처럼, 지금까지 애써 외면하고 있던 생각이 머릿속에 들이닥쳤다.

예상치 못한 곳에서 맞닥뜨린 동족의 기척은 엘시아를 불안에 떨게 만들기에 충분했다.

엘시아는 음험한 기운을 느낀 이후부터, 마치 나사 하나가 빠진 사람처럼 굴었다. 레오디안의 시선을 의식해, 태연하려고 애썼지만 마음처럼 되지 않았다.

도저히 평정을 찾을 수 없었다. 그런 자신의 모습을 레오디안이 의아하게 여길지도 모른다는 자각은 하고 있었다. 그런데도 엘시아는 어디다 정신을 두고 나온 사람처럼 내내 넋이 나간 채로 있었다.

레오디안이 무슨 말을 건네면 한참이 지나서야 겨우 대답했고, 레오디안의 시선을 느끼면서도 멍하니 허공을 바라보거나 했다. 마차를 타고 저택으로 돌아올 즈음에는 레오디안도 더 이상 엘시아에게 말을 걸지 않았다.

오늘 레오디안은 아무것도 묻지 않았지만, 그렇다고 하여 마음을 놓을 수는 없었다.

어쩌면 레오디안에게 의심을 샀는지도 모른다. 엘시아는 지금에서야 레오디안의 눈에 자신의 모습이 얼마나 이상하게 보였을지, 레오디안이 자신을 의심스럽다 여기지는 않을지 덜컥 겁이 났다.

'어떡하지. 어떻게…… 어떻게 해야 하지…….'

지금까지 해 온 모든 노력이 물거품이 되어 버린 것 같은 기분이었다. 저택을 떠나기 전까지 그 누구에게도 의심을 사지 않으려고 노력했던 모든 시간이 전부 헛된 시간처럼 느껴졌다.

차디찬 바닥에 주저앉아 있던 엘시아가 몸을 일으킨 건, 저택이 더없이 고요해졌을 때였다. 오늘의 일을 만회하기 위하여 뭐라도 해야 한다 결심했을 때였다.

'그래, 계속 이렇게 마냥 손 놓고 있는 건 바보 같은 짓이지.'

엘시아는 밤이 스민 방 안을 휘 둘러보았다. 그리고 달빛이 새어 들어오고 있는 창가로 다가갔다.

그곳에 놓여 있는 두 개의 화분을 잠시간 주시하다가, 엘시아는 시선을 돌렸다. 고요히 펼쳐진 정원을 내려다보았다. 그렇게 리리엔과 함께 걸었던 꽃길, 레오디안과 거닐었던 초목들 사이를 눈에 담았다. 그러고 있자니 새삼 자신이 그간 얼마나 평화로운 시간 속에서 살고 있었는지를 생각해 보게 되었다.

그리고 그동안 자신이 얼마나 안일했는지 또한.

단단한 결심을 한 엘시아는 싸늘하게 굳어진 표정으로 몸을 돌렸다. 그리고 곧장 침실을 빠져나왔다. 거침없이 걸음을 옮겨, 식당 한편에 딸려 있는 부엌으로 향하였다.

일전에는 미처 챙기지 못했던 칼을 챙기기 위해서였다.

불이 꺼진 부엌은 한 치 앞을 겨우 볼 수 있을 정도로 어두웠으나, 금세 적당히 커다란 칼을 찾아낼 수 있었다. 엘시아는 칼을 소매 속에 감추고선 부엌을 벗어났다.

식당에서 나와 홀을 가로지르는 엘시아의 걸음에는 망설임이 없었다. 때문에 엘시아가 저택을 나서는 데는 그리 오랜 시간이 걸리지 않았다.

정문은 굳게 닫혀 있었지만, 그건 아무런 문제도 되지 않았다. 엘시아는 언젠가 저택을 몰래 빠져나갔을 때 그랬던 것처럼 훌쩍 담장을 뛰어넘었다.

엘시아가 저택을 완전히 빠져나올 때까지, 그 누구도 마주치지 않은 건 무척이나 운이 좋은 일이었다. 모두가 잠에 들었을 늦은 밤이라는 사실을 감안하더라도 사용인 한 명도 마주치지 않은 건 불가능에 가까운, 실로 기적 같은 일이었다.

그러나 설령 도중에 누구를 맞닥뜨렸다 하더라도 엘시아는 어떻게든 저택 밖으로 향했을 것이었다. 무슨 핑계를 대서든, 어떤 방법을 써서든.

그만큼 엘시아는 긴박했다.

아까 상점가에서 느꼈던 기적의 주인이 아직까지 그곳에 있으리라고는 확신할 수 없었다. 그랬기 때문에 느지막한 오후 레오디안과 함께 걸었던 길을 더듬어 가는 걸음에는 초조함이 한껏 서려 있었다.

그렇게 한참 발걸음을 재촉하며 걷다가, 엘시아는 불현듯 그 자리에 우뚝 멈춰 섰다. 흐르는 운하가 보이는 길, 그 한가운데 멈춰 서서는 돌아가지 않는 고개를 억지로 돌렸다.

그러자 저 멀리 보이는 길목, 그러니까 예전에 괴물 하나를 죽였던 골목에 누군가 서 있는 게 보였다.

엘시아는 내내 손에 쥐고 있던 칼자루를 더욱 힘주어 쥐었다. 그리고 유독 어둑한 골목을 향해 한 걸음 한 걸음 내디뎠다.

그리하여 마침내 엘시아가 목적했던 곳에 다가가 멈추어 섰을 때.

"……안녕."

그곳에 서 있던 상처투성이 괴물이 엘시아에게 인사를 건넸다.

레븐은 엘시아가 그를 경계하고 있다는 사실을 알고 있었다. 당연한 얘기였다. 엘시아에게 있어서 레븐은 그녀의 안락한 생활을 위협할 존재에 지나지 않았으니까.

"오랜만이야. 잘 지냈어?"

레븐이 상냥한 어투로 물어도, 엘시아는 그를 빤히 바라볼 뿐 아무런 대답도 내어놓지 않았다.

저 경계심을 어떻게 하면 누그러뜨릴 수 있을까. 레븐은 애써 미소를 짓는 한편, 그런 고민을 하였다. 엘시아가 그를 경계함은, 필요도 의미도 없는 일이었다. 레븐은 할 수만 있다면 흘러가는 시간을 멈추고 싶을 정도로, 일분일초가 아까운 상황이었다. 그런 상황에서 쓸데없는 일로 시간을 낭비하고 싶지 않았다.

"일단…… 안심해. 널 어떻게 해 볼 생각은 전혀 없으니까."

오히려 레븐은 엘시아가 아이작과의 관계에서 우위를 점할 수 있도록 도울 생각을 하고 있었다. 그것은 엘시아를 위한 일이었지만 동시에 레븐 그 자신을 위한 일이기도 하였다.

"그럴 생각이었으면 진작 그렇게 했어."

레븐은 엘시아가 레오디안과 함께 상점가를 거니는 동안, 두 사람을 멀찌 감치 떨어져 뒤따르며 지켜보았다는 사실을 고백했다. 그러고는 말했다.

"하지만 난 아무 짓도 안 했잖아? 대공 앞에 모습을 드러내지도 않았고."

엘시아가 미묘하게 표정을 찌푸렸다. 아무래도 자신을 미행하였다는 이야기가 영 불쾌한 듯했다. 그를 인식한 레븐이 퍽 다급하게 덧붙였다.

"나는 너를 도와주고 싶어. 진심이야. 그래서 왔어."

엘시아는 레븐의 말을 조금도 신뢰하지 못하고 있는 눈치였다. 레븐은 초조하면서도 답답해졌다. 엘시아가 어째서 자신을 경계하는 건지 모르는 바는 아니었다. 하지만 레븐이 처해 있는 상황이 상황이니만큼, 몸을 사리는 엘시아가 갑갑하게 느껴지는 건 어쩔 수 없었다.

"……내가 어떻게 하면 내 말을 믿을래."

엘시아에게 믿음을 줄 수만 있다면, 기꺼이 무릎도 꿇을 수 있었다. 그 정도로 레븐은 간절했다.

"내 꼴을 봐. 지금 난 네 몸에 조그만 상처 하나 못 낼걸."

레븐이 숨을 쉬는 일조차 버거워하고 있는 반면, 엘시아는 누구보다도 강한 힘을 가지고 있었다. 그러니 엘시아가 마음먹으면 레븐 따위야 큰 힘을 들이지 않고, 아주 손쉽게 처리할 수 있었다.

엘시아도 그 사실을 알고 있을 터였다. 제대로 눈이 달려있다면 모를 수가 없었다. 그의 몰골은 너무도 처참했으니까.

"널 해칠 생각 전혀 없어. 그리고 싶어도 그럴 수 없는 거기도 하지만."

엘시아가 눈매를 가늘게 좁히고선 레븐을 위아래로 훑어보았다. 그 시선을 레븐은, 묵묵히 버티었다. 그러자 잠시 뒤, 서로를 마주한 이래 내내 고집스럽게 입술을 꾹 맞물고 있던 엘시아가 비로소 입을 열었다.

"……어쩌다가 다쳤어?"

비록 그 입술 사이로 흘러나온 것이 그다지 달갑지 않은 화제이기는 했지만,

"일이 좀 있었어."

"그러니까 무슨 일."

엘시아는 레븐에게서 기필코 대답을 듣고야 말겠다는 듯, 물러서지 않았다.

"고작 이 정도도 대답하지 못하면서, 내가 네 말을 믿어 주길 바라는 거야?"

도무지 제 치부를 엘시아 앞에 드러내고 싶지 않았지만, 너무도 수치스러웠지만. 괜한 자존심을 세우다 일을 망치고 싶은 생각은 결코 없었다. 결국 레븐은 한숨처럼 말했다.

"……아이작 히치콕."

레븐은 살벌한 표정으로 이를 갈았다. 그런 다음 말을 이었다.

"그놈이 나를 이렇게 만들었어."

아이작이 자신을 찾아내려고 제도에 괴물들을 풀었으리라는 것쯤은 어렵지 않게 짐작할 수 있었다. 그러니 조금이라도 더 목숨을 연명하고 싶다면, 제도로부터 최대한 멀리 도망쳐야 했다.

그런데도 레븐이 아직까지 제도에 남아 있었던 건, 오직 엘시아를 만나기 위해서였다. 그리하여 아이작에게 복수하기 위하여.

"날 믿지도 못하는 너한테 이런 말하기 좀 뭐하지만……."

그래도 해야겠어. 레븐은 유일한 구명줄을 붙잡듯 엘시아의 손을 붙들었다.

"나 좀 도와줘."

* * *

'난 이 길로 곧장 신전으로 갈 거야. 그곳이라면 적어도 얼마간은 안전하게 지낼 수 있겠지.'

레븐은 신전으로 가겠다고 했다. 처음 엘시아가 그를 만났던 신성지 요헴, 그곳에 있는 신전으로.

저택으로 돌아가는 길, 레븐의 말을 곱씹으면 곱씹을수록 엘시아는 마냥 혼란스러워졌다. 괴물인 그가, 어떻게 감히 신전에서 지낼 수가 있나.

신전은 신성한 힘으로 가득한 공간이었다. 그리고 엘시아와 레븐, 인간이 아닌 그들은 그곳과는 어울리지 않는 존재였다.

그러나 레븐은 아이작을 피해 신전에서 머무르겠다고 하였다. 그러니 근시일 내로 신전을 찾아오라 말하였다. 엘시아는 레븐에게 많은 이야기를 들었고, 그로 인하여 지금까지는 미처 모르고 있었던 사실들을 알게 되었지만……

엘시아는 레븐을 완전히 신뢰할 수 없었다. 그랬기에 레븐의 간절한 부탁을 들어줘야 할지, 아니면 무시해야 할지 선뜻 결정을 내릴 수가 없었다. 무엇보다도 레븐이 왜 하필이면 자신에게 그런 부탁을 한 건지 알 수가 없어, 더더욱 마음을 정하기가 어려웠다.

그렇게 요동치는 생각을 애써 갈무리하며 걷다 보니 어느덧 위용이 넘치는 저택에 도착하였다. 엘시아는 이번에도 정문을 통하지 않고, 담장을 넘어서 저택 안으로 들어갔다.

저택은 여전히 고요했다. 엘시아는 발소리를 죽였다. 높다란 담장과 엘시아의 침실 사이에는 정원이 자리해 있었기 때문에, 엘시아는 정원을 가로질러야만 했다.

이런저런 일을 겪고 난 뒤, 묘한 탈력감을 느끼고 있던 차였다. 얼른 침실로 돌아가 쉬고 싶었다. 엘시아는 조심스럽게, 그러나 큰 보폭으로 걸음을 내디뎠다.

그러다가.

"……."

우뚝 멈춰 섰다.

밤을 등지고 서 있던 남자의 시선이 그녀의 걸음을 저절로 멎도록 만들었다.

언젠가 엘시아가 한밤중, 남몰래 저택을 빠져나갔다 돌아왔을 때처럼, 그때처럼. 너무도 까마득해서 감히 올려다볼 엄두조차 나지 않는 커다란 남자가, 그다지 먼 곳에 있지 않았다.

엘시아가 절로 걸음을 멈추었듯 그 역시도 그녀를 목도하였을 때, 서늘한 얼굴을 하고선 그 자리에 멈추어 섰다. 그러나 그는 머지않아 어쩐지 다급하게 발을 내디뎠는데, 그 성큼성큼 내딛는 걸음이 얼마나 거침이 없었는지 그는 순식간에 그녀와 그 사이에 존재하던 거리를 좁히었다.

그 차디찬 겨울 같은 남자에게서 차마 시선을 떼어 낼 수가 없었다.

엘시아는 숨 쉬는 것조차 잊어버린 채로 딱딱하게 굳어 서서, 그녀를 향해 다가오는 커다란 인영을 하염없이 바라만 보았다.

그러다가 그가 더 이상 다가올 수 없을 정도로 가까이 다가왔을 때, 엘시아는 무슨 이유에선지 축축한 머리칼, 젖은 얼굴 따위를 뒤늦게야 눈치챘다. 헐렁한 가운 사이로 드러난 가슴팍에 맺혀 있는 물기 또한.

그 젖은 몸을 살피는 시선을 눈치챈 것일까. 그가 문득 물이 밴 머리칼을 커다란 손으로 아무렇게나 쓸어 넘겼다.

그러면서.

"……안으로 들어가죠."

언제가 괴물을 죽이고 돌아온 엘시아에게 건넸던 말과 똑같은 말을 반복했다. 그가 조금쯤 벌렸던 입술을 맞물고 평소의 단단한 무표정을 되찾는 사이에도 내내 굳어 있던 엘시아는 돌연 숨을 들이켰다.

뒤이어진 정적이 목을 조르는 듯 했다. 엘시아는 덜덜 떨리는 손을 꽉 움켜쥐었다. 레븐에게 칼을 건네주고 온 것이 다행스러웠다. 빈손이라서, 그에게 칼을 들고 있는 모습을 들키지는 않아서.

"왜……."

엘시아는 맞붙이고 있던 입술을 간신히 떼어 냈지만, 그것이 무색하게도 입 밖으로 나온 말은 별다른 뜻이 없는 탄성에 가까운 소리였다.

엘시아가 끝내 아무런 소득 없이 입술을 앙 다무는 모습을 레오디안은 눈도 깜빡이지 않고 보고 있었다.

그 묵직한 시선에 엘시아는 다시금 숨을 한번 크게 들이마셨다. 코끝에 스치는 여름밤의 향과 그 속에 뒤섞여 있는 달콤한 체취가, 새삼 버거웠다.

그래서 엘시아는 차라리 이대로 시간이 멈추어 버렸으면 좋겠다고 생각했다.

* * *

엘시아와 헤어지고 난 뒤, 곧장 침실로 돌아온 레오디안이 막 겉옷을 벗어 의자 등받이에 걸쳐 놓았을 때였다. 그러니까 혼자만의 공간에서 혼자만의 생각에 잠기려고 했을 때쯤. 레오디안이 상념에 빠져들도록 가만 놔두지는 않겠다는 듯, 누군가 문을 두드렸다.

"들어와."

레오디안이 짤막하고도 나직한 허락의 말을 내뱉자, 기다렸다는 듯이 문이 열리고 로이셀이 들어왔다.

레오디안은 한쪽 눈썹을 추어올렸다. 방금 그가 저택에 도착하였을 때, 그를 맞아주었던 집사가 그로부터 얼마나 많은 시간이 흘렀다고, 또다시 그를 찾아온 데에 의문을 느낀 탓이었다.

"드릴 말씀이 있습니다."

로이셀이 자못 심각한 표정으로 말했다. 레오디안은 직전 겉옷을 걸쳐났던 의자에 앉았다. 그리고 말해보라는 듯, 로이셀을 응시했다.

하지만 무슨 이유에선지 로이셀은 한동안 말을 꺼내기를 주저하였다. 조금쯤 고개를 숙인 채, 시선만을 들어 올려 레오디안의 눈치를 살피기도 하였다.

"무슨 말이 하고 싶은 건가."

결국 레오디안이 먼저 입을 열었다. 그럼에도 불구하고 로이셀은 선뜻 말을 꺼낼 기색을 보이지 않아서, 레오디안은 저도 모르게 한숨을 내쉬었다.

늦은 오후 엘시아와 함께한 외출. 내내 괜찮았던 분위기는 어째선지 저택으로 돌아올 즈음에는 쉽사리 회복시킬 수 없을 정도로 망가져 있었다.

레오디안은 엘시아의 표정을 살피느라 온 신경을 기울여야 했고, 그로 인해 그는 침실로 돌아오고 나서부터 몰려든 피로감에 휴식이 필요한 상황이었다.

"그게…… 저, 엘시아 님에 관한 얘깁니다."

한참 만에 말문을 연 것이 무색하게도 로이셀은 영 곤란한 기색으로 입을 다물었다.

레오디안은 가늘게 뜬 눈으로 로이셀을 응시했다. 시간을 지체하는 법이 없는 로이셀이 의미 없이 시간을 끄는 것이 의아했다. 하지만 그만한 이유가 있겠지, 생각하며 잠자코 기다렸다.

"일전 아가씨께서 엘시아 님과 아틀리에를 방문하셨을 때……."

기다림은 길지 않았다. 다만 조금도 예상하지 못했던 화제였던지라, 레오디안이 눈매를 좁혔다.

"그곳에서 무언가 좋지 않은 이야기를 들으신 것 같습니다."

그러니까, 엘시아 님이요. 로이셀이 짤막하게 덧붙였다. 레오디안은 말없이 조금쯤 턱을 치켜들었다. 자세히 이야기해 보라는 듯. 그에 로이셀이 잠시간 말을 고른 후 입을 열었다.

"엘시아 님이 제게 갑자기 후견인이니, 정부니…… 말뜻을 물으셨습니다. 저는 엘시아 님께서 괜히 그런 것을 물어보셨다고는 생각하지 않고요."

일리가 있었다. 엘시아는 그다지 말이 많은 사람이 아니었고, 그런 엘시아가 자신과 그다지 친밀한 사이가 아닌 로이셀에게 그런 것을 물어본 건 분명 이유가 있을 터였다.

"아틀리에에는 하루에도 수십 명의 귀족이 드나들고, 그곳에서 어떤 소문이 도는 건 이상한 일이 아니지요. 그래서 말인데……."

로이셀은 말끝을 늘리면서 레오디안의 표정을 살폈다. 레오디안은 늘 그렇듯 무표정한 낯을 하고 있었다. 그래서 로이셀은 지금 레오디안이 어떤 생각을 하고 있는지를 쉽게 가늠할 수 없었다.

"아무래도 각하와 엘시아 님을 두고 그다지 유쾌하지 않은 소문이 돌고 있는 듯합니다."

로이셀이 말을 맺자, 레오디안이 알만하다는 듯 고개를 한번 가볍게 끄덕였다.

한미한 남작 가문 출신의 여자가 로켄페데스 대공저에 머무르고 있다는 이야기는 호사가들에게 꽤나 흥미로운 가십거리일 것이다.

레오디안은 황실과 신전 사이에서 아슬한 줄타기를 하고 있지만, 그가 이끄는 로켄페데스 가문이 세력가라는 사실에는 변함이 없었다. 그는 아직 결혼하지 않았고, 젊었으며, 부와 명예를 손에 쥐고 있었다. 그런 레오디안과 엘시아를 두고 소문이 나지 않으면 오히려 그것이 더 이상한 일일 터였다.

"……그래, 알아보지."

레오디안이 기나긴 침묵을 깨고 로이셀을 향해 말하였다. 로이셀은 황망한 기색으로 퍼뜩 고개를 숙였다. 그러면서 조심스럽게 말을 꺼냈다.

"그리고 각하께서 외출하신 동안 헤르테인에게 연락이 왔습니다. 곧 저택으로 돌아온다 합니다."

레오디안은 신전의 동향을 살펴보라며 헤르테인을 요헴에 보냈다. 리리엔이 사경을 헤매는 동안, 유모인 헤르테인이 부재하였던 것은 그런 이유에서였다.

"그 외에 덧붙인 말은 없었나?"

"예, 없었습니다."

"……그렇군."

무언가를 깊이 고민하는 표정으로 잠시간 말이 없던 레오디안이 곧 재차 물었다.

"내게 더 할 말은?"

"없습니다. 이상입니다."

그 간결한 대답에 레오디안이 고개를 까닥하였다. 그다지 대수롭지 않아 보이는 레오디안의 모습에 묵묵히 시선을 내려뜨린 로이셀은 짧은 생각에 잠겼다.

로이셀이 엘시아와 짤막한 대화를 나눈 이후 내내 마음에 담아 두고 있던 말을 구태여 오늘, 레오디안에게 전한 것은 리리엔에게 일어난 모종의 변고 탓이었다.

리리엔이 쓰러진 이후, 엘시아는 물론이고 레오디안 또한 리리엔을 향한 걱정으로 제대로 잠을 이루지 못했다. 그 사실을 잘 알고 있었던 로이셀은 차마 레오디안에게 다른 걱정거리를 얹어 줄 수 없었다.

그러다 보니 오늘이었다. 오늘에서야 로이셀은 그가 계속 의심해 오던 바를 레오디안에게 전할 수 있었다.

로이셀은 찰나 레오디안의 기색을 살핀 뒤, 이내 잠시간 이어지고 있던 정적을 깼다.

"그럼 나가 보겠습니다. 편히 쉬십시오, 각하."

"그래. 자네도."

로이셀은 정중한 인사를 끝으로 침실을 떠났다. 문이 닫히고, 레오디안은 입술 틈으로 기나긴 숨을 내쉬었다. 적막해진 방에 그의 한숨 소리가 울려 퍼졌다.

그렇게 어두운 방에 앉아서, 레오디안은 어느 순간부터 묘하게 넋이 나간 표정으로 멍하니 있던 엘시아의 모습을 머릿속에 떠올렸다.

이유는 알 수 없었다. 도대체 어찌하여 갑자기 엘시아의 태도가 변했는지.

혹시 자신이 무언가 실수를 하였나 제 행동을 하나하나 되짚어 봐도 딱히 떠오르는 것이 없었다. 특별히 짚이는 바가 없으니, 엘시아의 갑작스런 태도 변화가 영 의아하기만 하였다. 레오디안은 다시금 한숨을 내쉬었다.

오랜만에 함께한 외출이었고, 분위기는 퍽 괜찮았고, 이런저런 대화도 꽤 나누었다. 그런데 언젠가부터 엘시아는 좀처럼 레오디안이 건네는 말에 전혀 집중하지 못했고, 그저 혼란스러운 표정으로 어디 다른 곳에 정신이 팔린 모습이었다. 얼핏 겁에 질린 것 같아 보이기도 했다.

그리고 그런 엘시아의 태도는 레오디안이 그녀를 침실에 데려다주었을 때까지 지속되었다.

대체 무엇 때문에 그러는 건지. 그녀가 겁먹을 만한 일은 일어나지 않았는데. 그렇게 생각하면서도 레오디안은 제 생각을 의심하고 또 의심했다.

정말 없었나? 그녀가 두려움을 느낄 만한 일이 정말, 없었나?

짐짓 심각하게 고민에 잠겨 있던 레오디안의 미간이 좁혀들었다. 아까 전 로이셀이 했던 말이 문득 머릿속을 스치고 지나갔다.

'엘시아 님을 두고 그다지 유쾌하지 않은 소문이 돌고 있는 듯합니다.'

어쩌면 엘시아는 그가 미처 눈치채지 못한, 타인의 시선에 움츠러들었던 건지도 모르겠다는 생각이 들었다. 충분히 가능한 일이었다. 레오디안은 남들 시선 따위는 결코 신경 쓰지 않는 사람이었으나, 엘시아는 타인의 시선이나 행동거지를 기민하게 살피고 그에 예민하게 반응하고는 했다.

거기까지 생각이 미치자 아틀리에에서 헛소리를 지껄였을, 얼굴도 이름도 모르는 누군가를 향한 짜증이 불현듯 치밀었다. 분노에 가까운 짜증이었다.

레오디안은 자리에서 일어나며 한숨을 뱉어 냈다. 그 묵직한 숨소리는 이번에도 어김없이 고요한 방 안을 울렸다.

어둠이 사무친 방을 한번 둘러본 그는 이내 겹겹이 입고 있던 옷을 하나하나 벗었다. 그가 완전한 나신이 되기까지는 그다지 오랜 시간이 소요되지 않았다.

그는 곧장 욕실로 향했다. 머지않아 훈훈한 기운이 그의 살갗에 깊이 스몄다. 그는 잠시 걱정을 뒤로하고 욕조에 몸을 담갔다. 그러고는 지그시 눈을 감았다.

잠시 후. 레오디안은 보드라운 천으로 대강 물기만을 떨쳐 낸 뒤 욕실에서 나왔다. 벽에 걸려 있던 나이트가운을 걸친 다음, 커튼을 치기 위해 창가로 다가갔다.

레오디안은 악몽을 꾸기 시작한 뒤로, 깊이 잠들지 못하였다. 야트막하게나마 잠에 들었다가도 머지않아 깨어나곤 하는 날이 부지기수였다. 그런 이유로 방 안에 새어 들어오고 있는 희미한 달빛이 거슬렸다. 그에겐 완벽한 어둠이 필요했다. 그래야 그나마 잠을 이룰 수 있을 테니.

레오디안은 커튼을 움켜쥐었다. 그렇게 커튼을 치려고 했을 때였다.

무심코 내려다본 창밖, 아래로 펼쳐진 커다란 정원에 가느다란 인영이 서 있었다.

그 인영의 정체를 확인하기 위해, 레오디안은 눈매를 좁히고서 시야에 걸린 누군가를 뚫어지게 주시하였다. 그리하여 이 늦은 시간에 정원을 배회하고 있는 자가 누구인지, 그는 머지않아 알게 되었다.

그리고 그 누군가가 늦은 밤 난데없이 정원을 걷고 있는 건, 산책 따위를 위해서는 아니리란 직감이 잇따라 머릿속에 스쳐 지나갔다.

레오디안은 단숨에 침실을 벗어났다. 다급한 표정으로 빠르게 복도를 내질러, 정원으로 향하였다. 지금 자신이 어떤 꼴을 하고 있는가 하는 건 미처 생각할 겨를이 없었다.

어떤 불안한 가정 하나가 불현듯 그의 머릿속을 파고들더니, 이내 떡하니 자리를 차지하고선 좀처럼 사라지지 않았기 때문에.

* * *

레오디안은 단정함과는 거리가 있어 보이는 모습이었다. 누군가 목을 조르고 있는 것만 같은 아릿한 긴장감에 파묻혀 있으면서도 엘시아는, 그 점이 무척 의아하였다.

"초여름이라고는 하지만, 그렇게 입고 다니다간 감기에 걸릴 겁니다."

그렇게 말하는 레오디안은 평소와 같은 무심한 낯이었지만. 엘시아는 아까 레오디안을 맞닥뜨렸을 때, 그가 지었던 표정을 기억했다. 무척이나 초조하고 다급한 듯한, 그리고 어딘지 놀란 것도 같아 보이던 서늘한 얼굴. 엘시아는 레오디안이 그런 표정을 짓는 걸 처음 보았다.

심지어 그는 거칠게 숨을 몰아쉬다, 호흡을 고르기도 했었다. 마치 어딘가를 급하게 내달리고 난 다음, 간신히 숨을 고르는 사람처럼.

그러니까 한 마디로 이토록 흐트러진 차림새를 한 그는 영 낯설었다. 엘시아는 조금 얼떨떨한 표정으로 입을 열었다.

"……왜 아직 안 주무셨어요?"

"그게 중요합니까?"

돌아온 건 대답이 아닌 되물음이었다. 엘시아는 말문이 막힌 채로 멍하니 그를 바라보았다. 그는 이윽고 한숨을 내어놓았는데, 그 긴 숨소리가 마치 자신을 책망하는 듯한 소리로 들려 엘시아는 저도 모르게 시선을 내려뜨렸다.

"당신이야말로 이 시간에 여기서 무엇을 하고 있었습니까."

엘시아는 말없이 입술을 깨물었고, 레오디안은 미세하게 눈매를 일그러뜨렸다.

"어디를 가려던 참입니까?"

"……."

"아니, 나갔다가 돌아온 길이군요."

레오디안이 한껏 가라앉은 목소리로 혼잣말처럼 중얼거렸다. 엘시아가 이미 외출을 끝마치고 돌아왔다 아예 확신해 버린 듯했다.

"어디를 다녀왔습니까?"

레오디안은 엘시아가 차마 대답할 수 없는 것을 자꾸만 물어 왔다. 엘시아는 곤혹스러운 표정으로 입술을 더욱 세게 깨물었다.

"이 늦은 시간에, 그것도 혼자서."

이번에도 엘시아는 대답하지 않았고, 그런 엘시아를 내려다보며 레오디안도 입을 닫았다.

엘시아는 조금쯤 고개를 아래로 떨어뜨리고 있었지만, 레오디안의 시선은 느낄 수 있었다. 그래서 더욱 고개를 들 수 없었다. 그와 눈을 마주치는 게 두려웠다.

레오디안은 한참 말이 없었다. 그저 엘시아를 바라볼 뿐이었다. 레오디안이 난처한 물음을 계속해서 입 밖에 냈을 때보다, 그가 침묵하는 지금이 훨씬 더 곤란하게 느껴졌다. 그의 잠잠한 시선이 머무르고 있는 곳이 뾰족한 바늘에 찔린 것처럼 따끔했다. 엘시아는 눈가를 찡그렸다.

"설마…… 떠날 생각입니까?"

목소리가 생각했던 것보다도 가까이에서 들려왔다. 그에 놀란 엘시아가 퍼뜩 고개를 들어 올렸다. 레오디안이 이전보다 더 가까이 서 있었다. 그것을 지금에야 눈치챘다.

"이곳이 지겨워, 이제 떠나고 싶어졌습니까?"

재차 묻는 레오디안의 시선이 서릿발처럼 사느랗게 식어 있었다.

"만약 그렇다면 그렇다고, 솔직하게 말해 주십시오."

"……."

"마음의 준비를 할 시간이 필요하지 않겠습니까."

리리엔도, 나도. 그렇게 덧붙이는 목소리는 형태가 있다면 필시 꽝꽝 얼어 있는 얼음일 것 같았다.

그래서 그의 시선이, 목소리가, 전부 시리도록 차갑게 느껴졌다. 그런 모습에서 엘시아는 그녀가 시간을 되돌아오기 전 죽음의 순간 마지막으로 보았던 싸늘한 사내를 보았다.

언젠가의 그의 모습을 머릿속에 떠올리고 만 엘시아는 크게 숨을 들이켰다가, 그 벅찬 숨을 애써 삼켜 냈다. 그리고 숨을 토해 내는 것처럼 말했다.

"……아니에요."

그런 거, 아니에요. 간신히 덧붙였다. 그러자 레오디안이 기다렸다는 듯 입을 열었다.

"그럼 어디를 다녀왔는지 대답해 주실 수 있습니까?"

레오디안은 엘시아가 숨을 쉴 조금의 틈도 주지 않았다. 엘시아는 희게 질려서는 그를 올려다보았다. 어째서 그는 자신이 떠나려 한다 의심하는 걸까. 그리고 그것을 왜 하필 지금 물어보는 것일까. 또 대체 왜, 왜 그런 눈으로 나를 바라보나.

엘시아는 가까스로 레오디안에게서 시선을 떼어 냈다. 그러면서 마구 떨리기 시작한 손을 힘주어 움켜쥐었다.

지금 레오디안은 별생각 없이 엘시아를 그저 바라보고 있는 걸지도 모른다. 하지만 그런 그의 모습에서 과거의 시간을 떠올리고 만 엘시아는, 제대로 숨을 쉴 수 없었다.

방금까지는 크게 염두에 두지 않고 있던 시간들이, 엘시아가 시간을 거슬러 옴에 따라 이제는 없던 일이 되어 버린 모든 사건들······.

지금 이 순간 해일처럼 엘시아를 덮쳐 왔다. 그리고 그녀는 속절없이 휘말리고 말았다.

어쩌면 과거가 또 한 번 반복될지도 모른다는 생각. 그러니까 언젠가는 그가 다시금 제 숨을 앗아 갈지도 모른다는, 그런 생각들이 머릿속에서 한데 뒤엉켜 엉망이었다.

엘시아의 시간이 되돌려진 이후, 그리고 레오디안과 다시 만난 뒤. 엘시아는 과거의 그와 현재의 그를 겹쳐 본 적 없었다. 단 한 번도.

하지만 지금, 최초로 과거의 사내가 눈앞의 레오디안과 겹쳐 보인 순간. 기다렸다는 듯 머릿속에 떠오른 생각들은 계속해서 꼬리의 꼬리를 물고 이어졌다.

그 사이로 무언가 와르르 무너지는 소리가 들린 것도 같았다.

언젠가 깨어지리라 막연히 생각하고 있던 평화로운 시간, 이 저택에서 지내면서 누렸던 안락한 나날들이 모조리 단번에 무너져 내리는 소리였다.

엘시아는 새삼스럽게 자신이 처한 현실을 직시했다. 지금까지 영위했던 평온한 하루하루는 자신이 감히 탐낼 수 있는 것이 아니었음을. 그러자 믿을 수 없게도, 갖가지 생각들로 마구 요동치고 있던 머릿속이 차분히 가라앉았다. 무섭도록 냉정하게 상황을 바라볼 수 있게 되었다.

엘시아는 대답을 기다리고 있는 레오디안을 직시하며 입을 열었다.

"그냥······."

적당한 변명을 입 밖으로 내어놓는 건 그리 어려운 일이 아니었다.

"그냥 좀 답답해서, 그래서 밖에 나갔다 온 거예요. 딱히 어디를 다녀온 건 아니고, 그냥······ 그냥 걸었어요."

레오디안이 믿든, 그렇지 않든. 그것은 엘시아가 신경 쓸 바가 아니었다. 엘시아는 그저 늘 그랬던 것처럼 거짓을 말하면 되었다.

"우리가 서로 조금이나마 가까워졌다고 생각했습니다."

그렇게 생각했는데.

"그런데…… 여전히 당신은 정작 중요한 건 말해줄 생각이 조금도 없는 듯하고."

어째서인지 레오디안이 한 자 한 자 천천히 발음할 때마다 심장이 서걱서걱 베여 나가는 듯했다. 그 아릿한 느낌은 곧 온몸에 빠르게 퍼져 나갔다.

"아무래도 내가 단단히 착각한 것 같습니다."

그래서 엘시아는 하얗게 질린 채로 아무 말도 할 수 없었다. 레오디안이 뒤를 돌아, 성큼성큼 저택 안으로 사라질 때까지.

* * *

엘시아는 아까부터 리리엔이 그녀의 눈치를 살피고 있다는 사실을 알면서도 좀처럼 표정을 풀지 못했다. 엘시아는 어젯밤, 그 새벽에 가까웠던 시간. 레오디안을 만난 이후부터 내내 이런 상태였다.

그러니까 웃는 방법을 잊어버린 사람처럼, 굳은 표정으로 하염없이 허공을 바라보는 상태.

"……언니, 혹시 어제 상점가를 돌아다니는 동안 무슨 일이라도 있었어?"

바닥까지 내려앉은 분위기를 견디다 못한 리리엔이 결국 의문을 입 밖에 냈다.

곧 엘시아가 가만히 고개를 저었고, 리리엔은 저도 모르게 한숨을 내쉬었다. 엘시아의 표정이 영 심상치 않아, 리리엔은 블랑 로멘타의 초콜릿을 받았는데도 전혀 기쁘지 않았다.

"무슨 일인데 그래? 나한테 말해 줄 수 없는 일이야? 아님, 그냥 말하기 싫은 건가……?"

리리엔이 조심스럽게 묻자, 그제야 엘시아가 리리엔을 바라보았다. 마주한 붉은 눈동자에는 힘이 하나도 없었다.

"……초콜릿 먹을래? 단것을 먹으면 기분이 좀 나아질 수도 있어."

"괜찮아."

엘시아가 선선히 고개를 저었다. 그러면서 말했다.

"신경 쓰이게 해서 미안해. 무슨 일이 있어서 그런 거 아니야. 그냥, 머리가 좀 아파서."

"머리가 아프다고?"

리리엔이 놀란 눈으로 되물었다. 그에 엘시아가 곧장 입을 열었다.

"걱정할 정도는 아니야."

"어떻게 걱정을 안 해?"

리리엔이 벌떡 자리에서 일어나더니 엘시아를 향해 성큼성큼 다가갔다.

"내가 치료해 줄게."

리리엔이 엘시아의 팔을 붙잡자, 엘시아는 리리엔의 손을 가볍게 쥐고서 떼어 냈다.

"리리엔, 난 네가 힘을 쓰지 않았으면 좋겠어. 나를 위해서 힘을 쓰는 거라면 더더욱."

"그래도……."

"부탁이야."

리리엔이 입술을 삐쭉 내밀었다. 그렇게 못마땅한 기색을 내보였는데도 엘시아는 아무런 반응이 없었다. 리리엔은 곧 침대 위로 털썩 쓰러지듯 누웠다.

"언니는 나한테 너무 냉정해."

"……내가?"

"응, 너무너무 냉정해!"

리리엔이 베개에다 얼굴을 푹 파묻었다. 그러나 머지않아 벌떡 일어나 앉더니, 가늘게 뜬 눈으로 엘시아를 뚫어지게 주시했다.

"……정말 무슨 일 있었던 건 아니지?"

"아니야."

엘시아가 퍽 부드러운 음성으로 대답하였으나, 리리엔은 영 믿을 수 없다는 듯한 표정으로 엘시아에게서 시선을 떼지 않았다. 엘시아는 남몰래 한숨을 내쉬고는 화제를 돌렸다.

"리리엔, 물어보고 싶은 게 있는데…….."

리리엔이 엘시아를 힐끗 보았다. 엘시아는 마른침을 한 번 삼키고는, 이내 말을 이었다.

"대공님이 너한테 당분간 아무것도 하지 말고 쉬라고 했잖아."

"응."

"그럼 대공님한테 힘을 다루는 방법도 안 배우는 거야?"

"응, 그런데 그건 왜 물어봐?"

리리엔이 혹시라도 다시금 생명력을 소진하는 힘을 사용하기라도 했을까 봐 걱정이 되어 물어본 것이었다. 거기에 아까 리리엔이 또 아무렇지도 않게 힘을 쓰려고 했기 때문에, 말이 나온 김에 이야기를 더 확실히 하고 싶었다. 그런 생각을 하며 조그맣게 한숨을 내쉬고는 입을 열었을 때였다.

"있잖아, 사실…… 레오디안은 누군가를 공격하는 방법하고 치유하는 방법만 알려줬어. 그리고 그 힘을 어떻게 하면 더 잘 다룰 수 있는지도."

리리엔이 엘시아의 눈치를 살피면서 말을 이었다.

"……그러니까 레오디안은 나한테 시간을 조종하는 법은 가르쳐 준 적 없어."

엘시아의 입술이 멍하니 벌어졌다. 레오디안이 시간술을 가르쳐 주지 않았다고? 그런데 어떻게…….

엘시아는 신전에서, 그리고 얼마 전 아틀리에에서 리리엔이 시간을 멈추었던 일을 똑똑히 기억하고 있었다. 리리엔은 분명 시간을 조종했다. 리리엔이 힘을 사용할 때마다 피어오르는 붉은 연기가 그 증거였다.

"리리엔."

"……응."

엘시아가 퍽 단호하게 제 이름을 부르자, 리리엔은 혹여 엘시아가 화를 내기라도 할까 두려운 듯, 조심스럽게 대답했다. 엘시아는 최대한 침착한 목소리로 물었다.

"대공님이 가르쳐 주지 않는데 어떻게 시간을 멈출 수 있었던 거야?"

"……그냥, 그냥 할 수 있었어."

"그냥 할 수 있었다고?"

리리엔은 되묻는 말에 아무런 대답도 하지 않았다. 엘시아는 리리엔이 입술을 꼭 깨무는 모습에, 지금 리리엔은 이 이상 그녀에게 솔직하게 이야기를 할 생각이 없는 것이리라 직감했다.

"내게 사실대로 말해 줄 생각이 없는 거구나."

"……."

"……그럼 이거 하나만 확실하게 말해 줘, 리리엔. 전에 나하고 약속한 건 지킬 거지?"

"응, 이제 그 힘은 안 쓸 거야."

그래, 그러면 됐어. 엘시아는 씁쓸하게 중얼거렸다. 그래도 리리엔은 엘시아로서는 알 수가 없는 이야기를 먼저 꺼내주었다. 지금은 그것으로 충분했다.

"먼저 얘기해 줘서 고마워."

"아냐, 진작 말했어야 했는데……. 언니가 화를 낼까 봐 무서워서 계속 말을 못하고 있었어."

"지금이라도 말해 줬으니 됐어."

"정말?"

"응, 정말."

엘시아가 고개를 끄덕이자, 리리엔의 표정이 한층 밝아졌다. 리리엔은 침대에서 내려와 엘시아에게 다가갔다. 그러고는 엘시아의 품에 와락 안겼다. 엘시아는 말없이 리리엔을 마주 끌어안고, 리리엔의 등을 가만가만 쓸어내려 주었다.

* * *

한낮의 침실은 멀리서 새가 지저귀는 소리가 커다랗게 울려 퍼질 정도로 고요했다.

점심을 먹고 난 뒤, 리리엔은 가물가물한 눈을 애써 동그랗게 뜨고 버텼지만 끝내는 잠이 들고 말았다. 그리고 엘시아는 낮잠에 빠진 리리엔의 옆에서 조용히 시간을 흘려보내고 있었다.

커튼을 쳐 둔 탓에 적당히 어둡고 적당히 고요한 침실은 홀로 상념에 빠지기에 더할 나위 없이 완벽한 환경이었다. 평소라면 꽤나 반갑게 느껴졌을 고요함이건만, 지금 엘시아는 아무것도 생각하지 않으려고 노력하고 있었다.

그도 그럴 게 어제는 너무 많은 일이 일어났다. 엘시아가 미처 감당하기 힘들 정도였다.

레오디안과 외출을 했고, 그러다 레븐의 기척을 읽었으며, 한밤중에 레븐을 만나기 위해 저택을 빠져나갔다. 레븐의 기척을 쫓아가 무사히 레븐을 만나고 돌아오는 길, 레오디안을 맞닥뜨렸다. 그리고 레오디안은…….

'아무래도 내가 단단히 착각한 것 같습니다.'

엘시아는 오늘 아침부터 몇 번이고 상기했던 말을 또다시 머릿속으로 더듬고야 말았다. 어젯밤 레오디안이 그녀에게 마지막으로 남겼던 말이었다. 그 말은 엘시아가 방심을 할라치면, 어김없이 머릿속에 떠올랐다.

엘시아는 생각을 떨쳐내기 위해 고개를 가볍게 저었다. 그럼에도 불구하고 엘시아는 어젯밤 일을 자꾸만 회상하게 되었다.

'우리가 서로 조금이나마 가까워졌다고 생각했습니다.'

엘시아는 레오디안이 그런 생각을 하고 있었을 줄은 몰랐다. 그녀에게는 타인의 생각을 읽을 수 있는 능력 따위 없으니 당연한 일이었다.

우리, 그 단어를 소리 없이 입술만 움직여 발음해 보았다. 한 번, 두 번, 세 번……. 그러다 어느 순간, 엘시아는 가슴께가 시큰거리는 듯한 느낌에 미간을 찌푸렸다.

그에 엘시아가 멍한 얼굴로 가슴 위에 손을 올려보는데, 갑자기 문이 열렸다. 엘시아는 화들짝 놀라 고개를 돌렸다.

"어……."

엘시아가 그랬듯, 상대방도 엘시아를 발견하고 놀란 듯했다. 하지만 엘시아와 달리 상대는 금세 평정을 되찾았다. 멍하게 벌리고 있던 입술을 다물고, 천천히 걸음을 내디뎠다.

"엘시아 님이 계시는 줄 몰랐어요."

헤르테인이 나긋한 목소리로 말을 건넸다.

"혹시 제가 방해가 되었나요?"

"아뇨, 전혀요."

"다행이에요."

헤르테인이 엘시아의 맞은편에 앉으며, 눈으로는 리리엔을 살폈다. 엘시아는 헤르테인의 시선이 다시금 자신을 향할 때까지 기다린 후에 물었다.

"그동안 어디를 다녀오신 건가요?"

"잠깐 신전을 다녀왔어요."

리리엔의 유모, 헤르테인은 저택에 기거하며 리리엔의 곁을 지켰다. 리리엔이 에밀리아에게 가르침을 받을 때에도 마찬가지였다. 그런 헤르테인이 어느 순간부터 모습을 보이지 않았다. 그러니까…… 아마 황궁 연회에 다녀온 이후부터였던 것 같다.

"제가 저택을 비운 사이, 사고가 일어났다는 이야기는 들었어요."

헤르테인은 리리엔이 걱정스럽다는 듯, 힐끗 리리엔을 응시했다. 리리엔을 향해 있는 시선이 무척이나 다정하였다.

"많이 걱정했었는데……. 다행히 어디 크게 아프신 곳은 없는 것 같아 보이네요."

"네, 아주 멀쩡해요. 자기가 잠을 자는 동안 여러 사람 속을 썩여 놓았다는 걸 아는지 모르는지."

헤르테인이 소리 없이 미소를 지으며 엘시아를 바라보았다. 헤르테인은 리리엔에게 시선을 두었을 때처럼 부드러운 낯을 하고 있었다. 엘시아는 헤르테인의 호의적인 태도에 용기를 내어 물었다.

"그런데 신전은 무슨 일로 다녀오신 건가요?"

헤르테인은 엘시아가 물어보리라고는 예상하지 못한 사람처럼 눈을 크게 떴다. 그러나 그것은 찰나였다. 헤르테인은 이내 놀란 표정을 갈무리하고서 입을 열었다.

"각하께서 지시하신 일을 처리하기 위해 다녀왔는데……."

헤르테인은 엘시아에게 사실대로 말해도 좋을지 잠시 망설이며 말끝을 흐렸다. 그러다가 일전에 레오디안이, 엘시아가 요구하는 것이 있으면 그것이 무엇이든 되도록 들어주라고 하였던 것을 떠올렸다.

레오디안이 헤르테인에게 지시한 일은 반드시 비밀에 부쳐야 하는 일이었으나, 엘시아에게는 비밀을 밝혀도 될 듯했다. 레오디안이 아무런 질책을 하지 않으리란 확신이 들었다. 헤르테인은 더 이상 망설이지 않고 입을 열었다.

"엘시아 님, 현재 신황 성하께서 제도에 머무르고 계신다는 사실을 알고 계시나요?"

"네, 알고 있어요."

신황을 환영하는 연회에 참석했던 엘시아였다. 그곳에서 엘시아는 신황이 제도의 신전을 순회하고, 그런 다음 신탁을 공표하리라는 이야기를 들었다.

"대신관 대부분이 신황 성하를 따라 제도로 올라와 있어요. 하여 지금 신성지는 비어 있다고 봐도 무방한 상태이지요."

헤르테인은 차분하게 말을 이었다.

"저는 각하의 지시로 신성지로 가서 신전의 동향을 살피고, 그리고……."

헤르테인이 불현듯 목소리를 낮추어, 은밀하게 속삭였다.

"현재 신전이 지하에서 무슨 일을 자행하고 있는지 확인하고 왔어요."

헤르테인의 말에 엘시아는 자연스럽게 신전에서 목격했던 괴물의 모습을 떠올렸다.

"아주 끔찍한 짓을 벌여 놓았더군요."

"무슨……. 신전이 무슨 짓을 하고 있었나요?"

엘시아는 무릎 위에 올려둔 손을 꽉 마주 잡았다. 어쩐지 헤르테인의 대답이 예상이 갔다. 그러나 혹시나 하는 마음에, 천천히 벌어지는 헤르테인의 입술을 뚫어지게 바라보았다.

"신전은 인간이 아닌 존재를 만들어 냈어요."

엘시아는 저도 모르게 숨을 들이켰다. 인간이 아닌 존재를 만들어 냈다니, 그게 무슨 뜻인지 짐작하기조차 두려웠다.

"그리고 어떤 실험을 하고 있었어요. 그 실험을 기록해 둔 기록지를 베껴 다 각하께 전해 드린 참이에요."

반면 헤르테인은 내내 침착한 목소리로 그녀가 알고 있는 모든 사실을 전하고 있었다. 엘시아는 창백하게 질린 얼굴로 가까스로 입을 열었다.

"……실험이요?"

"무슨 실험인지 정확하게는 모르겠어요. 제가 전혀 모르는 언어로 기록되어 있었거든요."

입 안이 바짝 마른 듯한 느낌이었다. 엘시아는 마른침을 삼켰다. 헤르테인이 엘시아에게 말없이 물 컵을 건네주었다.

엘시아는 다소 급하게 물을 마셨다. 그렇게 컵 안에 든 물을 모조리 마신 후에야 컵을 내려놓았다. 헤르테인은 엘시아를 잠자코 지켜보았다.

엘시아는 꽤 시간이 흐른 뒤에야 차분하게 생각을 정리할 수 있었다. 그만큼 헤르테인의 말은 충격적이었다.

신전 지하에 괴물이 또 있을지 모른다는 생각은 했는데, 설마하니 신전이 괴물을 만들어 내고, 괴물을 대상으로 실험을 하고 있을 줄은 몰랐다.

무엇보다도 엘시아는 신전이 어떻게 괴물을 만들어 낼 수 있었는지가 궁금하고 또 경악스러웠다. 괴물은 그냥, 애초부터 그렇게 태어나는 게 아니었나?

……어쩌면, 신전에 기거하는 누군가가 괴물일 수도 있다. 스위티아가 그랬듯, 신전에 살고 있는 괴물이 인간과 관계해 괴물을 낳는 것일지도 모른다. 엘시아는 조심스럽게 물었다.

"신황 성하는…… 그분은 인간이신가요?"

"아마도요."

헤르테인이 장난스럽게 웃으며, 가벼운 어투로 우스갯소리를 하듯 덧붙였다.

"그런 추악한 짓을 벌이고도 인간이라고 할 수 있다면 말이에요."

경직된 분위기를 풀어 보려는 시도는 좋았으나, 썩 효과적이지는 못했다. 엘시아는 심각한 표정으로 테이블 한편을 주시하며 한참을 침묵했다.

엘시아는 하일롭이 보내온 편지를 떠올렸다. 하일롭은 편지에서 신황이 이롯타 신전을 방문하는 날, 그곳에서 그의 친구와 재회하면 좋겠다고 말했다.

엘시아는 아이작과의 만남을 피할 생각은 없었지만, 못내 망설이고 있었다. 그를 만나도 좋을지, 아니면 무시하는 게 좋을지 선뜻 결정을 내릴 수 없었다. 하지만 지금 헤르테인의 이야기를 듣고 나서, 비로소 마음을 정할 수 있었다.

"헤르테인 님, 저 이롯타 신전에 가 볼 생각이에요."

"……설마 신황 성하께서 축복 기도를 하는 날에 신전을 방문하실 생각은 아니죠?"

엘시아의 무언을 긍정을 받아들인 헤르테인은 문득 말문이 막혀, 잠시간 멍하니 엘시아를 바라보았다.

신황이 걸음을 한 신전에 축복 기도를 내리는 것은 대수롭지 않은 일이었다. 다만 헤르테인은 혹시라도 신황과 엘시아가 마주치기라도 할까 걱정이 되었다. 엘시아는 그렇다 치더라도, 리리엔은 결코 신황과 만나서는 안 되었다. 거기까지 생각이 미치자, 헤르테인은 불안한 마음을 감출 수 없었다.

"혹시…… 리리엔 아가씨와 함께 가실 건가요?"

"아뇨, 신전에는 저 혼자서 갈 생각이에요."

엘시아는 단호하게 고개를 저었다. 그날 신황이 신탁을 공표할지 모른다. 리리엔을 난처한 상황에 처하게 만들고 싶은 생각은 전혀 없었다.

헤르테인은 한동안 고민하는 기색으로 어딘가 먼 곳을 주시하다, 엘시아에게 시선을 돌렸다.

"엘시아 님이 그날 신전에 가시리라는 사실을 대공 각하께서 알고 계시나요?"

엘시아는 숨마저 멈춘 채 멈칫했다. 엘시아는 방금 이룻타 신전에 가야겠다고 결정한 참이었다. 레오디안에게는 하일롭으로부터 편지를 받았다는 사실조차 이야기하지 않았다.

'……신전에 가려면 그의 허락을 구해야 하는 걸까.'

어젯밤 마냥 서늘했던 레오디안의 낯이 문득 머릿속을 스치고 지나갔다. 엘시아는 나직이 한숨을 내쉬고는 대답했다.

"아직…… 미처 말을 못했어요."

"……그러셨군요."

헤르테인이 꽤 한참 시간을 들여 엘시아를 묵묵히 응시하다가, 이윽고 입을 열었다.

"지금 신전을 방문하는 건 그다지 좋지 않은 생각인 듯하지만…… 그래도 가셔야겠다면, 반드시 호위와 함께 가시는 편이 좋겠어요."

"네, 그렇게 할게요."

엘시아는 선선히 고개를 끄덕이며 답했다. 그런 엘시아를 헤르테인이 걱정스럽다는 듯 바라보았으나, 엘시아의 결심에는 조금의 변함도 없었다.

* * *

페이렌은 갑작스러운 엘시아의 부탁에도 한 치의 망설임 없이 고개를 끄덕였다.

"마침 저도 벨레로폰이 신황 성하를 잘 모시고 있는지 궁금하던 참이었습니다."

"흔쾌히 부탁을 들어주셔서 감사해요."

"아닙니다. 그게 제 일인걸요."

엘시아가 걸음을 하는 모든 곳을 뒤따르며 그녀의 뒤를 지키는 것. 그건 페이렌이 마땅히 해야 할 일이었다.

"그나저나 엘시아 님께서 머지않아 신전에 방문할 계획이라는 걸 각하도 아십니까?"

페이렌은 헤르테인과 똑같은 것을 물었다. 엘시아는 잠시 망설이다가 입을 열었다.

"……제가 외출하기 위해서는 꼭 대공님의 허락을 받아야 하는 건가요?"

"그건 아닙니다만."

페이렌은 눈앞의 엘시아가 영 심각한 기색인지라, 꽤나 신중하게 말을 고른 뒤 대답을 이었다.

"어쨌든 엘시아 님은 현재 대공저에 머무르고 있는 객이시니, 저택을 오갈 때 각하께 언질 정도는 주는 게 좋지 않을까 싶습니다."

"……그렇겠네요."

엘시아는 페이렌의 말을 납득했다. 레오디안이 자신을 꽤 신경 쓴다는 건 진즉에 어느 정도 눈치채고 있었다. 그런 상황에서 자신이 말없이 저택을 나가거나 하면, 그는 아마 걱정 비슷한 것을 하지 않을까.

어젯밤 짐짓 화를 내는 것처럼 보였던 레오디안의 모습을 가만 떠올려 보면 그랬다. 만일 레오디안이 자신에게 마음을 쓰고 있지 않았다면, 그렇게 화를 낼 이유도 없었다.

그리고 무엇보다도, 엘시아도 리리엔이 멋대로 집 밖을 나섰을 때 불같이 화를 낸 적이 있었다. 그랬기에 자연스럽게 알 수 있었다.

레오디안이 화를 내고, 실망스럽다는 듯한 표정을 지으며 일방적으로 대화를 끝내고 저택 안으로 들어가 버렸던 건…….

"네, 만약에 엘시아 님이 말없이 사라지신다면 각하께서 무척 걱정하실 테니까요."

그래, 그건 아마도 그가 저를 걱정하였기 때문일 터다.

거기까지 생각이 미치자, 문득 머릿속이 하얗게 질리는 듯했다. 엘시아는 어젯밤 일을 어떻게 만회해야 할지, 그저 막막했다.

"아, 혹시나 하는 마음에 말씀드리는데 리베라를 착용하지 않으면 신전에 출입할 수 없다는 것을 잊지 않으셨죠?"

엘시아의 사정을 알 리 없는 페이렌이 여상하게 물었다. 엘시아는 옷장 안 어딘가에 있을 리베라를 떠올리며 고개를 끄덕였다.

'지금 중요한 건 리베라가 아니라……'

이윽고 엘시아의 입술 사이로 야트막한 한숨이 새어나왔다.

"대공님에게 신전에 가겠다고 말하고 와야겠어요."

엘시아는 조금쯤 낯을 일그러뜨려, 울상을 하고선 자리에서 일어났다.

* * *

느지막한 오후, 엘시아가 레오디안을 찾아가기로 결심을 하였을 무렵 레오디안은 그의 침실에서 실험 기록지를 읽고 있었다.

헤르테인에게서 전해 받은 기록지는 이제는 사어가 된 고대 제국어로 쓰여 있었다. 후계 수업을 받았을 적에 익혔던 언어였던지라, 레오디안이 기록지를 읽는 데는 별반 무리가 없었다.

그럼에도 불구하고 레오디안이 기록지에 쓰여 있는 내용에 좀처럼 집중하지 못하고 있는 건, 어젯밤에 일어났던 일 때문이었다. 어떻게든 집중을 하고 기록지를 읽어 내려가려 노력하길 한참.

그러나 노력이 무색하게도, 머지않아 레오디안은 긴 숨을 내쉬면서 기록지를 책상 위에 아무렇게나 내려놓았다.

그러자 기다렸다는 듯 어제의 기억이 머릿속에 밀려들었다. 지금까지는 애써 외면하려 했던 기억이다. 레오디안은 등받이에 몸을 기댄 채, 다시금 지긋한 한숨을 내쉬었다.

레오디안은 어제, 스스로가 무척 감정적으로 굴었다는 자각을 하고 있었다. 그는 누가 보아도 알 수 있을 정도로 명백하게 엘시아를 비난했다. 그리고 그가 그녀를 비난한 이유는…….

거기까지 생각하던 레오디안은 이내 답답한 표정으로 머리칼을 슥 쓸어 넘겼다.

그는 자신이 그녀에게 무슨 이유에서 화를 냈는지 마땅한 이유를 붙이고 싶었고, 심지어 몇 번인가 시도를 하였으나 여태 진전이 없었다.

현재 제국에는 치안대가 유명무실해진 지 오래였고, 그로 인해 제도의 밤은 굉장히 위험했으며, 그러니 그녀가 홀로 밤거리를 거닌 건 썩 현명하지 않은 행동이었는데. 그런데 어디를 다녀왔느는 질문에 그녀가 대답하길 거짓으로 말하여서……

아니, 그가 방금 생각한 것들 중 합리적인 이유가 될 수 있을만한 건 없다. 모조리 틀렸다.

사실 그는 정원에 서 있던 그녀를 목격하였을 때 그냥, 그래, 그냥 화가 났다. 그러므로 어째서 화가 났던 건지, 그 스스로도 몰랐다.

그는 그저 자신이 그리도 속절없이 감정에 휘둘릴 수 있는 사람이라는 걸 깨달았을 뿐이다.

그는 엘시아를 발견했을 때, 덜컥 초조함을 느꼈다. 그리고 그것은 이내 분노로 바뀌었다가, 실망으로 변화하였다가, 마지막에는 허탈함으로 변모하였다.

그 모든 감정은 엘시아를 향한 것이기도 했지만, 레오디안 그 자신을 향한 것이기도 했다.

그는 엘시아가 저택을 나섰다가 돌아올 때까지, 그녀의 부재를 눈치채지 못했다. 이는 그에게 어떠한 깨달음을 주었다.

영 믿을 수는 없지만 그녀가 말한 대로 어젯밤은 단순히 외출을 하고 돌아온 것이라 하여도, 그러니까 어제는 그녀가 저택을 떠날 생각이 없었다고 하더라도.

언젠가 그녀가 마음먹고 저택을 빠져나간다면, 홀연히 사라져 버린다면. 그러면 그때도 그녀의 부재를 미처 알아차리지 못할지 모른다는 깨달음이었다. 그러자 자연스럽게 생각하게 되었다.

자신이 그동안 얼마나 안일하였는지.

그리고 그는 새삼 두려워졌다.

악몽은 악몽일 뿐이다 여길 수 있게 된 게 고작 며칠 전의 일이었다. 그런데 이제 그는 그녀가 불현듯 떠나버릴지 모른다는 막연하고도 새로운 두려움에 사로잡히게 되었다.

그녀가 떠나고 난 뒤에야 그녀가 떠났다는 사실을 눈치챌지 모를 미래, 함께 나눈 시간이 그녀에겐 아무 의미도 없었다는 사실 같은 것들이 두렵고, 그만큼 막막했다. 어째서 두려움을 느끼는지 그것에조차 제대로 이유를 붙이지를 못하면서도 그러했다.

그래, 이유. 그는 그 단어를 입 안에서 한번 굴려 보았다. 이유를 붙일 수 없는 그의 분노는 정당하지 않았다.

그러니 어제, 그러지 말았어야 했다. 그래서는 안 됐다. 그렇게 생각하면서도 그는, 설령 시간을 되돌려 그 당시를 다시금 겪게 된다 하여도 제 행동에는 조금의 변화도 없으리라 확신했다.

하지만 엘시아에게는 어제 자신의 행동을 사과해야 한다고 생각했다. 그는 감정에 휘둘렸고, 그로 인해 지나치게 과민한 반응을 내보였다.

엘시아는 아마 혼란스러웠을 것이다. 아니면 스스로도 정체를 알 수 없는 감정에 휩쓸려 제멋대로 말을 내뱉었던 그에게 단단히 화가 났을 수도 있겠다.

그가 등받이에 파묻히듯 기대어 앉아, 그런 생각을 하고 있을 때였다. 마냥 고요하기만 하였던 방 안에 누군가 문을 두드리는 소리가 울려 퍼졌다.

단호하면서도 어딘지 조심스러운 구석이 있는 소리.

때 아닌 방문자의 정체를 왠지 알 것 같았다. 그래서 레오디안은 자리에서 몸을 일으켰다. 누군가 그를 방문할 때마다 그랬던 것처럼, 들어오란 짤막한 말을 무뚝뚝하게 내뱉는 대신에 그는 손수 문을 열었다.

그러자 어째선지 그의 내면을 혼란하게 하고, 자비 없이 뒤흔들고, 엉망으로 만들 수 있는 유일한 사람의 모습이 드러났다.

"……대공님."

엘시아는 드물게 먼저 말을 꺼냈다. 그러자 레오디안이 말없이 문을 활짝 열어젖혔다. 그 몸짓의 의미를 눈치껏 읽어 낸 엘시아가 방 안으로 걸음을 옮겼다.

가장 먼저 눈에 들어온 건, 조금쯤 어질려져 있는 책상이었다. 그에서 시선을 뗀 엘시아는 고요히 잠긴 눈으로 방 안을 한 번 살펴본 뒤, 자리에 앉았다.

이윽고 레오디안이 엘시아의 맞은편에 자리하였다. 엘시아는 잠시간 망설인 끝, 입을 열었다.

"대공님께 하고 싶은 말이 있어서요."

그 말에 그의 안의 무언가가 덜컥 내려앉았다는 걸 알고 있을까. 엘시아는 너무도 차분하게 말을 이었다.

"다름이 아니라, 이틀 뒤에 이롯타 신전에 가 보려고 해요. 이 이야기를 하려고 왔어요."

그러나 레오디안의 짐작과 달리, 엘시아는 어젯밤의 일을 이야기하지 않았다. 다행인지 불행인지 알 수 없는 일이었다.

이틀 뒤는 신황 폴리이도스 3세가 축복 기도를 위해 이롯타 신전에 발걸음을 하는 날이었다. 그날 이롯타 신전을 방문하겠다는 엘시아의 말은 퍽 난감했다.

그날 신전에 가는 건 썩 좋은 생각이 아니라고 말하고 싶었지만, 레오디안은 어제 일로 자신에게 그런 말을 할 권리 따위 없다는 걸 깨달은 참이었다. 그래서 그는 다른 말을 했다.

"리리엔도 함께 말입니까?"

"아니요, 혼자서 가려고요."

"……."

"아, 그게 아니라…… 페이렌 님과 함께 갈 거예요. 정말로 혼자 간다는 게 아니라, 리리엔하고 가지 않을 거란 말이었어요."

레오디안의 침묵을 어떻게 받아들였는지 엘시아가 짐짓 다급하게 변명처럼 말을 덧붙였다. 레오디안은 가볍게 고개를 끄덕이고는 물었다.

"그 외에 필요한 건 없습니까?"

"아, 음⋯⋯ 없는 것 같은데요."

"알겠습니다."

엘시아는 너무도 순조롭게 끝난 대화에 내심 놀랐다. 이렇게 쉬울 줄이야. 레오디안의 침실 문을 두드리기까지 망설였던 시간이 아깝게 느껴질 정도였다.

"하고 싶은 말은 끝났습니까?"

의미 없이 시선을 내려 테이블을 바라보고 있던 엘시아가 시선을 들어 올렸고, 그렇게 잠시 말없이 그를 바라보다가 이내 고개를 끄덕였다. 그러자 레오디안이 잔잔한 목소리로 말했다.

"그럼 이번에는 내가 하고 싶은 말을 하겠습니다."

그 표정 또한 엘시아가 잘 알고 있는, 너무도 익숙한 무표정이었다.

"어제는 실언을 했습니다."

문득 귓가를 파고든 예상치 못한 말에 놀란 엘시아와 달리, 레오디안은 담담하게 말을 이었다.

"미안합니다."

"⋯⋯."

"다시는 어제와 같은 일 없을 겁니다."

간결하게 할 말을 끝마친 레오디안은 마치 선고를 기다리는 사람처럼 엘시아를 말없이 잠잠히 응시하였다.

한편 엘시아는 레오디안이 불쑥 사과를 해 올 줄은 꿈에도 몰랐던 탓에 좀처럼 놀란 마음을 진정시키지 못했다. 엘시아는 어젯밤 있었던 일이 모두 제가 경솔했던 탓이라 여기고 있던 중이었다. 그런데 이렇게 사과를 하면⋯⋯.

엘시아는 창백한 얼굴로 입술을 꾹 깨물었다가, 곧 결심을 굳히고는 입을 열었다.

"대공님 입장에선 충분히 하실 수 있는 이야기였다고 생각해요."

레오디안의 눈이 가늘어졌다. 단지 그뿐, 레오디안은 아무 말도 하지 않았다.

그러나 그의 표정으로 엘시아는 지금 그가 의아해하고 있음을 유추해 냈다.

"하지만 대공님이 사과를 하셨으니, 사과는 받아 둘게요."

레오디안이 무슨 말을 할 것처럼 입술을 벌렸다. 그를 목격한 엘시아는 그가 말을 꺼내기 전에 먼저 선수를 쳤다.

"저도 다시는 말없이 저택을 나가지 않을 거예요."

엘시아가 단호한 목소리로 말하자, 레오디안이 입술을 맞물었다.

"어제는 저도 미안했어요. 그리고……."

엘시아는 깊게 숨을 들이마신 후, 다시 길게 내쉬었다. 그런 다음 그에게 꼭 해 줘야겠다고 다짐했던 말을 입 밖으로 내보냈다.

"그리고, 아니에요. 착각."

엘시아가 퍽 두서없는 말을 꺼냈고, 레오디안이 의아한 듯 미간을 좁혔다.

"갑자기 그게 무슨 소리……."

"어제 그랬잖아요. 우리가 서로 가까워진 줄 알았는데, 단단히 착각한 것 같다고."

엘시아는 레오디안이 의문을 표할 시간을 주지 않고선 말했다. 그러자 레오디안은 마치 저 혼자서 멈춘 시간에 갇힌 듯 굳어 버렸다. 그런 그는 그녀가 하는 말을 전혀 이해할 수 없다는 듯한 표정을 짓고 있었다.

"착각한 거 아니라고요."

그래서 그녀는 다시 한 번 단호하게 못 박아 말한다.

"저도 그렇게 생각해요. 어제는 조금 당황스러워서 미처 말을 못 했는데……."

그러면 멍하니 굳어서는 그저 그녀에게 시선을 고정하고 있던 그가 눈을 크게 뜬다. 그녀가 이런 식으로 순순히 말을 늘어놓을 줄은 꿈에도 몰랐다는 듯한 기색이었다. 덕분에 엘시아는 생각했다.

"그렇게 대화를 끝내고 나서 한참 생각해 봤는데, 사실이잖아요. 이렇게 마주 보고 이야기를 나눌 정도로는 가깝잖아요."

용기를 내어 그의 침실을 찾아오길 잘했다고.

"그리고 또 서로를 걱정해 줄 정도로는, 적어도 그만큼은 가까워졌잖아요, 우리 둘."

그에게 진심을 말하기를 잘했다고.

"전 그렇게 생각하는데…… 대공님은 착각한 거라고 생각하세요?"

만일 그가 먼저 어제의 일을 화제로 꺼내지 않았다면, 겁쟁이인 그녀는 아주 오랜 시간이 흐른 뒤에야 그에게 속마음을 털어놓을 수 있었을 게 분명했다.

하지만 그는 무뚝뚝하기는 하나 솔직한 사람이었던지라 그녀는 차마 꺼낼 수 없던 어제의 시간을 이야기했고, 진실한 목소리로 사과했고, 다시는 그러지 않겠노라 맹세하듯 말했다.

그래서 겁이 많은 그녀도 용기를 낼 수 있었다.

비록 모든 것을 사실대로 말할 수는 없었지만 적어도 그의 호의를 짓밟지 않을 수는 있었다. 그것만큼은 소중히 하고 싶었기에 그녀는 부디 제 진심이 그에게 닿길 바랐다.

이곳에서 지내는 건, 언제나 긴장하는 나날의 연속이었지만 그녀는 분명히 얻은 것이 있었다.

레오디안, 그를 비롯하여 새로이 인연 맺게 된 사람들. 그들은 그녀를 낳은 여인도 주지 않았던 따뜻한 감정을 베풀었다.

그래서 그녀는 설령 훗날 이곳을 떠나더라도 누군가 저를 다정하게 대해 주었던 기억만큼은 간직하기로 마음먹었다. 언젠가 끊어질 인연이겠지만, 그 인연을 억지로 이어 가고자 감히 욕심 내지 않을 테지만, 이곳에서의 기억만큼은 잊으려고 애쓸 필요 없지 않을까.

"……그렇군요."

한참 만에 침묵을 깬 그가 나직이 탄식하듯 말했다.

"당신 말이 맞습니다."

그녀의 말이 맞다고.

"내 생각도 당신의 생각과 같습니다."

그렇게 말하는 그는 이제 더는 멈춘 시간 속에 갇혀 있는 것처럼 보이지 않았다. 그는 유유한 푸른 눈동자로 그녀를 바라보았고, 그녀는 소리 없이 입매를 끌어 올려 미소 지었다.

7. 드러나는 비밀

아이작 히치콕, 그는 전례 없이 기분이 굉장히 좋은 상태였다. 시종의 시중을 받으며 옷을 입는 동안, 그는 몇 번이고 실없이 웃음을 흘렸다.

평소에도 그의 입매는 대개 호선을 그리고 있었지만, 그것은 쉽게 타인의 호감을 사기 위해서 만들어 낸 거짓된 미소였다. 그러나 지금, 그는 진심으로 즐거워 미소를 짓고 있었다.

즐거울 수밖에 없었다. 오늘은 그가 그토록 고대하던 날이었다. 바로 엘시아를 다시 한번 만날 수 있는 날. 그리하여 그는 평소보다 일찍 아침을 맞이하였으며, 유난히 좋은 기분으로 외출 준비를 하고 있었다.

그의 옷시중을 들던 시종 또한 그가 유독 즐거운 기색임을 알아차린 건지, 평소라면 하지 않았을 말을 입 밖에 냈다.

"이렇듯 즐거워하시는 모습을 보아하니, 오늘 어디 좋은 곳에라도 가시나 봅니다."

그리고 그 역시 원래라면 무시하거나 화를 냈을, 정말이지 쓸데없는 말에 흔쾌히 반응해 주었다.

"내가 즐거워하고 있는 것처럼 보이나?"

"예, 그렇습니다."

"뭐, 그럴 만도. 그다지 좋은 곳에 가는 건 아니지만, 그곳에서 만날 이를 기대하고 있긴 하니까."

아이작의 선선한 대답에 시종은 조금 더 용기를 냈다.

"그곳에서 누구를 만나시기로 하셨습니까?"

그 물음에 아이작은 희고 멀건 얼굴 하나를 떠올렸다. 그러자 피식 웃음이 새어 나왔다.

"아주 특별한 여자를 만나기로 했지."

시종이 눈을 휘둥그레 떴다. 아이작이 여자를 만난다는 소리에 놀란 탓이다. 생각지도 못했던, 그러나 너무도 흥미로운 이야기에 시종은 그 여자가 누구냐고 물으려 입을 뗐다.

하지만 시종의 말은 불현듯 방 안에 울려 퍼진 노크 소리에 가로막혔다. 아이작은 방금 문을 두드린 누군가를 향해 들어오라고 명했고, 이윽고 문이 열렸다. 곧 방 안으로 들어온 남자는 아이작에게 꾸벅 인사한 후, 그와 시종을 번갈아 보더니 말을 꺼냈다.

"주인님, 오데르트가 연락을 취해 왔습니다."

아이작은 시종을 바라보며 문가를 턱짓했다. 그 뜻을 기민하게 알아차린 시종은 곧 발소리를 죽여 방을 나갔다.

"얘기해."

문이 닫히자마자 아이작이 툭 내뱉었다. 그러자 남자, 레이먼드가 마치 극 대사를 읽는 양 줄줄 말을 늘어놓았다.

"레븐을 발견하였으나, 오데르트의 기척을 읽은 건지 경계 너머로 도망쳤다고 합니다. 하여 오데르트가 경계 근처에서 머무르며 주인님의 명령을 기다리고 있습니다."

레이먼드의 말이 이어짐에 따라, 잠자코 그의 말을 듣고 있던 아이작의 표정이 점차 일그러지다 이윽고 와락 구겨졌다.

"레븐을 놓쳤다고?"

아이작이 실소를 내뱉고는 재차 물었다.

"죽어 가는 놈 하나를 못 잡아?"

"……."

"게다가 뭐, 경계 너머로 도망쳤다고?"

아이작이 앞에 놓여 있던 의자를 거칠게 걷어찼다. 의자가 바닥에 나뒹굴며 커다란 소음을 냈다. 아까까지만 해도 구름 위를 떠다니는 듯 마냥 좋았던 기분이 순식간에 나락으로 처박혔다. 아이작은 뿌득 이를 갈면서 말했다.

"오데르트더러 경계를 넘으라고 해. 이제 레븐을 데려올 필요 없다고, 발견하는 즉시 죽여 버리라고!"

"……예, 알겠습니다."

아이작은 레이먼드가 자리를 떠나고도 한참을 씩씩 거칠게 숨을 몰아쉬었다. 마치 원수의 얼굴이 그곳에 있는 양 허공을 노려보면서.

* * *

신전으로 떠날 채비를 마치고 침실에서 나오자, 페이렌이 기다리고 있었다. 엘시아는 페이렌과 함께 층계를 내려왔다. 그러자 홀에서 리리엔과 대화를 나누고 있던 레오디안의 모습이 시야 끄트머리에 걸렸다.

"엘시아!"

일층으로 내려온 엘시아를 가장 먼저 발견한 사람은 리리엔이었다. 리리엔의 목소리에 레오디안이 고개를 돌렸다. 엘시아는 그를 향해 살며시 미소를 지어 보인 후, 이내 잠시간 멈추고 있던 걸음을 마저 옮겼다.

이윽고 엘시아가 가까이 다가가자, 리리엔이 기다렸다는 듯 엘시아를 끌어안았다.

"나도 같이 가고 싶은데……."

리리엔이 일부러 울먹이는 소리를 내며 힐끔 레오디안의 눈치를 보았다. 그러나 레오디안은 눈길조차 주지 않았다.

"쳇."

안 통하네. 혼잣말처럼 중얼거린 리리엔이 입술을 삐죽거렸다. 그에 엘시아가 리리엔의 머리를 가만가만 쓰다듬으면서 말했다.

"금방 올게."

"……아냐, 나는 신경 쓰지 말고 재밌게 놀다 와."

리리엔은 오늘 엘시아가 페이렌과 함께 제도를 구경하기로 한 줄로만 알고 있었다. 만일 리리엔이 진짜 목적지를 알았다면 엘시아를 이렇듯 순순히 보내 주는 게 아니라, 필시 따라가겠다고 고집을 부렸을 것이다.

리리엔에게 하얀 거짓말을 하는 건 익숙했지만, 그에 뒤따르는 죄책감에는 좀처럼 익숙해지지 않았다. 엘시아는 조금 곤란한 표정으로 시선을 돌렸다.

"그럼 다녀올게요."

"예, 조심히 다녀오십시오."

레오디안의 간결한 대답에 엘시아는 주저 없이 걸음을 뗐다. 페이렌이 능숙하게 엘시아와 속도를 맞춰 걸었다.

그렇게 저택을 나서자, 정문 밖으로 로켄페데스 가문의 마차가 세워져 있는 게 보였다. 그리고 마차 옆에 익숙한 남자가 서 있었다. 페렛 벤테스, 그는 엘시아가 몇 번이나마 외출하였을 때 매번 마차를 몰았던 남자였다.

"오늘도 안전히 모시겠습니다."

"늘 감사해요."

어쩐 일인지 늘 마중을 나오고는 하는 로이셀의 모습이 보이지 않아 의아했지만, 엘시아는 곧 페렛의 에스코트를 받으며 마차에 올랐다.

* * *

이롯타 신전은 제도 중심에서 조금 떨어진 곳에 위치해 있었다. 때문에 신전에 도착하기까지는 그다지 오랜 시간이 필요하지 않았다.

엘시아는 페이렌의 손을 잡고선 마차에서 내렸다. 곧 새하얀 신전이 눈에 들어왔다. 이롯타 신전은 요헴의 세 신전보다는 규모가 현저히 작았지만, 그에 못지않은 위용이 있었다.

엘시아는 조금 긴장한 기색으로 신전을 향해 걸음을 내디뎠다. 하지만 엘시아는 지금 혼자가 아니고 페이렌과 함께였던지라 곧 침착하게 마음을 가라앉히고는 천천히 신전을 둘러볼 수 있었다.

그렇게 주변을 살피며 몇 걸음쯤 걸었을까. 멀찌감치 서 있던 남자가 문득 엘시아 쪽으로 성큼성큼 다가왔다.

"엘시아 님, 정말이지 오랜만에 뵙습니다. 그동안 별 일 없으셨습니까?"

갑작스럽게 다가온 남자는 다름 아닌 벨레로폰이었다. 엘시아는 벨레로폰이 그랬듯, 반갑게 웃으며 그를 향해 말을 건넸다.

"그러게요, 진짜 오랜만이에요. 저는 잘 지냈는데, 벨레로폰 님은 어떻게 지내셨어요?"

벨레로폰이 신황의 신전 순회에 함께한다는 이야기는 들어 알고 있었다. 하지만 그 일정이 얼마나 고될지는 전혀 짐작이 안 갔다.

"……저는 그저 대공저를 그리워하면서 하루하루를 간신히 버텼습니다."

벨레로폰이 짐짓 핼쑥한 표정으로 그렇게 말했다. 그러자 페이렌이 벨레로폰의 허리께를 팔꿈치로 찔렀다. 얼마나 힘을 주어 찌른 건지, 벨레로폰이 악 소리를 냈다.

"제 동생이 엄살이 조금 심합니다."

페이렌이 벨레로폰의 등을 거칠게 몇 번 내리치면서 그랬다. 벨레로폰이 연거푸 신음을 내뱉었지만, 페이렌은 조금도 개의치 않았다. 페이렌이 엘시아를 바라보면서 말했다.

"이만 안으로 들어가시죠."

엘시아는 활짝 열려 있는 문을 향해 다가갔다. 그녀가 막 신전 안으로 들어서기 전, 벨레로폰이 못내 아쉽다는 표정으로 입을 열었다.

"저는 이 앞을 지켜야 해서…… 신전 순회가 끝난 후에야 엘시아 님을 다시 뵐 수 있겠군요."

"아무래도 그렇겠네요."

"부디 건강한 모습으로 다시 만날 수 있었으면 합니다."

엘시아가 선뜻하게 고개를 끄덕였다. 그러자 벨레로폰이 미련을 떨치지 못한 기색으로 천천히 뒤돌아 걸으면서, 몇 번이고 엘시아를 돌아보았다.

"……정말 엄살이 심하지 않습니까?"

문득 페이렌의 음성이 귓가에 파고들었다. 엘시아는 조용한 웃음으로 대답을 대신했다. 그러면서 신전 안으로 걸음을 옮겼다.

신전 안은 신도들로 가득했다. 일전 신성지 요헴을 방문하였을 때처럼, 신도들은 저마다 앉아서 서로 대화를 나눈다거나, 기도를 한다거나, 고해실을 들락거리거나 하였다.

엘시아는 신전 내부를 시간을 들여 유심히 둘러보았다. 그러나 그 어디에도 엘시아가 찾는 자의 모습은 없었다.

"엘시아 님, 저쪽에서 기다리시면 됩니다."

페이렌이 어느 한곳을 가리켰다. 그를 따라 시선을 옮긴 엘시아는 곧, 줄을 서 있는 사람들의 모습을 발견하였다. 기도실로 들어가기 위한 줄이었다.

엘시아는 오늘 두 가지 목적을 가지고 신전을 찾았다. 하나는 아이작 히치콕을 만나는 것이었고, 나머지 하나는 바로 신황을 만나는 것이었다.

그리고 신황을 만나기 위해서는 기도실에 들어가야 했다. 명단에 적힌 이름이 불리면 들어갈 수 있는 고해실과 달리, 기도실은 줄을 서서 차례를 기다려야 하는 듯했다. 엘시아는 곧 페이렌과 함께 줄지어 선 사람들에게 다가가, 그 맨 뒤에 자리하고 섰다.

그렇게 얼마쯤 기다리고 있었을까. 줄이 꽤 길다고 생각했는데, 예상했던 것보다 기다림은 길지 않았다. 머지않아 엘시아는 신관의 안내를 받아 기도실 안으로 들어섰다.

기도실에는 한 번에 단 한 사람만이 들어갈 수 있다는 원칙이 있었던 탓에, 페이렌은 엘시아를 따라 들어가지 못하고 기도실 앞을 지키고 섰다.

엘시아는 찰나 페이렌과 말없이 시선을 교환하였다. 이윽고 문이 닫혔고, 엘시아는 낯선 곳에 혼자 남게 되었다.

엘시아가 아무런 장식도 없는, 조촐한 방 안을 조금 긴장한 표정으로 살펴보고 있을 때였다.

"이쪽으로."

문득 낯선 목소리가 엘시아의 귓가에 스며들었다. 엘시아는 소리가 들려온 곳으로 고개를 돌렸다. 그러나 목소리의 주인이 누구인지, 눈으로 확인할 수 없었다.

엘시아가 볼 수 있었던 건, 얇은 천으로 된 장막뿐이었다. 그리고 그 너머에 나긋한 목소리의 주인이 앉아 있었다.

"가까이 오십시오."

엘시아가 망설이고 있다는 것을 눈치채기라도 했는지, 목소리가 엘시아를 재촉했다. 엘시아는 저도 모르게 한 걸음 한 걸음 내디뎠다. 마치 무엇에라도 홀린 것처럼 가까이 다가갔다.

그렇게 엘시아가 장막 앞에서 멈춰 섰을 때, 묘한 웃음기가 묻어 있는 목소리가 정적을 깨웠다.

"이번에는 아주 특별한 분이 찾아오셨군요."

장막에 비친 그림자로, 엘시아는 장막 너머의 누군가가 자리에서 일어났다는 사실을 알아차렸다.

"이토록 희한한 기운을 느껴보긴 처음입니다."

목소리는 흥미로운 기색을 감추지 않았다. 그에 기분이 나쁜 느낌을 받기는커녕, 오히려 이유 모를 고양감을 느꼈다. 그것이 이상하다는 생각에까지는 미처 이성이 닿지 못했을 정도로 머릿속이 멍했다.

왜일까. 엘시아는 뒤늦게나마 의문을 머릿속에 떠올려 보았으나, 실로 찰나의 일이었다.

장막에 아른거리던 그림자가 손을 뻗었고, 엘시아의 머릿속에 잠시간 자리하였던 의문은 이내 종적을 감추었다.

"그래, 정말이지 희한하다고밖에…… 그 외에는 달리 형용할 말이 없는 기운입니다."

목소리가 장막을 걷어 냈다. 장막이 걷히자, 엘시아는 그 너머에 있던 자의 모습을 확인할 수 있었다.

새하얀 빛에 가까운 은발에 그와 같은 눈동자를 한 남자였다. 거기에 태어나 단 한 번도 햇볕에 그을려 본 적 없는 듯 희고 투명한 얼굴이었다.

엘시아는 그 모습을 뇌리에 새기기라도 할 것처럼 뚫어지게 바라보았다. 그런 그녀의 시선을 눈치채지 못하였을 리 없는데도, 그는 거리낄 것은 아무것도 없다는 듯 태연하게 입을 열었다.

"이 몸은 신성지 요헴의 지도자, 폴리이도스 3세라고 합니다."

그의 입술이 움직이는 모습을 주시하고 있었기에, 그가 무슨 말을 하고 있다는 건 알았다. 하지만 엘시아는 그가 무슨 말을 하는지 전혀 알아듣지 못했다.

"그대는 참으로 아름다운 존재이군요. 역시 두 눈으로 직접 확인하기를 잘했습니다."

엘시아는 미간을 찡그렸다. 그가 하는 말을 이해하고 싶었다. 이해해야 한다고 생각했다. 그와 대화를 나누기 위해 이곳에 왔으니까.

그런데 어째선지 몸이 말을 듣지 않았다. 자꾸만 의지를 배반하였다. 그의 목소리를 듣고 나서부터 멍해진 머릿속은 제대로 된 생각을 이어 나가지 못했다. 그리고 그건 그의 얼굴을 직접 마주한 순간 더욱 심해졌다.

"그리고 그대가 가진 힘은…… 더욱더 아름답습니다. 이 내가 경외심이 들 정도입니다."

아이작, 그리고 지금 눈앞의 신황.

그들은 어찌하여 자신이 아름답다고, 자신의 힘이 아름답다고 말하나. 의문에 대한 답을 찾기 위하여 고민하려 해도, 아까부터 그랬듯 이성적인 사고는 길게 이어지지 못했다.

엘시아는 크게 숨을 들이마시고는 내쉬었다. 그러기를 몇 번 반복했다. 어떻게든 정신을 차려 보려는 그녀 나름의 필사적인 노력이었다.

"그대의 이름을 물어보아도 되겠습니까?"

"······이상해요."

엘시아가 불쑥 말했다. 한참 만에 엘시아가 혼란스러운 목소리로 말한 건 그의 물음에 대한 답이 아닌 꽤나 뜬금없는 말이었다. 그럼에도 불구하고 그는 부드러운 미소를 지으며 되물었다.

"무엇이 이상합니까?"

"머리가 멍해요. 이런 적은 없었는데······."

엘시아는 불현듯 머릿속을 스치고 지나간 생각에 말끝을 흐렸다. 지금처럼 머리가 멍하고 제대로 사고할 수 없었던 적이 딱 한 번 있었다.

불과 얼마 전이었다. 레오디안과 단둘이서 저녁을 먹었을 때. 그때 엘시아는 어쩐지 몽롱한 정신으로 하지 않아도 될 말들을 잔뜩 입 밖으로 내놓았었다.

그래, 그때와 비슷한 느낌이었다. 엘시아가 멍하니 그런 생각을 하였을 때였다.

"아, 그것은 실로 당연한 일입니다."

무엇이 당연하다는 걸까. 엘시아는 그의 말을 조금도 이해할 수 없다는 표정으로 그를 올려다보았다. 그러자 그가 즐거운 기색이 서린 감미로운 음성으로 말을 이었다.

"삿된 존재는 내게 끌리게 되어 있습니다. 그러니 그대가 내 목소리에 이지를 잃고, 나를 홀린 듯이 바라보게 되는 건, 너무나도 당연한 일이지요."

그가 엘시아를 향해 손을 뻗었다. 엘시아는 저를 향해 다가오는 커다란 손을 보아 인지하였으면서도 뒤로 물러선다거나 그의 손을 내친다거나 하는 생각은 전혀 하지 못했다.

그는 세상 더없이 소중한 것을 어루만지기라도 하는 양 부드러운 손길로 엘시아의 뺨을 쓸어내렸다. 엘시아는 순순히 그의 손길을 느끼며, 그저 그를 물끄러미 올려다보았다.

"이는 그대가 감히 거스를 수 없는 순리이니."

눈앞의 남자는 인간 같아 보이지 않을 정도로 아름다웠지만, 그래서인지 그가 퍽 께름칙하게 느껴졌다.

"거스르려고 하지 마세요."

그는 마치 밀어를 속삭이는 것처럼 은밀한 목소리로 덧붙였다. 엘시아는 한참이 지나서야 그가 무슨 말을 했는지를 깨닫고는 가까스로 입술을 뗐다.

"……이해가 안 돼요."

대체 그가 무엇이기에 자신이 그에게 끌릴 수밖에 없다는 건지, 어떻게 그는 자신을 삿된 존재라 확신할 수가 있는 건지.

"당신 정말 인간이 맞나요?"

헤르테인은 신황이 인간이라 하였지만, 직접 신황을 만나고 나니 자연스레 의문을 품게 되었다. 그가 인간이라면, 최소한 그는 레오디안처럼 어떤 힘을 가지고 있어야 했다.

그래야만 그가 어떻게 단번에 제 정체를 꿰뚫어 볼 수 있었는지가 설명이 됐다. 평범한 인간은 결코 자신이 괴물이라는 사실을 눈치챌 수 없을 테니까.

게다가 이 기묘한 이끌림. 그에게서는 식욕을 돋우는 냄새가 나지 않았지만, 엘시아는 그의 말대로 그에게 끌렸다. 그래서 그가 인간이라고 믿을 수 없었다.

"대답해 주세요."

"그건 중요치 않습니다."

엘시아의 재촉에 그가 처음으로 단호하게 딱 잘라 말했다. 그러자 순식간에 방 안의 분위기가 얼어붙었다. 엘시아는 흠칫 몸을 떨었다.

"지금 중요한 건 내 그대를 원한다는 사실입니다."

온몸에 소름이 끼쳤다. 그의 눈동자는 마치 아무것도 담기지 않은 투명한 유리 같았다.

"그리고 그대 역시도 나를 원하고."

엘시아는 신황의 말을 부정할 수 없었다. 그의 목소리를 들은 순간부터 엘시아는 마치 홀린 것처럼 목소리에, 그리고 그 목소리의 주인에게 반항할 수 없었다.

'신황이라는 놈 앞에서는 제대로 정신을 차릴 수가 없었어. 이유는 나도 몰라. 그냥 그렇더라고.'

엘시아는 간신히 레븐의 말을 떠올렸다. 레븐은 딱 한 번 신황을 만난 적이 있다고 했다.

'하지만 어떻게든 정신을 똑바로 차려야 해. 신황의 인형이 되고 싶지 않다면 말이야.'

신황을 만났을 때, 레븐은 제정신으로 있을 수 없었음은 물론이거니와, 신황의 말이라면 뭐든 따르고 싶다는 충동에 휩싸였다고 말했다.

그것을 이미 한 번 경험해 알고 있으면서도 레븐은 요헴의 신전으로 갔다. 아이작의 손에서 도망쳐 살아남기 위해서. 살아남아 엘시아에게 도움을 주기 위해서.

그리고 엘시아는 레븐에게 받은 만큼의 도움을 그에게 돌려주기로 약속했다.

거기까지 가까스로 생각이 닿자, 엘시아는 정신을 차려야 한다고 단단히 결심하며 이를 악물었다. 그리고 힘없이 늘어뜨리고 있던 손을 꽉 움켜쥐었다. 손톱이 손바닥의 살갗을 뚫을 때까지, 그리하여 피가 나 흐를 때까지.

그러자 그때, 불현듯 이상한 일이 벌어졌다.

"······지금 무슨 짓을 하였습니까?"

신황이 그녀의 뺨에서 손을 떼어내고 성큼 한 걸음 뒤로 물러난 것이다.

그는 그것으로도 모자랐는지, 황급히 손을 들어 입가를 틀어막았다. 그런 그의 얼굴은 이전과 달리 험악하게 일그러진 채였다.

그렇게 그가 엘시아를 새삼 위아래로 훑어보았다. 머지않아 그는 그녀의 손에서 붉은 피가 뚝, 뚝, 떨어져 바닥에 점점이 흔적을 남기고 있다는 것을 알아차렸다.

"이게 무슨 짓입니까. 그대는 날 화나게 만들 생각입니까?"

안개가 낀 것처럼 마냥 흐릿하던 머릿속이 점차 맑게 개는 듯한 느낌이었다. 엘시아는 또렷해진 눈동자로 그를 직시했다.

"당신에게 물어보고 싶은 것이 있어요."

그가 그녀에게서 한 걸음 더 물러섰다.

엘시아는 갑작스러운 그의 변화가 무엇에서 비롯된 것인지 짐작하지 못했다. 다만 어찌되었든 더 이상 그로 인해 이상한 영향을 받지 않게 되었으니, 다행이라고 생각할 뿐이었다.

신황은 아직도 입을 틀어막고서는 표정을 와락 구기고 있었다. 그를 향해, 엘시아는 내내 묻고 싶었던 말을 꺼냈다.

"신전에다 괴물을 가둔 건, 당신이 한 짓이죠?"

"……괴물?"

입을 가리고 있던 손을 떼어 낸 그가 영문을 모르겠다는 듯 고개를 기울였다. 그러다가 무언가를 막 떠올린 사람처럼 탄성을 내뱉었다.

"설마 그대, 신전 지하에 있는 존재들을 괴물이라 말하고 있는 겁니까?"

그가 고개를 내저었다. 그런 경이로운 생명체를 어떻게 괴물이라 말할 수 있냐면서, 그는 덧붙였다.

"그들은 이 제국의 희망입니다."

헛소리.

"그대 역시 그렇지요. 아니, 그대는 그들보다 더 진화한 무언가를 가지고 있습니다."

이 또한 헛소리였다. 엘시아는 서늘하게 가라앉은 눈으로 신황을 노려보았다.

"그대 안에 있는 것이 무엇인지 이 몸이 직접 알려 주겠습니다."

신황은 엘시아아게 가까이 다가서려는 듯 한 발을 내디뎠지만, 다시금 걸음을 떼지는 못했다. 그는 차마 더 가까이는 다가갈 수 없다는 듯 몸을 사렸다.

"……그 피는 대체 언제쯤 멈춥니까?"

신황이 엘시아의 손을 힐끔 보며 물었다. 그제야 엘시아는 그가 자신에게 다가오지 못하는 이유를 알아차렸다. 자신이 인간이나 짐승의 피 냄새에 예민하듯, 그 역시도 그런 것 같았다.

피가 멈추면 아까처럼 그에게 또 정신없이 휘둘릴지도 모른다. 엘시아는 손에 더욱 힘을 주었다. 조금씩 아물어 가던 살갗에 다시금 손톱이 박혔다. 신황이 소매로 코를 틀어막았다. 그 모습을 보니, 어째선지 통쾌한 기분이 들었다. 그래서 잠시간 그를 말없이 주시하다가 물었다.

"제 안에 무엇이 있는데요?"

그가 곤란한 기색으로 그녀를 응시하였다.

"제 안의 뭐가 진화했다는 거예요?"

엘시아가 그를 향해 날 선 목소리로 재차 묻자, 그가 눈매를 좁히더니 얼굴에서 손을 떼어 냈다. 그러고는 입을 열었다.

"그대 피가 멈추면, 그러면 내가 그대에게 깨달음을 주겠습니다."

"아니요."

엘시아가 단호하게 고개를 저었다.

"지금 말해 주세요."

엘시아는 지금 이곳에서 의문을 풀어야 했다. 아이작이 무슨 이유로 자신을 탐내는 건지를 알아내야 했다. 그러기 위해서는 대체 자신이 여타 괴물과 무엇이 다른 건지를 먼저 알아야 했다.

엘시아는 성큼 그에게 다가갔다. 그가 다급하게 물러섰지만, 엘시아는 그가 물러서면 그만큼 거리를 좁혔다.

"그만……."

"대답해 주세요."

그렇게 말하면서 엘시아가 걸음을 멈췄다. 신황은 엘시아가 가까이 다가선 것만으로 위협을 느낀 듯했다.

"제 안에 있다는 진화한 무언가가 그렇게 특별한가요?"

신황이 하는 수 없다는 듯 한숨을 내쉬고는 내내 망설이던 대답을 내어놓았다.

"……그대에게서는 그들과 같은 기척이 느껴집니다. 하지만 동시에 무언가 이질적인 기운도 느껴져요."

신황은 난감한 기색을 감추지 못했다. 그래서인지 그가 지금 거짓말을 하고 있는 것 같다는 생각은 들지 않았다.

"그런데 참 이상하게도, 그 기운의 정체를 알 수가 없어요. 이 세상의 것이 아니고서야, 이 내가 모를 수가 없는데……."

그렇기에 그대가 더욱 매력적으로 느껴집니다. 그가 탄식하듯 덧붙였다.

엘시아는 그의 말을 이해할 수 없었다. 하지만 길게 생각하고 있을 여유는 없었다. 그가 평정심을 되찾기 전에 그에게서 원하는 것을 얻어내야 했다. 지금이라면 어렵지 않게 얻어낼 수 있을 듯했다.

그는 분명 자신을 원한다고 했다. 그것으로 거래를 해 볼 생각이었다. 엘시아는 한 치의 흔들림 없는 고요한 표정으로 말했다.

"신탁을 공표하지 말아 주세요."

신황이 순간 멈칫하더니, 이윽고 피식 웃음을 흘렸다. 엘시아의 요구가 허무맹랑하다는 듯, 고개를 설레설레 내저었다. 그러다가 일순간 낯을 굳혔다.

"부탁이에요. 다른 사람들이 신탁의 내용을 알 수 없도록, 부디 신탁을 공표하지 말아 주세요."

그는 웃음기가 싹 사라진 표정으로 고개를 모로 기울였다. 그렇게 한참 가만히 엘시아를 응시하다가 천천히 입을 열어 물었다.

"……만일 내가 그대의 말을 들어주면, 그대는 내게 무엇을 해 줄 수 있는데?"

엘시아는 신황의 밝은 은색 눈동자를 똑똑히 직시하며 대답했다.

"뭐든지요."

그러자 그가 서서히 입꼬리를 끌어 올리더니, 이내 만족스럽다는 듯 환한 웃음을 지었다.

* * *

"엘시아 님, 대체 기도실에서 무엇을 하셨습니까?"

엘시아가 기도실을 나서기가 무섭게, 기다렸다는 듯 그녀에게 다가온 페이렌이 나직한 목소리로 물었다.

"무엇을 하셨기에 이리도 오래 걸리신 겁니까? 혹시 무슨 일이 있었습니까?"

페이렌은 필시 안에서 무슨 일이 있었다고 믿고 있는 듯했다. 엘시아는 잠시 페이렌을 말없이 바라보다가, 이내 입을 열었다.

"아무 일도 없었어요."

"……죄송하지만 그 말은 믿을 수가 없습니다."

기도만 하고 나왔다고 믿기에는 엘시아가 기도실 안에서 너무도 오랜 시간을 머물렀다.

꽤 오랜 시간이 지났는데도 불구하고 좀처럼 기도실의 문이 열릴 기미를 보이지 않자, 입장을 기다리고 있던 사람들에게서 의아함이 섞인 불만이 터져 나오기도 했었다.

하지만 페이렌만큼 초조한 사람은 없었다. 페이렌은 아무리 기다려도 나오지 않는 엘시아를 걱정하느라 속을 태웠다. 일 초가 일 분같이 느껴지던 시간이었다.

요헴의 기사인 페이렌은 신황이 얼마나 의뭉스러운 자인지를 잘 알고 있었다. 그러므로 엘시아가 기도실에 머무르는 시간이 길어지면 길어질수록 페이렌의 불안은 자연스럽게 가중됐다.

만일 엘시아가 조금만 더 오래 기도실에 있었더라면, 페이렌은 신전의 규칙을 어기는 것에 따른 처벌을 감수하더라도 문을 박차고 기도실 안으로 난입하였을 것이다.

"신황 성하와 함께 기도를 올리고 나서, 무슨 이야기라도 나누셨습니까?"

페이렌은 엘시아에게 반드시 답을 들어야만 하겠다는 듯, 강경한 태도를 취했다. 페이렌은 좀처럼 물러설 기미가 보이지 않았던지라, 난감해진 엘시아는 조그맣게 한숨을 내쉬었다.

"오래 기다리시게 만들어서 죄송해요."

그렇게 말문을 연 엘시아는 페이렌에게 적당히 둘러대는 것이 좋겠다는 생각을 하며 말을 이었다.

"신황 성하에게 궁금한 것을 몇 가지 물어봤어요. 그러느라 조금 시간이 걸렸어요."

"……정말 그게 전부입니까? 성하께서 엘시아 님을 곤란하게 한 것은 아니고요?"

"네, 그분이 저에게 그러실 이유가 없잖아요."

엘시아가 대수롭지 않다는 듯 대답했다. 그러자 페이렌이 마치 방금 엘시아가 한 말의 진위를 가려보기라도 하는 양 눈을 가늘게 뜨고선, 엘시아를 유심히 바라보았다.

그때였다. 누군가 혀를 차는 소리가 들렸다. 그다지 멀지 않은 곳에서 들려온 소리에 서로를 마주 보고 있던 두 사람이 고개를 돌렸다.

"자신이 모시는 주인을 그렇게 다그쳐서야 쓰나."

이어진 목소리는 엘시아가 들어본 적 있는 목소리였다. 아이작 히치록, 오늘 엘시아가 신전을 찾아온 두 가지 목적 중 하나인 남자였다.

"영애, 그동안 잘 지내셨습니까? 이렇게 다시 만나 뵙게 되어 진심으로 기쁩니다."

아이작은 퍽 정중하게 인사를 건넸다. 엘시아는 저도 모르게 굳어진 표정으로 그의 인사를 받았다.

* * *

이롯타 신전에서 아이작을 만나기로 약속한 건 아니었다. 다만 엘시아는 하일롭이 보낸 편지에서, 오늘 신전을 방문하면 아이작을 만날 수 있을 거란 속뜻을 읽어 냈을 뿐이었다.

하지만 페이렌은 엘시아가 아이작과 미리 약속을 한 것이라 짐작했다. 그리고 친밀한 관계이기는커녕, 서로 접점이 없는 두 사람이 만남을 약속한 건 아이작의 강요 때문이리라 판단했다.

그런 이유로 페이렌은 아까부터 탐탁지 않다는 표정으로 아이작을 예의 주시하고 있었다. 엘시아의 부탁으로 조금 떨어져서 뒤따라 걷고는 있지만, 혹시라도 아이작이 허튼짓을 하려는 기색을 보인다면 언제든지 대응할 준비가 되어 있었다.

한편 아이작은 뒤에서 느껴지는 따가운 시선의 존재를 알았다. 하지만 그는 조금도 개의치 않았고, 마냥 나른한 미소를 입매에 내건 채였다.

"꽤나 신경을 써서 정원을 관리해 두었군요. 토피어리에도 정성을 많이 쏟은 듯합니다."

목소리에 즐거운 기색이 잔뜩 묻어 있었다. 그로 인해 엘시아의 미간이 살포시 구겨졌다. 아이작은 아까부터 본론에서 한참 벗어난 이야기만을 하고 있었다.

지금까지는 아이작이 어떤 사람인지 파악해 보기 위하여 그의 말을 잠자코 듣고 있었지만, 더 이상 시간을 지체하고 싶지 않았다. 결국 엘시아는 먼저 본론을 꺼냈다.

"처음 만났을 때 하셨던 얘기 말인데요. 그러니까 신비로운 존재에 대한 연구를 하고 있다는……."

"무엇이 그리 급하십니까."

아이작이 엘시아의 말허리를 잘라냈다. 그리고 빙긋거리면서 말을 이었다.

"정원이 이토록 아름다운데, 조금 여유롭게 둘러보는 것이 좋지 않겠습니까?"

엘시아는 그 자리에 멈춰 섰다. 그러자 아이작이 의아한 듯 뒤를 돌아보았다. 그를 향해 엘시아는 단호한 표정으로 입을 열었다.

"저는 그날 못했던 이야기를 마저 나누기 위해서 이곳에 왔어요. 정원을 구경하러 온 게 아니고요."

아이작과 여유롭게 정원이나 둘러보자고 이곳에 온 것이 아니었다. 엘시아는 아이작에게 확인하고 싶은 것이 있기에 그를 만났다.

"그러니 말 돌리지 말고 대답해요. 당신이 하고 있다는 연구가 뭔지."

"저는 정말 대답해 드리고 싶습니다만…… 영애께서 표정을 굳히고 계신 탓에 차마 입이 떨어지지 않습니다."

아이작이 성큼 걸음을 내디뎌 엘시아와 거리를 좁혔다. 엘시아는 가까이 다가와 그녀를 내려다보는 아이작의 눈을 피하지 않고 마주 바라보았다. 그러자 아이작이 미세하게 한쪽 입꼬리를 올렸다.

"저는 영애와 친하게 지내고 싶습니다. 한 치의 거짓 없는 진심입니다. 그런데……."

엘시아는 아이작이 어째서 그녀와 친해지려고 하는 건지, 이제는 그 이유를 알았다. 아이작을 처음 만났을 때와 달랐다. 아이작은 물론이고 그가 하는 말 또한 전혀 두렵지 않았다.

"그런데 영애가 제게 화를 내시니, 가슴이 미어지는 것 같습니다."

아이작이 가슴 위에 손을 얹고선 정말 괴롭다는 듯 얼굴을 찡그렸다. 그는 또다시 상관없는 이야기로 시간을 낭비하고 있었다. 엘시아는 차가운 표정으로 입을 열었다.

"당신은 친해지고 싶은 사람에게 이런 식으로 구시나요?"

"음, 이런 식이라는 게 어떤 식을 의미하는 건지 모르겠습니다."

"당신은 제 말을 가볍게 여기고, 대답을 회피하거나 당신의 말을 쉽게 이해할 수 없도록 에둘러대죠."

엘시아는 아이작이 변명할 짧은 틈조차 주지 않고 말을 이었다.

"거기에 당신은 모든 말을 농담하듯이 하잖아요."

아이작의 눈매가 가늘어졌다. 그러나 그것은 순간이었다. 아이작은 이내 느른하게 웃으며 입을 열었다.

"아무래도 무언가 오해를 하신 듯합니다. 저는 매순간 진지한 태도로 영애를 대했습니다만."

"그러면 제 말에 진지한 태도로 대답해 주시겠네요."

엘시아가 조금도 물러서지 않고 쏘아붙이자, 일순 멈칫했던 아이작이 뒤늦게 대답했다.

"……물론입니다."

아이작은 엘시아와 정원으로 나온 이래, 처음으로 뒤를 돌아보았다. 그러자 곧장 페이렌과 눈이 마주쳤다. 잠시 그렇게 페이렌과 시선을 마주하고 있던 아이작은 이윽고 고개를 바로 해, 엘시아를 바라보았다.

"영애가 잘 알고 계시다시피 이 제국에는 인간만이 살고 있는 게 아니지요."

엘시아는 아이작이 조금 더 시간을 끌 것이라 예상했으나, 의외로 그는 순순히 본론으로 들어갔다.

"그때 제가 말했던 신비로운 존재란, 한 마디로 인간이 아닌 자들을 뜻하는 말이었습니다."

그것은 엘시아가 이미 예상하고 있던 바였다. 아이작은 엘시아를 처음 만났을 때, 자신이 그녀에게 심부름꾼을 보냈노라 이야기했다. 때문에 모르려야 모를 수가 없었다. 아이작이 보냈다던 심부름꾼은 바로 레븐이었고, 레븐은 엘시아와 같은 괴물이었으니까.

진작 짐작하고 있던 이야기를 듣는 엘시아의 표정에 아무런 변화가 없자, 아이작의 눈동자에 이채가 서렸다.

"그리고 저는 그들이 더욱 강해질 수 있는 방법에 관하여 오래도록 연구해왔고……."

그러면서 흥미롭다는 듯 입매를 끌어 올리고는 말을 이었다.

"그러던 중 당신을 만나게 되었지요."

아이작은 엘시아의 반응을 가늠이라도 하는 듯한 묘한 시선을 보냈다. 엘시아는 차분하게 아이작을 바라보았지만, 사실은 꽤나 동요하고 있었다. 아이작이 괴물을 더 강하게 만드는 방법을 연구하고 있었을 줄은 꿈에도 몰랐던 탓이다.

'괴물이 강해질 수 있는 방법…….'

가만히 아이작의 말을 되뇌어보던 엘시아의 머릿속에 불현듯, 처음 레븐을 만났을 때가 떠올랐다.

그때 레븐은 엘시아도 동족을 먹는다고 착각했다. 그리고 엘시아에게 동족을 먹으면 더욱 강한 힘을 얻을 수 있다는 듯한 어감을 풍기는 말을 했었다. 레븐은 꽤 오랜 시간을 아이작의 저택에서 지내면서, 아이작이 명한 일을 수행하였다고 했다.

어쩌면 레븐이 동족을 먹기 시작한 건, 아이작의 명령 때문일지도 모른다. 그런 생각을 했을 때였다. 문득 아이작이 품에서 무언가를 꺼내어 내밀었다.

"이건……."

"만찬 초대장입니다."

엘시아는 그녀를 자신의 저택으로 초대하고 싶다던 아이작의 말을 기억해 냈다. 그때는 그의 초대에 결코 응하고 싶은 생각이 없었으나, 지금은 아니었다. 엘시아는 순순히 그가 건넨 초대장을 받아 들었다.

"렝리탄은 무척 아름다운 곳이니 마음에 드실 겁니다."

그곳은 그녀가 나고 자란 곳인 제스아와 가까웠다. 그래서인지 엘시아는 초대장을 손에 쥐고도 망설였다. 그의 초대에 응하는 게 과연 현명한 일일까, 시간을 들여 고민했다.

그런 엘시아의 침묵을 어떻게 받아들였는지, 아이작은 조금쯤 다급하게 말을 꺼냈다.

"백작저 역시 화려하고 아름다우며 볼거리 또한 많습니다. 분명 즐거우실 겁니다."

"……그랬으면 좋겠네요."

엘시아가 무덤덤하게 답했다.

* * *

흔들리는 마차 안에서, 엘시아는 빳빳한 편지의 모서리 부분을 계속해서 만지작거리고 있었다. 그곳에 자연스레 시선을 고정하고 있던 페이렌은 꽤 오래도록 망설인 끝에 입을 열었다.

"……엘시아 님."

문득 귓가에 울린 목소리에 엘시아가 고개를 들어 올렸다.

"렝리탄을 방문하실 생각입니까?"

"글쎄요. 아직 결정을 못 내렸어요."

"……그러시군요."

페이렌이 어색한 표정으로 입을 다물자, 엘시아는 다시금 고개를 내려뜨렸다.

'빨리 결정을 내려야 하는데…….'

엘시아는 아이작의 저택에 레븐과 같은 괴물이 여럿 살고 있다는 사실을 레븐에게 들어서 알고 있었다.

레븐이 말하길, 아이작은 제도와 렝리탄에 있는 저택에 괴물들을 머무르게 하고, 그들을 관리한다고 했다. 제도보다는 렝리탄의 저택에 훨씬 더 많은 괴물이 머무르고 있다고도 했다.

엘시아는 그들과 잠시라도 마주하고 싶지 않았다. 그러나 엘시아에게는 그곳에 가야만 하는 이유가 있었다.

'렝리탄으로 가. 가서 하이드를 찾아. 아홉 번째 개가 보냈다고 말하면 알아들을 거야.'

그래, 레븐이 분명 그렇게 말했다. 렝리탄의 저택에서 '하이드'를 찾으라고 했다. 그러니 렝리탄으로 가야 했다. 그러나 그렇게 생각하면서도 선뜻 결단을 내릴 수가 없는 건, 렝리탄이 제스아와 너무도 가깝기 때문이었다.

엘시아는 혹시라도 스위티아가 죽지 않고, 아직까지 살아 있을까 봐. 그래서 렝리탄에 갔다가 우연히라도 스위티아를 마주치게 될까 봐 두려웠다.

"아, 저택 밖에……."

그때 불쑥 끼어든 목소리가 엘시아를 상념에서 빠져나오도록 하였다.

"저택 밖에 대공 각하가 계십니다."

"한데 어찌하여 밖에 나와 계시는 건지……."

의아한 듯 혼잣말을 중얼거리는 페이렌을 뒤로하고 창밖으로 시선을 돌리자, 정말로 레오디안이 서 있는 모습이 보였다.

다만 레오디안은 혼자가 아니었다. 그는 조잘조잘 이야기를 하고 있는 리리엔을 내려다보고 있었다.

"리리엔과 함께 어딜 다녀오신 걸까요?"

"아, 그럴 수도 있겠군요."

곧 마차가 멈춰섰다. 엘시아는 페이렌과 함께 마차에서 내렸다. 그러자 리리엔이 기다렸다는 듯 엘시아의 품에 안겨 들었다.

"제도 구경은 재미있었어?"

"……아, 응. 재밌었어."

"다음에는 나하고 같이 가. 알았지?"

"그래, 알았어."

엘시아가 단순히 저택 근처 거리를 구경하고 돌아온 것이라고 철석같이 믿고 있는 리리엔은 오늘 엘시아와 함께 시가지를 구경하지 못한 것이 못내 아쉬운 듯했다.

"하아, 진짜…… 나도 같이 가고 싶었는데."

리리엔이 불퉁한 표정으로 투덜투덜 말을 이었다.

"언니도 없이 나 혼자 하루 종일 저택에 틀어박혀 있으려니까 너무너무 끔찍했어."

가만히 리리엔의 말을 귀 기울여 듣고 있던 엘시아는 고개를 갸웃했다. 방금 리리엔의 말에 의아한 구석이 있었다.

"방금 나갔다가 돌아온 거 아니었어?"

"응? 무슨 소리야. 나 계속 방 안에만 있었는데."

"……그럼 지금 여긴 왜 나와 있는 거야?"

리리엔이 대답을 하려는 듯 입을 벌렸을 때였다.

"생각보다 일찍 돌아왔군요."

"어……."

조금쯤 떨어진 곳에 서 있었던 레오디안이 어느덧 가까이 다가와 있었다. 순간 멈칫했던 엘시아가 이내 선선히 고개를 끄덕이며 대답했다.

"네, 리리엔도 보고 싶고 해서."

"식사는 하였습니까?"

"아뇨, 아직⋯⋯."

엘시아는 지금 이 상황이 어쩐지 조금 낯간지러운 것 같다는 생각을 했다. 그때, 엘시아의 허리를 감싸 안고 있던 리리엔이 돌연 엘시아의 품에서 벗어나면서 소리쳤다.

"아, 페이렌한테 꼭 하고 싶은 말이 있었는데 방금 생각났어!"

그러더니 페이렌을 향해 뛰어갔다. 페이렌이 얼떨떨한 표정으로 리리엔을 내려다보는데, 리리엔이 페이렌의 팔을 끌어당겼다. 그리고 페이렌을 이끌고 성큼성큼 앞서 걸어갔다.

그렇게 멀어지는 두 사람의 모습을 멍하니 바라보고 있는 엘시아의 귓가에 나지막한 목소리가 파고들었다.

"별일은 없었습니까."

"네, 특별한 일은⋯⋯."

엘시아는 언제나 그랬던 것처럼 아무렇지 않게 거짓을 말하려다가 멈칫했다. 어쩐지 이전과 달리 적당한 말로 둘러댈 수가 없었다. 왠지 그래서는 안 될 것 같았다.

스스로도 알 수 없는 마음의 변화에 곤란해진 엘시아는 눈을 내리뜬 채로 잠시간 고민을 하다가, 곧 차분하게 시선을 들어 올리면서 입을 열었다.

"기도실에서 신황 성하를 만났어요."

"⋯⋯그랬군요."

레오디안은 그다지 놀란 기색이 아니었다. 그 모습에 엘시아는 그가 이미 어느 정도 예상하고 있었는지도 모른다는 생각을 했다.

"그런데 손에 그건 뭡니까."

"아, 이거⋯⋯."

엘시아는 레오디안의 말에 여태 손에 들고 있던 초대장을 새삼스럽게 내려다보았다.

"만찬 초대장을 받았어요. 그런데 좀 먼 곳에 있는 저택이라서…… 갈지 말지는 아직 확실하게 정하지 못했어요."

"얼마나 먼 곳이기에."

이것까지 사실대로 말해야 할까. 순간 의문이 머릿속을 스치고 지나갔다. 하지만 엘시아는 이번에도 솔직하게 대답했다.

"저택이 렝리턴에 있다고 해요. 아마도 마차로 꼬박 하루는 가야 할 걸요."

괴물 마을에서 이곳까지 오는 데 그 정도의 시간이 걸렸다. 그러니 렝리탄도 비슷할 것이다.

"꽤나 먼 곳이긴 하군요."

레오디안은 알겠다는 듯 고개를 가볍게 한 번 끄덕였다. 그러고는 말했다.

"식사를 해야 하지 않겠습니까. 이만 안으로 들어가죠."

여상한 어투로 말을 맺은 레오디안이 걸음을 옮겼고, 엘시아는 그 자리에 못 박힌 듯 서서 다소 얼떨떨한 표정으로 레오디안의 뒷모습을 응시했다. 뭔가 이것보다는 좀 더 격한 반응을 보일 거라고 생각했는데…….

예상과 달리 레오디안의 반응이 너무 유순했다. 그에 엘시아가 멍하니 멀어지는 그의 뒷모습을 바라보고 있을 때였다.

레오디안이 문득 고개를 돌려 엘시아를 살피더니, 이내 미간을 좁히면서 완전히 몸을 돌렸다. 그러다가 어느 순간 믿을 수 없다는 듯 눈을 커다랗게 떴다. 그것이 여태 가만히 서 있는 자신을 의아하게 여겼기 때문이라 생각한 엘시아는 황급히 걸음을 뗐다. 그러나 엘시아가 레오디안에게 다가가는 것보다 그가 다가오는 걸음이 조금 더 빨랐다.

순식간에 거리를 좁힌 레오디안이 어째선지 당황한 기색으로 엘시아를 내려다보았다. 그 기색을 읽은 엘시아는 의아함에 고개를 갸웃했다. 이윽고 레오디안의 입술이 벌어졌다.

"어디 다쳤습니까?"

"……네?"

"어디 다쳤냐고, 물었습니다."

레오디안이 가볍게 턱짓하면서 그랬다. 엘시아는 그가 가리킨 곳으로 눈길을 내렸다. 그러자 길게 늘어져 있는 소매 끝에 붉은 자국이 보였다.

"아……."

그제야 레오디안이 무엇에 놀란 건지 알아차린 엘시아가 조그맣게 탄식을 내뱉었다.

소매에 피가 묻어 있었다. 신황과 대화를 나누던 중, 우악스레 손을 움켜쥔 탓에 생겨난 상처에서 흘러나온 피였다. 물론 상처는 아문지 오래였다. 그러나 빠른 치유력도 옷에 묻은 피까지 지워 내지는 못했다.

지금까지 엘시아 본인은 물론이고, 그 누구도 알아차리지 못했기 때문에, 그것을 지적해 준 사람은 당연하게도 아무도 없었다. 옷에 피가 묻었을 줄은 꿈에도 몰랐다.

다른 사람도 아니고, 하필이면 레오디안에게 들키다니. 엘시아는 어찌할 바를 모르고 그저 움칫거리기만 했다.

"어쩌다 다친 겁니까."

레오디안이 재차 물었다. 언뜻 걱정이 서려 있는 것도 같은 가라앉은 목소리에 엘시아는 조심스레 고개를 들었다.

방금까지만 해도 그의 눈동자에 어른거렸던 당황은 사라지고 어느덧 그 자리를 다른 무언가가 대신하고 있었다. 깊고 신중한 눈은 이제 눈앞의 상대를 염려하고 있는 것처럼 보였다.

그는 재차 물어 재촉하지 않았지만, 그 요요한 시선은 그녀가 대답하기만을 묵묵히 기다리고 있었다. 그에 한참 말문이 막혀 있던 엘시아가 가까스로 입을 열었다.

"……저도 지금 알았어요. 다친 기억은 없는데, 어째서 옷에 피가 묻어 있는 건지 모르겠네요."

"내가 잠깐 살펴봐도 되겠습니까?"

어차피 상처는 흔적 없이 사라졌을 것이다. 그렇게 생각하며 엘시아는 움직이지 않는 고개를 억지로 끌어내려 고개를 한 번 끄덕했다.

그러자 레오디안이 조심스러운 손길로 엘시아의 팔을 잡아 올리더니, 엘시아의 손을 가리고 있는 긴 소매를 걷어 올렸다. 그렇게 드러난 손이며 팔뚝을 한동안 유심히 살폈다.

엘시아가 마음만 먹는다면 금세 그의 얼굴을 만질 수 있을 정도의 거리였다. 레오디안은 그만큼이나 가까이 그녀의 손을 가져가선 관찰하듯 보고 있었다.

그래서인지 엘시아는 자신의 깡마른 손마디가 신경 쓰였다. 지금 이 순간 그가 자신의 손을 보지 못하도록 손을 뒤로 숨겨 버리고 싶다는 생각이 불쑥 머릿속에 의식의 흐름처럼 스치고 지나갔다.

"……상처가 없군요."

한참 만에 그렇게 말한 레오디안이 엘시아의 손을 천천히 놓아주었다.

"아무래도 다른 누군가의 피가 묻은 것 같은데. 혹시 그럴 만한 일이 있었습니까."

"……아니요, 딱히 기억나는 일이 없어요."

엘시아는 레오디안의 시선을 피해 눈길을 다른 곳으로 돌리면서 대답했다. 그러자 레오디안의 목소리가 살며시 내려앉았다.

"그렇군요."

"……."

"당신이 다친 게 아니라 다행입니다."

그 솔직한 말에 어떤 반응을 해야 할지 알 수 없어서 순간 멈칫했던 엘시아는, 곧 어색하게 웃으며 고개를 끄덕였다.

* * *

다음 날, 나긋한 오후. 엘시아와 리리엔은 정원에서 화관을 만들고 있었다.

정확하게는 엘시아가 화관을 만들고, 리리엔은 그 모습을 가만히 바라보고 있는 것이었다.

정원에 피어 있던 꽃들은 예전처럼 마냥 싱싱하지만은 않았다. 정원에 만발한 형형색색 꽃 중에는 시들시들한 꽃잎을 두르고 있는 꽃들이 간간이 있었다. 그리고 엘시아는 적당히 생기를 잃은 꽃을 엮어 화관을 만들었다.

"……다 됐다."

엘시아가 한참 만에 고개를 들어 올리면서 말했다. 그러자 리리엔이 냉큼 머리를 바싹 가까이 가져다 댔다. 그에 엘시아는 여태 집중해서 만들고 있던 화관을 리리엔에게 씌워주었다.

그리고 의미 없이 시선을 돌리다가, 멀찌감치 떨어진 곳에 서 있는 익숙한 두 사람의 모습을 발견했다. 레오디안과 로아나였다. 무언가 심각한 대화를 나누고 있는 건지, 두 사람의 기색이 영 심상치 않았다.

그를 눈치챈 엘시아가 아무래도 자리를 피해 주는 게 좋겠다는 생각을 했을 때였다. 문득 로아나와 눈이 마주쳤다.

엘시아와 시선을 마주치기 무섭게 표정을 굳혔던 로아나가 이윽고 엘시아를 향해 다가왔다.

"엘시아 님, 혹시 지금 시간 괜찮으세요? 잠깐 이야기를 좀 했으면 하는데……."

"네, 괜찮아요."

무슨 영문인지 알 수 없었지만, 엘시아는 망설이지 않고 선선히 대답했다.

* * *

엘시아가 로아나와 함께 침실로 오고 나서 시간이 꽤나 흘렀으나, 로아나는 그저 한참을 묵묵히 엘시아를 주시할 뿐, 여태 아무런 말도 하지 않고 있었다. 엘시아는 아까부터 로아나가 왜 이렇듯 심각한 기색인지 영 의아하였지만, 아무것도 묻지 않고 그저 잠자코 자리를 지켰다.

로아나가 기나긴 정적을 가르며 말문을 연 것은 그로부터 퍽 시간이 흐른 뒤의 일이었다.

"……엘시아 님, 어제 이롯타 신전을 방문하셨다고 들었어요."

한참 만에 입을 연 것이 무색하게도, 로아나는 한숨을 푹 내쉬더니 또다시 입을 꾹 닫고선 침묵했다. 말을 꺼내기를 주저하고 있는 듯한 모습이었다.

엘시아는 로아나를 재촉하는 대신, 앞에 놓여 있는 찻잔에다 설탕을 넣었다. 딱히 차를 마시고 싶은 건 아니었다. 자신이 다른 곳으로 신경을 돌리면 로아나가 마음 편하게 생각을 정리할 수 있을까 하는 생각이 들었기 때문이었다.

"무슨 말을 할지는 이곳에 오기 전에 다 정해 놓았는데……."

로아나가 입술 새로 한숨을 내보내고서는 말을 이었다.

"막상 말을 꺼내려니 입이 안 떨어지네요."

"전 괜찮아요. 편하게 말씀하세요."

어차피 남아도는 시간이었다. 그것을 로아나에게 쓴다고 해서 문제될 것은 없었다. 그렇게 생각하며 찻잔을 입가에 가져다 대는데, 로아나가 문득 크게 숨을 들이마시더니 이내 결심한 표정으로 말을 꺼냈다.

"엘시아 님, 신전에서 신황 성하를 만나셨죠?"

"네."

엘시아가 곧장 대답하자, 로아나도 주저하지 않고 물었다.

"대체 성하와 무슨 약속을 하신 건가요?"

전혀 예상하지 못했던 로아나의 말에 엘시아는 미처 놀라움을 감추지 못하고, 동요하는 마음을 그대로 다 드러내고 말았다.

"신황 성하께서 엘시아 님과 어떠한 약속을 하셨다고 해서요."

엘시아는 로아나가 오늘 저택을 찾아온 이유가 어쩌면 어제 자신이 신전을 방문해 신황을 만났다는 사실을 알게 되었기 때문인 것 같다고 짐작하고 있었다. 하지만 로아나가 신황과의 약속에 관하여 물어볼 줄은 조금도 짐작하지 못했다.

'설마…… 신황이 전부 이야기한 걸까?'

신황이라면 그럴 수도 있겠다는 생각이 들었다. 엘시아는 신황과 약속한 바를 로아나가 알고 있을지도 모른다는 생각에 두려워졌다. 그와 한 약속에는 엘시아의 정체와도 관련되어 있기 때문이었다.

마음 같아서는 이 자리를 벗어나고 싶었다. 하지만 그럴 수도 없었다. 이미 로아나가 제 의문을 내비친 상황이었다. 그런 상황에서 자리를 피하는 건 의심을 사는 꼴밖에는 되지 않았다.

'어떻게 하지, 어떤 식으로 대답을 해야 하지…….'

엘시아는 차마 로아나와 시선을 마주칠 엄두조차 내지 못한 채로 고민하고 또 고민했다.

그렇게 얼마나 고심하고 있었을까. 엘시아를 잠자코 바라보고 있던 로아나가 문득 정적을 깼다.

"……사실, 신전에 어떠한 신탁이 내려왔어요. 그 신탁을 어제 이롯타 신전에서 공표키로 되어 있었죠."

그제야 엘시아는 간신히 로아나에게 눈길을 주었다. 로아나는 가만 엘시아와 시선을 맞추고는 침착한 목소리로 말을 이었다.

"그런데 신황 성하는 축복 기도를 끝내고, 그냥 신전을 떠나 버리셨어요."

"……."

"모두가 당황했어요. 신황 성하가 계획과 달리 아무것도 하지 않으셨으니까요."

로아나는 어제 신전에서 일어난 일을 떠올렸다. 신황의 돌발 행동에 수행 신관은 물론이고 대신관들도 무척 경악하였으나, 애써 정신을 수습하곤 신황을 설득하기 위해 노력했다. 하지만 신황은 단호했다. 신관들이 어떤 말을 해도 마음을 돌리지 않았다. 결국 신황은 신탁을 공표하지 않고, 이롯타 신전을 떠났다.

역대 신황 중 그 누구보다도 간절히 권력을 원하고 있는 폴리이도스 3세가, 황실을 억누를 수 있는 기회를 스스로 놓아 버린 것이다.

물론 신황은 언제든지 신탁을 널리 알릴 수 있었다. 하지만 그것은 적어도 반년은 지난 뒤의 일일 터였다. 곧 건국제였고, 그 시기에 요헴의 지도자는 인지니움에서 단식기도를 해야 했으므로.

신황은 단식기도 기간 동안 인지니움에서 단 한 발자국도 나설 수 없었고, 그 누구와도 만나선 안 됐다.

그걸 신황이 모르고 있을 리 없었다. 지금이 아니면 반년이 지나서야 다시 금 기회가 찾아오리라는 사실을 모를 리 없었다. 때문에 이롯타 신전을 그냥 떠나려고 하는 신황을 보고도 도무지 믿을 수가 없었던 로아나는 신황에게 어째서 갑자기 마음을 바꾸었느냐고 물었다.

'대공저의 귀빈과 약속을 했기 때문입니다.'

'……무슨 약속이길래 그토록 염원하셨던 일을 미루십니까?'

'미안합니다, 로아나. 무엇을 약속했는지 말하지 않겠다고도 약속을 했어 요. 내가 귀빈과 한 약속은 그런 약속인 것입니다. 하여 그건 말해 줄 수 없겠습니다.'

로아나는 엘시아가 신황을 만나 약속을 했다는 사실보다, 그 약속을 신황이 지키려고 한다는 사실에 더욱 놀랐다. 신황은 모든 이들을 제 아래로 보는 사람이었다. 심지어는 이 암브로시우스 제국의 황제조차도 깔보았다.

"……신황 성하는 제게 무엇도 알려주지 않으셨습니다. 그런 약속이라면 서, 아무것도 말해 주지 않으셨어요."

하지만 무슨 약속을 했든, 그 약속 때문에 신황이 신탁을 공표하지 않은 것이리란 사실쯤은 어렵지 않게 짐작할 수 있었다.

"그러니 엘시아 님, 성하와 무슨 약속을 하셨는지 말해 주시면 안 될까 요?"

한편 내내 로아나의 말을 경청하고 있던 엘시아는, 신황이 약속을 지켰다는 사실과 로아나가 자세한 이야기는 모르고 있다는 사실에 크게 안도했다.

아직까지는 자신의 정체가 탄로 나지 않았다. 그것이 그 무엇보다도 다행 스러웠다. 엘시아는 한숨을 삼키며 로아나를 응시하였다. 로아나는 여전히 심각하게 굳은 표정으로 대답을 기다리고 있었다.

로아나가 어째서 이런 것을 물어보는지 이유를 모르지 않았다. 로아나는 아마도 자신이 걱정이 되어, 이렇듯 곧바로 저택을 찾아온 것일 터다.

엘시아는 아무런 이득을 얻을 수 없는데도 자신을 생각해 주는 로아나에게 진심으로 고마웠다. 하지만 그렇다고 해서 로아나에게 모든 사실을 털어놓을 수는 없었다.

"저는 리리엔을 지키고 싶어요. 그래서……."

죄송해요, 덧붙이는 목소리가 속절없이 떨렸다.

"저 역시도 어떤 약속을 했는지는 말할 수가 없어요."

단호한 대답에 로아나가 큰 충격이라도 받은 사람처럼 딱딱하게 굳은 채로 엘시아를 응시했다. 그 모습을 보니 마음이 영 불편했던 엘시아는 조용히 시선을 떨구었다.

그렇게 로아나와 엘시아 사이에 무거운 정적이 내려앉았다. 각자 야트막한 상념에 빠져들어 있던 탓에, 방 안에는 오래도록 고요한 숨소리만이 울려 퍼졌다.

그 영원할 것 같던 적막은 로아나의 조그만 혼잣말로 깨져 나갔다.

"……아가씨를 위해서 그러셨단 말이군요."

곧 로아나가 납득했다는 듯이 고개를 주억거렸다. 그런 뒤 화제를 돌렸다.

"신황을 직접 만나 보니 어떠셨어요?"

로아나는 엘시아가 오래도록 갇혀 지냈다는 사실을 알고 있었다. 하물며 신황은 신관이 아니고서야 자주 만날 수 없는 사람이었다.

"……제가 생각했던 모습하고는 조금 달랐어요."

곧 이어진 엘시아의 대답으로 로아나는 제 짐작이 틀리지 않음을 확인했다.

"직접 보니까 인간…… 아니, 사람 같지가 않다는 생각이 들더라고요."

다만 신황이 사람 같지 않았다는 말이 조금 의아했던지라, 로아나는 고개를 갸웃했다. 그러다가 로아나는 곧 조그맣게 탄성을 흘리며 고개를 끄덕거렸다.

신황은 달빛처럼 하얀 빛깔의 은발과 은안을 가졌다. 특히 그 은색 눈동자는 가까이서 보지 않는다면 어디를 주시하는지를 분명하게 알 수 없을 정도로 새하얬다. 하여 가만 생각해 보면, 엘시아가 그런 생각을 하게 된 것도 무리는 아니었다. 로아나가 살포시 미소를 띤 입술로 물었다.

"신황 성하가 아름다운 외모를 지니고 계시기 때문에 그런 생각을 하신 걸까요?"

"아뇨, 생김새 때문이 아니라……. 그냥, 느낌이 그랬어요."

"……느낌이요?"

예상과 다른 대답에 로아나가 또다시 고개를 모로 기울였다. 그러자 잠시 뒤, 엘시아가 혼잣말처럼 중얼거렸다.

"말씀하신대로 신황 성하는 분명 아름다운 분이셨지만……."

그마저도 엘시아는 말끝을 흐린 다음 쓰디쓴 웃음으로 얼버무렸다. 로아나가 의아함이 담긴 시선을 보내오고 있다는 걸 알지만, 엘시아는 조용한 미소를 지을 뿐 더 이상 말을 잇지 않았다. 그러자 다시금 방 안이 자연스레 적막에 휩싸이게 되었다.

* * *

엘시아는 로아나가 떠나고 나서도 한참 동안 홀로 침실을 지키다가, 하늘이 저녁때의 햇빛으로 물들었을 무렵에서야 복도로 나왔다.

"대신관과 무슨 이야기를 했습니까."

그때 문득 귓가를 파고든 목소리에 고개를 돌리자, 벽에 기대어 서 있는 레오디안의 모습이 눈에 들어왔다.

붉은 융단이 깔려 있는 복도에는 거무스레한 그림자가 져 있었다. 그곳에 서 있는데도 레오디안의 은색 머리칼은 유난히 돋보였다. 그를 바라보느라 엘시아는 조금 뒤늦게야 대답을 했다.

"……로아나 님께 아무런 말도 못 들으셨나요?"

"네, 못 들었습니다."

물어보지도 않았고, 레오디안이 가벼운 투로 그리 덧붙였고, 엘시아의 머릿속에는 의문이 스쳤다. 분명 아까 두 사람이 정원에서 대화를 나누고 있던 모습을 보았는데, 레오디안이 로아나에게 아무런 말도 듣지 못했다니…….

'그럼 그때 무슨 얘기를 했던 거지?'

그러나 그 의문은 머릿속에 오랫동안 머무르지 못했다. 레오디안이 불쑥 다른 물음을 꺼낸 탓이었다.

"신관이 돌아간 이후 계속 방 안에 있었던 겁니까?"

"네. 혼자서 생각할 게 조금 있어서……."

사실은 멍하니 앉아서 마냥 시간을 흘려보냈다. 그러다가 머지않아 저녁 식사 시간이 되리라고 인지하고 방에서 나온 것이었다.

"그런데 무슨 일이세요?"

엘시아가 눈앞의 남자를 물끄러미 올려다보며 물었다. 그러자 그가 짐짓 당황스럽다는 듯한 표정을 짓다가, 이윽고 고개를 돌렸다.

"……그냥 지나가던 길이었습니다."

그 뒤늦은 대답에 엘시아가 고개를 갸웃했다. 아까 벽에 기대어 서 있던 레오디안의 모습은 길을 지나가던 사람이라고 생각하기에는 조금 무리가 있었던 탓이다. 하지만 이내 의문을 머릿속에서 지워 낸 엘시아는 순수한 궁금증을 입 밖에 냈다.

"어디를 가시던 중이었어요?"

"……."

뜬금없는 정적이 찾아들었다. 그에 의아해진 엘시아가 레오디안을 가만히 올려다보았다.

입술을 꾹 다문 레오디안의 옆얼굴이 어째선지 좀 심각해 보였다. 그 모습에 엘시아는 방금 제가 한 말에 무슨 문제라도 있나 기억을 더듬었다. 그러나 딱히 짚이는 바는 없었다.

"이틀 뒤면 리리엔의 생일인데, 그 전에 상점가에 다시 한번 가 봐야 하지 않습니까."

그때 레오디안이 불쑥 말을 꺼냈다. 그 말에 엘시아는 잠시 잊고 있던 사실을 새삼스럽게 상기했다.

아직 무엇을 선물할지 제대로 결정하지 못했는데, 리리엔의 생일은 눈치채지 못한 사이 성큼 다가와 있었다. 시간이 너무도 빠르게 흐르는 것 같다는 생각을 하면서, 엘시아는 나직이 탄식했다.

"아…… 시간이 벌써 그렇게 됐네요."

"오늘은 이미 늦었고. 내일 함께 가는 게 어떻겠습니까."

어느 순간 비스듬히 고개를 비튼 채, 내내 어디 먼 곳을 응시하고 있던 레오디안의 시선이 닿아 왔다. 엘시아는 얼른 고개를 끄덕였다.

"네, 좋아요. 내일 같이 가요."

부디 내일은 뭐라도 하나쯤 살 수 있었으면 좋겠다. 그런 생각을 하는데, 레오디안이 입을 열었다.

"나는 이제 식당으로 내려갈 겁니다. 당신은?"

딱히 어디를 가야겠다 생각하고 나온 게 아니었던지라, 현재 엘시아에게는 목적지가 없었다. 때문에 잠시 망설였던 엘시아는, 이내 무언가를 떠올리고는 레오디안에게 조심스럽게 제안했다.

"저…… 대공님, 식당에 가기 전에 잠깐 저랑 같이 어딜 좀 다녀오는 건 어떠신가요?"

레오디안은 엘시아가 먼저 그런 제안을 해 올 줄은 꿈에도 몰랐다는 듯, 찰나 한쪽 눈썹을 들어 올렸다. 그러다가 이내 말없이 고개를 끄덕이는 것으로 대답을 대신했다.

현재 엘시아는 드물게 레오디안을 앞서 걷고 있었다. 그런 엘시아를 뒤따라 걸으면서, 레오디안은 그녀의 뒷모습을 조금 묘한 눈으로 바라보았다.

그것을 아는지 모르는지 엘시아의 걸음에는 망설임이 없었다. 그리고 레오디안은 엘시아에게 어디를 가는 거냐고 묻지도 않고, 그저 순순히 그녀를 따라갔다.

엘시아는 한 번을 뒤를 돌아보지 않고 거침없이 발걸음을 내디뎠다. 목적한 곳에 다다랐을 때에야 걸음을 멈추었다. 엘시아가 멈춰 서자 레오디안 역시 그녀를 따라 자연스레 멈춰 섰다.

엘시아가 레오디안을 이끌고 온 곳은 다름 아닌 저택 뒤편이었다. 정확히는 저택 뒤편에 있는 온실 앞에서 멈춰선 엘시아는 어딘가를 주의 깊게 살피고 있었다.

반면 레오디안은 실로 오랜만에 보는 온실의 외양을 무심한 시선으로 응시했다. 겨울에야 사용하는 온실은 현재 텅텅 비어 있는 채였다.

"저기 저쪽에 조그만 구멍 보이세요?"

레오디안은 엘시아가 가리킨 곳으로 시선을 옮겼다. 그곳에 정말 엘시아의 말대로 조그만 구멍이 나 있었다.

저 구멍을 어떻게 발견하게 된 건지는 몰라도, 아마도 엘시아는 저 구멍의 존재를 알려 주기 위해서 그를 이곳으로 데려온 듯했다. 빠르게 판단을 내린 그가 말했다.

"로이셀에게 보수를 하라고 지시하겠습니다."

"아니, 오히려 그러면 안 돼요."

엘시아가 화들짝 놀란 듯 눈을 커다랗게 뜨고선 손사래까지 쳤다.

"……그러면 안 된다니."

레오디안이 조금쯤 멍한 목소리로 엘시아의 말을 따라 읊조렸다. 그러자 엘시아가 제 설명이 부족했음을 깨닫고는 입을 열었다.

"저 구멍으로 강아지가 드나들더라고요. 그런데 구멍을 막으면 더 이상 드나들 수 없게 되잖아요."

엘시아가 차분하게 말하자, 그녀의 목소리에 가만 귀를 기울이고 있던 레오디안의 눈매가 가늘어졌다.

"……강아지가 있습니까?"

"네, 저도 얼마 전에 발견했어요."

레오디안이 관심을 보이는 것 같다고 생각한 엘시아가 조금 상기된 목소리로 말을 이었다.

"리리엔하고 서재에서 시간을 보내고 있는데, 어디선가 이상한 소리가 들리더라고요."

리리엔이 깨어나고 얼마 지나지 않았을 때의 일이었다. 리리엔과 함께 서재에서 편지를 읽던 중에 이상한 소리를 들었다. 혹시 괴물이 내는 소리인가 했으나, 그렇다기엔 아무런 기척도 느껴지지 않았다. 그러나 엘시아는 혹시나 하는 마음에 저택을 둘러보았고, 그러다 새까만 강아지 한 마리를 발견했다.

"그래서 저택을 한 번 돌아봤어요. 그러던 중에 또 소리가 들려서 봤더니, 여기에 강아지가 살고 있었더라고요. 근데 어미나 아비가 없는지 혼자서……."

아.

엘시아는 불현듯 나직이 탄식을 내뱉었다. 그런 다음 입을 꾹 다물었다. 구태여 하지 않아도 되는 이야기를 저도 모르게 마구 늘어놓고 말았다. 그것을 뒤늦게야 깨달은 탓이었다.

한편 거침없이 말을 잇던 엘시아가 갑자기 입술을 꼭 깨무는 모습을 목격한 레오디안은 짐짓 미간을 좁혔다.

레오디안은 방금까지 평소와 달리 조금 상기되어 있는 엘시아의 얼굴이라든가, 가느다란 음성이라든가, 그에 온전히 집중을 하고 있었던 참이었다. 그런데 뭐가 문제인지 엘시아는 갑자기 입을 닫아 버렸고, 이야기를 하는 내내 그를 바라보고 있던 시선 또한 이제는 언제 그랬냐는 듯 바닥을 향해 내리뜬 채였다.

그녀의 즐거움을 방해하고 싶지 않아 숨소리조차 단속하며 고요히 호흡하고 있었던 레오디안이었다. 그는 갑작스럽게 찾아든 지금의 정적이 조금도 반갑지 않았다.

"혼자서, 그리고 그 다음은 뭡니까."

그래서 레오디안은 물었다.

엘시아가 더 많은 이야기를 들려주었으면 했다. 지금처럼 위축이 된 모습으로 고개를 숙이고 있는 게 아니라, 그를 똑바로 바라보면서 하고 싶은 이야기를 마음 편히 했으면 바랐다.

그러면 그 어떤 하잘것없는 이야기라도 기꺼이 들을 준비가 되어 있었다.

애초에 엘시아와 함께 있을 때면 그 시간의 효용이나 가치 따위는 조금도 고려하지 않고 있는 그였다. 엘시아가 그를 황무지로 데려가든, 쓸데없는 이야기로 시간을 허비하게 하든, 그는 전혀 상관없었다.

"그 다음이 듣고 싶은데."

레오디안이 재차 말하자, 그제야 엘시아가 가까스로 고개를 들었다. 그리하여 비로소 드러난 그 창백한 얼굴을, 레오디안이 묵묵히 내려다보았다.

"그러니까 혼자서……."

엘시아는 입술을 또 질끈 깨물었다가, 간신히 입을 열어 말을 맺었다.

"혼자서 지내는 것 같았어요."

"그렇군요."

마치 잘했다고 칭찬이라도 하는 것처럼, 레오디안이 여러 번 고개를 끄덕여 보였다. 그 모습에 엘시아는 어쩐지 스스로가 어린 아이가 된 것만 같은, 그런 묘한 느낌에 사로잡혔다.

그래서인지 무슨 반응을 보여야 할지 알 수가 없고, 그저 당황스러웠다. 그때 레오디안이 대수롭지 않다는 듯 말했다.

"혹시 누군가 강아지의 존재를 눈치채지 못하고 구멍을 막을 수도 있으니, 로이셀에게 따로 일러두겠습니다."

"아, 네. 그게 좋겠어요."

엘시아는 애써 태연한 표정을 가장한 채로 고개를 끄덕였다. 여기까지 레오디안을 데려온 건 다름 아닌 자신인데, 계속 혼자만의 감정에 사로잡혀 있는 건 그에게 실례가 되는 행동이란 생각이 들었던 탓이다.

한편 어느 순간부터 두 사람을 멀찍이서 바라보고 있는 시선이 있었다.

"……아가씨, 왜 그러세요?"

리리엔은 의아한 듯 묻는 헤르테인의 목소리를 똑똑히 들었으면서도, 아무런 대답도 하지 않고 몸을 돌렸다. 그리고 빠른 걸음으로 그 자리를 벗어났다. 헤르테인이 황급히 리리엔을 뒤따라 걸었다.

"그냥 돌아가시게요? 저택 뒤편까지 돌아보신다고 하셨잖아요."

헤르테인은 어째서 갑자기 리리엔의 태도가 변한 건지 영문을 도통 알 수가 없었다.

리리엔은 고집스럽게 오직 앞만 보면서 걷고 있었는데, 그 표정이 아무래도 심상치가 않았다. 헤르테인은 리리엔을 조용히 따라서 걸으면서, 연신 리리엔의 기색을 살폈다.

침실에 도착했을 때에도 리리엔의 표정에는 변화가 없었다. 결국 헤르테인이 조심스러운 목소리로 물었다.

"아가씨, 무슨 일로 화가 나셨는지요?"

그러자 소파에 앉아서 한쪽 벽만을 뚫어지게 응시하고 있던 리리엔이 천천히 고개를 돌렸다.

"화난 거 아니야."

"……그러면 그냥 갑자기 기분이 조금 안 좋아지신 건가요?"

말없이 헤르테인을 응시하는 리리엔은 무섭도록 무표정했다.

잘 먹지를 못하고 자란 리리엔은 또래 아이보다 몸집이 작았다. 그래서인지 리리엔은 제 나이보다 적어도 두 살은 어려 보였다. 그런데 지금은 리리엔이 어린애처럼 보이지 않았다. 리리엔이 늘 그렇듯 웃고 있지 않은 탓일까.

"유모."

리리엔의 목소리 또한 평소와 달리 잔뜩 가라앉아 있었다. 때문에 잠시 멈칫했던 헤르테인이 조금 뒤늦게야 대답했다.

"네, 아가씨."

리리엔이 창가로 눈길을 돌렸다. 그러더니 물었다.

"유모한테 가장 소중한 친구에게 유모보다 더 좋은 친구가 생기면 기분이 어떨 것 같아?"

리리엔의 말은 직전 헤르테인의 질문에 대한 대답도 아니었을뿐더러, 상황에도 어울리지 않는 말이었다.

그렇기는 하지만, 아무런 이유 없이 묻는 말은 아닐 것이다. 헤르테인은 신중하게 말을 골랐다. 그러느라 얼마간의 시간이 흐른 뒤에야 리리엔에게 대답할 수 있었다.

"물론 처음에는 당연히 조금 서운하고, 또 슬프겠지만…… 나중에는 기쁠 것 같아요. 제 소중한 친구에게 좋은 친구가 생긴다면, 제게도 좋은 일일 테니까요."

헤르테인이 말을 끝맺자, 한동안 아무런 말없이 창밖만을 바라보던 리리엔이 문득 말을 툭, 내뱉었다.

"지금 내 기분이 그래."

분명히 기쁜 일인걸 아는데도 슬펐다. 리리엔이 바라던 일이었다. 이런저런 일을 꾸밀 만큼. 그런데도 리리엔은 고작 이 정도로 슬퍼하는 스스로가 미웠다. 단단히 결심했다고 생각했는데, 결국 이 모양이었다.

"……시간이 지나면 괜찮아지겠지."

"네, 그럼요."

그래, 그럴 거다. 비록 아직은 좀 혼란스럽지만, 시간이 지나면 다 괜찮아질 거다.

* * *

"……그래서 신황이 아직도 엘타이라 신전에 틀어박혀 있다고?"

하일롭이 어이가 없다는 표정으로 묻자, 그의 앞에 공손한 모습으로 서 있던 사내가 곧장 대답했다.

"예, 그렇습니다. 신전 밖으로는 단 한 걸음도 나오지 않고 있다 합니다."

"그래? 그거 정말 이상한 일이군."

하일롭이 입가를 가만가만 쓸면서 생각에 잠겼다.

신황이 신탁을 공표하리라는 사실을 세작에게 들어 알고 있었다. 그런데 신황은 신탁의 존재를 알리지 않았을 뿐만 아니라, 그가 제도를 방문할 때면 늘 머무르고는 하는 엘타이라 신전에 틀어박힌 채로 두문불출 하고 있었다.

"세작이 내게 거짓말을 하였을 리는 없는데……."

신황의 꿍꿍이속이 대체 무엇인지 지금처럼 궁금했던 적이 없었다. 하일롭은 미간을 찌푸린 채, 손으로 관자놀이를 지압했다. 혹시 축제가 끝나는 날까지 계속 신전 안에만 있을 생각인 건가.

"방심하지 말고 계속 지켜봐."

"예, 전하."

하일롭은 신황이 신탁을 공표한 이후의 일을 대비해둔 지 오래였다.

그러나 만약 이대로 신황이 신탁을 드러내지 않는다면, 하일롭이 계획해둔 모든 일은 당연하게도 모조리 쓸모없어질 터였다.

그 신황이 이런 기회를 놓칠 리 없었다. 그러므로 계획은 모조리 순조롭게 실행할 수 있을 것이다. 애써 그렇게 생각하는 한편, 하일롭의 머릿속에 그다지 유쾌하지 않은 예감이 스쳤다.

그에 하일롭의 미간 사이 주름이 좀처럼 펴지지 않고 있는데, 내내 옆에서 잠자코 상황을 지켜보고 있던 아이작이 침묵을 깨고 불쑥 말을 꺼냈다.

"제가 신황을 한번 찾아가 볼까요?"

"……그대가?"

하일롭이 반쯤 숙이고 있던 고개를 들어 올려 아이작을 응시했다. 그렇게 하일롭의 시선을 받은 아이작이 어깨를 으쓱했다.

"그저 손을 놓고 가만히 지켜보는 것보다, 대체 무슨 생각으로 입을 닫고 있는지 가볍게 떠보는 편이 훨씬 낫지 않겠습니까."

하일롭이 진지하게 아이작의 말을 고려해 보았다. 그러는 동안 아이작은 잠자코 하일롭이 생각을 끝맺기를 기다렸다. 기다림은 길지 않았다.

"아니, 일단은 가만히 두고 보는 게 낫겠어."

하일롭은 곧 결정을 내렸고, 아이작은 늘 그랬듯 하일롭의 말에 순종했다.

"뭐, 전하께서 그렇게 생각하신다면야."

혼잣말처럼 읊조린 아이작이 자리에서 일어났다. 진작에 볼일을 끝냈으니, 더는 쓸데없이 시간을 지체하지 않고 이쯤에서 돌아갈 요량이었다.

"그럼 저는 이만 가보겠습니다, 전하."

"그러도록."

하일롭의 허락에 아이작은 주저하지 않고 몸을 돌렸다. 그리고 망설임 없이 막 방을 빠져나와, 문을 닫았을 때였다.

"히치콕 백작."

아이작은 익숙한 목소리를 듣고서 뒤를 돌아보았다.

"왜 이렇게 오래 걸린 거지? 대체 형님과 무슨 이야기를 했길래."

"……2황자 전하."

아이작은 애써 미소를 지었지만, 예상치 못하게 맞닥뜨린 로지안이 반가울 리 없었다. 때문에 억지로 끌어 올린 입꼬리가 미세하게 경련하고 있었다.

"한데 호위 하나 대동하지 않으시고, 홀로 이곳에서 무엇을 하고 계셨습니까?"

자그마치 황자씩이나 되어서 몰래 이야기를 엿듣고 있었던 것은 아닐 테고. 뒷말을 삼킨 아이작은 미묘하게 가늘어진 눈을 하고선 로지안을 바라보았다.

"백작에게 물어보고 싶은 것이 있어서 기다리고 있었다."

예상 밖의 말이었는지 아이작의 낯이 조금쯤 딱딱하게 굳어지자, 로지안은 이때를 놓치지 않겠다는 듯 빠르게 쏘아붙였다.

"왜, 나한테는 잠시도 시간을 할애하기가 싫은가?"

"……그럴 리가요. 오해십니다, 전하."

아이작은 그의 앞을 막아선 로지안이 무척이나 짜증스러웠지만, 험악하게 일그러지려는 표정을 애써 단속한 다음 퍽 정중한 태도를 취하였다. 그런 그의 모습은 적어도 겉보기엔 황가에 충성하는 신하같이 보였다.

"무엇이든 물어보시지요. 성실히 답하겠습니다."

"그리 말해 주니 고맙군. 하여 마음 편히 묻겠네."

로지안이 성큼 아이작에게 다가서면서 말을 이었다.

"자네가 어제 이롯타 신전을 다녀왔다 들었어."

"예, 그렇습니다."

아이작이 선선히 대답하였다. 애초에 숨기려고 한다고 해서 숨길 수 있는 일도 아니었다. 숨길 생각 또한 없었고.

"그리고 그곳에서 아리테스 남작 영애를 만났고."

그러나 이어진 로지안의 말에는 선뜻 대답을 할 수 없었다. 아이작은 찰나 동요를 감추지 못했다. 로지안이 어찌하여 지금 이 시점에서 엘시아의 존재를 거론하는지 이유를 알 수 없었다.

"전하께서 제게 물어보고 싶다는 것이……."

"그래, 다름 아닌 아리테스 남작 영애에 관한 것이네."

로지안이 단호하게 말허리를 잘랐다. 아이작은 긁어 부스럼을 만들게 될지 언정 자리를 피할 것을 그랬다고 후회했다.

"……안타깝게도 전하, 저도 그녀를 잘 알지 못합니다."

아이작은 난처하다는 듯 웃으며 발을 뺐다. 그럼에도 불구하고 로지안은 물러서지 않았다. 아마도 아이작의 말을 조금도 신뢰하지 않는 듯했다.

"그렇다면 자리를 마련해 줘."

"……무슨."

"그 여자를 직접 만나 물어봐야겠어."

로지안이 단호한 표정으로 못 박았다. 그에 아까부터 아이작이 간신히 가장하고 있던 부드러운 낯이 서서히 굳어 갔다.

"왜 이런 부탁을 하시는지 이유를 모르겠습니다."

"이유를 알면, 내 부탁을 들어줄 건가?"

"……."

아이작은 퍽 날카로운 시선으로 말없이 로지안을 뚫어지게 주시하였다.

눈앞의 어리석은 사내가 대체 무슨 생각을 하고 있는지는 모르겠다. 무슨 생각으로 감히 그런 부탁을 하는 건지, 그는 쉽사리 짐작할 수 없었다. 하지만 단 한 가지 분명한 건, 이 사내가 제게 조금의 위협도 되지 못한다는 사실이었다.

"알겠습니다, 전하. 그리하겠습니다."

금세 여유를 되찾은 아이작이 평소처럼 권태로운 미소를 지으며 말을 이었다.

"제가 아리테스 남작 영애에게 연락해 보지요."

"……진심인가?"

로지안은 도무지 믿을 수 없다는 듯 눈매를 좁혔다. 아이작은 여상스럽게 로지안의 시선을 마주하였다. 그러면서 입을 열었다.

"물론, 진심입니다."

"하면 내가 언제쯤이면 그녀를 만날 수 있지?"

"그녀와 연락이 닿는 대로 전하께 곧장 고하겠습니다."

아이작의 순순한 대답에 로지안은 깊은 생각에 잠기기라도 한 것처럼, 짐짓 가라앉은 얼굴로 정적을 지켰다. 그러다가 문득 침묵을 갈랐다.

"……좋아."

로지안이 고개를 가볍게 까딱였다. 그 아무런 의미 없는 몸짓을 놓칠 새라, 아이작이 눈 한번 깜빡이지 않고 바라보고 있을 때였다. 로지안이 다시금 불쑥 말을 꺼냈다.

"백작의 말을 믿고 기다리고 있겠어."

"예, 최대한 빠른 시일 내 전하를 알현하려 입궁하겠습니다."

마치 그 말의 진위를 가려내 보겠다는 듯 잠시간 아이작에게 시선을 고정한 채로 침묵하던 로지안이 이윽고 적막을 깨고 선언하듯 말했다.

"오늘은 이만 가 보아도 좋네."

"예, 전하."

아이작은 로지안을 향해 환한 미소를 내보였다. 그러나 그 미소는 로지안이 아이작에게서 몸을 돌린 순간, 기다렸다는 듯 자취를 감추었다.

그렇게 싸늘해진 낯으로, 아이작은 서서히 멀어지는 로지안의 뒷모습을 원수 보듯 노려보았다. 로지안이 끝내 시야에서 완전히 사라져 버릴 때까지 시선을 떼지 않았다.

그러느라 그 자리에 못 박힌 듯 서 있던 아이작이 발걸음을 뗀 것은 꽤 오랜 시간이 흐른 뒤의 일이었다.

8. 서로에게 스며드는

엘시아와 리리엔은 이른 점심을 먹고 나서 곧장 식당을 나섰다. 그런 두 사람의 걸음이 향한 곳은 다름 아닌 저택의 뒤편이었다.

저택 뒤편은 커다란 온실 외에는 딱히 이렇다 할 것이 존재하지 않아 퍽 황량한 분위기가 감돌고 있었다. 그럼에도 불구하고 두 사람이 이곳을 찾아온 건, 다름이 아니라 온실 안에 살고 있는 조그만 생명을 만나기 위해서였다.

이는 엘시아가 먼저 제안한 일이었다. 사실 리리엔은 진작부터 온실에 살고 있는 까만 강아지의 존재를 알고 있었다. 거의 매일같이 저택 곳곳을 탐방하고 다녔기에 모르려야 모를 수가 없었다. 하지만 리리엔은 아무것도 모르는 척, 눈을 휘둥그레 떴다.

"엄청 귀엽게 생겼어."

리리엔이 감탄을 하며 말하자, 엘시아가 고개를 끄덕였다.

"네가 좋아할 것 같았어. 그래서 꼭 보여 주고 싶었어."

무척 다정한 목소리였지만, 리리엔은 저도 모르게 표정을 굳혔다. 그도 그럴 게 리리엔은 어제 엘시아가 레오디안을 이곳에 데려왔다는 사실을 알고 있었다.

자신이 아닌 다른 누군가에게 먼저 좋은 것을 주거나, 좋은 곳에 데려가 주는 엘시아. 리리엔이 생전 처음 보는 모습이었다. 그게 무척 속상하고 섭섭한 일이라는 사실 또한 리리엔은 처음으로 깨달았다.

　당연한 일이었다. 이전까지 엘시아는 리리엔 외에는 그 누구와도 깊은 관계를 맺은 적 없었고, 엘시아는 언제나 리리엔을 우선순위에 두었다.

　그런 엘시아가 어제 레오디안과 묘한 분위기 속에서 대화를 나누던 모습은 리리엔에게 꽤나 충격적으로 다가왔다. 그 모습을 보고 나니, 비록 지금은 아니지만 언젠가는 엘시아에게 자신보다 더 중요한 존재가 생길 것 같다는 예감이 들었기 때문이었다.

　엘시아가 이곳에 적응해서 잘 지내기를 누구보다도 바랐었는데, 그래서 모든 일을 계획한 건데…….

　도대체 어째서 자꾸 이런 쓸데없는 생각을 하고, 또 우울해하는지 모를 일이었다. 리리엔은 조그맣게 한숨을 내쉬면서 애써 어제의 기억을 털어 냈다. 그러자 때마침 엘시아의 목소리가 귓가에 파고들었다.

　“……계속 여기서 이렇게 혼자 지내다가 무슨 병에 걸리지는 않을까?”

　버려지듯 방치되어 있는 온실인지라, 밖이나 다름없는 곳에서 지내고 있는 조그만 강아지가 퍽 걱정스러운 듯했다. 리리엔은 엘시아에게 시선을 고정한 채로 잠시 고민하다가 입을 열었다.

　“음, 날이 따듯하니까 괜찮을 것 같은데.”

　“그러면 혹시 저보다 더 커다란 개한테 물리면 어떡해?”

　높다란 담장으로 둘러싸인 저택일진데, 커다란 짐승이 어떻게 안으로 들어올 수 있을까. 이 작은 강아지가 저택에 들어와 살고 있다는 사실만해도 퍽 놀라운 일이었다.

　하물며 만에 하나 아주 우연히 큰 짐승이 저택 안으로 들어오더라도, 사용인들이 알아서 쫓아낼 것이다. 불쑥 그런 생각이 머릿속을 스쳤으나, 속으로만 생각할 뿐이었다. 리리엔은 영 염려스럽다는 듯 구멍 안을 들여다보고 있는 엘시아를 가만 주시하다가 말했다.

"내가 레오디안한테 물어볼까? 내 방에서 강아지 키워도 되냐고."

엘시아가 순간 혹한 표정을 지었으나, 이는 실로 찰나의 일이었다. 이내 엘시아가 어두워진 낯으로 혼잣말처럼 중얼거렸다.

"……그랬다가는 엄마 개가 이 애를 찾으러 왔다가 그냥 돌아가 버릴 수도 있잖아."

일리 있는 말이었다. 리리엔은 어떻게 해야 엘시아가 마음을 놓을 수 있을까, 짐짓 심각하게 고민했다. 그러다가 머지않아 적당한 해결점을 찾아냈다.

"그럼, 여기다가 집을 만들어 주는 건 어때?"

"……여기에 집을 만들어 주자고?"

"응. 그러면 춥지도 않을 거고, 혹시나 비를 맞을 일도 없을 테니까 병에 걸리지도 않겠지. 또 엄마 개가 오더라도 상관없을 테고."

엘시아가 나직이 탄성을 내뱉었다. 리리엔이 떠올린 해결 방안이 이번에는 썩 마음에 든 것 같았다.

"진짜 좋은 생각이다, 리리엔."

아무래도 정말 그러는 편이 좋겠어. 엘시아가 혼자서 나지막이 읊조렸다.

한편 리리엔은 여태 쭈그리고 있던 다리를 쭉 펴고 섰다. 그런 다음 엘시아를 향해 손을 내밀었다.

"자, 그럼 해결된 거지?"

리리엔은 엘시아의 손을 잡아 그녀를 일으키면서 말을 이었다.

"그러니까 이제 걱정은 그만하고, 외출할 준비 하러 가자."

리리엔의 손에 이끌려서 얼떨결에 자리에서 일어난 엘시아는 그제야 레오디안과의 약속을 상기했다. 레오디안과 함께 다시금 상점가를 방문하기로 한 날이 바로 오늘이었다.

"나는 오늘 일찍 잘 거니까, 내 걱정은 하지 말고 맘껏 놀다가 와."

리리엔은 어째선지 엘시아에게 어디를 가냐고 묻지도, 자신도 데려가라고 말하지도 않았다. 그것이 의아했던 엘시아가 리리엔을 가만 바라보는데, 리리엔이 불현듯 입꼬리를 한껏 끌어 올려 웃으며 말했다.

"둘이서 아주 오붓하게, 질릴 정도로 실컷 데이트를 하고 오란 말이야. 알았지?"

데이트라니, 엘시아가 멍하니 입술을 벌렸다. 그 넋이 나간 표정에 소리 죽여 웃은 리리엔이 이윽고 엘시아를 이끌고 성큼성큼 걸음을 옮겼다.

* * *

리리엔이 엘시아를 침실 안으로 떠밀고 사라진 뒤, 홀로 남겨진 엘시아는 한동안 그 자리에 멍하니 서 있었다. 그러다가 이제는 정말 준비를 해야 한다는 생각에 미쳤고, 그제야 엘시아는 가까스로 정신을 차리고 옷장을 열었다.

옷장은 온통 무채색으로 가득했다. 그게 꼭 저 같다는 생각을 하면서, 엘시아는 어떤 옷을 입고 가야 할지를 꽤나 진지하게 고민했다.

원체 스스로의 겉모습이나 옷차림에는 큰 의미를 두지 않는 엘시아였다. 그랬기에 그녀가 지금처럼 옷장 앞에서 시간을 허비하는 건 무척이나 드문 일이었다. 그러나 지금, 엘시아는 시간을 들여 가며 신중히 옷을 고르고 있었다.

그도 그럴 것이, 엘시아는 일전 상점가를 방문했을 때, 레오디안의 차림새가 어떠했는지를 또렷하게 기억하고 있었다. 그때 그는 누가 보더라도 유난히 신경을 쓴 듯한 모습을 하고 있었다.

그래서인지 엘시아는 어쩌면 오늘도 레오디안이 그때처럼 단정한 차림으로 저택을 나설지 모른다 짐작하게 되었다. 엘시아가 평소와 다르게 오랜 시간 주의를 기울여 옷을 고른 다음에야 침실을 나선 것은 바로 그 때문이었다.

"많이 피곤해 보입니다."

불쑥 정적을 깬 나지막한 목소리에 순간 멈칫했던 엘시아가 이내 그의 물음을 그대로 되돌려 주었다.

"……대공님은 피곤하지 않으세요?"

레오디안이 묵묵히 고개를 끄덕였다. 곧 엘시아는 레오디안에게서 시선을 떼어 내, 눈길을 돌리면서 조그맣게 한숨을 내쉬었다.

방금까지 쉬지 않고 상점가를 돌아다녔으나, 이번에도 엘시아는 좀처럼 선물을 고르지 못했다. 그 사이 해는 뉘엿뉘엿 저물어, 어느덧 하늘에는 어스름한 어둠이 걸려 있었다.

이러다 오늘도 아무것도 사지 못하고 돌아가는 게 아닐지 걱정이 되었다. 엘시아는 입술 사이로 다시금 한숨을 내어놓았다.

현재 엘시아는 레오디안과 함께 디저트 숍의 프라이빗 룸에 앉아 있었다. 그리고 두 사람 사이에 놓인 테이블 위에는 차와 다과가 올라가 있었다. 하지만 두 사람 중 어느 한 사람도 전혀 손을 대지 않은 탓에, 차와 다과는 종업원이 내어온 이래 조금도 줄어들지 않은 상태였다.

한참 의미 없이 허공 어딘가에 시선을 두고 있던 엘시아가 이내 다시 레오디안을 바라보았다. 레오디안은 무슨 생각을 하고 있는지 알 수 없는 무덤덤한 표정으로 테이블 한편을 내려다보고 있었다. 그를 향해 엘시아가 물었다.

"……대공님은 무엇을 살지 정하셨나요?"

레오디안은 잠시 고민하는 듯한 기색으로 말이 없더니, 조금 뒤 천천히 입을 열었다.

"생각해 봤는데……."

말을 늘인 그가 푸른 눈으로 엘시아를 직시하며 말을 이었다.

"리리엔이 내게 바랄 만한 건 단 하나밖에 없더군요."

리리엔이 레오디안에게 바라는 단 하나. 그것이 무엇인지 엘시아는 전혀 짐작할 수 없었으나, 레오디안은 다른 듯했다.

"그래서 난 리리엔이 바라는 것을 선물로 줄 생각입니다."

엘시아는 레오디안이 리리엔에게 무엇을 줄지 이미 정해 놓았으면서, 어째서 오늘 자신과 상점가를 방문했는지 의아해졌다. 그러나 그것도 잠시, 이내 엘시아는 다른 의문을 입 밖에 냈다.

"……그런데 왜 아직 아무것도 사지 않으셨어요?"

그도 그럴 것이 무엇을 선물할지 정했다면서, 레오디안은 엘시아가 그렇듯 빈손이었다.

"이곳에서 살 수 있는 게 아니기 때문입니다."

"그럼 어디서 살 수 있는데요?"

그 의문스러운 시선을 마주한 레오디안이 곧장 대답했다.

"정확히 말하자면, 그 어디에서도 살 수 없습니다. 돈으로 살 수 있는 물건이 아니기에."

……돈으로 살 수 없다고?

순간 자연스럽게 머릿속을 스친 의문에 엘시아가 고개를 갸웃했다. 사람마저도 돈으로 살 수 있는 세상이었다. 엘시아가 아는 한, 이 세상에 돈으로 살 수 없는 것은 없었다. 때문에 레오디안이 리리엔에게 무엇을 선물로 주려는 심산인지 전혀 짐작이 안 갔다.

"차를 다 마시고 나서 다시 거리를 돌아보죠."

그때 레오디안이 화제를 돌렸다.

"아까 보석상에서 무언가를 유심히 보는 것 같던데, 그곳을 다시 가 보는 것도 좋겠고."

엘시아가 조금 뒤늦게야 고개를 끄덕이자, 엘시아의 반응을 확인한 레오디안이 이제까지는 전혀 손을 대지 않고 있었던 찻잔을 들어 올려 입가 가까이 가져다 댔다. 그 모습에 엘시아도 찻잔을 손에 쥐었다.

그렇게 두 사람은 한동안 적막 속에서 차를 마셨다. 문득문득 시선이 마주치고는 했으나, 두 사람은 마치 미리 약속이라도 한 것처럼 정적을 지켰다.

서로의 숨소리만이 오고가며, 오직 그만을 들을 수 있는 시간이 오래도록 이어졌다.

그리고 어느 순간 두 사람의 입가에 잔잔한 미소가 걸렸다. 주위에 스민 고요함을 차와 함께 기껍게 들이마셨다.

* * *

그 시각, 리리엔은 헤르테인과 함께 저녁을 먹고 침실로 돌아와 멍하니 시간을 흘려보내고 있었다.

잠자리에 들기에는 퍽 이른 시간이었다. 하지만 리리엔은 진작 목욕을 마치고 잠옷으로 갈아입은 뒤, 소파에 몸을 파묻듯이 기대어 앉은 채였다.

"아가씨, 동화책을 읽어드릴까요?"

헤르테인이 조심스럽게 물었다. 리리엔은 헤르테인의 제안을 잠시 고민하는 듯하더니, 이내 고개를 저었다.

"아니, 동화책 말고 편지 읽을래."

아직 읽지 않고 쌓아 둔 편지가 있었다. 굳이 읽지 않더라도 그 내용은 충분히 짐작할 수 있었지만, 리리엔은 자신에게 온 편지를 다 읽어 볼 생각이었다. 그리고 편지를 추려, 그나마 괜찮아 보이는 파티에도 참석해 볼 요량이었다.

엘시아가 바라는 일이니까. 엘시아가 자신이 친구를 사귀기를 바라니까. 그러니까 리리엔은 엘시아가 바라는 대로 편지를 읽고, 파티에 가고, 친구를 사귈 생각이었다.

"……정말요? 편지 읽기 싫어하셨잖아요."

"이제는 안 싫어."

리리엔이 가볍게 대답하자, 곧 헤르테인이 서재에서 편지를 가져왔다. 리리엔은 제일 먼저 눈에 띈 편지 하나를 집어 들었다. 그리고 편지를 빠르게 읽어 내려갔다.

미사여구로 치장된 문장들을 읽고 있으려니, 눈이 피곤할 뿐만 아니라 수마까지 찾아들었다.

그러나 리리엔은 꿋꿋하게 앉아서 편지를 하나하나 열어보았다. 그러기를 엘시아가 바라니까. 자신이 평범하게 살기를, 엘시아가 원하니까.

* * *

엘시아와 레오디안은 거리에 줄지어 늘어서 있는 가게 몇 군데를 돌아본 끝에, 처음 상점가에 도착했을 때 들렀던 보석상을 다시금 찾아왔다.

아까부터 엘시아는 반지와 목걸이가 진열되어 있는 유리장을 유심히 들여다보는 중이었고, 레오디안은 그런 엘시아를 주시하고 있었다.

유리장에서 좀처럼 시선을 떼지 못하는 게, 아무래도 진열되어 있는 무언가가 마음에 든 듯했다. 그렇게 짐작한 레오디안이 한참 만에 침묵을 깨고 입을 열었다.

"어떤 것이 마음에 듭니까?"

그제야 엘시아가 눈길을 돌렸다. 곧장 푸른 눈동자를 맞닥뜨린 엘시아는, 잠시 그렇게 그를 바라보다가 이내 방금까지 눈에 담고 있던 유리장에 다시금 시선을 주었다.

엘시아가 보고 있던 건 목걸이였다. 어딘지 눈에 익은 목걸이에는 커다란 보석이 박혀 있었다. 바다를 직접 본 적은 없지만, 어쩐지 바다를 떠올리게 하는 푸른 보석이었다.

리리엔의 눈동자가 떠오르게 하는 보석이다. 엘시아가 한참을 시선을 고정하고 있었던 이유였다.

딱히 목걸이를 사려는 생각을 한 것은 아니었다. 아니, 사실은 사고 싶어도 살 수 없다는 게 맞았다.

리리엔은 언제나 호박 목걸이를 목에 걸고 있었다. 리리엔에게 무척 소중한 목걸이였다. 그 사실을 알고 있으면서, 리리엔에게 목걸이를 선물하는 건 어리석은 짓이었다.

그런 생각에 엘시아가 레오디안에게 다른 가게를 가보자는 말을 꺼내려 하였을 때였다.

"마음에 드는 게 아니라……."

"실로 보는 눈이 있으십니다!"

문득 엘시아의 말을 가로막은 목소리가 있었다. 엘시아가 의아한 표정으로 고개를 돌렸다. 그러자 환하게 웃고 있는 남자가 보였다.

"그 목걸이에 달려 있는 것은 남쪽에서 산출되어 온 최상급의 라피스라

줄리입니다."

엘시아와 레오디안이 함께 가게 안으로 들어섰을 때부터 두 사람을 유심히 지켜보고 있었던 보석상이 재빨리 엘시아에게 다가서며 설명을 덧붙였다.

"아주 귀하고 값비싼 보석이지요. 꺼내어 보여 드릴까요? 가까이서 보시면 그 진가를 확실하게 아실 수 있을 겁니다."

빠르게 쏟아지는 목소리에 엘시아는 어찌할 바를 모르고 남자를 바라보았다. 그러다가 힐끔 레오디안을 올려다보았는데, 레오디안은 잠자코 지켜보고만 있을 뿐이었다. 결국 엘시아가 곤혹스러운 목소리로 말했다.

"아……. 그런데 저는 목걸이를 사려는 게 아니라서요."

"원하시면 반지로도 제작해 드릴 수가 있습니다."

그 말에 엘시아는 저도 모르게 멈칫했다.

"……반지요?"

"예, 그렇습니다. 이와 똑같은 보석으로 반지를 만들 수 있지요."

엘시아는 리리엔의 손가락에는 아무것도 끼워져 있지 않다는 사실을 상기했다. 반지라면 괜찮을 것 같았다. 하지만 반지를 만드는 데 걸릴 시간이 마음에 걸렸다. 그런 생각에 엘시아가 선뜻 결정을 못하고 망설일 때였다.

내내 엘시아의 표정을 면밀히 살피고 있던 레오디안이 한 마디를 툭 내뱉었다.

"주문을 의뢰하겠네."

"예! 이쪽으로 오시죠."

보석 장수가 환한 얼굴로 냉큼 고개를 끄덕이더니, 두 사람을 곁방으로 안내했다.

* * *

엘시아는 레오디안의 도움으로, 나름대로 순조롭게 선물을 고르고 저택으로 돌아왔다.

단지 저택으로 돌아오는 내내 레오디안은 무슨 고민이라도 하는 건지 아무런 말이 없었다. 그 모습에 엘시아는 오직 자신만이 오늘 외출을 순조롭다 느꼈는지 고민해야 했다.

일전 엘시아가 상점가에서 레븐의 기적을 읽었을 때, 그때 레오디안과 함께 저택으로 돌아오면서 단 한 마디를 하지 않았던 것처럼. 레오디안은 침묵을 지켰다.

그리고 그 침묵은 저택 안으로 들어섰을 때도 마찬가지로 계속 이어졌다. 그렇게 한 마디도 나누지 않으며 밤이 한창인 어둑한 복도를 지나, 비로소 침실 앞에 다다랐을 때였다.

엘시아가 걷는 속도에 맞추어 발을 내딛고 있던 레오디안이 불현듯 우뚝 멈춰 섰다.

엘시아는 뒤이어질 일을 알고 있었다. 레오디안은 늘 그랬듯이 엘시아에게 밤 인사를 건네고 난 뒤, 그의 침실로 돌아갈 것이다.

"손을 내밀어 보십시오."

그러나 레오디안은 밤 인사가 아닌, 뜬금없는 요구를 해 왔다. 의아해진 엘시아가 그를 물끄러미 올려다보았다.

엘시아는 레오디안에게 갑자기 왜 그러냐고 물으려다가, 이내 말없이 순순하게 손을 내밀었다. 그러자 레오디안이 엘시아가 펴 보인 손바닥 위로 무언가를 올려놓았다.

별다른 생각 없이 시선을 내린 엘시아는 곧, 제 손에 놓인 것을 확인하고는 믿을 수 없다는 듯 눈을 크게 떴다.

"이건……."

레오디안이 방금 엘시아에게 건넨 건, 엘시아가 리리엔을 처음 만났을 때 리리엔이 가지고 있던 목걸이와 완벽하게 한 쌍을 이루는 목걸이였다. 엘시아는 단번에 알아보았다. 그럴 수밖에 없었다. 길다면 긴 세월, 스위티아 몰래 목걸이를 보관해 온 것이 바로 엘시아였으니까.

다만 엘시아는 레오디안이 어째서 지금, 자신에게 이 목걸이를 쥐어 준 건지를 알 수가 없어 혼란스러웠다. 그러나 혼란은 오래도록 지속되지 않았다. 곧 이어진 레오디안의 말이 의문을 풀어주었기 때문에.

"당신에게 주는 겁니다."

가라앉은 목소리가 전한 말로, 머릿속에 한 자리를 차지하고 있던 의문은 풀렸다. 다만 여전히 이해할 수 없었을 뿐이다.

엘시아는 간신히, 아주 가까스로. 마치 목이 졸리기라도 한 사람처럼 물었다.

"왜…… 이걸 왜 저한테 주시는 건데요?"

"리리엔이 돌아왔으니 더 이상은 지니고 있을 이유가 없고."

레오디안은 엘시아와 달리 너무도 담담하게 말을 이었다.

"이건 내가 아니라 당신이 지니고 있는 게 맞는 것 같아서."

그 담담한 목소리에도 울컥 울음이 치밀었다. 그것을 아는지 모르는지 레오디안은 여느 때와 같은 무표정한 얼굴로 계속해서 말을 이었다.

"그러니 앞으로는 당신이 보관하십시오."

그러더니 몸을 돌렸다. 엘시아는 당장이라도 자리를 떠날 기세인 레오디안을 다급하게 붙잡아 세웠다. 그가 놀란 눈으로 돌아봤을 정도로, 그 커다란 손을 와락 움켜쥐었다.

레오디안을 붙잡아야 한다고 생각했지만, 그의 손을 잡으려고 한 것은 아니었다.

그녀와 비교하기 민망할 정도로 커다란 그였기에, 그녀가 손을 뻗어 붙잡을 수 있을 곳도 많았다. 이를테면 옷자락이라든가, 소매라든가. 하지만 엘시아는 레오디안의 당황한 얼굴을 마주한 뒤에야 자신이 그의 손을 잡고 있다는 사실을 자각했다.

뒤늦게나마 무슨 짓을 했는지를 인지하고 나니 아차 싶었지만, 엘시아는 이내 아무렇지 않은 척 그의 눈을 올려다보았다.

"왜 이걸 저한테 주세요?"

이 커다란 저택에서 머무르게 되고, 그로부터 얼마 지나지 않아서 레오디안이 벌였던 기행들이 새삼스럽게 떠올랐다.

레오디안은 엘시아에게 자꾸만 원치 않는 선물을 떠안겼었다. 심지어는 엘시아가 감히 바란 적 없던 신분까지 사 주었다. 그래, 그랬었다. 그리고 그런 그를 엘시아는, 좀처럼 이해할 수 없었다.

"혹시 제가 당황하기를 바라서 이러시는 건가요?"

레오디안은 묵묵한 시선을 보내고 있을 뿐 아무런 말이 없었다. 그에 엘시아가 다시 한 번 입을 열었다.

"만약 그런 거라면 굳이 이런 식이 아니어도……."

불쑥 감정이 이상할 정도로 요동쳤다. 그래서 엘시아는 차마 말을 끝맺지 못한 채로 입술을 사리물었다.

그러나 순조로웠던 외출, 유하게 풀어진 분위기 속에서 대화를 나누며 거리를 거닐었던 하루를 망치고 싶지 않았다. 적어도 오늘 밤만은 간직한 채로 잠들고 싶었다. 그래서 엘시아는 레오디안이 손에 쥐여 준 게 무엇인지를 눈으로 확인하기가 무섭게 밑바닥에서부터 동요하기 시작했던 마음을, 왈칵 차올랐던 눈물을 삼켜 버렸다.

스스로를 드러내는 것보다 숨기는 데 훨씬 익숙한 엘시아였기에 감정을 추스르기까지 그다지 오랜 시간이 걸리지 않았으며, 별반 어려움을 느끼지도 않았다. 그리하여 엘시아는 가슴속이 다시 잔잔해지고 난 후에야 차분하게 입을 열었다.

"이유를 모르겠어요. 잊을 만하면 대공님은 또 제게 곤란한 걸 떠안기고……. 저를 괴롭히시려는 건가요? 사실은 제가 마음에 안 들어서…… 그래서 그러세요?"

흔들림 없이 잔잔한 표정으로 엘시아는, 레오디안을 붙잡고 있던 손에서 힘을 뺐다. 하지만 그를 놓아주지는 않았다. 그리고 그 역시도 그녀의 손을 뿌리치지 않았다. 충분히 뿌리칠 수 있음에도 불구하고 그는 그러지 않았다.

엘시아는 그와 마주 잡고 있는 손을 찰나 내려다보았다가, 이내 다시금 시선을 들어 올려 그를 직시하였다. 그러자 내내 엘시아를 향해 있던 푸른 눈동자가 흔들렸다. 언제나 흔드는 건 그의 몫이고, 흔들리는 건 그녀의 일인 줄 알았더니 아닌 모양이었다.

아까부터 엘시아는 꽤나 침착한 태도로 레오디안을 대하고 있었으나, 레오디안은 엘시아가 한 마디 한 마디를 내뱉을 때마다 눈에 띄게 동요하는 기색을 보이고 있었다.

"……괴롭히다니."

레오디안은 그 무슨 말도 안 되는 이야기라도 들은 사람처럼 헛숨을 내쉬었다. 그러면서 고개를 기울였다.

"내가, 당신을?"

"네. 대공님이, 저를요."

단호한 대답에 레오디안은 입술 사이로 또다시 공연히 숨을 내어놓았다. 그리고 무슨 말을 해야 할지 알 수가 없다는 듯, 입술을 맞물어 버렸다. 다만 엘시아를 내려다보는 시선만은 여전했다.

엘시아 또한 레오디안의 눈을 피하지 않았다. 미묘하게 변하는 레오디안의 표정에서 단 한 순간도 시선을 떼지 않고 바라보았다.

"……어째서 그런 생각을 한 겁니까?"

한참 만에 레오디안이 정적을 깼다. 그러나 엘시아는 그의 말에 대답하지 않고, 여태 손에 쥐고 있던 목걸이를 레오디안의 손에다가 쥐여 주었다. 그리고 미련 없이 그의 손을 놓아 버렸다.

그에 레오디안이 시선을 내려뜨렸다. 이제는 그녀가 아닌 그가 손에 쥐게 된 목걸이를 한동안 말없이 응시했다. 그런 그의 모습은 언뜻 어이가 없는 것도 같고, 답답해하고 있는 것도 같았다.

눈을 내리뜨고 있던 탓에 반쯤 눈꺼풀에 가려져 있던 레오디안의 눈동자가 어둠 속에 드러났다. 엘시아는 그 푸른 눈을 담담히 마주 보았다.

그렇게 서로를 마주 보고 선 두 사람은 마치 쥐 죽은 듯 고요한 복도에서 소리 없는 탐색전이라도 벌이는 양, 누구 하나 먼저 입을 열지 않았다. 그저 고집스럽게 서로를 뚫어지게 주시할 뿐이었다.

그리하여 영영 이어질 것만 같던 정적을 깬 것은 레오디안이었다. 레오디안은 허탈한 숨 틈새로 짐짓 깊게 가라앉은 목소리를 냈다.

"내가 당신을 괴롭히자고 이걸 주었다 여긴 겁니까?"

레오디안이 확인하듯 물었고, 엘시아는 대답하지 않았다. 그러나 레오디안은 엘시아의 침묵을 긍정으로 받아들였다. 이전 대화만을 미루어 보아도 충분히 짐작할 수 있는 바였기에. 레오디안의 눈매가 묘하게 일그러졌다.

"그 어떤 정신 나간 놈이……."

레오디안은 축 늘어뜨리고 있던 손을 거칠게 꽉 움켜쥐었다. 살갗을 파고드는 목걸이의 느낌이 생경했다.

"관심 있는 사람을 괴롭힙니까."

무언가를 애써 참는 기색이 역력한 모습으로, 레오디안이 엘시아를 향해 뇌까렸다.

"얘기해 보십시오. 이 세상에 그런 미친놈도 있답니까?"

그 거칠고도 솔직한 말에 엘시아의 말문이 턱 막혔다. 이런 이야기를 하자고 그를 붙잡은 것이 아니었다.

엘시아는 목걸이를 그에게 다시 돌려주려고 했을 뿐이다. 그리고 그냥, 자신이 감히 욕심내지 못하는 것들을 아무렇지 않게 쥐여 주는 레오디안의 생각이 궁금했을 뿐이다.

두 사람이 혈연관계라는 사실을 증명하는 목걸이였다. 리리엔이 그렇듯, 레오디안에게도 소중한 목걸이일 것이라 생각했다. 그런데 그것을 대수롭지 않다는 듯 건네는 레오디안을 이해할 수 없었다.

예전 같았으면 그가 무슨 생각으로 그러든, 신경 쓰지 않기 위해 갖은 노력을 기울였을 것이다. 하지만 이제는 그를 이해해 보고 싶었다. 예전하고는 다르게, 이제는 그가 자신을 꽤나 생각해 주고 있다는 사실을 알고 있기 때문이었다.

"난 당신이 괴로워하는 모습 따위 보고 싶은 생각 없고, 그러니 괴롭힐 생각도 없고."

"……."

"그저 나는, 당신이 이 목걸이를 지니고 있길 진실로 바랐을 뿐입니다."

아마 지금 레오디안은 화가 난 것 같았다. 엘시아는 그의 진심을 조금이나마 엿본 이후, 조금의 쉴 틈도 주지 않고 맞부딪혀 오는 솔직한 사내를 멍하니 바라보았다.

레오디안은 잠시 말을 고르는 기색으로, 조금쯤 거칠게 숨을 내쉬었다 들이마시기를 반복했다. 그 모습에 엘시아는 자신이 지금껏 숨을 멈추고 있었다 자각하기에 이르렀다.

엘시아는 레오디안이 그렇듯, 조용히 호흡하였다. 그러자 이제는 익숙한 그의 체취가 폐부 깊숙이 스몄다가 희미해지는 일이 몇 번이고 되풀이되었다.

그렇게 얼마나 시간이 흘렀을까. 마냥 적막하던 복도에 불현듯 벌컥, 문이 열리는 소리가 울려 퍼졌다.

"엘시아!"

뒤이어 복도를 울린 목소리에 잇따라, 성큼성큼 가까이 다가오는 거친 발걸음 소리가 귓가에 파고들었다. 엘시아도, 그리고 레오디안도 굳이 고개를 돌려 확인하지 않았으나, 지금 두 사람을 향해 다가오고 있는 것이 누구인지를 알았다.

"엘시아, 지금 여기서 뭐 하고 있는 거야?"

머지않아 가까이 다가와 멈춰선 리리엔이 물었으나, 그 물음에 대답하는 사람은 없었다. 리리엔은 심상치 않은 분위기를 인지했다. 그에 리리엔은 엘시아와 레오디안을 차례로 살폈다.

레오디안이야 늘 그렇듯 감정이라곤 전혀 느끼지 못하는 사람처럼 무표정했지만, 미세하게 찌푸려진 미간이나 꾹 다물린 입술 따위가 그의 불편한 심경을 짐작케 했다. 엘시아 역시 마찬가지였다. 엘시아의 창백한 낯이 유난히 굳어 있었다.

그렇게 한참 두 사람을 관찰하듯 보던 리리엔은 비로소, 두 사람이 복도

한가운데 못 박힌 듯이 서서 서로를 바라보고 있었던 이유를 어렴풋이 깨달 았다.

"……설마 둘이 싸웠어?"

이번에도 리리엔은 그 누구에게서도 대답을 들을 수 없었다. 리리엔은 조 그맣게 한숨을 내쉬고는, 정말이지 어이가 없다는 듯한 표정으로 고개를 절 레절레 내저었다.

"하아, 도대체가…….."

그러더니 타박하듯 쏘아붙였다.

"둘 다 몇 살이야? 몇 살인데 사람이 지나다니는 복도에서 싸우고 있어?"

리리엔이 퍽 매서운 눈초리로 눈을 흘기자, 엘시아가 애써 입꼬리를 끌어 올려 미소를 지어 보였다.

"싸운 거 아니야, 리리엔. 그냥 이야기를 좀 하고 있었어."

"그래? 무슨 이야기를 했는데?"

"……."

"거봐. 싸운 거 맞잖아."

엘시아는 어째선지 아무런 말이 없는 레오디안을 힐끗 올려다보았다. 그는 리리엔도, 엘시아도 아닌 저 멀리 어딘가를 주시하고 있었다. 그 모습에 엘시 아는 지금 이 상황을 어떻게 무마해야 할지 알 수가 없어졌다.

레오디안이 무슨 말이라도 해 주면 좋겠는데, 그는 그럴 기색이라곤 조금도 보이지 않고 있었다. 엘시아는 저도 모르게 한숨을 내쉬었다.

그때 두 사람을 연신 번갈아 보던 리리엔이 무척이나 단호한 표정으로 입을 열었다.

"두 사람 다 따라와."

명령하듯 말한 리리엔은 대답도 듣지 않은 채로 홱 몸을 돌리더니, 뒤도 돌아보지 않고 빠르게 복도를 걸어 나갔다.

* * *

리리엔이 엘시아와 레오디안을 이끌고 도착한 곳은 다름 아닌 서재였다. 이 서재는 리리엔이 평소 에밀리아와 수업을 할 때 사용하는 곳이었다. 그러나 리리엔이 최근 아무것도 하지 않고 쉬면서 지내고 있는 탓에, 이곳은 자연스럽게 방치되어 있었다.

누군가 유일한 창문에 커튼까지 쳐 둔 탓에, 방 안은 무척이나 어두웠다. 그러나 리리엔은 대수롭지 않다는 듯 초를 켜 방에 불을 밝혔다. 그런 다음 여태 어색하게 서 있는 엘시아와 레오디안을 돌아보더니 손가락으로 소파를 각각 가리키며 말했다.

"엘시아는 여기 앉고, 레오디안은 저기에 앉아."

아까부터 리리엔은 묘하게 명령조로 말하고 있었다. 그러나 엘시아와 레오디안은 딱히 그것을 지적하지 않고, 순순히 리리엔의 말을 따랐다.

두 사람이 별다른 대꾸 없이 자리에 앉자, 리리엔이 두 사람 사이에 놓여 있는 테이블 앞에 우뚝 섰다. 그러고는 테이블을 거칠게 내리쳤다. 그에 따라 커다란 소리가 방 안에 울려 퍼졌다. 리리엔은 테이블을 양손으로 짚고 선 채로 입을 열었다.

"이제부터 내가 묻는 말에는 솔직하게 대답해야 돼. 그렇지 않으면 벌을 줄 거야."

리리엔이 마치 협박이라도 하듯, 한껏 험악하게 눈매를 일그러뜨렸다. 그리고 엘시아와 레오디안에게 차례로 시선을 주었다.

"알았어? 거짓말을 하거나, 대충 둘러대거나 하면 벌을 줄 거라고."

두 사람은 자신들이 솔직하게 말하는지 아닌지를 리리엔이 어떻게 가려낸다는 건지 하는 의문을 거의 동시에 머릿속에 떠올렸다. 그러나 두 사람은 곧 의문을 떨쳐 낼 수밖에 없었다. 직전 방 안에 내리꽂혔던 굉음이 다시금 울려 퍼진 탓이었다.

"둘 다 대답해야지!"

리리엔이 테이블을 내리치면서 채근하자, 두 사람은 얼떨떨하게 고개를 끄덕였다.

"……이제는 서로 좀 친해졌다 생각했는데. 정말이지 마음을 놓을 수가 없네."

리리엔이 작은 목소리로 중얼거리면서 엘시아와 레오디안에게 한 번씩 시선을 주었다. 그러면서 살포시 미간을 좁혔다.

"아니, 대체 두 사람이 싸울 일이 뭐가 있어?"

리리엔이 정말로 이해할 수 없다는 듯한 표정으로 말했다. 딱히 누구에게 답을 듣기 위한 질문이 아닌, 혼잣말에 가까운 말이었다.

"아냐, 됐어. 차차 알게 되겠지."

리리엔이 고개를 휘휘 내젓고는 곧장 엘시아를 바라보았다.

"엘시아, 레오디안이 귀찮게 굴었어?"

그 맑고 투명한 눈동자만큼이나 의미가 분명한 말이었다. 구태여 공을 들여 해석하지 않아도 뜻하는 바를 명확히 알 수 있는 투명한 질문.

엘시아의 말문이 절로 막혔다. 가까스로 입을 열었으나, 입술 사이로 흘러나온 말은 질문에 대한 답이 아닌 의미 없는 부름이었다.

"……리리엔."

"솔직하게 대답해. 레오디안이 짜증나게 굴었지? 그렇지 않고서야 엘시아가 다른 사람하고 싸울 리가 없어."

리리엔이 확신에 찬 목소리로 말했고, 순간 당황해 멈칫했던 엘시아는 뒤늦게야 입을 열었다.

"……아니야, 그런 거."

"아니긴."

아까 레오디안을 올려다보고 있던 엘시아의 눈가가 조금쯤 붉게 달아올랐던 걸 똑똑히 보았다. 엘시아의 눈에 눈물이 맺힐 정도의 일이라니, 필시 보통 일은 아니었을 것이다. 리리엔은 확신했다.

"내가 전에 그랬지. 엘시아를 괴롭히는 사람은 가만 안 둘 거라고. 그게 설령 레오디안이라고 하더라도."

리리엔이 퍽 매서운 눈초리로 레오디안을 흘겨보았다.

"······용서 안 할 거라고."

순간 분위기가 싸하게 가라앉았다. 리리엔의 날카로운 시선을 한 몸에 받고 있음에도 레오디안의 표정에는 변화가 없었다.

무신경한 건지, 아니면 표정을 단속하는 데 너무도 능숙한 건지. 엘시아는 새삼스럽게 레오디안을 바라보았다.

"리리엔, 지금은 네가 잠자리에 들었어야 할 시간이 아닌가."

그때 레오디안이 기나긴 침묵을 깨고 말했다. 순식간에 분위기를 환기시키는 낮은 목소리였다.

"전에도 말했지만 또래에 비하여 성장이 더딘 네게 무엇보다도 중요한 일은 규칙적으로 생활하는 것이다."

"······지금 이 상황에서 갑자기 왜 그런 소리를 하는 건데?"

"네가 걱정할 만한 일은 없었으니, 곧장 침실로 돌아가 잠을 청하라는 얘기다."

단호한 말에 리리엔의 표정이 단박에 찌푸려졌다.

"나한테는 두 사람 사이에 무슨 일이 있었는지 알아내는 게 잠을 자는 것보다 더 중요해."

"그러다 또 쓰러지기라도 해서 걱정을 끼칠 셈인가?"

리리엔은 물론이고 레오디안 또한 한 치의 물러섬이 없었다. 특히 고집스럽게 입술을 맞문 리리엔은 레오디안의 태도가 마음에 들지 않는다는 듯, 그를 힘주어 노려보고 있었다.

그 아슬아슬한 분위기 속에서 엘시아가 조심스럽게 말문을 열었다.

"저기, 리리엔. 대공님 말이 맞아. 시간이 많이 늦었어. 너는 여기서 이러고 있을 게 아니라, 잠을 자야 해."

"······이렇게 나온다 이거지?"

리리엔이 어이가 없다는 듯 헛숨을 내뱉었다.

"내 말에 대답하기가 곤란하니까 둘이서 편을 먹고······."

아주 조그만 목소리로 혼잣말을 중얼거린 리리엔이 이내 납득했다는 듯 고개를 끄덕였다.

"좋아, 그럼. 나는 자러 갈 테니까, 두 사람은 여기서 서로한테 편지를 쓰도록 해."

"……응?"

"둘 다 나한테 솔직하게 얘기 할 생각 없잖아. 그러니까 벌 받아야지."

리리엔이 고개를 모로 홱 돌렸다. 엘시아와 레오디안이 꼴도 보기 싫다는 듯, 기세가 퍽 흉흉하였다.

"무슨 일이 있었는지 사실대로 얘기해 줄 필요 없어. 이제 듣고 싶지 않아."

리리엔은 엘시아와 레오디안에게서 무슨 일이 있었는지 아무 것도 들은 바가 없지만, 여전히 두 사람이 싸웠다고 확신하고 있었다.

"하지만 둘이서 화해는 해야 하니까 서로에게 뭘 잘못했는지 편지로 써서 주는 거야."

엘시아는 리리엔의 뾰로통한 얼굴을 멍하니 바라보다가, 이내 레오디안에게 힐끔 시선을 주었다. 그러자 이윽고 말없이 고개를 끄덕이는 레오디안의 모습이 눈에 들어왔다.

"각자 진지하게 뭘 잘못했는지 생각하고 난 다음에 진심을 담아서 편지를 써야 해, 알겠지? 편지 썼는지 확인할 거야."

"……그래, 알겠어."

엘시아의 대답까지 확인한 리리엔이 불현듯 한숨을 내쉬었다. 그리고 여태 짚고 서 있던 테이블에서 손을 떼어 냈다.

"또 말다툼하기만 해. 그러면 그때는 이렇게 그냥 안 넘어가."

리리엔이 엘시아와 레오디안을 향해 마지막으로 단호하게 경고한 뒤, 서재를 나섰다.

방 안에 문이 닫히는 소리가 울려 퍼졌다. 엘시아는 굳게 닫힌 문에서 시선을 떼어 냈다. 하지만 엘시아는 맞은편에 앉아 있는 레오디안에게 눈길을 돌릴 엄두가 차마 나지 않았기에, 정처 없이 시선을 내려뜨렸다.

그렇게 얼마쯤 있었을까. 리리엔이 떠난 이후 어색한 적막만이 흐르던 방 안에 문득 가라앉은 목소리가 깔렸다.

"……일단."

레오디안이 자리에서 일어나면서 덧붙였다.

"침실까지 데려다주겠습니다."

* * *

거대한 미로 정원과 농원, 인조 연못과 폭포를 두른 저택은 한 마디로 장대했다. 이 장대한 저택은 제국의 황제가 기거하는 궁전과 비교해도 손색없을 정도였다.

넓은 원형의 광장을 중심으로, 광장을 빙 둘러싸듯 세워져 있는 저택은 지하 두 층, 지상 다섯 층을 합하여 자그마치 일곱 층이나 되는 거대한 크기였다.

저택에는 각 층마다 여덟 개 남짓한 방이 있었는데, 지상 다섯 층의 모든 방에서는 창문을 통해 광장을 내려다볼 수 있었다.

그 광장을 서두를 것 없다는 듯 여유로운 걸음으로 가로지르는 여자가 있었다. 그리고 저택의 충성스러운 집사가 여자의 뒤를 따라 걷고 있었다.

"백작은?"

"백작님은 아직 제도에서 머무르고 계십니다."

"그래? 그럼 렝리탄에는 언제쯤 돌아올 거래?"

"아마 당분간은 돌아오시지 않을 듯합니다."

집사가 곧장 답하자, 그녀는 어깨에 두르고 있는 먹빛 숄을 추스르면서 입을 열었다.

"또 무슨 깜찍한 일을 벌이고 있으려나."

여상한 어투로 중얼거린 그녀가 의미 없이 광장을 휘 둘러보았다.

광장에는 한 시대를 풍미한 예술가의 조각품 따위가 자리하고 있었기에,

저택을 방문한 이들은 저택의 위용이나 아름다움, 그에 더해 광장의 수많은 예술품에 찬사를 아끼지 않았다.

"……하여간 취미 한번 참 고상하다니까."

그녀는 저택의 주인, 아이작 히치콕을 떠올리며 가볍게 조소하곤 걸음을 옮겼다.

아이작은 사람들이 제 저택을 두고 어떠한 이야기를 나누는지 잘 알고 있었다. 그는 제가 가진 것을 자랑하듯 내보이기를 즐겼고 저택에 사람을 초대하는 데 거리낌이 없었다. 그 누구보다도 자주 연회나 만찬을 열어, 많은 사람들이 저택을 구경할 수 있도록 했다.

그런 이유로 렝리탄의 히치콕 백작저에는 사람들의 발길이 끊이지 않았다. 하지만 저택에는 단순한 방문객이 결코 발걸음을 할 수가 없는 곳이 있었다. 바로 저택의 지하. 지하에 자리한 두 개의 층은 오직 아이작과 그가 출입을 허락한 소수의 몇 명만이 드나들 수 있었다.

지하 출입을 허락받은 소수의 몇 명은, 아이작의 오랜 계획에 함께하고 있는 자들이었다. 이들은 당연하게도, 화려한 외양 아래 숨겨진 저택의 추악한 실상을 인지하고 있었다. 저택의 지하에서 무슨 일이 자행되는지를 속속들이 알았다.

그리고 지하에서 벌어지는 모든 일의 중심에 있는 이가 바로 그녀였다.

"문을 열어."

"예, 작은 주인님."

그녀의 명령에 집사가 지하로 통하는 문을 열었다. 그녀는 훅 끼치는 싸늘한 공기를 한껏 들이마신 뒤, 만족스러운 표정으로 입을 열었다.

"내가 나올 때까지 누구도 안에 들이지 마."

"알겠습니다."

집사는 늘 그렇듯 그녀의 명에 순순히 답하였다. 아이작이 부재한 지금, 그녀의 명령은 절대적이었다.

당연한 일이었다. 그녀는 누구보다 강한 힘을 가지고 있었을 뿐만 아니라,

아이작의 신임을 한 몸에 받고 있었다. 그러므로 그녀가 지하의 어린 괴물을 관리하는, 이 막중한 일을 도맡아 온 것은 그다지 이상한 일이 아니었다.

물론 그녀에게 반발심을 가진 이가 아예 없지는 않았으나, 그 누구도 감히 제 불만을 입 밖으로 내지는 못했다. 힘의 논리에 의하여 약한 자는 자연히 도태되는 이곳에서 신분이나 성별 따위는 전혀 중요하지 않았으므로.

그녀는 익숙한 어둠 속을 태연자약하게 걸어 나갔다. 그렇게 그녀는 머지않아서 애초 목적한 곳에 다다랐다.

그녀는 두꺼운 철판으로 된 문을 힘들이지 않고 열어젖혔다. 그리고 곧장 방 안으로 들어섰다.

커다란 방 안에는 사내애 하나가 웅크리고 앉아 있었다. 방이 유난히 널찍하게 느껴지는 건, 소년의 존재감이 너무도 미약하기 때문인지도 모른다.

소년은 영혼 없는 인형처럼 높다란 천장을 하염없이 올려다보고 있었다. 그녀는 소년에게 다가갔다. 그녀의 인기척을 느끼지 못했을 리가 없는데, 소년은 미동이 없었다. 그런 소년의 모습을 잠시 말없이 지켜보던 그녀가 곧 붉은 입술을 열었다.

"오늘도 착하게 있었지?"

그제야 텅 빈 붉은 눈동자가 화려하게 미소 짓고 있는 여자의 얼굴을 담았다.

"네, 어머니."

소년은 여자가 칭찬하듯 머리를 가만가만 쓰다듬는 손길을 느끼며 멍하니 눈을 깜빡였다.

"착한 아이에게는 선물을 줘야겠지."

노래하듯 감미로운 목소리로 말한 여자가 품에서 무언가를 꺼내 놓았다. 소년이 소리 없이 눈동자를 도르르 굴렸다.

"네가 예전에 가지고 싶다고 말했었잖니."

소년이 찰나 망설인 끝에 손을 내밀었다. 그 새하얀 손은 흉터로 뒤덮여 있었다. 하지만 그것을 신경 쓰는 사람은 아무도 없었다.

"먼저 뭘 가지고 싶다고 말하는 법이 없는 네가 무슨 이유로 이런 보잘 것없는 것을 사 달라고 했는지 모르겠지만……. 뭐, 어쨌든 생일 선물이니 받아 두렴."

"감사합니다, 어머니."

그녀에게서 목걸이를 받아 든 소년의 눈에 이채가 서렸다. 내내 이렇다 할 표정이랄 것이 없던 소년의 낯에도 어딘지 색다른 감정이 서렸다.

조심스러운 손길로 목걸이를 이리저리 만지며 살펴보는 소년의 모습을 그녀가 퍽 놀란 눈으로 바라보았다. 그도 그럴 게 소년이 이렇듯 무언가에 관심을 보이다니 처음 있는 일이었다.

'대체 저 목걸이가 무엇이 특별하기에?'

그녀는 별생각 없이 소년에게 주었던 목걸이에다 새삼스럽게 시선을 고정했다.

특별한 구석을 찾아볼 수 없는, 흔하디흔한 보석이 달린 목걸이였다. 그동안 그녀가 소년에게 선물한 것들과 감히 비교할 수 없을 정도로 값쌌다.

그 어떤 귀하고 값진 선물에도 기쁜 기색을 내비친 적 없던 소년이 고작 호박 목걸이 따위를 마음에 들어 하는 것이 의아했다. 그에 그녀가 목걸이에서 좀처럼 시선을 떼어 내지 못할 때였다.

"……어머니."

소년과 청년의 경계, 그 사이 어딘가에 애매하게 걸쳐 있는 목소리가 그녀를 상념에서 벗어나게 하였다.

그녀는 창백한 소년의 얼굴에다 시선을 두었다. 그리고 눈을 휘어 웃으며, 낭랑한 목소리로 물었다.

"왜 그러니, 하이드?"

소년이 나른한 낯으로 느릿하게 눈을 깜빡였다. 그러면서 천천히 입을 열었다.

"졸려요."

하루가 다르게 성장하고 있는 소년은 가끔 낯선 사내의 모습을 할 때가 있었다. 바로 지금처럼.

"자고 싶어."

그 낯선 사내의 얼굴에 찰나 멈칫 소년을 바라보았던 그녀가 가까스로 붉디붉은 입술을 열었다.

"……그래, 지금 시간이 늦기는 했지."

"……."

"이만 자렴."

퍽 상냥한 목소리로 덧붙인 그녀는, 어째선지 무언가에 쫓기는 듯한 불쾌한 느낌에 사로잡힌 채로 방을 나섰다.

그녀가 떠나자, 소년은 또다시 커다란 방에 홀로 남겨졌다. 혼자가 된 소년의 눈동자는 그 어느 때보다도 또렷했다. 직전 여인에게 하였던 말이 무색하게도 소년에게서는 일말의 잠기운도 찾아볼 수 없었다.

소년, 하이드는 목걸이에 달린 황금빛 호박을 뚫어지게 주시하였다. 이 비루한 모양의 조그만 보석은 그로 하여금 언젠가의 기억을 떠올리게 만들기 때문에 특별했다.

그러니까 언젠가, 그가 어린아이였을 적. 아무리 기다려도 오지 않는 어미를 찾아 이웃 마을까지 넘어갔을 때. 그때 하이드는 웬 여자애를 만났다. 어미의 기적을 따라간 끝에 도착한 초라한 집에 살고 있었던 조그만 여자애는 분명 인간인데도 신기한 기운을 지니고 있었다.

'네 엄마를 왜 우리 집에 와서 찾아?'

'우리 언니가 널 발견하면 가만 안 둘걸. 죽고 싶은 게 아니면 얼른 사라져.'

그래서일까. 그 신기한 여자애를 계속해서 만나고 싶다는 충동이 일었다. 그래서 하이드는 몇 번이고 저택을 빠져나가 옆 마을에 갔다.

'너 왜 또 우리 집에 왔어?'

'정신을 못 차렸네. 나는 언니랑 둘이서 살고 있다니까? 네 엄마 여기 없다고.'

여자애가 내뱉는 말에는 하나같이 날이 잔뜩 서 있었지만, 하이드는 조금도 개의치 않았다. 틈이 날 때마다 여자애를 찾아갔다.

그러던 어느 날, 저택을 몰래 나서는 모습을 아이작에게 들켰다.

그날로 하이드는 곧장 지하에 갇혔다. 그리고 다시는 여자애를 보러 갈 수 없게 되었다.

그러나 그 이름도 모르는 여자애는 몇 년이 지나도 마냥 또렷한 모습으로 하이드의 기억 속에 존재하고 있었다.

* * *

특별한 날이라 그런지 오늘따라 날씨가 유난히 화창한 느낌이었다.

그러나 창밖의 쾌청한 하늘과 달리, 현재 방 안의 분위기는 마치 금방이라도 비가 내릴 것처럼 영 우중충했다.

오늘은 다름 아닌 리리엔의 생일이었다. 그러니 리리엔은 적어도 오늘만큼은 이 세상 그 누구보다도 행복해야 했다.

그러나 이른 아침부터 리리엔의 기분은 바닥을 치고 있었다. 엘시아는 지금 리리엔의 기분이 저조한 데에 어젯밤의 일이 지대한 공헌을 했으리란 짐작에 영 마음이 좋지 않았다.

리리엔은 평소 아침을 먹기 전에는 결코 먹을 수 없었던 달콤한 아이스크림을 눈앞에 두고도 전혀 기쁜 기색이 아니었다.

'오늘이 제 생일이라는 사실을 알고나 있는 걸까…….'

멍하니 생각하며 리리엔을 가만 눈에 담고 있던 엘시아가 결국 조심스럽게 말문을 열었다.

"……리리엔, 어제 일 때문에 기분이 많이 상했어?"

"솔직히 말해서 지금 기분이 좋지는 않아."

리리엔이 유리 스푼으로 하얀 아이스크림을 푹푹 찔러 대면서 말을 이었다.

"어제 언니가 레오디안 편을 들었잖아."

"……내가?"

예상치도 못했던 말에 고개가 절로 기울어졌다. 방금까지 엘시아는 자신과 레오디안이 말다툼하던 모습에 리리엔이 크게 실망해 기분이 상한 것이라고 짐작하고 있었다.

그런데 그게 아니라, 사실은 전혀 다른 이유에서였다니. 엘시아는 리리엔을 향해 얼른 고개를 저어 보였다. 리리엔이 어째서 그런 오해를 하게 된 건지는 몰라도, 오해를 푸는 게 먼저라는 생각이 들었다.

"아냐, 난 대공님 편을 든 게 아니라……."

엘시아는 진심 어린 목소리로 말을 이었다.

"리리엔, 네가 걱정돼서 그랬던 거야."

"……내가 또 쓰러질까 봐?"

그러자 리리엔이 한층 누그러진 표정으로 물었고, 엘시아는 사근사근한 목소리로 대답했다.

"넌 정신을 차린 지 얼마 안 됐잖아. 그런데 네가 늦은 시간까지 깨어 있으니까 걱정이 되더라."

가만 귀를 기울이고 있던 리리엔이 의미 없이 휘젓고 있던 스푼을 손에서 내려놓았다. 그리고 곧장 자리에서 일어나더니, 엘시아의 곁에 바짝 다가앉았다.

"어제는 내가 좀 버릇없이 군 것 같아. 두 사람이 다퉜다고 생각하니까 머릿속이 새하얗게 변했어."

리리엔은 너무도 익숙한 품에 파고들면서 속삭이듯 말했다.

"그래서 그랬어. 앞으로는 안 그렇게. 걱정하게 만들어서 미안해."

엘시아는 말없이 리리엔의 머리를 쓰다듬었다.

매일같이 관리를 받고 있는 리리엔의 머리칼은 몰라보게 결이 좋아졌다. 손에 닿는 부드러운 머리칼의 느낌이 선명해, 엘시아는 조금 서글퍼졌다. 끝이 갈라지고 푸석푸석하던 머리카락은 이토록 쉽게 보드레해 질 수 있었다.

그 사실을 새삼스럽게 인지하자, 가슴 속에 늘 자리하고 있던 묵직한 죄책감이 불현듯 자기주장을 하듯 툭 불거진 것이다.

엘시아는 짐짓 잠긴 목을 고르며 리리엔을 내려다보았다.

원래도 사랑스러웠던 리리엔은 시간이 흐르면 흐를수록 더더욱 사랑스러워졌고, 제 감정이나 생각을 드러내는 데도 서슴없어졌다.

그런 리리엔은 이제야 딱 그 나이의 아이로 보였다. 그것이 다행스러운 한편, 쓸쓸한 마음이 들었다.

오늘 같은 날 이런 못난 마음을 가져서는 안 된다고 생각하면서도, 마음은 늘 그랬듯 엘시아의 마음대로 되지 않았다.

그렇게 겉으로는 평화로운 분위기 속, 얼마나 오랜 시간을 조용히 서로를 끌어안고만 있었을까.

"그런데 언니, 레오디안한테 줄 편지는 썼어?"

"아……."

문득 귓가에 파고든 목소리에 엘시아는 나직이 탄성을 내뱉었다.

어젯밤 리리엔이 편지를 쓰라는 말을 남기고 서재를 떠난 뒤, 레오디안은 엘시아를 침실까지 데려다주었다.

리리엔의 난입으로 인하여 제대로 대화를 끝맺지 못했으나, 엘시아와 레오디안은 마저 이야기를 나누지 않은 채로 헤어졌다. 그리고 엘시아는 리리엔이 시킨 대로, 어두운 침실에서 레오디안에게 줄 편지를 썼다.

"……응, 어젯밤에 쓰고 잤어."

"그 편지 레오디안한테 꼭 줘야 돼."

"그래, 그럴게."

선선히 고개를 끄덕인 엘시아는 서랍 안에 넣어 둔 편지를 새삼스럽게 머릿속에 떠올렸다.

글눈이 밝지 않은 엘시아가 쓴 편지는 어린아이가 썼다고 해도 믿을 만큼 기본적인 문장들로 이루어져 있었다.

그러나 엘시아는 비뚤비뚤한 글씨를 누군가 보게 된다는 데에서 기인한 부끄러움을 애써 묻어 버렸다.

레오디안과 대면해 대화를 나누다 서로 얼굴을 붉히게 되는 것보다, 하고 싶은 말을 편지로 전하는 편이 훨씬 낫겠다는 생각이 들었기 때문이었다.

어쩌면 레오디안도 같은 생각을 했는지 모른다. 그런 확신에 가까운 생각이 문득 들었다.

"아, 아이스크림 다 녹았다."

정적을 가른 리리엔의 목소리에 엘시아가 고개를 돌렸다. 테이블 위에 놓여 있던 아이스크림이 어느덧 거의 다 녹아 있는 게 보였다.

"······생각해 보니까 이상하네."

"뭐가 이상해?"

"내가 아침을 먹기 전에 아이스크림을 먹을 수 있게 해 주는 사람들이 아닌데, 오늘은 내가 달라는 말도 안 했는데 아이스크림을 줬잖아."

엘시아는 저도 모르게 소리 없는 웃음을 흘렸다. 리리엔은 오늘이 무슨 날인지를 전혀 짐작조차 못하고 있는 것 같았다.

"리리엔, 왜 그런 건지 정말 모르겠어?"

"어······? 응, 전혀 모르겠는데······."

리리엔은 조금도 갈피를 잡지 못하고 있었다. 엘시아와 지내는 동안, 생일을 챙긴 적은 단 한 번도 없었으니 어쩌면 당연한 일이었다.

"······리리엔."

엘시아는 부드러운 손길로 리리엔의 어깨를 잡고선 조심스럽게 리리엔을 품에서 떼어 냈다. 리리엔이 얼떨떨한 눈으로 엘시아를 올려다보았다. 도통 영문을 모르겠다는 표정을 짓고 있는 아이가 사랑스러웠다. 엘시아는 아이를 향해 말했다.

"생일 축하해."

엘시아는 오늘 리리엔의 생일을 처음으로 축하해 준 사람이 자신이라는 사실이 너무도 기뻤다.

"생일 너무너무 축하해."

엘시아가 드물게 들뜬 목소리로 재차 말하자, 믿을 수 없다는 듯 리리엔의 눈이 휘둥그레졌다.

리리엔은 숨을 쉬는 방법을 잊어버린 사람처럼, 순간 크게 들이켰던 숨을 멈춘 채로 엘시아를 물끄러미 바라보았다. 그러다가 떨리는 목소리로 물었다.

"……오늘이 내 생일이야?"

"응, 오늘이 네 생일이야."

엘시아가 부드럽게 미소 지으며, 선선히 고개를 끄덕였다. 그러자 리리엔이 와락 표정을 일그러뜨렸다.

"리리엔……?"

엘시아의 품에 달려들다 시피 파고든 리리엔이 어느 순간부터 어깨를 들썩거리기 시작했다.

순식간에 벌어진 일에 멍하니 굳어 있던 엘시아는, 이내 리리엔의 등을 쓸어내려 주었다. 그 다정한 손길에 리리엔의 울음소리가 더욱 커졌다.

그렇게 서럽게 울던 리리엔이 눈물을 그친 건, 꽤나 오랜 시간이 흐른 뒤의 일이었다. 한참 만에 리리엔이 젖은 얼굴로 고개를 들었다. 엘시아는 말없이 리리엔의 뺨을 닦아주었다.

"몰랐어……. 오늘이 내 생일일 줄은 진짜…… 진짜로 꿈에도 몰랐어."

목소리에는 여전히 물기가 서려 있었다. 엘시아는 가만가만 고개를 끄덕였다. 그러자 리리엔이 입술을 꾹 깨물었다가, 다시금 입을 열었다.

"고마워, 언니."

엘시아는 이번에도 조용히 고개를 끄덕였다. 그리고 리리엔의 눈동자를 들여다보았다. 그 눈동자가 얼마나 맑고 새파랗던지, 엘시아는 눈동자에 비친 제 모습을 어렵지 않게 발견할 수 있었다.

"내가 태어난 날을 언니가 축하해 주니까 너무 행복해."

잠시간 엘시아와 시선을 맞추고 있던 리리엔이 그렇게 말하면서 엘시아의 품에 고개를 묻었다.

'앞으로도 네 생일이면 가장 먼저 축하해 주는 게 나였으면 좋겠어.'

진실로 바라지만 차마 입 밖으로는 내어놓을 수가 없는 말이었다. 그래서 엘시아는 아무런 말없이 리리엔을 힘껏 끌어안았다.

* * *

엘시아는 아까부터 로이셀을 찾아 헤매고 있었다. 언제쯤 파티가 시작되는
지를 로이셀에게 물어보기 위해서였다. 그러나 엘시아는 어느 곳에서도 로이
셀을 찾을 수가 없었다.

결국 엘시아가 로이셀이 아닌 레오디안에게 물어봐야 하는 건가, 멍하니
생각했을 때였다.

"엘시아 님."

때마침 들려온 목소리에 엘시아가 반색하며 뒤를 돌아보았다. 고개를 돌린
곳에 여태 찾고 있던 로이셀이 서 있었다.

엘시아는 급하게 용건을 꺼내려다가, 평소와 다른 로이셀의 복장을 인지하
고는 고개를 기울였다.

"혹시 어디를 다녀오신 건가요?"

"……예, 피치 못할 사정으로 외출을 하였다 지금 막 저택으로 돌아온 참
입니다."

엘시아는 그제야 이틀 동안 로이셀과 단 한 번도 마주친 적이 없다는 사실
을 새삼 깨달았다.

"아, 하지만 걱정하실 필요는 없습니다. 파티 준비는 진작 끝마쳐 두었으
니까요."

엘시아가 미처 묻기도 전에, 로이셀이 자신감에 찬 목소리로 장담했다. 그
러더니 묘한 눈빛으로 엘시아를 바라보며 말을 이었다.

"그러니 엘시아 님, 파티에 참석할 준비를 하셔야지요."

"파티 준비라니……. 제가 따로 준비해야 할 것이 있나요?"

엘시아는 도무지 영문을 모르겠다는 표정이었다. 로이셀은 우스운 소리를
들었다는 듯 입가에 미소를 띠었다.

"물론이지요, 엘시아 님."

로이셀은 엘시아의 차림새를 가볍게 훑어본 다음 말을 이었다.

"오로지 엘시아 님을 위하여 특별한 드레스를 준비해 두었습니다."

엘시아는 황궁 연회에 참석하였을 때에도 드레스를 맞추어 입었다. 하지만 로이셀이 오늘을 위해 준비한 드레스는 그때 엘시아가 입었던 드레스보다도 훨씬 특별했다. 로이셀은 단호하게 장담할 수 있었다.

"……드레스요?"

"예, 오늘 파티에 입고 오셨으면 합니다."

엘시아는 대답을 듣고도 여전히 꽤나 놀란 기색을 감추지 못하고 있었다.

이상한 일도 아니었다. 자신도 모르는 사이에 자신의 옷을 준비했다고 하니, 갑작스럽고 놀라울 만도 했다.

로이셀이 엘시아 모르게 그녀의 드레스를 맞추는 일은 그다지 어렵지 않았다.

일전 의상실 사람들이 저택을 찾아와 리리엔과 엘시아의 치수를 재고 돌아갔다. 때문에 로이셀은 두 번 수고를 할 필요 없이, 그때 그 의상실에 드레스를 주문하기만 하면 되었다.

다만 엘시아 몰래 독단적으로 준비한 드레스였기에, 혹시라도 엘시아의 취향에 부합하지 않을 경우를 대비해 드레스는 다섯 벌을 준비했다. 리리엔을 위하여 준비된 드레스 역시 다섯 벌이었다.

내로라하는 의상실의 맞춤 드레스는 단 한 벌의 가격만 해도 어마어마했지만, 로이셀은 조금도 괘념치 않았다.

비단 드레스뿐만이 아니었다. 로이셀은 리리엔의 생일 파티 준비를 일임받은 뒤, 파티를 준비하는 데 마치 물 쓰듯 금화를 썼다. 대공저에 썩어나는 것이 금화이기도 했고, 로이셀이 금화를 쓰는 데 커다란 즐거움을 느끼는 사람인 탓이기도 했다.

이유가 뭐가 됐든 로이셀은 만반의 준비를 끝마쳤다. 그러므로 오늘 파티는 황실 연회 못지않게 화려할 예정이었다. 로이셀은 금화를 들이붓다시피 하여,

기가 질릴 정도로 호화롭게 꾸며 둔 연회장을 떠올리곤 흐뭇한 미소를 지었다.

"아마 지금쯤이면 데이시가 엘시아 님의 드레스를 침실에 가져다 두었을 겁니다. 그러니 침실로 가서서 준비하시지요."

그렇게 말하는 로이셀의 얼굴은 평소보다 상기되어 있었다. 그 모습에 엘시아는 어째서인지 이유는 모르겠지만, 지금 로이셀이 꽤나 즐거워하고 있는 것 같다는 짐작을 했다.

"때가 되면 로렐라인 경이 엘시아 님을 연회장까지 안내해드리기 위해 찾아갈 겁니다."

"그럼 리리엔은요?"

"아가씨도 헤르테인과 준비를 마치고 곧장 연회장으로 향하실 겁니다."

로이셀이 주저 없이 대답하고는 엘시아를 향해 다시금 권유했다.

"그러니 아가씨 걱정은 하지 마시고, 어서 가서 준비하시지요."

로이셀은 엘시아가 특별한 드레스를 입고, 그만큼 특별한 하루를 즐겼으면 더 바랄 게 없다는 생각을 하면서 말했다.

"부디 제가 준비한 드레스가 마음에 드셨으면 좋겠습니다."

그리고 그 다정한 목소리를 들은 엘시아는, 자신이 미처 생각지도 못했던 부분을 준비해 준 로이셀에게 고마움을 느꼈다.

"……파티 준비로 바쁘셨을 텐데, 저에게도 신경을 써 주셔서 감사해요. 사실 방금까지만 해도 저는 오늘 무슨 옷을 입을지 생각조차 하지 않고 있었거든요."

"아닙니다, 엘시아 님. 제가 마땅히 해야 하는 일인 것을요."

대수로울 것 없다는 듯 여상히 말한 로이셀이 부드럽게 미소 지었다.

* * *

엘시아가 침실 안으로 들어서기가 무섭게 데이시가 엘시아를 반겼다.

"엘시아 님, 화장하기 앞서 드레스부터 고르시겠어요?"

로이셸이 말한 대로, 침실 한편에 놓인 행거에 못 보던 드레스가 여러 벌 걸려 있었다. 엘시아는 행거를 끌어다 놓는 데이시의 모습을 조용히 지켜보았다.

"드레스들이 전부 얼핏 보기에도 정말 질이 좋아 보여요."

데이시가 감탄하며 말했다. 엘시아는 어색하게 고개를 끄덕여 보였다.

"이쪽으로 앉으세요, 엘시아 님."

데이시가 엘시아에게 자리에 앉을 것을 권했다. 그에 엘시아는 순순히 붉은 스툴에 앉았다.

데이시는 엘시아가 드레스를 충분히 살펴볼 수 있도록, 한동안 말없이 자리를 지키고 서 있었다.

그러나 꽤 시간이 흐른 이후에도 엘시아가 좀처럼 결정을 내리지 못하자, 데이시는 조심스럽게 정적을 깼다.

"……혹시 무슨 드레스를 입을지 결정하기 어려우신가요?"

한참 드레스에 시선을 고정하고 있던 엘시아가 고개를 돌려 데이시를 바라보았다. 그러자 데이시가 다시금 입을 열었다.

"괜찮으시면 제가 조언을 드려도 될까요?"

엘시아는 고개를 끄덕였다. 마침 누군가의 도움이 절실하던 차였다. 그도 그럴 게 눈앞의 옷들은 평소에 입던 옷과 거리가 있었다. 한 마디로 너무도 화려한 드레스였다.

그래서인지 엘시아는 도저히 선뜻 옷을 고를 수가 없었다. 애초에 스스로의 옷차림에 크게 신경을 쓰는 편이 아니었기에 더욱 그러했다.

"음, 엘시아 님은 대개 무채색의 드레스를 입으시잖아요?"

데이시는 그간 엘시아의 옷장을 정리해 왔다. 그랬기에 옷장 안에 가득 들어차 있는 드레스가 온통 먹빛에 가까운 색채를 띠고 있다는 사실을 잘 알았다. 그리고 엘시아가 눈에 잘 띄지 않는 옷을 선호한다는 사실 또한 진작 눈치채고 있었다.

그리고 로이셸 역시 엘시아의 선호를 짐작하고 있었는지, 그가 준비한 다섯 벌의 드레스 중 세 벌이 검은색 계열의 드레스였다.

데이시는 천천히 드레스를 살펴본 끝에 입을 열었다.

"하지만 오늘은 특별한 날이니만큼, 색다른 드레스를 입어 보시는 게 어떨까요?"

"그럼……."

엘시아는 새하얀 드레스와 짙은 노란빛 드레스에 차례로 눈길을 주었다.

다행스럽게도 오래 고민할 필요가 없었다. 둘 중에서 손등을 충분히 덮을 수 있을 정도로 소매가 긴 드레스는 하나뿐이었기 때문이다.

"노란색 드레스를 입을게요."

드레스를 고르고 나자, 그 이후는 속전속결이었다. 데이시는 뭣 모르는 엘시아가 생각하기에도 무척 능숙한 손길로 엘시아의 얼굴에다 화장을 해 주었다.

엘시아는 인형처럼 앉아서, 거울 속 낯설게 변화하는 제 얼굴을 가만가만 들여다보았다.

무엇보다도 눈에 띄게 붉어진 입술이 신기했다. 붉은 립스틱을 바르자, 혈색 없던 입술에도 핏기가 도는 것처럼 보였다.

그렇게 얼마나 멍하니 거울을 바라보고 있었을까.

"엘시아 님, 다 끝났습니다."

머지않아 귓가에 데이시의 목소리가 파고들었다. 그제야 엘시아가 내내 거울에 고정하고 있던 시선을 떼어 냈다.

"고마워요."

"별말씀을요."

아까 전 데이시가 틀어 올려 묶어 둔 머리칼은 여전히 단단히 고정되어 있었다. 늘 머리칼을 길게 늘어뜨린 채로 지내온 엘시아는 훤히 드러난 스스로의 목덜미가 낯설었다.

엘시아는 괜스레 손으로 목을 한 번 쓸어내린 뒤, 여태 앉아 있던 스툴에서 일어났다. 그러자 데이시가 짐짓 당황한 표정으로 물었다.

"귀걸이나 목걸이는 하지 않으실 건가요?"

데이시는 막 보석함을 열려던 참이었다. 엘시아가 장신구를 하지 않는다는 걸 알지만, 적어도 오늘만큼은 장신구를 하는 것이 좋지 않을까 하는 생각에서였다.

"예전에 대공 각하가 엘시아 님께 선물해 주신 장신구들을 제가 전부 이곳에 보관해 두었거든요."

"아……."

엘시아가 난감한 기색을 감추지 못한 채로, 어찌 해야 할지 고민했다. 불편한 드레스는 몇 번의 경험으로 그나마 익숙해졌으나, 장신구는 단 한 번도 해 본 적이 없었기 때문이었다.

그에 엘시아의 고민이 깊어질 무렵, 불현듯 문을 가볍게 두드리는 소리가 귓가에 스쳤다.

"로렐라인 경이 벌써 오셨나 봐요."

데이시가 보석함을 놓아두고, 내내 꽉 닫혀 있던 문을 열었다. 그러자 페이렌이 곧장 방 안으로 들어섰다.

"지금 바로 연회장으로 가야 하나요?"

"아, 그건 아닙니다. 아직 여유가 좀 있습니다. 다만……."

페이렌이 엘시아를 향해 성큼 다가섰다. 그리고 곧장 엘시아에게 무언가를 건네려다가, 평소와 다른 엘시아의 모습을 보고 멈칫했다.

"……엘시아 님, 정말 아름다우십니다."

엘시아는 뭐라고 대답을 해야 할지 알 수가 없었다.

그녀가 아름답다고 말한 이는 페이렌 말고도 또 있었다. 아이작 히치콕, 그리고 신황 폴리이도스 3세. 그들도 그녀가 경이롭고 아름답다 말하였다.

하지만 그들과 페이렌 사이에 단 한 가지 다른 점이 있다면…….

'내가 페이렌 님의 말은 기분 나쁘게 받아들이지 않다는 거겠지.'

엘시아는 입꼬리를 끌어 올렸다. 어느 때보다도 붉은 입술이 또렷한 호선을 그렸다.

"감사해요, 페이렌 님."

나지막이 읊조리며 페이렌을 바라본 엘시아는, 그제야 페이렌도 평소와 조금 다른 옷을 입고 있다는 사실을 알아차렸다.

페이렌은 언제나 짙은 남색의 제복을 입었는데, 오늘은 새하얀 정복 차림이었다.

"페이렌 님도 하얀 옷이 잘 어울리세요."

"아, 저는 파티를 참석할 때면 늘…… 이렇게 입습니다."

칭찬에 익숙하지 않은 페이렌이 머쓱한 기색으로 뺨을 긁적였다. 그러다가 여태 손에 들고 있던 상자를 엘시아 앞에 내밀었다.

"대공 각하께서 전해 주라 명하신 물건입니다."

얼떨결에 상자를 받아 든 엘시아가 멍하니 상자를 내려다보면서 물었다.

"이게 뭔가요?"

"상자는 열어보지 않았기 때문에 안에 무엇이 들어 있는지는 모릅니다."

지금 직접 상자를 열어 확인해 보아야 한다는 말이었다. 엘시아는 테이블 위에 상자를 내려놓은 다음, 상자 뚜껑을 열었다. 상자 안에는 익숙한 목걸이와 편지가 들어 있었다.

엘시아는 호박 목걸이를 물끄러미 바라보다가, 이내 편지를 집어 들었다. 그리고 망설임 없이 편지를 펼쳤다.

편지를 쓴 사람을 떠올리게 만드는 간결한 문장이었다. 엘시아는 일정한 간격을 두고 나열되어 있는 문장을 천천히 읽어 내려갔다. 그녀를 배려해서인지 편지는 어렵지 않은 단어만으로 이루어져 있었다. 때문에 엘시아가 편지를 다 읽기까지는 오랜 시간이 필요하지 않았다.

엘시아는 다 읽은 편지를 상자에 넣고, 목걸이를 손에 쥐었다. 그러기가 무섭게 데이시가 반색하며 엘시아에게 다가왔다.

"어머, 대공 각하께서 또 장신구를 보내신 건가요?"

엘시아는 어색하게 웃으며 고개를 끄덕였다.

"마침 엘시아 님이 입고 계신 드레스와도 무척이나 잘 어울리는 목걸이네요!"

아무래도 데이시는 엘시아가 레오디안에게 받은 목걸이를 착용하기를 바라는 듯했다. 엘시아는 말없이 시선을 내려뜨려, 다시금 황금빛 보석을 눈에 담았다.

어젯밤 레오디안에게 목걸이를 받았을 때는 곧장 그에게 돌려주었지만, 이제는 그럴 수가 없었다. 아니, 그러고 싶지 않았다.

레오디안이 무슨 이유로 목걸이를 자신에게 주려고 하는지, 편지를 읽고 깨달았다. 때문에 엘시아의 고민은 길지 않았다.

이윽고 목걸이에서 시선을 떼고 시선을 들어 올렸을 때, 엘시아는 마음을 확실히 정한 뒤였다.

"저, 파티에 이 목걸이를 하고 갈래요."

* * *

로켄페데스 대공저에는 가주를 비롯한 그의 식솔이 머무르는 저택과 비교할 수는 없지만, 그래도 꽤나 규모가 큰 별저가 있었다.

애초에 연회를 목적으로 지어진 별저는 일층 전체가 연회장이었다. 그리고 연회장 한편의 계단을 통하여 위층으로 올라가면, 방문객을 위한 침실이 줄지어 자리한 복도가 나왔다.

이 두 개의 층으로 된 별저는 로켄페덴스 가문의 둘째가 사라진 이후, 언제나 굳게 닫혀 있었다.

하지만 오늘, 별저의 문은 활짝 열린 채였다. 연회장의 샹들리에가 자그마치 팔 년이라는 시간이 지나서야 본연의 찬란한 빛을 되찾은 것이다.

천장에 매달려 있는 거대한 샹들리에는 커다란 연회장을 환하게 밝히기에도 충분했다.

페이렌과 함께 연회장 안으로 들어선 엘시아는 샹들리에를 올려다보면서, 혹시라도 저 큼직한 게 떨어지기라도 한다면 필시 누군가 다칠 것 같다는,

그런 별 의미 없는 생각을 했다.

"리리엔 아가씨는 각하와 함께 오실 겁니다."

페이렌의 목소리가 멍하니 생각에 잠겨 있던 엘시아의 머릿속을 환기시켰다.

"아…… 그러고 보니까 정말 대공님이 안 계시네요."

엘시아는 뒤늦게 연회장을 휘둘러보았다. 연회장 안을 분주히 오고가는 시종들 사이로 한 무리의 낯선 사람들의 모습이 보였다.

그들은 서로 엇비슷한 옷을 입은 채로 하나같이 무언가를 지니고 있었는데, 그들이 지닌 물건이 영 생소했다.

"페이렌 님, 저분들이 누군지 아시나요?"

엘시아의 시선을 따라 눈길을 돌린 페이렌이 선선히 대답했다.

"저들은 춤곡을 연주할 악단입니다."

"네? 춤곡……이요?"

그러면 오늘 파티에서 춤을 춰야 한다는 말인가?

전혀 예상하지 못했던 일에 엘시아의 머릿속이 새하얗게 변했다. 그러다 엘시아는 간신히 정신을 차리고, 페이렌에게 춤을 춰야 하는지 물어보려고 입을 뗐다.

그러나 엘시아는 아무런 말도 꺼내지 못한 채로 입술을 맞물었다. 페이렌의 어깨 너머로 익숙한 인영을 목격한 탓이었다.

리리엔과 레오디안이 서로 손을 마주잡고 연회장 안으로 들어오고 있었다. 엘시아는 두 사람의 모습을 물끄러미 바라보았다.

리리엔은 무릎을 겨우 가리는 기장의 분홍 드레스를 입고 있었고, 레오디안은 검은 연미복 차림이었다.

황궁에서 열린 연회에 참석했을 때처럼, 서로 닮은 두 사람이 옷을 단정히 차려입고 함께 걸음을 옮기는 모습은 너무도 완벽해 보였다.

두 사람이 연회장 안으로 발걸음을 하자, 기다렸다는 듯 연주가 시작되었다. 연회장에 아름다운 선율이 흘렀다. 그 선율 속을 걷는 두 사람의 모습 또한 아름다웠다. 그래서인지 엘시아는 두 사람의 모습에서 눈을 뗄 수가 없었다.

그런 엘시아를 발견한 건 레오디안이 먼저였다. 엘시아는 레오디안과 눈이 마주친 순간, 저도 모르게 숨을 들이켰다. 그러다가, 고작 갑작스럽게 시선 좀 부딪쳤다고 해서 놀랄 건 또 뭔가, 그런 생각이 들었다. 엘시아는 어쩐지 스스로가 우스워져 작게 실소를 흘렸다.

그러자 마주하고 있던 푸른 눈동자가 불현듯 놀란 빛을 띤 것도 같았다. 하지만 레오디안이 곧장 고개를 돌려 리리엔을 내려다보았기에, 엘시아는 그의 눈동자에 스친 감정의 정체가 무엇이었는지 정확하게 짚어 낼 수는 없었다. 다만 그런 것 같다고 추측했을 뿐이었다.

그렇게 엘시아가 의식의 흐름처럼 유유히 이어지는 상념 속을 한참 떠돌고 있는데, 엘시아의 모습을 발견한 리리엔이 곧장 엘시아에게 다가왔다.

"엘시아."

그러더니 뜬금없이 손을 내밀었다.

"우리 춤추자."

"……춤을 추자고?"

엘시아는 얼떨떨한 표정으로 리리엔의 조그만 손을 내려다보았다. 리리엔이 고개를 끄덕이면서 입을 열었다.

"응, 춤추는 방법 배웠잖아."

"하지만……."

"나 엘시아하고 춤추고 싶단 말이야. 부탁이야, 응? 나랑 춤추자."

엘시아는 시선을 들어 올렸다. 대답을 기다리고 있는 리리엔의 귀여운 얼굴이 눈에 들어왔다.

그리고 리리엔의 옆에 레오디안이 서 있었다. 레오디안은 말없이 엘시아와 눈을 맞추었다가, 이내 시선을 조금쯤 내려뜨렸다.

엘시아는 레오디안의 시선이 머무르는 곳이 어디인지를 알았다. 레오디안은 지금 엘시아의 훤히 드러난 목, 정확히는 그곳에 걸고 있는 목걸이를 주시하고 있었다.

엘시아는 레오디안의 눈길이 닿은 곳이 어디인지를 정확히 인지하자, 내색하지 않으려 해도 당황스러운 마음을 감출 수 없었다. 그때였다.

"언니, 오늘은 내 생일인데 이 정도 부탁도 안 들어줄 거야?"

리리엔이 엘시아를 채근했다. 그제야 엘시아는 다시금 리리엔에게 시선을 돌렸다.

"하지만 리리엔, 나는 같은 성별의 사람과 춤을 추는 법은 배우지 않았어."

"그건 걱정하지 마."

리리엔이 입매를 씨익 끌어 올려 웃으며 말했다.

"내가 배웠거든."

리리엔은 엘시아가 물러설 퇴로를 완전히 차단해 버렸다.

"배웠다고……?"

"응, 어떻게 여성을 이끌면서 춤을 추는지 배웠어. 페이렌이랑 연습도 많이 했어."

리리엔이 반짝이는 눈으로 엘시아를 올려다보면서 재차 물었다.

"이제 아무 문제없지? 나랑 춤춰 줄 거지?"

리리엔의 청을 거절할 수 있는 그나마 합당한 이유를 잃어버렸기에, 엘시아는 고개를 끄덕일 수밖에 없었다.

엘시아에게서 대답을 끌어낸 리리엔이 덥석 엘시아의 손을 붙잡았다. 그리고 엘시아를 이끌고 홀의 중앙으로 나아갔다.

두 사람이 멈춰 서자, 선율도 함께 멈추었다. 악단은 두 사람을 위한 춤곡을 새로이 연주할 준비를 했다.

그러느라 잠시간 흐르게 된 정적 속, 리리엔이 불쑥 말을 꺼냈다.

"있지, 나 황궁에 갔을 때 아무하고도 춤 안 췄어."

엘시아는 갑자기 리리엔이 왜 이러한 이야기를 하는 건지 알 수 없어, 그저 묵묵히 리리엔의 목소리에 귀를 기울였다.

"이렇게 정식으로 추는 춤은 꼭 언니랑 제일 먼저 추고 싶었거든."

"……."

"무슨 일이든지 처음은 전부 언니하고 같이 경험하고 싶으니까."

꿈에도 짐작하지 못한 말이지만, 너무도 감동스러운 말이었다. 그래서 순간 목이 메었지만, 엘시아는 리리엔에게 고맙다고 말하기 위하여 애써 목을 골랐다.

그러자 그때, 잠시간 멈추어 있던 선율이 다시금 흐르기 시작했다.

리리엔은 엘시아의 손을 꽉 마주 잡고, 음악에 맞추어 천천히 발을 뗐다. 엘시아는 리리엔이 물러서면 물러선 만큼, 가까이 다가서면 다가선 만큼 발을 움직였다.

"……어때? 언니하고 춤추려고 되게 많이 연습했는데."

흐르는 선율 사이로 리리엔이 속삭이는 목소리가 들려왔다. 엘시아는 리리엔의 춤 실력을 평가하는 대신, 다른 말을 꺼냈다.

"리리엔, 내가 처음 춤을 춘 상대가 너여서 너무 행복해."

"……나도 그래."

맞잡고 있던 리리엔의 손에 힘이 실리는 게 느껴졌다. 그에 엘시아는 조용히 미소 지었다.

레오디안과 페이렌, 열 명 남짓한 시종들과 한 무리의 악단. 여느 파티와 비교하기 민망할 정도로 연회장에 모인 인원은 적었다.

하지만 대공저에서 이만큼의 사람이 한데 모여서 파티를 즐기는 건 자그마치 팔 년 만의 일이었다. 그런 이유로 지금 이곳에서 파티의 규모나 참석한 인원을 신경 쓰는 사람은 아무도 없었다.

"언니, 사람들이 우리만 쳐다보고 있어."

그것은 엘시아도 아까부터 느끼고 있던 바였다. 춤을 추고 있는 사람은 리리엔과 엘시아뿐이었다. 때문에 아까부터 두 사람에게 자연스레 시선이 모여 있었다.

그러나 엘시아는 자신에게 집중된 시선에도 불구하고 전혀 움츠러들지 않았다. 언제나 낯선 인간의 시선에는 예민하게 반응하는 엘시아였으나, 지금 이 순간만큼은 두려움을 느끼지 않았다.

리리엔이 있으니까.

리리엔의 손을 잡고 있었으니까. 남들 시선 따위는 조금도 신경 쓰이지 않았다.

엘시아는 리리엔과 발을 맞추어 춤곡을 따라 몸을 움직이는 데 집중했다. 리리엔은 벨레로폰 못지않게 능숙히 엘시아를 이끌었다. 머지않아 선율이 완전히 멎었을 때, 리리엔이 엘시아의 손등에 입을 맞추었다.

"매너까지 완벽했지?"

리리엔이 능청스럽게 한쪽 눈을 찡긋하면서 물었다. 그 모습에 엘시아는 저도 모르게 웃음을 흘렸다.

"응, 완벽했어."

엘시아가 즐거운 기색을 감추지 않고 대답하자, 리리엔이 엘시아를 올려다보며 활짝 웃었다.

곧 연회장에는 춤곡과 다른 가락의 잔잔한 음악이 내려앉았다. 그에 엘시아는 어쩐지 이대로 끝내기는 조금 아쉽다는 생각을 했다.

리리엔과 다시 한 번 호흡을 맞추어 춤을 추고 싶었다. 한 번이 어렵지, 두 번째부터는 별반 어렵지 않을 것 같기도 했다.

"리리엔, 우리 같이 또 춤출래?"

엘시아의 제안에 리리엔이 놀란 듯 눈을 크게 떴다. 그러나 그것은 아주 잠시였다. 리리엔은 곧 눈매를 부드럽게 휘어 웃으며, 고개를 저어 보였다.

"나도 그러고 싶지만……. 언니는 인기가 너무 많아서, 내가 독차지하고 있을 수가 없어."

"……그게 무슨 소리야?"

엘시아가 뜻 모를 리리엔의 말에 고개를 기울이자, 리리엔이 말없이 시선을 옮겼다.

엘시아는 의아한 표정으로, 그녀의 뒤편 어딘가를 응시하고 있는 리리엔의 눈길을 따라 고개를 돌렸다. 그러자 곧장 푸른 눈동자와 눈이 마주쳤다. 엘시아는 성큼 다가온 레오디안의 존재를 그제야 인지하였다.

"나는 이제 페이렌하고 춤출 거니까, 엘시아도 원하는 사람이랑 춤을 춰."

리리엔은 엘시아의 손을 한번 세게 힘주어 쥐었다가, 이내 완전히 놓아주었다. 그리고 엘시아가 미처 붙잡을 새도 없이 훌쩍 멀어졌다.

그건 너무도 순식간에 벌어진 일이었다. 엘시아는 마치 망망대해에 홀로 남겨진 듯한, 막연하면서도 아연한 느낌에 조금쯤 멍하니 입술을 벌렸다.

그러나 엘시아는 오래도록 정신을 빼놓고 있을 수 없었다. 레오디안이 리리엔의 빈자리를 대신하였기 때문이었다. 레오디안의 커다란 존재감은 순식간에 엘시아를 현실에다 끌어다 놓았다.

"편지를 읽었나 보군요."

다시금 돌아오게 된 현실에서, 귀에 익은 목소리를 들으면서. 엘시아는 레오디안을 마주 바라보았다. 평소와 같은 레오디안의 모습을 보고 있자니, 저절로 침착해지는 기분이었다.

"그래서 목걸이는 받아 둘 생각입니까?"

"네, 대공님의 마음은 잘 알았어요. 그래서……."

엘시아는 레오디안의 편지를 읽고, 그가 나름의 이유로 자신에게 목걸이를 맡겼다는 것을 깨달았다. 때문에 엘시아는 앞으로 목걸이를 한시도 몸에서 멀리 떼어 놓지 않고 언제나 지니고 있을 작정이었다.

"그래서 이제부터 이 목걸이를 소중하게 간직할 생각이에요."

엘시아가 솔직하게 말을 맺었다. 그러자 레오디안의 눈이 묘한 기색을 띠며 가늘어졌다.

"……내 마음을, 잘 알았다고."

그렇게 중얼거리는 레오디안에게서 순간 지독하리만큼 매혹적인 체취가 훅 풍겨와, 엘시아는 저도 모르게 와락 미간을 찌푸렸다.

'이제 이 향기에도 익숙해졌다고 생각했는데…….'

엘시아는 레오디안에게서 크게 한 걸음 물러섰다. 그렇게 레오디안과 조금이나마 멀어지고 나자, 막 흐려지려던 의식이 선명해졌다. 의식이 또렷해지고 나자, 자연스럽게 깨닫게 되었다.

자신이 레오디안의 체취를 새삼스럽게 인지한 게 아니었다. 원래도 자신의 본능을 너무도 쉽게 자극하던 레오디안의 체취가 지금, 유난히 농밀했기 때문이었다. 그 사실을 깨달은 엘시아는 혹시나 하는 마음에 숨을 멈추었다.

'어째서 갑자기 향기가 짙어진 거지?'

머릿속에 잇따라 떠오르는 의문에 고개를 갸웃한 엘시아가 레오디안을 유심히 살펴볼 때였다.

레오디안이 성큼 걸음을 내디뎌, 엘시아가 벌려 놓았던 거리를 순식간에 좁혔다.

"바라건대."

그리고 레오디안은 아까 리리엔이 그랬던 것처럼, 엘시아를 향해 손을 내밀면서 말을 이었다.

"나와 춤추겠습니까."

엘시아는 얼떨떨한 표정으로 레오디안을 올려다보았다. 레오디안이 춤을 청하다니. 예상한 바였으나 상황이 놀랍지 않은 것은 아니었다.

황궁 연회에서 춤을 취야 할 것이라는 이야기를 들었을 때보다도 당황스러웠다. 숨을 들이마시고 내쉴 때마다 폐부에 들이찼다가 휩쓸려 나가는 달콤한 향기 또한 마찬가지였다.

눈앞의 농염한 남자의 존재가 새삼 버겁게 느껴졌다. 엘시아는 어찌할 바를 모르고 그저 이리저리 눈동자를 굴렸다.

"내 마음을 알겠다더니."

어쩐지 웃음기가 서려 있는 듯한 목소리가 귓전을 울렸다.

"이는 예상하지 못했습니까?"

그 나직한 음성에 입안이 절로 바싹 말랐다. 엘시아는 마른침을 삼켰다.

혹시라도 이성을 잃고서 그의 살갗에 이를 박아 넣는 불상사만큼은 피하고 싶었다. 그래서 또다시 한 걸음 물러섰다.

"……제 말은, 대공님이 무슨 이유로 저에게 목걸이를 주신 건지……."

그러나 그에게서 멀어지려는 그녀의 노력이 무색하게도, 레오디안은 이번에도 너무나 쉽게 거리를 좁혀 왔다. 엘시아는 숨을 들이키며 입술을 사리물었다.

지금 내가 당신을 보고 무슨 생각을 하고 있는지를 안다면, 감히 내게 가까이 다가올 생각은 못 할 텐데.

자조적인 생각을 하면서 더욱 힘주어 입술을 깨물었던 엘시아는, 직전 레오디안이 문득 다가온 탓에 끝마치지 못했던 말을 맺기 위하여 입술을 벌렸다.

"그러니까…… 대공님의 생각을 알았다는 뜻이었어요."

말을 마친 엘시아의 입술이 영영 열리지 않을 것처럼 꾹 맞물렸다.

스스로의 체취를 조금도 인지하지 못하고 있는 레오디안이 원망스러웠다. 그는 자신이 얼마나 매력적인 향기를 풍기는 사람인지를 자각할 필요가 있었다.

엘시아는 무거운 숨을 길게 내쉬었다. 그와 동시에 연회장에 잔잔하게 흐르고 있던 선율이 속도를 빨리했다.

리리엔과 페이렌을 위해 조금 빠른 박자의 곡이 연주되기 시작한 것이다.

"그래서……."

엘시아가 무심코 페이렌과 춤을 추는 리리엔의 모습을 눈에 담았을 때, 레오디안의 목소리가 귓전에 묵직하게 울렸다.

"날 거절할 겁니까."

저도 모르게 고개를 돌린 엘시아는 푸른 눈동자를 올려다보았다가, 이내 앞에 내밀어진 커다란 손을 내려다보았다.

불과 어제만 해도 레오디안의 손을 먼저 잡았었는데, 지금은 차마 그의 손을 잡을 엄두가 안 났다. 한 번이 어렵지, 두 번은 어렵지 않으리라 생각했던 것이 무색하게도 엘시아는 선뜻 용기를 내지 못했다.

"이러다 곡이 끝나겠습니다."

반면 레오디안은 기필코 춤을 춰야만 하겠는지, 물러서지 않았다. 그리고 엘시아는 늘 그렇듯 레오디안을 이해할 수 없었다.

엘시아는 힘없이 늘어뜨리고 있던 손을 꽉 힘주어 쥐었다가, 이내 천천히 손을 들어 올렸다.

오늘만큼은 완벽했으면 바랐다. 아무것도 망치고 싶지 않았다. 그래서 부스러기처럼 조그만 용기를 바득바득 끌어모아, 레오디안의 손을 잡았다.

그러자 레오디안이 기다렸다는 듯 엘시아의 손을 감싸 왔다. 뼈마디가 굵은 손은 엘시아의 가는 손을 참 쉽게도 다 감싸 쥐었다. 엘시아는 제 손을 덮어 쥔 큼직한 손을 응시하다가, 이윽고 허리에 닿아 온 단단한 팔에 놀라 고개를 들었다.

"한쪽 손은 내 어깨에 올리십시오."

레오디안은 너무도 태연하게 말했다. 엘시아는 얼떨떨한 눈으로 레오디안을 바라보면서 그의 지시를 따랐다. 그러자 레오디안이 엘시아의 허리에 두르고 있던 팔에 가볍게 힘을 주었고, 엘시아는 숨을 들이켰다.

지금 엘시아는 마치 레오디안에게 안긴 모양새였다.

레오디안이 너무 가까이에 있었다. 그의 농밀한 체취에 머릿속이 푹 절여지는 것만 같은 느낌이었다. 뿐만 아니라 그와 닿아 있는 곳이 전부 뜨겁게 달아오르는 듯했다. 엘시아는 자꾸만 끊어지려는 이성의 끈을 간신히 붙잡고 또 붙잡았다.

까짓 손을 잡고 춤을 추는 일이다. 어려울 것 하나 없었다. 애써 그렇게 되뇌며, 엘시아는 그녀에게 바짝 다가선 레오디안이나 그의 체취 따위를 대수롭지 않게 여기려 노력했다.

다행스럽게도 머지않아 레오디안이 천천히 발을 뗐고, 엘시아는 그와 발을 맞추는 데에만 집중했다.

온 신경을 다른 곳으로 돌리니 그나마 괜찮아지는 것 같았다. 본능을 자극하는 지독히도 짙은 향기나, 바짝 닿아 있는 단단한 육체에도 크게 동요하지 않을 수 있었다.

"……생각을 해 봤습니다."

천천히 충동을 다스리고 있는 엘시아의 귓가에 레오디안의 목소리가 파고 들었다. 엘시아는 저도 모르게 고개를 들어 레오디안을 바라보았다. 푸른 눈은 당연하게도 전례 없이 가까운 곳에 자리해 있었다.

말문이 턱 막힐 정도로 푸르고 깊은 눈동자였다. 그래서인지 속절없이 시선을 빼앗긴 채로 그를 멍하니 응시했던 엘시아가 뒤늦게야 물었다.

"무슨 생각이요?"

"어젯밤 당신에게 어떤 식으로 목걸이를 전해 줬으면 좋았을지."

서로를 껴안다시피 하고 있던 탓에 레오디안의 목소리는 마치 귓가 가까이에서 속삭이고 있는 것처럼 커다랗게 울렸다. 그래서일까. 아까부터 연회장에 커다랗게 울려 퍼지고 있는 춤곡은 더 이상 엘시아의 귀에는 들리지 않았다.

"시간이 더 흐른 뒤에 목걸이를 전해 주는 편이 나았을까 하는 생각도 했고."

어쩐지 온몸이 간질거리는 느낌이었다. 엘시아는 가까스로 물었다.

"……왜 그런 생각을 하셨는데요?"

"만약 내가 조금 더 현명했더라면 당신이 놀라는 일도 없었을 것 같아서."

밀어라도 속삭이고 있는 듯한 낮고 은밀한 목소리. 엘시아는 입안의 여린 살을 힘껏 깨물었다.

"어제, 많이 놀랐습니까?"

엘시아의 내면에 불어닥친 돌풍의 존재를 알 리 없는 레오디안은 쉴 틈을 주지 않고 물어 왔다. 엘시아는 멍한 머릿속으로 간신히 대답할 말을 찾아냈다.

"대공님에게도 소중한 목걸이잖아요. 그래서……."

"그래서?"

가까이 붙어 선 레오디안의 체취를 외면하며 그와 춤을 추는 것만으로도 충분히 버거운데, 자꾸만 귓전을 울리는 나지막한 목소리는 엘시아를 더욱 곤란하게 만들었다.

"그래서 조금 당황스러웠어요. 대공님이 저에게 목걸이를 주실 줄은 꿈에도 몰랐으니까요."

레오디안은 엘시아가 목걸이를 지닐 자격이 있다 말하였지만, 엘시아는 레오디안의 말에 동의할 수 없었다.

물론 엘시아는 레오디안이 무슨 이유로 그런 말을 했는지는 알고 있었다. 레오디안은 자신이 리리엔을 돌보게 된 자세한 사정을 모른다. 그는 자신을 은인이라 여기고 있었고, 때문에 자신이 리리엔이 가진 것과 똑같은 목걸이를 지닐 자격이 있다 판단한 것이다.

크게 이상한 일도 아니었다. 다만 엘시아는 레오디안이 이런 식으로 자신을 향한 신뢰를 내보일 때마다, 목을 옥죄는 듯한 죄책감을 느꼈다.

"그래도 편지를 읽으니까 이해가 됐어요. 저를 믿고 목걸이를 맡겨 주셔서 고마워요."

레오디안은 엘시아의 거짓말을 한 치의 의심 없이 믿고 있었다. 엘시아는 레오디안이 목걸이를 준 일로 확신했다.

적어도 아직까지는 제 거짓말을 들키지 않았다고, 그는 제 정체를 모른다고.

"아. 편지 말인데."

묘하게 순진한 구석이 있어, 그녀를 조금도 의심하지 않고 덥석 믿어 버린 사내가 물었다.

"내게 줄 편지는 썼습니까?"

곡이 클라이맥스를 향해 갈 때였다. 어느 순간부터 속도가 붙은 레오디안의 움직임에 맞추어 발을 내디디면서, 엘시아는 대답했다.

"네. 썼어요, 편지."

엘시아가 레오디안을 올려다보면서 희미하게 미소를 지었고, 레오디안의 눈동자에는 묘한 빛이 떠올랐다.

"서랍에 넣어뒀는데, 이따 드릴게요."

그렇게 대수롭지 않게 덧붙인 엘시아는 문득 자신의 필체가 엉망이라는 사실을 떠올리고는 머뭇거리다 입을 열었다.

"……글씨가 뒤죽박죽 엉망이라서 보기 불편하실 수 있어요."

"상관없습니다."

레오디안은 정말 상관없다는 투로 대답했다. 그의 덤덤한 태도에 엘시아는 조금이나마 마음을 놓을 수 있었다.

"그럼 말씀드린 대로 이따가 편지를 가져다드릴게요."

엘시아가 말을 맺자, 음악도 멎었다. 서로 호흡을 맞추어 움직이고 있던 엘시아와 레오디안 또한 자리에 멈춰 섰다.

레오디안은 여태 엘시아의 허리에 두르고 있던 팔을 풀었다. 그러나 마주 잡고 있는 손은 놓지 않았다. 음악이 끝났는데도 자신을 놓아주지 않는 레오디안을 의아한 눈으로 올려다보았던 엘시아는, 곧 이유를 알았다.

"아……."

손등 위로 레오디안의 입술이 내려앉았다. 엘시아는 저도 모르게 흠칫 몸을 떨었다.

낙인이라도 찍듯 손등에다 입술을 꾹 내리누른 뒤, 고개를 든 레오디안의 입매는 매력적인 모양으로 휘어져 있었다.

"함께 춤을 출 기회를 주셔서 감사합니다, 레이디."

방금 레오디안의 입술이 머물렀던 손등이 불에 덴 듯 뜨거웠다. 엘시아가 불현듯 손을 홱 잡아 뺀 건 그런 이유에서였다. 엘시아는 비로소 자유로워진 손을 다른 손으로 감싸 쥔 채 가까스로 입을 열었다.

"……저도, 저도 감사했어요."

입술 사이로 흘러나온 목소리가 볼품없이 떨렸다. 그를 눈치채지 못했을 리가 없는데, 어쩐 일인지 레오디안의 소리 없는 미소는 조금 더 짙어졌다.

* * *

리리엔과 레오디안이 춤을 춘 것을 마지막으로, 연회장에는 더 이상 춤곡이 울려 퍼지지 않았다.

악단은 아스라한 선율을 연주해 연회장의 분위기를 부드럽게 만들어 주었고, 덕분에 엘시아는 차분히 연회장을 둘러볼 수 있었다.

연회장 한편에서 리리엔은 해맑은 얼굴로 페이렌과 담소를 나누는 중이었다. 그 옆에서 레오디안은 와인을 마셨고, 로이셀 역시 지척에서 리리엔을 살피고 있었다.

그들의 모습을 멀찍이서 가만 지켜보고 있는데, 문득 연회장 입구 쪽이 소란스러워졌다. 엘시아는 소란의 출처를 향해 고개를 돌렸다.

막 연회장 안으로 들어선 남자들의 모습이 시야에 들어왔다. 짙은 남색 제복을 입고 있는 두 명의 남자. 한 사람은 엘시아가 익히 잘 알고 있는 남자였다.

"엘시아 님, 왜 여기 홀로 계십니까?"

엘시아를 발견하자마자 곧장 엘시아 쪽으로 다가온 벨레로폰이 의아한 듯 고개를 기울였다.

"혼자 있는 게 편해서요."

"아니, 그렇다고 하여 이렇듯 혼자 계시는 건……."

벨레로폰이 당황스럽다는 듯이 말끝을 흐렸다. 엘시아는 말없이 웃어 보였다.

"아! 엘시아 님, 이쪽은 케일런 리예투스. 저와 같은 요헴의 기사입니다."

"처음 뵙겠습니다, 레이디. 전 리예투스 남작가의 케일런입니다."

"아…… 안녕하세요. 저는 엘시아라고 해요."

엘시아는 어색한 표정으로 낯선 남자의 인사를 받았다.

벨레로폰은 썩 편치 않아 보이는 엘시아의 기색을 기민하게 알아차렸다. 그가 얼른 화제를 돌린 건 그러한 이유에서였다.

"하아……. 이곳에 오니 숨통이 트이는 느낌입니다."

조금쯤 투정이 섞인 목소리였다. 그에 나직이 웃은 엘시아는 새삼 벨레로폰을 관찰하듯 보았다.

벨레로폰은 신황이 제도의 신전을 순회하는 동안 그의 수행을 맡았다 들었다. 그래서 엘시아는 오늘 이곳에서 벨레로폰을 보리라고는 짐작하지 못했다. 엘시아가 의아한 마음에 고개를 기울이면서 물었다.

 "신황 성하를 수행하는 일은 끝나신 건가요?"

 "아뇨, 그건 아닙니다. 다만 신황 성하가 엘타이라 신전에 머무르고 계시는데, 신전 밖으로는 나서지를 않으셔서요. 그 덕분에 잠시나마 대공저를 들를 여유가 생겼습니다."

 벨레로폰이 연회장을 한번 휘 둘러보면서 말을 이었다.

 "정말 아무도 초대를 하지 않았군요."

 척 보기에도 힘주어 꾸민 티가 나는 연회장에 준비된 디저트의 가짓수가 무색하게도, 연회장은 텅 비었다 말해도 과언이 아닐 정도로 사람이 없었다.

 "그래도 명색이 파티인데, 초대된 사람이 없다니……."

 레오디안의 결정을 이해하지 못하는 것은 아니나, 막상 저택에 기거하는 사람들로만 이루어진 파티를 직접 확인하고 나니 당황스러웠다.

 "……선물을 준비해 오길 잘했습니다."

 벨레로폰이 혼잣말처럼 중얼거렸다. 그때 리리엔이 뒤늦게 벨레로폰을 발견하고선 뛰어왔다.

 "벨레로폰!"

 리리엔의 환대에 벨레로폰이 환하게 미소를 지었다.

 "아가씨, 생일을 축하합니다."

 벨레로폰은 곧장 리리엔에게 준비해온 선물을 내밀었다.

 "이게 뭐야?"

 "아가씨 또래에서 유행하는 목각 인형입니다. 대단한 것은 아니지만, 부디 받아 주십시오."

 "인형? 우와……."

 리리엔이 냉큼 포장을 뜯어냈다. 곧 조그만 목제 인형이 모습을 드러냈다.

 "고마워, 벨레로폰."

"아닙니다."

벨레로폰이 수줍은 표정으로 고개를 저었다. 리리엔은 목각 인형을 만지작거리다가, 벨레로폰의 곁에 서 있는 케일런에게 시선을 돌렸다.

"그런데 이분은 누구……?"

"아, 요헴의 기사입니다. 이번에 저와 같이 수행 기사로 선정되어 제도로 왔습니다."

벨레로폰이 말을 맺자, 케일런이 가볍게 묵례했다.

"공녀님, 만나 뵙게 되어 영광입니다. 저는 케일런 리예투스라고 합니다."

리리엔은 퍽 익숙한 태도로 케일런의 인사를 받아 주었다.

"리예투스 경, 반가워요. 오늘 파티는 제 생일을 축하하는 자리인데, 모쪼록 즐거운 시간 보내다 가시길 바라요."

"말씀 감사합니다, 공녀님. 생일을 진심으로 축하드립니다."

케일런이 품에서 조그만 상자를 꺼냈다. 그 예상 밖의 모습에 엘시아는 내심 놀랐다.

"제 나름대로 준비해 보았습니다만 마음에 드실지는 모르겠습니다."

리리엔 역시도 오늘 처음 만난 사람이 자신의 선물을 챙겨 줄 것이라고는 짐작하지 못했는지, 짐짓 놀란 기색으로 선물을 건네받았다.

"선물 고마워요, 리예투스 경."

"별말씀을요. 파티에 참석한 사람으로서 마땅히 준비해야 하는 것이 아닙니까."

케일런이 부드러운 어조로 말을 이었다.

"오히려 제가 갑자기 찾아와 놀라진 않으셨을지 걱정입니다."

"리예투스 경이야말로 별말씀을 하시네요. 벨레로폰의 친구는 언제든지 환영이에요."

리리엔이 꽤나 의젓하게 케일런의 말에 응수한 다음, 선물을 내려다보면서 말했다.

"선물 열어 봐도 돼요?"

"물론입니다."

흔쾌한 대답에 리리엔이 망설임 없이 상자를 열었다. 상자 안에는 붉은 빛을 띠는 투명한 유리 공예품이 들어 있었다.

"꽃 모양이네요."

"예, 장미꽃입니다."

리리엔이 환하게 웃었다.

"마음에 들어요. 고마워요."

괜한 인사치레가 아니라 정말로 마음에 들었는지, 리리엔은 좀처럼 유리 장미에서 시선을 떼지 못했다.

그 무렵, 로이셀과 함께 멀찌감치 서 있던 레오디안이 가까이에 다가왔다.

"각하."

"단장님."

레오디안은 그에게 예를 취한 두 명의 기사를 향해 가볍게 고개를 까딱여 보이곤, 곧장 리리엔에게 말했다.

"리리엔, 시간이 늦었다."

나지막한 목소리에 무심코 창밖으로 시선을 둔 엘시아는 새삼스럽게 시간의 흐름을 인지했다. 어느덧 해가 저물고, 하늘이 먹먹하니 어두웠다.

"이만 헤르테인과 함께 침실로 돌아가도록."

"응, 알았어."

리리엔이 순순히 고개를 끄덕였다. 날이 날이니만큼, 오늘은 늦게 자겠다고 고집을 부릴 줄 알았는데. 엘시아는 조금 놀란 눈으로 리리엔을 바라보았다.

"엘시아, 나는 먼저 들어가서 잘게."

리리엔이 엘시아와 눈을 맞추고는 말했다.

"엘시아는 밤늦게까지 맛있는 거 먹으면서 사람들하고 얘기도 나누고, 재밌게 놀아야 돼. 알겠지?"

사실은 아까부터 연회장을 떠나고 싶었지만, 엘시아는 말없이 웃으며 고개를 끄덕였다. 오늘만큼은 리리엔의 하루가 완벽하길 바랐고, 무엇보다도 리리엔의 기분을 망치고 싶지 않았기 때문이었다.

"여러분, 저는 이제 침실로 가야 할 것 같아요. 일찍 자야 키가 크니까요."

한편, 엘시아에게서 긍정의 답을 얻어 낸 리리엔이 주위의 사람들을 둘러보면서 인사를 건넸다.

"그럼, 모두 파티를 마음껏 즐기시길."

리리엔은 마지막으로 엘시아를 향해 눈짓으로 가볍게 인사하고서는, 헤르테인과 함께 지체 없이 연회장을 나갔다.

리리엔이 떠난 연회장은 금세 시끌벅적해졌다.

케일런은 페이렌과 안면이 있는 건지, 퍽 살갑게 대화를 나누었다. 두 사람 사이에 선 벨레로폰이 틈틈이 농담을 보태자 연회장은 더욱 화기애애해졌다.

마냥 시끌벅적한 분위기 속, 엘시아는 어색하게 자리를 지켰다. 활기 넘치는 분위기가 좀처럼 적응이 되지 않았다.

이럴 줄 알고 파티가 끝날 때까지 혼자서 시간을 보내려고 한 것인데…….

퍽 단단히 마음먹었던 것이 무색하게도 지금 엘시아는 사람들에게 둘러싸여 있었다.

리리엔이 연회장을 나설 때 자연스럽게 자리를 피했더라면 좋았을 걸 하는 후회가 들었다. 한번 때를 놓치고 나니, 좀처럼 자리를 뜰 마땅한 기회가 오지 않았다.

저도 모르게 한숨을 내쉰 엘시아가 의미 없이 시선을 들어 올렸을 때였다. 엘시아는 저를 바라보고 있던 레오디안과 곧장 시선을 맞닥뜨렸다. 서로의 시선이 얽히기 무섭게 레오디안이 소리 없이 입술만을 움직여 말했다.

'우리도 나가죠.'

레오디안의 입모양을 어렵지 않게 읽어 낸 엘시아는 찰나 고민에 잠겼다. 이 불편한 자리를 지키는 것과 레오디안과 함께 연회장을 떠나는 것 중 어느 쪽을 선택하는 편이 좋을지.

고민은 길지 않았다. 이윽고 엘시아는 레오디안을 향해 고개를 끄덕여 보였다.

* * *

연회장에서 새어나온 불빛이 주변을 환하게 밝히고 있었다. 엘시아는 빛이 스며들어 있는 길을 레오디안과 함께 걸었다.

엘시아의 시선은 레오디안의 뒷모습에 고정된 채였다. 레오디안과 어느 정도 거리를 유지한 채로 걷고 있는 탓에, 그의 뒤태가 한눈에 들어왔다. 질이 좋은 의복은 레오디안의 몸태를 고스란히 드러내고 있었다. 그래서인 지 엘시아는 좀처럼 그의 뒷모습에서 눈을 떼지 못했다.

말라붙은 가지처럼 앙상한 자신의 몸과는 전혀 다른, 겉보기에도 커다랗고 단단한 남자의 육체가 신기했다.

엘시아가 생경한 호기심에 레오디안의 몸을 새삼스럽게 관찰하는 사이, 어느덧 두 사람은 고요한 복도에 다다랐다.

이곳까지 오는 동안 내내 묵묵히 앞만 보고 걷던 레오디안은 굳게 닫힌 문 앞에서야 걸음을 멈추고, 비로소 엘시아를 돌아보았다. 하지만 그뿐, 레오디안은 아무런 말이 없이 엘시아를 내려다보았다. 그것이 의아했던 엘시아가 저도 모르게 고개를 기울였을 때였다.

"내게 줄 것이 있지 않습니까."

나직한 탄성이 엘시아의 입술 사이를 비집고 나왔다.

방금 레오디안의 말을 듣고, 아까 그에게 편지를 주겠노라 하였던 일이 떠올랐다. 엘시아가 침실 문을 열면서 말했다.

"여기서 잠시만 기다리고 계세요. 금방 가지고 나올게요."

레오디안이 고개를 끄덕였고, 그의 대답을 확인한 엘시아는 곧장 침실 안으로 들어섰다. 빠른 걸음으로 편지를 넣어 두었던 서랍으로 다가간 엘시아가 서랍에서 편지를 꺼냈다. 그리고 곧바로 몸을 돌렸다.

레오디안이 밖에서 기다리고 있다는 생각에 마음이 급했다. 엘시아는 침실로 들어왔을 때처럼 빠르게 침실을 나섰다.

레오디안은 직전 엘시아가 보았던 그 모습 그대로 서 있었다. 엘시아는 침실에서 나오기가 무섭게 기다렸다는 듯 달라붙어 온 가라앉은 시선에 멈칫했다.

어둠 속에서도 요요한 은발이 꼭 밤하늘의 달빛 같았다.

그래서일까. 엘시아의 머릿속에 문득, 레오디안의 머리칼도 리리엔의 머릿결처럼 부드러울까 하는 때 아닌 의문이 스치고 지나갔다. 그 의문의 뒤를 이어 만져 보고 싶다는 생각이 무심코 들었다. 엘시아는 저도 모르게 마른 침을 삼켰다.

"대공님, 이거……."

생각을 털어 내듯 고개를 가볍게 저은 엘시아는 불쑥 편지를 내밀었다.

레오디안은 가타부타 말없이 편지를 열어 보았다. 편지를 내려다보는 푸른 눈동자가 이리저리 움직였다. 가만히 그를 바라보고 있는데, 어느 순간 그의 붉은 입술이 부드럽게 휘어졌다.

어째선지 오늘따라 레오디안은 기분이 좋아 보였다. 평생 볼 그의 웃는 낯을 오늘 다 본 것이 아닌가 하는 생각이 들 정도였다.

아까 레오디안과 춤을 추었을 때도 그랬다. 평소의 그의 모습을 생각해 보았을 때 오늘 그는 정말 이상했다.

자신이 딱히 무언가 유쾌한 이야기를 한 것도 아니고, 특별히 재미있는 행동을 한 것도 아니었다. 그런데도 오늘 레오디안은 자신을 보면서 자주 웃었다. 엘시아는 의아함에 미간을 좁혔다.

그러다가 레오디안이 편지를 접어 품에 넣었을 때, 참지 못하고 물었다.

"대공님, 혹시…… 아까 연회장에서 와인을 많이 마셨나요?"

막 편지를 갈무리하고 고개를 든 레오디안이 말없이 한쪽 눈썹을 들어 올렸다. 엘시아의 말을 좀처럼 이해할 수 없다는 표정이었다.

"자꾸, 웃으시니까……."

엘시아는 그것 외에 다른 이유를 떠올릴 수 없었다. 레오디안이 취한 게 아니라면, 그가 자신을 보고 자꾸만 웃을 리가 없었다.

"와인을 과하게 마신 게 아닌가 해서요."

엘시아는 레오디안과 단둘이 저녁을 함께한 밤, 와인에 취해 깊은 생각을 거치지 않고 되는 대로 말을 지껄였던 스스로의 모습을 기억하고 있었다.

그때 자신이 그랬듯, 지금 레오디안도 와인에 취한 것이리라.

그래, 그런 것 같았다. 엘시아는 스스로 내린 결론이 꽤 그럴듯하다고 여겼다.

"……내가 취했다고 생각한 겁니까."

그때 레오디안이 문득 말했다. 엘시아는 대답하지 않고, 조용히 레오디안을 올려다보았다.

"아니, 난 취하지 않았습니다."

그러자 엘시아의 생각을 읽기라도 한 것처럼 레오디안이 덧붙였다. 자신은 취하지 않았다고, 그러니 엘시아의 짐작은 틀렸다고.

"당신 눈에는 내가 취한 사람으로 보입니까?"

레오디안이 물었다. 엘시아는 선뜻 대답을 하지 못했다.

그럼 왜 자꾸 웃느냐고, 취한 것도 아니면서 어째서 평소와 다르냐고…….

엘시아는 차마 입 밖으로 낼 수 없는 의문을 혼자서 속으로 더듬었다. 그런 엘시아를 가만 내려다보고 있던 레오디안이 잊고 있던 것이 떠올랐다는 듯 탄식했다.

"아, 자꾸 웃는다고 하였지."

엘시아는 시선을 들어 올려 조심스럽게 레오디안의 기색을 살폈다. 레오디안은 언뜻 보아도 쉽게 알아차릴 수 있을 정도로 즐거운 기색을 내보이고 있었다.

"내가 취기에 웃는다고 생각했군요."

말끝에 가벼운 웃음이 샜다. 엘시아는 어둠 속에서도 또렷하게 보이는 붉은 입술을 멍하니 바라보다가, 화들짝 놀라 눈을 크게 떴다.

불현듯 레오디안이 성큼 다가오더니 엘시아의 팔을 붙잡은 탓이었다. 레오디안은 미처 말릴 새도 없이 엘시아의 팔을 다 가리고 있는 소매를 걷어 올렸다.

"……대공님."

"아까 언뜻 보았는데 확실히 흉터가 많이 옅어졌군요."

엘시아의 당황한 기색은 보이지 않는지, 레오디안은 태연히 제 할 말을 하였다.

"리리엔도 기뻐할 겁니다. 그리고……."

레오디안이 퍽 조심스럽게 엘시아를 놓아주었다.

"이 드레스 역시 소매가 길지만, 그래도 밝은 빛깔의 드레스를 입은 모습을 보니 좋습니다."

레오디안이 엘시아의 차림에 관하여 직접적으로 말을 꺼낸 건 이번이 처음이었다.

"잘 어울립니다."

엘시아는 어쩐지 어디론가 숨고 싶어졌다. 페이렌이 칭찬을 했을 때와는 비교할 수 없을 정도로 부끄러웠다.

그에 엘시아가 괜스레 소매를 쭉 끌어다 손을 덮었을 때였다. 레오디안의 시선이 엘시아의 하얗고 가느다란 목에 닿았다.

늘 길게 늘어뜨리고 있던 머리칼을 하나로 올려 묶은 탓에, 현재 엘시아의 목이며 어깨는 훤히 드러나 있었다. 덕분에 레오디안은 엘시아가 목에 걸고 있는 목걸이를 똑똑히 볼 수 있었다.

"목걸이도……."

레오디안의 눈길이 목덜미를 어루만지듯 스쳤다.

"잘 어울리고."

이윽고 엘시아와 시선을 맞댄 푸른 눈동자에 만족스러운 기색이 서렸다.

엘시아는 제 눈앞의 솔직한 남자가 내뱉는 직설적인 말에 어떻게 반응을 해야 할지 알 수가 없었다.

이제는 그의 시선이나 의미 모를 행동이나 말들이 그에게서 풍기는 매혹적인 체취보다 더 곤란한 것 같다. 그런 생각을 하면서 엘시아가 입술을 살짝 깨물었을 때였다.

짧은 시간 이어지던 적막을 깬 레오디안의 나긋한 음성이 불쑥 귓가에 파고들었다.

"무슨 생각을 합니까?"

이번에도 선뜻 대답하기 난감한 질문이었다. 엘시아는 잠시 고민하다가 입을 열었다.

"별생각 안 했어요."

그에 레오디안의 눈매가 가늘어졌다.

"……가끔 리리엔이 그 조그만 머리통으로 무슨 생각을 하는지 궁금할 때가 있습니다."

뜬금없이 리리엔의 이야기를 꺼낸 레오디안이 의아했던 엘시아는 말없이 레오디안을 물끄러미 올려다보았다. 엘시아의 시선을 태연히 마주한 레오디안이 곧 입을 열었다.

"내가 당신에게 관심 있다고 했던 말 기억합니까?"

엘시아는 크게 숨을 들이켰다. 누군가 문득 심장을 꽉 틀어쥔 것만 같은 기분이었다. 애써 대수롭지 않게 여기면서 가볍게 넘겼던 말이었는데, 어째서 다시금 화두에 올리는 건지.

"갑자기 그 얘기는 왜……."

"기억하고 있나 보군요."

레오디안이 입꼬리를 끌어 올리면서 그랬다. 그 순간, 묘하게 미소 짓는 그의 얼굴 위로 어젯밤 딱딱하게 굳어 있던 그의 표정이 겹쳐졌다.

'그 어떤 정신 나간 놈이 관심 있는 사람을 괴롭힙니까.'

'얘기해 보십시오. 이 세상에 그런 미친놈도 있답니까?'

불과 어젯밤에 들었던 말이었다. 되레 그의 말을 기억하지 못하는 게 이상한 일일 것이다.

"나는 당신이 무슨 생각을 하는지도 궁금하고, 알고 싶습니다."

별생각 아닌 생각까지도. 레오디안이 속삭이듯 덧붙였다.

"아⋯⋯."

엘시아는 자신의 반응을 살피듯 바라보는 그의 시선을 알았다. 그가 자신의 대답을 기다리며 침묵하고 있다는 사실도 어렵지 않게 짐작했다. 그러나 엘시아는 대답하기는커녕 오히려 입술을 꾹 깨물었다. 레오디안의 말이 너무도 갑작스럽고 당황스러웠기 때문이었다.

'나한테 관심이 있다고⋯⋯.'

레오디안이 말하는 관심이라는 게, 단순히 그의 혈육을 돌봐 온 사람을 향한 관심은 아니리란 근거 모를 확신이 들었다. 비록 언젠가는 그러하였을지언정, 지금은 아니리라는 확신이었다. 그렇다면 그의 관심은 대체 언제부터 모습을 달리한 것일까.

'같이 상점가에 갔을 때? 악몽을 꾼 그를 다독여 줬을 때?'

의문이 의식의 흐름처럼 자연스럽게 이어졌다.

'둘이서 와인을 마셨을 때? 그도 아니면 오늘, 함께 춤을 추고 난 뒤부터?'

그러나 어느 순간인지 딱 짚어 낼 수는 없었다. 그만큼 레오디안과 함께 보낸 시간은 무수했다.

마치 가랑비에 옷 젖듯, 미처 인식하지 못한 사이에 그는 그녀의 일상에 흠뻑 스며들어 있었다.

'꽤나 가까워졌다고는 생각했지만⋯⋯.'

이 정도일 줄은 몰랐다. 새삼스럽게 깨달은 사실에 엘시아는 바싹 마른 입술을 축였다.

레오디안이 자신에게 어떤 종류의 관심을 가지고 있는지 알고 싶지 않았다. 그의 관심이 어디에서 기인했는지조차 알기가 겁이 났다.

본능적인 두려움이었다. 때문에 엘시아는 스스로도 그의 진솔한 속내를 어째서 외면하려고 하는지 몰랐다. 마치 평소와 다르게 자꾸 미소를 흘리던 오늘 레오디안의 모습처럼. 그저 의아하고 당황스러울 뿐이었다.

"······대공님."

그러나 레오디안의 솔직하고 단도직입적인 말은 엘시아가 차마 그의 속내를 외면하기 어렵게 만들었다. 때문에 간신히 입을 연 것이 무색하게도 한동안 망설인 엘시아가 가까스로 말을 이었다.

"저도 가끔 대공님이 무슨 생각을 하는지 궁금해요. 하지만······."

"그거면 됐습니다."

레오디안이 말허리를 잘라냈다. 그리고 곧장 화제를 돌렸다.

"그나저나 내가 보낸 선물은 보지 못했습니까?"

"······선물이요?"

"테이블 위에 올려 두라 하였는데."

어둑한 복도를 울리는 나지막한 목소리에 엘시아는 불편했던 화제에서 벗어난 데에 안도하며 대답했다.

"네, 못 봤어요."

레오디안에게 얼른 편지를 전해야 한다는 생각에 황급히 방을 나섰다. 그러느라 미처 방 안을 제대로 살펴보지 못했다.

"또 무엇을 보내신 건지······."

"들어가서 확인해 보십시오."

레오디안이 한 걸음 뒤로 물러섰다. 그리고 풀리지 않은 의문에 의아한 표정을 짓고 있는 엘시아를 향해 나직이 밤 인사를 건넸다.

가까스로 당황스러운 마음을 수습한 엘시아와 달리, 레오디안의 표정은 부드럽게 풀어져 있었다. 언제나 짐짓 날카롭게 굳어 있는 눈매나 입매가 지금은 완만한 곡선을 그린 채였다.

"평안한 밤 보내길."

"······대공님도 평안한 밤 보내세요."

엘시아가 뒤늦게 레오디안의 인사에 화답하자, 레오디안은 가볍게 고개를 끄덕이고는 지체 없이 몸을 돌렸다.

레오디안은 한번을 뒤를 돌아보지 않고, 어둑한 복도를 걸어나갔다. 엘시아는 점점 멀어지는 레오디안의 뒷모습을 가만 지켜보다가 이내 침실로 향했다.

침실은 엘시아가 데이시와 파티 준비를 마치고 떠났을 때와 변함없었다. 테이블 위 덩그러니 놓여 있는 고급스러운 상자 하나를 제외하면 말이다.

레오디안의 말대로 못 보던 상자가 있었다. 아까는 급하게 방을 나서느라 미처 보지 못했던 것이었다.

엘시아는 테이블로 다가가, 조심스럽게 상자를 열었다.

상자 안에 무엇이 들어 있는지를 확인한 엘시아는 순간 크게 숨을 들이켰다.

'……검?'

상자 안에는 두 뼘 남짓한 길이의 검이 들어 있었다. 레오디안에게서 받으리라고는 꿈에도 상상하지 못했던 물건이었다. 엘시아는 놀란 눈으로 붉은 보석이 박힌 검집이나 검 손잡이 따위를 훑어보았다.

레오디안이 대체 무슨 생각으로 검을 선물했는지 알 수 없었다. 엘시아는 떨리는 손으로 상자에서 검을 꺼냈다. 조금 망설인 끝에 검집에서 검을 빼내자, 잘 벼려진 날붙이의 모습이 드러났다.

그 날카로운 검날을 응시하는 엘시아의 눈동자가 혼란스럽게 흔들렸다.

그동안 레오디안은 숱하게 선물을 보냈지만, 전부 엘시아의 생활에 밀접한 관련이 있는 물건이나 사치품이었다. 지금처럼 검 같은 무기를 보내온 건 처음이었다.

엘시아는 마른침을 삼키며 검을 검집에 집어넣었다.

뜬금없이 무기를 선물한 이유가 무엇일까. 도대체 무슨 생각으로 검을 선물한 걸까.

혼란스러운 머릿속에 기다렸다는 듯 불안한 가정이 차곡차곡 쌓여 갔다.

'혹시 뭐라도 알아차린 걸까?'

순간 떠오른 의문을 털어 내듯, 엘시아는 고개를 저었다.

방금까지 레오디안과 함께 있었다. 그랬기에 엘시아는 레오디안이 자신의 정체를 눈치채진 않았으리라 확신할 수 있었다. 만약 그가 제 정체를 알았다면, 자신을 보고 웃어 줄 리 없었다. 그래, 그럴 리 없었다.

엘시아는 스스로를 세뇌하듯 몇 번이고 되뇌었다. 그러자 상념으로 엉켜 있던 머릿속이 점차 차분해졌다. 그렇게 혼란이 가라앉은 후에야 검과 함께 들어 있던 쪽지와 벨트가 눈에 들어왔다. 엘시아는 먼저 쪽지를 집어 들었다.

[언제나 로렐라인 경이 당신의 곁을 지키지만, 혹시나 하는 마음에 이 검을 보냅니다.]

엘시아는 레오디안이 검을 선물한 이유를 비로소 알았다. 방금까지 엘시아가 우려했던 것과는 전혀 다른 이유였다.

[벨트에 뚫려 있는 홈에 검을 부착한 뒤, 다리에 벨트를 차면 치맛자락에 검이 다 가려질 겁니다. 무게가 가벼운 검이니 늘 지니고 다녔으면 좋겠습니다.]

쪽지를 다 읽고 난 뒤에는 이전까지와 다르게 편안한 마음으로 검을 눈에 담을 수 있었다. 엘시아는 다시금 검을 빼 들어 보았다. 한껏 날이 선 검은 휘두르기에 편할 듯했다. 엘시아는 세공된 보석이 박힌 검 손잡이를 꽉 움켜 쥐었다.

이토록 단단한 검이니, 괴물을 죽이는 데도 쓸모가 있으리라.

그렇게 엘시아는 한참 동안, 날카로운 검을 내려다보았다. 붉은 눈동자가 결연한 다짐으로 또렷하게 빛났다.

* * *

엘시아는 익숙한 아침을 맞이했다.

늘 그렇듯 침대를 정리하고, 협탁에 놓여 있는 물병을 들고 창가로 가 화분에 물을 주었다. 그러면 그 즈음 데이시가 문을 두드리고, 침실 안으로 들어서면서 엘시아를 향해 가벼운 아침 인사를 건넨다.

엘시아는 데이시가 침실을 정리하는 동안 옷을 갈아입었다. 잠시 후 할 일을 마친 데이시가 침실을 떠났을 때, 엘시아는 침대 밑에 숨겨 두었던 검을 허벅지에 찼다. 벨트는 엘시아의 허벅지에 꼭 맞았다. 엘시아는 위화감이 들지는 않는지 거울에 제 모습을 한번 비춰 본 후에 침실을 나섰다.

복도로 나온 엘시아가 문을 꽉 닫고 고개를 들자, 이윽고 엘시아의 눈에 복도를 지키고 서 있는 페이렌의 모습이 보였다.

"좋은 아침입니다, 엘시아 님."

"네, 좋은 아침이에요. 간밤에 푹 주무셨나요?"

"……사실 지금 좀 피곤하기는 합니다."

어제 파티의 주인공인 리리엔이 가장 먼저 연회장을 떠나고, 엘시아와 레오디안 또한 일찍 침실로 돌아갔다. 그러나 페이렌을 비롯하여 연회장에 남은 사람들은 오랜만에 흥이 오른 분위기 속에서 술을 마셨다.

페이렌은 벨레로폰이 자리를 비운 탓에 리리엔의 호위까지 맡고 있는 상황이었던지라, 다음 날을 위해 일찍이 침실로 돌아가려 하였으나 벨레로폰이 그녀를 붙잡고 놓아주지 않았다.

그런 이유로 페이렌은 서서히 동이 트는 새벽에야 잠을 청할 수 있었다.

"곧장 아가씨의 침실로 가십니까?"

"네, 그럴 생각인데……."

엘시아는 언제나 단정하던 페이렌의 얼굴에 서려 있는 피로한 기색을 어렵지 않게 읽어냈다.

"페이렌 님, 아무래도 안색이 안 좋아 보이는데……."

이곳은 안전한 저택이고, 하물며 엘시아는 점심 식사 시간 전까지는 리리엔의 침실 밖으로도 나가지 않았다. 이는 리리엔이 정신을 차린 이래로 쭉 이어져 온 일과였다.

"전 계속 리리엔하고 침실에 있을 거예요. 별다른 일은 없을 테니, 피곤하시면 조금 더 주무시고 오세요."

"아닙니다. 휴식이 필요할 정도로 피곤하지는 않습니다."

그럴 수는 없다는 듯 페이렌이 단호한 얼굴로 고개를 저었다. 그에 엘시아는 더 이상 권하지 않았다.

그렇게 엘시아와 페이렌이 막 리리엔의 침실로 향하였을 때였다. 문득 멀찍이서 부산스러운 소음이 들려왔다.

성큼 걸음을 옮긴 페이렌은 복도 한편에 난 커다란 창으로 밖을 확인했다.

"누군가 찾아온 것 같은데……. 집사와 실랑이를 벌이고 있군요."

의아한 목소리로 중얼거린 페이렌이 미간을 좁혔다. 엘시아는 페이렌의 곁으로 다가갔다. 그리고 여전히 창밖을 향해 있는 페이렌의 시선을 따라 눈길을 돌렸다.

그러자 저 멀리 정문을 사이에 두고 로이셀과 한 남자가 대치하고 있는 모습이 눈에 들어왔다.

머지않아 엘시아는 로이셀과 마주 보고 선 남자가 누구인지를 알아차렸다.

'사, 사실, 저는 심부름을, 엘시아를 데려오라는…….'

'가, 가지 마세요. 다, 당신은, 저, 저를 따라와야, 해요.'

엘시아가 신성지 요헴에서 돌아오고 난 직후, 저택을 찾아왔던 남자였다.

남자의 정체를 깨달은 엘시아는 페이렌이 미처 붙잡을 새도 없이 순식간에 밖으로 뛰쳐나갔다.

"에, 엘시아!"

엘시아를 발견하기가 무섭게 남자가 엘시아를 불렀다.

그제야 문득 나타난 엘시아의 존재를 알아차린 로이셸은 당황한 기색을 감추지 못했다. 로이셸이 황급히 옆으로 한 걸음을 옮겨, 남자가 엘시아를 볼 수 없도록 하였다.

"엘시아 님, 안으로 들어가시지요."

난데없이 저택을 찾아온 불청객의 존재만으로도 충분히 골치가 아픈 상황이었다. 그런 상황에 엘시아까지 밖으로 나오다니, 머릿속이 새하얗게 질리는 것만 같았다.

그도 그럴 게 남자는 엘시아를 만나게 해 달라며 소란을 피우고 있었다. 전에 한번 저택을 찾아온 적이 있는 남자였다.

처음 남자가 찾아왔을 때, 엘시아는 남자가 다시는 자신을 찾아올 수 없도록 해 달라 부탁했었다. 엘시아의 부탁을 기억하고 있었던 로이셸은 엘시아는 물론이고 레오디안이 알아차리기 전에 남자를 돌려보내려고 했다. 하지만 그 계획은 엘시아가 저택 밖으로 나옴으로써 물거품이 되어 버렸다.

"이 남자는 제가 잘 처리하겠습니다. 그러니 걱정하지 마시고 이만 안으로······."

"당신, 대, 대체 왜, 자꾸만 바, 방해를 해."

로이셀의 말을 가로막은 남자는 혹여 엘시아가 다시 저택 안으로 들어가 버릴까 봐 걱정스러웠는지, 퍽 다급하게 말했다.

"방해하지 마, 주, 죽고 싶지 않으면."

"······하. 가만 듣고 있으려니, 정말이지 가관이군요."

로이셀이 어이가 없다는 표정으로 말했으나, 남자는 로이셀의 말 따윈 들리지 않는다는 듯 곧장 엘시아를 향해 입을 열었다.

"저하고 이, 이야기를 하려고 나온 거지요? 마, 맞죠?"

"무슨 헛소리를······."

"다, 당신은, 조용히 해!"

남자가 소리쳤고, 로이셀은 남자에게서 등을 돌렸다.

"엘시아 님, 더 들을 가치도 없습니다. 저와 함께 들어가시지요."

마침 페이렌이 다급하게 뛰어오고 있는 모습이 보였다. 그를 확인한 로이셀이 부드러운 목소리로 말했다.

"저 남자의 처리는 로렐라인 경에게 맡기면 될 듯합니다."

엘시아는 뒤를 돌아보았다. 어느새 페이렌이 가까이 다가와 있었다. 페이렌은 혼자서 저택 밖으로 나온 엘시아를 책망하지 않았다. 그저 거칠어진 숨을 고르며, 상황을 파악하려는 듯 주위를 살폈다. 그런 페이렌을 향해 로이셀이 말했다.

"경, 저 남자는 처치가 곤란한 불청객입니다."

"······불청객이요?"

로이셀이 고개를 끄덕였다.

"저는 엘시아 님을 모시고 안으로 들어갈 테니, 저 남자가 더 이상 소란을 피우지 못하도록 해 주십시오."

"네, 알겠습니다."

페이렌의 대답에 로이셀이 엘시아를 바라보았다. 엘시아는 로이셀과 시선을 마주하곤 크게 숨을 들이켰다 내쉬었다. 그러면서 결심을 굳히고는 애써 아무렇지 않은 척, 담담한 목소리로 말했다.

"……이 사람, 아마도 저에게 전할 말이 있어서 찾아왔을 거예요."

로이셀이 놀란 표정을 지었다. 엘시아는 로이셀이 말을 꺼낼 틈을 주지 않고 말을 이었다.

"잠깐이면 돼요. 이 사람이 무슨 얘기를 하는지만 듣고, 그리고 안으로 들어갈게요."

엘시아가 덤덤하게 말을 맺자, 여태 불안한 표정으로 엘시아를 주시하고 있던 남자가 다급하게 입을 열었다.

"이, 이것만……. 이거, 주, 주인님이 전해 주라고."

남자가 틈으로 불쑥 팔을 밀어 넣었다. 남자의 손에 하얀 종이가 들려 있었다. 그를 향하여 엘시아가 손을 뻗기 전, 페이렌이 남자의 손에서 종이를 낚아챘다.

"그곳으로 오면 되, 된다고, 해, 했어요."

더듬더듬 말을 마친 남자는, 지금까지 고집스럽게 자리에서 버티고 있었던 것이 무색할 정도로 황급히 뒤를 돌더니 도망치듯 자리를 떠났다.

남자의 뒷모습을 끝까지 주시하는 로이셀 옆에서 페이렌은 손에 쥔 종이를 유심히 살폈다. 페이렌은 남자에게서 받은 종이에 별 특별한 이상이 없다는 사실을 확인한 뒤, 엘시아에게 종이를 건넸다.

"엘시아 님, 받으십시오."

페이렌에게서 종이를 받아든 엘시아는 종이를 펼쳐 들고는, 그곳에 적혀 있는 문장을 읽었다.

[2황자가 당신을 만나고 싶어 합니다. 하지만 저는 당신이 2황자를 만나는 것을 원치 않습니다. 하여 2황자에게 당신이 만남을 거절했다 전할 생각입니다.]

엘시아가 예상한대로 아까 그 남자는 아이작이 보낸 인간이었다. 엘시아는 종이를 꽉 움켜쥐었다.

"뭐라고 적혀 있습니까?"

"……대공님께 알려야겠어요."

혼잣말처럼 중얼거린 엘시아가 이내 결심을 굳히고는 말을 이었다.

"저는 곧장 대공님께 갈 테니, 페이렌 님은 리리엔의 침실에 가 계세요."

갑자기 엘시아가 왜 레오디안을 찾아가려는 건지 궁금했지만, 엘시아의 표정이 너무도 단호했기에 페이렌은 아무것도 묻지 않고 고개를 끄덕였다.

* * *

엘시아는 신성지 요헴을 방문했을 때, 의도치 않게 맞닥뜨린 2황자를 경계하던 레오디안의 모습을 똑똑히 기억하고 있었다. 레오디안이 무슨 이유로 2황자를 경계하는지는 몰랐다. 궁금해하지도 않았다. 그러나 이제는 이유를 알아야겠다는 생각이 들었다.

'그래야 대비할 수 있으니까.'

2황자가 자신을 만나고자 한다는 사실을 레오디안에게 알리고자 함은 그 때문이었다. 레오디안이 괜히 2황자를 꺼릴 리 없었다. 분명 이유가 있을 것이고, 그 이유는 엘시아가 2황자를 대하는 데 조금 더 신중할 수 있도록 도움을 줄 것이었다.

그렇게 빠른 걸음으로 복도를 걷던 엘시아는 레오디안의 침실을 향하여 몇 걸음을 채 옮기기 전에, 불현듯 눈앞이 아찔해져서 벽을 짚고 멈춰 서야 했다.

어지럽다.

그를 인지하자, 기다렸다는 듯 속이 울렁거리기 시작했다. 엘시아는 어째선지 익숙한 기시감을 느끼며 미간을 와락 찌푸렸다.

분명 전에도 이런 적이 있었다. 어지러운 와중에도 생각을 더듬던 엘시아는 곧, 자신이 언제 이렇듯 속이 뒤틀리는 느낌을 받았었는지를 떠올렸다. 리리엔에게 초콜릿을 사다 주기 위해, 레오디안과 함께 상점가를 방문했을 때. 그때도 지금처럼 몸을 가눌 수 없을 정도로 어지러움을 느꼈다.

　다만 엘시아는 어째서 지금 갑자기, 그때와 같은 괴로움을 느끼게 된 건지를 알 수 없었다. 그도 그럴 게 엘시아는 자신의 몸에 이상이 생긴 이유가 레오디안의 존재 때문이거나 로아나의 신성력 때문이라고 짐작해 왔다. 하지만 엘시아는 오늘 레오디안을 만난 적조차 없을뿐더러, 로아나에게 치료를 받지 않은 지도 오래되었다.

　그런데 어째서 지금, 그때처럼 숨을 제대로 쉴 수가 없는 건지. 엘시아는 거칠게 숨을 몰아쉬며, 벽을 짚고 있던 손을 꼭 움켜쥐었다.

　그렇게 얼마나 서 있었을까.

　"……괜찮습니까?"

　낮은 목소리가 흐릿한 엘시아의 의식을 갈랐다. 엘시아가 고개를 들어 올리기도 전에, 부드러운 체취가 다가와 엘시아를 부축했다.

　"아……."

　레오디안과 맞닿은 순간, 레오디안의 온기를 공유한 순간, 엘시아는 나직이 탄식했다. 레오디안의 손이 닿은 순간 머릿속이 맑아지는 느낌이 들었기 때문이었다.

　그건 단지 착각이나 기분 탓이 아니었다. 어지럽던 시야 또한 또렷해졌다. 엘시아는 갑작스러운 변화를 이해할 수 없어 미간을 좁혔다. 그 모습을 걱정스럽게 바라보고 있던 레오디안의 눈이 순간 휘둥그레졌다.

　"당신……."

　레오디안은 무엇에 홀린 사람처럼 멍하니 입을 열었으나, 말을 채 끝맺지 못했다. 엘시아의 칠흑같이 검던 머리카락이 뿌리부터 천천히 새하얗게 물들어 가는 모습을 목격한 탓이었다. 그 믿을 수 없는 광경을 하염없이 바라보던 레오디안이 간신히 말문을 열었다.

　"……당신, 머리카락이."

　당황한 기색이 역력한 목소리에 엘시아가 무심코 시선을 내렸다. 그제야 엘시아는 제 몸에 일어난 변화를 눈치채고는 화들짝 놀라 눈을 크게 떴다.

"이게 무슨……."

가슴께까지 길게 늘어져 있던 머리카락이 하얗게 탈색되어 있었다.

자신의 몸에 일어난 변화를 깨닫고 멍하니 굳어 있던 엘시아는 곧 느릿하게 눈을 깜빡였다. 몇 번이고 눈을 감았다 떠도 달라지는 건 없었다. 시아에 닿은 머리카락은 여전히 새하얬다. 분명 자신의 머리칼인데도 제 것 같지가 않았다.

엘시아는 얼떨떨한 표정으로 머리카락 끝을 만지작거리다가 시선을 들어올렸다. 그러자 그녀만큼이나 놀란 눈으로 그녀를 살피고 있는 레오디안의 미려한 낯이 보였다.

레오디안이 당황한 목소리로 중얼거렸다.

"당신, 대체……."

그러나 레오디안은 말을 끝맺지 못했다. 레오디안과 시선이 마주친 순간, 크게 휘청거린 엘시아가 그대로 쓰러졌다. 엘시아를 부축하고 서 있던 터라 그는 갑작스럽게 일어난 상황에도 대처할 수 있었다.

엘시아를 품에 안아든 레오디안은 곧장 엘시아의 침실로 향했다.

그때였다.

레오디안은 아릿한 감각에 미간을 좁혔다. 엘시아에게서 비오렌치아가 느껴졌다. 갑자기 변해 버린 엘시아의 머리카락을 목격한 순간만큼이나 당황스러웠다. 레오디안이 혀를 내밀어 마른 입술을 핥았다.

실로 이상한 일이었다. 엘시아에게서 자신과 같은 힘이 느껴지다니. 결코 일어나서는 안 될 일이기도 하였다. 그러나 레오디안은 당황스러운 마음을 갈무리했다. 생각이 엘시아를 침대에 눕히는 게 먼저라는 데에 미쳤기 때문이었다.

텅 빈 침실 안을 성큼성큼 가로지른 레오디안이 조심스럽게 엘시아를 침대에 눕혔다. 그리고 찰나 망설인 끝에 엘시아의 손을 잡았다. 아까 엘시아에게서 느껴지던 힘이 여전한지 확인하기 위해서였다.

"……각하."

저를 부르는 소리에 레오디안이 뒤를 돌아보았다. 그러자 당황한 표정으로

서 있는 데이시가 눈에 들어왔다. 데이시는 침대에 누워 있는 엘시아와 그녀를 내려다보고 있던 레오디안을 보고 퍽 당혹스러웠던 듯했다.

"조용히 내려가 천에 물을 적셔 와라."

레오디안은 데이시를 향해 나직이 명하였다. 데이시는 곧장 대답을 내어놓고는 침실을 나섰다.

레오디안은 잠시 굳게 닫힌 문을 바라보다가 다시금 엘시아에게 시선을 고정했다. 정신을 잃은 엘시아에게서는 여전히 로켄페데스 가의 힘, 비오렌치아가 느껴졌다. 그는 당면한 상황을 이해하기 위하여 노력하였으나, 뜻대로 되지 않았다.

불현듯 머리가 깨질 듯한 두통이 느껴졌다. 그에 저도 모르게 미간을 와락 찌푸린 레오디안의 머릿속에 흐릿한 기억이 스쳤다.

* * *

리리엔은 창가에 인형처럼 앉아 있었다. 창밖을 내려다보고 있는 리리엔은 레오디안이 익히 알고 있는 리리엔의 모습과 너무도 달랐다.

'……살인자.'

리리엔은 레오디안에게 시선조차 주지 않은 채로 중얼거렸다. 무척이나 조그만 목소리였으나 레오디안은 리리엔의 말을 똑똑히 알아들었다.

'당신은 내 가족을 죽인 거야, 알아?'

피를 토하듯 저를 원망하는 말을 내뱉는 리리엔의 날이 선 마음 또한 너무도 똑똑히 느껴졌다.

'이 세상에 단 하나뿐이던 가족을 당신이 죽였어.'

리리엔이 거칠게 숨을 몰아쉬며 마구 쏘아붙였다. 레오디안은 아무런 말도 할 수 없었다.

'왜 나를 찾았어? 차라리 영원히 찾지 말지. 그냥 평생 내버려 두지!'

레오디안으로서는 선뜻 이해할 수 없는 비난이었다. 하지만 이상하게도 조그만 아이가 내뱉는 말들은 그의 심장에 직격으로 꽂혔다. 후회가 되었다. 무엇이 후회되는지 알 수 없는데도 그러했다.

'*왜 죽였어. 어째서 죽인 거야, 대체 왜……*.'

가슴이 아팠다. 울부짖는 아이의 눈물을 닦아 주고 싶었다. 하지만 레오디안은 리리엔의 뺨을 어루만져 주기는커녕, 리리엔에게 가까이 다가갈 수조차 없었다.

그것을 리리엔이 허락할 리 없다고, 레오디안은 본능적으로 알았다.

'*……죽고 싶어.*'

아이가 툭 내뱉었다. 그 짤막한 혼잣말은 비수가 되어 레오디안의 온몸에 꽂혔다. 누군가 목을 조르고 있기라도 한 것처럼 숨이 막혔다. 레오디안은 목을 고르고 또 골랐다. 무릎을 감싸 안은 채로 등 돌려 앉아 있는 조그만 뒷모습이 금방이라도 사라질 것 같아서.

레오디안은 가까스로 입을 열었다.

'*……실수를 바로잡을 수 있는 방법이 있다.*'

레오디안은 여전히 고집스레 몸을 돌린 채, 창밖만 바라보고 있는 리리엔을 향해 홀린 듯이 말했다.

'*내가, 시간을 되돌릴 수 있다.*'

그제야 리리엔이 뒤를 돌아보았다. 레오디안을 쏙 빼닮은 푸른 눈동자가 비로소 레오디안을 향했다. 리리엔은 아무런 말이 없이 레오디안을 응시하였다. 레오디안 역시 아무 말도 하지 않았다.

그렇게 얼마나 서로를 그저 바라보고만 있었을까.

'*……시간을 되돌릴 수 있다고?*'

쥐 죽은 듯 고요한 적막을 깨고, 리리엔이 믿을 수 없다는 듯 물었다.

'*그게 정말이야?*'

레오디안은 묵묵히 고개를 끄덕이는 것으로 대답을 대신했다. 그러자 괴로이 일그러진 눈동자에 언뜻 한 줄기 희망이 서렸다.

그 푸른 눈을 레오디안은 참담한 심정으로 응시하였다.

　　　　　　　　　　　　　* * *

　제 기억인지 아닌지 확신할 수 없는 기억이었다.

　그도 그럴 게 방금 레오디안이 떠올린 기억은 분명 일어난 적 없는 일이었다. 단언컨대 리리엔은 제도로 돌아온 이래, 레오디안을 살인자라 부른 적 없었다. 레오디안에게 원망 어린 말을 한 적 없었다.

　그런데 아주 오래되어 바래진 기억처럼 느껴지는 것이 이상했다. 과거 언젠가 일어났던 일처럼 느껴져, 순간 머릿속을 스치고 지나간 장면을 쉽게 떨쳐 낼 수 없었다.

　레오디안은 좀처럼 상념에서 벗어나지 못했다. 창백하게 질린 엘시아의 얼굴을 내려다보면서 하염없이 생각에 잠겨 있던 레오디안이 머릿속을 비워 낸 건, 누군가 문을 두드리는 소리가 적막을 깨뜨렸을 때였다.

　레오디안은 들어오라는 말을 입 밖에 내는 대신 자리에서 일어났다. 성큼성큼 걸어 문으로 다가갔다. 그리고 벌컥 문을 열었다.

　"말씀하신 대로 천을 적셔 왔습니다."

　레오디안은 데이시가 침실로 들어올 수 있게끔 비켜섰다. 데이시는 어느덧 당황을 추슬렀는지 침착한 표정으로 걸음을 옮겼다. 협탁 위에 트레이를 내려놓고, 천을 손에 쥔 데이시가 레오디안을 돌아보면서 물었다.

　"……그냥 잠이 드신 게 아니죠?"

　레오디안은 말없이 문을 닫았다. 그리고 너무도 고요히 잠들어 있어, 죽음을 연상케 하는 엘시아에게로 다가갔다.

　"내가 하겠다."

　데이시가 순순히 레오디안에게 천을 건넸다. 레오디안은 여태 엘시아를 지켜보며 앉아 있었던 의자에 다시금 자리했다.

　"……리리엔은 무엇을 하고 있지?"

　"페이렌 경과 함께 계세요."

　"그렇군."

레오디안은 조심스러운 손길로 엘시아의 흐트러진 머리칼을 쓸어 넘겨 주었다. 한낮의 빛 아래 반듯한 이마며 창백한 뺨이 고스란히 드러났다.

"혹시 리리엔이 엘시아 님을 찾거든, 엘시아 님이 어제 늦게 잠자리에 든 탓에 아직 일어나지 않았다 그리 이야기하도록."

"네, 각하."

레오디안은 너무도 하얘 새파랗게까지 보이는 엘시아의 얼굴을 잠시 내려다보며 망설이다, 엘시아의 뺨에 천천히 천을 가져다 댔다.

데이시는 한 걸음쯤 물러서서 레오디안이 엘시아의 얼굴을 천으로 닦아 주는 모습을 가만 지켜보았다. 아까는 너무도 경황이 없었던 탓에 혹시 제가 잘못 보았나 했는데, 잘못 본 것이 아니었다. 엘시아의 검은 머리칼이 새하얗게 변해 있었다.

그것이 무척이나 의아하고 또 놀라웠지만, 데이시는 차마 의문을 입 밖으로 꺼낼 수가 없었다. 레오디안이 너무도 심각해 보였기 때문이었다. 데이시는 조용히 자리를 지키고 있다가 조심스럽게 말문을 열었다. 레오디안이 젖은 천을 트레이 위로 올려놓았을 때였다.

"……각하, 달리 시키실 일은 없으신가요?"

레오디안이 힐끗 데이시를 응시했다. 데이시는 감정이 침잠하여 어떤 기색도 읽어 낼 수 없는 푸른 눈동자를 맞닥뜨리고는 저도 모르게 마른침을 삼켰다.

"로이셸에게 로아나 대신관에게 연락을 하라 일러 주겠나."

"네, 알겠습니다."

데이시가 가볍게 고개를 숙여 보이고는 지체하지 않고 침실을 나섰다.

* * *

엘시아가 쓰러졌다는 소식을 들은 로아나가 황급히 저택을 찾았다.

로아나는 꽤나 오랜 시간을 들여 천천히 엘시아의 상태를 살피고 난 뒤, 나직이 한숨을 내쉬었다. 로아나가 자리에서 일어나자, 그녀가 엘시아에게 신성력을 사용하는 모습을 가만 지켜보고 있던 레오디안이 기대어 서 있던 벽에서 등을 떼어 내고 바로 섰다.

"엘시아 님이 정신을 잃으시기 전에 아무런 전조 증상도 없었나요?"

로아나가 레오디안을 돌아보며 물었고, 레오디안은 잠시 고민한 끝에 답했다.

"최근 어지럽다며 몸을 가누지 못한 적이 몇 번 있었다."

레오디안의 말에 이번에는 로아나가 생각에 잠겼다.

"……이상하네요."

엘시아의 몸에는 아무런 이상이 없었다. 마치 얼마 전, 리리엔이 원인 모를 깊은 잠에 빠졌을 때처럼. 로아나는 엘시아가 쓰러지게 된 까닭을 찾아낼 수 없었다.

"각하, 혹시 엘시아 님이……."

순간 머릿속을 스쳐 간 한 가지 가정을 그대로 입 밖으로 흘려보내려던 로아나는 이내 고개를 저으며 생각을 털어 냈다.

"아니, 그럴 리가 없겠죠."

말도 안 되는 생각이었다. 로아나가 그렇게 생각하며 조금 허탈한 미소를 지었을 때였다. 레오디안이 나직한 목소리로 놀라운 이야기를 고백했다.

"그녀에게서 비오렌치아가 느껴진다."

로아나는 숨을 쉬는 것조차 잊어버릴 정도로 놀라 눈을 크게 떴다. 엘시아에게 비오렌치아가 느껴진다니.

그건 직전 로아나가 설마 아니겠지, 그리 생각하며 애써 머릿속에서 털어 낸 가정이었다. 다시 살펴보니 엘시아의 머리칼이 로켄페데스가가 대대로 타고나는 은빛 머리칼과 엇비슷한 색으로 보였다.

"……어떻게 그런 일이 가능하죠?"

로아나는 도저히 믿을 수 없다는 듯 중얼거렸다.

"엘시아 님은 로켄페데스 가의 피를 타고나지 않았잖아요."

혼잣말처럼 읊조리던 로아나는 순간 멈칫했다. 만약 로켄페데스의 후손이 레오디안과 리리엔 말고도 더 있다면?

로아나는 불쑥 떠오른 선뜩한 의문에 떨리는 목소리로 말을 이었다.

"엘시아 님이 로켄페데스의 후손일 가능성은……."

"그런 가능성은 없다."

레오디안이 딱 잘라 말했다.

"제국에 존재하는 로켄페데스의 후손은 나와 리리엔, 단둘뿐이다."

"그렇다면 엘시아 님이 어떻게 로켄페데스의 힘을……."

로아나가 혼란스러운 표정으로 말을 잇는데, 불현듯 벌컥 문이 열렸다. 레오디안과 로아나는 거칠게 열어젖혀진 문으로 시선을 돌렸다. 리리엔이 새하얗게 질린 얼굴로 방으로 들어왔다. 그 모습에 레오디안은 지그시 눈을 감고 한숨을 내쉬었다.

"어떻게 된 거야?"

다급한 목소리에 레오디안이 눈꺼풀을 서서히 들어 올렸다. 리리엔이 퍽 절박한 표정으로 레오디안의 대답을 기다리고 있었다. 레오디안은 긴 숨과 함께 입을 열었다.

"리리엔, 일단 진정해라."

"……엘시아가 저렇게 됐는데 나더러 진정하라고?"

그렇게 되묻는 목소리가 속절없이 떨리고 있었다. 그에 리리엔이 얼마나 놀랐는지를 짐작할 수 있었다. 리리엔이 홱 고개를 돌려 로아나를 바라보았다.

"왜 갑자기 쓰러진 거예요? 머리카락은 또 왜 하얗게 변한 거고요?"

로아나도 레오디안도 대답하지 못했다. 리리엔이 답답하다는 듯 재차 물었다.

"도대체 무슨 일이 있었던 건데요? 어디가 어떻게 잘못된 건데……."

이럴 줄 알고 리리엔에게는 숨기려 했던 것인데. 레오디안이 다시금 한숨을 내쉬었다.

"로아나 대신관, 수고했다. 이만 돌아가 봐."

"네, 각하. 또 무슨 일이 있거든 언제든 연락해 주세요."

곧장 레오디안에게 대답한 로아나가 리리엔을 돌아보았다.

"아가씨, 저는 이만 신전으로 돌아가 보겠습니다."

리리엔은 대답 없이 입술만 꾹 깨물었다. 로아나는 레오디안과 리리엔이 편하게 대화를 나눌 수 있도록 자리를 피해 주는 편이 좋겠다 판단했다. 로아나는 레오디안에게 눈인사를 건넨 뒤 곧장 침실을 빠져나갔다.

레오디안은 잠시 말없이 리리엔을 내려다보다가 입을 열었다.

"네가 걱정할 만큼 심각한 일은 아니다."

리리엔이 힘없이 의자에 털썩 주저앉았다. 그리고 조심스럽게 엘시아의 손을 잡았다. 엘시아의 손은 얼음장처럼 차가웠다. 리리엔에게는 익숙한 서늘함이었다.

"……아."

조금 거친 손이 주는 느낌을 만끽하던 리리엔의 입술 사이로 탄성이 터져 나왔다. 그러고는 그저 굳은 표정으로 엘시아를 관찰하듯 집요하게 바라보았다.

"너도 그녀에게서 비오렌치아를 느낀 건가?"

"……응."

그러면서 고개를 끄덕이는 리리엔은 그다지 놀란 기색이 아니었다. 오히려 안심한 것처럼 보였다. 잠시 가만히 리리엔의 반응을 살폈던 레오디안은 곧 의아해졌다.

리리엔이 레오디안에게서 마나를 다루는 방법을 배우기 시작한 게 고작 한 달 전의 일이었다. 레오디안과 비교했을 때, 리리엔은 제 힘을 다루는 데 익숙하지 않았다. 그러나 리리엔은 엘시아에게서 어렵지 않게 힘의 파장을 짚어 냈을 뿐만 아니라, 무척이나 태연했다.

"……놀라지 않는 건가?"

"놀랐어."

"놀란 것처럼 보이지 않는데."

조용한 침실에 내려앉은 나직한 목소리에 리리엔이 엘시아에게 시선을 고정한 채로 말했다.

"어쩌면 이렇게 될 수도 있겠다 예상했거든."

"……예상했다고?"

레오디안이 이해할 수 없다는 듯 되물었다. 그러자 리리엔이 비로소 고개를 돌려 레오디안을 올려다보았다.

"응, 예상했어."

리리엔은 담담하게 말을 이었다.

"레오디안이 엘시아한테 힘을 썼잖아. 그것도 아주 많이."

"아니, 그런 적 없다."

레오디안은 엘시아에게 힘을 사용한 적 없었다. 언젠가 엘시아가 팔을 다쳤을 때, 힘을 사용해 엘시아를 치료해 주려고 하였던 적은 있었다. 그러나 그때 엘시아는 그의 힘을 한사코 거부했고, 결국 그는 로아나를 불러 엘시아를 치료토록 했다. 그뿐만 아니라 엘시아가 그의 힘이 두렵다 말하였던 것을 똑똑히 기억하고 있었다.

그 이후 레오디안은 엘시아 앞에서 힘을 드러내지 않으려 하였다.

"리리엔, 네가 무언가 착각한 듯하다."

자신이 엘시아에게 힘을 썼다고? 단언컨대 그런 적 없었다. 레오디안이 다시 한번 리리엔의 말을 부정하려 입을 열었다.

"나는 다 기억해."

그러나 리리엔이 선수를 쳤다. 리리엔은 레오디안을 똑똑히 직시하면서 말을 이었다.

"엘시아가 변한 건, 레오디안 때문이야."

레오디안은 어떠한 말도 꺼내지 못하고 그대로 굳어 버렸다.

* * *

리리엔이 떠난 침실, 남겨진 레오디안은 리리엔의 말을 머릿속으로 더듬었다.

그녀가 변한 것이 자신 때문이라는 리리엔의 말은 이해할 수 없었으나, 그는 두려웠다. 정확하게는 자신이 그녀에게 어떠한 영향을 끼칠 수 있다는 가정 자체가 그러했다.

악몽이라 치부해버린 꿈. 그 꿈에서 레오디안은 엘시아의 목숨을 앗았다. 그리고 기억 같지도 않은 기억에서 리리엔이 했던 말.

'살인자. 당신은 내 가족을 죽인 거야, 알아?'

이상한 꿈과 기억, 자신의 머릿속을 잠식한 불온한 장면들이 어쩌면 단순히 우연이 아닐지도 모른다는 생각, 리리엔의 말대로 엘시아가 변한 건 정말로 자신 때문인지 모른다는 생각. 레오디안은 켜켜이 쌓여만 가는 묘한 불안에 쉽사리 생각을 떨쳐내지 못했다.

그렇게 엘시아의 잠든 얼굴을 내려다보며 생각에 잠겨있길 한참. 레오디안은 문득 조심스럽게 손을 뻗었다. 엘시아에게서 여전히 비오렌치아가 느껴지는지 확인하기 위해서. 그리고 만약 여전하다면 그 힘을 제거할 수 있는지 시험해 보기 위하여.

레오디안이 막 엘시아의 손을 감싸 쥐려 했을 때였다.

"……대공님?"

어두운 사위 속 붉은 눈동자가 드러났다. 레오디안은 허공에서 멈칫했던 손을 뻗어 엘시아의 눈꺼풀 위를 덮었다.

"밤이 늦었으니 조금 더 자도 됩니다."

엘시아가 미약하게 고개를 끄덕였다. 이윽고 레오디안은 천천히 손을 떼어 냈다. 잠결이었는지 다시금 깊은 잠에 빠져든 엘시아의 낯이 평온했다. 조그 만 숨소리 또한 규칙적이었다.

레오디안은 한동안 조용히 엘시아를 내려다보다 이내 자리에서 일어났다.

'당신의 힘이 무서워요.'

언젠가 엘시아가 했던 말이 새삼 가슴에 묵직하게 내려앉았다. 레오디안은 차마 엘시아에게 힘을 사용할 수 없었다.

그때 문이 열렸다. 천을 적셔 오겠다던 리리엔이 돌아온 것이다.

"……뭐 하고 있었어?"

"아무것도."

리리엔은 곧 문을 닫고 방 안으로 들어섰다. 곧장 엘시아에게 다가선 리리엔은 방금까지 레오디안이 앉아 있던 의자에 앉아 엘시아의 뺨을 천으로 닦아내기 시작했다.

"여긴 내가 있을 테니까 레오디안은 돌아가도 돼."

리리엔은 레오디안을 쳐다보지도 않고 말했다. 레오디안은 명백한 축객령에도 그 자리에 못 박힌 듯 서서 리리엔의 옆얼굴을 내려다보았다.

"……아까 내가 한 말이 신경 쓰여서 그래?"

그렇게 묻는 리리엔은 여전히 엘시아에게 시선을 고정한 채였다. 레오디안은 찰나 고민한 끝에 입을 열었다.

"그래. 신경이 쓰여."

레오디안이 한숨을 내쉬며 머리칼을 쓸어 넘겼다.

답답했다. 하지만 리리엔을 몰아붙이기에는 상황이 좋지 않았다. 리리엔에게 자세한 이야기를 듣고 싶지만, 그것은 적어도 리리엔이 엘시아가 깨어난 것을 확인한 이후여야 했다.

"하지만 시간이 늦었으니 내일 다시 얘기를 나누는 것으로 하지."

레오디안이 비로소 침실을 떠나고자 결정하였을 때였다. 내내 엘시아만을 눈에 담고 있던 리리엔이 레오디안을 돌아보더니, 그를 향해 고개를 저어 보였다.

"아직 준비가 안 됐어."

리리엔이 곤란하다는 듯 입술을 깨물더니, 이윽고 천천히 입을 열었다.

"내가 알고 있는 걸 전부 레오디안에게 말해도 되는 건지 모르겠어. 내 얘기를 듣고 난 다음, 레오디안이 어떤 반응을 보일지도 모르겠고."

"……."

"그러니까 내가 말할 준비 될 때까지 기다려 주면 안 될까?"

그를 올려다보는 푸른 눈동자가 어째선지 서글퍼 보였다. 그래서일까. 레오디안은 차마 안 된다고, 네가 어찌하여 그런 생각을 하게 된 건지 확실한 이야기를 들어야 되겠다고 말할 수 없었다.

"그럼 준비가 끝나면 알려줘."

"······응."

리리엔이 흐릿한 미소를 지었다. 그러면서 말했다.

"고마워, 레오디안."

* * *

엘시아는 머리칼을 가만가만 쓸어 넘기는 다정한 손길을 느꼈다. 조그맣고 가느다란 손이었지만 안온한 온기를 느끼기에는 더없이 충분했다. 엘시아는 천천히 눈꺼풀을 들어 올렸다.

"잘 잤어?"

그러자 기다렸다는 듯 나지막한 목소리가 귓가에 파고들었다. 엘시아는 소리가 들려온 곳으로 고개를 돌렸다.

"······리리엔."

목소리가 엉망으로 갈라져 나왔다. 그에 엘시아가 목을 고르는데, 리리엔이 엘시아의 손을 꽉 잡아 왔다.

"괜찮아?"

엘시아는 찰나 힘없이 내려뜨리고 있던 시선을 들어 올렸다. 리리엔의 낯이 시름으로 잠겨 있었다.

"응, 괜찮아."

"어디 아픈 덴 없어?"

"없어."

엘시아는 곧장 선선히 대답했다. 그럼에도 불구하고 리리엔은 여전히 엘시아를 걱정스럽다는 듯 바라보았다.

"정말 괜찮아."

엘시아가 재차 말하며 리리엔의 손을 마주 힘주어 잡았다. 그러자 리리엔의 입가에 희끄무레한 미소가 걸렸다.

"······아까 로아나 대신관이 찾아왔었어."

리리엔의 조그만 목소리를 들으며 엘시아는 상체를 일으켜 앉았다.

"로아나 님이?"

"응, 언니 상태를 살펴보고 돌아갔어."

"……그랬구나."

엘시아는 리리엔이 아무것도 묻지 않아 다행스러운 한편, 내심 겁이 나 리리엔의 눈치를 보았다. 하지만 다행스럽게도 리리엔은 엘시아가 두려워하는 화제가 아니라 다른 말을 꺼냈다.

"물 마실래?"

"응."

리리엔은 엘시아가 물을 다 마실 때까지 잠자코 기다렸다. 엘시아가 협탁에 컵을 내려놓았을 때에야 리리엔은 입을 열었다.

"정말 어디 아픈 건 아니지?"

엘시아가 가만가만 고개를 저었다. 그 모습에 리리엔이 한숨을 내쉬었다.

"……혹시라도 언니가 일어나지 않을까봐 너무 무서웠어."

리리엔이 대답 없는 엘시아의 옆자리를 힐끗 쳐다보다가 말했다.

"옆에 누워도 돼?"

"물론."

엘시아가 선뜻 고개를 끄덕이자, 리리엔이 망설임 없이 침대 위로 올랐다.

리리엔이 엘시아의 허리를 와락 껴안았다. 엘시아는 어리광을 부리는 리리엔을 차마 밀어내지 못했다. 그런 엘시아의 머릿속에 문득 리리엔이 쓰러졌을 때, 리리엔의 곁을 지키면서 온갖 불안한 상상을 했던 스스로의 모습이 떠올랐다.

이 조그만 게 얼마나 걱정을 했을까.

그런 생각을 하면 너무도 미안해졌다. 엘시아는 품을 파고드는 리리엔의 따듯한 체온을 느끼며 가만 눈을 감았다. 그렇게 눈을 감은 채로 한참 먹먹한 적막에 귀를 기울이고 있다가, 엘시아는 문득 입을 열었다.

"……리리엔, 왜 아무것도 안 물어봐?"

엘시아는 제 몸에 일어난 변화가 무엇에서 기인했는지 몰랐다. 때문에 그에 관하여 리리엔이 묻는다 하여도 엘시아는 답을 말할 수 없었다. 그러니 리리엔이 아무것도 묻지 않고 있는 지금 이 상황이 반가워야 하는데, 오히려 불안했다. 엘시아는 재차 물었다.

"내 머리카락 색이 갑자기 변한 이유가 궁금하지 않아?"

리리엔은 꽤 오래도록 침묵을 지킨 끝에 대답했다.

"언니가 무슨 모습이더라도 내 언니라는 사실에는 변함이 없으니까."

그렇게 생각해 주니 고맙다고, 차마 말할 수가 없었다. 엘시아는 그저 말없이 리리엔의 머리를 쓰다듬었다.

이윽고 정적이 엘시아와 리리엔 사이를 자연스럽게 파고들어왔다.

"……언니, 있잖아."

그 정적을 몰아낸 건 리리엔이었다.

엘시아의 품에 고개를 파묻고 있는 탓에 리리엔의 목소리가 웅얼거리듯 나왔다. 그러나 엘시아가 듣기에는 충분히 또렷한 음성이었다.

"여기서 지내는 게 힘들어?"

하여 리리엔의 말을 똑똑히 들었으나, 엘시아는 말문이 턱 막혀 아무런 대답도 하지 못했다.

"솔직하게 대답해 줘."

그런 엘시아를 채근하듯 리리엔이 속삭였다.

"처음에는 그랬는데……."

엘시아는 조심스럽게 말을 이었다.

"지금은 괜찮아. 네가 하루하루 건강해지는 모습을 지켜보는 것도 좋고, 또 너랑 같이 이곳저곳 다니는 것도 재밌고."

리리엔을 안전하게 지키는 건 물론이고, 리리엔과 함께하는 일상 또한 지키고 싶었다. 그랬기에 엘시아는 신황과 거래를 했다. 물론 언제까지고 리리엔의 곁에 있을 수 없다는 사실은 알고 있다. 하지만 엘시아는 적어도 이곳을 떠나는 날이 올 때까지 리리엔을 위해 할 수 있는 일이라면 무엇이든 하고 싶었다.

"리리엔, 네 눈에 내가 이곳에서 지내는 게 힘들어 보였니?"

리리엔이 내내 엘시아의 허리께에 파묻고 있던 고개를 들어 올려 엘시아를 바라보았다.

"……내가 언니를 힘들게 만들고 있는 건지도 모른다는 생각이 들었어."

"왜 그런 생각을 했는데?"

"언니는 사실 여기서 지내기 싫은데, 내가 언니를 억지로 붙잡아 두고 있는 것 같아서……."

엘시아는 고개를 저었다.

"아니야."

이곳에서 지내는 건 순탄치만은 않았다. 하지만 모든 불안과 위험을 기꺼이 감내할 만큼 가치 있는 나날이었다.

"여기 네가 있는데……."

엘시아는 불안한 표정으로 그녀를 올려다보고 있는 리리엔을 꼭 안아 주었다.

"내가 여길 떠나고 싶어 할 리 없잖아."

엘시아는 나직이 긴 숨을 입술 사이로 흘려보냈다.

리리엔은 눈치가 빠른 아이였다. 엘시아가 굳이 말하지 않더라도 먼저 눈치를 채는 일이 많았다. 엘시아는 그동안 리리엔이 얼마나 고민하고 또 마음을 썼을지 감히 가늠을 할 수가 없었다.

"이제 그런 생각하지 마. 알았지?"

엘시아는 리리엔의 등줄기를 부드럽게 어루만지면서 말했다.

"리리엔, 네가 웃는 얼굴을 바라보는 게 내 유일한 행복이야."

엘시아가 리리엔을 품에서 떼어 내고는 리리엔을 마주 바라보았다. 그리고 손가락으로 리리엔의 입꼬리를 끌어 올렸다.

"넌 웃을 때가 가장 귀엽거든."

"……치."

리리엔이 어쩔 수 없다는 듯이 미소를 지었다.

　　　　　　　　＊ ＊ ＊

　엘시아와 함께 아침을 먹고 난 다음, 리리엔은 레오디안의 서재를 찾았다. 레오디안은 무엇이 그리 바쁜 건지, 아침 일찍부터 서재에서 서류를 뒤적이고 있었다.

　"……뭐 해?"

　책상 가까이 다가선 리리엔이 묻자, 레오디안이 시선만을 들어 올려 리리엔을 바라보았다.

　"엘시아가 할 말이 있대."

　리리엔은 곧장 레오디안을 찾아온 용건을 꺼냈다. 레오디안은 말없이 한쪽 눈썹을 휘 들어 올렸다.

　"엘시아가 직접 온다는 걸 내가 대신 왔어. 엘시아는 침실에서 쉬어야 하니까."

　잠시 멈칫한 채로 리리엔을 응시했던 레오디안이 서류를 내려놓았다.

　"엘시아는 침실에 있어."

　그렇게 말하면서 레오디안의 책상 위로 무심코 시선을 내린 리리엔의 미간 사이에 미묘하게 주름이 졌다. 온통 알 수 없는 글자로 이루어진 종이 뭉치가 어째선지 께름칙했다.

　"……이게 뭐야?"

　리리엔이 막 서류로 손을 뻗었을 때였다. 레오디안이 자리에서 일어나면서 대답했다.

　"아무것도 아니다."

　리리엔이 관심을 보인 건, 신전이 비밀리에 자행하고 있는 실험 기록이었다.

　"……아닌 것 같은데."

　리리엔이 눈매를 좁히고선 중얼거렸다. 리리엔은 좀처럼 호기심을 거두지 않았다. 레오디안이 단호한 목소리로 말했다.

　"네가 신경 쓸 필요 없는 것들이다."

"신경이 쓰이니까 물어본 거야."

리리엔이 익힌 적도 없는 사어를 해석할 수 있을 리는 없었지만, 레오디안은 혹시나 하는 마음에 리리엔과 책상 사이를 가로막고 섰다.

"……지금 침실로 가면 되는 건가?"

한참 만에 레오디안이 말꼬리를 돌리자 리리엔이 고개를 끄덕였다.

"엘시아가 기다리고 있을 거야."

"그래."

나지막한 목소리에 힐끔 레오디안을 바라보았던 리리엔이 책상 한편에다 시선을 두었다.

"이 편지 엘시아한테 받은 거지?"

레오디안은 리리엔이 가리킨 곳으로 눈길을 주었다. 그곳엔 레오디안이 몇 번이고 반복해 읽었던 편지가 놓여 있었다.

"소중히 간직해."

리리엔의 퍽 진지한 표정으로 당부하였고, 레오디안은 말없이 고개를 끄덕였다.

* * *

엘시아는 레오디안을 기다리는 동안 책을 읽었다. 일전 리리엔이 깊은 잠에 빠져 있었을 때 리리엔에게 읽어 주었던 동화책이었다. 마왕과 성녀가 종족과 신분의 벽을 넘어 사랑에 빠지는 이야기.

그때는 끝까지 읽지 못했지만, 이번에는 이야기의 결말을 확인했다. 마왕과 성녀는 역경을 이겨 내고 행복한 결말을 맞이했다. 아이들에게 꿈과 희망을 주는 동화책이니 어쩌면 당연했다.

하지만 현실에서는 불가능한 이야기였다. 태생도, 자라난 환경도 너무나도 다른 두 사람이 어떻게 오래오래 행복하게 살 수 있을까.

그런 생각을 했을 때였다. 누군가 문을 두드리는 소리가 고즈넉한 방 안에 울려 퍼졌다. 엘시아는 책을 덮고 고개를 돌렸다. 머지않아 문이 열렸다. 열린 문 사이로 레오디안의 모습이 보였다.

레오디안은 마치 허락을 구하기라도 하듯 엘시아를 가만 바라보고만 서 있었다. 그에 엘시아가 입을 열었다.

"……들어오세요."

그제야 묵묵히 시선을 맞대고 있던 레오디안이 문을 닫았다. 레오디안은 서두르지 않고 천천히 걸음을 옮겼다. 엘시아는 레오디안이 가까워질수록 그의 커다란 존재감과 함께, 방 안을 점차 메워 나가는 청량한 향을 느꼈다.

엘시아는 저도 모르게 마른침을 삼켰다. 긴장한 탓인지 입 안이 바짝 말랐다. 엘시아는 한동안 깊이 고민하며 말을 고른 끝에 말문을 열었다.

"어제…… 많이 놀라셨죠."

엘시아의 머리칼은 여전히 새하얬다. 본래 색을 되찾을 기미를 보이지 않았다.

"저도 제 머리카락이 왜 이렇게 변한 건지 모르겠는데……."

엘시아가 크게 숨을 들이마셨다. 뭐라고 말을 해야 할지 알 수가 없었다. 스스로도 이유를 모르는데, 남에게 설명할 수 있을 리 없었다.

"……왜 아무것도 묻지 않으세요?"

결국 엘시아는 말을 다 끝맺지 않은 채, 의문을 입 밖에 냈다. 그러자 레오디안의 푸른 눈동자가 미묘하게 가늘어졌다. 그가 눈매를 좁힌 탓이었다.

"당신도 모른다 하지 않았습니까."

레오디안과 마주한 이래, 그의 목소리가 최초로 엘시아의 귓가에 파고든 순간이었다.

"그것보다 몸은 괜찮습니까."

"네, 괜찮아요."

엘시아가 시선을 내려뜨리면서 대답했다. 그 모습을 눈에 담으며 레오디안이 입을 열었다.

"내게 할 말이 있다고 들었는데, 할 말이라는 게 뭡니까."

엘시아가 입술을 가볍게 깨물었다 놓았다. 그러고는 레오디안을 만나 하고자 하였던 이야기를 꺼냈다.

"다름이 아니라, 어제 저를 찾아온 사람이 있었는데……."

엘시아는 엉망으로 구겨진 종이를 꺼내 내밀었다. 레오디안의 시선이 자연스레 엘시아의 손끝에 달라붙었다가 이내 다시금 엘시아에게로 향했다. 한편, 엘시아는 여전히 시선을 아래로 둔 채로 말을 이었다.

"아이작 히치콕 백작이 보낸 사람이었어요."

"내가 잠깐 살펴봐도 되겠습니까."

"네, 그러세요."

엘시아가 시선을 들어 올렸다. 그러기가 무섭게 레오디안과 시선이 얽혔다. 그에 엘시아는 레오디안이 계속 저를 응시하고 있었음을 알아차렸다.

어쩐지 부끄러웠다. 그러나 얼굴을 달아오르게 만든 감정은 순식간에 자취를 감추었다. 레오디안이 손을 뻗은 탓이다. 이윽고 큼직한 손이 엘시아가 들고 있던 종이를 가져갔다. 엘시아는 종이를 내려다보는 레오디안을 힐끔 올려다보았다가, 레오디안이 고개를 들어 올리기가 무섭게 시선을 아래로 떨구었다.

"……2황자는 만나지 않는 게 좋습니다."

유난히 낮게 가라앉은 목소리에 엘시아는 저도 모르게 작게 숨을 들이켰다.

"아이작 히치콕 백작 또한 마찬가집니다."

그 이후로는 정적이었다. 불쑥 찾아든 고요한 분위기에 엘시아는 찰나 망설이다 레오디안에게 시선을 주었다. 레오디안은 엘시아가 아닌, 그녀의 어깨 너머 어딘가를 바라보고 있었다. 그런 레오디안은 깊은 생각에 잠긴 것처럼 보였다.

"렝리탄으로 갈 겁니까?"

레오디안이 불쑥 물었다. 정적을 깬 목소리가 나지막했다. 엘시아는 선뜻 대답하지 못하고 그저 그를 응시했다. 어느덧 그의 시선 또한 그녀를 향해 있었다.

"……확인해야 할 게 있어서요."

"렝리탄에서 말입니까?"

"네."

엘시아가 망설임 없이 대답하자 레오디안의 입술이 맞물렸다. 그는 말없이 종이를 테이블 위로 올려놓았다. 그를 향해 엘시아가 말했다.

"걱정하실 만한 일은 없을 거예요. 그냥 뭘 좀 확인만 하면 되거든요."

레오디안은 다시금 고민하는 기색으로 한동안 침묵하다, 엘시아를 향해 또 불쑥 물었다.

"렝리탄에 가 본 적 있습니까?"

"……아뇨."

"그럼 히치콕 백의 저택에도 가 본 적 없겠군요."

레오디안의 말이 맞았다. 하지만 엘시아는 아무런 대답 없이 공연히 입술을 깨물었다.

"……거기서 무엇을 확인하려는 건지, 물어도 대답해 주지 않겠고."

레오디안이 테이블 위로 팔을 올려 턱을 괴더니 비스듬히 고개를 기울인 채로 엘시아를 주시하였다. 그러면서 말을 덧대었다.

"하나만 대답해 주십시오."

"……무엇을요?"

엘시아가 조심스럽게 되물었고, 레오디안은 주저 없이 묻고자 하는 바를 입 밖으로 꺼내 놓았다.

"거기서 확인한다는 무언가가 당신에게 중요한 겁니까?"

엘시아는 순간 말문이 막혔다. 레오디안은 엘시아를 채근하지 않았다. 덕분에 엘시아는 차분히 생각을 정리할 수 있었다. 이윽고 엘시아가 입을 열었다.

"네, 제게는 정말 중요해요."

"그렇군요."

은빛 머리칼 사이로 보이는 푸른 눈동자가 한여름의 햇볕처럼 따스한 온기를 품었다. 그래서일까. 엘시아는 퍽 담담하게 레오디안의 눈동자를 마주 바라볼 수 있었다.

"그렇다면 내가 함께 가겠습니다."

그러나 이어진 레오디안의 말은 엘시아의 내면을 틀어쥐고 뒤흔들기에 충분했다. 엘시아는 조금도 예상하지 못한 말에 놀라 눈을 크게 떴다.

"같이…… 가신다고요?"

레오디안이 말없이 고개를 끄덕였다. 엘시아는 멍하니 입을 벌렸다.

레오디안이 함께 간다니, 그건 안 될 일이었다. 레븐이 말하길 아이작의 저택에는 괴물이 여럿 머무르고 있다 하였다. 그런 곳에 레오디안을 데리고 갈 수는 없었다. 엘시아는 하얗게 질린 얼굴로 입을 열었다.

"제가 걱정이 되어서 그러시는 거면, 전 정말 괜찮아요. 저 혼자 가도 돼요."

"당신을 혼자 보낼 수는 없습니다."

렝리탄은 꽤나 멀리에 있고. 레오디안은 긴 숨을 사이에 둔 다음 말을 이었다.

"히치콕 백작이 무슨 생각으로 당신을 초대한 건지도 알 수가 없으니까."

레오디안은 단단히 결심한 것 같았다. 그에 더없이 난감해진 엘시아는 어떻게 하면 레오디안의 마음을 돌릴 수 있을지 고민했다.

"제가 혼자 렝리탄으로 가는 게 정 걱정이 되신다면, 차라리 페이렌 님과 함께 갈게요."

엘시아가 한참 고민한 끝에 내어놓은 말에 레오디안이 눈매를 좁혔다.

"대공님까지 저택을 비우면 리리엔은 어떡해요."

엘시아는 어떻게 해서든 레오디안을 설득하고자 계속해서 말을 덧붙였다.

"렝리탄이 멀기는 해도, 이곳으로 돌아오는데 오래 걸리지는 않을 거예요. 그곳에서 확인하고 싶은 걸 확인만 하면, 곧바로 돌아올 생각이니까."

레오디안은 아무런 말이 없었다. 그의 침묵이 무거웠다. 엘시아는 크게 숨을 들이마신 뒤, 이내 한숨처럼 말을 이었다.

"……정말 아무 일 없을 거예요. 괜찮을 거예요."

엘시아는 조심스럽게 레오디안의 반응을 살폈다. 머지않아 레오디안의 입술이 천천히 갈라져 틈이 생겨났다. 단단한 목소리가 침실에 울려 퍼졌다.

"아니, 전혀 안심이 안 됩니다."

그 입술 틈으로 흘러나온 말은 엘시아가 바라는 말이 아니었다.

"솔직히 당신을 렝리탄으로 보내고 싶지 않습니다. 하지만 당신은 이미 결심한 것 같고, 또 내게는 당신을 막을 권리가 없고."

레오디안이 혀를 내밀어 입술을 핥아 내렸다. 그리고 선언하듯 말했다.

"그러니 나는 당신을 따라가야겠습니다."

레오디안이 비스듬히 기울이고 있던 고개를 바로 했다. 그러면서 물었다.

"할 말은 끝났습니까?"

레오디안은 한 치의 물러섬도 없었다. 엘시아는 대답하지 않고, 그저 가만 레오디안을 바라보다가 한숨을 내쉬었다.

선뜻 말을 꺼낼 수가 없었다. 레오디안이 함께 렝리탄으로 간다면 행동에 제약이 생길 것이 뻔했다. 하지만 그렇다고 해서 한사코 레오디안을 거절하기에는 마땅한 명분이 없었다. 엘시아는 생각지도 못했던 커다란 벽을 마주한 막막한 느낌에 다시금 한숨을 내쉬었다.

엘시아는 잠시 레오디안과 시선을 맞추다, 의미 없이 시선을 내렸다. 엘시아의 시야에 레오디안의 손이 걸렸다. 길고 커다란, 그가 검을 잡아온 세월을 짐작케 하는 투박한 손이었다.

"대공님이 무척 바쁜 분이신 줄 알아요."

"아닙니다."

레오디안이 곧장 엘시아의 말을 부정하였다.

"고작 며칠 저택을 비우는 정도도 불가능할 정도로 바쁘지 않습니다."

엘시아는 레오디안이 늘 이른 시간이면 저택을 나섰다가 밤이 늦어서야 돌아오고는 했던 것을 떠올렸다.

"최근에는 저택 밖으로 아예 나가지 않으시던데……."

엘시아가 시선을 들어 올렸다. 레오디안은 엘시아가 지금 왜 이런 것을 묻는지 영 감을 못 잡겠다는 듯한 표정이었다.

"그래도 괜찮으신 건가요? 제가 리리엔과 함께 이곳으로 오고 얼마 동안은 매일같이 신전에 가셨잖아요."

"그게 신경 쓰입니까?"

레오디안이 흐릿한 미소를 입매에 띠고선 물었다. 엘시아는 잠시 망설이다 고개를 끄덕였다.

"신전에 못 가실 정도로 바쁜 게 아닌가 해서요. 만약 그런 거라면 괜히 시간을 내서 렝리탄에 가실 필요는……."

"아니, 그다지 바쁘지 않습니다."

레오디안은 엘시아가 혹시나 하는 마음에 꺼낸 말을 딱 잘라 냈다.

"당분간은 계속 그럴 겁니다."

그것으로도 모자랐는지, 레오디안은 마치 미래의 일을 알고 있는 것처럼 단정 지어 말했다.

"그러니 당신과 함께 렝리탄으로 가더라도 아무런 지장 없습니다."

엘시아는 말문이 막혔다. 지금 이 순간, 레오디안의 마음을 돌릴 만한 말은 떠오르지 않았다.

"그럼 만약, 정말 만약에 대공님과 렝리탄으로 가면 리리엔은……."

"로렐라인 경과 벨레로폰이 리리엔의 곁을 지킬 겁니다."

레오디안은 한 마디로 엘시아가 걱정하고 있는 바를 차단했다. 엘시아는 야트막하나 기나긴 숨을 입술 새로 흘려보내고는 말했다.

"알겠어요."

레오디안과 함께 렝리탄으로 가는 건 어리석은 일이다. 어쩌면 레오디안이 하이드를 맞닥뜨릴 수도 있었다.

"같이 가요."

그러나 엘시아는 만족스럽다는 듯 웃고 있는 눈앞의 사내를 차마 더 이상 거절할 수 없었다.

* * *

"······귀엽기만 하면, 다 좋아?"

한껏 불만이 서려 있는 목소리에 엘시아가 고개를 돌렸다.

아까부터 엘시아의 관심은 온통 조그만 강아지에게 쏠려 있었는데, 그 상황이 마음에 들지 않았던 리리엔은 잔뜩 심통이 났다.

"나하고 놀아 주지도 않고."

리리엔이 입술을 삐쭉이며 말을 이었다.

"나보다 걔가 더 귀여워? 그래서 이제 나는 눈에 보이지도 않는 거야?"

엘시아의 입술 사이로 마치 바람이 새는 듯한 웃음소리가 터져 나왔다.

"그런 거 아니야. 그냥, 이름을 지어 주는 게 좋을 것 같아서 고민하느라 그랬어."

"······이름?"

리리엔이 침대에서 폴짝 뛰어내리더니 곧 엘시아의 옆에 털썩 주저앉았다.

"음, 못난이 어때?"

엘시아가 말없이 리리엔을 응시하자, 리리엔이 변명을 덧붙였다.

"밉다, 밉다 해야 예뻐지는 거랬어."

"그럼 나도 너를 못난이라고 불러야 되겠네?"

"뭐? 그건 안 돼!"

"왜 안 돼? 밉다고 해야 예뻐지는 거라며."

엘시아가 모르는 척 묻자, 리리엔이 입술을 꾹 깨물었다. 엘시아는 남몰래 웃음을 삼키고는 완전히 몸을 틀어 리리엔을 바라보았다.

"지금 축제 기간인 거 알아?"

"······축제?"

리리엔은 곧바로 관심을 보였다. 리리엔이 전혀 몰랐다는 듯 놀란 표정을 지은 채로 엘시아를 올려다보았다.

"무슨 축제?"

"신황 성하가 제도를 방문할 때마다 제도에서 축제가 열린대."

엘시아는 머릿속으로 축제 기간을 가늠해 보았다. 로아나가 축제에 관한 이야기를 한 것이 리리엔이 쓰러졌을 때였다.

"아마 지금쯤이면 축제가 한창일 걸. 축제 마지막 날에는 사람들이 광장에 모여서 가면을 쓰고 춤을 춘대."

"엄청 재미있을 것 같아. 근데 왜 나는 여태 몰랐지? 그런 축제가 있다는 것도 몰랐어."

"나도 로아나 님에게 들어서 알았어."

리리엔이 미간을 좁히고선 심각하게 고민하는 듯한 기색으로 한참 말을 아꼈다. 축제를 구경하고 싶지만, 선뜻 말을 꺼내기는 망설여지는 듯했다.

"축제, 가 보고 싶지?"

"응, 가고 싶어. 그런데 레오디안이 허락해 줄 것 같지가 않아."

"음, 내 생각은 조금 다른데."

엘시아가 리리엔의 머리를 쓰다듬으며 슬쩍 권했다.

"한번 물어보기라도 해 봐."

일부러 가볍게 말을 건넸는데, 리리엔의 표정은 어째선지 이전보다 더 심각해졌다. 엘시아는 영문을 모른 채로 리리엔을 가만 내려다보았다.

"……아냐, 됐어. 그냥 다음에 갈래."

한참 만에 리리엔이 꺼낸 말은 엘시아의 예상에서 한참 벗어난 말이었다.

"대공님이 허락하지 않으실까 봐?"

"그것도 그건데……."

리리엔이 한숨을 내쉬었다.

"어제 언니 쓰러졌었잖아."

엘시아는 생각지도 못한 말에 말문이 막혔다. 리리엔은 엘시아가 당황했다는 사실을 눈치채고는 잠시 말을 고른 끝에 입을 열었다.

"전에 얘기했던 것처럼, 처음 하는 건 전부 언니랑 경험하고 싶어. 하지만 언니는 당분간 쉬어야 하잖아. 그러니까 이번에는 축제 안 갈래."

엘시아는 말없이 리리엔을 꽉 끌어안았다. 스스로도 전혀 고려하지 않고 있던 바를 염려해 주는 리리엔에게 애틋한 마음이 들었다. 리리엔은 갑작스럽게 엘시아의 품에 안기게 되었으나, 군말 없이 가만 엘시아에게 몸을 내 맡겼다.

"……너랑 같이 축제에 가고 싶어. 그래서 얘기를 꺼낸 거야."

"응, 언니 마음 다 알아. 다음번에 열리는 축제는 꼭 가자."

엘시아는 리리엔의 머리에 얼굴을 묻은 채로 크게 숨을 들이마셨다. 그리고 고개를 들면서 말했다.

"나 아무렇지도 않아."

어쩌면 또 불시에 어지러움을 느낄지 모르지만, 지금은 정말 괜찮았다. 설령 괜찮지 않더라도, 엘시아는 얼마든지 괜찮은 척을 할 요량이었다.

"게다가 축제를 꼭 구경해 보고 싶고."

리리엔과 축제를 구경할 기회는 이번이 마지막일지 모르니까.

"나 대신 네가 대공님께 허락을 받아 줄래?"

엘시아는 리리엔의 귓가에 속삭였다. 머지않아 리리엔이 미약하게 고개를 끄덕였다.

* * *

리리엔, 그리고 레오디안과 함께하는 저녁 식사 시간. 엘시아는 리리엔이 레오디안에게 축제에 관한 이야기를 꺼낼 적당한 시기를 가늠하고 있다는 것을 눈치챘다.

엘시아는 접시에 가득 담긴 감자조림을 먹는 데 집중하는 척하며 침묵을 지켰다. 고요한 분위기 속에서 이어지고 있는 식사, 테이블을 둘러싼 적막을 몰아낸 것은 레오디안이었다.

"리리엔."

내내 레오디안의 눈치를 살피고 있던 리리엔이 시선을 들어 올렸다. 그 모습을 슬쩍 눈에 담은 엘시아가 살며시 미소 지었다.

"충분히 휴식을 취했으니, 이제 다시 수업을 받는 게 좋겠다."

리리엔은 달갑지 않은 화제에 미묘하게 미간을 찌푸렸다.

"……조금 더 쉬고 싶은데."

"언제까지 수업을 미룰 수 없다."

"알아. 아는데……."

리리엔이 힐끗 엘시아를 바라본 다음, 레오디안에게 시선을 고정했다.

"엘시아랑 축제 구경하고 싶단 말이야."

레오디안은 말없이 눈썹을 휘 들어 올렸다.

"지금 제도에 축제가 열렸다고 하던데. 거기 가 보고 싶어."

"……그렇군."

혼잣말처럼 중얼거린 레오디안은 깊은 생각에 잠긴 기색으로 한참 말이 없었다. 리리엔은 조금쯤 초조해져서는 레오디안의 표정을 관찰하듯 보았다. 자연스레 식당은 다시금 적막에 휩싸였다. 그렇게 얼마나 시간이 흘렀을까.

"나 태어나서 단 한 번도 축제 구경을 해 본 적 없어."

레오디안의 대답을 기다리다 지친 리리엔이 혹여 레오디안이 제 요구를 단칼에 잘라 낼까 말을 덧붙였다.

"축제가 또 언제 열릴지 모르니까, 이번에 꼭 구경하고 싶은데……."

"그건 아니다."

레오디안이 침묵을 깼다.

"아무래도 기억하지 못하는 것 같지만, 너는 축제 기간에 제도를 돌아본 적 있다."

"……그래?"

여전히 리리엔은 전혀 기억이 나지 않는 눈치였다. 그것을 알아차린 레오디안은 나직한 한숨과 함께 입을 열었다.

"축제가 끝난 이후에 가정교사를 부르는 것으로 하지."

"그 말은……."

"축제 구경을 해도 좋다."

"정말?"

리리엔의 낯에 화색이 돌았다. 곧장 엘시아를 돌아보는 리리엔의 눈동자에도 즐거운 기색이 역력했다.

"엘시아, 레오디안 말 들었지?"

"응, 들었어."

엘시아가 곧장 대답하자, 리리엔이 활짝 웃었다.

"나 벌써부터 가슴이 두근거려. 분명 엄청나게 재미있을 거야."

리리엔이 고양된 감정을 감추지 않고, 한껏 상기된 목소리로 말했다. 엘시아는 별다른 말없이 가만 웃어 보였다.

"아, 맞다. 가면! 가면을 사야 되잖아."

리리엔이 막 떠오른 사실을 상기하고는 레오디안을 응시했다. 그러면서 물었다.

"레오디안, 어디서 가면을 살 수 있어?"

"축제가 열리는 광장 근처 상점에서 살 수 있다."

"지금 사러……. 아, 시간이 너무 늦었지."

리리엔이 어깨를 축 늘어뜨렸다. 당장이라도 축제에 갈 준비를 하고 싶은데, 그럴 수 없으니 기운이 빠진 듯했다. 마냥 천진난만한 어린애 같은 모습이었다. 엘시아는 소리 없이 웃었다.

"내일 사러 가면 되지."

엘시아의 권유에 레오디안이 반응을 보였다.

"그래. 이틀 후가 축제 마지막 날이니."

레오디안은 엘시아를 똑똑히 직시한 채로 말을 이었다.

"내일 가면을 사고 적당히 주변을 둘러보고 오는 것도 좋겠지."

엘시아는 레오디안의 푸른 눈동자를 피하지 않고 마주 보았다. 그렇게 시선을 맞댄 두 사람의 모습을 조용히 번갈아 바라보던 리리엔이 입을 열었다.

"좋아, 완전 좋아!"

그러자 서로를 주시하던 엘시아와 레오디안의 시선이 리리엔을 향했다.

"그건 그렇고 이제……."

리리엔은 두 사람을 향해 방긋 웃으며 선고하듯 말했다.

"두 사람, 정원 산책을 할 시간이야."

* * *

다음 날, 리리엔은 외출할 생각에 한껏 들떠 있었다. 그 기대에 찬 모습을 지켜보던 엘시아에게도 리리엔의 감정이 전해질 정도였다.

"그렇게 좋아?"

엘시아가 묻자, 막 드레스를 차려입은 리리엔이 반색하며 고개를 끄덕였다.

"너무너무 좋아. 언니는?"

"나도 좋아."

엘시아가 리리엔을 향해 웃어 보였다. 리리엔이 활짝 미소 지으며 엘시아를 향해 달려들었다.

"아얏!"

그때 발치에 바짝 다가온 조그만 생명체에 화들짝 놀란 리리엔이 한 걸음 물러섰다.

"깜짝 놀랐잖아, 똥똥아!"

똥똥이, 이는 좀처럼 적당한 이름을 짓지 못하는 엘시아를 대신해 리리엔이 강아지에게 붙여 준 이름이었다.

"그러다 밟히기라도 하면 어쩌려고 그래? 이렇게 갑자기 뛰어들면 안 돼. 알았어?"

리리엔이 퍽 엄한 표정으로 강아지를 내려다보며 주의를 주었다. 자신도 방금 엘시아에게 달려들었다는 사실을 전혀 염두에 두지 않은 훈계였다. 어느덧 허리를 굽혀, 다정한 손길로 강아지를 쓰다듬고 있는 리리엔을 가만 바라보던 엘시아가 물었다.

"리리엔, 이제 나갈까?"

"그래."

리리엔이 냉큼 허리를 곧게 펴고는 헤르테인을 돌아보았다.

"유모, 나 없는 동안 뚱뚱이가 사고 안 치도록 잘 감시해야 해."

"네, 아가씨. 걱정 말고 다녀오세요."

헤르테인에게 당부를 하고도 마음이 놓이지 않는 건지, 리리엔이 강아지를 향해 낮은 목소리로 말했다.

"뚱뚱이, 말썽 피우지 말고 얌전히 있어."

당연하게도 강아지는 아무런 대답도 하지 않았다. 그저 깜찍한 꼬리를 마구 흔들어 댈 뿐이었다.

* * *

정적이 흐르는 커다란 마차 안, 그만큼 고요하게 앉아 있는 엘시아와 레오디안과 달리 리리엔은 창가에 매달리다시피 바짝 붙어서 눈을 빛내며 밖을 바라보고 있었다.

"제도에 이렇게 많은 사람들이 모여 살고 있었구나."

리리엔이 상기된 목소리로 중얼거렸다. 엘시아는 힐끗 창밖으로 눈길을 주었다. 널따란 광장 정면에 우뚝 선 커다란 건물이 보였다.

건물 가장 높은 곳에 신전을 상징하는 문양, 릴루미노가 새겨진 깃발이 펄럭이고 있었다. 신성지 요헴에서나 볼 수 있던 깃발이었다.

"……저곳은 신전인가요?"

엘시아가 레오디안을 돌아보며 묻자, 레오디안이 고개를 저었다.

"예전에는 그랬습니다만 이제는 가극장으로 쓰입니다."

엘시아를 바라보는 레오디안의 시선이 고요했다. 엘시아는 희미하게 입꼬리를 끌어 올렸다.

"그럼 저기서 공연을 볼 수 있어?"

"그래."

"우와……."

리리엔이 다시금 흥미로운 눈으로 창밖을 응시하는 사이, 마차가 서서히 멈추었다. 이윽고 페렛이 마차 문을 열어 주었고 레오디안이 가장 먼저 마차에서 내렸다.

"언니, 우리 가면 사고 나서 저 건물 구경해보자."

"그래, 그러자."

엘시아는 레오디안의 손을 잡고 마차에서 내렸다. 리리엔 역시 레오디안의 손을 잡고 마차에서 폴짝 뛰어내려 땅에 발을 디뎠다.

성 페렐테움 광장은 이른 시간임에도 인파로 붐볐다. 그뿐만 아니라 로켄페데스가의 마차처럼 고풍스럽게 장식된 마차가 여럿 줄지어 서 있었다. 엘시아는 페렛과 이야기를 나누는 레오디안에게서 고개를 돌려 리리엔을 내려다보았다. 리리엔은 광장을 둘러보느라 정신이 없었다.

"신기해?"

"응, 사람이 엄청 많아서 여기 가만히 앉아서 지나가는 사람들 구경만 해도 지루하지가 않을 것 같아."

리리엔의 말대로 광장을 오고 가는 수많은 사람들은 대개가 즐거운 기색을 감추지 않고 미소를 짓고 있었다. 이러한 사람들 틈에 있으면 모든 근심이나 걱정을 잊을 수 있을 것만 같았다.

"가면 상점은 저쪽입니다."

어느덧 가까이 다가온 레오디안이 광장 한편을 가리켰다. 그가 가리킨 곳에 가판이 늘어서 있는 게 보였다. 리리엔은 레오디안의 뒤를 따라 걸으면서도 이곳저곳을 둘러보았다. 엘시아는 리리엔이 혹여 넘어지지 않도록 리리엔의 손을 잡고 걸었다.

레오디안을 따라 들어선 상점의 한쪽 벽에 온갖 가면이 걸려 있었다. 레오디안은 편하게 구경을 하라는 말을 남기곤 멀찍이 떨어져 섰다. 신이 나서 가게를 구경하고, 가면을 써 보고 하던 리리엔이 뒤늦게 레오디안을 발견하고는 고개를 갸웃했다.

"레오디안, 왜 거기 그렇게 서 있어?"

리리엔의 의아한 목소리에 레오디안의 눈매가 가늘어졌다.

"이쪽으로 와서 가면 골라."

레오디안이 이렇다 할 반응을 보이지 않고, 그저 그 자리에 서 있기만 하자 리리엔이 레오디안에게 성큼 다가가 레오디안의 손을 잡고 끌어당겼다.

"설마 혼자 가면 안 쓰려는 건 아니지?"

"리리엔, 나는."

"어떤 걸 사면 좋을지 모르겠어서 그러는 거야? 그럼 내가 골라줄게."

레오디안은 차마 리리엔을 밀어내지 못했다. 그런 레오디안은 엘시아가 보기에 퍽 당황한 것 같아 보였다.

레오디안은 애초에 내일 축제를 구경할 생각이 없었던 듯했다. 그런데 지금 리리엔이 가면을 고르라 재촉하니 하는 수 없이 따르는 것 같았다. 엘시아는 여전히 당황한 기색인 레오디안 대신 리리엔을 만류하고자 입을 열었다.

"리리엔, 그러지 말고……."

"이거 어때?"

리리엔이 가면 두 개를 들어 보였다. 언뜻 보기에도 한 쌍으로 보이는 가면이었다.

"엘시아도 좀처럼 쉽게 결정을 못 내리는 것 같으니까."

리리엔이 엘시아 손에 붉은 가면을 들려 주었다. 엘시아는 얼떨결에 손에 쥐게 된 가면을 멍하니 내려다보았다. 레오디안의 사정 역시 크게 다르지 않았다.

레오디안은 얼떨떨한 표정으로 시선을 내려, 제 손에 든 가면을 응시하더니 이내 엘시아가 들고 있는 가면에 눈길을 주었다.

"나는 이걸로 할래."

엘시아와 레오디안이 당황하고 있다는 사실을 아는지 모르는지, 리리엔은 태연히 푸른 가면을 들어 보였다.

* * *

"……로켄페데스 영애?"

막 가면 상점을 나섰을 때, 낯선 목소리가 발길을 붙들었다.

"아, 아리테스 영애도 함께 계셨네요."

환하게 웃고 있는 여자는 마냥 낯설지 않았다. 분명 본 적이 있는 여자였다. 엘시아는 레오디안을 향해 인사를 건네는 여자의 이름을 떠올리기 위해 기억을 더듬었다.

"대공님, 처음 뵙겠습니다. 전 페니일라 베넛이라고 해요."

레오디안은 가볍게 고개를 끄덕했다. 그때 엘시아는 눈앞의 여자가 아틀리에에서 만났던 여자라는 사실을 떠올렸다.

"전에 말도 없이 사라지셔서 얼마나 걱정을 했는지 몰라요."

페니일라 베넛, 그녀는 엘시아와 리리엔을 향해 친근하게 말을 붙이며 웃었다. 엘시아는 무어라 대답을 해야 할지 알 수가 없어 그저 페니일라에게 어색하게 미소를 지어 보였다.

"오랜만이에요, 페니일라. 그때는 사정이 있어서 급하게 자리를 떠나야 했어요. 걱정해 주어서 고마워요."

엘시아와 달리 리리엔은 꽤나 태연하게 페니일라를 대했다.

"페니일라도 내일 축제를 위해 가면을 사러 온 건가요?"

"네, 영애. 이곳에서 우연히 영애를 만나게 될 줄은 몰랐어요."

페니일라는 여전히 입매에 부드러운 미소를 띠운 채로 말을 이었다.

"아, 참. 전에 로즈힙 차를 보내 드리기로 약속드린 것 말인데……."

"언제 한번 대공저에 놀러 와요."

예상치 못한 리리엔의 말에 엘시아는 레오디안에게 힐끗 시선을 주었다. 레오디안은 묵묵히 리리엔과 페니일라의 모습을 눈에 담고 있었다. 엘시아는 레오디안이 무슨 생각을 하고 있는지 궁금했지만, 애석하게도 무표정한 레오디안의 얼굴에서 그의 생각을 짐작하기란 퍽 어려운 일이었다.

"초대해 주신 건 무척 기쁘지만, 제가 정말 대공저에 방문해도 될지……."

페니일라가 힐끔 레오디안의 눈치를 보면서 말끝을 흐렸다. 그에 리리엔이 레오디안을 올려다보았다.

"레오디안, 페니일라 베넛 영애를 저택에 초대해도 되지?"

순간 고민하듯 아무런 말없이 리리엔과 시선을 맞추었던 레오디안이 곧 고개를 끄덕였다.

"그럼 페니일라, 조만간 정식으로 초대장을 보낼게요."

리리엔의 말에 페니일라는 기쁜 마음을 감추지 않았다. 페니일라가 활짝 웃으며 고개를 끄덕였다.

"네, 기다리고 있을게요."

"그때 로즈힙 차를 가져와 주면 고마울 것 같아요. 우리 언니랑 함께 차를 마실 수 있게요."

"물론이죠."

엘시아는 꽤나 성숙하게 대화를 이끌어가는 리리엔의 모습에 놀랐다. 아직 엘시아에게는 리리엔은 처음 만났던 여섯 살 무렵의 어린애나 다름없는데, 지금 눈앞의 리리엔은 퍽 어른스러웠다. 그건 레오디안도 마찬가지였는지, 레오디안이 가늘게 눈매를 좁힌 채로 리리엔을 내려다보고 있었다.

"저는 이만 상점에 가 볼게요. 축제 즐겁게 즐기다 돌아가시길 바라요."

페니일라가 가볍게 인사를 건네고는 이내 동행자와 함께 상점 안으로 향하였다. 페니일라의 뒷모습을 유심히 바라보던 리리엔은 곧 엘시아를 돌아보며 방긋 웃었다.

"페니일라는 착하니까, 언니하고도 좋은 친구가 될 수 있을 것 같아. 그렇지?"

엘시아는 너무도 순식간에 일어난 일에 얼떨떨했지만, 가까스로 고개를 끄덕였다. 아무래도 리리엔은 엘시아가 이곳에서 더 많은 친구를 사귀기를 바라는 듯했다.

전에 리리엔에게 했던 말이 있는지라, 차마 리리엔에게 왜 페니일라를 저택에 초대한 거냐고 반문할 수가 없었다. 엘시아는 남몰래 한숨을 내쉬었다. 그런 엘시아의 심란한 마음을 아는지 모르는지, 리리엔은 아무런 일도 일어난 적 없다는 듯 태연히 레오디안에게 눈길을 돌렸다.

"레오디안, 여기서 블랑 로멘타 가까워?"

"……조금 걸어야 한다."

레오디안이 당황을 추스르느라 뒤늦은 대답을 내어놓자, 리리엔이 어깨를 으쓱했다.

"거기 구경하고 싶어."

이번에도 멈칫했던 레오디안이 이윽고 고개를 끄덕였다.

리리엔과 레오디안을 가만 지켜보던 엘시아는 어쩐지 리리엔이 사람을 이끌거나 제 마음대로 휘두르는 데 꽤나 익숙한 것 같다는 생각을 했다.

* * *

"……왜 그럽니까."

블랑 로멘타 안을 휘젓다시피 돌아다니며 구경하고 있는 리리엔을 조용히 바라보고 있는데, 문득 낮게 속삭이는 목소리가 귓전을 울렸다.

"어디 불편한 곳이라도 있습니까?"

엘시아는 목소리의 주인을 돌아보았다. 레오디안은 팔짱을 낀 채로 엘시아를 내려다보고 있었다. 그와 맞부딪히게 된 시선을 돌리며 엘시아는 저도 모르게 한숨을 내쉬었다.

아까부터 이쪽을 힐끗거리는 수많은 시선이 불편했다. 하지만 엘시아는 차마 사실대로 레오디안에게 말할 수가 없었다. 때문에 선뜻 입을 열지 못하고 대답을 망설이는데, 레오디안이 말했다.

"혹시 또 어지럽다거나, 쓰러질 것 같으면……."

"그건 아니에요."

엘시아가 고개를 저었다. 그에 입술을 꾹 맞문 레오디안이 그럼 왜 그러냐는 듯 엘시아에게 눈길을 고정했다. 엘시아는 제 옆얼굴에 달라붙은 그의 시선을 느꼈다. 그는 더 이상 엘시아의 대답을 재촉하지는 않았지만, 그의 시선은 끈질겼다. 다시금 한숨을 내쉰 엘시아는 고집스레 정면을 응시한 채로 입을 열었다.

"……제 착각일 수도 있는데, 아까부터 사람들이 자꾸 저를 쳐다보는 것 같아서요."

레오디안은 아무런 말도 하지 않았다. 그에 엘시아는 레오디안의 반응을 살피고자 고개를 틀었다. 비스듬히 고개를 기울이고 있는 레오디안의 모습이 눈에 들어왔다.

엘시아와 눈이 마주치기 무섭게 레오디안의 눈매가 휘어졌다. 엘시아는 내심 놀라 눈을 크게 떴다. 레오디안은 엘시아를 내려다보며 웃었다. 말없이 미소를 띤 채로 있다가, 천천히 입을 열었다.

"내내 심각했던 건 단지 그 이유 때문입니까? 어디 아픈 건 아니고?"

"……네."

조금 뒤늦게 대답을 내어놓은 엘시아가 가볍게 입술을 깨물었다. 신경을 긁어 대고 있던 사람들의 시선을 별것 아닌 듯 치부하는 레오디안이 내심 못마땅했다. 레오디안의 잘못은 아니라는 걸 아는데도 그랬다.

엘시아는 그린 듯 미소 짓는 레오디안을 말없이 올려다본 끝에 입술을 깨물었다. 왜 이런 마음이 들까.

데이시를 비롯한 대공저의 사용인들은 엘시아의 탈색된 머리칼을 보고도 아무것도 묻지 않았지만, 엘시아는 그녀의 하얀 머리칼을 의아한 듯 보는 그들의 시선을 알았다.

그래서일까. 하얗게 변해 버린 머리카락을 신경 쓰지 않으려고 해도 신경이 쓰였다. 물론 지금 엘시아는 머리를 하나로 묶어 올려 그 위로 검은 리베라를 쓰고 있었기에 사람들이 그녀의 머리카락 한 올조차 눈에 담을 수 없었다. 그 걸 알고 있으면서도 엘시아는 저를 향한 시선이 부담스러웠다.

모두가 자신을 괴상한 존재라 생각하고 있기에 자꾸만 쳐다보는 게 아닐까.

엘시아는 그녀에게 찰나 닿았다 떨어져 나가고, 또다시 닿아 오는 시선에서 도망치고 싶었다.

"어디 아픈 게 아니라니 다행인데……."

흐음, 가라앉은 음성이 귓가를 파고들었다.

"이곳이 영 불편하다면 곧장 저택으로 돌아가죠."

레오디안은 가게 안 사람들의 시선의 이유를 알았다. 그는 제도에 파다하게 퍼진 소문의 존재를 인지하고 있었다. 또한 그는 사실과 다르거나 사실을 묘하게 비틀어 부풀린 소문, 그로 인한 날 선 시선에 익숙했다. 반면 엘시아는 저를 향한 시선이 영 거북한 듯했다.

"시간도 늦었고."

레오디안의 말에 대답을 하려는 듯 엘시아의 입술이 움찔거렸을 때, 마침 리리엔이 엘시아와 레오디안이 서 있는 곳으로 다가왔다. 그런 리리엔의 손에는 투명한 봉투가 들려 있었다.

"그것 하나 고른 건가?"

레오디안이 묻자 리리엔이 고개를 끄덕였다.

"응, 이거면 돼."

레오디안이 리리엔의 손에서 봉투를 건네받았다. 그런 다음 곧장 값을 치르기 위해서 계산대로 향했다.

"무슨 얘기를 하고 있었어?"

레오디안의 뒷모습을 바라보던 엘시아의 시선을 돌린 건 리리엔의 상냥한 목소리였다. 엘시아는 가볍게 웃었다.

"별 얘기 아니었어. 그나저나 초콜릿을 산다더니, 왜 초콜릿을 안 사고 다른 걸 골랐어?"

"초콜릿보다 더 달콤할 것 같아서."

리리엔이 환하게 미소를 지으며 말했다.

"설탕 과자래. 저택으로 돌아가서 나눠 먹자."

"그래."

설탕, 엘시아는 낯익은 단어를 머릿속으로 더듬어 보았다.

언젠가 쓰디쓴 차를 감내하듯 마시고는 하던 엘시아에게 깨달음을 준 레오디안이었다.

하얀 설탕은 쓴맛이 나는 차를 달콤하게 만들어 주었다. 그 달콤한 가루로 이루어진 과자라니. 엘시아는 과자를 먹어 보지 않아도 그 맛이 얼마나 달지를 충분히 짐작할 수 있었다.

"오늘은 이만 돌아가지."

"……응? 벌써? 가극장 구경해 보고 싶은데."

어느덧 다가온 레오디안이 설탕 과자가 든 봉투를 리리엔에게 건넸다. 그러고는 엘시아를 힐끗 보더니 입을 열었다.

"아무래도 피곤한 듯하여……. 이쯤 돌아가는 게 좋겠다."

리리엔은 레오디안이 어영부영 흐린 말뜻을 알아차리곤 엘시아를 올려다보았다. 그러더니 엘시아의 파리한 낯에서 피로감을 읽어 낸 건지, 리리엔은 더는 원하는 바를 주장하지 않고 고개를 끄덕였다.

* * *

리리엔은 저택에 도착하기도 전에 봉투를 열었다. 엘시아에게 기대어 설탕 과자를 먹는 리리엔을 누구도 나무라지 않았다. 엘시아는 물론 레오디안도 조용히 리리엔을 지켜볼 뿐이었다.

"레오디안도 줄까?"

레오디안이 말없이 고개를 저었다. 큰 기대 없이 물은 것이었는지 리리엔은 더 이상 권하지 않았다.

리리엔은 과자를 먹는 데만 집중했다. 과자는 손에 아주 가볍게 힘을 주면 톡, 톡, 쉽게 부서졌다. 엘시아에게도 한 차례 거절당했던 설탕 과자는 굉장히 달았다. 리리엔이 과자를 입에 녹여 먹는 모습을 가만 지켜보며, 엘시아는 지금 이 시간이 마치 설탕 과자 같다는 생각을 했다.

감히 손을 댈 엄두가 나지 않는 예쁜 모양의 과자처럼, 이루 말할 것 없이 찬란하지만 결국에는 쉽게 부서지고 녹아 버리고야 말 평화로운 시간.

엘시아는 멀어지는 광장을 눈에 담았다. 신황의 제도 방문을 기념하는 축제를 즐기는 사람들은 더할 나위 없이 즐겁고 행복해 보였다.

'신성지로 돌아가 연락을 하지요. 그때 그대는 나와 약속한 바를 지켜야 할 겁니다.'

순간 머릿속을 스친 목소리를 애써 지워 낸 엘시아는, 창밖을 내다보고 있던 시선을 옮겨 리리엔에게 고정했다.

리리엔은 여전히 설탕 과자를 톡, 부러뜨려 가며 먹는 데 열중하고 있었다. 그 모습을 가만 보고 있자니, 이 평화로운 시간이 부서질 날이 목전에 다가와 있는 것 같다는 불안한 예감이 들었다.

* * *

문을 열자 기다렸다는 듯 꿉꿉한 냄새가 폐부에 들이찼다. 여자는 자연스레 미간을 좁힌 채로 방 안으로 들어섰다.

하이드는 오늘도 멍한 눈으로 어딘가를 가만 응시하고 있었다. 당장 죽어 버려도 이상하지 않을 정도로 생기 없는 눈이다. 여자는 그것이 언제나 마음에 들지 않았다.

"하이드."

늘 그렇듯 마땅찮은 속내를 숨긴 여자는 달콤한 음성으로 소년을 불렀다. 그러자 텅 빈 눈에 여자의 모습이 담겼다.

여자와 소년은 한동안 조용히 시선만을 교환했다.

소년은 여자에게 소중했다. 여자가 원하는 것을 이루게 해 줄 소중한 존재였다. 때문에 여자가 소년 앞에서 더러운 성미를 숨기는 것은 호흡하는 일처럼 당연한 일이었다. 군이 의식하지 않더라도 자연스럽게 하게 되는 일.

"무엇을 하고 있었니?"

"아무것도."

"아무것도?"

하이드가 고개를 끄덕였다. 여자는 눈매를 좁히고선 하이드의 표정을 유심히 관찰했다.

좀처럼 무슨 생각을 하는지 알 수 없는 하이드의 낯은 새하얬다. 영혼이 있는 존재라고는 믿을 수 없는 창백한 얼굴은 아름다웠다. 그 아름다운 얼굴은 평소와 다를 것이 없었다. 그래서 여자는 자꾸만 가지를 내고, 길게 뻗어 나가는 불온한 가정을 애써 털어냈다.

"그랬구나. 아무것도 하지 않았구나."

별 의미 없이 방 안을 한번 둘러본 여자의 시선이 다시금 하이드에게로 향하였다. 방 안을 둘러볼 때처럼 특별한 목적 없이 하이드의 모습을 눈으로 슥 훑어 내린 여자의 미간 사이로 주름이 졌다.

"……목걸이가 없네."

여자는 의아한 목소리로 중얼거렸다. 그도 그럴 게 여자가 일전 생일 선물로 주었던 목걸이가 하이드의 목에 걸려 있지 않았다.

그 목걸이가 무척 마음에 들었겠거니, 여자는 그렇게 생각했다. 언제나 여자가 주는 것에는 일말의 관심조차 보이지 않을뿐더러, 먼저 무언가를 요구해 온 적 없던 하이드가 그나마 욕심을 냈던 목걸이였으니까. 그런데 지금 하이드의 목에는 아무것도 걸려 있지 않았다.

"혹시 내가 준 목걸이 버렸니?"

"아니요."

하이드가 멍한 표정으로 고개를 저었다.

"아니라고? 그런데 왜 목걸이를 목에 걸고 있지 않니?"

"숨겨 뒀어요."

"……왜?"

의아하게 되묻는 여자를 바라보는 하이드의 붉은 입술이 고집스레 맞물렸다.

"하이드, 엄마가 이유를 묻잖아."

여자가 이렇게까지 대답을 요구하면, 하이드는 입을 열 수밖에 없었다. 감히 여자를 거스를 수 없으니까. 그러나 하이드의 입술은 열릴 기미가 보이지 않았다. 하이드의 명백한 반항에 여자의 표정이 사나워졌다. 여자는 이를 갈면서 말했다.

"하이드."

"소중한 것은 누구도 찾아낼 수 없는 곳에 잘 숨겨 두어야 한다고 했으니까."

"……뭐?"

예상치 못한 말에 멈칫했던 여자의 잇새로 허탈한 숨이 터져 나왔다.

"누가 너한테 그런 소리를 했어?"

그게 누구든 가만 두지 않으리라. 여자는 거친 목소리로 재차 입을 열었다.

"아이작이야? 그가 그랬니?"

"얘기하고 싶지 않아."

그렇게 말하는 하이드의 붉은 눈동자에 이채가 서려 있었다. 절로 소름이 끼치는 형형한 눈이었다. 여자는 입술을 깨물었다.

무언가 잘못됐다.

불안한 예감이 머릿속을 스쳤다. 여자는 늘어뜨리고 있던 손을 꽉 힘주어 움켜쥐었다.

하이드가 자신만의 무언가를 지니는 건 좋지 않았다. 하이드에게는 자아조차 없어야 했다. 오직 여자의 도구로만 존재해야 했다. 하이드가 목걸이를 보고 눈을 빛냈을 때부터 알아챘어야 했는데.

여자는 후회했다. 하이드 안의 무언가 변화했다는 사실을 진작 눈치채지 못한 스스로에게 짜증이 났다. 여자는 이 번지르르한 저택에서 비로소 떠나야 할 때가 되었음을 직감했다.

"……당분간 어디를 좀 다녀올 거야."

하이드가 조용히 여자와 눈을 맞췄다. 여자를 고요히 응시하는 붉은 눈동자는 어느새 평소의 멍한 눈으로 돌아와 있었다.

"오래 걸리지 않을 거야. 내가 데리러 올 때까지 얌전하게 있어."

험악하게 일그러진 표정으로 씹어뱉듯 뇌까린 여자는 홱 몸을 돌려 방을 떠났다. 쿵, 거대한 철문이 닫히고 얼마 지나지 않아서 무언가 부서지고 깨지는 요란한 소리가 들려왔다.

그 귀에 거슬리는 소리는 꽤나 멀리서부터 들려오고 있었으나, 예민한 감각을 지닌 하이드의 귀에는 하나같이 선명하게 들렸다.

익숙한 소리였다. 여자의 기대에서 조금이라도 벗어날 때면 들려오는 소리.

이제는 완전히 성장하여 성인 남성 못지않은 신체를 가진 하이드에게 휘두를 수 없는 폭력을 어디에다 대신 휘두르고 있는 소리.

하이드는 양손으로 귀를 틀어막았다. 그럼에도 불구하고 소리는 여전히 또렷하게만 들렸다.

* * *

바야흐로 신을 기리는 모든 이들이 신황을 환대하는 축제의 마지막 날이었다. 다시금 방문한 성 페렐테움 광장은 인파로 가득했다. 엘시아와 리리엔은 페렐테움 가극장을 구경한 뒤, 광장 한복판을 향해 걸음을 옮겼다.

"어디 아프면 바로 말해 줘야 돼, 알았지?"

리리엔은 어제 엘시아의 안색이 그다지 좋지 않았다는 사실을 내내 신경 쓰고 있었다. 혹여 또다시 엘시아가 쓰러지기라도 할까 봐 리리엔은 가극장을 돌아보는 동안 연신 엘시아의 창백한 낯을 살폈다.

"걱정해 줘서 고마워."

"조금이라도 어지러우면 꼭 말해 줘."

"응, 그럴게."

엘시아가 가볍게 미소 지으며 고개를 바로 하였을 때였다.

"엘시아 아리테스 영애, 그리고……."

엘시아는 낯익은 시선을 마주했다. 그러기가 무섭게 뱀이 등줄기를 타고 오르는 듯한 선뜩한 느낌에 사로잡혔다.

"리리엔 로켄페데스 영애."

"……누구세요?"

리리엔이 낯선 이를 향하여 경계를 세웠다. 그를 알고 있으면서도 불청객,

아이작의 미소는 여전했다.

"처음 뵙겠습니다. 저는 히치콕의 아이작이라 합니다."

"히치콕?"

"예. 여기 제 동생하고는 한 번 만난 일이 있어, 안면이 있으시지요?"

아이작이 그의 옆에서 긴장한 표정으로 서 있던 에이사에게 힐끗 눈길을 주었다. 그제야 에이사의 존재를 알아차린 리리엔이 떨떠름한 표정으로 입을 열었다.

"아, 히치콕 영애. 오랜만이네요."

"……네. 오랜만이에요."

에이사 역시 썩 밝지 못한 낯을 한 채 리리엔의 인사를 받았다.

"그나저나 두 분이서 오신 겁니까? 만일 그렇다면 저희와 함께……."

아이작이 돌연 말끝을 흐리더니 엘시아의 어깨 너머 어딘가로 눈길을 돌렸다. 그의 시선이 머무르고 있는 곳으로 고개를 돌린 엘시아는 곧 레오디안이 걸어오고 있는 모습을 발견했다.

"이런, 곤란하게 되었군요."

그렇게 말하며 웃는 아이작은 전혀 곤란해 보이지 않았다.

"저는 오늘 축제가 끝나면 렝리탄으로 돌아갈 겁니다."

아이작은 다시금 엘시아에게 시선을 고정한 채로 빠르게 말을 이었다.

"당신을 위해 어느 때보다 화려한 만찬을 준비할 테니, 부디 만찬에 참석해 자리를 빛내 주시길 바랍니다."

엘시아가 어색하게 고개를 끄덕이자, 리리엔이 무슨 소리냐는 듯 엘시아를 올려다보았다. 그러나 엘시아는 리리엔에게 아무런 말도 할 수 없었다.

"그럼, 저희는 이만."

레오디안을 의식한 건지 아이작이 자리를 떠나려하였다. 그때 그의 곁에서 입술을 깨물고 있던 에이사가 황급히 말문을 열었다.

"저, 로켄페데스 영애."

모두의 시선이 에이사에게로 향했다. 에이사는 찰나 망설이는 기색으로 소리

없이 입술을 여닫다가, 이내 결심한 듯 결연한 표정으로 말했다.

"괜찮다면 저택에 방문해 주시겠어요? 아틀리에에서의 실수를 만회하고 싶어요."

리리엔은 예상치 못한 에이사의 말에 말없이 미간을 좁혔다. 그 모습에 에이사가 초조하게 말을 덧붙였다.

"제가 살고 있는 저택은 이곳에서 가까워요. 로켄페데스 대공저와도 가깝죠. 그러니까 부담이 되진 않으실 거예요. 아주 잠깐 들르셔도 좋아요."

에이사는 누가 보더라도 쉽게 알아차릴 수 있을 정도로 리리엔의 눈치를 살피고 있었다. 엘시아는 조용히 리리엔을 내려다보았다. 리리엔은 무슨 생각을 하는 건지 퍽 진지한 낯으로 에이사와 시선을 맞추고 있었다.

그렇게 한참 대답 없이 에이사를 뚫어지게 바라보던 리리엔이 이윽고 입을 열었다.

"솔직히 썩 내키지는 않지만, 좋아요. 초대를 받아들일게요."

리리엔이 힐끔 아이작을 바라보더니 어깨를 으쓱했다.

"영애에게 물어보고 싶은 것도 있고."

"그럼 대공저로 초대장을 보낼게요."

"그래요."

리리엔과 에이사의 대화를 한 귀로 흘리며, 엘시아는 아이작의 표정을 유심히 살폈다. 리리엔을 응시하고 있는 아이작은 느른하게 입매를 끌어 올려 미소 짓고 있는 채였는데, 그래서인지 쉽사리 그의 속내를 짐작하기가 어려웠다.

"제 얼굴에 뭐가 묻어 있기라도 합니까?"

"……네?"

"아니, 너무 뚫어지게 보시니까."

조금 부끄럽군요. 덧붙인 아이작이 한껏 가늘게 뜬 눈으로 엘시아를 내려다보았다. 엘시아가 아무런 대답이 없자, 아이작은 에이사의 손을 잡고 한 걸음 물러섰다.

"불청객은 이쯤에서 빠져 드리도록 하겠습니다."

아이작은 어느덧 가까워진 레오디안에게 힐끗 시선을 준 뒤, 서두르는 기색으로 인사를 건넸다.

"그럼 조만간 다시 만날 날만을 간절히 기다리고 있겠습니다. 축제 즐거이 보내시길."

아이작은 에이사가 작별 인사를 고할 시간조차 주지 않고 서둘러 자리를 떠났다. 엘시아가 멀어지는 아이작의 뒷모습에서 시선을 떼지 않고 서 있는데, 리리엔이 엘시아의 소매를 잡아당겨 엘시아의 관심을 돌렸다.

"히치콕 백작이 언니를 만찬에 초대했어?"

단도직입적인 질문에 엘시아는 선뜻 대답을 하지 못하고 망설였다. 그러자 리리엔이 재차 물었다.

"히치콕 백작이 언니를 초대했냐니까?"

"……응."

"왜? 왜 언니를 초대한 거야?"

리리엔은 어째선지 다급한 표정으로 엘시아의 대답을 재촉했다. 렝리탄으로 갈 계획을 밝힐 생각이 없었던 엘시아는 리리엔의 물음이 무척 곤란했다. 그때 무슨 일인지 광장이 소란스러워졌다. 누군가 신황 성하, 하고 경탄 어린 목소리로 소리쳤다. 그에 리리엔이 소란의 출처를 향해 고개를 돌렸다.

"……신황?"

페렐테움 광장의 한가운데 단상에 푸른 리베라를 쓴 사내와 그 뒤로 신전 기사들이 줄지어 서 있었다. 평생 수많은 이의 시선 속에서 살아온 신황은 광장을 거니는 사람들의 시선에도 아랑곳하지 않고 태연했다.

"……저 사람이 신황인가?"

"예, 아가씨. 저분이 신성지 요헴의 지도자인 신황 폴리이도스 3세이십니다."

리리엔의 혼잣말 같은 중얼거림에 페이렌이 속삭이듯 대답했다.

"축제의 마지막 날이니만큼 특별히 발걸음을 하신 듯합니다."

엘시아는 페이렌의 목소리를 뒤로하고 고개를 돌렸다. 짐짓 굳어진 표정으로 단상 위를 주시하는 레오디안의 옆얼굴이 보였다.

"히치콕 백작과 무슨 이야기를 하였습니까."

엘시아의 시선을 알아차린 건지, 레오디안이 문득 물었다. 그런 레오디안의 시선은 여전히 단상을 향한 채였다. 엘시아는 레오디안의 단단한 턱을 주시하며 잠시 망설인 끝에 입을 열었다.

"만찬에 꼭 참석하라고 했어요."

"그 외에 다른 말은 안 했습니까?"

"네. 그냥 만찬에 초대한 사실을 저한테 다시 한번 상기시키고 싶었나 봐요."

그렇게 말한 엘시아는 고개를 돌려, 정면에 보이는 신황을 응시했다. 신황은 좌중을 내려다보며 축사를 읊고 있었다.

"이야기는 잘 마치셨나요?"

한동안의 정적을 깨고 엘시아가 레오디안에게 물었다.

레오디안은 가극장의 책임자를 만나 대화를 나누었다. 엘시아와 리리엔이 레오디안 없이 가극장을 둘러보고 나온 건 그 때문이었다. 리리엔이 엘시아는 자신이 지키겠노라 호언장담을 했고, 레오디안은 하는 수 없다는 듯 홀로 귀빈실로 향했다.

"생각보다도 오랜 시간 자리를 비우게 되어 면목이 없습니다."

"아뇨, 괜찮아요."

순수한 궁금증에서 꺼낸 말에 레오디안의 표정이 심각해지자 엘시아는 당황스러워졌다.

"그냥 궁금해서 물어본 거예요. 대공님을 탓할 생각은 없었어요."

"압니다."

레오디안이 찰나 엘시아를 스치듯 바라보더니 다시금 정면을 응시했다. 그러면서 화제를 돌렸다.

"신황이 축사를 하는 건 처음 있는 일입니다."

전례가 없지는 않으나, 폴리이도스 3세가 신황의 관을 쓴 이후로는 한 번도 없었던 일이었다.

"무슨 생각인지 모르겠군요."

그래서인지 레오디안은 신황의 기이한 행보가 신경 쓰였다. 지금껏 두문불출하던 신황이 하필 오늘 모습을 드러내다니.

혹시 엘시아 때문이 아닐까 하는 생각이 들었다. 엘시아는 이룻타 신전에서 신황을 만났다. 그때 신황이 엘시아에게서 로켄페데스 후손의 힘을 느낀 거라면…….

불안한 가정이 꼬리에 꼬리를 물고 계속해서 이어졌다. 그때 불현듯 레오디안은 가볍게 소매를 쥐고 흔드는 손길을 느꼈다. 상념에서 벗어나 무심코 고개를 돌리자 의아한 표정을 짓고 있는 엘시아가 눈에 들어왔다.

"아……. 계속 여기 계실 거냐고 물었는데 듣지 못하신 것 같아서."

소매를 쥐고 있던 미약한 힘이 떨어져 나갔다. 그제야 레오디안은 그가 엘시아의 목소리를 듣지 못할 정도로 깊이 생각에 빠져 있었다는 걸 깨달았다. 레오디안은 잠시 말없이 엘시아를 응시하다 단상 위를 바라보았다. 그의 고민은 그다지 길지 않았다.

"이곳은 너무 소란스럽군요."

레오디안은 자연스레 엘시아를 이끌고 걸음을 옮겼다. 그런 두 사람의 뒤를 리리엔과 페이렌이 따라 걸었다.

"근처 식당에서 식사를 합시다."

그렇게 권하는 레오디안의 시선이 기다란 소매에 가려진 엘시아의 앙상한 손목을 스치고 지나갔다.

〈다음 권에서 계속〉

마음이 이끄는 대로

틸다킴 지음

왕과 국혼을 앞두고 물가에 몸을 던진 공작가 딸에 빙의했다.
그런데 왕의 등 뒤로 보여서는 안 될 것들이 보인다.

"그런데도 네가 꼭 죽어야만 하겠다면……."
그는 허리를 숙이며 그녀의 눈을 들여다보며 말했다.
"헤일리 던컨. 왕관을 쓰고 죽어라."

왕은 그녀를 이용하며, 그녀는 왕에게 몰려드는 원혼들을
물리치려 고군분투하는 나날을 보낸다
그러던 중 왕은 제 몸과 마음의 변화를 점점 깨닫게 되는데…….

"나는 너랑 있으면 정신이 맑아지고 마음이 편해진다. 왜 그렇다고 생각해?"
"제가 모자란 재주로 폐하에게서 삿된 것들을 몰아내고 있기 때문입니다."
"아니. 그런 게 아니야."
"……."
"이건 내가 너를 좋아하기 때문이다."